Wuthering Heights

폭풍의 언덕

KB191393

폭풍의 언덕 Wuthering Heights

지은이 | 에밀리 브론테
옮긴이 | 정승섭
그린이 | 류승순
펴낸이 | 전채호
펴낸곳 | 혜원출판사
등록번호 | 1977. 9. 24 제8-16호

편집 | 장옥희 · 석기은 · 전혜원
디자인 | 홍보라
마케팅 | 채규선 · 배재경 · 전용훈
관리 · 총무 | 오민석 · 신주영 · 백종록
출력 | 한결그래픽스
인쇄 · 제본 | 백산인쇄 · 신안제본

주소 | 경기도 파주시 교하읍 문발리 출판문화정보산업단지 507-8
전화 · 팩스 | 031)955-7451(영업부) 031)955-7454(편집부) 031)955-7455(FAX)
홈페이지 | www.hyewonbook.co.kr

ISBN 978-89-344-1035-5 03840

Wuthering Heights

폭풍의 언덕

에밀리 브론테 지음 | 정승섭 옮김 | 류승순 그림

惠園出版社

*일러두기

· 이 책은 혜원 세계문학 6 《폭풍의 언덕》의 출간본을 오역과 직역을 바로잡고, 일러스트를
  추가하여 새로이 펴낸 완역본임을 밝혀둔다.
· 미터법 시행 전 영국에서 쓰였던 단위(마일, 야드 등)는 당시의 분위기를 살리고자 그대로 두
  었다.

창문은 대부분 유리가 없어져서 검게 비어 있었고
기왓장도 여기저기 벗겨져 다가오는 가을 폭풍을 만나면 떨어져 나가 버릴 것 같았다.
주변을 돌아보았더니 벌판 가까운 언덕배기 위에 서 있는 세 개의 비석이 곧 눈에 띄었다.
가운데 것은 회색이었고 반쯤 히스나무에 묻혀 있었다.

—본문 중에서

차례

Wuthering Heights

폭풍의 언덕

1

1801년, 나는 친분을 다져두어야 할 외로운 이웃인 집주인을 찾아갔다가 막 돌아오는 길이다. 이곳은 정말 아름다운 고장이다. 전 영국을 다 뒤지더라도 세상의 혼란으로부터 이렇게 완전히 격리된 곳을 찾을 수는 없을 것 같다. 사람들과 잘 어울리지 못하는 이에겐 다시없는 천국이다.

히스클리프와 나는 이 고요함을 함께 하기엔 아주 잘 어울리는 친구인 것 같았다. 멋진 친구! 내가 말을 타고 가까이 갔을 때 그의 까만 두 눈은 의심스럽다는 듯 눈썹 아래로 천천히 기어들어갔고, 이름을 대자 그의 손가락들은 더욱 깊숙이 조끼 주머니 안으로 들어갔다. 그걸 보고 내가 얼마나 그에 대해 호감을 갖게 되었는지 그는 아마 상상도 못했을 것이다.

"히스클리프 씨지요?"

내가 묻는 말에 그는 고개만 끄덕였다.

"로크우드라고 합니다. 이번에 세든 사람이에요. 오자마자 찾아뵙는 것은 제가 드러시 크로스 저택을 빌리고 싶다고 억지를 부려 불편하셨던 건 아닐까 싶어서입니다. 어제 말씀 들었는데, 다른 생각이 있으셨다고요?"

"드러시 크로스 저택은 내 집이오."

그는 약간 놀랐다는 듯이 말을 막았다.

"당신이 그곳에 세드는 것이 싫었다면 어떤 방법을 써서라도 그 집에 들어오는 것을 막았을 거요. 들어오시오!"

그 '들어오시오'라는 말은 이를 악물고 하는 말이어서 '눈앞에서 꺼져버려!'라는 투로 들렸다. 실제로 들어오라고 말해 놓고도 그는 기대고 선 문을 열려고도 하지 않았다. 상대편이 그렇게 나오자 나는 오히려 들어가고야 말겠다는 오기가 더욱 강해졌다. 나보다도 더 심하게 무뚝뚝해 보이는 그에게 호기심이 생겼던 것이다. 내가 탄 말이 앞가슴으로 대문을 자꾸 밀치는 것을 보고서야 그는 주머니에 깊숙이 꽂아 두었던 손을 빼 문에 걸린 사슬을 풀었다. 그러고는 무뚝뚝한 표정으로 앞서 걷다가 안뜰에서 소리를 쳤다.

"조지프, 로크우드 씨의 말을 끌고 가. 그리고 포도주 좀 가져와."

이렇게 한 사람에게 두 가지 일을 시키는 것을 보고 나는 '아하! 이 집에는 하인이 한 사람뿐이로군. 돌담 틈으로 풀이 자라고, 사람의 손길이 닿지 않은 생나무 울타리를 대신 소가 뜯어먹는 것도 무리가 아니야.' 하는 생각이 들었다. 조지프는 나이가 지긋한, 아니 아주 노인이라고 하는 것이 어울릴 것 같은 사람이었다. 정정하고 근력은 좋아 보였지만 나이는 무척 많은 듯했다.

"오, 하느님!"

조지프는 내 말을 맡으면서 몹시 불쾌한 듯이 혼자 중얼거렸고, 기분 나쁜 얼굴로 나를 바라보았다. 아마도 이 늙은이는 위가 나빠 점심밥을 잘 소화시키게 해 달라고 하느님께 빌고 있는 것이지, 내가 갑자기 나타난 것이 귀찮아서 하느님을 부른 것은 아니라고 생각하고 싶었다.

'워더링 하이츠'란 히스클리프의 집 이름이다. '워더링'이란 이 지방에서 흔히 쓰는 말로, 이 집의 위치가 폭풍이 불 때 정면으로 바람을 받기 때문에 붙여진 이름이었다. 정말 이 집 사람들은 줄곧 그 꼭대기에서 일 년 내내 바람을 맞았을 것이다. 집 옆으로 난 몇 그루의 전나무가 제대로 자라지 못하고 지나치게 기울어진 것이나, 태양의 자비를 갈망하는 듯 한쪽으로만 가지를 뻗고 늘어선 앙상한 가시나무를 보면 등성이를 넘어 불어오는 북풍이 얼마나 거센지 알 수 있을 것 같았다. 다행히 이 집을 지은 건축가는 그것을 생각해 튼튼하게 집을 지은 듯했다. 좁은 창은 벽에 깊숙이 박혀 있었고, 집의 모서리는 크고 울퉁불퉁한 돌이 튼튼하게 받치고 있었다.

현관에 들어서기 전, 나는 발걸음을 멈추고 집 정면과 특히 현관문 언저리에 새겨진 수많은 조각들에 감탄했다. 현관문 위의 부서져 가는 사자 몸뚱이에 독수리의 머리를 가진 많은 괴물들과 알몸뚱이의 사내아이 조각 사이에서 '1500년'이라는 숫자와 '헤어틴 언쇼'라는 이름이 눈에 띄었다.

나는 그에 관해 몇 마디 칭찬을 하였다. 퉁명스러운 주인에게 그 집의 간단한 내력을 소개받고 싶었지만, 현관문에 서 있는 그의 태도가 빨리 들어오든지 아니면 나가 버리라는 듯한 눈치인데다가 나도 집 내부를 살펴보기도 전에 불끈하는 성미를 부채질하고 싶지는 않아서 그만두었다.

안으로 들어선 곳은 가족들의 거실이었고, 거기까지는 현관이나 복도를 거치지 않았다. 이 고장에서는 그러한 방을 '하우스'라고 불렀다. 보통 부엌과 응접실도 포함하는 것이지만, '워더링 하이츠'에서는 부엌을 다른 쪽으로 밀어붙여 버린 것 같았다. 사람들이 지껄이는 소리와 부엌에서 덜그럭거리는 소리가 훨씬 안쪽에서 들려오고 있었기 때문이다. 큼직한 벽난로에는 무언가를 굽거나 끓인 흔적은 없었고, 벽에는 번쩍이는 구리냄비와 여과기 따위도 전혀 눈에 띄지 않았다. 그러나 방 한 귀퉁이에는 커다란 참나무로 만든 시렁에 은주전자와 큰 잔, 큼직한 양은접시가 여러 단으로 천장까지 닿을 듯이 쌓여 있었다. 그것들이 난로의 불빛과 열을 반사해 아름답게 반짝였다. 천장은 아무 칠도 하지 않아 자세히 쳐다보면 천장 속이 그대로 들여다보였다. 비스킷이나 쇠고기, 양고기 그리고 돼지고기가 담긴 나무로 짠 듬성듬성한 시렁이 천장의 일부를 가리고 있을 뿐이었다.

벽난로 위에는 여러 가지 낡은 구식 총과 두어 자루의 말안장에 다는 권총이 걸려 있었고, 요란한 색의 장식용 유리병에 세 종류의 차가 담겨 있었다. 바닥에는 매끄러운 흰 돌이 깔려 있었고, 등받이가 높고 투박한 초록빛 의자와 한두 개의 육중하고 검은 의자가 구석에 놓여 있었다. 조리대 아래에는 큼직한 밤색 어미 포인터 한 마리가 낑낑거리는 강아지 떼에 둘러싸인 채 누워 있었고, 구석구석에는 또 다른 개들이 어슬렁거리고 있었다. 무뚝뚝한 외모에 바지를 입고 각반을 차는 데나 어울릴 억센 다리를 가진 소박한 북쪽 농부에게 어울리는 평범한 방과 가구들이었다.

저녁 식사가 끝날 무렵이면 이 산중 오륙마일 안쪽에서는 어느 집에서나 둥근 탁자 위에 거품이 넘치는 커다란 맥주잔을 앞에 놓고 안락의자에 앉아 있는 농부의 모습을 볼 수 있다. 그러나 히스클리프는 그의 거처나 생활양식과 이상하게 어울리지 않는 데가 있었다. 얼굴은 집시처럼 검었지만 차림새와 태도는 신사다웠다. 그러나 시골 유지 정도의 품위로, 단정하다고는 할 수 없지만 곧고 잘생긴 외모여서 아무렇게나 하고 있어도 이상하지는 않았다. 그러나 어딘가 좀 침울한 편이었다. 아마 사람에 따라서는 그를 어느 정도 천한 자존심을 풍기는 사람이라고 생각했을지도 모르겠다. 하지만 나는 마음속으로 그에게 공감하는 부분이 있어서 그런지 그렇게 생각되지는 않았다. 그가 무뚝뚝한 것은 감정을 야단스럽게 드러내 보인다는, 이를테면 서로에게 친절을 내보인다든가 하는 것이 싫어서라는 걸 나는 알고 있었다. 그는 사랑하거나 미워하는 감정을 다른 사람과 똑같이 마음속에 접어 두고 있을 것이며, 또 사랑을 받는다거나 미움을 산다는 것도 대단치 않게 여길 것이다. 아니, 이건 나의 지나친 속단이고, 너무 심하게 내 잣대로 그를 생각하고 있는 것이다. 히스클리프가 그를 아는 체하는 사

람을 만날 때 몸을 도사리는 것에는 내 생각과는 전혀 다른 이유가 있을지
도 모른다.

나는 성격이 좀 별난 편이다. 어머니께서는 아무래도 내가 원만한 가정을
이루지 못할 것 같다고 늘 말씀하셨고, 바로 지난여름에도 그럴 만한 사람
이 못 된다는 것을 스스로 드러내고 말았던 것이다.

지난여름, 화창한 해변에서 한 달을 즐기는 동안 나는 정말 매혹적인 아
가씨와 만나게 되었다. 그쪽에서 나를 아는 척하지 않는 동안엔 내 눈에는
정말 여신 같은 아가씨였다. 나는 사랑한다는 말을 입 밖에 낸 적이 없었
다. 그러나 눈이 말을 할 수 있다면, 아무리 어리석은 바보라도 내가 제정
신이 아니었다는 것을 알 수 있었을 것이다. 드디어 그녀도 내 마음을 알아
채고 나를 돌아다보게 되었다. 이 세상에 다시없을 사랑스러운 눈길이었
다. 그런데 나는 어떻게 했던가? 부끄러운 말이지만 마치 달팽이처럼 냉랭
하게 움츠러들어서 그녀의 눈길이 닿을 때마다 더욱 싸늘하게, 더욱 멀찌
감치 물러서 버렸다. 마침내 그 순진한 아가씨는 가엾게도 자신의 판단을
의심하고, 자기가 착각을 했다고 생각했는지 어쩔 줄을 몰라 하다가 그녀
의 어머니를 졸라서 해변을 떠나고 말았다. 이런 별난 성격 때문에 나는 매
정한 사람이라는 소문이 나고 말았다. 이 소문이 얼마나 부당한 것인지 아
는 사람은 오직 나뿐이다.

나는 집주인이 벽난로의 받침돌 앞으로 다가오자 그 반대편 끝에 앉아
서, 한동안의 침묵을 메우기 위하여 어미 개를 쓰다듬어 주려고 했다. 개는
새끼들을 떼어놓고 내 다리 뒤로 늑대처럼 기어 들어와서는 잇몸을 드러내
고 흰 이빨 사이로 침을 흘렸다. 금방이라도 물어뜯을 것만 같았다. 내가
쓰다듬자 개는 목구멍으로 으르렁거렸다.

"그 개는 내버려두는 게 좋을 거요."

히스클리프는 개가 더 사납게 덤비지 못하도록 발길로 툭 차면서 개와 마찬가지로 으르렁대듯 말했다.

"그놈은 귀여움을 받아 본 일이 없거든. 애완용으로 기르는 게 아니니까."

그리고서 그는 옆문으로 성큼성큼 걸어가더니, 다시 소리를 질렀다.

"조지프!"

조지프는 지하실 쪽에서 무어라고 중얼거렸으나 올라오는 기척은 없었다. 결국 주인은 지하실로 내려가고, 나는 그 사납게 생긴 암캐와 아까부터 그놈과 함께 나의 일거수일투족을 심술궂게 감시하던 험상궂어 보이는 두 마리의 털보 셰퍼드와 마주앉게 되었다.

나는 가만히 앉아 있었다. 그놈들의 송곳니에 물어뜯기고 싶지는 않았기 때문이다. 그러나 제까짓 것들이 내가 소리 없이 업신여기는 걸 어떻게 알겠느냐는 생각에 경솔하게도 그놈들에게 눈을 깜박거리기도 하고 얼굴을 찌푸려 보이기도 했다. 내가 얼굴을 찌푸린 게 그 암놈의 비위를 몹시 거슬린 모양이었다. 그놈이 갑자기 발칵 성을 내더니 내 무릎으로 덤벼들었다. 나는 그놈을 냅다 떠밀고는 재빨리 테이블로 앞을 막았다. 그런데 이것이 벌집을 쑤셔 놓은 결과가 되었다. 대여섯 마리나 되는 네 발 달린 마귀들이 큰 놈, 작은 놈, 늙은 놈, 어린 놈 할 것 없이 굴속에 숨어 있다가 밖으로 튀어나오게 되었으니 말이다. 나의 발꿈치와 코트 자락은 놈들의 집중 공격 대상이 되어 버렸다. 나는 부지깽이를 들고 있는 힘껏 큰 놈들을 막아내면서 소리를 질러 이 소동을 가라앉혀줄 수 있는 사람들에게 도움을 청할 수밖에 없었다.

히스클리프와 그의 하인은 부아가 날 만큼 꾸물대며 지하실 계단을 올라왔다. 난롯가에서는 물어뜯고 짖어대느라고 대소동이 벌어졌는데도, 그들은 여느 때보다 조금도 서두르는 것 같지 않았다. 다행히 부엌일을 보는 사람 가운데 한 사람이 좀 빨리 와 주었다. 옷자락을 걷어 올려 두 팔을 드러내고, 불을 쬐어 붉어진 볼을 한 억센 여자가 프라이팬을 휘두르며 소동의 한가운데로 뛰어들었다. 무기를 휘두르며 호통을 치는 그녀의 훌륭한 솜씨에 소동은 금방 가라앉았다. 집주인이 그 자리에 들어섰을 때 그녀는 강풍이 불고 간 바다처럼 가슴으로 숨을 몰아쉬면서 서 있었다.

"도대체 어떻게 된 거요?"

나를 흘겨보며 묻는 주인의 태도에 나는 이런 엉터리 대접에 대해 더 이상 참을 수가 없었다.

"정말, 도대체 어찌 된 일입니까?"

나는 계속 화를 냈다.

"귀신들린 돼지들도 댁의 개들보다는 성질이 고약하지 않을 겁니다. 처음 보는 손님에게 호랑이 떼를 안기는 거나 마찬가지가 아닙니까."

"저놈들은 가만히 놔두는 사람에게는 성가시게 굴지 않소."

히스클리프는 포도주병을 내 앞에 내려놓고 탁자를 바로 세웠다.

"집을 지키는 건 개들이 할 일이니까요. 포도주나 한 잔 드시지요."

"사양하겠습니다."

"물리지는 않았소?"

"만약 정말로 물렸으면 나도 그놈에게 부지깽이 자국을 내주었을 겁니다."

히스클리프의 얼굴이 좀 누그러지며 싱긋 웃었다.

"저런, 좀 당황하셨군요, 로크우드 씨. 술을 좀 드시오. 이 집엔 찾아오는 사람이 워낙 드물어서 주인이나 개들이나 모두 손님 접대할 줄을 모른다오. 자, 건강을 위하여!"

고개를 숙이고 그에 대한 축배를 들고 나니, 망할 개들의 행실 때문에 화를 내는 것도 쑥스러운 일이라는 생각이 들었다. 그렇다고 해서 내가 자진해서 상대편을 즐겁게 해 주고 싶지는 않았다. 그도 그러한 눈치였다.

그는 아마 공연히 세든 사람의 기분을 상하게 하는 것은 좋지 않다는 생각을 했던 것 같다. 그 일로 인해 그의 딱딱한 말투가 좀 누그러졌고, 내가 흥미를 가질 만한 이야기, 이를테면 내가 이번에 세든 곳의 장점이나 단점 등에 대한 이야기를 꺼냈다. 그는 그 집에 대해 매우 잘 알고 있는 것 같았다. 그래서 나는 집에 돌아가기도 전에 내일 다시 찾아와야겠다는 생각을 하게 되었다. 그는 분명 내가 다시 나타나지 않기를 바라는 눈치였지만 나는 다시 찾아갈 작정이었다. 그에 비하면 나는 꽤 사교적이라는 생각이 들었다.

2

어제는 오후가 되자 안개가 끼면서 날이 추워졌다. 나는 히스(잎이 까칠한 철쭉과 에리카 속에 속하는 소관목)와 진흙탕을 헤치며 워더링 하이츠에 가느니 그냥 서재의 난롯가에서 오후를 보낼까도 생각했다. 그런데 점심을 먹고 올라와서 — 나는 열두 시에서 한 시 사이에 점심을 먹는데, 애초에 이 집에 딸린 비품처럼 집과 함께 맡게 된 마나님 같은 가정부는 다섯 시에

저녁을 먹었으면 좋겠다는 내 생각을 무시했다. 아니 들은 척도 하지 않았
다. ─ 방에 들어서자 가정부가 석탄통을 비우느라 지독한 먼지를 피우고
있었다. 그것을 본 나는 얼른 방을 나와 버렸다. 모자를 집어 들고 나와 사
마일이나 걸어서 워더링 하이츠의 정원에 이르자, 때를 맞추기라도 한 듯
불어 닥칠 눈보라의 소식을 예고하는 듯한 깃털 같은 눈송이가 날리기 시
작했다.

그 황량한 바람받이 언덕배기는 거무스름한 서리로 땅이 얼어붙어 있었
다. 바람이 어찌나 찬지 온몸이 덜덜 떨려 왔다. 문에 걸린 쇠사슬을 풀 수
가 없어 나는 그냥 담을 뛰어넘었다. 그리고 잔뜩 흐트러진 까치밥나무 덤
불이 늘어서 있는 디딤돌이 깔린 길을 뛰어가서 현관문을 두드렸다. 하지
만 주먹만 얼얼해질 뿐 들어오라는 기척은 나지 않고 시끄러운 개만 짖어
댔다.

'빌어먹을 사람들 같으니!'

나는 마음속으로 소리를 질렀다.

'이따위로 무뚝뚝하게 푸대접을 하니 언제까지나 외톨이로 살지. 적어
도 나 같으면 대낮에 문 빗장을 걸어 놓지는 않겠어. 알 게 뭐야, 일단 들어
가야지.'

굳게 결심을 한 나는 손잡이를 꽉 쥐고 세게 흔들었다. 얼굴을 찡그린 조
지프가 헛간의 둥근 창문으로 머리를 내밀었다.

"뭣 땜에 그러쇼? 주인어른은 양우리에 가셨소. 그 어른에게 할 얘기가
있거든 헛간을 빙 돌아가쇼."

"집 안에는 문 열어 줄 사람이 아무도 없단 말이오?"

나도 여봐란 듯이 소리쳤다.

"마님밖에 없소. 날이 저물도록 그렇게 소란을 피워도 그분은 문을 열어 주지 않을 거요."

"내가 누구라는 걸 그분에게 알려 줄 순 없나, 조지프?"

"내가 알 게 뭐야. 난 그런 일에 상관하지 않겠소."

그 말을 끝으로 창문으로 내밀었던 조지프의 머리는 도로 사라져 버렸다. 눈발이 심하게 몰아치기 시작했다. 내가 다시 한 번 흔들어 보려고 손잡이를 잡았을 때 겉저고리도 입지 않고 쇠갈퀴를 어깨에 멘 젊은 남자가 뒤에서 나타났다. 그는 나에게 큰 소리로 따라오라고 말했다. 빨래터와 석탄광, 펌프와 비둘기집이 있는 곳을 지나간 다음 우리는 마침내 내가 전에 안내받았던 널찍하고 훈훈한 방에 도착했다.

그 방은 석탄과 토탄과 나무를 함께 지핀 큼직한 벽난로의 불기운이 퍼져 아늑했다. 그리고 저녁 식사가 푸짐하게 놓여 있는 식탁 가까이에 앉아 있는 '마님'을 보았다. 그녀를 발견한 나는 아주 기뻤다. 그녀와 같은 사람이 그 집에 있으리라고는 미처 예상치 못했기 때문이다. 나는 인사를 한 후 그 부인이 앉으라고 말해 주길 기다렸다. 그러나 그녀는 의자에 기대어 앉은 채 나를 바라볼 뿐 꼼짝도 하지 않았고, 입도 떼지 않았다.

"날씨가 사납군요."

결국 내가 먼저 말을 꺼냈다.

"외람됩니다만, 히스클리프 부인, 댁의 하인들이 너무 느려서 그대로는 문이 배겨나질 못하겠던데요. 그들에게 들리도록 문을 두드리느라고 애를 먹었습니다."

그녀는 여전히 입을 열지 않았다. 나는 그녀를 지그시 바라보았고 그녀도 나를 가만히 바라보았다. 그녀가 냉정하고 무관심한 태도로 나를 보는 것이 몹시 거북하고 기분 나빴다.

"앉으시오. 주인이 곧 돌아올 거니까."

젊은 남자가 무뚝뚝하게 말했다. 나는 앉아서 헛기침을 하고는 그 영악하던 '주노'라는 개를 불렀다. 그놈은 두 번째로 만나는 것이어서 나와 낯이 익다는 표시로 꼬리를 살짝 흔들어 보였다.

"그놈, 잘생겼군."

나는 다시 말을 붙였다.

"부인, 이 개들을 나누어 주실 생각이 없으신지요?"

"그것들은 제 것이 아니에요."

그 귀여운 안주인은 히스클리프보다도 더 퉁명스럽게 쏘아붙였다.

"아, 부인께서 좋아하시는 것들은 이쪽에 있나 보지요?"

나는 고양이 같은 것이 가득한 구석진 곳의 방석을 돌아다보면서 말을 이었다.

"좋아할 게 따로 있지요."

그녀는 비웃듯이 대꾸하였다. 재수 없게도 그것은 죽은 토끼들을 쌓아 놓은 것이었다. 나는 다시 한 번 헛기침을 하고는 의자를 난로 쪽으로 당겨 놓고 궂은 저녁 날씨 이야기를 다시 꺼냈다.

"집 밖으로 나오지 않으셨더라면 좋았을 걸 그랬지요?"

그녀는 그렇게 말하며 일어서서 벽난로 선반에서 차가 담긴 병 두 개를 집으려 했다. 그녀가 지금까지 앉아 있던 자리는 불빛에 가려져 있었기 때문에 그제야 나는 그녀의 얼굴과 용모를 뚜렷이 볼 수 있었다. 호리호리하고 아직 처녀티가 가시지 않은 듯한 그녀의 아름다운 자태와 기막히게 예쁜 얼굴은 내가 여태껏 본 적이 없을 정도였다. 오밀조밀한 이목구비, 하얀 살결, 곱다란 목덜미에 흩어져 있는 황갈색이라기보다는 차라리 금빛 나는 곱슬머리, 그리고 표정만 상냥했다면 어떤 사람이든 매혹시키고야 말았을 두 눈을 가지고 있었다. 그러나 나를 위해서는 그녀의 그러한 표정이 다행이라는 생각이 들었다.

차가 담긴 병은 그녀의 손에 쉽게 닿지 않았다. 그래서 나는 그녀를 도우려는 기색을 보였다. 그러자 그녀는 마치 수전노가 돈을 세고 있을 때 다른 사람이 도와주려고 하면 질색을 하듯 나를 돌아다보며 말했다.

"도와주시지 않아도 돼요. 나 혼자서 내릴 수 있으니까요."

"실례했습니다."

나는 얼른 그렇게 대답할 수밖에 없었다.

"차를 드시라고 초대받으셨던가요?"

말쑥한 검은 옷에 행주치마를 두른 그녀는 주전자에 차를 한 숟가락 넣으려다 말고 내게 다그쳐 물었다.

"한 잔 주셨으면 좋겠습니다."

"초대받으셨던가요?"

그녀가 다시 물었다.

"아닙니다."

나는 약간 웃음을 띠면서 말했다.

"초대를 해 주셔야 할 분은 부인이시죠."

그녀는 차와 숟가락을 내동댕이치듯 치워 버리고는 샐쭉해져 의자에 도로 앉았다. 이마를 찌푸리고 붉은 아랫입술은 울상을 한 어린애처럼 삐죽이 내밀고. 그러는 사이에 그 젊은 사나이는 아주 초라한 겉저고리를 걸쳐입고 불 앞에 서서 마치 아직 풀지 못한 원한이라도 있는 듯이 나를 흘겨보고 있었다. 나는 그가 하인인지 아닌지 의심스러워지기 시작했다. 거친 의복이나 말씨에서는 히스클리프 부부에게서 볼 수 있는 의젓함은 전혀 찾아볼 수 없었다. 숱 많은 갈색 곱슬머리는 손질하지 않아 잔뜩 헝클어져 있었고, 곰 같은 구레나룻이 턱을 덮었으며, 손은 볼품없는 노동자의 손처럼 잔뜩 그을어 있었다. 그렇지만 그의 거리낌이 없는 몸가짐은 거만하게 느껴질 지경이었고, 어디에서도 안주인을 시중드는 하인의 부지런함이라곤 찾아볼 수 없었다.

나는 그의 신분에 대하여 명료한 결론을 얻지 못할 바에는 그의 괴상한 거동에 신경을 쓰지 않는 게 좋겠다고 생각했다. 오 분쯤 지나자 히스클리프가 들어와 어색한 상태에 있는 나를 해방시켜 주었다.

"약속대로 찾아왔습니다."

나는 기분이 좋은 척하면서 소리쳤다.

"그런데 날씨가 이래서야 한 반 시간은 꼼짝할 수 없을 것 같은데요. 물론 그동안 머무르게 해 주실 수 있다면 말씀입니다만……."

"반 시간이라고요?"

그는 옷에 묻은 눈을 털면서 말했다.

"마치 심한 폭설 속을 산책하려고 일부러 시간을 고르신 것 같군요. 길을 잃을 위험이 있다는 걸 모르시오? 이런 날 저녁에는 이 근방 지리를 잘 아는 사람들도 길을 잃기 일쑤지요. 게다가 지금 같아선 날씨가 좋아질 기색도 없단 말이오."

"댁의 젊은 친구들 가운데 길잡이로 한 사람쯤은 저를 도와주게 할 수 있겠죠? 그러면 내 집에서 아침까지 있게 하면 되니까요. 한 사람 딸려 주실 수 있을까요?"

"아니, 그럴 수 없소."

"허어, 이거 참! 그렇다면 나 혼자 어떻게 해 볼 수밖에 없군요."

"차를 끓일까요?"

초라한 겉저고리를 입은 젊은 남자가 나를 흘겨보던 시선을 젊은 부인에게로 돌리며 물어보았다.

"저분에게도 차를 드리는 건가요?"

그녀는 히스클리프에게 물었다.

"준비나 하지 못해!"

그의 거친 말투에 나는 깜짝 놀랐다. 그 말투 속에는 천성적으로 고약한 성질이 드러나 보였다. 나는 다시는 히스클리프를 멋진 친구라고 부르고 싶지 않았다.

"자, 의자를 앞으로 당기시오."

차가 준비되자 그는 나를 불렀고 그 촌티나는 젊은이도 우리와 함께 식탁에 둘러앉았다. 그러나 식사를 하는 동안 식탁에는 내내 딱딱한 침묵만이 흘렀다. 나는 나 때문에 분위기가 우울해졌다면 그것을 없애는 것도 내가 해야 할 일이라는 생각이 들었다. 그들이라고 해서 날마다 이처럼 말없이 험상궂게 지낼 리는 없을 테니까. 그리고 아무리 성미가 고약하다 하더라도 모두 하나같이 이렇게 얼굴을 찌푸리는 것이 보통 때의 모습일 수는 없다고 생각했다.

"참 이상하지요."

나는 차를 한 잔 마시고 또 한 잔을 따라 들면서 말을 시작했다.

"습관이라는 것이 우리의 취미나 관념을 만들어 버리니까요. 이 세상에는 당신처럼 이렇게 세상과 완전히 따로 떨어져서 사는 것이 행복할 거라고 생각하는 사람은 많지 않을 겁니다, 히스클리프 씨. 하지만 이렇게 가족에게 둘러싸여, 그리고 또 이렇게 귀여운 부인에게 집안과 마음을 다스리게 하고……."

"귀여운 부인이라뇨?"

그는 거의 악마 같은 비웃음을 띠면서 내 말을 가로막았다.

"어디에 있단 말이오, 나의 귀여운 아내가?"

"히스클리프 부인, 선생님의 부인 말입니다."

"아, 그렇군! 당신이 하는 말은 집사람이 수호신이 되어 죽은 다음에도 이 워더링 하이츠를 지켜준다는 뜻이오?"

순간 나는 내가 큰 실수를 했다는 것을 알아차렸다. 부부라고 하기엔 그들의 나이 차이가 너무 심하다는 것을 눈치 챌 수도 있었을 텐데. 한쪽은 마흔 살쯤으로 보였고 — 그 무렵의 상식으로는 남자들은 여간해서 젊은 처녀에게 빠져 결혼한다는 생각을 하지 않았다. 그러한 꿈은 노년기의 위안으로나 미루어 두는 법이다 — 또 한쪽은 열일곱 살도 안 돼 보였으니 말이다. 나는 불현듯 이런 생각이 떠올랐다.

'내 옆에서 대접으로 차를 마시며 씻지도 않은 손으로 빵을 먹고 있는 이 촌스러운 녀석이 그녀 남편일지도 모르겠군. 히스클리프의 아들인 것은 말할 것도 없고. 그렇다면 이건 생매장을 당한 꼴이로군. 그녀는 이런 외진 곳에서 더 나은 사람들이 있다는 것도 모른 채 저런 촌뜨기에게 몸을 맡긴 거야. 가엾게도! 하지만 내가 나타나는 바람에 그녀가 사람을 잘못 택했다고 후회하지 않도록 조심해야지.'

이런 내 생각이 건방지게 보일지 모르지만 사실 그럴 수밖에 없었다. 내 옆의 친구는 거의 밉살스러울 정도였다. 그런데 지금까지 겪어봐서 아는 일이지만, 나는 꽤 매력 있는 편이었다.

"히스클리프 부인은 내 며느리요."

히스클리프 씨의 말로 나는 내 추측이 틀림없다는 것을 알 수 있었다. 그는 그렇게 말하면서 야릇한 표정으로 그녀 쪽을 보았다. 그의 안면 근육이 다른 사람들과는 달리 그의 속마음을 나타내지 못할 정도로 비뚤어진 것이 아니라면, 그것은 미움이 가득 담긴 표정이었다.

"아아, 그렇군요. 이제야 알겠습니다. 당신이 바로 저 인자하신 아가씨의 남편이셨군요."

나는 내 옆의 친구를 돌아보면서 말했다. 그런데 이 말이 오히려 사태를 전보다 더 악화시켜 버렸다. 그 청년은 얼굴이 새빨개지더니 주먹질이라도 하려는 기세로 주먹을 불끈 쥐었지만 간신히 스스로를 진정시켰다. 그는 나에게 지독한 욕지거리를 중얼거리면서 화를 삭이고 있었고, 나는 애써 그 일을 모르는 척했다.

"추측이 또 틀리셨소."

주인이 일깨워주었다.

"우리 두 사람 중 어느 쪽도 당신이 말하는 착한 아가씨의 주인이 아니오. 그 주인은 죽고 없소. 내가 내 며느리라고 했으니까 그렇게 생각할 법도 하지요. 하기야 그녀가 내 아들과 결혼한 것은 사실이니까."

"그럼, 이 젊은 분은……."

"물론 내 아들이 아니오."

히스클리프는 자기를 그 퉁명스러운 녀석의 아비라고 생각하는 것은 좀 지나친 농담이라는 듯이 웃음을 띠었다.

"내 이름은 헤어턴 언쇼요."

그 젊은이는 으르렁대듯이 말했다.

"당신이 내 이름을 함부로 부를 자격은 없소."

"함부로 부른 적은 없는데."

나는 대답하면서 속으로 그가 자기 이름을 말할 때 보인 위엄을 비웃었다. 그가 너무 오랫동안 나를 빤히 보고 있었기 때문에 나는 슬그머니 얼굴을 돌려 버렸다. 자칫하면 그 녀석의 얼굴을 갈겨 주든지 아니면 비웃어 주고 싶어질지도 모르기 때문이었다. 나는 그토록 재미없는 가족 틈에 끼어 있는 것이 점점 불편해지기 시작했다. 음산하고 불쾌한 분위기는 시간이 지날수록 점점 심해져서 주위의 따뜻하고 아늑한 방 분위기도 소용없었다. 이런 상황이라면 세 번째로 그 집을 방문하는 것은 아무래도 다시 생각해 보는 게 좋을 것 같았다.

식사는 끝났고, 재미있는 말 한마디 하는 이도 없었다. 나는 날씨가 어떤지 살피러 창가로 걸어갔다. 바깥 날씨는 아주 나빴다. 여느 때보다도 일찍 어둠이 내렸고, 하늘과 언덕은 바람과 숨 막히는 눈발이 한꺼번에 매섭게 회오리치는 바람에 사방을 분간할 수도 없었다.

"이래서야 길잡이 없이는 집에 갈 수가 없겠군."

나는 탄식했다.

"길은 이미 눈에 묻혔을 것이고, 비록 눈에 묻히진 않았더라도 한 치 앞도 내다볼 수 없을 거요."

"헤어턴, 저 열두 마리의 양들을 헛간 안으로 몰아넣어. 밤새 우리에 두었다간 그대로 묻혀 버리겠어. 판자나 한 장 문 앞에 막아 둬."

히스클리프가 언쇼에게 말했다.

"나는 어떻게 한다?"

나는 점점 초조해졌지만 내 질문에는 아무도 대답해 주지 않았다. 돌아다보니 조지프가 개에게 줄 죽을 한 통 들고 들어오는 중이었다. 히스클리프 부인은 차가 든 병을 제자리에 갖다 놓으며 불 위에 몸을 내밀다시피하여 벽난로 위에 떨어져 있는 한 묶음의 성냥을 심심풀이로 태우고 있었다. 조지프는 죽통을 내려놓으면서 유심히 방을 한 번 둘러보고는 갈라진 목소리로 지껄여댔다.

"다들 밖으로 나가 버렸는데 왜 할 일 없이 서 있는지 몰라! 하지만 당신은 쓸모없는 사람이니 말해 봤자 소용없겠지. 당신 버릇이 고쳐지진 않을 테니 말이야. 당신도 당신 어머니처럼 악마가 우글대는 지옥으로 가게 될 거야!"

나는 처음에 나에게 하는 말이라고 생각하고는 화가 머리끝까지 치밀어 올라 그 늙은 악당을 문 밖으로 차 버리려고 다가갔다.

"되먹지 못한 늙은 철면피야!"

그때 히스클리프 부인의 대답이 나를 멈추게 했다.

"악마의 이름을 자꾸 말하면 송두리째 악마에게 끌려간다는데 무섭지도 않아? 나를 가만히 내버려두는 게 좋을 거야. 그렇지 않으면 난 악마한테 간청해서 당신을 끌어가라고 할 테니까. 가만히 있어, 조지프."

그녀는 말을 이으면서 시렁에서 길쭉하고 까만 책 한 권을 끄집어냈다.

"내가 얼마나 마술에 익숙해졌는지 보여 주지. 머지않아 모든 마술에 통달할 거야. 그 붉은 암소가 죽은 것도 절대로 우연이 아니야. 당신의 신경통도 하느님의 뜻이라고 생각하면 안 돼."

"이런 세상에!"

조지프는 신음하는 소리로 말했다.

"오, 하느님! 우리를 악에서 건져 주옵소서!"

"안 돼, 극악무도한 늙은이 같으니! 당신은 하느님이 버린 사람이야. 썩 비켜! 비키지 않으면 단단히 혼내 줄 테니까. 당신을 온통 밀초와 진흙으로 만들어 버리겠어. 그리곤 내가 정해 놓은 계율을 맨 처음 깨뜨리는 자는…… 어떻게 된다고 말해 주지 않겠어. 곧 알게 될 테니까! 썩 나가. 내가 지켜보고 있을 거야."

이 귀여운 마녀가 그 아름다운 눈에 일부러 악의를 띠자 조지프는 정말 무서움에 떨면서 기도를 드리다가는 '오, 하느님'을 외치며 서둘러 나가 버렸다. 나는 그녀의 행동을 너무 쓸쓸해서 해 본 장난이라고 생각했다. 게 다가 이젠 우리 두 사람밖에 남지 않았으므로 나는 그녀가 나의 고충에 관 심을 가져 주기를 바랐다.

"히스클리프 부인, 성가시게 해서 미안합니다만, 당신의 그 아름다운 용 모로는 악한 마음을 가지고 싶어도 악할 수 없겠어요. 부디 내가 집으로 돌아가는 길을 찾을 수 있게 뭔가 표지가 될 만한 것을 알려 주시겠습니 까? 당신이 런던으로 가는 길을 모르시듯이 나는 어떻게 집으로 돌아가야 하는지 전혀 모르겠어요."

"오신 길로 되돌아가세요."

그녀는 그렇게 대답하고서 초 한 자루를 들고 그 길쭉한 책을 펴더니 다 시 의자에 앉았다.

"간단하긴 하지만 더 이상 좋은 충고를 해 드릴 순 없군요."

"그렇다면 제가 늪이나 눈구덩이에 빠져 죽었다는 말을 들어도 부인은 조금도 양심의 가책을 느끼지 않으신다는 겁니까?"

"어째서 제 잘못이지요? 제가 동행해 드릴 수는 없잖아요. 이 집안 사람들은 저를 대문 밖으로 내보내지 않으니까요."

"당신이 동행하시다니요? 저는 양심상 이런 날 밤에 당신을 집 밖으로 나오라고 청할 수 없습니다. 저는 돌아가는 길을 가르쳐 주십사 하는 거지, 직접 안내를 해 달라는 것은 아닙니다. 그렇지 않으면 히스클리프 씨에게 말씀드려 길잡이를 한 사람 붙여 주셔도 좋겠습니다."

"누구를 붙여 드린단 말씀이세요? 여기 있는 사람이라곤 그분과 언쇼와 질라와 조지프, 그리고 저뿐인데요. 그중에 어떤 사람을 원하시는 거죠?"

"농장에 젊은 사람들은 없습니까?"

"없어요, 지금 말씀드린 사람들뿐이에요."

"그렇다면 자고 갈 수밖에 없군요."

"그건 그분과 상의해 보세요. 저는 뭐라고 말씀드릴 수 없으니까요."

"이번 일을 교훈 삼아 경솔히 이 산중을 돌아다니지 않으시는 게 좋을 거요."

부엌 문 쪽으로부터 히스클리프의 엄한 목소리가 울려왔다.

"여기서 잔다고 해도 손님들을 위한 설비는 없으니까, 만약 자고 가신다면 헤어턴이나 조지프와 침대를 같이 써야만 하오."

"난 이 방에 있는 의자에서도 잘 수 있어요."

"아니, 안 됩니다. 부자든 부자가 아니든 남은 남이오. 내가 보고 있지 않을 때는 그 누구라도 이 집 안을 맘대로 돌아다니게 할 수 없소!"

그 무례한 사내는 그렇게 말했다. 이렇게까지 모욕을 당하고서는 나도 더 이상 참을 수가 없었다. 나는 싫은 소리를 하면서 그의 옆을 지나 뜰로 나섰으나 너무 서두르는 바람에 언쇼와 부딪쳤다. 하도 어두워서 나가는 곳도 보이지 않았다. 그래서 헤매는 동안 이 집 사람들이 서로 얼마나 예의

바른가에 대한 또 하나의 표본 같은 대화를 들었다.

처음에는 그 젊은 언쇼가 내 편을 드는 것 같았다.

"내가 그와 함께 숲 있는 데까지 가지요."

언쇼가 뜻밖의 말을 했다.

"그와 함께 지옥에라도 가지!"

언쇼는 그의 주인이든지 혹은 누구든지 간에 상관없다는 투로 소리를 쳤다.

"하지만 말은 누가 돌볼 거야, 응?"

"한 사람의 생명을 위해서는 하루 저녁쯤 말을 내버려두어도 괜찮지 않아요? 하여튼 누군가 같이 가야 해요."

히스클리프 부인이 뜻밖에 친절하게 중얼거렸다.

"당신 명령으로는 가지 않겠소!"

부인의 말에 언쇼가 비꼬았다.

"그 사람이 소중하거든 잠자코 있을 일이지."

"그런 소릴 하면 그이가 죽어서 유령이 되어 당신을 찾아올 거야. 그리고 히스클리프에게는 그 저택이 폐허가 될 때까지 다시는 세들 사람이 없을 거예요."

그녀는 앙칼지게 대답했다.

"말을 들어. 모두를 저주하고 있으니까."

조지프가 중얼거렸다. 그때 나는 그에게로 가고 있었다. 그는 그들의 말소리가 들리는 곳에 앉아서 초롱 불빛 아래 소젖을 짜고 있었다. 나는 아무 말도 않고 그 초롱을 집어 들고는 내일 그것을 돌려보내겠다는 말을 던지고서 가장 가까운 뒷문 쪽으로 줄달음질쳤다.

"주인어른, 주인어른, 저 사람이 초롱을 훔쳐갑니다!"

그 노인은 내 뒤를 따라오면서 소리를 쳤다.

"내셔! 이봐, 멍멍아, 울프야! 저자를 잡아라, 잡아!"

작은 문을 열자 두 마리의 털북숭이 개들이 내 목덜미로 덤벼들어 나를 넘어뜨리고 초롱불도 꺼 버렸다. 그때 히스클리프와 언쇼가 함께 웃는 소리가 들려왔다. 나는 모욕감과 분노에 머리끝까지 화가 치밀었다.

다행히 개들은 나를 산 채로 잡아먹기보다는 앞발을 쭉 뻗고 하품을 하고 꼬리라도 흔들고 싶어 하는 눈치였다. 그러나 일어날 여유를 주지는 않았다. 그래서 나는 그 악랄한 놈들의 주인이 구출하러 올 때까지 누워 있을 수밖에 없었다. 모자도 날아간 채 분노로 몸을 떨면서. 나는 앞뒤가 맞지 않는 복수의 말을 뇌까렸다.

"일 분만 더 나를 이대로 두기만 해 봐."

나는 그렇게 소리치면서 그 악한들에게 나를 밖으로 내놓으라고 명령했다. 내 위협의 말은 그 미움의 한량없는 깊이만큼은 리어 왕의 절규를 방불케 한 것이었다.

너무 격분한 나는 심하게 코피를 흘렸다. 그런데도 히스클리프는 껄껄 웃고 있었고 나는 계속 고래고래 고함을 질렀다. 그때 그 자리에 매우 인자하다고 생각되는 사람이 나타났다. 그 사람은 건장한 가정부 질라였다. 그녀가 마침내 무슨 소동인지 궁금해서 나타났던 것이다. 그녀는 누가 나에게 난폭한 짓을 한 것이라고 생각했던 모양이다. 그러나 감히 주인에게 덤빌 수도 없고 해서 젊은 녀석에게 고래고래 소리를 질러댔다.

"언쇼 도련님, 다음엔 어쩔 작정이에요? 바로 우리 집 문간에서 사람을 죽이려는 거예요? 이 집은 내가 있을 곳이 못 되나 봐. 저 불쌍한 젊은 분을 봐요. 숨이 막힐 지경이잖아요. 가만히 있어요, 가만히! 정말이지 그렇게 떠들고만 있을 일이 아니에요. 들어오세요. 내가 치료해 드릴 테니. 자자, 가만히 계세요."

그녀는 갑자기 내 목덜미에 세 홉 가량 되는 얼음물을 끼얹었고는 나를 부엌으로 끌고 들어갔다. 히스클리프도 따라왔으나, 웬일인지 웃고 있던 아까와는 달리 어느새 평소의 침울한 표정으로 되돌아가 있었다.

나는 현기증과 통증으로 기절할 것만 같았다. 그리하여 하는 수 없이 이 집에 묵을 수밖에 없었다. 히스클리프는 나에게 브랜디를 한 잔 주라고 말하고 안방으로 들어가 버렸다. 질라는 내가 당한 봉변을 위로해 주려고 주인이 시킨 대로 브랜디를 건넸다. 그리고 내가 약간 원기를 회복하자 잠자리로 안내해 주었다.

3

앞장서서 계단을 올라가며 그녀는 나에게 불빛을 숨기고 소리도 내지 말라고 일러 주었다. 그녀가 나를 재우려는 방에 대해 주인이 이상한 생각을 가지고 있기 때문에 어떠한 사람도 선선히 그 방에서 자게 하지 않는다는 것이었다. 나는 그 이유를 물어보았다. 그녀는 자기도 모른다고 대답했다. 그녀가 이 집에 머물게 된 건 두어 해밖에 되지 않았고, 이 집엔 하도 이상한 일들이 많아서 일일이 관심을 가질 수도 없다고 했다.

나 자신도 너무 어리둥절해서 이상하다는 생각을 할 겨를도 없이 문을 닫아걸고는 방 안을 둘러보았다. 가구라고는 의자 한 개와 옷장 하나, 그리

고 꼭대기 가까이에 마차의 창 비슷한 사각형의 구멍이 뚫린 큼직한 참나무 궤짝이 하나 있을 뿐이었다. 가까이 다가가 속을 들여다보니 그건 가족한 사람 한 사람이 방 하나를 가지지 않아도 되게끔 만든 매우 편리하게 꾸며놓은 별난 침상(寢牀)이었다. 사실 그것은 작은 침실을 이루고 있어서 그안의 탁자를 대신하게 되어 있었다. 나는 판자로 된 옆 벽을 열고는 촛불을 들고 들어가서 그 판자를 다시 닫고, 이제는 히스클리프와 다른 어떤 사람의 눈에도 띄지 않으리라 생각하고 마음을 놓았다.

나는 창턱에 촛불을 놓았다. 한쪽 구석에는 곰팡이가 핀 몇 권의 책이 쌓여 있었다. 그리고 거기는 페인트 위에 긁어서 쓴 글씨투성이였다. 그러나 이 글씨들은 크고 작은 모양으로 같은 이름을 되풀이한 것으로 '캐서린 언쇼'라는 이름이 군데군데 있는가 하면 '캐서린 히스클리프', 또 '캐서린 린튼'이라고 써 있기도 했다.

맥이 탁 풀린 기분으로 나는 창에 머리를 기대고 캐서린 언쇼, 히스클리프, 린튼이라는 글씨를 계속 더듬다가 눈이 감겼다. 그러나 오 분도 채 못되어서 어둠 속에서 흰 글자들이 유령처럼 뚜렷이 떠오르기 시작했다. 허공은 캐서린이라는 글자로 가득 찼다. 이 눈에 거슬리는 이름을 쫓기 위해 일어나 보니 촛불 심지가 그 낡은 책 쪽으로 기울어져서 소가죽 타는 냄새가 방 안에 진동하고 있었다. 나는 그 심지를 잘라 버렸다. 으스스함과 메스꺼움 때문에 갑자기 기분이 매우 언짢아졌다. 자리에서 일어나 앉은 나는 약간 타들어간 큰 책을 무릎 위에 펼쳤다.

그것은 지독하게 곰팡내가 나는 작은 활자로 인쇄된 성경책이었다. 빈 책상에는 '캐서린 언쇼'라는 글자와 약 이십오 년 전의 날짜가 적혀 있었다. 나는 그 책을 덮고 다른 책도 한 권 한 권 들어 조사해 보았다. 캐서린의 장서는 정선된 것이었고 꽤 낡은 것으로 보아 늘 쓰던 것임을 알 수 있었다. 그러나 책을 열심히 읽은 것 같지는 않았다.

거의 어느 장(章)이나 활자가 찍혀 있지 않은 부분은 조금도 여백을 남기지 않고 적어 넣은 펜글씨로 가득 차 있었다. 어떤 것은 독립된 문장들이었고, 미숙하고 유치한 규칙적인 일기와 같은 부분들도 있었다. 처음 눈에 띄었을 때는 잘 되었다고 생각되었다. 여백의 한 페이지 꼭대기에는 조지프를 빼닮은 희화(戲畵)가 거칠지만 밉지 않게 그려져 있어 꽤 재미있었다. 그래서 불현듯 캐서린이라는 여성에 대해 흥미를 느끼게 되었다. 나는 곧 빛바랜 그녀의 읽기 힘든 글씨를 해독하기 시작하였다.

지긋지긋한 일요일이다. 아버지가 다시 살아나셨으면 좋겠다. 힌들리 오빠가 아버지 대신이라니, 질색이다. 히스클리프에 대한 오빠의 행동은 잔인해. H와 나는 반발할 테다. 우리 둘은 오늘 저녁 그 첫발을 내디딘 셈이다.

온종일 심한 비가 내렸다. 우리는 교회에 갈 수가 없었다. 그래서 조지프가 우리를 다락방에 모아 놓고 설교를 했다. 힌들리 오빠 부부는 밑에서 편안히 불을 쬐고 있는데 ― 둘이서 성경을 읽지 않은 것만은 틀림없지만 ― 히스클리프와 나와 그 불쌍한 머슴아이는 기도서를 가지고 올라오라는 명령을 받았다. 우리는 곡식 자루 위에 한 줄로 앉아서 신음하며 떨고 있었다. 조지프도 떨었으면 좋겠다. 그러면 자기 자신을 위해서도 설교를 짧게 할 테니까.

그러나 터무니없는 생각이었다. 예배는 어김없이 세 시간이나 계속되었다. 그런데도 오빠는 우리가 내려오는 것을 보고 '아니, 벌써 끝난 거야?' 하고 뻔뻔스럽게 말하였다. 전에는 일요일 저녁에 떠들지만 않으면 놀아도 괜찮았었는데 지금은 조금 웃기만 해도 구석으로 쫓겨나야 한다.

'너는 이 집에 주인이 있다는 것을 잊었니?' 하고 폭군 같은 오빠는 말한다.

"나를 골나게 하는 녀석부터 박살을 내주겠어! 절대로 까불고 떠들어선 안 돼. 아니, 당신이었소? 프랜시스, 여보, 올 적에 그놈의 머리칼을 당겨 줘. 지금 그 녀석이 손가락을 퉁기는 소리가 시끄럽게 났으니까."

프랜시스 언니는 힘껏 그의 머리를 당겼다. 그러고는 오빠에게로 가서 그 무릎에 앉았다. 그들은 그대로 오랫동안 어린아이들처럼 둘이서 입을 맞추는 등 보기 싫은 행동을 하였다. 우리까지도 부끄러워지는 바보 같은 잡담도 하였다.

우리는 우리대로 요리대 밑 아치 아래 기어들어가서 될 수 있는 대로 편안히 앉아 있었다. 내가 막 우리들의 앞치마를 연결해서 커튼 대신으로 드리웠을 때 조지프가 무슨 볼일로 마구간에서 돌아왔다. 그는 내가 만든 커튼을 잡아떼고는 내 뺨을 후려치면서 고함을 쳤다.

"주인어른의 장례식이 막 끝난 데다가 안식일도 아직 끝나지 않고, 설교말씀도 귓전에 남아 있는데 너희들은 감히 장난을 하다니! 부끄럽지도 않아! 똑바로 앉아, 이 망나니들아! 읽을 생각만 있으면 좋은 책은 얼마든지 있어. 바로 앉아서 너희들의 영혼에 대해서나 생각해 봐."

그는 억지로 낡아 빠진 설교책을 우리에게 주면서 먼 난로에서 비치는 희미한 불빛으로 책을 읽으라며 우리를 바로 앉혔다.

나는 도저히 그런 식으로 책을 읽을 수 없었다. 나는 이런 책 같은 건 싫다고 말하면서 더러운 책 겉장을 개집으로 던져 버렸다. 히스클리프도 그의 책을 그곳으로 차 버렸다.

그러자 한바탕 소동이 벌어졌다.

"힌들리 도련님!"

우리의 목사님인 조지프가 소리를 쳤다.

"도련님, 어서 이리 와 보세요. 캐시 아가씨가 《구원의 투구》 겉장을 뜯어 버리고, 히스클리프는 《파면에의 넓은 길》을 발로 차서 구멍을 뚫어 놓았어요. 이런 짓을 하게 두다니, 소름이 끼치는군요. 어이구, 어른께서 계셨더라면 단단히 혼을 내셨을 텐데. 이제는 계시지를 않으시니!"

힌들리 오빠가 난롯가에서 달려와 우리들 중의 한쪽은 멱살을 잡고 또 한쪽은 팔을 잡아서 둘 다 부엌 안쪽으로 내동댕이쳤다. 거기 있으면 악마가 찾아와서 우리들을 데려갈 거라고 조지프가 으름장을 놓았다. 그 말을 듣고 우리는 따로따로 구석을 찾아가 악마가 오기를 기다렸다.

나는 이 책에 팔을 뻗어 선반에서 잉크병을 집어 햇빛이 들어오도록 거실문을 조금 열고 이것을 쓰면서 한 이십여 분 쯤 시간을 보냈다. 그러나 히스클리프는 갑갑하다면서, 소젖을 짜는 여자의 외투를 빌려 쓰고 벌판을 뛰어다니자고 했다.

재미있는 생각이다. 그렇게 되면 퉁명스러운 영감이 들어와 보고는 정말 자기가 말한 대로 악마가 우리를 데려간 것이라고 생각할지도 모르지. 비오는 밖으로 뛰어나가더라도 여기보다 더 습하거나 춥지는 않을 거다.

다음 문장이 다른 화제로 옮아간 것으로 보아 캐서린은 그 계획을 실행했던 모양이다. 이번에는 눈물겨운 장면이었다.

'힌들리 오빠가 나를 이렇게 울리리라고는 꿈에도 생각 못했어!'

이렇게 시작하는 그녀의 일기는 계속해서 다음과 같이 적고 있었다.

머리가 아파서 베개도 못 벨 지경이다. 그리고 나는 울음을 그칠 수도 없다.

불쌍한 히스클리프를 힌들리 오빠는 뜨내기라고 부르면서, 우리와 함께 앉지도 못하게 하고 함께 식사도 못하게 하겠단다. 그와 내가 함께 놀아도 안 된다고 한다.

만약 그 명령을 지키지 않으면 그를 쫓아내겠다고 위협한다. 게다가 오빠는 아버지가 히스클리프에게 너무 잘해 주셨다고 책망하고 있다.(어떻게 감히 그럴 수 있는지.) 그리고 히스클리프를 다시 그에게 어울리는 처지로 되돌려 놓겠다고 한다.

나는 어슴푸레한 책상 위에서 꾸벅꾸벅 졸기 시작했다. 내 눈은 펜글씨에서 인쇄된 글씨로 옮겨갔다. 붉은 잉크로 꾸며서 쓴 '일곱 곱하기 일흔 및 일흔한 번째의 처음(마태복음 제18장 21절~22절), 기머튼 소우 교회에서의 제이베스 브랜더럼 목사의 설교'라는 제목이 눈에 띄었다. 나는 반쯤 잠든 채 침대에 누워 제이베스 브랜더럼이 그 제목으로 어떻게 설교를 했을까를 생각하다가 스르륵 잠이 들어 버렸다.

'아, 고약한 차를 마시고 화를 낸 탓이다. 그 밖에 또 무엇이 나로 하여금 그렇게도 지긋지긋한 하룻밤을 보내게 했단 말인가?'

난 고생이란 걸 알게 된 후로 그날 밤에 견줄 만한 밤을 보낸 기억이 없다. 그런 음침한 곳에서 자고 있다는 생각이 채 사라지기도 전에 나는 이미 꿈을 꾸기 시작했다.

나는 조지프를 앞세워 집으로 가고 있었다. 길에는 눈이 몇 자나 쌓여 있었다. 우리가 허우적대면서 걸어가고 있을 때 조지프는 내게 순례자의 지팡이를 가지고 오지 않았다고 줄곧 나무랐다. 나는 금세 지쳐 버렸다. 조지프는 지팡이 없이는 집에 돌아갈 수 없다고 말하면서 뽐내듯이 손잡이가 묵직한 자신의 몽둥이를 휘둘러 보였다. 아마도 그것을 순례자의 지팡이라고 하는 모양이었다.

순간 그러한 연장이 없으면 내 집에 들어갈 수 없다는 것이 말도 안 된다고 생각되었다. 그러자 또 다른 생각이 머리를 스쳤다. 나는 지금 집으로 가고 있는 것이 아니라 그 유명한 제이베스 브랜더럼 목사의 '일곱 곱하기 일흔'이라는 성경 구절을 이용한 설교를 들으러 가고 있는 것이다. 게다가 조지프와 설교자와 나 세 명 중 어느 누군가 '일흔한 번째의 처음'의 죄를 범해서 사람들 앞으로 끌려나가 파문(破門)을 당하게 되어 있다는 것이다.

우리는 교회에 도착했다. 산책하면서 실제로 두세 번 지나친 적이 있는 교회였는데, 두 언덕 사이 움푹 들어간 곳에 자리 잡고 있었다. 움푹 들어간 곳이라곤 하지만 실제로는 늪가에 있는 약간 높은 지대로, 토탄을 머금은 늪의 습기가 그곳에 묻혀 있는 시체의 방부제 노릇을 한다고 한다. 교회의 지붕은 지금까지도 온전하게 보존되어 있었지만, 목사의 연봉이 불과 이십 파운드밖에 안 되는 데다 방이 둘밖에 없는 사택도 언제 한 칸밖에 쓰지 못하게 될지 모르는 형편이어서 이곳에서 목사 노릇을 하겠다는 사람은 한 사람도 없다는 것이다. 게다가 그곳 성도들은 목사를 굶겨 죽였으면 죽였지, 저희들 호주머니에서는 한 푼도 내려고 하지 않는다는 소문이 퍼져 있었다.

어쨌든 내 꿈속에서 제이베스 목사는 교회를 가득 메운 열렬한 성도들 앞에서 설교를 하고 있었다. 그의 설교는 정말로 유별난 것이었다. 그 설교는 490가지 항목으로 나뉘어 있는데다가, 그 하나하나가 보통 설교 하나와 맞먹는 길이였다. 또한 그 하나하나가 모두 다른 별개의 죄를 논했다. 나는 어디서 그런 죄를 찾아냈는지 알 수가 없었다. 그는 '일곱 곱하기 일흔'이라는 구절을 자기 나름으로 해석하면서 성도는 그때그때 다른 죄를 범해야 한다는 듯이 이야기했다. 그 죄라는 것도 정말 기묘한 것들뿐이어서 예전에는 미처 내가 상상도 못한 죄들이었다.

나는 얼마나 지쳤던지……. 얼마나 몸을 비틀고 하품을 하고 꾸벅거리다가 깨곤 했던지. 나는 내 몸을 꼬집다가, 찌르다가, 눈을 비비다가, 섰다가 다시 앉았다가 그리곤 조지프를 쿡 찌르면서 설교가 끝나거든 알려 달라고 부탁을 했다. 그러나 나는 그 설교를 끝까지 들어야만 했다. 드디어 그 '일흔한 번째의 처음'의 죄 이야기에 이르렀다. 그 중대한 순간에 어떤 영감이 불현듯 내 머리를 스쳤다.

나는 불쑥 일어나서 제이베스 브랜더럼이야말로 기독교도로서는 용서할 수 없는 죄를 범한 것이라고 규탄하지 않을 수 없었다.

"목사님! 여기 이 교회에 앉아 줄곧 말씀하신 490가지 설교를 참고 들어왔습니다. 나는 일곱 번의 일흔 배나 모자를 집어 들고 밖으로 나가려고 했습니다. 하지만 일곱 번의 일흔 배나 당신은 터무니없게도 나를 다시 앉게 했습니다. 사백구십한 번째라는 것은 너무 심합니다. 나와 같이 고생한 여러분들, 저 녀석에게 덤비십시오! 저 녀석을 끌어내 혼을 내어 고향 사람들이 저 녀석을 더 이상 인정하지 못하게 하십시오."

"네가 바로 그 죄를 지은 사람이다."

의자에 기댄 채 잠시 침묵하던 제이베스 브랜더럼이 외쳤다.

"일곱 번의 일흔 배나 당신은 몸을 비틀고 하품을 했소. 나는 일곱 번의 일흔 배나 내 영혼에 물어보았소. 보라, 이것이 인간의 약함이로다. 이 또한 용서되기를! '일흔한 번째의 처음'은 왔다. 형제들이여, 기록된 심판을 그에게 행하라. 이러한 영광은 그분의 모든 성자들에게 있는 것이니!"

그 말이 끝나자마자 거기에 모인 사람들은 저마다 순례자의 지팡이를 들고 무더기로 내 주위로 몰려왔다. 나는 나를 방어할 무기가 없었기 때문에 가장 가까운 데서 가장 영악하게 덤벼드는 조지프의 몽둥이를 빼앗으려고 그와 격투를 벌였다. 군중들 가운데서 몇 개의 몽둥이가 날아왔다. 나에게 던진 몽둥이가 다른 사람들의 머리를 쳤다. 순식간에 교회 안은 온통 때리는 소리와 부딪치는 소리로 들끓었다. 모두 옆 사람에게 덤벼드는 꼴이 되었다. 제이베스 브랜더럼도 가만히 있을 수가 없어 설교단을 수없이 내리쳤다. 그 요란한 소리 덕분에 드디어 나는 잠에서 깨었다.

잠에서 깬 나는 정말 이만저만 마음이 놓이는 것이 아니었다. 도대체 무엇이 내게 이렇게 요란한 꿈을 꾸게 만든 것일까? 그리고 그 소동 속에서 제이베스가 내리친 설교단의 역할을 한 것은 무엇이었을까? 그것은 다름 아니라 바람이 울부짖으며 지나갈 때 전나무 가지에 달린 마른 솔방울이 창유리에 부딪혀 덜컹거리는 소리였다.

나는 잠시 귀를 기울였다. 그러다가 그 소리의 범인을 알아내고는 돌아누워 잠이 들었고, 다시 꿈을 꾸었다. 있을 수 없는 일 같지만 전보다도 더욱더 사나운 꿈이었다.

이번에는 나도 참나무로 짠 침대 위에 누워 있다는 것을 알아차렸고, 거센 바람 소리와 눈이 휘몰아치는 소리도 똑똑히 들렸다. 또한 전나무 가지가 계속해서 성가신 소리를 내는 것도 들렸으며 그 원인도 알고 있었다. 그러나 그것이 하도 성가셔서 나는 일단 그 소리를 없애려고 마음먹었다. 결국 일어서서 창의 걸쇠를 벗기려고 애를 썼다. 그러나 걸쇠는 잠긴 채 굳게 봉해져 있었다. 분명히 잠들기 전에 보았었지만 그새 잊어버리고 있었던 것이다.

"그러나 저 소리만은 멎게 해야겠어!"

나는 그렇게 중얼거리고는 주먹으로 유리를 깨고서 그 성가신 가지를 붙잡으려고 팔을 내밀었다. 그러나 내 손가락에 잡힌 것은 전나무 가지가 아니라 조그마하고 얼음처럼 싸늘한 사람의 손이었다.

악몽같이 몸서리치는 공포가 나를 엄습해왔다. 나는 팔을 빼내려 했지만 싸늘한 손이 붙들고 놓지를 않았다. 그리고 몹시 구슬프게 흐느끼는 듯한 어린아이의 목소리가 들려왔다.

"들어가게 해 주세요, 들어가게 해 줘요!"

"당신은 누구요?"

질문을 하면서도 나는 그 손을 뿌리치려고 애썼다.

"캐서린 린튼이에요."

떨리는 목소리가 대답했다.

'왜 린튼이라는 이름이 생각났을까? 나는 린튼이라는 이름보다도 언쇼라는 이름을 스무 배는 더 들어보았을 텐데.'

"제가 돌아왔어요. 저는 벌판에서 길을 잃었던 거예요!"

그렇게 말하면서 창을 들여다보는 어린아이의 얼굴이 희미하게 떠올라왔다. 겁에 질린 나는 순간 잔인해졌다. 아무리 뿌리치려 해도 소용이 없기에 나는 그 아이의 팔목을 깨어진 유리로 끌어당겨 이리저리 문질러댔다. 아이의 팔에서 흐른 피가 침구를 적셨다. 그래도 그 아이는 '들어가게 해 주세요!' 하고 울부짖으며 악착같이 내 손을 붙잡고 놓지 않았다. 나는 공포로 거의 미칠 지경이었다.

"내가 어떻게 들어오게 해? 들어오고 싶거든 내 손을 놔!"

그러자 그 손이 내 손을 놓았다. 나는 재빨리 구멍에서 손을 뺀 다음 황급히 책을 쌓아올렸다. 그러고는 그 애원하는 소리를 듣지 않으려고 귀를 막았다. 십오 분 이상 귀를 막고 있었던 것 같다. 그러나 다시 손을 떼자 그 슬픈 소리는 아직도 계속되고 있었다.

"저리 가지 못해?"

나는 소리를 쳤다.

"이십 년 동안 애걸한대도 들여놓지 않을 테니까!"

"이십 년이에요."

그 소리가 탄식했다.

"이십 년 동안 떠돌아다니고 있어요."

그때 밖에서 약하게 긁는 소리가 나더니 쌓아 놓은 책들이 밀려 떨어질 것처럼 움직이기 시작했다. 나는 일어나려 했으나 손발을 움직일 수가 없었다. 나는 무서움에 떨며 미친 듯이 고함을 쳤다.

정신을 차려 보니 내가 정말로 소리를 지른 모양이었다. 황급한 발걸음이 내 방문 앞으로 다가왔다. 누군가 거칠게 문을 열었다. 그러자 머리맡으로 트인 사각의 창틀을 통해 어렴풋이 불빛이 비쳐들었다. 나는 여전히 덜덜 떨면서 앉아 있었다. 그리고 이마의 땀을 닦았다.

방에 들어온 사람은 주저하는 듯이, 대답을 기대하지 않는 투로 반쯤 속삭이듯이 혼자 중얼거리고 있었다.

"여기 누가 있소?"

나는 내가 있다고 고백하는 게 상책이라고 생각했다. 그 목소리의 주인이 히스클리프라는 걸 알고 있었고, 게다가 만약 잠자코 있었다간 그가 더 안쪽까지 찾아볼지도 모른다는 염려가 언뜻 머릿속에 떠올랐기 때문이었다.

그때 깜짝 놀라던 그의 모습을 나는 절대로 잊을 수가 없다.

나는 돌아누워서 그 판자 미닫이를 열었다. 히스클리프는 입구 가까이에 셔츠와 바지 차림으로 서 있었다. 그가 들고 있는 촛불에서는 손 위로 촛농이 떨어지고 있었고, 그의 얼굴은 그 뒤의 벽만큼이나 창백했다. 참나무 판자 미닫이가 열리는 소리가 전기 충격처럼 그를 놀라게 했던 것이다. 손에 들었던 촛불이 몇 자나 떨어진 곳으로 나동그라졌지만 그는 너무 놀라서 그것을 집어 들지도 못했다.

"바로 오늘 당신이 재워 주신 사람입니다."

나는 그 이상 그가 겁쟁이라는 것을 폭로해 그에게 창피를 주지 않으려고 소리를 쳤다.

"무서운 꿈을 꾸는 바람에, 어쩌다가 그만 잠결에 소리를 질러 성가시게 해 드렸군요. 죄송합니다."

"아니, 제기랄, 로크우드 씨군! 당신 같은 사람은 그냥……."

그는 그렇게 말하더니 촛불을 주워 의자 위에 세우면서 말했다.

"그런데 누가 이 방으로 안내한 거요?"

그는 손바닥에 손톱이 박힐 정도로 주먹을 쥐고 턱이 덜덜 떨리는 것을 가라앉히려고 이를 갈았다.

"누구요? 그따위 것들은 당장 이 집에서 쫓아내겠소!"

"댁의 가정부 질라였어요."

그렇게 대답하고 나는 방바닥으로 뛰어내려서 급히 옷을 입기 시작했다.

"당신이 가정부를 내쫓든 말든 나와는 아무 상관도 없어요, 히스클리프 씨. 충분히 그럴 만합니다. 그녀는 나를 이용해서 이 집에 유령이 나온다는 증거를 또 하나 잡고 싶었던 모양이지요. 정말 유령과 악마가 들끓는군요. 당신이 여기를 닫아 두는 것도 무리가 아닙니다. 이런 곳에서 잠을 재워 준다고 해서 당신에게 감사할 사람은 세상에 아무도 없을 테니까요."

"도대체 무슨 이야기를 하고 있는 거요?"

히스클리프가 물었다.

"그리고 지금 무엇을 하고 있는 거요? 이왕 여기서 자게 됐으니 오늘 밤은 여기서 지내시오. 하지만 제발 다시는 그런 무시무시한 소리는 지르지 마시오. 목이라도 잘리고 있다면 또 모를까, 더 이상 그런 소란은 용서할 수 없소."

"그 귀신이 창으로 들어왔더라면 아마 내 목을 졸라서 죽였을 겁니다."

나는 그렇게 대꾸했다.

"당신네 인자하신 조상님들에게 혼이 나는 것은 이제 죽어도 못 견디겠어요. 그 제이베스 브랜더럼 목사는 외가 쪽으로 당신과 친척이 되는 것은 아닌가요? 그리고 그 말괄량이 캐서린 린튼인가 언쇼인가 뭔가 하는 것은 필시 악마가 두고 간 아이겠지만, 정말 요망스러운 계집아이였소. 이십 년 동안이나 땅 위를 돌아다니고 있다고 말했지만, 확실히 그녀가 범한 무서운 죄의 보답으로는 너무도 당연해요."

지금 막 생각이 날 때까지는 까맣게 잊어버리고 있었지만, 이렇게 말하자마자 그 책에 적혀 있던 히스클리프라는 이름과 캐서린이라는 이름 사이의 관계가 떠올랐다. 그리고 불현듯 경솔했다는 생각이 들어 얼굴을 붉혔다. 그러나 그 이상 잘못했다는 기색은 나타내고 싶지 않아 나는 바삐 말을 이었다.

"실은 잠들기 전에……."

거기까지 말하다가 나는 다시 말을 끊었다. 원래는 '그 낡은 책들을 읽고 있었어요.'라고 말하려고 했다. 그렇게 말한다면 내가 그곳에 인쇄된 내용뿐만 아니라 거기에 적혀 있는 것까지 알고 있다는 것이 탄로가 날 판이었다. 그래서 나는 생각을 고쳐서 말을 계속했다.

"창틀에 낙서해 놓은 이름을 한 자 한 자 되풀이해서 읽고 읽었어요. 마치 수를 세는 사람처럼. 그러다 보면 어쩌다 잠이나 들까 싶어서 해 본 아무 재미도 없는 일이었죠."

"도대체 어쩌자고 나에게 이런 말을 하는 거요?"

히스클리프는 몹시 격하게 고함을 쳤다.

"어떻게 감히 이 집에서, 아니 그런 말을 하는 걸 보면 분명 미친 모양이로군!"

그러고는 그는 화가 난 나머지 제 손으로 자기 이마를 치는 것이었다.

나는 그의 몹쓸 말투에 화를 내야 할지 변명을 계속해야 할지 알 수가 없었다. 그러나 그가 워낙 많이 흥분한 듯이 보였으므로 조금 불쌍해져서 꿈 이야기를 계속했다. 나는 실제로 여태껏 '캐서린 린튼'이라는 이름을 들은 적이 없지만, 자꾸만 되풀이하여 읽는 동안 내 상상력이 제멋대로 한 사람의 모습을 만들어낸 것이라는 투로 말했다.

내가 말하는 동안 히스클리프는 점점 침대 뒤로 뒷걸음질치더니 마침내 거의 침대에 가려질 정도로 주저앉아 버렸다. 그러나 그의 불규칙하고 간간이 끊어지는 숨소리로 보아 그가 주체할 수 없는 감정을 가라앉히려 애쓰는 것을 알 수 있었다. 그러한 그의 마음속의 갈등을 모르는 척하기 위해 나는 일부러 계속 부산하게 몸을 움직여 방 안을 돌아다녔다. 또 시계를 보고는 혼잣말처럼 밤이 긴 것을 넋두리했다.

"아직 세 시도 안 됐군! 틀림없이 여섯 시는 됐으리라고 생각했는데. 이곳에서는 마치 시간이 정지되어 버리기라도 한 것 같아. 확실히 여덟 시쯤에 잔 것이 틀림없는데!"

"겨울에는 언제나 아홉 시에 자고 네 시에 일어나지요."

히스클리프는 신음 소리를 삼키면서 말했다. 그의 팔 그림자의 움직임으로 보아 그가 재빨리 눈물을 훔치고 있다는 걸 알 수 있었다.

"로크우드 씨, 내 방에 오셔도 좋소. 이렇게 일찍 돌아간다면 방해가 될 뿐이니까요. 게다가 당신이 어린아이처럼 고함을 쳤기 때문에 내가 다시 잠들기는 틀려 버렸소."

"나도 마찬가집니다. 날이 샐 때까지 뜰을 거닐다가 돌아가지요. 다시는 찾아오지 않을 테니까 걱정하실 필요는 없어요. 나는 이제 시골에서든 도시에서든 사교의 즐거움을 찾겠다는 생각이 완전히 없어졌으니까요. 분별 있는 사람이라면 자기 자신을 벗하는 것으로 만족해야 되겠지요."

"그게 가장 좋은 벗이오."

히스클리프는 힘없이 중얼거렸다.

"촛불을 들고 아무 데나 가고 싶은 곳으로 가시오. 나도 곧 갈 테니까. 그러나 개들을 풀어 놓았으니까 뜰로는 나가지 마시오. 그리고 거실 쪽은 주노라는 놈이 지키고 있을 거요. 그리고 보니 계단과 복도를 거닐 수밖에 없겠군. 하여튼 여기서만은 나가 주시오. 곧 뒤따라가겠소."

나는 일단 시키는 대로 그 방에서 나왔다. 그러나 그 좁은 복도를 따라가면 어디로 나가게 되는지도 몰랐기 때문에 가만히 서 있을 수밖에 없었다.

그 바람에 본의 아니게도 이 집 주인의 미신적인 일면을 보게 되었다.

그것은 겉보기의 그와는 아주 딴판이었다. 그는 침대에 올라가서 창을 비틀어 열었으나 금세 창을 잡아당기면서 격정을 걷잡을 수 없는지 울음을 터뜨렸다.

"들어와요! 들어와요! 캐서린, 제발 들어와요. 아, 제발 한 번만 더! 그리운 그대, 이번만은 내 말을 들어 주오. 캐서린, 이번만은!"

그러나 유령은 유령다운 변덕을 보였다. 유령은 나타날 기색도 보이지 않았다. 그저 눈과 바람만이 사납게 회오리치며 들어와 내가 서 있는 곳의 촛불을 꺼 버릴 뿐이었다. 이러한 울부짖음과 복받쳐오는 비통함 속에는 너무나 쓰라린 고뇌가 있었으므로 나는 그를 동정할 수밖에 없었다. 그래서 그의 해괴한 짓도 그대로 보아 넘겼다. 그런 것을 엿들은 나 자신에게 화가 날 지경이었고, 그런 괴로움을 준 바보 같은 꿈 이야기를 한 것이 미안해서 나는 그 자리를 피했다. 하지만 내 꿈 이야기가 왜 그토록 그를 슬프게 했는지는 알 수 없었다.

나는 조심스럽게 아래층으로 내려갔다. 부엌 안쪽으로 들어서자 거기에는 한데 긁어모아 둔 불이 남아 있어 촛불을 다시 켤 수 있었다. 재가 있는 곳에서 기어 나와 나를 향해 투덜대듯이 우는 잿빛 얼룩고양이를 제외하면 주위는 아주 고요했다. 두 개의 활 모양 소파가 벽난로를 거의 빙 둘러싸고 있었다. 그중 하나에 나는 몸을 뻗고 누웠고 그 고양이는 다른 하나의 소파로 올라갔다. 누군가 그리로 오기 전까지 나와 고양이는 졸고 있었다. 그러자 조지프가 들창을 통하여 다락으로 뻗쳐 있는 사다리로 발을 질질 끌면서 내려왔다. 그의 다락방은 그곳으로 올라가는 모양이었다.

그는 못마땅한 눈초리로 내가 일으켜 놓은 작은 불꽃이 벽난로 앞 철책 사이로 일렁이는 것을 바라보더니 고양이를 소파에서 밀쳐 내고는 그 자리에 걸터앉아 삼 인치쯤 되는 파이프에 담배를 쑤셔 넣기 시작했다. 분명 내가 그의 방에 들어온 것이 입 밖에 내기에도 창피할 만큼 불손한 짓으로 보였던 모양이다. 그는 잠자코 파이프를 물고 팔짱을 끼고는 담배를 피웠다.

나는 그가 아무 방해도 받지 않고 기분 좋게 담배를 피우게 내버려두었다. 마지막 한 모금을 뿜어 낸 다음 그는 길게 한숨을 쉬면서 일어서더니 왔을 때와 마찬가지로 엄숙하게 나가 버렸다. 다음에는 더 탄력 있는 발걸음으로 들어오는 사람이 있었다.

"편안히 주무셨소?"

나는 인사를 하려고 입을 열었으나 왠지 내키지 않아 다시 입을 다물었다. 왜냐하면 헤어턴 언쇼가 눈을 치우기 위해 한구석에서 보습인지 삽인지를 찾으면서 뭐가 닿을 때마다 기도를 드릴 때 정도의 나직한 소리로 욕지거리를 하고 있었기 때문이었다. 그는 콧구멍을 벌름거리면서 소파 너머로 힐끗 넘겨다보았으나 나의 짝인 고양이에게나 나에게나 아침 인사를 할 생각은 없는 것 같았다.

그가 준비하는 것을 보고 이제는 나가도 되리라고 짐작하고는 나는 그 딱딱한 잠자리에서 일어나 그를 따라가려고 했다. 그는 들고 있던 가래 끝으로 안쪽 문을 툭 치면서 잘 들리지 않는 소리로 어디 가려거든 그리로 가라는 시늉을 했다.

그 문으로 나가니 바로 거실이었다. 거기에는 이미 여자들이 일어나 있었다. 질라는 커다란 풀무로 굴뚝에 불꽃을 피워 올리고 있었고, 히스클리프 부인은 난롯가에 무릎을 꿇고 그 불빛으로 책을 읽고 있었다.

그녀는 눈언저리에 불기운이 닿는 것을 막느라고 손으로 불을 가린 채 열심히 책을 읽고 있는 것 같았다. 불꽃이 날아온다고 질라를 꾸짖거나 이따금 그녀의 얼굴에 너무 버릇없이 코를 문지르는 개를 쫓을 때만 책에서 눈을 들었다.

나는 히스클리프도 그곳에 함께 있는 것을 보고 놀랐다. 그는 나를 등지고 불 앞에 서서는 불쌍한 질라에게 막 한바탕 퍼부어 댄 참이었다. 질라는 잠깐씩 일손을 멈추고 앞치마 자락으로 눈물을 닦고는 분에 못 이겨 신음하는 소리를 내고 있었다.

"그리고 너, 쓸모없는……."

그는 내가 들어갔을 때, 예쁜이라든가 겁쟁이 따위와 같이 악의 없는 말이긴 하지만 글에서는 보통 기호로 나타낼 뿐 잘 쓰지 않는 상소리를 며느리를 향해서 내뱉고 있었다.

"너는 또 하찮은 마술 책이나 읽고 있군! 남들은 일해서 먹고 사는데 너는 내 자선 덕분으로 살고 있어! 그따위 책은 집어치우고 일거리를 찾아봐. 항상 내 눈에 거슬리는 죗값을 하란 말이야. 알았어? 못난 것 같으니!"

"제가 거절한대도 소용없을 테니 책은 치우겠어요."

그 젊은 여자는 책을 덮어 의자 위에 던지면서 대답했다.

"그러나 뭐라고 하신데도 제가 하고 싶은 일이 아니면 꼼짝도 하지 않겠어요."

히스클리프는 손을 번쩍 들었다. 그러자 상대편은 그 손의 무게를 잘 알고 있는 듯이 더 안전한 거리로 물러섰다.

나는 이러한 개와 고양이 싸움 같은 것을 구경할 생각이 없었기 때문에 짐짓 불을 쬐고 싶은 듯이, 그리고 중단된 말다툼 같은 것은 전혀 알지도 못한다는 듯이 성큼성큼 앞으로 걸어나갔다. 그런데 싸움을 계속할 만큼 두 사람도 예의를 모르지는 않았다. 히스클리프는 다시 휘두르고 싶어지지 않도록 양손을 주머니에 쑤셔 넣었다. 며느리는 입술을 비죽이고는 멀리 떨어진 자리에 가서, 아까 그녀가 말한 대로 내가 거기 있는 동안은 마치 조각처럼 꼼짝도 하지 않았다.

그러나 나는 오래 있지는 않았다. 나는 그들과 함께 하는 아침 식사를 사양하고 날이 새자마자 이제는 맑게 개어 바람도 없는, 얼음처럼 싸늘한 바깥으로 도망쳐 나왔다. 내가 뜰로 채 나오기도 전에 히스클리프는 뒤에서 나를 불러 세웠다. 그는 별관을 나와 함께 건너가 주겠다고 하였다. 그가 따라와 주어서 다행이었다. 왜냐하면 등성이 너머는 온통 파도치는 흰 빛 바다를 이루고 있었기 때문이다. 높아진 곳이나 움푹 팬 구덩이가 실제 지면의 높낮이와 일치하지 않았다. 여러 군데의 구덩이가 눈으로 가려 평평해졌고, 어제 걸어오면서 보았던 채석장에서 버린 돌 부스러기로 이루어진 둑 같은 것은 송두리째 자취도 없이 사라졌다.

이곳으로 오기 전 나는 벌판의 길 한쪽에 육칠 야드 간격을 두고 한 줄로 늘어선 돌들을 보았었다. 그것들은 석회로 하얗게 칠해져 어두울 때나 지금처럼 눈이 내려 길 양쪽의 깊은 습지와 길이 구별되지 않을 때 안전한 길을 알려 주는 표지로 세워져 있었다. 그러나 여기저기 하나씩 더러운 점처럼 솟아나 있는 것을 제외하고는 돌이 있던 흔적조차 사라지고 없었다. 그래서 나의 동행은 내가 꾸불꾸불한 길을 제대로 가고 있다고 생각할 때에도 자주 오른쪽으로 가라든가 왼쪽으로 가라든가 하면서 길을 바로잡아 주었다.

우리는 거의 한마디도 주고받지 않았다. 그리고 그는 드러시 크로스의 숲으로 들어가는 곳에서 걸음을 멈추고, 여기까지 왔으니 이제 길을 잘못 들지는 않을 거라고 말했다. 우리들의 작별 인사는 그저 머리를 끄덕이는 것이 다였다. 그러고서 나는 짐작만 믿고 앞으로 나아갔다.

대문에서 저택까지의 거리는 이 마일에 불과했지만 숲속에서 길을 잃어 눈 속에 목까지 빠지곤 하느라고 족히 천 마일은 되게 걸은 것 같았다. 그 고생이란 경험한 사람이 아니고는 모를 것이다. 하여튼 나야 어떻게 헤매었든, 집에 들어섰을 때는 시계가 열두 시 종을 울리고 있었다. 하이츠에서 보통 다니는 길로 일 마일에 꼭 한 시간씩 걸린 셈이다.

내가 가구처럼 떠맡은 가정부와 그 밑에서 일하는 하인들이 뛰어나와 나를 맞이했다. 그들은 떠들썩하게 나의 생환을 단념했었다고 외치고 있었다. 모두 다 내가 간밤에 죽은 걸로 생각했고, 어떻게 내 시체를 찾아야 할 것인가를 궁리하고 있었다는 것이다.

나는 그들에게 이제 돌아왔으니 떠들 것 없다고 타일렀다. 그러고는 심장까지 감각을 잃은 채 위층으로 올라갔다. 옷을 갈아입고, 삼사십 분 동안 체온을 회복하기 위하여 이리저리 거닐고 나서, 따뜻한 난롯불과 내가 원기를 회복하도록 하녀가 끓여 준 뜨거운 커피를 즐길 기력도 없이 고양이 새끼처럼 맥없이 서재로 갔다.

4

인간이란 얼마나 허황된 바람개비같이 변덕스러운 존재인가! 세상과의 모든 관계를 끊으려 결심하고 마침내 관계를 가지려야 가질 수도 없는 장소를 발견하여 내 운명에 감사한 나였다. 그러나 약한 인간인 나머지 어두워질 때까지 우울과 고독과의 싸움을 계속하다가 결국은 손을 들지 않을 수 없었던 것이다.

그리하여 가정부인 딘 부인이 저녁 식사를 날라 왔을 때, 살림살이에 필요한 것들에 대한 이야기를 듣고 싶다는 구실로 내가 식사를 하는 동안 옆에 있어 줄 것을 부탁했다. 그리고 그녀가 정말로 이야기를 잘하는 사람이어서 내 기분을 북돋아 주거나 그 이야기로 나를 잠들게 해 주길 바랐다.

"여기 산 지가 꽤 오래 되었지요? 십육 년이라고 했던가요?"

"십팔 년이에요. 안주인이 시집오셨을 때 시중을 들려고 왔으니까요. 돌아가신 다음에는 주인께서 가정부로 두셨죠."

"그랬군요."

그리고 나서 잠시 이야기가 끊어졌다. 아무래도 그녀는 자기 자신의 이야기가 아니고는 잘 지껄이는 사람이 아닌 모양이었다. 그런데 사실 나는 그녀에 관한 이야기에는 별로 흥미가 없었다. 그러나 그녀는 주먹을 양쪽 무릎에 얹고 그 불그레한 얼굴을 찌푸리면서 잠시 생각한 끝에 불쑥 입을 열었다.

"정말 그 이후로 세상이 많이 달라졌어요."

"그렇군요. 세상의 변천을 무던히 보셨겠군요."

"무던히 보았죠. 그리고 여러 가지 불행한 일도……."

그녀는 한숨과 함께 말했다.

'옳지, 집주인 이야기로 화제를 돌리기로 하자!' 하고 나는 생각했다.

'이제부터 시작하기 알맞은 화제로군. 그리고 그 예쁘장한 어린 과부가 이 고장 사람인지, 또는 대개 그렇겠지만, 그 무뚝뚝한 토박이 가족들이 친척으로 인정하지 않는 다른 지방 출신인지 하여튼 알고 싶군.'

이러한 생각에서 나는 딘 부인에게 히스클리프가 왜 드러시 크로스 저택을 세주고 일부러 위치로 보나 집으로 보나 훨씬 못한 곳에 살고 있는가를 물어보았다.

"그에게는 이 저택을 간수할 만큼의 돈이 없나요?"

"돈이야 있지요. 그분이 돈을 얼마나 가졌는지는 아무도 모르지만 해마다 불어가는 걸요. 정말 이보다 나은 집에 살 만큼 돈이 많아요. 하지만 그분은 매우 구두쇠거든요. 비록 드러시 크로스 저택으로 이사 올 작정이었더라도 세들 사람이 있다는 말을 들으면 몇 백 파운드 더 버는 기회를 놓치지 않을 거예요. 도대체 외톨이로 살면서도 그렇게 욕심이 많다니, 이상하지요?"

"아들이 하나 있었던 모양이던데……."

"네, 있었어요. 죽었지만요."

"그리고 그 젊은 부인, 히스클리프 부인은 그의 미망인이죠?"

"그래요."

"그녀는 원래 어디 사람인가요?"

"아, 그분은 이 집의 돌아가신 주인의 따님이에요. 캐서린 린튼이라는 것이 처녀 때 이름이에요. 제가 키웠지만, 불쌍하게도! 저는 정말 히스클리프 부인이 이리로 옮겨와서 다시 함께 살았으면 하고 바랐어요."

"뭐요, 캐서린 린튼이라고?"

나는 놀라 소리를 쳤다. 그러나 잠시 생각해 보니 그것은 유령으로 나타났던 캐서린이 아니라는 것이 확실해졌다.

"그렇다면……."

나는 말을 계속했다.

"이 집 원주인의 이름이 린튼이었소?"

"네."

"그런데 그 언쇼란 누구죠? 히스클리프 씨와 함께 살고 있는 헤어턴 언쇼 말이오. 친척인가요?"

"아녜요, 그분은 돌아가신 린튼 부인의 조카예요."

"그러면 그 젊은 부인과 사촌지간이란 말이지?"

"그래요, 게다가 그녀는 자기 남편과도 역시 사촌지간이었어요. 한쪽은 외사촌이고 또 한쪽은 고종사촌이었죠. 히스클리프는 린튼 씨의 누이와 결혼했던 거예요."

"워더링 하이츠에 있는 집 현관 위에 '언쇼'라는 이름이 새겨져 있던데, 오래된 가문이오?"

"굉장히 오래됐어요. 그리고 헤어턴은 그 집안의 마지막 사람이죠. 캐시가 우리 집, 즉 린튼 집안의 마지막 사람인 것처럼. 워더링 하이츠에 가셨던가요? 죄송합니다만 캐시가 어떤지 듣고 싶어요."

"히스클리프 부인 말인가요? 매우 건강해 보이고 아주 예쁘던데. 하지만 왠지 그리 행복한 것 같진 않더군요."

"가엾어라, 그럴 거예요. 그리고 그 집 주인은 어떤 것 같던가요?"

"굉장히 거친 사람이더군요. 딘 부인, 그 사람 원래 성격이 그렇소?"

"거칠기는 톱니 같고 여물기는 차돌 같죠. 그분과는 만나지 않는 게 좋아요."

"그렇게 사납게 되기까지에는 그 사람도 필경 여러 가지 일들을 겪었을 겁니다. 그 사람에 대해서 알고 있나요?"

"그야 남의 둥지를 가로채는 뻐꾸기의 내력 같은 거지요. 그 사람의 내

력은 뭐든지 알고 있어요. 다만 어디서 태어났고 부모가 누구였고 그리고 맨 처음에 어떻게 해서 돈을 벌었는지는 모르지만요. 글쎄, 헤어턴 도련님은 마치 털도 안 난 참새처럼 둥지에서 쫓겨난 셈이에요. 어떻게 해서 자기가 속았는지 모르고 있는 것은 이 근방에선 바로 그 불쌍한 도련님 한 분뿐일 거예요."

"그럼, 딘 부인, 적선하는 셈치고 내게 그 사람들 이야기를 좀 해 주십시오. 잠자리에 들어도 잠이 오지 않을 것 같으니까. 그대로 앉아서 한 시간쯤 이야기해 주세요."

"네, 하고말고요! 바느질거리를 가지고 올게요. 그리고는 원하시는 만큼 이야기해 드리겠어요. 하지만 주인님은 감기에 걸리셨어요. 아까 보니까 덜덜 떠시던데. 죽이라도 좀 드시고 감기를 몰아내셔야만 해요."

그 성실한 가정부는 부산을 떨며 방을 나갔다. 나는 불 곁에 더 가까이 쪼그리고 앉았다. 머리가 뜨겁고 몸은 싸늘했다. 게다가 바보가 된 것처럼 머릿속은 잔뜩 흥분돼 있었다. 그것은 나를 기분 나쁘게 했다기보다는, 아직까지도 어제 오늘 일들로 내 몸에 심각한 영향이 미치지 않을까에 대한 두려움을 전해 주었다.

가정부는 얼마 안 있어 김이 나는 죽 그릇과 바느질 광주리를 가지고 돌아왔다. 죽 그릇을 벽난로의 안쪽 선반 위에 놓고 내가 이렇게 사교적인 것을 아주 기뻐하면서 의자를 끌어당겨 앉았다.

"제가 이곳에 와서 살기 전에는……."

그녀는 이야기를 시작했다.

저는 거의 워더링 하이츠에 있었습니다. 제 어머니가 헤어턴의 아버지인 힌들리 언쇼의 유모 노릇을 했었기 때문이지요. 그래서 저는 늘 그 집 아이들과 같이 놀았습니다. 저는 또 심부름이나 건초 만드는 것을 도왔고, 농장에서도 어물거리다가 누가 무슨 일을 시키면 곧잘 했지요.

어느 맑은 여름날 아침, 곡식을 거둬들이기 시작할 무렵이었어요. 큰 주인인 언쇼 씨가 여행을 떠날 채비를 하고 아래층으로 내려오셨어요. 조지프에게 그날 할 일을 말씀하시고는 그 어른은 힌들리와 캐시와 저—저는 그 아이들과 함께 앉아서 죽을 먹고 있었거든요—를 돌아다보시면서 말씀하시는 것이었어요.

"자, 얘들아, 난 오늘 리버풀에 간단다. 무얼 사다 줄까? 갖고 싶은 것을 말해 봐. 하지만 작은 물건이라야 돼. 걸어갔다 걸어서 돌아올 테니까. 갈 때나 올 때나 육십 마일이나 되거든, 그건 아주 먼 길이지!"

힌들리가 바이올린이 좋겠다고 말하니까 그 어른은 캐시에게도 물으셨어요.

캐시는 여섯 살도 채 못 되었지만 마구간에 있는 말을 모두 탈 수 있었지요. 그래서 말채찍이 갖고 싶다고 했습니다. 그분은 저도 잊지 않으셨어요. 때로는 좀 엄하셨지만 마음이 좋은 분이셨으니까요. 저에게는 호주머니에 가득 사과와 배를 가져다주시겠다고 약속하셨어요. 그러고는 자기 아이들에게 입을 맞추고 출발하셨습니다.

우리 모두에게는 그분이 안 계신 사흘 동안이 아주 길게만 여겨졌어요.

어린 캐시는 자주 언쇼 씨가 언제 돌아오시느냐고 물었습니다. 언쇼 마님은 사흘째 저녁에는 돌아오실 거라고 생각하고 저녁 식사를 몇 시간이고 미루었습니다. 그러나 그분이 돌아오실 기색이 전혀 보이지 않았죠. 마침내 아이들도 대문까지 달려나가는데 지쳐 버렸습니다. 그러다 어두워졌습니다. 부인께서는 아이들을 재우고 싶어 했지만 다들 자지 않고 기다리게 해 달라고 울상을 하고 졸랐습니다.

꼭 열한 시쯤 되어 문의 자물쇠를 조용히 흔들면서 그 어른이 돌아오셨습니다. 그분은 껄껄 웃다가는 끙끙대시면서 의자에 털썩 걸터앉아, 피곤해서 죽을 지경이니까 다들 가까이 오지 말라고 하셨어요. 영국 전체를 준대도 다시는 그런 먼 길을 걷지 않겠다고 말씀하셨습니다.

"게다가 막판에는 혼이 났지!"

그분은 둘둘 말아서 끼고 오신 외투를 펼치며 말씀하셨어요.

"여보, 마누라, 내 평생 그렇게 난처했던 일은 없었소. 그러나 당신은 하느님이 주신 선물로 생각하고 받아야만 하오. 마치 악마에게 물려받은 것처럼 얼굴색이 까맣기는 하지만."

우리는 그 주위에 모여 섰습니다. 캐시 아가씨의 머리 너머로 들여다보니까 그것은 누더기를 걸친 머리가 새카만 더러운 아이였습니다. 걸을 수도 이야기할 수도 있을 만큼 큰 아이였지요. 정말 그 아이의 얼굴은 캐서린 아가씨보다도 더 나이 먹어 보였습니다. 그 아이는 주위를 빤히 둘러보면서 아무도 알아듣지 못하는 이상한 말을 되풀이하였습니다. 저는 겁이 났고, 그리고 언쇼 마나님도 당장에 창밖으로 그 아이를 내던질 기세였어요. 마님은 정말 펄펄 뛰시면서 집에도 먹여 살려야 할 아이들이 있는데 그 집시 자식을 어떻게 집에 데리고 올 생각이 들었느냐, 그 아이를 어떻게 할 작정이냐, 대체 미친 게 아니냐고 따지셨어요.

주인어른은 이유를 설명하려고 하셨습니다. 그러나 그분은 정말 피로해서 거의 죽을 지경이었고, 마님은 딱딱거리고 계셔서 제가 알아들을 수 있는 이야기는 이것뿐이었습니다. 즉 언쇼 어른께서는 리버풀 거리에서 그아이가 먹을 것도 집도 없이, 게다가 벙어리만큼이나 말도 못하는 것을 보고는 안타까워서 누구네 아이냐고 물어보셨던 모양입니다. 그러나 그것이 누구의 아이인가를 아는 사람은 아무도 없었고, 가진 돈도 넉넉지 않은데다 시간도 없어서 거기에서 허튼 돈을 쓰기보다는 그냥 집으로 데리고 오는 것이 낫겠다고 생각하셨답니다. 그 아이를 발견한 이상 내버려두고 올 생각은 도저히 할 수 없었다는 것이었어요.

결국 마님도 투덜대다가 잠자코 계셨습니다. 그리고 언쇼 어른은 제게 그 아이를 씻기고 깨끗한 옷을 입혀 아이들과 함께 자게 하라고 일러 주셨습니다.

힌들리 도련님과 캐시 아가씨는 소동이 가라앉을 때까지 옆에서 얌전히 보고 듣고만 있다가 둘 다 약속한 선물을 찾기 위해 아버지의 외투 주머니를 뒤지기 시작했습니다. 힌들리 도련님은 그때 열네 살의 소년이었는데, 아버지의 외투 주머니 속에서 산산이 부서진 바이올린 조각들을 꺼냈을 때 엉엉 소리 내어 울었습니다. 캐시 아가씨는 약속한 말채찍을 잃어버렸다는 말씀을 듣고는 화를 내며 그 바보 같은 어린아이에게 이빨을 드러내고 침을 뱉었습니다. 아가씨는 그 덕분에 아버지에게 버릇이 없다고 한 대 톡톡히 얻어맞았지요.

두 아이는 데리고 온 아이와 함께 자는 것은 고사하고 심지어는 한 방에 같이 있는 것조차 싫어했습니다. 저 역시 그들보다 철이 더 든 것도 아니었으므로 다음 날 그 아이가 없어져 버리기를 바라면서 그 아이를 계단의 층계참에 내버려두었습니다. 그러자 우연인지 목소리를 듣고 갔는지 그 아이는 언쇼 어른의 방문까지 기어가서 그분이 방을 나오실 적에 그 앞에 있었던 모양입니다. 당장 그 아이가 어떻게 거기에 있는지 문초가 벌어졌고, 저는 사실대로 고백하지 않을 수 없었습니다. 그리하여 비겁하고 인정머리 없다는 이유로 저는 그 댁에서 쫓겨났습니다.

히스클리프는 이렇게 해서 처음 그 집에 오게 된 것입니다. 저는 쫓겨났다곤 하더라도 완전히 쫓겨난 것은 아니었습니다. 며칠 뒤 돌아가 보니 그 아이는 히스클리프라는 이름으로 불리고 있었습니다. 그것은 어릴 적에 죽은 그분 아드님의 이름이었는데, 그 이름은 그대로 히스클리프의 성과 이름이 되어 버렸습니다.

캐시 아가씨는 차츰 그와 사이가 좋아졌습니다. 그러나 힌들리 도련님은 그 아이를 미워했고, 솔직히 말해서 저도 마찬가지였습니다. 그래서 우리는 그 아이를 곯려 주고 고약하게 굴었습니다. 왜냐하면 저는 그때까지도 그것이 옳지 못하다는 것을 알 만큼 철이 들지 않았고, 게다가 그가 혼이 나고 있는 것을 보아도 마님께서는 그 아이를 위해서 말씀 한마디 하시지 않았기 때문입니다.

히스클리프는 무뚝뚝하고 참을성 있는 아이 같았습니다. 아마 학대를 받아서 굳세어졌겠지요. 힌들리 도련님에게 얻어맞아도 눈 하나 깜짝 않고 눈물 한 방울 안 흘리며 참고 있었고, 저에게 꼬집혀도 마치 자기가 잘못해서 다쳤으니 남을 탓할 수는 없다는 듯이 한숨을 들이쉬고는 눈만 끔벅끔벅할 뿐이었습니다.

이렇게 히스클리프가 참고 있었기 때문에 언쇼 씨는 언제나 입버릇처럼 그 불쌍한 아비 없는 자식이라고 부르는 그 아이를 자기 아들 힌들리가 괴롭히는 것을 보면 몹시 화를 내셨지요. 그분은 이상하게도 히스클리프를 좋아하셔서 그가 말하는 것은 무엇이라도 믿으셨습니다. 아닌 게 아니라 그는 매우 말이 없었으며 대개 진실만을 말하였습니다. 그리하여 너무 장난꾸러기에 말괄량이여서 귀염을 받지 못한 캐시 아가씨보다도 그분은 그 아이를 훨씬 귀여워하셨습니다.

　이리하여 처음부터 히스클리프는 집안의 미움을 샀습니다. 이 년도 채 못 되어 언쇼 마님이 세상을 떠나셨을 때 젊은 주인인 힌들리 도련님은 아버지를 자기편이라기보다는 폭군으로 보게 되고, 히스클리프를 자기 아버지의 애정과 자기의 특권을 가로채는 자로 보게 되었습니다. 그리하여 자기가 손해를 보고 있다고 생각하고서는 점점 원한을 품게 되었습니다.

　저도 한동안은 그런 그를 동정했습니다. 그러나 아이들이 홍역을 앓아 제가 간호를 하게 되고 동시에 한 사람 몫의 일을 떠맡아야 했을 때 저는 생각을 바꾸었습니다. 히스클리프는 위험할 정도로 아팠습니다. 가장 심했을 때는 제가 언제나 머리맡에 있어 줬으면 했습니다. 제가 무척 친절히 해 준다고 생각했던 모양이지만 제가 어쩔 수 없이 그렇게 해야 했다는 것을 짐작할 만큼 철이 들지도 않았을 겁니다. 어쨌든 그만큼 말없이 간호를 받은 아이도 없었다는 것은 사실입니다. 다른 두 아이들과는 너무 달라서 전처럼 불공평할 수는 없었습니다. 캐시 아가씨와 힌들리 도련님은 그를 몹시 괴롭혔지만, 그는 불평 한마디 없이 양처럼 순했습니다. 그러나 얌전해서가 아니라 굳세어서 성가시게 굴지 않았던 것입니다.

　히스클리프는 살아났습니다. 의사 선생님은 저의 힘이 컸다고 말하면서 잘 돌보았다고 칭찬해 주었습니다. 그 칭찬을 받고는 저도 기분이 언짢지 않았고, 그것이 히스클리프의 덕분이라고 생각하니 그에 대한 생각이 누그러지더군요. 이리하여 힌들리 도련님은 끝까지 자기 편이었던 저까지도 히스클리프에게 빼앗겼습니다. 그래도 저는 히스클리프를 무턱대고 좋아할 수는 없었습니다.

　지금 돌이켜보면 귀염을 받고서도 고맙다는 표정 한 번 짓지 않는 그 무뚝뚝한 아이의 어떤 점을 주인어른께서 그렇게도 좋아하셨는지 저는 때때로 이상하게 생각했습니다. 히스클리프는 그의 은인에 대해서 불손하지 않았습니다. 다만 귀염을 받아도 그것을 느끼지 못할 뿐이었습니다. 그러면서도 자기가 주인의 마음을 사로잡고 있다는 것을 뻔히 알고 있었고, 또 자기가 무슨 말을 하기만 하면 집안사람들이 자기 마음대로 해 주지 않을 수 없다는 것도 알고 있었습니다.

언젠가 한 번은 언쇼 어른께서 장에서 망아지 두 마리를 사서 두 소년에게 한 마리씩 주신 일이 있었습니다. 히스클리프가 더 좋은 망아지를 가졌는데 그것은 얼마 안 가서 절름발이가 되었습니다. 그것을 알았을 때 그는 마구간에서 힌들리 도련님에게 이렇게 말했습니다.

"말을 바꿔. 내 것은 싫단 말이야. 만약 바꿔 주지 않으면 네가 이번 주일에 나를 세 번이나 때린 것을 너의 아버지한테 일러 주고 어깨까지 멍이 든 내 팔을 보여 줄 테야."

그러나 힌들리 도련님은 혓바닥을 내밀어 보이고는 그의 뺨을 갈겼습니다.

"당장 바꿔 주는 게 좋을 거야."

그는 마구간 문간으로 도망을 치면서 끝내 우겼습니다.

"너는 꼭 바꿔 주게 될 거야. 게다가 내가 맞은 것을 이야기하면 너는 나보다 더 맞을 거야."

"저리 비켜, 개 같은 놈!"

힌들리 도련님은 소리를 치고 감자와 건초를 다는 데 쓰는 저울추를 던지려고 했습니다.

"던져 봐."

히스클리프는 가만히 서서 대답했습니다.

"어디 던지기만 해 봐. 그러면 네가 네 아버지만 죽으면 나를 쫓아내겠다고 뽐내던 것을 일러줄 테야. 그 말을 들으면 네 아버지가 너를 당장 쫓아내 버릴걸."

힌들리 도련님은 정말로 저울추를 던졌습니다. 저울추는 그대로 히스클리프의 가슴에 맞았고, 히스클리프는 넘어졌습니다. 그러나 그는 숨도 쉬지 못하고 하얗게 질려 비틀거리면서도 곧 일어났습니다. 만약 제가 말리지 않았더라면 그는 그대로 주인에게 가서 힌들리가 그렇게 했으니 어떻게 해 달라고 말해서 충분히 복수를 했을 것입니다.

"그렇다면 내 망아지를 가져, 이 집시놈아!"

힌들리 도련님은 말했습니다.

"그놈을 타다가 떨어져서 모가지라도 부러져라. 자, 그놈을 가져. 그리고 지옥에라도 떨어져, 이 거지새끼야! 그리고 아양을 떨어서 아버지의 물건을 모조리 빼앗아 버려. 그러나 뒷날 네가 마귀새끼라는 정체만은 보여 드려. 자, 데리고 가. 망아지가 너를 골통이 나오도록 차 주었으면!"

히스클리프는 망아지를 풀어 가지고 자기 마구간으로 옮겨 놓고 있었습니다. 그가 그 망아지 뒤를 돌아가고 있을 때였습니다. 힌들리 도련님은 한참 소리치고 난 다음 히스클리프를 때려 말의 발치에 넘어지게 하고는 자기가 바란 대로 히스클리프가 머리라도 차였는지 어쨌는지는 보지도 않고 걸음아 날 살려라 하고 달아나 버렸습니다.

뜻밖에도 히스클리프는 아무렇지도 않은 듯이 일어나서 그대로 자기가 마음먹었던 일을 해 나갔습니다. 안장이고 무엇이고 다 바꾸어 놓고는 조금 전에 얻어맞아 생긴 현기증을 가라앉히느라고 건초더미 위에 앉아 있다가 집으로 들어갔습니다.

그가 멍이 든 것은 말 때문이라고 해두자고 제가 타이르자 그는 쉽게 말을 들었습니다. 원하던 것을 가졌으니 어떤 이야기를 하든 별로 개의치 않았던 것입니다. 정말 그는 그 정도의 일로는 좀처럼 불평을 하지 않았으므로 저는 정말로 그가 복수를 생각하고 있다고는 여기지 않았습니다. 그런데 나중에 이야기를 들으시겠지만 저는 감쪽같이 속았던 것입니다.

<h1 style="text-align:center">5</h1>

그러는 동안 언쇼 어른께서는 몸이 쇠약해지기 시작하셨습니다. 그분은 활동적이고 건강하셨지만 갑자기 원기를 잃으셨습니다. 벽난로 가에 앉아 있게만 되신 뒤로는 한심할 정도로 짜증을 잘 내셨습니다. 아무것도 아닌 일에도 화를 내셨고, 자기의 권위를 조금이라도 무시당했다고 생각하면 거의 발작을 일으키실 정도였습니다.

그분이 귀여워하던 그 아이를 누가 업신여겨 덤빈다거나 곯려주려고 할 때에는 특히 더했습니다. 히스클리프에 대해서 누가 몹쓸 소리라도 하지 않나 하고 성화가 대단했지요. 자기가 히스클리프를 귀여워하니까 다들 미워해서 무언가 혼을 내주고 싶어 한다는 생각이 머리에 박히신 듯했습니다.

그것은 그 아이에게 오히려 불리했습니다. 왜냐하면 우리 가운데서도 마음씨가 고운 사람들은 주인어른의 기분을 맞춰 드리려고 히스클리프에 대한 그분의 편애에 부채질을 했고, 그것은 히스클리프에게 오만함과 나쁜 성미를 길러주었기 때문입니다. 그래도 그것은 어느 모로는 필요하기도 했습니다. 두 번인가 세 번 힌들리 도련님은 아버지 옆에서 히스클리프를 모욕해서 그 어른을 화나게 했습니다. 그 어른은 지팡이를 들어 그를 때리려고 했습니다. 그러나 그렇게 할 수가 없자 화가 나서 부들부들 떠시는 것이었습니다.

마침내 우리들의 부목사님 — 그때 이 고장에는 린튼 및 언쇼 집안의 아이들에게 글을 가르치며 스스로 작은 땅뙈기를 경작해서 겨우 살아가고 있던 부목사가 있었습니다 — 이 힌들리 도련님을 대학에 보내야 한다고 충고해서 언쇼 어른도 동의를 하셨지만 별로 마음 내켜 하시진 않았습니다. 왜냐하면 그분은 이렇게 말씀하셨으니까요.

"힌들리는 쓸모없는 놈이니까 어디를 가나 별수 없을 거야."

저는 정말 이제는 화평해지기를 바랐습니다. 주인어른께서 착한 일을 하고도 도리어 고생하신 것을 생각하면 마음이 아팠습니다. 저는 그 어른의 노쇠와 병환이 가족 간의 불화에서 생기는 것이라고 생각했습니다. 그 어른도 그렇다고 말씀하시곤 했지만 실은 역시 몸 자체가 약해지셨기 때문이었습니다.

그러나 캐시 아가씨와 조지프 두 사람만 없었더라면 우리는 그냥 편안히 지냈을 것입니다. 주인님께서는 워더링 하이츠에 가셨을 때 아마 조지프를 보셨겠지요? 그 영감은 아직도 필시 그렇겠지만 기막히게 성가시고 잘난체만 하는 위선자로서 언제나 성경 구절을 끄집어 내어 자기에게만 유리하게 이야기하고 주위 사람들을 저주했었지요. 설교와 경건한 이야기를 하는 재주가 있어서 그는 언쇼 어른을 탄복시키곤 했습니다. 그래서 그는 주인어른이 쇠약해지면 쇠약해질수록 더욱더 방자해졌습니다.

조지프는 주인어른의 영혼의 문제라든가 아이들을 엄격히 다스리는 일들로 주인어른을 몹시 괴롭혔습니다. 주인어른을 부추겨서 힌들리 도련님을 망나니라고 여기게 하고, 밤마다 빠뜨리지 않고 히스클리프와 캐서린 아가씨에 대해 있는 이야기 없는 이야기를 늘어놓으면서 투덜댔지요. 특히 언제나 캐서린 아가씨 이야기를 가장 나쁘게 말하며 언쇼 어른의 약점을 이용하는 것도 잊지 않았습니다.

확실히 캐서린 아가씨에게는 어떤 아이에게서도 본 적이 없는 별난 버릇이 있었습니다. 아침에 아래층으로 내려와서 저녁에 자러 갈 시간까지 단 일 분도 아가씨에게서 마음을 놓은 적이 없었어요. 아가씨는 항상 들뜬 기분으로 지껄여대고, 노래를 부르다간 깔깔 웃고, 자기와 같은 행동을 하지 않는 사람에겐 성가시게 굴곤 했습니다. 이렇게 걷잡을 수 없는 말괄량이긴 했지만 아가씨는 그 근방에서 가장 눈이 아름답고 앳된 웃음을 웃는 발걸음이 가벼운 아가씨였습니다. 그리고 또한 별로 악의도 없는 것 같았습니다. 그 까닭은 일단 누구를 정말로 울려 놓고도 대개는 그 옆에 붙어서 울음을 달래고 있었기 때문에 도리어 아가씨를 위로하기 위하여 이쪽에서 울음을 그쳐야만 하는 형편이었으니까요.

아가씨는 히스클리프를 너무 좋아했습니다. 그래서 우리들이 아가씨에게 내릴 수 있는 제일 큰 벌은 히스클리프와 떼어 놓는 일이었지요. 우리들 중의 어느 누구보다 히스클리프 때문에 가장 많은 꾸중을 듣는 것도 아가씨였습니다.

아가씨는 놀이를 할 때면 어린 안주인 노릇을 하는 걸 무척 좋아해서, 함부로 손을 놀리거나 친구들에게 명령을 하곤 했습니다. 저에게도 마찬가지였지요. 저는 얻어맞는다든가 명령받는 걸 참을 수 없었기 때문에 아가씨에게 그런 건 질색이라고 말해 주었습니다.

그런데 언쇼 어른은 어린아이들의 농담을 이해하지 못하셨어요. 아이들에게는 언제나 엄격하고 어렵게 대하셨지요. 캐서린 아가씨는 아가씨대로 아버님이 병약해지신 다음부터는 건강하실 때보다 더 화를 잘 내고 참을성이 없어지신 것을 이해하지 못했습니다.

그분이 화를 내며 꾸짖으면 아가씨는 그걸 재미있어 했고, 그 때문에 그분은 더욱 화를 내시곤 했습니다. 우리가 모두 함께 꾸짖어도 태연히 건방진 얼굴을 하고 척척 말대꾸를 했지요. 조지프가 종교적인 저주를 퍼부어도 그것을 농담으로 여기며 저를 곯리고, 바로 아버님이 가장 싫어하시는 짓을 하는 것이었습니다. 주인어른은 정말이라고 생각하셨지만 아가씨는 일부러 거만을 떨어서 아버지의 친절보다도 자기의 거만이 히스클리프에게는 더 힘이 있고, 히스클리프는 자기 명령이면 무엇이든지 하지만 그분이 시키는 것은 마음이 내킬 때만 한다는 것을 보여 주었습니다.

아가씨는 온종일 할 수 있는 한 못되게 굴다가 밤이 되면 때때로 용서를 구하려고 아버지한테 응석을 부리기도 했습니다.

"아니야, 캐시."

그럴 때면 그 어른은 말씀하셨습니다.

"나는 너를 귀여워할 수가 없어. 너는 네 오빠보다도 더 나빠. 저기 가서 기도를 드리고 하느님께 용서를 빌어라. 어머니와 나는 너 같은 아이를 키운 것을 뉘우치게 될 것 같구나."

아가씨는 처음에는 그 말씀을 듣고 울었습니다. 하지만 늘 그렇게 푸대접을 받는 동안에 뻔뻔스러워져서 제가 옆에서 잘못에 대해 사과를 하고 용서를 빌라고 하면 도리어 깔깔 웃는 것이었습니다.

그러나 드디어 언쇼 어른이 이 세상의 근심을 잊으실 때가 왔습니다. 그분은 시월 어느 날 저녁, 의자에 걸터앉은 채 조용히 돌아가셨던 것입니다. 집 주위에서는 거센 바람이 불어대고 굴뚝 속에서도 바람이 윙윙거리고 있었습니다. 소리는 거센 폭풍 같았지만 춥지는 않았고, 우리는 모두 한데 모여 있었습니다. 저는 난로에서 좀 떨어진 곳에서 열심히 뜨개질을 하고 있었고, 조지프는 테이블 가까이에서 성경을 읽고 있었습니다. 그 당시 하인들은 일이 끝나면 대개 거실에 앉아 있었으니까요.

캐시 아가씨는 몸이 불편해서 가만히 있었습니다. 아가씨는 아버지의 무릎에 기대어 있었고 히스클리프는 캐시 아가씨의 무릎을 베고 방바닥에 누워 있었습니다. 주인어른은 잠이 드시기 전에 웬일로 아가씨가 얌전히 있는 모습을 보고 무척 기뻐하시며 아가씨의 고운 머리를 쓰다듬으셨어요. 그러면서 하시던 말씀이 생각나는군요.

"캐시, 너는 왜 늘 이렇게 얌전히 있을 수가 없니?"

그러자 아가씨도 그분의 얼굴을 쳐다보고 웃으면서 대답하셨습니다.

"아버지, 아버지는 왜 항상 무섭게만 하시죠?"

그러나 그 어른이 다시 화를 내실 거라는 걸 알고 아가씨는 그분의 손에 입을 맞추고 주무시도록 노래를 불러드리겠다고 말했습니다. 그러고는 아주 나직한 소리로 노래를 부르기 시작했는데, 이윽고 아가씨가 잡고 있던 그분의 손이 툭 떨어지며 고개가 앞으로 푹 수그러졌습니다. 그래서 저는 아가씨에게 아버님의 잠이 깨면 안 되니까 잠자코 움직이지 말고 있으라고 말했습니다. 우리는 모두 꼬박 반 시간 동안을 생쥐처럼 소리를 죽이고 있었습니다. 만약 조지프가 성경을 읽고 나서 일어서서 기도를 드리고 주무시도록 주인어른을 깨워야겠다고 말하지 않았더라면 우리는 더 오래 그렇게 하고 있었을 것입니다. 조지프는 앞으로 다가가서 주인어른의 이름을 부르고 어깨에 손을 얹었습니다. 그러나 주인어른은 움직이려 하지 않으셨습니다. 그래서 그는 촛불을 들고 주인어른을 살펴보았습니다. 조지프가 촛불을 놓았을 때 저는 무언지 이상하다고 생각했습니다. 그래서 두 아이들의 팔을 잡고 속삭였지요.

"위층에 가서 자요. 큰 소리는 내지 말구요. 오늘 밤엔 둘이서만 기도를 해도 돼요. 조지프는 할 일이 있으니까요."

"난 먼저 아버지께 안녕히 주무시라고 인사를 드릴 테야."

캐서린 아가씨는 우리들이 말릴 새도 없이 그 어른의 목을 껴안고 말했습니다. 가엾게도 이 아가씨는 아버지가 돌아가신 것을 알아차리고는 소리를 질렀습니다.

"아버지가 돌아가셨어, 히스클리프! 아버지가 돌아가셨어!"

그리고 두 사람은 함께 애절한 울음을 터뜨렸습니다. 저도 그들과 함께 소리를 내어 몹시 울었습니다. 그러나 조지프는 우리에게 무엇 때문에 천국에서 성자(聖者)가 되신 분을 두고 그렇게 울부짖느냐고 묻는 것이었습니다. 그는 저에게 외투를 걸치고 기머튼으로 달려가 의사와 목사님을 불러오라고 말했습니다. 그때 의사나 목사님이 무슨 소용이 있는지 저는 알지 못했습니다. 그러나 저는 비바람 속을 달려서 의사를 데리고 돌아왔습니다. 목사님은 다음 날 아침에 오시겠다는 것이었습니다.

사정 이야기는 조지프에게 맡기고 저는 아이들의 방으로 달려갔습니다. 문이 조금 열려 있어 그들이 자정이 지났는데도 잠들지 않은 것이 보였습니다. 그러나 그들은 울음을 그치고 조용해져 있었기 때문에 제가 다시 위로할 필요가 없었습니다. 두 아이들은 저 같으면 생각도 못했겠지만, 서로를 위로하고 있었습니다. 세상의 어떤 목사님이라도 그 아이들이 그려낸 것만큼 아름다운 천국은 그려내지 못할 것입니다. 흐느끼면서 두 아이들의 이야기에 귀를 기울이는 동안, 저는 우리도 모두 무사히 그러한 천국에 가게 되기를 바라지 않을 수 없었습니다.

6

대학에 다니는 힌들리 도련님이 장례식 때 돌아왔습니다. 그런데 도련님은 부인을 데리고 오셨어요. 우리도 놀라고 이웃사람들도 여기저기서 수군거렸습니다.

그 여자가 어떤 사람인지 어디 태생인지는 우리에게 알려 주지 않았습니다. 아마 자랑거리가 될 만큼 돈이나 가문이 형편없었나 봐요. 그렇지 않으면 도련님이 그 결혼을 아버님에게 감추었을 리가 없으니까요.

그 여자는 자기 때문에 집안을 시끄럽게 할 사람은 아니었습니다. 장례식 준비나 거기 와 있는 문상객들을 빼고는 그 집에 들어서자마자 눈에 띈 모든 물건이나 주위에 벌어진 모든 일들이 여자를 기쁘게 한 것 같았습니다.

그동안의 거동으로 미루어 보아 여자는 좀 모자라는 것 같았습니다. 자기 방으로 달려가면서 제가 아이들의 옷을 갈아입혀야 하는데도 좀 와달라고 했습니다. 그러고는 거기 앉아서 벌벌 떨면서 자기 손을 맞잡고 되풀이하여 묻는 것이었습니다.

"다들 아직도 있나요?"

여자는 검은 상복을 입은 사람들이 무서워 죽겠다고 히스테리에 걸린 것같이 이야기하였습니다. 그러다간 소스라치게 놀라며 부르르 떨고 하다가 나중에는 어이없게도 울어 버리는 것이었습니다. 그래서 제가 왜 그러시느 냐고 물으면 자기도 모르겠다, 다만 죽는다는 것이 아주 무섭게만 여겨진 다고 대답했습니다.

그러나 제 생각으로는 여자는 저와 마찬가지로 죽는다거나 할 것 같지는 않았습니다. 몸은 좀 가냘픈 편이었지만 젊고 표정이 생생하며 눈은 마치 금강석처럼 반짝였습니다. 하지만 계단을 오를 때는 몹시 숨이 차 보였고, 조금만 갑작스러운 소리가 나도 온몸을 부들부들 떨었으며, 때때로 고통스 럽게 기침을 하는 것을 저도 알고 있었습니다. 그러나 이러한 증세가 무슨 조짐인지는 전혀 알지 못했고, 별로 가엾다는 생각도 들지 않았습니다. 주 인님, 이 고장 사람들은 상대편에서 먼저 이쪽을 좋아하지 않으면 대체로 다른 곳에서 온 사람들을 좋아하지 않는답니다.

그 댁의 젊은 주인은 객지에 나가 있는 삼 년 동안에 상당히 변해 있었습 니다. 전보다 몸이 여위고 안색도 좋지 않았으며 말씨나 차림새가 아주 달 라져 있었습니다. 돌아온 바로 그날 그분은 조지프와 저에게 이제부터 부 엌 안쪽에서 거처하라고 하면서 거실은 자기가 쓰겠다고 말했습니다. 실은 비어 있던 작은 방에 양탄자를 깔고 도배를 하고 싶었던 모양이었죠. 하지 만 부인이 거실의 흰 마룻바닥과 따뜻하고 큰 벽난로, 양은 접시나 도자기 들과 개집, 그리고 늘 거처하는 곳에서 자유롭게 돌아다닐 수 있는 넓은 공 간이라는 것을 무척 좋아했기 때문에 부인에게 편하도록 따로 방을 꾸밀 필요가 없다고 생각하고 그 생각을 버렸던 것입니다.

부인은 또 새 식구 중에 시누이가 있다는 것을 알고 기뻐했습니다. 그래 서 처음에는 캐서린 아가씨에게 이야기도 잘하고 입도 맞추고 같이 뛰어다 니고 선물도 많이 주었습니다. 그러나 그 애정은 오래가지 못했습니다. 그리고 부인이 골을 내면 힌들리는 포악해졌습니다. 부인이 히스클리프가 싫다는 말을 하자마자 그에 대한 예전의 미움이 그대로 되살아나게 되었습니다. 그는 그 아이를 자기들과 함께 두지 않고 하인들 있는 데로 쫓아 버렸으며, 부목사님한테서 글을 배우지도 못하게 하고 밖에 나가서 일을 해야 한다고 우겼습니다. 그리고 그 아이에게 농장에서 일하는 여느 젊은이 못지않게 고된 일을 시켰습니다.

히스클리프는 처음에는 그 일을 꽤 잘 견디었습니다. 그것은 캐시 아가씨가 배운 것을 그에게 가르쳐 주고 밭에서도 함께 일하거나 놀았기 때문입니다. 그 아이들은 둘 다 야만인처럼 거칠게 자랄 게 뻔했습니다. 젊은 주인은 자기 눈에 띄지만 않으면 그들이 어떻게 행동을 하든, 그리고 무슨 짓을 하든 전혀 개의치 않았습니다. 두 아이가 교회에 나가지 않아서 조지프와 부목사님이 그분의 부주의를 책망하지 않았더라면 아이들을 일요일에 교회에 보내는 것에도 무관심했을 테지요. 그분은 그러한 책망을 듣고서 히스클리프에게는 매질을 하고, 캐서린 아가씨에게는 점심과 저녁을 굶기라고 명령하였습니다.

그런 두 아이에게 가장 즐거운 일 중 하나는 아침에 벌판으로 달려가서 온종일 돌아오지 않는 것이었습니다. 나중에 벌을 받는 것 정도는 점차 웃음거리밖에 되지 않았습니다. 부목사님이 캐서린 아가씨에게 벌로 아무리 많은 숙제를 주고, 조지프가 자기 팔이 아프도록 히스클리프를 때려도, 두 아이는 다시 함께 있게만 되면 어떤 못된 계획을 생각해 내고는 모든 것을 까맣게 잊어버리는 것이었습니다.

그들이 날로 더 철이 없어지는 것을 보고 저는 혼자서 숱하게 울기도 했습니다. 그러면서도 편들어 주는 사람도 없는 아이들에게 그래도 제가 가지고 있는 조그마한 영향력이나마 잃을까 두려워서 잔소리 한마디 감히 할 수가 없었습니다.

어느 일요일 저녁, 아이들은 대수롭지 않은 일로 거실에서 쫓겨난 적이 있었습니다. 그 뒤 제가 저녁을 먹으라고 아이들을 부르러 갔을 때 그들은 눈에 띄지 않았습니다.

우리는 아래 위층으로, 그리고 뜰과 마구간을 다 찾아보았지만 그들은 보이지 않았습니다. 드디어 화가 난 힌들리 서방님은 우리에게 문을 모두 잠그라고 말하고 그날 밤엔 누구도 그들을 집에 들여 놓아서는 안 된다고 말했습니다.

온 집안이 다 잠이 들었습니다. 저는 너무 걱정이 되어 눕지도 못했지요. 비가 오고 있었지만 창을 열어 놓고 무슨 기척이라도 있나 하고 내다보았습니다. 그들이 돌아오기만 한다면 비록 주인의 말을 어기고라도 아이들을 들여놓을 작정이었습니다.

잠시 뒤 길을 걸어오는 발자국 소리가 들리더니 초롱불빛이 대문으로 비쳐들었습니다. 저는 숄을 뒤집어쓰고, 그들이 문을 두드리는 바람에 언쇼 서방님을 깨우지 않도록 재빨리 달려갔습니다. 그러나 돌아온 것은 히스클리프 혼자였습니다. 그가 혼자 돌아온 것을 본 저는 깜짝 놀랐습니다.

"캐서린 아가씨는 어디 갔어?"

저는 다급하게 외쳤습니다.

"설마 사고는 없었겠지?"

"드러시 크로스 저택에 있어."

히스클리프는 그렇게 대답했습니다.

"나도 함께 있고 싶었지만 그 집 사람들은 예의를 몰라서 내게는 자고 가라는 말도 하지 않더군.”

“아니, 그런 말 하면 꾸중 들어.”

저는 화를 냈습니다.

“쫓겨나야만 속이 시원하겠니? 도대체 드러시 크로스 저택까진 뭘 하러 갔었지?”

“젖은 옷이나 벗겨 줘. 그러면 다 이야기해 줄 테니까. 빨리.”

나는 주인을 깨우지 않도록 그에게 주의를 시키고 그가 옷을 벗을 동안 촛불을 들고 옆에 서 있었습니다. 옷을 갈아입고 히스클리프는 말을 계속하였습니다.

“캐시와 나는 마음대로 돌아다니려고 빨래터를 통해 도망을 쳤지. 그랬더니 그 집의 불빛이 언뜻 보이기에, 그 집에서도 일요일 저녁에 어른들은 먹고 마시며 노래하고 웃으면서 눈알이 탈 정도로 불을 쬐는데 아이들은 구석에 서서 떨고 있는지 보고 싶어졌어. 그 집도 그럴 거라고 생각해, 넬리? 아니면 설교집을 읽거나 하인한테 교리 문답을 받아서 제대로 대답하지 못하면 사람 이름이 잇따라 나오는 성경 대목 한 구절을 외우라고 하는지 알고 싶었어.”

“아마 그렇진 않겠지.”

저는 대답했습니다.

“그 집 아이들은 틀림없이 착한 아이들일 테니까, 이 집 아이들처럼 나쁜 짓을 해서 벌을 받진 않을 거야.”

“설교는 집어치워, 넬리.”

그는 말했습니다.

“당치 않은 소리야! 우리는 이 언덕 꼭대기에서 그 집 숲까지 쉬지도 않고 달려갔어. 캐서린은 신발이 벗겨져서 맨발이었기 때문에 경주에는 졌지. 늪에 빠뜨린 캐서린의 신발을 내일 찾아야 할 거야. 우리는 생나무 울타리의 구멍 안으로 들어가서 길을 더듬거리며 올라가 응접실 창 밑의 화단에 심어 놓은 것처럼 올라섰어. 응접실에서 불빛이 새어나오고 있었어. 그들은 그때까지 덧창도 닫지 않았고, 커튼도 반밖엔 가려져 있지 않았어. 우리는 둘 다 받침대 위에 서서 창틀을 붙잡고 안을 들여다봤어. 들여다보니까, 아, 참 아름답더군. 진홍빛 양탄자가 깔려 있고, 의자와 탁자에도 진홍빛 천이 씌워져 있었어. 새하얀 천장은 금빛으로 띠를 둘렀고 그 한복판에 있는 은사슬로 매단 촛대에 유리 장식이 쏟아질 듯이 드리워져 작은 촛불 빛으로 반짝거리고 있었어. 린튼 할아버지와 할머니는 안 계셨어. 에드거와 그의 누이밖에 없었지. 그들이 어떻게 행복하지 않을 수가 있겠어. 우리 같으면 천국에라도 있는 듯한 기분이었을 거야. 자, 당신이 착하다고 말한 아이들은 무엇을 하고 있었는지 알아? 이사벨라, 그 아이는 캐시보다 한 살 아래인 열한 살일 거야. 그 애는 방 저쪽 끝에 주저앉아 마치 마귀할멈이 새빨갛게 단 바늘로 찌르기라도 한 것처럼 아우성치면서 울고 있었어. 에드거도 벽난로 앞에 서서 소리 내지 않고 울고 있었지. 그리고 테이블 한복판에는 작은 개 한 마리가 앉아 앞발을 흔들면서 짖어대고 있었어. 그들 둘이 서로 나무라는 것으로 보아 그 개를 두 동강이 날 만큼 서로 당기고 있었던 모양이야. 바보 같은 것들! 누가 그 폭신하고 따뜻한 개를 껴안을지를 놓고 서로 싸운 다음, 이번엔 둘 다 가지지 않겠다고 우는 것이 재미있나 봐. 우리는 그 응석꾸러기들을 보고 소리 내어 웃어줬어. 정말로 경멸했어! 캐서린이 원하는 것을 내가 빼앗고 싶어 하거나, 우리가 방 이쪽 저쪽에서 재미로 울부짖고 훌쩍거리며 방바닥에서 뒹구는 모습을 본 적이

있어? 나는 무엇을 주어도 여기서의 내 처지와 드러시 크로스 저택에서의 에드거 린튼의 처지를 바꾸고 싶지는 않아. 비록 조지프를 가장 높은 지붕 꼭대기에서 내던지고, 이 집 정면을 힌들리의 피로 칠을 할 권리를 가질 수 있대도 말이야."

"쉬, 쉬!"

나는 황급히 히스클리프의 이야기를 막았습니다.

"히스클리프, 아직도 캐서린 아가씨가 어떻게 해서 혼자 남게 되었는지 이야기하지 않았잖아?"

"우리가 웃었다고 말했지."

그는 계속 이야기했습니다.

"그 집 아이들은 우리가 웃는 소리를 듣고서 의논이라도 한 듯이 쏜살같이 문간으로 달려왔어. 잠잠해졌나 했더니 '오 어머니, 어머니! 아버지, 아버지! 어서 이리 와 보세요. 어서요, 빨리!' 라고 외치는 소리가 들려왔어. 그 애들은 정말 그런 식으로 아우성을 쳤어. 우리는 더욱더 그들을 무섭게 해 주려고 무시무시한 소리를 내줬지. 그러다 누군가 빗장을 열기에 창턱에서 손을 떼고 도망을 치는 게 좋겠다고 생각했어. 나는 캐시의 손을 잡고 빨리 가자고 재촉했는데 갑자기 캐시가 넘어졌어.

'도망쳐, 히스클리프, 도망쳐!' 하고 캐시가 속삭이더군. '이 집 사람들이 개를 풀어 놓아 그놈이 나를 물고 있단 말이야!'

정말 그놈이 캐시의 뒤꿈치를 물고 있었어, 넬리. 그놈이 흉측스럽게 코를 킁킁대는 소리가 났어. 그러나 캐시는 고함을 지르지 않았어. 그렇고말고. 미친 소의 뿔에 찔렸다 해도 울부짖지는 않았을 테니까. 그런데 나는 고함을 질렀어. 이 세상의 어느 악마라도 무색할 정도로 욕을 해 주었어.

그리고 돌멩이를 집어서 그 개의 입을 틀어막고는 힘껏 목구멍으로 밀어 넣었지. 막판에 짐승 같은 하인 놈이 초롱을 들고 와서 소리를 쳤어.

'꽉 물고 있어, 스컬커, 꽉 물어!'

그러나 스컬커가 물고 있는 캐시를 보고서는 말투가 달라지더군. 개는 큼직한 자줏빛 혓바닥을 한 자나 늘어뜨리고, 축 늘어진 입술에서는 피가 섞인 침을 질질 흘리고 있었어.

그 머슴은 캐시를 부축해 일으키더군. 캐시는 하얗게 질려 있었지만, 무서워서가 아니라 틀림없이 아파서 그랬을 거야. 머슴은 캐시를 집으로 안고 들어갔어. 나는 욕을 하고 원수를 갚겠다고 투덜대면서 뒤를 따랐지.

'로버트, 어떤 녀석을 잡았나?' 하고 린튼 씨가 현관에서 소리치더군.

'스컬커가 어린 계집아이를 붙잡았어요.' 하고 머슴은 말했어. '그리고 여기 머슴애도 있습니다.' 하더니 그는 나를 잡으면서 말을 이었어. '아주 가당찮게 보이는 놈이에요! 도둑놈들이 우리가 잠이 들면 문을 열게 하여 우리를 쉽게 죽여 버리려고 애들을 창으로 들여보내려 한 것이 틀림없어요. 입 닥쳐, 이 주둥이 더러운 도둑놈아. 이런 짓을 했으니 교수대로 가게 해 줄 테다. 주인어른, 총을 치우지 마세요!'

'걱정마, 로버트!' 하고 그 바보 같은 영감이 말하더군. '악당들이 어제가 소작료 받은 날이라는 것을 알고 용케 나를 털려고 한 게로군. 데리고 들어와. 내가 그 애들을 대접할 테니까. 이봐, 존, 사슬을 걸고 문단속을 해. 스컬커에게 물을 좀 줘, 제니. 치안판사의 집에, 그것도 안식일에 대담하게 들어오다니! 어디까지 사람을 깔보려는 건가? 여보, 메리, 여기 좀 봐요. 무서워할 것 없어요. 꼬마 녀석들에 불과하니까. 그런데도 분명히 악당 같은 얼굴을 하고 있군. 이 녀석의 천성이 얼굴 뿐에서만 아니라 행실로 나타나기 전에 당장 목을 매어 죽이는 것이 이 고장을 위해서 친절을 베푸는 일이 아니겠어?

주인은 나를 촛대 밑으로 끌고 갔어. 그러니까 린튼 부인은 코에 안경을 걸치고 무서워서 두 손을 들며 어쩔 줄 몰라 하더군. 겁쟁이 아이들도 살며시 가까이 왔는데 이사벨라는 이렇게 종알거렸어.

'아이, 무서워! 그 애를 지하실에 가두어요, 아버지. 내가 길들여 놓은 꿩을 훔쳐 간 점쟁이 아들과 아주 비슷해요. 그렇잖아, 에드거 오빠.'

그들이 나를 조사하는 동안 캐시도 그리로 끌려왔어. 캐시는 내가 점쟁이 아들과 똑같다는 말을 듣고는 웃었어. 에드거 린튼은 얼굴을 뚫어지게 들여다보더니 겨우 캐시를 알아보더군. 다른 데서는 좀처럼 만나지 못하지만 교회에서는 우리를 보았으니까 말이지.

'이 앤 언쇼 씨네 따님이에요!'

그는 그의 어머니에게 속삭였어.

'봐요, 스컬커가 물었어요. 발에서 피가 흘러요!'

'언쇼 씨 댁 따님이라고? 무슨 소리야!'

에드거의 말을 들은 그 부인이 외치더군.

'언쇼 양이 집시와 함께 이 근방을 돌아다니다니! 그러고 보니 상복을 입고 있군. 확실히 그래. 그런데 평생 절룩거리게 될지도 모르는데!'

'그 아이 오빠의 무관심이 틀렸단 말이야!'

린튼 어른은 나를 보다가 캐서린 쪽을 돌아다보면서 소리쳤어.

'실더스 부목사님에게서 들었지만 그 사람은 이 아이를 완전히 이교도처럼 자라게 한다는 거야. 그런데 이 녀석은 누구야? 어디서 이 녀석을 친구로 삼았을까. 아! 그래, 바로 이놈이 돌아가신 언쇼 노인이 리버풀에 갔

을 때 데려온 아이로군. 동인도나 아메리카나 스페인 사람이 버리고 간 아이겠지.'

'아무튼 고약한 아이로군.'

그 부인이 말했어.

'게다가 점잖은 집안에 둘 아이가 아니에요. 그 아이가 말한 것을 들었어요, 여보? 난 우리 아이가 들었을까 봐 소름이 끼쳤어요.'

그래서 나는 또 욕을 퍼부어 줬지. 화 내지 마, 넬리. 그러자 로버트를 시켜서 나를 데려가게 하더군. 나는 캐시가 안 가면 가지 않겠다고 버텼어. 로버트는 나를 뜰로 끌고나가서 초롱을 내 손에 쥐어주고는 내가 한 짓을 언쇼 씨에게 일러바치겠다고 말하면서 당장 나가라며 문을 걸어 버렸어.

하지만 아직도 커튼 한구석이 내려지지 않고 있어서 나는 다시 창에 붙어 서서 안을 엿보았지. 캐서린이 돌아가고 싶어 하는데 그들이 내주지 않는다면 그 큼직한 유리창을 산산이 부숴 버릴 작정이었거든. 캐시는 소파에 가만히 앉아 있었어. 린튼 부인은 우리가 덮어쓰고 왔던 우유 짜는 여자의 회색 외투를 벗기고는 고개를 저으면서 캐시를 타이르고 있었던 모양이야. 캐시는 아가씨니까 나와는 다르게 취급했지. 곧 하녀가 더운 물을 한 대야 가지고 와서 캐시의 발을 씻겨 줬어. 린튼 영감은 큰 잔으로 포도주에 물과 그 밖의 것을 타 주고, 이사벨라는 접시에 과자를 가득 담아 와서 캐시의 무릎에 쏟아 주었는데, 에드거는 멀리서 입을 벌리고 서서 보고 있었어. 나중에 그들은 캐시의 아름다운 머리를 말려 빗겨 주었고, 큼직한 슬리퍼를 신겨서 캐시가 앉은 의자를 불 앞으로 밀고 갔어. 캐시는 과자를 강아지와 스컬커에게 나누어 주고, 그것을 먹고 있는 스컬커의 코를 잡아당기기도 하며 매우 유쾌한 것 같았어. 그것을 바라보고 있는 멍청한 그 집 사람들의 푸른 눈에도 생기가 도는 듯했지. 캐시의 매력적인 얼굴이 그렇게 만든 거야. 그걸 보고 나는 그곳을 떠나 돌아왔어. 그들은 바보처럼 캐시에게 온통 반했더군. 캐시는 그들보다는 아니, 이 세상의 어느 누구보다도 훨씬 매력적이니까. 그렇잖아, 넬리?"

"이번 일은 네가 생각하는 것보다 훨씬 더 큰일이 될 거야."

저는 그렇게 말하고는 그에게 이불을 덮어 주고 불을 껐습니다.

"너는 어쩔 도리가 없어, 히스클리프. 두고 봐, 힌들리 서방님은 어떤 지독한 짓이라도 하고 말 테니까."

제가 한 말은 제가 생각했던 것보다 더 잘 맞아떨어졌습니다. 그 불행한 모험은 서방님을 펄펄 뛰게 했지요. 그리고 또 린튼 어른이 사과를 하려고 다음 날 아침 일부러 찾아와서 젊은 주인에게 집안을 다스리는 도리를 설교하다시피 했기 때문에 그분도 정말로 단속해야겠다는 생각을 하게 된 거예요.

히스클리프는 매는 맞지 않았지만 그때부터 한마디라도 캐서린 아가씨에게 말을 걸면 당장 쫓아내 버리겠다고 했어요. 그리고 언쇼 부인도 시누이가 돌아오는 대로 적당한 감독을 하기로 했습니다. 강압적이 아닌 영리한 방법으로 할 작정이었지요. 무리하게 할 수는 없었을 테니까요.

7

캐시 아가씨는 크리스마스 때까지 다섯 주일을 드러시 크로스 저택에서 머물렀습니다. 그동안 뒤꿈치의 상처는 말끔히 나았고 행실도 많이 나아졌어요. 언쇼 부인은 틈틈이 자주 찾아가 고운 옷을 입히고 구슬리고 해서 아가씨의 자존심을 자극시킴으로써 그 성질을 고치려는 계획에 착수하셨지요. 캐시 아가씨도 그걸 좋아했습니다. 그리하여 집에 돌아왔을 때는 모자도 없이 우리에게로 달려들어 모두가 숨도 못 쉬게 얼싸안는 거친 계집애가 아니라 매우 점잖은 분이 되어 예쁘고 까만 조랑말에서 내리는 것이었습니다. 깃털 장식이 꽂힌 수달피 모자 밑으로 갈색 곱슬머리를 늘어뜨리고 부인용 모직 승마복을 입고 있었어요. 의젓하게 걸어 들어오려고 긴 옷자락을 두 손으로 집어 들고 있었답니다. 힌들리 서방님은 말에서 내리는 아가씨를 도우면서 기쁜 듯이 소리를 쳤습니다.

"아니, 캐시, 너 아주 미인이 됐구나! 못 알아보겠는걸? 이젠 아주 어른 같아. 이사벨라 린튼은 비교가 안 되겠어. 그렇잖아, 프랜시스?"

"이사벨라는 타고난 바탕이 없는 걸요."

언쇼 부인도 맞장구를 쳤습니다.

"앞으로 아가씨도 조심해서, 집에 돌아와서도 다시 말괄량이가 되지 않도록 해야 해요. 엘렌, 캐서린 아가씨가 옷을 벗는 것을 도와드려. 잠깐 기다려요. 머리가 헝클어지겠어. 내가 모자를 벗겨 줄게요."

승마복을 벗겼더니 그 밑에는 멋진 줄무늬의 비단 드레스와 흰 바지와 눈이 부실 정도로 반짝이는 반들반들한 구두가 있었습니다. 개들이 반가워하며 덤벼들자 아가씨는 기쁜 듯이 눈을 반짝였지만 그 아름다운 옷에 개들이 매달릴까 봐 쓰다듬어 주지도 않았습니다.

아가씨는 저에게 살며시 입을 맞추고 — 저는 그때 크리스마스 케이크를 만드느라 온통 밀가루투성이였기 때문에 껴안을 수는 없었던 겁니다 — 히스클리프를 찾아 주위를 살폈습니다. 언쇼 내외분은 그들이 만나는 것을 걱정스럽게 지켜보고 있었습니다. 둘 사이를 떼어놓을 수 있는지 없는지 어느 정도 판단할 수 있으리라고 생각했기 때문입니다.

히스클리프는 처음에는 좀처럼 눈에 띄지 않았습니다. 캐서린 아가씨가 집을 비우기 전의 그가 조심성 없고 돌보는 사람도 없었다고 한다면, 아가씨가 돌아온 뒤로는 열 배나 더 그러했습니다. 그에게 더러운 아이라고 일러 주고 한 주일에 한 번은 몸을 씻으라고 말하는 친절을 베푼 사람도 저밖에는 없었습니다. 게다가 그 나이 또래치고 비누와 목욕을 천성으로 좋아하는 아이는 좀처럼 없는 법입니다. 그러므로 석 달 동안이나 진흙과 먼지 투성이인 채 갈아입은 적이 없는 그의 옷과 그의 칙칙하고 빗지 않은 머리칼은 물론이고 그의 얼굴과 손은 기분이 언짢을 만큼 더러웠습니다. 머리가 헝클어진 자기의 짝이 나타나리라고 생각했는데 그렇게도 아름답고 맵시 있는 아가씨가 되어서 돌아온 것을 보고 그가 긴 의자 뒤에 숨어 버린 것도 무리는 아니었지요.

"히스클리프는 집에 없어?"

아가씨는 장갑을 벗어, 아무것도 하지 않고 집안에만 틀어박혀 있어 하얘진 손가락을 내보이면서 물었습니다.

"히스클리프, 나와도 좋아."

힌들리 서방님은 그가 난처해하는 것이 재미나고, 얼마나 보기 싫은 부랑배 같은 꼴로 아가씨 앞에 나서게 되는지 지켜보게 될 것이 좋아서 외쳤습니다.

"너도 나와서 다른 하인들처럼 캐서린 아가씨에게 인사를 드리도록 해라."

캐시 아가씨는 숨어 있는 친구를 보자마자 달려나가 껴안았습니다. 그리고 눈 깜짝할 사이에 예닐곱 번이나 키스를 하다간 멈추고 뒤로 물러나 깔깔대며 웃었지요.

"아니, 어쩌면 이렇게 시커멓고 무뚝뚝한 얼굴을 하고 있지! 하지만 에드거와 이사벨라 린튼을 늘 보아 왔기 때문에 그럴 거야. 히스클리프, 나를 잊어버렸니?"

아가씨가 그렇게 묻는 데는 그럴 만한 이유가 있었습니다. 왜냐하면 부끄러움과 자랑스러움이 그의 얼굴에 이중의 어둠을 던져 놓아 그가 꼼짝도 하지 않았기 때문입니다.

"악수를 해, 히스클리프."

언쇼 서방님은 친절을 베풀 듯이 말했습니다.

"가끔 그 정도는 괜찮아."

그 소년은 드디어 입을 열어 대답하였습니다.

"싫어. 나는 웃음거리가 되고 싶지 않아. 그건 견딜 수 없어!"

그리고 그는 그 자리를 빠져나가려고 했지만 캐시 아가씨는 그를 다시 붙잡았습니다.

"너를 비웃으려고 한 것은 아니야."

아가씨는 말했습니다.

"그냥 어쩌다 웃음이 나온 것 뿐이야. 히스클리프, 적어도 악수는 해. 뭣 때문에 시무룩한 거야? 네가 이상하게 보여서 그랬을 뿐이야. 얼굴을 씻고 머리에 빗질을 하면 괜찮을 거야. 하지만 지금은 너무 더러워!"

아가씨는 잡고 있던 그 거무스름한 손가락을 걱정스러운 듯이 보고, 그리고 자기 옷을 보았습니다. 히스클리프의 옷에 닿아서 더러워지지나 않았을까 생각한 거죠.

"나한테 손을 댈 필요는 없었어!"

히스클리프는 캐시의 눈치를 알아차리고 손을 빼면서 대답했습니다.

"앞으로도 마음 내키는 대로 얼마든지 더럽게 할 테야. 나는 더러운 것이 좋아. 그래서 나는 일부러 더럽게 할 거야."

그리고 그는 주인 내외가 껄껄대고, 캐서린 아가씨가 몹시 난처해하고 있는 동안에 쏜살같이 밖으로 뛰어나갔습니다. 아가씨는 자기가 한 말이 어째서 그가 뛰쳐나갈 만큼 화를 내게 했는지 이해할 수가 없었습니다.

돌아온 아가씨의 시중을 들고 난 뒤 저는 과자를 오븐에 넣고, 크리스마스 이브답게 거실과 부엌에 불을 잔뜩 지펴 훈훈하게 만든 다음 의자에 편히 앉아 크리스마스 캐럴을 부르며 혼자 즐기려고 했습니다. 조지프는 제가 부르는 찬송가가 보통 유행가와 별로 다를 것이 없다고 놀렸지만 저는 그런 것쯤 아무렇지도 않았습니다.

조지프는 벌써 자기 방에 틀어박혀 혼자 기도를 드리고 있었습니다. 언쇼 서방님 내외는 신세를 진 데 대한 사례로 캐서린 아가씨를 시켜 린튼 댁의 아이들에게 보낼 여러 가지 싸구려 물건들을 내보이면서 아가씨의 관심을 사려고 했습니다. 서방님 내외분은 린튼 저택의 아이들을 내일 워더링 하이츠에 놀러 오라고 초대를 하여 승낙도 받았었지요. 하지만 거기에는 한 가지 조건이 붙어 있었습니다. 그것은 린튼 부인이 자기네 아이들을 그 '입버릇 사나운 장난꾸러기'와는 놀지 않도록 주의해 달라는 것이었습니다.

이러한 사정으로 저는 혼자 남아 있었습니다. 술에 향료를 넣어서 데우는 짙은 냄새가 났습니다. 반짝이는 주방용구와 호랑가시나무로 장식한 반들거리는 시계, 향료를 넣어 데운 맥주를 저녁 식사 때 바로 따를 수 있게 쟁반 위에 놓아 둔 은잔, 무엇보다도 제가 특별히 손질하여 티 하나 없이 깨끗하게 닦고 말끔히 쓸어 놓은 마룻바닥을 대견스럽게 바라보았습니다. 마음속으로 그 하나하나에 박수를 보내고 나서 전에 이렇게 모든 것을 깨끗이 해 놓았을 때 돌아가신 언쇼 어르신이 들어오셔서 저를 부지런한 아이라고 하시면서 크리스마스 용돈으로 일 실링짜리 은화를 제 손에 살짝 쥐어 주시던 일이 생각났습니다.

그러자 그분이 히스클리프를 좋아하신 일, 그리고 돌아가신 다음에 히스클리프가 푸대접을 받지는 않을까 염려하시던 일들도 생각났습니다. 그런 생각을 하니까 자연히 그 불쌍한 소년의 지금 처지가 생각나서 노래를 부르다가 갑자기 울고 싶어졌습니다. 그러나 눈물을 흘리기보다는 그 아이가 받고 있는 푸대접을 조금이라도 덜어 주려고 노력하는 것이 현명한 일이라는 생각이 들었습니다. 저는 일어나서 그를 찾으러 안뜰로 걸어 나갔습니다. 그는 멀리 가 있지는 않았습니다. 마구간에서 새로 들여놓은 조랑말의 윤기 흐르는 털을 쓸어 주며, 언제나 그랬듯이 다른 말들에게도 먹이를 주고 있었습니다.

"빨리 해, 히스클리프!"

저는 말했습니다.

"부엌이 참 아늑하고 좋아. 그리고 조지프는 위층에 올라갔어. 서둘러. 내가 캐시 아가씨가 나오기 전에 깨끗하게 옷을 입혀 줄게. 그러면 둘이 함께 앉아 난로를 모조리 차지할 수도 있고 잘 때까지 오래도록 이야기할 수도 있을 거야."

그는 계속 말을 돌보면서 제가 있는 쪽으로는 얼굴도 돌리지 않았습니다.

"어서 와. 오는 거지?"

저는 말을 계속했습니다.

"둘이서 먹어도 넉넉할 정도의 과자도 있어. 그런데 옷을 입는 데만도 반 시간은 걸려야 할 거야."

오 분쯤 기다렸지만 대답이 없어서 저는 들어왔습니다. 캐서린 아가씨는 오빠랑 올케와 함께 저녁 식사를 했습니다. 조지프와 저는 같이 식사를 했지만 그쪽에서 잔소리를 하면 이쪽에서는 퉁명스러운 대구를 하는 서먹서먹한 식사가 되었습니다. 히스클리프의 과자와 치즈는 요정의 몫이라도 되는 듯 밤새도록 식탁 위에 남아 있었습니다. 그는 아홉 시까지 이래저래 일을 계속하더니 말없이 무뚝뚝한 표정으로 자기 방으로 들어가 버렸습니다. 캐시 아가씨는 새로 생긴 친구들을 맞이하기 위하여 여러 가지 시킬 일이 있어 늦게까지 앉아 있었습니다. 아가씨는 옛 친구에게 말을 걸려고 한 번 부엌에 들어왔지만 그가 보이지 않자 어떻게 된 거냐고 묻기만 하고는 가 버렸습니다.

다음 날 아침 히스클리프는 일찍 일어났습니다. 그날은 일요일이었지요. 우울한 기분으로 벌판으로 나갔다가 집안사람들이 교회에 갈 때가 되어서야 다시 나타났습니다. 먹지도 않고 생각을 하느라고 기분은 좀 누그러진 것 같았습니다. 제 앞에 와서는 한동안 우물거리더니 용기를 내어 불쑥 이렇게 말했습니다.

"넬리, 나를 깨끗하게 해 줘. 나도 점잖아지고 싶어."

"잘 생각했어, 히스클리프."

저는 반갑게 말했습니다.

"너는 캐서린 아가씨를 슬프게 했어. 집에 돌아온 것을 후회하고 있을 거야! 모두들 아가씨를 너보다도 소중히 여기니까 너는 시기를 하고 있는 것 같아."

캐서린 아가씨를 시기한다는 말을 그는 이해하지 못했지만, 그녀를 슬프게 한다는 말은 분명히 알아들은 것 같습니다.

"캐시가 슬프다고 말했어?"

그는 매우 심각한 얼굴로 물었습니다.

"네가 오늘 아침 다시 나갔다고 말하니까 아가씨가 울었어."

"나도 간밤에 울었단 말이야. 캐시보다도 내가 울 이유가 더 많아."

"그래, 네가 거만한 생각을 하고 밥도 먹지 않은 채 자러 간 것도 이유가 있었겠지. 거만한 사람들은 스스로 슬픈 일을 만드는 법이니까. 그러나 작은 일로 화를 낸 것이 창피하거든 캐서린 아가씨가 들어오면 용서를 빌어야 해. 곁에 가서 입을 맞추게 해달라고 말하고, 그러고는 어떻게 말할 건지는 네가 제일 잘 알 테니까 진심으로 그렇게 하는 거야. 옷차림이 훌륭해졌다고 해서 서먹서먹하게 생각했다는 눈치를 보여선 안 돼. 지금 나는 음식 준비를 해야 하지만, 틈을 내어 에드거 린튼이 옆에 오면 허수아비처럼 보일만큼 너를 멋지게 꾸며 줄게. 정말 에드거는 치장한 허수아비 같아. 너는 나이는 어리지만 틀림없이 에드거보다 키가 크고 어깨도 두 배나 넓으니까 그따위는 단번에 넘어뜨릴 수 있을 거야. 그렇게 생각되지 않니?"

히스클리프의 얼굴은 순간 밝아졌습니다. 그러나 다시 얼굴이 어두워지면서 한숨을 쉬는 것이었습니다.

"그렇지만 넬리, 내가 그 녀석을 스무 번쯤 쳐 넘긴다 하더라도, 그 때문에 그 녀석이 더 흉해지고 내가 더 잘생겨지진 않겠지. 나도 머리가 옅은 빛깔이고 살결이 희었으면. 그리고 그 녀석처럼 옷을 잘 입고 점잖고 그만큼 부자가 될 기회가 있다면 좋겠는데……."

"그리고 걸핏하면 엄마나 찾으면서 울고?"

저는 말을 이었습니다.

"시골 아이가 주먹만 쳐들어도 벌벌 떨고, 비만 조금 쏟아져도 온종일 집에 처박혀 있고 싶다는 거지? 애, 히스클리프, 너는 약한 마음을 드러내 보이고 있어! 거울 있는 데로 와. 네가 어떻게 해야 하는지를 보여 줄 테니까. 네 눈과 눈 사이의 두 줄의 주름살과 아치 모양으로 올라가지 않고 중간이 내려와 있는 저 짙은 눈썹, 그리고 그렇게도 깊이 들어가 있는 저 시커먼 악마 같은 두 눈, 당당하게 창을 여는 법이 없고 마치 악마의 첩자처럼 그 아래 숨어서 번쩍이고 있는 두 눈이 보여? 그 시무룩한 주름살을 활짝 펴고 눈꺼풀을 솔직하게 뜨고 악마 같은 두 눈을 아무것도 의심하지 않고 누구든지 적이 아닌 경우에는 친구라고 생각하는 숨김없고 순진한 천사와 같은 눈으로 바꾸도록 힘써. 발길에 차이는 것이 당연한 보복이라는 것을 알면서도 그 아픔 때문에 찬 사람뿐만 아니라 모든 세상을 미워하는 사나운 똥개 같은 얼굴은 하지 마."

"결국 에드거 린튼같이 크고 푸른 눈과 반듯한 이마를 가지고 싶어 해야 한단 말이지?"

그는 대답했습니다.

"나도 그리고 싶지만, 그러나 원한다고 그렇게 되진 않아."

"마음씨가 착하면 얼굴도 아름다워지는 거야, 알겠어?"

저는 말을 계속 했습니다.

"네가 진짜 검둥이라도 말이야. 그리고 마음씨가 나쁘면 아무리 아름다운 얼굴도 보기 싫을 정도가 아니라 망측한 얼굴이 돼. 씻고, 빗고 그리고 시무룩하던 것도 가셨으니, 네 자신이 좀 나아졌다고 생각되지 않니? 정말이지 나는 그렇게 생각해. 마치 변장한 왕자라고 해도 믿겠어. 너의 아버지가 중국의 황제이고 너의 어머니는 인도의 여왕이라고 생각해 봐. 그들 하나하나가 한 주일의 수입으로 워더링 하이츠와 드러시 크로스 저택을 한꺼번에 살 수 있을 만큼 부자라고 해도 누가 알 게 뭐야? 그리고 너는 고약한 뱃사람들에게 납치되어 영국으로 오게 된 거야. 내가 만약 너 같은 처지라면 나는 내 태생이 귀하다고 생각할 거야. 그러면 하찮은 농부의 천대를 받았다고 하더라도 아무렇지도 않을 만한 용기와 위엄이 솟아날 거야!"

이렇게 저는 이야기를 계속했습니다. 그러자 히스클리프는 차츰 찌푸린 얼굴이 펴지고 아주 즐거워 보였습니다. 우리들의 대화는 갑자기 한길로 올라와서 안뜰로 들어서는 마차 소리 때문에 중단되었습니다. 히스클리프는 창으로 달려갔고 저는 문간으로 달려갔습니다. 린튼 댁의 두 남매가 외투와 털가죽에 숨이 막힐 만큼 싸여서 그들의 마차에서 내렸고, 언쇼 집안의 남매들도 말에서 내리고 있었습니다. 캐서린 아가씨는 양 손에 린튼 집안 남매들의 손을 하나씩 잡고 거실로 데리고 들어와서는 불 앞에 둘러앉혔습니다. 그러자 두 아이들의 흰 얼굴에는 곧 붉은빛이 돌았습니다.

저는 히스클리프에게 빨리 가서 착한 모습을 보이라고 재촉했고 그는 기꺼이 내 말을 따랐습니다. 그러나 재수 없게도 그가 부엌 쪽에서 문을 열었을 때 언쇼 서방님이 저쪽에서 그 문을 열었던 것입니다. 두 사람은 얼굴이 마주쳤습니다. 그러자 서방님은 히스클리프가 깨끗하고 쾌활한 것에 화가 났는지, 아니면 린튼 부인과의 약속을 지키고 싶어서였는지 그를 갑자기 떠밀고는 성난 듯이 조지프에게 당부하는 것이었습니다.

"이 녀석을 이 방에 들여보내지 마. 식사가 끝날 때까지 다락방에 가둬. 일 분만 자기 혼자 내버려두면 파이를 손가락으로 쑤시고 과일을 훔치고

있을 거야.”

“아니에요, 서방님.”

저는 끼어들지 않을 수 없었습니다.

“그 아이는 절대 아무것도 건드리지 않을 거예요. 그리고 우리와 마찬가지로 이 아이도 맛있는 것을 먹어야 해요.”

“어두워질 때까지 다시 아래층에 내려오는 것이 눈에 띄면 내 주먹을 먹여 주지.”

힌들리 서방님은 외쳤습니다.

“저리 가, 뜨내기 녀석 같으니. 어디서 멋을 부리려고 해? 그 멋 부린 머리칼을 잡을 때까지 기다려. 내가 당겨서 좀 더 길게 해 주지!”

“이미 충분히 긴데요.”

린튼 도련님이 문간에서 들여다보면서 말참견을 했습니다.

“머리칼이 저렇게 긴데도 머리가 아프지 않은지 몰라. 마치 망아지의 갈기가 눈을 덮고 있는 것 같군요.”

그는 모욕하려고 이 말을 한 것은 아니었지만, 히스클리프의 격한 성질은 그가 경쟁자로서 미워하고 있는 사람의 건방진 말씨를 참으려고 하지 않았습니다. 그는 맨 처음 손에 잡히는 대로 뜨거운 애플 소스가 든 그릇을 집어 들고, 그것을 그 소년의 얼굴과 목덜미에 온통 끼얹어 버렸습니다. 소년은 비명을 질렀고, 그것을 듣고 이사벨라 아가씨와 캐시 아가씨가 급히 그리로 달려왔습니다. 언쇼 서방님은 당장 히스클리프를 붙잡고 그를 침실로 데려갔습니다. 거기서 아마 자신의 흥분이 가라앉을 때까지 모진 매질을 했겠지요. 서방님은 얼굴이 시뻘개져서 숨을 헐떡이면서 나왔으니까요. 저는 행주를 가지고 좀 겸연쩍게 에드거 도련님의 코와 입을 닦아 주면서 쓸데없는 참견에 대한 벌이라고 일러 주었습니다. 그의 누이는 집에 가겠다며 울기 시작했고, 캐시 아가씨는 창피해서 어쩔 줄을 몰랐습니다.

"그 애한테 말을 걸지 않았어야 해!"

캐시 아가씨는 린튼 도련님을 타일렀습니다.

"그 애는 처음부터 기분이 나빴고 그래서 너희들의 방문도 이 꼴이 돼 버렸어. 그 애는 매를 맞을 거야. 하지만 나는 그 애가 매를 맞는 게 싫어! 나는 식사도 못하겠어. 왜 그 애에게 말을 걸었니, 에드거?"

"말을 건 게 아니야."

그 소년은 내 손에서 벗어나더니 자기의 흰 마직 손수건으로 아직도 남은 애플 소스를 마저 닦으면서 흐느끼듯 말했습니다.

"나는 어머니에게 그 애에겐 말 한마디도 하지 않겠다는 약속을 했고, 그리고 정말 아무 말도 안 했어."

"그만, 울지 마!"

캐서린 아가씨는 경멸하듯이 말했습니다.

"그렇다고 죽는 건 아니잖아. 이 이상 곤란하게 하지 마. 오빠가 와. 조용히 해! 그쳐! 이사벨라, 누가 널 해쳤니?"

"자, 모두들 자리에 앉자."

언쇼 서방님은 부산히 들어오면서 외쳤습니다.

"그 개 같은 녀석을 두들겨 줬더니 몸이 개운하군. 에드거, 다음번에는 네가 두들겨 주는 거야. 그러면 입맛이 당길 테니까!"

그 조그마한 모임은 좋은 냄새가 나는 음식을 보자 다시 조용해졌습니다. 그들은 마차를 타고 오느라고 배가 고팠고 실제로 누가 다친 것도 아니어서 쉽사리 마음이 풀어졌습니다.

언쇼 서방님은 고기를 썰어서 접시에 가득가득 담아 줬습니다. 그리고 아씨는 명랑한 이야기로 그들을 즐겁게 했습니다. 저는 아씨 뒤에서 시중을 들고 있었습니다만 캐서린 아가씨가 눈물도 흘리지 않고 무관심한 얼굴로 자기 앞에 놓인 거위의 날갯죽지 살을 자르기 시작하는 것을 보고는 괘씸한 생각이 들었습니다.

'매정스러운 것 같으니. 옛 친구의 쓰라림을 저렇게 간단히 잊어버리다니, 저렇게 자기만 아는 앤 줄 몰랐어.'

아가씨는 고기를 한 조각 입으로 가져가더니 다시 내려놓았습니다. 얼굴이 상기되고 눈물이 쏟아져 나왔습니다. 그러더니 일부러 포크를 방바닥에 떨어뜨리고 그것을 줍는 체하며 급히 식탁보 밑으로 들어가 눈물을 훔쳤습니다. 저는 매정하다는 생각이 사라져 버렸습니다. 왜냐하면 아가씨는 그날 온종일 지옥과 같은 괴로움 속에서 어떻게든지 혼자 있거나 히스클리프를 찾아갈 기회를 찾느라고 마음을 졸이고 있다는 걸 알았기 때문입니다. 제가 몰래 음식을 가져다주려다가 알게 되었지만 히스클리프는 주인이 가두어 두었던 것입니다.

저녁에는 춤을 추었습니다. 캐시 아가씨는 이사벨라 아가씨의 춤 상대가 없다고 히스클리프를 풀어달라고 졸랐지만 그 간청은 받아들여지지 않았습니다. 그래서 제가 대신 이사벨라 아가씨와 춤을 추게 되었습니다. 우리는 신나게 춤을 추며 모든 우울을 풀어 버렸습니다. 그리고 가수들 외에도 나팔, 트럼펫, 클라리넷, 바순, 프렌치 호른과 첼로 등 모두 열다섯 명으로 구성된 기머튼 악단이 찾아와서 우리들의 즐거움은 더욱 커졌습니다. 그악단은 명문가를 찾아다니며 크리스마스 때마다 기부를 받는데, 우리는 이악단의 노래를 듣는 것이 너무 즐거웠습니다.

언제나 부르는 크리스마스 캐럴을 부른 다음 우리들은 그들에게 가곡과 합창곡을 청했습니다. 언쇼 부인은 음악을 좋아했기 때문에 그들은 그 외에도 많은 노래를 불러 주었습니다. 캐서린 아가씨도 음악을 좋아했습니다. 그러나 아가씨는 계단 꼭대기에서 듣는 것이 제일 좋다고 말하곤 어둠 속으로 올라가기에 저도 뒤따라 올라갔습니다. 밑에서는 우리가 없다는 것도 모르고 거실의 문을 닫아 버렸습니다. 아가씨는 계단 꼭대기에서 멈추지 않고 히스클리프가 갇혀 있는 다락방 쪽으로 계속 올라가 그를 불렀습니다. 그는 잠시 동안은 아무리 불러도 대답을 하지 않았습니다. 그러나 아가씨가 끈질기게 몇 번이고 불렀기 때문에 마침내 벽을 사이에 두고 이야기를 하게 되었습니다. 저는 방해를 하지 않고 둘이서 이야기하게 놔두었습니다.

이제 노래도 끝날 무렵이 되었습니다. 악사들이 가벼운 음식을 드는 참이라고 생각되어서 저는 캐서린 아가씨에게 알려주려고 다락방으로 통하는 사다리를 올라갔습니다.

그런데 그 자리에 있던 캐서린 아가씨의 모습은 보이지 않고 방 안에서 목소리가 들려오는 것이었습니다. 이 원숭이 같은 아가씨는 이쪽 다락방의 들창을 통해서 지붕을 타고 저쪽 다락방의 들창으로 들어간 것이었습니다. 아가씨를 구슬려서 다시 나오게 하느라고 저는 무진 애를 썼습니다.

아가씨가 나왔을 때 히스클리프도 같이 나왔습니다. 아가씨는 저에게 그를 부엌으로 데려가라고 했습니다. 조지프는 우리가 불러 달라는 노래는 '악마의 노래'라고 즐겨 말했지만, 그 노랫소리를 듣지 않겠다며 이웃집에 가 있었습니다. 저는 그들의 계략을 도울 생각이 조금도 없다고 말했지만 히스클리프가 어제 점심 이후로는 아무것도 먹지 못했기 때문에 이번만은 언쇼 서방님을 속이는 것을 못 본 체해 주고 싶었습니다.

히스클리프가 밑으로 내려왔기에 불 가까이에 의자를 내주고 맛있는 음식도 많이 주었습니다. 그러나 그는 속이 메스꺼워 거의 먹지 못했으므로 그를 대접하겠던 저의 의도는 허사가 되어 버렸습니다. 그는 무릎 위에 두 팔꿈치를 괴고 손으로 턱을 받치고는 묵묵히 생각에 잠겨 있었습니다. 제가 무엇을 생각하느냐고 묻자 그는 침울하게 대답하였습니다.

"힌들리에게 어떻게 복수를 해줄까 생각하고 있어. 언젠가 할 수만 있다면 얼마든지 기다릴 수 있어. 제발 나보다 먼저 죽지나 말았으면!"

"히스클리프, 그게 무슨 소리야!"

"고약한 사람들을 벌하는 것은 하느님이 하시는 일이야. 우리는 용서할 줄 알아야지."

"아니야, 하느님은 내가 맛볼 만족을 맛보지 못할 테니까."

그는 대꾸했습니다.

"나는 제일 좋은 방법을 알고 싶었을 뿐이야! 나를 가만히 놔둬. 난 그것을 생각해 낼 테니까. 복수를 꿈꾸는 동안엔 나는 아무렇지도 않아."

"그런데 주인님, 이런 이야기가 기분을 전환시킬 리가 없다는 것을 잊어버렸군요. 어째서 이렇게 지루한 이야기를 계속하게 되었는지 송구스럽습니다. 죽은 식어 버렸고 주인님은 졸고 계시는데! 히스클리프의 내력 같은 것은 정말 필요한 대목만이라면 겨우 대여섯 마디로 다 이야기해 드릴 수도 있었을 것을."

이렇게 스스로 이야기를 중단하면서 딘 부인은 일어나 바느질거리를 치웠다. 그러나 나는 벽난로 앞을 떠날 수 없을 것 같았고 졸음도 전혀 오지 않았다.

"가만히 앉아 있어요, 딘 부인."

나는 딘 부인을 잡았다.

"반 시간만 더 앉아 있어요. 천천히 딱 알맞게 이야기를 했어요. 그렇게 이야기하는 것이 좋아요. 그러니 끝까지 그렇게 이야기해 줘요. 당신이 이야기한 인물이 어떻든 간에 나는 다 재미있거든."

"그렇지만 시계가 열한 시를 치는 걸요."

"상관없어요. 나는 열한 시나 열두 시에는 자지 않으니까. 아침 열 시까지 누워 있는 사람에게는 한 시나 두 시도 이른 시간이지."

"열 시까지 누워 계셔서는 안 돼요. 그때는 이미 가장 좋은 아침 시간이 지나가 버리니까요. 열 시까지 하루 일의 반을 하지 않는 사람은 나머지 반도 못하기 일쑤지요."

"어쨌든 딘 부인, 다시 의자에 앉아요. 내일 나는 오후까지 잘 작정이니까. 아마도 이 감기는 곧 나을 것 같지 않아요."

"그러시면 안 돼요. 글쎄 이야기를 한다고 하더라도 삼 년쯤은 뛰어넘게 해 주셔야겠어요. 그 삼 년 동안 언쇼 부인께서는……."

"아니, 아니, 그럴 수는 없어요. 이런 기분을 알는지. 혼자 앉아 있는데 그 앞에 깔아 놓은 천 위에서 고양이가 새끼를 핥고 있을 때, 그것을 아주 열심히 바라보는데 만약 어미가 새끼고양이의 한쪽 귀를 핥지 않고 그냥 둔다면 굉장히 화가 난다거나 하는 기분 말이오."

"대단히 심심한 기분이군요."

"그와는 반대로, 지루한 것 같으면서도 활기 있는 기분이지요. 그것이 지금 내 기분이에요. 그러니까 이야기를 자세히 계속해요. 같은 거미라도 집에 줄을 치면 반갑지 않지만 감옥에서 줄을 치면 거기 갇혀 있는 사람들에게는 반가운 것과 마찬가지로, 나는 도시 사람들에 대해서는 흥미가 없지만 이 고장 사람들에게는 매우 흥미가 있으니까요. 이 고장 사람들에게 깊은 매력을 느끼는 것은 그 사람을 바라보는 나 자신의 입장 때문만은 아니에요. 이 지방 사람들이 도시 사람들보다 더 열심히, 더 성실하게 살고 있기 때문이에요. 도시 사람들처럼 껍데기뿐인 분주하고 하잘것없는 외적인 사물엔 별로 마음 쓰지 않는 것 같아요. 나는 어떠한 연애도 일 년을 넘기지 못하는 걸로 믿어왔지만 이런 곳에서는 영원한 사랑을 할 수도 있겠지요. 그것은 이런 일에 비유할 수 있을 거예요. 한쪽은 배고픈 사람에게 단 한 접시의 음식만 주어서 식욕 전부를 그 한 접시에 집중시켜 그것을 충분히 맛보게 하는 것과, 또 다른 한쪽은 프랑스인 요리사들이 가득 차려 놓은 식탁처럼 아마 그 전체는 매우 훌륭한 것이겠지만 요리 하나하나는 그의 관심과 기억에 거의 남지 않는 것처럼 말이지요."

"아니오. 이곳 사람들도 알고 보면 다른 사람들과 마찬가지예요."

딘 부인은 내 말에 좀 어리둥절하다는 듯이 말하였다.

"미안하지만……."

나는 대답했다.

"첫째, 당신 자신이 그 주장에 반대되는 뚜렷한 증거예요. 대수롭지 않은 몇 가지 시골 투를 제외하고는 내가 당신과 같은 계급의 사람들의 특징이라고 생각해 온 표시 같은 것이 전혀 없어요. 확실히 당신은 보통 하인들이 생각하는 것보다도 훨씬 깊게 생각해 온 모양이에요. 아마도 당신은 하잘것없는 일들에 시간을 낭비하면서 살 기회가 없으니까 더욱 깊이 생각하는 능력을 기르지 않을 수 없었던 거겠죠."

딘 부인은 웃었다.

"확실히 제 자신을 꾸준하고 분별 있는 인간이라고 생각하고 있습니다만. 하지만 그건 시골에 살고 있어서 같은 사람들의 얼굴과 같은 행동만 보고 있기 때문은 아니에요. 엄격한 교육을 받아서 지혜를 쌓고, 게다가 아마 주인님이 생각하시는 것 이상으로 책을 많이 읽었어요. 제가 읽지 않은 책은 이 서재에는 한 권도 없어요. 물론 저기 쭉 꽂힌 그리스어와 라틴어, 그리고 프랑스어 책은 놔두고요. 하지만 그리스어인지 라틴어인지 구별은 할 수 있어요. 가난한 사람의 딸이 그 이상을 바랄 수는 없지요. 그러나 정말 잡담처럼 이야기를 해야 한다면 계속하지요. 그럼 삼 년을 건너뛰는 것은 그만두고 다음 해 여름인 1778년, 지금으로부터 약 이십삼 년 전 여름 이야기로 넘어가기로 하지요."

8

화창한 유월 어느 날 아침, 제가 맨 처음 기른 귀여운 아이이자 오랜 언쇼 가문의 혈통을 마지막으로 이어받을 아이가 태어났습니다.

우리가 멀리 떨어진 들판에 나가 건초를 만드느라고 바쁘게 일하고 있을 때 늘 우리의 아침 식사를 날라 오는 계집아이가 한 시간이나 일찍 제 이름을 부르면서 풀밭을 건너 샛길을 달려 올라왔습니다.

"세상에, 어쩌면 그렇게 잘생긴 아긴지!"

그 계집아이는 헐떡이면서 말했습니다.

"그렇게 잘생긴 아기는 없을 거야! 하지만 의사가 주인아씨는 희망이 없다고 했어. 벌써 여러 달째 폐병을 앓고 있다는 거야. 힌들리 서방님께 이야기하는 것을 들었는데 주인아씨는 이젠 지탱할 기력이 없어서 겨울까지도 못갈 거래. 넬리 언니가 그 아이를 키워야 된대. 설탕과 우유를 먹이고 밤낮으로 돌보는 거야. 내가 언니였으면 좋겠어. 주인아씨가 돌아가시고 나면 아기는 언니 아기와 다름없을 거 아냐!"

"그러면 아씨의 병이 아주 심하신 거야?"

저는 갈고리를 내던지고 모자의 끈을 매면서 물었습니다.

"그런가 봐. 그렇지만 보기에는 아무렇지도 않으셔."

그 계집애는 그렇게 대답하더군요.

"그러고는 마치 아기가 어른이 될 때까지 살아 계실 것처럼 말씀하셔. 너무 좋아하시는 것 같아. 그만큼 아기가 잘생겼거든! 내가 아씨라면 절대로 죽지 않을 거야. 케네드 선생님이 뭐라고 하셔도 아기를 보기만 하면 병이 나을 거야. 나는 그분이 몹시 못마땅했었어. 아처 할머니가 천사 같은 아기를 거실에 계시는 서방님께 안고 왔지. 서방님의 얼굴이 기쁨에 차 있을 때 함부로 지껄이는 그 영감이 튀어나와서 이렇게 말했어. '언쇼, 부인이 아직까지 살아서 당신에게 이 아들을 남겨 준 것은 하느님의 은총이오. 부인이 처음 왔을 때부터 난 그분이 오래 가지는 않으리라고 확신했소. 솔직히 말해서 지금 같아서는 아마 겨울을 넘기기가 힘들 거요. 그러나 너무 슬퍼하거나 다급하게 생각하지는 마시오. 할 수 없는 일이니까. 게다가 그처럼 가냘픈 처녀를 택한 당신에게도 잘못이 있으니까!' 하고."

"그러니까 서방님은 뭐라고 대답하시던?"

"무언가 상소리를 하셨던 것 같아. 하지만 나는 개의치 않았어. 아기를 보느라고 정신이 없었거든."

그 계집아이는 다시 황홀한 듯이 아기 이야기를 시작했습니다. 그 계집

아이 못지않게 열중했던 나도 아기가 보고 싶어 부지런히 집으로 돌아왔습니다. 물론 힌들리 서방님이 불쌍하다는 생각이 들었지만 그분에게 소중한 것은 단 두 가지밖에 없었습니다. 그것은 부인과 자기 자신이었지요. 그중에서도 특히 부인을 끔찍이 아꼈으므로 만약 부인이 돌아가신다면 도저히 견뎌내지 못할 거라고 생각했습니다.

우리가 워더링 하이츠로 돌아왔을 때 그분은 현관 앞에 계셨습니다. 그 옆을 지나서 들어갈 때 저는 아기가 어떠냐고 물었습니다.

"금방이라도 뛰어다닐 것 같아, 넬리."

그분은 쾌활하게 웃음을 띠면서 대답했습니다.

"그리고 아씨께서는?"

저는 큰마음을 먹고 물어보았습니다.

"의사 선생님 말씀으로는……."

"그따위 의사가!"

서방님은 얼굴이 붉어지면서 제 말을 가로막았습니다.

"프랜시스 말이 옳아. 다음 주 이맘때쯤이면 완쾌될 거야. 이 층으로 가는 거야? 이야기를 하지 않겠다고 약속하면 내가 그리로 간다고 아씨에게 알려 주겠어? 도무지 입을 다물려고 하지 않아서 그냥 나와 버렸지. 그리고 정말 케네드 선생이 안정하지 않으면 안 된다고 하더라고 말해 줘."

나는 이 말씀을 아씨에게 전했습니다. 그러자 아씨는 들뜬 기분으로 명랑하게 대답하였습니다.

"난 한마디도 말하지 않았어, 넬리. 그런데 그분은 두 번이나 울면서 나가 버렸어. 그래, 말하지 않겠다고 약속한다고 전해 줘. 하지만 그렇다고 그분을 비웃지 않는다고 약속하진 않을 거야!"

가엾은 분이었죠. 죽기 일주일 전까지도 아씨는 이렇듯 명랑한 기분을 잃지 않으셨어요. 그리고 서방님은 하루하루 나아져 간다고 완고하게, 아니 맹렬하게 주장했어요. 케네드 선생님은 이제 자기 약은 소용이 없고 그 이상 치료하느라고 비용을 더 쓸 필요가 없다고 말씀하셨습니다. 그러자 서방님께서는 이렇게 대답하셨습니다.

"필요 없다는 것은 알고 있어요. 집사람은 멀쩡하니까. 이제는 당신 치료를 받지 않을 생각이오. 원래 폐병에 걸린 적이 없었던 거요. 열이 있었을 뿐이지. 그런데 이제는 열도 없어졌소. 지금은 나만큼 맥박도 느리고 열도 식었다니까."

그분은 아씨에게도 같은 이야기를 하셨고 아씨도 그 말씀을 믿는 것 같았습니다. 그러나 어느 날 밤, 내일이면 일어날 수 있을 것 같다고 말씀하면서 서방님의 어깨에 기대고 있었을 때 아씨는 한바탕 기침을 하셨습니다. 아주 가벼운 기침이었지요. 서방님은 아씨를 안아 일으키셨습니다. 아씨는 주인의 목을 껴안았는데, 그때 갑자기 얼굴이 달라지더니 그만 돌아가시고 말았습니다.

그 계집아이의 말처럼 아기 헤어턴은 전적으로 저한테 맡겨졌습니다.

언쇼 서방님은 아기가 건강하고 울지만 않으면 아기에 관해선 만족해 하셨습니다. 그러나 자기 자신은 자포자기가 되셨습니다. 그분의 슬픔은 울고불고 하는 따위의 것이 아니었습니다. 그분은 울지도 않으셨고 기도를 드리지도 않으셨습니다. 저주하고 반항하고, 하느님이고 인간이고 다 미워하며 스스로를 마구 방탕함에 맡기시는 것이었습니다.

하인들은 그분의 포악하고 옳지 못한 행동을 오래 견디지 못했습니다. 얼마 되지 않아 붙어 있는 사람은 조지프와 저 두 사람만이 남게 되었지요.

저는 제가 맡은 아기를 버리고 갈 용기가 나지 않았습니다. 게다가 저는 서방님의 수양누이여서 남보다는 그분의 행동을 이해할 수가 있었던 거죠. 조지프는 남아서 소작인들과 일꾼들에게 우쭐거렸습니다. 그는 고약한 일들이 벌어지는 곳에서 잔소리를 하는 것이 천직인 사람이었으니까요.

주인의 고약한 행실이나 나쁜 친구들이 캐서린 아가씨와 히스클리프에게는 좋은 본보기가 되었습니다. 히스클리프에 대한 그의 학대란 성인이라도 악마가 되게 하기에 족한 것이었습니다. 그 무렵 그 아이는 마치 악마에 씌운 듯했습니다. 그 아이는 힌들리 서방님이 방탕함으로 타락해 가는 것을 보고 좋아했습니다. 그리고 날로 점점 더 음흉하고 영악해지는 것이 눈에 띄었습니다.

그때의 집안이 얼마나 지긋지긋했는지는 이루 다 말할 수가 없습니다. 부목사님도 오시지 않게 되고 마침내는 점잖은 사람치고 가까이하는 이가 없었습니다. 에드거 린튼 도련님이 캐시 아가씨에게 놀러 오는 것만이 예외라면 예외였습니다. 열다섯 살이 되자 캐시 아가씨는 그 고장의 여왕과도 같았습니다. 그리고 비할 만한 상대가 없었기 때문에 아가씨는 거만한 고집쟁이가 되었습니다. 솔직히 말해서 아가씨가 조금 자란 뒤로는 저는 아가씨를 좋아하지 않았습니다. 그리고 그 오만을 누르려 하다가 자주 화를 내게 만들기도 했습니다. 그러나 아가씨는 저를 싫어하지는 않았습니다. 아가씨에게는 이상할 만큼 옛 친구에 대해 변함없는 데가 있었던 것입니다. 히스클리프조차 변함이 없는 아가씨의 애정을 차지했을 정도니까요. 린튼 도련님은 매우 뛰어났지만 그만큼 캐시 아가씨의 마음을 끌기는 어려웠습니다.

린튼 도련님은 저의 전 주인으로, 벽난로 위에 걸린 것이 그분의 초상입니다. 원래는 한쪽에 걸려 있었고 또 한쪽에는 부인이 초상이 걸려 있었지만 부인의 초상은 치웠어요. 걸려 있었더라면 어떻게 생긴 분인지 알 수 있었을 텐데. 저것은 잘 보이세요?

딘 부인이 촛불을 들어주었다. 그래서 나는 워더링 하이츠에 있는 젊은 과부와 몹시 닮은, 부드러우면서도 표정이 그보다 더 차분하고 귀염성 있는 얼굴을 볼 수 있었다. 길고 빛깔이 엷은 머리칼이 관자놀이 위에서 약간 고불거리고 있고 눈은 크고 진지했으며, 모습은 지나칠 정도로 우아했다. 이 사람이라면 캐서린 언쇼가 어릴 적 친구인 히스클리프를 잊어버린 것도 무리는 아닌 것 같았다. 그러나 이 사람의 마음이 그 모습처럼 고왔다고 한다면 내가 상상하는 캐서린 언쇼를 어떻게 좋아할 수 있었는지 이상하게만 생각되었다.

"아주 마음에 드는 초상인데."

나는 가정부에게 말했다.

"꼭 닮은 거요?"

"네, 그래요. 활기가 있을 때는 좋았어요. 이것이 그분의 평소 얼굴이지만 그러나 대체로 활기가 없는 분이었어요."

캐서린 아가씨는 린튼 댁에서 다섯 주일을 지낸 이후로는 그 집 사람들과 교제를 계속했습니다. 게다가 그 집 사람들이 있는 데서 거친 면을 보이고 싶지 않아 했고, 예의 바른 사람들 앞에서 무례하게 구는 것은 창피하다는 것도 알고 있었기 때문에 교묘하게 처신을 하여 자기도 모르게 그 집 늙은 내외분을 속였던 것입니다. 이사벨라 아가씨를 탄복케 했고, 그 오빠의 마음을 완전히 사로잡았습니다. 이렇게 그 남매의 호감을 산 것은 아가씨로선 아주 기쁜 일이었습니다. 왜냐하면 아가씨는 야심으로 가슴이 부풀어 있었고, 어떤 사람을 속일 생각은 없었지만 차츰 이중인격을 갖게 되었기 때문입니다.

그 집에서는 히스클리프를 '야비한 어린 악마' 니 '짐승만도 못하다' 느니 하고 말하고 있었기 때문에 그녀는 그런 행동을 하지 않으려고 조심했습니다. 그러나 집에 돌아와서는 조금 얌전한 체해봤자 비웃음을 살 뿐이고, 방종한 성질을 억제한다 하여도 신용을 얻거나 칭찬받을 것도 아니었으므로 그러고 싶은 생각은 조금도 없는 듯했습니다.

에드거 도련님은 좀처럼 공공연하게 워더링 하이츠를 방문할 용기를 내지 못했습니다. 도련님은 언쇼 서방님에 대한 악평에 겁을 집어 먹고 만나는 것도 피했습니다. 그러나 도련님이 찾아왔을 때에는 우리로서는 되도록 예의 바르게 대접했습니다. 언쇼 서방님도 그가 왜 왔는지를 알기 때문에 그를 불쾌하게 하는 것을 피했으며, 만일 의젓하게 행동할 수 없으면 자기가 자리를 피해 주었습니다. 하지만 캐서린 아가씨는 에드거 도련님이 찾아오는 걸 싫어했던 것 같습니다. 아가씨는 반갑게 맞는 일도 없었고 아양을 떠는 일도 없었는데, 분명 에드거 도련님과 히스클리프가 만나는 것을 좋아하지 않았기 때문입니다. 왜냐하면 히스클리프가 린튼 도련님에 대한 경멸을 드러낼 때에도 본인이 없는 데서 하는 것처럼 맞장구를 칠 수가 없었고, 린튼 도련님이 히스클리프에 대한 혐오나 반감을 보일 때에는 어릴 적부터의 친구를 깎아내리는 것을 아무렇지도 않다는 듯 듣고 넘길 수가 없었기 때문입니다.

저는 아가씨가 어쩔 줄 몰라 하거나 말 못할 괴로움을 겪는 것을 보고 웃은 적도 많았습니다. 제가 놀리는 것이 싫어서 아가씨는 내색하지 않으려고 했지만 잘 되지 않았습니다. 이렇게 말하면 성미가 고약한 듯이 들리겠습니다만, 아가씨는 하도 자존심이 강해서 좀 더 겸손해지기까지는 난처해 하는 것을 보고도 가엾게 생각할 수가 없었던 것입니다.

그러나 아가씨도 마침내는 저에게 고백을 하고 다 털어놓았습니다. 의논 상대가 될 만한 사람이 저밖에 없었으니까요.

힌들리 서방님이 어느 날 오후 밖에 나가고 없었습니다. 그래서 히스클리프는 그 틈을 타서 일을 쉬기로 했습니다. 그때 그는 열여섯 살이 되었습니다. 히스클리프는 얼굴이 추한 것도 아니고 머리가 나쁘지도 않으면서 일부러 성질이나 모습이 고약한 인상을 주도록 꾸미고 다녔습니다. 그러니 그때 그에게는 전혀 좋은 인상을 주는 흔적이 남아 있지 않았지요.

첫째로 그는 어릴 적에 받았던 교육의 혜택을 그때는 이미 잊고 있었습니다. 아침 일찍 시작하여 저녁 늦게 끝나는 끊임없는 고된 일과가 그가 한때 가졌던 지식욕과 책이나 학문에 대한 열정을 다 없애 버렸던 것입니다. 언쇼 어르신의 귀염을 받아 가지게 되었던 어릴 적의 우월감도 사라져 버렸습니다. 오랫동안 공부에 있어서 캐서린 아가씨에게 지지 않으려고 노력했지만 허사가 되어 버렸고, 입 밖으로 내지는 않았지만 분한 감정에 사로잡혀 있었습니다. 결국 그는 깨끗이 져버리고 말았던 것입니다. 그리고 어쩔 수 없이 그전 수준보다 떨어질 수밖에 없다는 것을 알았을 때부터는 아무리 그를 향상시키려고 해도 소용이 없었습니다. 그런데다가 용모와 걸음걸이까지도 거칠어 보였고, 얼굴도 천해졌습니다. 타고난 무뚝뚝한 성질이 과장되어서 거의 바보처럼 지나치게 붙임성 없는 침울함으로 변해 버렸습니다. 그리고 많지도 않은 아는 사람들에게 존경보다는 차라리 미움을 품게 하는 데 이상한 기쁨을 맛보는 것 같았습니다.

일을 쉬는 계절에는 캐서린 아가씨와 그는 아직도 변함없는 친구였습니다. 그러나 말로 아가씨를 좋아한다는 표시는 하지 않았고, 아가씨가 소녀답게 그를 어루만지거나 하면 자기한테 아무리 그러한 애정을 표시해도 소용없는 일일 거라는 사실을 알고 있기라도 하듯이 화를 내고 의아해하면서 피하는 것이었습니다. 아까 말씀드린 그날 오후에도 히스클리프는 거실에 들어와서 그날은 아무 일도 하지 않을 작정이라고 선언했습니다. 그때 저는 캐시 아가씨가 옷을 입는 것을 거들고 있었습니다. 아가씨는 그가 일을 쉴 거라고는 생각도 못하고 그날 거실은 자기 차지라고 생각하여 에드거 도련님에게 오빠가 없다는 것을 알린 다음 그를 맞이할 준비를 하고 있었던 것입니다.

"캐시, 너 오늘 오후에 바쁘니?"

히스클리프가 아가씨에게 물었습니다.

"어디 가려고?"

"아니, 비가 오는데 가긴 어딜 가."

아가씨는 말했습니다.

"그러면 왜 비단옷을 입는 거야. 아무도 여기 오지 않는 거지?"

그는 말했습니다.

"내가 알기로는 없는데."

아가씨는 말을 더듬거렸습니다.

"그런데 너는 들에 가 있어야 하지 않아, 히스클리프? 점심때가 지난 지도 한 시간이나 됐어. 나는 네가 나간 줄 알았어."

"힌들리가 밉살맞게 붙어 있지 않은 적이 별로 없거든."

히스클리프가 꼬집었습니다.

"오늘은 일을 쉬고 너와 같이 있을 거야."

"아니 그렇지만 조지프가 일러 줄 걸? 너는 일하러 가는 게 좋아!"

"조지프는 페니스톤 절벽 저쪽에서 석회를 싣고 있어. 어두워져서야 일이 끝날 텐데 알 게 뭐야."

그는 불 있는 데로 걸어가서 앉았습니다. 캐서린 아가씨는 잠시 미간을 찌푸리면서 생각에 잠겼습니다. 아가씨는 오빠가 없는 틈을 타서 찾아오는 사람들을 위해서도 그들이 부딪히지 않게 하고 싶었던 것입니다.

"이사벨라와 에드거 린튼이 오늘 오후에 온다고 했어."

아가씨는 잠시 입을 다물었다가 말했습니다.

"비가 오니까 올 것 같지는 않지만, 올지도 몰라. 온다면 빈둥거린다고 꾸지람을 들을 수도 있을 거야."

"엘렌에게 시켜서 네가 바쁘다고 말하고 못 오게 하라고 해, 캐시."

그는 고집을 부렸습니다.

"그 형편없이 어수룩한 친구들 때문에 날 쫓아내지는 마! 나는 가끔씩 불평이 터져나오려고 할 때가 있어. '그따위들이' 하고 말이야. 하지만 그만두겠어."

"그들이 어떻다는 거야?"

캐서린 아가씨는 난처한 얼굴로 노려보면서 외쳤습니다.

"아이 참, 넬리!"

아가씨는 손을 머리카락 속에서 빼내면서 화를 내며 외쳤습니다.

"그렇게 머리를 빗으면 곱슬머리가 풀어진단 말이야! 됐어, 그냥 둬. 넌 무엇을 불평하려 하는 거야, 히스클리프?"

"아무것도 아니야. 하지만 저 벽에 걸린 달력을 보란 말이야."

그는 창 가까이에 틀에 넣어 건 달력을 가리키면서 말을 계속했습니다.

"저 십자(十字) 표시는 네가 린튼네 남매와 함께 보낸 밤이고, 점을 찍은 것은 나와 함께 보낸 밤이야, 알겠어? 나는 매일 표를 해 왔어."

"흥! 바보 같기는. 내가 그런 걸 마음에 둘 줄 알고!"

캐서린 아가씨는 뾰로통한 어조로 대꾸했습니다.

"그렇게 하는 게 무슨 의미가 있어."

"내가 마음에 두고 있다는 것을 보여 주기 위해서지."

히스클리프는 말했습니다.

"그래서 내가 너와 언제나 함께 앉아 있어야 한단 말이야?"

아가씨는 점점 더 화가 나 따지고 들었습니다.

"대체 무슨 이야기를 하고 있는 거야? 너를 즐겁게 하려고 무슨 이야기를 하든, 무슨 짓을 하든 너는 벙어리 같거나 어린아이 같잖아!"

"너는 내가 너무 이야기를 하지 않는다거나 나하고 같이 있는 것이 싫다는 말을 여태껏 한 적이 없잖아, 캐시!"

히스클리프는 매우 흥분하여 소리쳤습니다.

"아무것도 모르고 아무 말도 하지 않는 사람하고 있어도 즐거운 줄 아나 봐."

아가씨는 중얼거렸습니다.

히스클리프가 일어섰지만 아가씨는 그 이상 자기의 감정을 이야기할 시간이 없었습니다. 포석(鋪石)에 닿는 말발굽 소리가 들리더니 곧이어 조용히 노크를 하고 뜻밖의 부름을 받은 기쁨으로 싱글벙글한 린튼 도련님이 들어섰기 때문입니다.

한쪽은 들어서고 한쪽은 나갔을 때, 틀림없이 캐서린 아가씨는 그 두 친구 사이의 차이를 눈치 챘을 것입니다. 두 사람의 대조는 황량한 언덕배기 탄광지대를 본 다음에 아름답고 풍요로운 골짜기에 들어서는 것과도 같았습니다. 게다가 에드거 도련님은 듣기 좋고 나직하게 말을 했고, 주인님처럼 도시 사람들 말투를 썼습니다. 즉 이 지방 사람들처럼 거친 말투가 아니라 한결 더 부드럽게 말했습니다.

"너무 빨리 온 거 아니오?"

도련님은 저를 흘끗 보면서 말했습니다.

저는 접시를 닦고 요리대의 저쪽 끝에 달린 몇 개의 서랍을 치우고 있었습니다.

"아니에요."

캐서린 아가씨는 대답했습니다.

"거기서 무얼 하고 있어, 넬리?"

"일을 하고 있어요, 아가씨."

제가 대답했지요.

"힌들리 서방님은 린튼 도련님이 찾아오거든 언제든지 두 사람 옆에 있어 달라고 지시를 하셨거든요."

아가씨는 제 뒤에 와서 성난 듯이 속삭였습니다.

"걸레를 가지고 가요. 손님이 오셨을 때 하녀가 그 방에서 청소를 하는 게 아냐!"

"서방님이 계시지 않으니까 마침 잘 됐다고 생각했어요."

저는 일부러 큰 소리로 대답했습니다.

"그분이 계시는 데서 이런 일로 수선을 떨고 있으면 싫어하니까요. 하지만 에드거 도련님은 용서하실 거예요."

"나도 내 앞에서 수선 떠는 거 싫어해요."

손님에게 대답할 틈을 주지 않고 아가씨는 재빨리 말했습니다. 아가씨는 히스클리프와 말다툼을 좀 한 다음이라 그때까지도 진정하지 못했던 것입니다.

"죄송해요, 캐서린 아가씨."

저는 그렇게 말하고는 다시 열심히 제 일을 계속하였습니다.

아가씨는 에드거 도련님께 보이지 않으리라고 생각하고 내 손에서 걸레를 빼앗고 매우 밉살스러운 듯이 내 팔을 지그시 비틀면서 꼬집었습니다.

제가 아가씨를 좋아하지 않는다는 말씀은 드렸습니다만 이따금 그녀의 허영심을 긁어 주는 것을 재미로 삼았습니다. 게다가 몹시 아팠기 때문에 저는 벌떡 일어서면서 아우성을 쳤습니다.

"아니, 아가씨, 너무 심하지 않아요! 나를 꼬집을 권리는 없어요. 나도 더 이상은 못 참겠어요."

"나는 네게 손을 대지도 않았어, 이 거짓말쟁이."

아가씨는 다시 저를 꼬집고 싶어서 손가락이 근질근질한 듯 귓불까지 새빨개지며 화가 나서 소리쳤습니다. 그녀는 화가 나면 언제나 얼굴 전체가 새빨개지면서 감정을 숨기지 못하였습니다.

"그럼, 이건 뭐죠?"

저는 아가씨를 반박하기 위한 증거로 보랏빛으로 멍든 내 팔을 내밀었습니다.

아가씨는 발을 구르고 잠시 머뭇거리다가 어쩔 수 없이 사나운 성미에 복받쳐 두 눈에 눈물이 나도록 매섭게 제 뺨을 갈겼습니다.

"캐서린, 여봐요! 캐서린!"

린튼 도련님은 그의 애인이 거짓말과 폭행을 저지르는 것을 보고 크게 놀라며 끼어들었습니다.

"이 방을 나가, 엘렌!"

아가씨는 온몸을 부들부들 떨면서 말했습니다.

어디나 저를 따라다니고 그때도 제 옆에서 앉아 있던 아기 헤어턴이 제 눈물을 보고 따라 울기 시작했습니다. 그러고는 '캐시 고모 나빠!' 하고 흐느끼면서 투덜댔습니다. 그 말을 듣자 아가씨는 그 불쌍한 아이에게 분풀이를 하는 것이었습니다. 아기의 어깨를 붙잡더니 파랗게 질릴 때까지 뒤흔들었습니다. 에드거 도련님도 아이를 구하려고 별 생각 없이 아가씨의 손을 붙잡았습니다. 그러자 아가씨는 한쪽 손을 비틀어 뿌리치고는 놀란 그 도련님의 뺨을 장난이라고는 할 수 없을 정도로 호되게 갈겼습니다.

도련님은 깜짝 놀라서 뒤로 물러섰습니다. 저는 아기를 안고 부엌으로 데려갔지만 통로의 문은 그대로 열어 두었습니다. 왜냐하면 두 사람이 어떻게 싸움을 해결하는지 보고 싶었기 때문입니다.

모욕당한 손님은 파랗게 질린 채 입술을 떨면서 모자를 놓아 둔 곳으로 갔습니다.

"그거 잘한다."

저는 혼자 중얼거렸습니다.

"알기나 알고 돌아가야지! 아가씨의 본성을 구경하게 한 것도 친절이지 뭐야."

"어딜 가는 거예요?"

캐서린 아가씨는 문간으로 다가서면서 다급히 물었습니다.

도련님은 비키면서 지나가려고 했습니다.

"가면 안 돼요!"

아가씨는 힘을 주어 소리쳤습니다.

"돌아가야만 하오, 돌아가겠소!"

도련님은 가라앉은 목소리로 대답했습니다.

"안 돼요!"

아가씨는 문의 손잡이를 잡고 고집을 부렸습니다.

"아직은 안 돼요, 에드거 린튼. 앉아요, 그런 기분으로 돌려보내지는 않겠어요. 밤새도록 괴로울 테니까요. 그리고 나는 당신 때문에 괴로워하고 싶지는 않아요."

"당신이 나를 때렸는데도 그냥 있을 수 있다고 생각하오?"

린튼 도련님은 물었습니다.

캐서린 아가씨는 잠자코 있었습니다.

"나는 당신이 무서워졌고, 당신 때문에 부끄러워졌소."

그는 말을 계속했습니다.

"나는 다시는 오지 않겠소."

아가씨의 눈에서 눈물이 글썽거리기 시작했고 곧이어 눈꺼풀도 깜박거리기 시작했습니다.

"게다가 당신은 일부러 거짓말을 했소."

"나는 하지 않았어요!"

아가씨는 겨우 입을 열면서 이렇게 소리쳤습니다.

"난 아무것도 일부러 한 것은 없어요. 자, 갈 테면 가요. 가란 말이에요! 그러면 나는 울 거예요. 병이 나도록 울겠어요!"

아가씨는 의자 옆에 무릎을 꿇고 정말로 울기 시작했습니다.

에드거 도련님은 자기의 결심을 굽히지 않고 안뜰까지 나갔다가 거기서 머뭇거렸습니다. 저는 그의 용기를 북돋아주려고 결심했습니다.

"아가씨는 지독하게 자기 마음대로예요. 그렇게 버릇없는 사람은 없어요. 말을 타고 돌아가시는 게 좋을 거예요. 그렇지 않으면 우리를 곤란하게 만들려고 아프다느니 뭐니 할 테니까요."

그 마음 약한 청년은 곁눈질로 창을 들여다보았습니다. 고양이가 반쯤 죽여 놓은 생쥐나 반쯤 먹다가 둔 새를 두고 가기 어려운 것처럼 그도 그냥 가 버리기가 어려운 모양이었습니다.

아, 그렇다면 하는 수 없겠군, 하고 저는 생각했습니다. 악운을 짊어지고 파멸로 뛰어드는 거지!

과연 그대로였습니다. 도련님은 갑자기 돌아서더니 바삐 거실로 다시 들어가서 문을 닫아 버렸습니다. 그리고 잠시 뒤 제가 서방님이 지독하게 취해서 돌아오셨으니까 언제 소란을 피울지 모른다고(정말 취하면 보통 그랬습니다.) 알려주러 들어갔지요. 그때는 이미 두 사람은 오히려 사이가 좋아져 있었습니다. 소년소녀다운 표면적인 수줍음을 깨뜨리고 친구라는 탈도 벗어 버리고 서로 사랑을 고백하고 있었습니다.

힌들리 서방님이 돌아왔다는 말을 듣고 린튼 도련님은 급히 말 있는 데로 달려갔고 캐서린 아가씨도 급히 자기 방으로 도망쳤습니다. 저는 헤어턴을 숨기고 그리고 서방님의 사냥총에서 총알을 뽑아 버렸습니다. 그분은 미친 듯이 흥분했을 때 사냥총을 잘 만졌고, 그분의 기분을 거슬리거나 지나치게 그분의 주의를 끄는 사람이라도 있으면 아무에게라도 쏠 것 같았습니다. 그래서 저는 그 총을 쏘게 되더라도 피해가 없도록 총알을 뽑아 버렸던 것입니다.

　서방님은 듣기에도 무시무시한 저주의 말을 지껄이면서 들어왔습니다. 그러고는 제가 그분의 아들을 부엌 찬장 속에 숨기는 것을 보았습니다. 아기는 아버지가 야수처럼 귀여워하는 것이나 미친 사람처럼 성내는 것을 보면 겁을 집어 먹었습니다. 왜냐하면 귀여워할 때에는 껴안고 입을 맞추고 하여서 숨이 막힐 위험이 있었고, 성이 났을 때에는 불 속으로 집어던지거나 벽에다 집어던질 염려가 있었기 때문입니다. 그래서 그 불쌍한 아기는 내가 어디에 두든지 간에 소리를 죽이고 가만히 있었습니다.

　"그래, 이번에야말로 잡혔군!"

　힌들리 서방님은 제 목덜미를 개처럼 뒤로 잡아당겼습니다.

　"틀림없이 너희들은 그 아이를 죽일 작정이지? 아이가 언제나 내 눈에 띄지 않는 이유를 이제야 알았어. 그러나 사탄의 힘을 빌려서라도 네가 식칼을 삼키게 해 줄 테다, 넬리! 웃을 일이 아냐. 나는 이제 막 케네드 녀석을 블랙호스 늪에 거꾸로 처박고 오는 길이야. 하나나 둘이나 마찬가지지. 난 너희들 가운데 누군가를 죽이고 싶어. 그러지 않고는 편하질 않겠어!"

　"전 식칼을 삼키긴 싫어요, 힌들리 서방님. 그걸로 구운 청어를 자르고 있는 걸요. 죽이실 거라면 차라리 총으로 쏴 죽이는 게 좋겠어요."

　"차라리 지옥에 떨어지는 것이 나을 거야. 정말 그렇게 해 주지. 영국에는 집안의 질서를 바로잡는 짓을 방해하는 법들은 없어. 그런데 내 집안은 몸서리가 날 정도야! 자, 입을 벌려."

　그분은 칼을 손에 들고서 그 끝을 제 이빨 사이로 밀어 넣었습니다. 그러나 저 자신은 그분의 주정에 별로 겁내지 않았습니다. 저는 침을 탁 뱉고,

맛이 고약해서 어떠한 일이 있어도 먹지 않겠다고 말했습니다. 그러자 그분은 저를 놓으시면서 말씀하시더군요.

"아하! 저 흉측한 작은 녀석은 헤어턴이 아니군. 넬리, 이건 잘못 됐어. 저게 만약 헤어턴이라면 나를 맞이하러 달려오지도 않고, 마치 내가 마귀인 것처럼 아우성만 치니 산 채로 껍질을 벗겨 줄만도 하지. 이 인정머리도 없는 녀석, 이리 와. 인심 좋고 늘 속기만 하는 애비를 속이는 법을 가르쳐 주지. 그런데 저 녀석 귀라도 잘라 주는 것이 보기 좋지 않을까? 개도 귀를 자르면 더 영악하게 보이지. 그리고 나는 영악한 것이 좋단 말이야. 영악하고도 깔끔한 것이 좋아! 게다가 귀를 소중히 하는 것은 돼먹지 않은 겉치레며 지독히 건방진 거야. 귀 같은 건 없어도 우린 원래 바보야. 그쳐, 이 녀석, 그쳐! 그러고 보니 너는 내 귀여운 아이로군. 조용히 해. 울지 마라. 자, 웃으면서 내게 입을 맞춰. 뭐! 싫다고? 헤어턴! 이 녀석, 입을 맞춰! 정말 이런 괴물 같은 녀석은 기르지 않았는데! 반드시 이 녀석의 모가지를 부러뜨려 놓을 테다!"

불쌍한 헤어턴은 아버지의 품 안에서 온 힘을 다하여 울부짖으며 발버둥 쳤습니다. 그리고 위층에 데리고 가서 난간 너머로 쳐들었을 때는 갑절이나 더 크게 울었습니다. 아이가 놀라서 발작이라도 일으키겠다고 저는 소리를 치면서 구하려고 달려갔습니다.

제가 달려갔을 때 힌들리 서방님은 몸을 내밀고 손에 든 것을 거의 잊어버리고서 밑에서 들려오는 소리에 귀를 기울이고 있었습니다.

"저건 누굴까?"

서방님은 계단 밑으로 가까이 다가오는 발소리를 들으며 물었습니다. 저는 그것이 히스클리프의 발자국 소리라는 것을 알고서 그에게 이쪽으로 오지 못하게 하려고 몸을 내밀었습니다. 그런데 제가 헤어턴에게서 눈을 떼는 순간, 아이가 갑자기 움직이는 바람에 부주의하게 안고 있는 아버지의 품에서 밑으로 떨어졌습니다.

아찔한 공포를 경험할 틈도 없이 우리는 아이가 무사하다는 것을 알았습니다. 그 아슬아슬한 순간에 히스클리프가 바로 밑에 와 있어서 떨어지는 아이를 본능적으로 받았던 것입니다. 그러고는 아이를 세우면서 사고를 낸 사람이 누군지 알아보려고 위를 쳐다보았습니다.

그 위에서 언쇼 서방님이 모습을 보았을 때의 그의 얼굴이란, 복권을 오 실링에 팔아 버린 구두쇠가 다음 날 그 때문에 오천 파운드를 놓쳤다는 것을 알았을 때보다도 더 어이없어 하는 표정이었습니다. 그의 얼굴에는 그 자신이 오히려 자기의 복수심을 방해하는 수단이 되어 버린 데 대한 더할 나위 없는 괴로움이 뚜렷하게 나타나 있었습니다. 아마 어두웠더라면 헤어턴의 골통을 쳐부수고라도 자기의 잘못을 때우려고 했을 겁니다. 그러나 헤어턴이 구조된 것을 우리가 보고 만 것입니다. 저는 곧 밑으로 내려가서 제가 맡고 있는 소중한 아기를 꼭 껴안았습니다. 힌들리 서방님은 술도 깨 고 창피하기도 했던지 천천히 내려왔습니다.

"네가 잘못한 거야, 엘렌. 아이를 내 눈에 띄지 않는 곳에 둬야 했고, 내 게서 아이를 데려가야 했어. 어디 다친 데는 없어?"

"다쳤냐고요!"

저는 화를 내며 외쳤습니다.

"죽지는 않았더라도 바보가 되었을 거예요, 정말! 서방님이 아기를 어떻게 다루는가를 보러 아기 어머니께서 무덤에서라도 나오시지 않을지 모르 겠어요. 서방님은 이교도보다도 더 고약하세요. 자기의 혈육을 그렇게 다루시다니!"

옆에 제가 있는 것을 알자 무서운 것을 잊고 울음을 그친 아이를 힌들리 서방님께서 만지려고 했습니다. 그러나 아버지의 손가락이 닿자마자, 아기는 전보다 더 큰 소리로 다시 소리를 지르며 경련이라도 일으킬 듯이 몸부림쳤습니다.

"아기를 건드리지 마세요. 아기는 서방님을 미워해요. 다들 미워하지요. 정말입니다. 행복한 가족을 거느리셨군요. 그리고 서방님 처지도 훌륭하시고요!"

"머잖아 더 훌륭한 처지가 되겠는데, 넬리!"

마음이 비뚤어져 버린 그 사람은 다시 냉혹한 성미로 돌아가서 껄껄 웃었습니다.

"지금은 그 아이를 안고 저쪽으로 가 줘. 그리고 히스클리프! 너도 내 곁에서 멀찍이 비키란 말이야. 오늘 밤엔 죽이지 않겠어. 내가 집에 불이라도 지른다면 어떻게 될지 모르지만, 그러나 그것도 내 마음이 내키는 대로지."

그리고서 그분은 요리대에서 일 파인트짜리 브랜디 병을 꺼내 와서는 큰 잔에 조금 따랐습니다.

"아니, 안 돼요!"

저는 애원했습니다.

"힌들리 서방님, 제 말을 들으세요. 서방님 자신은 상관 않으셔도 이 아이만은 불쌍히 생각하셔야 해요."

"누가 길러도 나보다 나을 테니까."

그분은 이렇게 대답했습니다.

"자신의 영혼도 불쌍히 생각하세요."

저는 그분의 손에서 잔을 빼앗으려고 애쓰면서 말했습니다.

"나는 싫어! 그와는 반대로 나는 그것을 만든 조물주를 처벌하기 위해서라면 내 영혼쯤 지옥에 보내는 일이라도 기꺼이 할 용의가 있어. 내 영혼의 온전한 파멸을 위해서 축배를!"

그분은 그 독주를 마시고는 갑갑한 듯이 우리에게 가라고 했습니다. 그리고 마지막에는 무시무시한 저주를 한바탕 늘어놓았는데 그것은 다시 생각하기도 역겨울 정도로 지독한 것이었습니다.

"저 녀석이 술로 뒈지지 않는 게 이상해."

히스클리프는 힌들리 서방님이 문을 닫고 나갔을 때 서방님이 늘어놓은 저주를 흉내 내며 말했습니다.

"마실 대로 마시고는 있지만 몸이 좋으니까 죽지 않는 거지. 케네드 선생은 그가 기머튼에 사는 그 누구보다도 오래 살 테고, 백발이 될 때까지 죄를 짓다가 죽을 거라며 자기의 암말을 걸고 내기라도 하겠다고 하더군. 적당히 어떤 사고라도 일어나지만 않는다면 말이야."

저는 부엌으로 들어가서 귀여운 아기를 잠재우려고 했습니다. 히스클리프는 방을 거쳐 헛간으로 갔다고만 생각하고 있었습니다. 그런데 뒤에 보니까 불이 있는 데서 먼 벽 옆에 있는 긴 의자에 드러누워 잠자코 있었기 때문에 등이 높은 긴 의자로 가려져서 보이지 않았을 뿐이었습니다.

저는 헤어턴을 무릎 위에 올려놓고 흔들면서 이렇게 시작되는 노래를 흥얼거리고 있었습니다.

이슥한 밤에 아기가 울면
무덤 속의 어머니가 엿들으시고…….

그때 캐시 아가씨가 자기 방에서 그 소리에 귀를 기울이고 있다가 머리를 들이밀고 속삭였습니다.

"혼자 있어, 넬리?"

"네, 아가씨."

저는 그렇게 대답했습니다.

아가씨는 들어와서 불 가까이 왔습니다. 저는 그녀가 무슨 말을 하려는 건지 쳐다보았습니다. 걱정스럽고 곤란한 듯한 표정이었습니다. 무슨 말을 하려는 듯이 입술이 반쯤 열리고 숨을 들이쉬더니 그만 말을 이루지 못하고 한숨만 쉬었습니다.

저는 아가씨가 조금 전에 제게 한 짓을 잊어버리지 않고 있었기 때문에 모르는 척하고 노래를 불렀습니다.

"히스클리프는 어디 갔어?"

아가씨는 제 노래를 가로막으면서 말했습니다.

"마구간에서 일을 하고 있을 거예요."

히스클리프는 거기 없는 것 같았습니다. 아마 긴 의자 뒤에서 잠이 들었던 모양이에요. 그리고 나서도 오랫동안 말이 끊겼습니다. 그동안에 캐서린 아가씨의 뺨에서 눈물이 한두 방울 바닥에 떨어지는 것이 보였습니다.

자기의 부끄러운 행동을 슬퍼하고 있는 것일까, 하고 저는 혼자 생각했습니다. 그런 일은 지금까지 없었던 일이지요. 그러나 하고 싶은 말이 있으면 자기가 할 일이지 내가 물어볼 것 까지는 없어, 하고 저는 생각했습니다. 아니, 그녀는 자기 자신에 대한 걱정 이외에는 어떠한 일에도 별로 마음을 쓰고 있지 않았을지도 모릅니다. 마침내 아가씨가 외쳤습니다.

"아이참! 나는 참 불행해!"

"안됐군요. 아가씨는 성미가 까다로워요. 친구가 그렇게 많고 걱정이 그렇게 적어도 만족할 수 없으니까요."

"넬리, 비밀을 지켜주겠어?"

아가씨는 조르면서 제 옆에 무릎을 꿇고 도무지 화를 내야 할 때에도 화를 내지 못하게 하는 그러한 매력적인 눈초리로 제 얼굴을 쳐다보는 것이었습니다.

"지킬 만한 비밀이에요?"

저는 조금 누그러져서 물었습니다.

"그래, 그리고 나는 걱정이 되어 털어놓지 않을 수 없어! 어떻게 해야 할지 알고 싶어. 오늘 에드거 린튼이 내게 결혼해 달라고 청혼해서 나는 대답을 해 버렸어. 그런데 내가 동의했는지 거절했는지는 덮어두고, 내가 어떻게 해야 하는지 말을 해 줘."

"정말, 캐서린 아가씨, 내가 어떻게 알 수 있어요? 하지만 분명한 것은 오늘 오후 그이가 있는 데서 아가씨가 그러한 행동을 한 것을 생각하면 거절하는 것이 현명하리라고 말하고 싶어요. 그러한 일이 있은 다음에 청혼을 했으니까, 그이는 형편없이 미련하거나 앞뒤를 가리지 못하는 바보임에 틀림없을 거예요."

"그렇게 말하면 나는 아무 할 말도 없어져."

아가씨는 일어서면서 뾰로통하게 대꾸했습니다.

"난 승낙을 했어, 넬리."

"승낙했다고요? 그렇다면 그 이야기를 이러니저러니 해 봤자 소용이 없잖아요? 이미 약속을 해 버렸으니까 그만둘 수도 없지요."

"그러나 내가 그렇게 한 것이 잘한 것인지 아닌지 말해 봐, 응?"

아가씨는 손을 비비고 얼굴을 찌푸리며 약이 오른 듯한 어조로 소리쳤습니다.

"그 질문에 옳게 대답을 하자면 여러 가지를 생각해 봐야지요."

저는 점잔을 빼면서 말했습니다.

"첫째 무엇보다 에드거 도련님을 사랑하세요?"

"사랑을 어쩔 수 있어? 물론 사랑하지."

아가씨는 대답했습니다.

그리고 저는 다음과 같이 여러 가지 질문을 했습니다. 스물두 살 난 아가씨로서는 분별이 없지도 않은 편이었습니다.

"왜 그분을 사랑하나요, 캐서린 아가씨?"

"무슨 소리야, 사랑하니까 사랑하는 거지. 그걸로 충분해."

"결코 그렇지 않아요. 이유를 말해야만 해요."

"글쎄, 그이는 얌전하고 함께 있으면 유쾌하니까."

"안 돼요."

"그리고 그이는 젊고 명랑하니까."

"아직도 안 돼요."

"그리고 그이는 나를 사랑하니까."

"그렇게 말하면 무관심한 거지요."

"그리고 그는 재산을 많이 물려받을 거고, 나는 이곳에서 제일가는 부인이 되고 싶고, 그렇게 훌륭한 남편을 가진 것이 자랑스러울 테니까."

"제일 못쓰겠군요. 자, 이번에는 아가씨가 어떻게 그를 사랑하는지 말해 봐요."

"다른 사람과 마찬가지지. 어수룩하군, 넬리."

"조금도 어수룩하지 않아요. 대답해 보세요."

"그이가 살고 있는 땅, 그이의 모든 표정, 그이의 모든 행동, 그리고 그이의 전부를 사랑하지. 그만하면 됐지!"

"그렇다면 왜 그렇게 좋아졌을까요?"

"지금 날 놀리는 거야? 성미가 고약하군! 난 농담을 하고 있는 게 아냐!"

아가씨는 상을 찌푸리면서 불 있는 데로 얼굴을 돌렸습니다.

"농담을 하고 있는 게 아니에요, 캐서린 아가씨. 당신은 에드거 도련님을 얌전하고, 젊고, 명랑하고, 돈 많고 그리고 당신을 사랑하기 때문에 사랑한다고 합니다. 그러나 마지막 이유는 아무 뜻이 없어요. 아마 그것이 없이도 당신은 사랑할 거예요. 그리고 비록 그분이 당신을 사랑한다고 하더라도 앞의 네 가지 매력이 없다면 당신은 그분을 사랑하지 않을 거예요."

"그렇지, 그렇고말고. 그렇다면 나는 불쌍하게 생각할 뿐일 거야. 그가 보기 싫고 촌뜨기라면 난 아마 그를 미워할 거야."

"그렇지만 세상에서는 얌전하고 돈 있는 젊은 사람은 그분 말고도 많이 있어요. 어쩌면 그보다도 더 얌전하고 돈이 많은 사람이 있을지도 모르죠. 그렇다면 왜 그런 사람들을 좋아할 수 없어요?"

"그런 사람이 있다고 하더라도 내 눈 앞에는 없잖아. 난 에드거 같은 사람을 본 적이 없거든."

"몇 명쯤 볼지도 모르죠. 그리고 그이는 늘 얌전하고 젊지는 않을 거고, 언제까지나 돈을 지탱하지 못할지도 모르죠."

"그러나 지금은 그러니까. 더구나 나는 현재만을 생각하니까 좀 이치에 맞게 얘기했으면 좋겠어."

"그렇다면 그뿐이죠. 정말 현재만을 생각한다면 에드거 도련님과 결혼

하세요."

"난 넬리의 허가를 받고 싶지는 않아. 아무튼 그와 결혼할 테니까. 그래도 넬리는 내가 승낙한 게 잘한 건지 잘못한 건지 말해 주지 않았잖아."

"만약 현재만을 생각해서 결혼해도 좋다고 생각한다면 조금도 틀리지 않았어요. 이번에는 뭣 때문에 불행한지 들어 봅시다. 오빠는 좋아하실 거고 린튼 집안 노인 내외분도 반대는 안 하실 거예요. 그리고 지금의 어수선하고 편치 않은 집안을 피해서 돈 많고 점잖은 집안으로 가게 되고, 아가씨도 에드거 도련님을 사랑하고 에드거 도련님도 아가씨를 사랑하지요. 그러니 모든 것이 순조로워 보이는데 어디에 무슨 잘못이 있단 말예요?"

"여기에! 그리고 여기에도!"

캐서린 아가씨는 한쪽 손으로는 이마를 치고 다른 한쪽 손으로는 가슴을 치면서 대답하는 것이었습니다.

"어느 쪽에 영혼이 들어 있든 영혼에 물어봐도, 가슴에 물어봐도 나는 틀렸다고밖에 생각되지 않아!"

"그건 매우 이상한데요! 난 알 수가 없군요."

"그것이 내 비밀이야. 그러나 나를 조롱하지 않겠다면 설명을 하겠어. 똑똑히 설명할 수는 없지만 내가 느끼는 느낌만은 말해 주겠어."

아가씨는 다시 내 곁에 앉았어요. 얼굴이 더 슬프고 침울해졌으며 맞잡은 손이 떨리고 있었습니다.

"넬리, 넬리는 이상한 꿈을 꾸지 않아?"

아가씨는 몇 분이나 생각한 끝에 불쑥 말했습니다.

"네, 저도 이따금 꿈을 꾸지요."

"나도 그래. 나는 평소에 언제나 마음속에 남아 있어서 내 생각을 바꾸게 하는 꿈을 꾼 적이 있어. 마치 물에 탄 포도주처럼 그런 꿈들은 내 속에 샅샅이 스며들어 내 마음의 빛깔을 달라지게 해. 지금부터 이야기하는 것도 그러한 꿈이야. 그러나 어떠한 이야기를 하더라도 웃지 말아 줘."

"그런 얘기 그만두세요, 캐서린 아가씨! 우리는 성가신 유령과 환영을 불러일으키지 않아도 이미 침울할 대로 침울해요. 자, 기운을 내세요. 아가씨답게 헤어턴 아기를 봐요. 음산한 꿈이라고는 꾸고 있지 않아요. 자면서 어쩌면 저렇게 귀엽게 웃을까."

"그래, 그런데 이 아이의 아버지가 혼자서 저주를 뇌까리는 꼴은 또 얼마나 귀여운가! 그러한 오빠도 이 아이처럼 복슬복슬하고 비슷하게 어리고 순진했던 아이였을 때가 있었겠지. 넬리는 아마 기억하고 있을 거야. 그러나 넬리, 내 꿈 이야기를 들어줘야겠어. 별로 길지도 않아. 그런데 오늘 밤은 도저히 명랑할 수가 없어."

"전 듣지 않겠어요. 듣지 않겠다고요!"

저는 급하게 말을 되풀이했습니다. 저는 그 당시 꿈에 관해서는 미신을 가지고 있었고 지금도 마찬가지입니다. 게다가 캐서린 아가씨의 모습이 여느 때보다도 침울하기에, 무슨 나쁜 조짐이 되고 무서운 파국을 가져올 이야기를 듣게 되지 않을까 두려웠던 것입니다.

캐서린 아가씨는 화가 난 듯 이야기를 꺼내지 않았습니다. 다른 이야기를 하다가 잠시 후 아가씨는 다시 말을 시작했습니다.

"내가 만약 천국에 간다면, 넬리, 나는 아주 불행할 거야."

"아가씨는 거기에 어울리지 않아요. 죄지은 사람들은 천국에서는 불행하니까요."

"그런 게 아니야. 한번은 내가 천국에 간 꿈을 꾸었어."

"나는 꿈 이야기는 듣지 않겠어요. 나는 자러 가겠어요."

저는 다시 말을 가로막았지만 아가씨는 깔깔 웃으며 의자에서 일어서려고 하는 저를 끌어 앉혔습니다.

"이건 아무것도 아니야."

아가씨는 외쳤습니다.

"천국은 내가 갈 곳이 아닌 것 같다고 말하려 했을 뿐이야. 나는 지상으로 돌아오려고 가슴이 터질 만큼 울었어. 그러니까 천사들이 몹시 화를 내며 나를 워더링 하이츠의 꼭대기에 있는 벌판 한복판에 내던졌어. 거기서 나는 기뻐서 울다가 잠이 깼지. 이것이 다른 것과 마찬가지로 내 비밀을 설명하는 것이 될 거야. 나는 천국에 가지 않아도 되는 것처럼, 에드거 린튼과 꼭 결혼할 필요도 없는 거지. 저 방에 있는 저 고약한 사람이 히스클리프를 저렇게 천한 인간으로 만들지 않았던들 내가 에드거와 결혼할 리가 없는데. 지금의 히스클리프는 너무 격이 떨어져. 그래서 내가 얼마나 그를 사랑하고 있는지를 그에게 알릴 수가 없어. 히스클리프가 잘나서가 아니라 넬리, 나보다도 더 그를 사랑하기 때문이야. 우리의 영혼이 무엇으로 이루어졌든 그의 영혼과 내 영혼은 같은 것이야. 하지만 린튼의 영혼은 달빛과 번개, 서리와 불같이 전혀 다른 거야."

이 말이 끝나기 전에 저는 히스클리프가 옆에 있다는 것을 깨달았습니다. 약간 움직이는 기척이 나기에 그쪽을 돌아다보니 그는 긴 의자에서 일어나서는 가만히 나가 버렸습니다. 그는 캐서린 아가씨가 그와 결혼한다면 격이 떨어질 거라고 말할 때까지 듣고 있다가 그 이상은 듣지 않고 나갔던 것입니다.

캐서린 아가씨는 바닥에 앉아 있었기 때문에 그가 긴 의자의 등에 가려져 있던 것과 나간 것도 몰랐지만, 저는 깜짝 놀라 아가씨에게 조용히 하라고 했습니다.

"왜?"

아가씨는 걱정스러운 듯이 주위를 살피면서 물었습니다.

"조지프가 왔어요."

저는 때마침 길에서 그의 짐마차 소리가 나기에 핑계를 댔습니다.

"히스클리프도 같이 들어올 거예요. 벌써 문간에 와 있는지도 모르겠어요."

"아니, 문간에선 내가 하는 말이 들릴 리가 없지. 식사 준비를 하는 동안 헤어턴은 내가 볼게. 그리고 식사가 준비되거든 넬리와 같이 먹도록 불러줘. 나는 마음이 편치 않으니까 잊어버리고 싶고, 히스클리프가 이러한 일을 눈치 채지 않았는지 확인하고 안심하고 싶어. 눈치 채지 못하겠지? 사랑한다는 것이 어떤 것인지 그는 아직 모르겠지?"

"아가씨가 알고 계시다면 그도 모르리란 법은 없죠."

저는 그렇게 대꾸했습니다.

"만약 히스클리프가 아가씨를 좋아한다면 그보다 불행한 사람은 없을 거예요! 아가씨가 린튼 부인이 된다면 그는 친구와 모든 것을 잃어버리니까! 아가씨는 그와 헤어진다는 것을 참을 것인지, 또 그가 이 세상에서 외톨이가 된다는 것을 어떻게 참을 것인지를 생각해 본 적이 있어요? 그것은 캐서린 아가씨……."

"그가 외톨이가 된다고? 우리가 헤어진다고?"

아가씨는 화가 난 듯이 말했습니다.

"누가 우리를 갈라놓는단 말이야? 그따위들은 밀로(Milo, 로마의 정치가.

반(反) 카이사르 폭동에 가담했다가 투리 근처에서 살해당함.)와 같은 꼴이 될 거야! 내가 살아 있는 한 나는 그를 버리지 않아, 넬리. 그 누구를 위해서도! 린튼 가문의 사람이 모조리 지상에서 사라지더라도 히스클리프를 버릴 생각은 없어. 결코 그럴 생각은 없어. 그럴 작정은 아니고말고! 그러한 희생을 치러야 한다면 나는 린튼 부인이 되지 않을 거야! 히스클리프는 지금까지와 마찬가지로 앞으로도 내게 소중한 사람이야. 에드거는 그를 싫어하지 말아야 하고 적어도 그에게 너그럽게 대해야 해. 히스클리프에 대한 나의 진정을 알면 그도 그렇게 할 거야. 넬리, 넬리는 나를 지독히 이기적인 계집애라고 생각하겠지만 만약 히스클리프와 내가 결혼한다면 우리들은 거지가 되고 말 거라고 생각한 적은 없어? 그러나 내가 린튼과 결혼하면 히스클리프의 출세를 도와서 오빠의 손아귀에서 벗어나게 할 수가 있어."

"당신 남편의 돈으로 말이죠. 캐서린 아가씨? 그분은 당신이 마음먹고 있는 것만큼 만만한 상대가 아닐 거예요. 게다가 제가 뭐라고 할 수 없지만 린튼 도련님과 결혼하겠다고 말한 여러 가지 이유 중에서 그것이 제일 나쁘다고 생각해요."

"그렇지 않아."

아가씨는 반박했습니다.

"그것이 제일 좋은 동기지. 다른 동기는 내 변덕을 만족시키는 것들이었고 그리고 에드거를 위해서도 좋은 동기일 거야. 그러나 이것은 에드거나 나 자신에 대한 나의 느낌을 직접 이해해 주는 사람을 위한 것이거든. 꼭 집어 말할 순 없지만 확실히 누구든 자기를 넘어선 삶이 있고, 또는 있어야 한다고 생각하고 있을 거야. 만약 내가 이 지상만의 것이어야 한다면 내가 이 세상에 태어난 보람은 무엇일까? 이 세상에서 나의 커다란 불행은 히스클리프의 불행이었어. 그리고 처음부터 나는 각자의 불행을 보고 느꼈어. 내가 이 세상에 살면서 무엇보다 소중하게 생각한 것은 히스클리프 자신이었단 말이야. 만약 모든 것이 없어져도 그만 남아 있다면 나 역시 살아갈 거야. 그러나 모든 것이 남고 그가 없어진다면 이 세계에서의 삶은 의미가 없을 거야. 린튼에 대한 나의 사랑은 숲의 잎사귀와 같아. 겨울이 되면 나무의 모습이 달라지듯이 때가 지나면 그것도 달라지리라는 것을 나는 잘 알고 있어. 그러나 히스클리프에 대한 애정은 땅 밑에 있는 영원한 바위와 같아. 눈에 보이는 기쁨의 근원은 아니더라도 없어서는 안 되는 것이야. 넬리, 내가 바로 히스클리프야. 그는 언제나 내 마음 속에 있어. 내 자신이 반드시 나의 기쁨이 아닌 것처럼 그도 그저 기쁨으로서가 아니라 내 자신으로서 내 마음 속에 있는 거야. 그러니 다시는 우리가 헤어진다는 말은 하지마. 그것은 있을 수 없는 일이니까. 그리고⋯⋯."

아가씨는 거기서 말을 끊고 제 외투자락에 얼굴을 묻었지만, 저는 그것을 억지로 밀어냈습니다. 아가씨의 어리석은 이야기를 참을 수 없었습니다.

"제가 조금이라도 아가씨의 종잡을 수 없는 행동을 짐작할 수가 있다면."

저는 잠시 끊었다가 대답했습니다.

"아가씨가 결혼에 있어서 져야 할 의무를 모르시거나, 그렇지 않으면 아가씨가 고약하고 지조 없는 분이라고 생각할 수밖에 없어요. 그러니 이 이상 비밀이니 뭐니 하여 저를 괴롭히지는 말아 주세요. 비밀을 지키겠다는 약속은 하지 않을 테니까요."

"그러나 지키겠지?"

아가씨는 열을 올리며 물었습니다.

"아닙니다. 전 약속할 수 없어요."

저는 같은 말을 되풀이했습니다. 아가씨가 막 약속해야 한다고 우기고 있을 때 조지프가 들어왔기 때문에 우리의 대화는 끊어졌습니다. 그리고 캐서린 아가씨는 한구석으로 자리를 옮겨 아기를 보고, 그동안 저는 저녁 식사 준비를 했습니다.

식사 준비가 되고 나서 조지프와 저는 누가 힌들리 서방님께 저녁을 가져가느냐 하는 것으로 다투기 시작했습니다. 그런데 음식이 거의 식을 때까지도 결정을 짓지 못했습니다. 그리고서 우리는 저녁을 드시겠다면 그분이 가져오라고 하시도록 내버려두기로 합의를 보았습니다. 그분이 한동안 혼자 계실 때에는 우리는 그분이 있는 곳으로 가는 것을 굉장히 두려워했기 때문입니다.

"그건 그렇고, 그 녀석은 어째서 아직도 들에서 돌아오지 않는 거지? 무엇을 하는 거야? 게을러빠진 녀석 같으니!"

그 노인은 히스클리프를 찾아 이곳저곳을 살피고 다녔습니다.

"내가 불러오겠어요. 틀림없이 헛간에 있을 거예요."

저는 헛간에 가서 히스클리프를 불렀지만 대답이 없었습니다. 돌아와서 저는 캐서린 아가씨에게 그녀가 아까 말한 것을 그가 거의 다 들었을 거라고 작은 소리로 일러 주었습니다. 그리고 아가씨가 히스클리프에 대한 오빠의 태도에 대해서 불평을 했을 때쯤 그가 부엌을 나가는 것을 봤다는 이야기도 해 주었습니다.

아가씨는 몹시 놀라서 아기를 긴 의자에 내버려두고 히스클리프를 찾으러 달려나갔습니다. 자기가 왜 그렇게 당황하는지, 또한 자기가 한 말이 그에게 어떻게 들렸으리라는 것을 생각할 겨를조차 없었던 것입니다.

아가씨가 너무 오래 돌아오지 않았기 때문에 조지프는 더 기다릴 것 없이 식사를 하자고 말했습니다. 조지프는 자기의 장황한 기도를 듣지 않기 위해 도망친 것이라고 그럴 듯하게 짐작하고 있었습니다. '그들은 못하는 짓이 없다.'라고 말하면서요. 그리고 그들을 위하여 그날 밤에는 보통 십오 분 동안의 식전 기도에다가 특별 기도까지 붙이고 게다가 식후 기도가 끝난 다음에도 또 하나의 특별 기도를 곁들일 판이었는데 그때 아가씨가 쫓아 들어와서 우리더러 히스클리프가 어디를 돌아다니고 있든 빨리 찾아 오라고 황급히 명령했습니다.

"그에게 이야기할 게 있어. 자러 올라가기 전에 꼭 이야기를 해야겠어. 그리고 대문이 열려 있어. 어딘가 불러도 들리지 않는 곳에 가 있을 거야. 양우리 꼭대기까지 있는 힘을 다해 외쳤지만 대답이 없었어."

조지프는 처음에 반대했습니다. 그러나 아가씨가 너무 심각해져 반대를 받아들이지 않았기 때문에 마침내 그는 모자를 쓰고 투덜거리면서 나갔습니다.

그동안 캐서린 아가씨는 방을 왔다갔다하면서 소리치는 것이었습니다.

"어디로 갔는지 몰라. 갈 데가 있어야 말이지! 내가 뭐라고 말했지, 넬리? 나는 잊어버렸어. 오늘 오후 내가 기분이 언짢은 것에 히스클리프가 화가 났던가? 아니, 내가 무슨 말로 그를 슬프게 했는지 말해 줘. 정말 돌아왔으면 좋겠어. 정말 돌아왔으면!"

"아무것도 아닌 것을 가지고 무슨 쓸데없는 소동이에요? 뭘 그런 하잘 것 없는 일로 걱정을 하세요. 히스클리프가 달밤에 벌판을 어정거리고 우리하고 말하기 싫어서 건초장에 누워 있다고 해서 크게 놀랄 것은 조금도 없어요. 틀림없이 거기에 숨어 있을 거예요. 제가 찾아낼 테니까 두고 보세요."

저도 좀 걱정이 되었지만 그렇게 말하고는 다시 찾아보려고 나갔습니다. 그러나 결국 히스클리프를 찾지 못했고 조지프 역시 마찬가지였습니다.

"녀석이 점점 못 쓰게 되어 가는데!"

조지프는 되돌아오자마자 그렇게 외쳤습니다.

"그 녀석이 문을 활짝 열어 놓아 아가씨의 조랑말이 보리밭을 두 이랑쯤 짓밟고 그대로 목장 쪽으로 올라가 버렸어. 내일이면 주인어른이 화가 나서 가만히 있지 않으실 거야. 그런 부주의하고 쓸모없는 녀석을 그래도 잘 참으신다니까. 정말 참을성이 대단하셔. 그러나 언제까지 그렇지는 않으실 거야. 다들 알게 될 테니까! 공연히 그분을 화나게 해서는 안 되지!"

"히스클리프는 찾았어, 이 바보 영감?"

캐서린 아가씨가 말을 가로막았습니다.

"내가 시킨 대로 그를 찾은 거야?"

"그 녀석을 찾느니, 말을 찾는 게 낫지."

그는 계속 투덜거렸습니다.

"그것이 더 지각 있는 일이지. 그러나 이런 밤에 말이든 사람이든 찾을 게 뭐야. 마치 굴뚝 속처럼 캄캄한데! 게다가 히스클리프는 내 휘파람 소리쯤으로 돌아올 녀석이 아니거든. 아가씨가 부르신다면 올지 모르지만."

정말 지독하게 어두운 여름밤이었습니다. 구름 모양은 곧 천둥소리라도 낼 듯했습니다. 그래서 저는 모두 앉아서 기다리는 것이 낫겠다고 말했습니다. 비가 오면 가만히 둬도 틀림없이 돌아올 것이기 때문입니다. 그러나 캐서린 아가씨는 무슨 말을 해도 가만히 있지를 못했습니다. 마음이 답답해서 잠자코 있지를 못하고, 대문과 문간 사이를 바삐 왔다갔다했습니다. 마지막에는 길의 가까운 담 옆에 붙어선 채 제가 뭐라고 해도, 천둥이 치고

굵다란 빗방울이 떨어지기 시작해도 아랑곳없이 꼼짝도 하지 않았습니다. 때때로 히스클리프를 부르다가는 귀를 기울이고 그러다가는 울음을 터뜨리는 것이었습니다. 아가씨가 몹시 북받쳐서 울 때에는 헤어틴 아기나 또는 어떤 아이보다도 더욱 심했습니다.

자정이 지날 때까지 우리는 그대로 앉아 있었는데 그때 언덕 너머로 폭풍이 맹렬하게 불어왔습니다. 천둥뿐만 아니라 바람도 사나웠고 어느 쪽인지 집 모퉁이에 서 있는 나무를 마구 부러뜨렸습니다. 커다란 가지 하나가 지붕 위로 넘어져서 동쪽 굴뚝 한 모서리가 무너졌고 돌덩이들이 부엌 난로 속으로 와르르 떨어졌습니다.

우리는 벼락이 한복판에 떨어졌다고 생각했습니다. 조지프는 무릎을 꿇고 하느님께 죄 있는 자는 벌하시더라도 족장인 노아와 롯을 생각하시어 옛날처럼 바르게 사는 자들은 살려주십사고 기도를 드렸습니다. 저도 그것은 정녕 우리에 대한 심판일 거라는 생각까지 들 정도였습니다. 이럴 경우 나는 그 심판이 언쇼 서방님에게 해당하는 일이라고 생각했기 때문에 아직 살아 있는지를 확인하려고 그분의 방문 손잡이를 흔들어 보았습니다. 대답 소리는 들려왔지만 여느 때와 같이 무서운 소리였지요. 조지프는 더욱 요란하게 자기와 같은 성자와 주인과 같은 죄인 사이에 확실한 구별을 해 주십사고 고함을 지르며 기도하는 것이었습니다. 우리는 모두 무사했고, 이십 분 후에 폭풍은 지나갔습니다. 다만 캐서린 아가씨만이 고집을 부려 비를 피하지 않고, 모자와 숄도 쓰지 않고 서 있었기 때문에 머리고 옷이고 흠뻑 젖었지요.

아가씨는 방에 들어와서도 온통 젖은 그대로 긴 의자의 등 쪽을 향해 드러누워 두 손으로 얼굴을 가리고 있었습니다.

"자, 아가씨!"

저는 아가씨의 어깨에 손을 얹으면서 소리쳤습니다.

"설마 죽고 싶은 건 아니겠죠? 지금 몇 시인 줄 아세요? 열두 시 반이에요. 자, 주무세요. 그 어리석은 아이를 더 기다려봐야 소용없어요. 기머튼에 가서 거기서 잘 거예요. 그도 이렇게 늦게까지 우리가 자지 않고 자기를 기다린다고는 생각지 않을 거예요. 힌들리 서방님만이 일어나 계실 거라고 생각할 테고, 주인이 문을 열게 하는 일은 그 아이도 피하고 싶을 거라고요."

"아니야, 아니야. 기머튼에 가지 않았어. 틀림없이 늪에 빠졌을 거야. 이렇게 하느님이 노하시는 데는 까닭이 있어. 아가씨께서도 조심해야겠어요. 다음 차례가 될지도 모르니까. 하느님께 모든 것을 감사해야 돼. 쓰레기 속에서 가려낸 자들을 위해서는 모든 것이 잘 되는 거지! 성경에서도 그렇게 말하고 있어."

조지프 영감은 성경 구절을 인용하면서 그것이 어디 있는 말인가까지 가르쳐 주기 시작했습니다. 나는 고집 센 아가씨에게 일어나서 젖은 옷을 벗으라고 아무리 말해도 듣지 않았기 때문에 조지프에게는 설교를 하게 하고는 아가씨는 떨게 내버려둔 채 아기를 안고 잠자리에 들었습니다. 아기는 주위 사람들이 모두 자고 있는 것처럼 곤히 잠들었습니다. 그 뒤 잠시 동안 조지프의 성경 읽는 소리가 들렸습니다. 그리고 사다리를 타고 다락방으로 천천히 올라가는 소리를 듣고, 저도 잠이 들었습니다.

보통 때보다 좀 늦게 내려가니 덧창 틈으로 비쳐드는 햇빛으로 캐서린 아가씨가 아직도 벽난로 가까이 앉아 있는 것이 보였습니다. 거실의 문도 열려 있었습니다. 닫지 않은 창으로 햇빛이 비쳐들었고, 언쇼 서방님은 이미 나와서 초췌하고 졸린 얼굴로 부엌 난롯가에 서서 캐서린 아가씨에게 묻고 계셨습니다.

"왜 그래, 캐시? 어디 아프니?"

"비를 맞아서 추운 것뿐이에요. 그뿐이에요."

"아이고, 말씀 마세요!"

저는 언쇼 서방님께서 웬만큼 술이 깨신 것을 눈치 채고 외쳤습니다.

"아가씨께서 간밤에 소나기를 흠뻑 맞고서는 거기 그대로 앉아 밤을 새 웠답니다. 아무리 해도 움직이게 할 수가 없었어요."

언쇼 서방님은 놀란 듯이 우리를 노려보셨답니다.

"밤새도록? 뭣 때문에 자지 않은 거지? 천둥이 무서웠던 것은 아니겠지? 천둥이 멎은 지도 오래니까."

우리는 가능한 한 히스클리프가 없어졌다는 사실을 숨기고 싶었습니다. 그래서 저는 왜 아가씨가 자지 않고 앉아 있으려 했는지 모른다고 대답했 고 아가씨도 잠자코 있었습니다. 신선하고 상쾌한 아침이었습니다. 창을 열어젖혔더니 뜰에서 풍기는 향기가 곧 방을 가득 채웠습니다. 그러나 캐 서린 아가씨는 뾰로통하게 제게 말하는 것이었습니다.

"넬리, 창을 닫아. 추워 죽겠어!"

그러면서 아가씨는 꺼져 가는 불 앞으로 다가앉아 몸을 움츠리고 달달 떨었습니다.

"몸이 불편한 모양이군."

언쇼 서방님은 그녀의 손목을 잡으면서 말했습니다.

"그래서 자지 않았던 거로구나. 제기랄! 이제는 더 이상 집안에 병자가 있어서 고생하고 싶진 않아. 뭣 때문에 비가 오는데 나갔던 거냐?"

"언제나 그렇듯이 사내들 뒤를 쫓아간 게지요."

조지프는 우리가 망설이고 있는 이 기회를 놓칠세라 거친 목소리로 악담을 늘어놓았습니다.

"만약 내가 당신이라면 주인어른, 귀천을 가리지 않고 사내들이 이 집엔 얼씬도 못하게 하겠어요. 주인어른만 안 계시면 저 고양이 같은 린튼 녀석이 살그머니 오지 않는 날이 없어요. 그러면 넬리도 얌전한 체하면서 부엌에 앉아 주인어른이 돌아오시는지 망을 본다니까요. 그러다 서방님이 들어오시면 그 녀석은 다른 문으로 도망을 친단 말씀이죠. 그러고 나면 우리 아가씨도 어슬렁거리며 밀회를 하러 나가신단 말씀이지! 밤 열두 시가 지나면 저 더러운 망할 놈의 집시 녀석 히스클리프와 들판을 숨어 돌아다니니, 참 훌륭하기도 하시지. 내가 눈이 멀었다고 생각하겠지만 천만에! 나는 그런 바보는 아니거든. 린튼 녀석이 오는 것도 가는 것도 다 보고 있어. 그리고 넬리, 너도 쓸모없고 지저분한 계집이야. 서방님의 말발굽 소리가 들리기만 하면 당장 쫄랑쫄랑 거실로 뛰어들어가잖아."

"입 닥쳐, 이 엿듣기나 하는 멍청이!"

캐서린 아가씨는 화가 나서 외쳤습니다.

"내 앞에서 건방진 소리 하지 마. 에드거 린튼은 어제 우연히 왔던 거예요, 오빠. 그리고 그에게 가라고 말한 것도 나였어요. 오빠가 취해 있어서 그를 만나고 싶지 않을 거라는 것을 알고 있었거든요."

"거짓말이지, 캐시? 틀림없이."

언쇼 서방님이 대답했습니다.

"너는 천치야! 그러나 지금은 린튼 걱정은 마라. 넌 어제 저녁에 히스클리프와 같이 있었잖아? 자, 바른대로 말해. 같이 있었다고 해도 어제 그 녀석이 내 은인이 되었으니 그 녀석의 목을 부러뜨릴 수는 없지. 다신 그런 일이 없도록 나는 오늘 아침에 그 녀석을 내쫓아 버릴 테야. 그리고 그 녀석이 사라진 다음에는 너희들도 모두 정신을 차리는 것이 좋을 거야. 내 관심이 그만큼 너희들 쪽으로 쏠릴 테니까."

"나는 간밤에 히스클리프를 본 적이 없어요."

캐서린 아가씨는 몹시 흐느끼기 시작했습니다.

"만일 오빠가 그를 내쫓는다면 나도 그와 함께 가겠어요. 그러나 오빠는 기회를 놓치신 거예요. 그는 가 버렸으니까요."

여기까지 말하고 나서 그녀가 슬픔을 억누르지 못하고 울음을 터뜨리는 바람에 그 나머지 말들은 잘 알아들을 수가 없었습니다. 언쇼 서방님은 아가씨에게 지독한 악담을 퍼붓고는 당장 아가씨 방으로 들어가든지, 아니면 아무것도 아닌 일로 울지 말라고 했습니다.

저는 억지로 아가씨를 방으로 데리고 갔습니다. 방에 갔을 때 아가씨가 슬퍼하던 광경을 저는 잊을 수가 없습니다. 굉장히 무시무시했으니까요. 저는 그녀가 미친 것이라고 생각하고 조지프에게 의사를 불러오라고 애걸했습니다. 아닌 게 아니라 정말로 그것은 정신착란의 시초였습니다. 케네드 선생은 아가씨를 보자마자 위험하다고 진단했습니다. 아가씨는 열병에 걸렸던 것입니다. 의사는 피를 뽑고 나서 저에게 단백질을 뺀 우유와 미음만을 먹이고 아래층이나 창 밖으로 몸을 내던지지 않도록 잘 보라고 일러 주었습니다. 집과 집 사이가 보통 이삼 마일 정도 떨어져 있는 이 마을에서 그분은 이리저리 뛰어다녀야만 했기 때문입니다.

제 자신도 살뜰한 간호사 노릇을 했다고 말할 수는 없지만 조지프와 주인은 더 말할 것도 없었습니다. 게다가 캐서린 아가씨도 가장 귀찮고 고집이 센 환자였지만, 아무튼 병을 이겨 냈습니다.

린튼 부인께서는 분명히 대여섯 번은 찾아오셔서 이것저것 일들을 바로잡아 주고, 우리 모두를 꾸짖기도 하고, 지시를 내리기도 하셨습니다. 그리고 캐서린 아가씨가 회복하기 시작하자 아가씨를 드러시 크로스 저택으로 옮기라고 우기셨습니다. 우리는 그걸 매우 고맙게 생각했습니다. 그러나 그분은 가엾게도 자기의 친절을 후회하시게 되었습니다. 그 내외분은 열병이 옮아 모두 며칠 사이에 돌아가시고 만 것입니다.

우리 아가씨는 전보다도 더욱 건방지고 화를 잘 내고 거만해져서 돌아왔습니다. 히스클리프는 천둥이 치고 폭풍이 불던 날 밤 이후로는 소식이 없었습니다. 어느 날 저는 아가씨에게 몹시 화가 나 그만 히스클리프가 사라진 것도 아가씨 때문이라고 말했습니다.(정말 그렇다는 것은 아가씨도 잘 알고 있었습니다만.) 그때부터 몇 달 동안 아가씨는 저를 단순한 하녀로만 대하셨습니다. 그밖에는 어떠한 말도 건네지 않았습니다. 또한 조지프도 상대하지 않았습니다. 그는 말하고 싶은 것을 다 말하고 마치 아가씨가 어린이인 양 여전히 설교를 하고 싶어 했습니다. 그러나 아가씨는 자기 자신은 어른이요 우리의 안주인이라고 생각했고, 병을 앓고 난 다음이라 자기를 극진히 대접해야 한다는 생각을 가지고 있었습니다. 게다가 의사도 너무 화를 내게 해서도 안 되며 마음대로 하게 둬야 한다고 말했습니다. 그러니까 그 누구든 감히 그녀에게 맞서 대꾸한다는 것은 그녀를 죽이려는 것과 마찬가지였던 것입니다.

언쇼 서방님과 그분의 친구들은 상대도 하지 않았습니다. 케네드 선생한테 들은 것도 있고, 화를 내면 심한 발작이 일어나려고 했기 때문에 아가씨의 오빠도 여동생의 요구는 무엇이든 들어주는 것으로 그 불같은 성미를 부채질하지 않으려 했습니다. 그분은 너무 지나칠 정도로 여동생의 변덕에 비위를 맞추었다고 할 수 있습니다. 애정에서가 아니라 자부심에서 그분은 동생이 린튼 가문으로 시집을 가서 자기 집안을 영광스럽게 해 주기를 열렬히 바라고 있었습니다. 그래서 동생이 자기에게 방해만 되지 않으면 우리들을 노예처럼 짓밟아도 모르는 척하고 계셨습니다.

에드거 린튼 도련님은 예나 지금이나 드문 일은 아닙니다만, 사랑에 눈이 멀어 있었습니다. 그리하여 그의 부친이 돌아가신 지 삼 년 뒤, 캐서린 아가씨의 손을 잡고 기머튼 교회로 들어가던 날에는 자기 자신을 세상에서 가장 행복한 사람이라고 생각했을 정도니까요.

저는 너무나 싫었지만 다들 타이르는 바람에 워더링 하이츠에서 아가씨를 따라 이 집으로 옮겨오게 되었습니다. 아기였던 헤어턴은 그 무렵 다섯 살이 되었기 때문에 저는 글자를 가르치기 시작했습니다. 우리도 헤어지는 것을 슬퍼했지만, 캐서린 아가씨는 더욱 심하게 울었습니다. 제가 가지 않겠다고 말하자, 그리고 아가씨가 아무리 부탁해도 제가 움직이려고 하지 않자 아가씨는 울면서 남편과 오빠에게 갔습니다. 아가씨의 오빠는 짐을 싸라고 명령했습니다. 이제 안주인이 없으니까 집안에 여자는 소용이 없으며 헤어턴은 머지않아 부목사가 맡을 것이라고 말하면서요. 그래서 제가 택할 길은 한 가지밖에 없었지요. 즉 명령대로 따를 수밖에 없었던 것입니다. 저는 주인에게 진실한 사람들을 모두 버리는 건 더 빠른 파멸을 부를 뿐이라고 말씀드렸지요. 저는 헤어턴에게 입을 맞추고 작별을 했습니다. 그 뒤로 그 아기는 저에게 낯선 사람이나 다름없어졌지요. 생각하면 꽤 이상한 일이지만 그 아기는 엘렌 딘에 관해서, 그리고 그가 제게 이 세상에서 가장 소중하고 저 역시 그에게 가장 소중한 존재였다는 것을 깨끗이 잊어버리고 말았습니다.

여기까지 이야기하고 나서 가정부는 무심코 벽난로 위에 놓인 시계를 보았다. 그러고는 바늘이 한 시 반을 가리키는 것을 보고 깜짝 놀랐다. 그녀는 일 초도 더 이곳에 있으려고 하지 않았다. 사실 나도 그녀 이야기를 다음 기회로 미루고 싶었던 참이었다. 이제 그녀도 쉬러 가고, 나도 한동안 생각에 잠겨 있었던 탓에 머리와 온몸이 쑤시고 나른하였다. 그래서 나도 자러 가야겠다고 생각했다.

10

은둔생활에 들어선다는 것은 멋진 일이었다. 나는 넉 주 동안을 앓으면서 병석에 누워 뒤척이게 되었다. 아, 이 스산한 바람, 매운 북녘의 하늘, 다닐 수 없는 길, 그리고 꾸물대는 시골의 의사들! 그리고 사람의 얼굴이라고는 볼 수 없는 이 적막, 그리고 무엇보다도 끔찍한 것은 케네드 선생한테서 봄이 올 때까지는 문밖에 나갈 생각 따윈 아예 하지 말라는 무서운 선고를 받은 것이다.

히스클리프 씨가 방금 문병을 다녀갔다. 그는 이레 전쯤에는 뇌조(雷鳥)를 한 쌍 보내주었다. 악당 같으니! 내가 이렇게 몸져누운 것은 그에게도 전혀 책임이 없는 것이 아니다. 그리고 나는 그렇다는 것을 그에게 말해주고 싶었다. 하지만 내 침대 곁에서 거의 한 시간 가까이나 앉아 있어 주고, 다른 사람들처럼 알약이나 물약, 발포고(發疱膏)나 거머리 얘기 따위를 지루하게 늘어놓지 않는 고마운 사람에게 내가 어떻게 감히 거스르는 말을 할 수 있었겠는가!

이것은 아주 한가로운 휴양 기간이기도 하다. 너무 허약해진 나는 책을 읽을 수는 없지만, 재미있는 것을 즐길 수는 있을 것 같다. 가정부 딘 부인을 불러 그 이야기를 마치게 하면 좋을 게 아닌가. 그녀가 전에 얘기한 데까지의 주요한 사건은 기억할 수 있었다. 그래, 그 이야기의 주인공은 도망을 간 채 삼 년 동안이나 소식이 없었지. 그리고 여주인공은 결혼을 하고.

종을 흔들어야지. 내가 명랑하게 이야기할 수 있다는 것을 알면 그녀도 기뻐할 거야.

"약을 잡수실 때까지는 아직 이십 분이나 있어야 돼요."

딘 부인이 와서 말을 꺼냈다.

"제발 약 소리는 하지 말아요! 내 소원은……."

"가루약은 그만 드셔도 된다고 의사 선생님이 말씀하셨어요."

"대환영이오! 그보다 내 말이나 좀 들어요. 이리 와 앉아요. 그 죽 늘어놓은 쓴 약병만 만지지 말고 주머니에서 뜨개질거리라도 꺼내고. 그래요. 자, 이제 히스클리프 씨의 이야기를 계속해 줘요. 전에 얘기한 곳에서부터 지금까지. 그는 대륙으로 건너가서 교육을 다 받고 신사가 되어 돌아왔나요? 그렇지 않으면 대학에서 특대생이라도 된 건가요? 또는 미국으로 도망가서 자기를 길러준 영국 군인의 피라도 흘리게 하여 이름을 떨쳤나요? 그렇지 않으면 영국의 대로에서 쉽게 한밑천 장만했나요?"

"그런 일들을 조금씩 했는지도 모르지요, 주인님. 그러나 꼭 그렇다곤 말할 수 없어요. 그가 어떻게 돈을 벌었는지는 모른다고 전에 말씀드렸죠. 야만인처럼 무식했던 사람이 어떻게 해서 그 정도로 슬기로워졌는지도 몰라요. 하지만 제 이야기가 재미있고 싫증나지 않으신다면 분부대로 그 이야기를 계속하지요. 오늘 아침에는 기분이 좀 나으신가요?"

"훨씬 나아요."

"잘됐군요."

저는 캐서린 아씨를 모시고 드러시 크로스 저택으로 옮겨 왔습니다. 뜻밖이었지만 예상했던 것보다는 아가씨의 처신이 훨씬 얌전해서 전 기뻤습니다. 아씨는 린튼 서방님을 지나칠 정도로 좋아하는 듯했습니다. 그리고 시누이에게도 아주 살뜰했습니다. 그 남매도 아씨를 마음 편하게 해 주려고 무척 애를 썼습니다. 그러니까 가시나무가 인동(忍冬)덩굴 쪽으로 휘어진 것이 아니라 인동덩굴이 가시나무를 감은 격이었지요. 서로 양보하는 것이 아니라 한쪽이 꼿꼿이 서 있으면 다른 쪽 사람들이 굽어드는 것이었습니다. 반대도 하지 않고 냉담하지도 않은데 어떤 사람이 계속 고약하게 굴거나 화를 낼 수가 있겠습니까?

린튼 서방님은 아씨의 기분을 상하게 할까 봐 몹시 조심하는 것 같았습니다. 그분은 그것을 아씨에게 숨겼지만 제가 사납게 대답하는 것을 듣는다거나 다른 하인이 아씨의 거만한 명령에 시무룩해지는 것을 보면 자기 때문에는 찌푸려 본 적이 없는 얼굴을 불쾌하게 찌푸리고 곤란한 표정을 지으셨지요. 서방님은 여러 번 고분고분하지 못한 저의 태도를 엄하게 꾸짖으셨습니다. 아씨가 화를 내는 것을 보실 때의 고통이란 칼에 찔린 아픔보다 더하다고 하시면서요.

마음씨 고운 서방님을 괴롭히지 않으려고 저도 화를 덜 내게 되었습니다. 그리고 반 년 동안은 폭발을 일으킬 만한 불씨가 가까이 없었기 때문에 불같은 아씨의 성미도 모래처럼 잠잠하셨습니다. 그러나 캐서린 아씨는 가끔씩 말없이 우울해질 때가 있었습니다. 그럴 때면 서방님 쪽에서도 말없이 그녀를 지켜봐 주었죠. 전에는 우울해진 적이 없었는데 중병을 앓고 나서 성격이 변했다고 하시는 것이었습니다. 그러나 다시 햇빛이 들듯 아씨의 기분이 좋아지면 그분도 함께 명랑한 얼굴이 되었습니다. 정말 두 분 사이에는 날로 더해가는 깊은 행복이 깃들었습니다.

그러나 그 행복도 끝장이 났습니다. 글쎄 우리 인간이란 결국은 자기 본위가 되고 마는가 봐요. 순하고 너그러운 사람일지라도 거만한 사람들보단 좀 정당하게 이기적이라는 차이뿐이니까요. 여러 가지 사정으로 서로가 상대편이 자기의 입장에서 생각해 주지 않는다고 느끼게 되면서 그분들의 행복은 끝장이 나고 말았습니다.

구월 어느 아늑한 저녁에 저는 직접 딴 사과를 담은 무거운 바구니를 들고 뜰에서 돌아오고 있었습니다. 어둑어둑해진 안뜰의 높은 담 너머에 떠 있는 달이 집의 여기저기 튀어나온 모서리에 무언가를 숨겨 놓은 듯한 그늘을 만들고 있었습니다. 저는 문 옆에 있는 층층대에 바구니를 놓고 잠시 쉬면서 아늑하고 향기로운 공기를 들이마시고 있었습니다. 현관을 등지고 달을 쳐다보고 있었던 것입니다.

그때 제 뒤에서 목소리가 들렸습니다.

"넬리, 당신이오?"

그것은 어딘지 외국인 같은 낮은 목소리였습니다. 그러나 제 이름을 부르는 투가 왠지 낯익었습니다. 저는 누구인지 두려워하면서 돌아보았습니다. 문들은 닫혔고 계단 쪽으로 오는 사람도 보이지 않았기 때문입니다.

그러나 현관에서 무엇인가 움직이는 것이 보였습니다. 가까이 가 보니 검은 얼굴과 머리에 검은 옷차림을 한 키가 큰 사람이라는 것을 알 수 있었습니다. 그는 현관 옆에 서서 문을 열려는 것처럼 자물쇠에 손을 대고 있었습니다.

'대체 누굴까? 언쇼 서방님일까? 아니야! 목소리가 닮은 데가 없어.'

"여기서 한 시간이나 기다렸소."

저는 그를 뚫어지게 살펴보았습니다.

"그동안 주위는 죽은 듯 고요했지. 그래서 감히 들어갈 수가 없었소. 나를 모르겠소? 봐요, 낯선 사람이 아니오!"

한 줄기 달빛이 그의 모습을 비췄습니다. 거무스름한 두 뺨에 반쯤 검은 구레나룻이 덮여 있었습니다. 험상궂은 눈썹에 두 눈이 깊이 박혀 특이해 보였습니다. 저는 그 두 눈을 기억해 냈습니다.

"아니!"

저는 그를 이 세상 사람이라고 보아야 할지 망설이면서 소리치고, 놀라 두 손을 쳐들었습니다.

"이런! 당신이 돌아온 거요? 정말 당신이오, 정말?"

"그렇소, 히스클리프요."

그는 그렇게 대답하면서 나를 보던 눈을 들어 창문을 쳐다보았습니다. 그러나 벽에 붙은 창문은 달빛만을 반사할 뿐 안에서는 불빛이 새어나오지 않았습니다.

"다들 집에 있는 거요? 그녀는 어디 있지, 넬리? 반갑지 않은 건 알겠지만 그렇게 당황할 필요는 없소. 그녀는 여기 있소? 말해 봐요! 그녀와 이야기를 하고 싶소. 당신 안주인 말이오. 가서 기머튼에서 온 어떤 사람이 만나고 싶어 한다고 말해 주시오."

"아가씨가 어떻게 생각하실까? 뜻밖의 일이라 나도 어리둥절하네요. 아씨도 기절할 만큼 놀라실 거예요. 그리고 당신이 정말 히스클리프란 말이죠? 그러나 못 알아보겠군요? 이해할 수가 없네요. 군대에라도 갔었나요?"

"부탁이니 가서 내 말을 전해 주오."

그는 갑갑한 듯이 말을 가로막았습니다.

"당신이 내 말을 전해 줄 때까지 나는 마치 지옥에 있는 기분일 것이오."

그가 자물쇠를 벗겨 주었고 저는 안으로 들어갔습니다. 그러나 린튼 내외분이 계시는 거실 앞에 서자 아무리 해도 들어갈 용기가 나지 않았습니다.

마침내 저는 '촛불을 켜드릴까요?'라는 말을 핑계로 삼기로 결심하고 문을 열었습니다.

그분들은 함께 창가에 앉아 계셨습니다. 창은 바깥벽에 닿을 만큼 활짝 열려 있어, 뜰의 나무와 넓은 자연 그대로의 푸른 숲 너머로 기머튼 골짜기가 보였습니다. 한 가닥 안개가 굽이쳐 그 꼭대기까지 올라가 있었습니다. 아마 보셨겠지만, 교회를 얼마 지나지 않아 늪에서 흘러오는 도랑이 그 골짜기를 돌아 흐르는 개천과 합쳐집니다. 워더링 하이츠는 이 은빛 안개 위에 솟아 있었지만 우리가 살던 집은 보이지 않았습니다. 그것은 그 너머 좀 낮은 곳에 있었거든요.

방 안도, 거기 있는 사람들도, 또 그들이 바라보는 경치도 모두 너무나 평화로워 보였습니다.

"촛불을 켜 드릴까요?"

저는 그렇게 묻고 나서 그냥 용건을 말하지 않고 나오려 했지만, 왠지 어리석은 짓을 하는 것 같은 생각이 들어 되돌아가서 중얼거렸습니다.

"기머튼에서 오신 분이 뵙기를 청합니다, 아씨."

"무슨 일로?"

"그건 물어보지 않았습니다."

"그러면 커튼을 닫아 줘, 넬리. 그리고 차를 올려와. 금방 다시 돌아올 테니까."

그러고서 아씨는 방을 나갔습니다. 린튼 서방님은 별 생각 없이 그가 누구냐고 물었습니다.

"아씨께는 뜻밖의 사람이죠."

저는 대답했습니다.

"그 히스클리프예요. 생각나시겠지만 언쇼 서방님 댁에 살던 사람 말예요."

"뭐라고, 그 집시라고? 그 들에서 일하던 녀석이라고?"

그분은 깜짝 놀라 외쳤습니다.

"왜 캐서린에게 그렇게 말하지 않았지?"

"쉬! 그 사람을 그렇게 부르시면 안 됩니다."

저는 황급히 말했습니다.

"아씨께서 들으면 언짢아하실 거예요. 그 사람이 사라졌을 때 얼마나 상심하셨다고요. 아씨는 그가 돌아온 것을 무척 기뻐하실 거예요."

린튼 서방님은 안뜰이 내려다보이는 방 저쪽에 있는 창가로 걸어갔습니다. 그분은 창을 열고 몸을 내밀었습니다. 두 사람은 그 창 밑에 있었습니다. 그때 그분은 이렇게 소리치셨어요.

"여보 캐서린, 그런 데에 서 있지 말고 누구든 특별한 손님이거든 이리로 모시고 들어와요."

곧 자물쇠가 풀리는 소리가 나더니 캐서린 아씨는 반가움에 흥분을 감추지 못하고 숨이 막힐 정도로 뛰어 이 층으로 올라왔습니다. 정말 그 얼굴을 보았다면 누구라도 무슨 큰일이 난 줄 알았을 겁니다.

"오, 에드거, 에드거!"

아씨는 그분의 목덜미를 와락 껴안고 헐떡이며 말하는 것이었습니다.

"아, 에드거, 여보! 히스클리프가 돌아왔어요. 정말 그가!"

그리고 캐서린 아씨는 껴안은 팔을 쥐어짜듯이 죄었습니다.

"그래, 그래."

서방님은 화가 난 듯이 외쳤습니다.

"그렇다고 내 목을 조르진 말아요! 그 사람이 그렇게 소중한 사람이라고 생각한 적이 없소. 그렇게 미친 듯이 기뻐할 필요는 없잖소?"

"당신이 그를 좋아하지 않는다는 건 알고 있어요."

아씨는 자기의 기쁨을 좀 억누르면서 대답했습니다.

"그러나 나를 위해서 이제는 두 분이 사이좋게 지내서야 해요. 올라오라고 할까요?"

"이리로? 이 거실로 말이지?"

"그러면 어디로 말예요?"

그분은 화가 난 듯이 그 사람에게는 부엌이 더 적당한 곳일 거라고 말했습니다. 캐서린 아씨는 우습다는 듯이 그분을 보았습니다. 그분의 까다로움을 노여움 반, 비웃음 반으로 대하는 듯했습니다.

"안 돼요."

아씨는 잠시 후의 말을 이었습니다.

"나는 부엌에 앉을 수는 없어요. 여기 테이블을 둘 놓아, 엘렌. 하나는 지체 높은 주인과 이사벨라 아가씨를 위해서, 그리고 또 하나는 신분이 낮은 히스클리프와 나를 위해서. 그렇게 하면 속 시원하시겠지요? 그게 아니면 다른 방에 불을 켜라고 해야 하나요? 원하신다면 말씀을 하세요. 나는 달려 내려가 손님을 붙들겠어요. 너무 기뻐서 꿈인지 생시인지 모르겠어요!"

아씨는 다시 급하게 뛰어가려고 했지만 린튼 서방님이 붙잡았습니다.

"넬리가 가서 올라오라고 해."

그분은 저를 보고 말했습니다.

"그리고 캐서린, 기뻐하는 건 좋지만 바보같이 굴진 말아요! 당신이 도망간 하인을 오빠라며 맞이하는 걸 집안사람 모두에게 보일 필요는 없으니까."

제가 내려갔을 때 히스클리프는 분명히 들어오라고 할 줄 알았다는 듯 현관 밑에서 기다리고 있었습니다. 그리고 아무 말 없이 제 안내를 따라왔습니다. 그를 주인과 아씨가 있는 데로 안내했을 때 두 분이 얼굴을 붉히고 있는 것으로 보아 격한 말이 오갔다는 걸 알 수 있었죠. 그러나 아씨는 히스클리프가 문간에 나타나자 또 다른 감정으로 얼굴을 붉혔습니다. 아씨는 재빨리 뛰어나와 그의 손을 잡고 린튼 서방님에게로 데리고 갔습니다. 그러고는 린튼 서방님의 내키지 않아 하는 손을 잡아 그의 손에 덥석 쥐어주었습니다.

난롯불과 촛불에 환히 비친 히스클리프의 달라진 모습은 정말이지 깜짝 놀랄 정도였습니다. 그는 키가 크고 튼튼하고 균형이 잘 잡힌 몸매를 하고 있어 우리 주인은 그 옆에 서자 아주 가냘픈 소년 같아 보였습니다. 히스클리프의 곧은 자세는 군대라도 다녀온 게 아닐까 하는 생각이 들게 했습니다. 그의 표정이나 얼굴 윤곽은 린튼 서방님의 얼굴보다 훨씬 나이 들고 총명해 보였으며 옛날의 천했던 티는 조금도 남아 있지 않았습니다. 미개인과 같은 영악함이 아직도 그 찌푸린 미간과 음울한 열정으로 불타는 두 눈에 숨어 있었지만 별로 두드러지지는 않았습니다. 그의 태도에는 위엄까지 있었고, 우아하다고 하기에는 너무 준엄하였지만 거친 점은 말끔하게 가셔 있었습니다.

우리 주인의 놀라움은 저와 같았거나 그 이상이어서 조금 전에 일하는 녀석이라고 부른 그 사람에게 어떤 말투로 말을 해야 할지 당황하고 있었습니다. 히스클리프는 린튼 서방님의 가냘픈 손을 놓고 상대편이 말을 꺼낼 때까지 차갑게 그분을 보고 서 있었습니다.

린튼 서방님이 마침내 입을 열었습니다.

"앉으시죠. 집사람이 옛 시절을 생각해서 내가 진심으로 당신을 접대해 주었으면 하더군요. 물론 나도 집사람이 기뻐하면 마음이 흐뭇합니다."

"나도 그렇습니다. 특히 나와 관계된 일일 때에는 더욱 그렇지요. 기꺼이 한두 시간 머물겠습니다."

히스클리프는 캐서린 아씨 맞은편에 자리를 잡았습니다. 캐서린 아씨는 마치 자기가 눈을 떼면 그가 사라져 버리지나 않을까 염려하듯이 시선을 그에게 고정시키고 있었습니다. 히스클리프는 아씨를 자주 보지는 않았고 이따금 한 번씩 재빠르게 보기만 할 뿐이었습니다. 그러나 볼 적마다 더 자신 있게, 아씨의 눈길에서 받는 숨김없는 기쁨을 그도 내비치고 있었습니다.

그들은 서로의 기쁨에 열중하면서 거북한 것도 잊어버렸습니다.

그러나 린튼 서방님은 반대로 불쾌감으로 인해 점점 창백해졌습니다. 마침내 자기 부인이 융단 위를 걸어가 히스클리프의 손을 잡고 제정신이 아닌 사람처럼 깔깔대며 웃었을 때 그 불쾌감은 절정에 이르렀습니다.

캐서린 아씨가 외쳤습니다.

"내일이면 다시 꿈이 아닐까 하는 생각이 들 거예요. 다시 한 번 당신을 보고, 만지고, 이야기했다는 게 믿어지지 않을 거예요. 그러나 잔인한 히스

클리프! 사실은 이렇게 맞이해 줄 것도 없어요. 삼 년 동안이나 소식도 없이 내 생각은 하지도 않았으니!"

"당신이 나를 생각한 것보다 더 많이 당신을 생각했을 거요."

그는 중얼거렸습니다.

"캐시, 당신이 결혼했다는 소식을 들은 게 얼마 되지 않았소. 그리고 저 아래 뜰에서 당신을 기다리면서 나는 이런 생각을 했소. 아마 무척 놀랄 것이고 기쁜 척하겠지. 그러한 당신의 얼굴을 한 번만 보고, 그 뒤에는 힌들리에 대한 원한을 풀고 그러고는 자살을 함으로써 법률의 신세를 지지 말아야겠다고 말이오. 그러나 당신이 이렇게 반갑게 맞아 줘서 그런 생각들은 내 마음속에서 사라져 버렸소. 그러나 다음에 다시 찾아왔을 때 이와 다른 태도로 나를 대하지는 말아 주오. 또다시 나를 쫓아내지는 않겠지? 당신은 정말 나에게 미안하게 생각했겠지? 정말 그렇게 생각해야만 하오. 난 마지막으로 당신의 목소리를 들은 이래 지독한 고생을 해 왔으니까. 그러나 오직 당신을 위해서 싸워 나간 것이니까 나를 용서해 줘야 하오."

"캐서린, 식은 차를 마시지 않으려거든 제발 식탁으로 오지."

린튼 서방님은 보통 때의 어조와 적당한 정도의 예의를 유지하려고 애쓰면서 말을 가로막았습니다.

"오늘 밤 어디서 묵는지는 모르지만 히스클리프 씨는 먼 길을 가야 할 거요. 그리고 나도 목이 마르고."

캐서린 아씨는 차 주전자 앞에 나섰고 이사벨라 아가씨도 종소리를 듣고 왔습니다. 그래서 저는 두 분에게 의자를 가져다 드리고 방을 나왔습니다.

차를 마시는 시간은 십 분도 채 걸리지 않았습니다. 캐서린 아씨는 잔을 채우질 않았습니다. 아씨는 먹을 수도 없었고 마실 수도 없었던 것입니다.

린튼 서방님도 잔에 차를 좀 따랐지만 역시 한 모금도 마시질 못했습니다.

손님인 히스클리프는 그날 저녁엔 한 시간 이상 머무르지 않고 돌아갔습니다. 그가 떠날 때 저는 기머튼으로 가느냐고 물었습니다.

"아니오, 워더링 하이츠로 가는 거요. 아침에 갔을 때 언쇼 씨가 나를 초대하였소."

언쇼 씨가 그를 초대했고, 그가 언쇼 씨를 방문했다. 저는 그가 돌아간 다음 이 말을 골똘히 생각해 보았습니다. 그는 이 고장에 돌아와 위선의 탈을 쓰고 나쁜 짓을 하려는 걸까? 저는 마음속으로 그가 돌아오지 않았으면 좋았을 거라고 생각하고 있었습니다.

한밤중에 살며시 제 방에 들어온 캐서린 아씨가 침대 옆에서 저를 일으키려 머리를 당기는 바람에 저는 잠에서 깨어났습니다.

"잠을 잘 수가 없어! 엘렌."

아씨는 변명 삼아 말했습니다.

"지금 내겐 기쁨을 나눌 말상대가 필요해. 자기에겐 흥미가 없는 것을 내가 좋아한다고 에드거는 기분이 나쁜 거야. 하찮고 싱거운 소리만 하고, 입도 열려고 하지 않아. 그렇게 몸이 불편하고 잠이 오는데 이야기하고 싶어 하는 것은 잔인하고 이기적이라는 거야. 조금만 화가 나면 언제나 몸이 불편해지는 거지! 내가 히스클리프를 몇 마디 칭찬했더니 두통이 나는지 시기가 나는지 그만 울기 시작하는 거야. 그래서 일어나서 와 버렸어."

"그분에게 히스클리프 칭찬을 해서 무슨 소용이 있어요? 어릴 적에도 서로 싫어했으니 만약 히스클리프도 그분 칭찬을 듣게 된다면 똑같이 싫어할 거예요. 그것이 인간이니까요. 두 분 사이에 싸움을 벌이고 싶지 않으시거든 그분 앞에서 그런 이야기는 꺼내지 마세요."

"그러나 그건 커다란 약점을 드러내는 것일 뿐이야. 나는 시기를 하지 않아. 이사벨라의 머리칼이 금빛이고 살결이 희고 화사한 맵시를 가졌고 가족 모두에게서 사랑받는다고 해서 나는 결코 마음이 상하지는 않아. 심지어 넬리, 너까지도 어머니처럼 양보하고 그녀를 아기라고 부르고 아양을 떨어서 화를 풀어 주지. 우리 사이가 좋은 것을 보면 오빠 되는 분도 기뻐하고 그러면 나도 기쁘단 말이야. 그러나 그 남매는 아주 닮았어. 너무 귀여움만 받고 자라서 이 세상이 자기네들만이 살도록 만들어진 거라고 생각하는 모양이야. 나도 두 사람의 비위를 다 맞추고 있지만 그러나 역시 한번 굶려 주는 것이 그들에게는 좋을 것 같아."

"그렇지 않아요, 아씨. 그분들이 아씨의 비위를 맞추시지요. 비위를 맞추지 않는다면 어떻게 되는지 저는 알거든요. 그분들이 아씨의 소원을 들어주려고 애쓰는 동안은 아씨도 그분들의 일시적인 변덕을 너그럽게 봐 주실 수가 있지요. 그러나 양쪽이 같은 정도로 중요한 일에 부딪치면 결국은 싸우실지도 몰라요. 그러면 아씨가 약하다고 말씀하시는 그분들도 아씨 못지않게 고집을 부릴 수도 있는 거예요."

"그때는 죽도록 싸우는 거지, 뭐. 그렇잖아, 넬리?"

아씨는 깔깔 웃으면서 대답하였습니다.

"아니야! 실은 나는 그의 사랑을 강하게 믿고 있어. 내가 그분을 죽인다고 하더라도 그분은 보복하고 싶어 하지 않을 거야."

그토록 사랑해 주시니까 더욱더 그분을 소중히 해야 한다고 저는 충고했습니다.

"그야 소중히 하지."

아씨는 대답했습니다.

"그러나 사소한 일로 훌쩍거릴 필요는 없잖아. 그건 유치하단 말이야. 내가 히스클리프는 어느 누구로부터 존경받을 만하고 그와 사귄다는 것은 이 고장 제일의 신사에게도 명예가 될 것이라고 말했을 땐 눈물을 흘릴 게 아니라, 자기도 그 정도의 말을 하면서 함께 기뻐했어야 해. 그분은 그와 친해져야만 하고, 또 그를 좋아해야 돼. 히스클리프도 그분에게 불만이 있지만 아주 훌륭하게 행동했잖아!"

"그가 워더링 하이츠로 가는 것은 어떻게 생각하세요? 보기에는 그는 모든 점이 달라졌어요. 완전히 기독교도다워요. 사방의 원수에게 우정의 손을 내미니까요!"

"그가 설명을 하더군. 나도 넬리 못지않게 놀랐어. 넬리가 아직도 거기 살고 있다고 생각하고 나에 관한 소식을 넬리에게 물으려고 갔었다는 거야. 그걸 조지프가 힌들리 오빠에게 말했더니 오빠가 나와서 그동안 무엇을 했으며 어떻게 살았느냐고 묻기 시작하더라는 거야. 그리고 마지막엔 들어오라고 하더래. 안에서는 마침 몇 사람이 노름을 하고 있었는데 히스클리프도 끼게 되었고 오빠가 그에게 돈을 좀 잃었대. 게다가 그에게 돈이 많다는 것을 알고는 저녁에 다시 와 달라는 부탁을 해서 그도 승낙했다는 거야. 힌들리 오빠는 너무 무모해서 신중하게 친구를 고르지 못하지. 그렇게 야비하게 욕을 보인 사람에게는 조심을 해야 할 텐데, 그런 생각을 하려 들지를 않는단 말이야. 그러나 히스클리프가 옛날 자기를 박해하던 사람과 다시 인연을 맺으려는 것은 무엇보다도 이 저택까지 걸어서 올 수 있는 곳에 묵고 싶다는 이유와 우리가 함께 산 집에 대한 애착에서야. 게다가 기머튼에서 사는 것보다 거기서 살면 나도 그를 만날 기회가 더 많으리라고 생각했대. 워더링 하이츠에서 살게 해 주면 사례는 후하게 할 작정이라니까 틀림없이 오빠는 즉시 허락할 거야. 오빠는 언제나 욕심이 많았으니까. 오른손으로 잡은 것을 왼손으로 내버리면서도 말이야."

"젊은 사람이 살기에는 알맞은 집이지요. 하지만 어떤 일이 벌어질지 염려되지는 않으세요, 아씨?"

"히스클리프라면 조금도 걱정 없어. 그는 똑똑하니까 위험한 일을 하지 않을 거야. 힌들리 오빠는 조금 걱정이 되지만, 그러나 지금보다 마음씨가 나빠질 리도 없고 그리고 상해를 입힌다거나 하지 않도록 내가 중간에서 막아 주지 뭐. 오늘 저녁 일로 인해 나는 다시 신과 인간에게로 돌아서게 되었어. 지금까지 나는 하느님에게 화가 나서 그분을 지역했었어. 정말 넬리, 나는 너무나 괴로웠어! 그 괴로움이 얼마나 지독했는지를 안다면 저분도 괜히 화를 내어 그로 인해 내 기쁨이 줄어든 것을 부끄럽게 여길 거야. 그 괴로움을 혼자 참으려 한 것은 그분에 대한 친절이었어. 내가 느끼는 괴로움을 모두 표시했더라면 저분도 나 못지않게 그 괴로움이 덜어지기를 원하게 됐을 거야. 그러나 이젠 지난 일이야. 그러니 그분이 어리석은 짓을 한다고 해서 보복을 하지는 않겠어. 나는 지금부터는 어떤 일이라도 참을 수 있으니까. 아무리 친한 인간에게 뺨을 맞더라도 다른 쪽 뺨을 내밀고, 그뿐만 아니라 화를 내게 한데 대해 용서를 빌 거야. 그 증거로 나는 당장 그분한테 가서 화해를 할 테야. 잘 자요. 나는 천사가 됐으니."

아씨는 이렇게 우쭐거리면서 나갔습니다. 그리고 그 결심을 수행한 결과가 성공적이었다는 것이 다음 날 명백해졌습니다. 린튼 서방님은 화를 내지 않았을 뿐만 아니라(캐서린 아씨가 너무 쾌활했기 때문에 약간 기분이 내키지는 않는 것 같았지만), 캐서린 아씨가 이사벨라 아가씨를 데리고 그날 오후 워더링 하이츠에 가기로 한 것에 대해서도 반대하시지 않았습니다.

그리고 캐서린 아씨는 그 보답으로 한껏 애정을 쏟아 며칠 동안 그 집은 마치 천국과 같았습니다. 그리하여 주인도 하인들도 끊임없이 햇빛을 쬐는 듯했습니다.

히스클리프는 — 앞으로는 히스클리프 씨라고 해야 하겠지만 — 처음에는 드러시 크로스 저택을 방문할 때에도 조심스럽게 그 집 주인이 자기의 방문을 어느 정도까지 참아 주는지 알아보려는 눈치였습니다. 캐서린 아씨도 그를 맞이할 때에는 지나치게 기쁜 표시를 내지 않는 것이 현명한 일이라고 생각하셨습니다. 그리하여 그는 차차 드러시 크로스 저택에 찾아갈 수 있는 손님으로서의 권리를 굳혔습니다.

남 앞에서 몹시 수줍어하던 소년 시절의 버릇이 남아 감정을 야단스럽게 드러내지 않게 한 것도 도움이 되었습니다. 우리 주인도 한시름 놓게 되었지만 그것도 잠깐이었죠. 그 뒤의 사정으로는 한동안 또 다른 걱정을 하지 않으면 안 되었습니다.

새로운 걱정거리란 마음대로 찾아오도록 내버려둔 손님인 히스클리프를 이사벨라 린튼 아가씨가 갑자기 그리고 걷잡을 수 없이 좋아하게 돼 버린 예기치 않았던 불행이었습니다. 이사벨라 아가씨는 그때 열여덟 살의 매력 있는 아가씨였습니다. 머리도 날카롭고 감정도 퍽 예민해서 화가 나면 참을 줄을 몰랐습니다. 또한 성미도 괄괄했지만 아직 어린 티가 남아 있었습니다.

그분을 몹시 사랑했던 그분의 오빠는 터무니없는 사람을 좋아하는 데 놀랐습니다. 이름도 없는 사나이와 결혼하는 것이 가문을 더럽힌다든가 자기에게 아들이 없을 경우 자기 재산이 그자에게로 넘어갈 수 있다든가 하는 사실은 제쳐놓고라도 그는 히스클리프의 성질을 뚫어보았습니다. 비록 그의 외모는 달라졌다 해도 그의 마음은 달라질 수 없으며 또한 달라지지도 않았다는 것을 알 만한 눈치는 있었습니다. 그분은 그 마음이 두렵고 싫었습니다. 이사벨라 아가씨의 인생을 그에게 맡긴다는 것은 불길한 예감에 생각하고 싶지도 않았습니다.

게다가 상대편에서 아무 말이 없는데 이사벨라 아가씨가 혼자 좋아했고, 그런데도 상대편은 아무렇지도 않아한다는 걸 알았더라면 그분은 더욱더 마음이 내키지 않으셨을 것입니다. 그것은 그분이 그 사실을 알게 되자마자 그것은 히스클리프가 꾸민 일이라고 책망하신 것만으로도 알 수 있었습니다.

우리는 모두 한동안 이사벨라 아가씨가 왠지 초조해하고 무언가를 그리워한다는 것을 눈치 챘습니다. 아가씨는 사사건건 아씨에게 대들고 긁히고 하여 원래 참을성이 없는 아씨를 화나게 만들기 일쑤였습니다. 우리는 건강하다는 증거라며 어느 정도까지는 내버려두었습니다. 그러나 어느 날 아가씨가 이상하게 고집을 부리면서 아침도 먹지 않고, 하인들이 시킨 일을 하지 않는다는 둥, 자기가 집안에서 푸대접을 받아도 아씨는 내버려두기만 하고 린튼 서방님도 자기를 소홀히 한다는 둥, 문을 열어 두어서 감기에 걸렸는데 우리가 자기 성질을 건드리려고 일부러 거실의 불을 꺼 버렸다는 둥 하고 투덜대며, 그밖에도 여러 가지 하찮은 비난을 늘어놓았습니다. 그때, 캐서린 아씨는 잔말 말고 잠이나 자라고 실컷 꾸짖어 준 다음 의사를 부르러 보내겠다고 말했습니다.

케네드 선생 말이 나오자 아가씨는 곧바로, 자기는 아픈 데는 없지만 캐서린 언니가 심하게 구니까 마음이 언짢은 거라고 소리쳤습니다.

"어떻게 나를 심하다고 말할 수 있어요? 버릇없는 어린애 같으니!"

아씨는 부당한 주장에 놀라 외쳤습니다.

"확실히 머리가 돈 모양인데, 내가 언제 심하게 했단 말이죠?"

"어제."

이사벨라 아가씨는 흐느끼면서 말했습니다.

"그리고 또 지금!"

"어제라고? 대체 언제 말이에요?"

"우리가 벌판으로 걸어오고 있을 때예요. 언니는 나에게 맘대로 돌아다니라고 하고는 자기는 히스클리프 씨와 산책을 했잖아요."

"그것이 심하다는 거예요?"

캐서린 아씨는 웃으면서 말했습니다.

"그것은 아가씨가 옆에 있어서 방해가 된다는 뜻은 아니었어요. 옆에 있든 없든 우리는 상관하지 않았으니까요. 나는 다만 히스클리프의 이야기가 아가씨에게는 조금도 재미가 없으리라고 생각한 것뿐이었어요."

"아니야! 그렇잖아요. 언니는 내가 거기 있고 싶어 하는 것을 알기 때문에 나를 쫓으려고 한 거예요!"

"저 아가씨가 제정신일까?"

캐서린 아씨는 제게 하소연하면서 물었습니다.

"우리가 한 얘기를 한마디도 빼지 않고 되풀이하겠어요, 이사벨라. 그러니 당신에게 재미있었을 일이 있으면 말해 봐요."

"그 이야기는 아무래도 좋아요. 나는 같이 있고 싶었단 말이에요……."

"그래서요?"

캐서린 아씨는 이사벨라 아씨가 말을 맺기를 주저하는 것을 눈치 채곤 말했습니다.

"그이하고 같이 말이야. 그리고 항상 쫓겨나진 않겠어요.

아가씨는 열을 올리면서 말을 계속했습니다.

"언니는 이솝 이야기에 나오는 말구유의 개처럼 심사가 고약해요. 자기 이외의 어떤 사람이라도 다른 사람에게 사랑받게 하고 싶지 않은 거죠?"

"아가씨는 건방진 원숭이 새끼 같아요!"

캐서린 아씨는 깜짝 놀라 소리쳤습니다.

"그러나 그런 바보 같은 소리는 믿지 않겠어요. 아가씨가 히스클리프의 사랑을 탐내고 그를 좋아한다는 건 있을 수 없는 일이에요. 내가 아마 잘못 들은 거겠죠. 이사벨라?"

"아니야! 잘못 듣지 않았어."

아가씨는 말했습니다.

"언니가 에드거 오빠를 사랑하는 것보다 더욱 그이를 사랑한단 말이에요. 그리고 그이도 언니만 내버려둔다면 나를 사랑하게 될 거예요!"

"그렇다면 나는 그 어떤 것을 준다 해도 아가씨처럼 되고 싶지는 않아요!"

캐서린 아씨는 힘을 주어 잘라 말했습니다. 그리고 그 말은 진지한 것 같았습니다.

"넬리, 저 아가씨가 미쳤다는 걸 납득시켜 줘. 히스클리프가 어떤 사람인지, 즉 세련된 데라고는 없고, 교양도 없는 야만인이며, 퍼즈(금작화 종류의 하나)와 현무암뿐인 메마른 들판과 같은 인간이란 것을 말해 줘. 내가 아가씨에게 그를 사랑하라고 권하느니 차라리 저 어린 카나리아를 겨울날 숲에 놓아 주겠어요. 이봐요, 그러한 꿈을 꾼다는 것은 그저 그를 한심할 정도로 모르기 때문이에요. 그가 마음속에 깊은 인자함과 애정을 감추고 있다고 생각하면 큰 잘못이에요. 그는 아직 다듬지 않은 금강석이나 진주가 들어 있는 굴과 같은 촌뜨기가 아니라, 사납고 무자비하고 늑대 같은 사나이에요. 그 사람에게는 이러저러한 원수를 해치는 것은 너그럽지 못하고 잔인한 일이니까 그대로 놓아두라는 투로 말한 적이 없어요. 나는 그들이 욕을 보는 것은 싫으니까 놔두라고 말하는 거예요. 만약 그가 당신을 귀찮다고 생각하면 그는 당신을 참새알처럼 쥐어서 터뜨릴 거예요. 난 그가 린튼 집안의 사람을 사랑할 리가 없다는 것을 알고 있어요. 하지만 당신의 재산과 앞으로 물려받을 유산을 보고 충분히 결혼할 수는 있을 거예요. 그 사람은 점점 탐욕이라는 죄에 빠지고 있는 것 같으니까. 내가 보기에는 그래요. 그리고 나는 그와 친구 사이라고요. 어느 정도인가 하면 만약 그가 정말 당신을 차지하려고 한다면 아마 나는 당신이 덫에 걸리는 걸 가만히 보고만 있어야 할 정도로 친하단 말이에요."

이사벨라 아가씨는 올케를 노여운 눈초리로 바라보았습니다.

"어쩌면! 어쩌면! 언니는 스무 명의 적보다도 더 나빠요. 악독한 친구 같으니!"

"아! 그렇다면 내 말을 믿지 않는단 말인가요? 당신은 내가 고약한 이기심에서 이런 말을 한다고 생각하나요?"

"네, 확실히 그렇겠죠."

이사벨라 아가씨는 비꼬았습니다.

"언니를 보니까 몸서리가 쳐져요."

"좋아요!"

상대편도 외쳤습니다.

"정 그렇게 생각한다면 어디 마음대로 해 보세요. 난 말 다했으니 이제 이야기는 그만두고 당신의 건방지고 건방진 거만에 져 주기로 하겠어요."

"나는 언니의 이기심 때문에 고생을 한단 말이에요!"

이사벨라 아가씨는 캐서린 아씨가 방을 나가자 흐느끼면서 말했습니다.

"모두가 나를 방해하고 있어. 언니는 단 하나밖에 없는 나의 위안을 망쳐 버렸어. 언니가 말한 것은 거짓말이었지. 그렇잖아? 히스클리프 씨는 악마 같은 사람이 아니야. 훌륭하고 진실한 정신을 가지고 있어. 그렇지 않으면 어떻게 언니를 잊어버리지 않고 있었겠어?"

"그는 생각하지 말아요, 아가씨."

저는 말했습니다.

"불길한 징조를 가지고 오는 새 같은 사람이죠. 아가씨의 짝이 될 사람은 아니에요. 아씨의 말이 좀 지나치긴 했지만 나도 그 말이 틀렸다고 생각하지 않아요. 아씨는 그의 마음을 나나 그 밖의 어느 사람보다도 더 잘 알고 있거든요. 그리고 그 사람을 실제보다도 더 나쁘게 말한 법이 없어요. 정직한 사람은 자기가 한 짓을 감추지 않아요. 그가 어떻게 살아왔으며, 어떻게 돈을 벌었으며, 왜 그가 미워하는 사람의 집인 워더링 하이츠에서 머물고 있다고 생각하세요? 그 사람이 오고부터는 언쇼 서방님은 점점 나빠지고 있다고들 해요. 그 두 사람은 밤마다 밤샘 노름을 하고, 언쇼 서방님은 토지를 잡혀 꾼 돈으로 노름이나 술 외에는 하는 일이 없어요. 바로 일주일 전에 들은 걸요. 조지프 영감이 말했어요. 기머튼에서 만났거든요. '넬리'하고 그는 말했어요. '우리는 머지않아 검시관의 조사를 받아야 한대. 우리 집 두 양반 중에 한 사람이, 다른 하나가 마치 송아지라도 죽이듯 자기 몸에 칼을 꽂는 것을 말리려 하다가 손가락을 잘릴 뻔했어. 자살하려고 한 것은 주인이야. 하느님의 심판을 받고 싶어서 못 견딘다는 거지. 주인은 하느님의 법정에 앉아 있는 재판관들을 두려워하지 않아. 바울, 베드로, 요한, 마태, 그 어느 누구도 겁내지 않는단 말이야, 우리 주인은. 그 뻔뻔스러운 얼굴을 그러한 성자들 앞에 내밀고 싶다는 거지. 게다가 그 히스클리프라는 녀석 말이야! 진짜 악마의 장난을 보고도 누구 못지않게 껄껄 웃을 수 있을 테니 말이야. 당신네 집에 가서 우리 집에서 그가 얼마나 멋지게 살고 있는지 이야기하지 않던가? 이런 식이야. 해질 때쯤 일어나서 주사위를 던지고 브랜디를 마시며 덧창을 닫고 다음 날 낮이 될 때까지 촛불을 켜 놓지. 그러면 우리 집 주인은 욕지거리를 하고 고래고래 고함을 지르면서 자기 방으로 가는데, 점잖은 사람은 부끄러워서 손가락으로 귀를 틀어막지 않을 수 없을 정도야. 그리고 그 악한은 돈 계산을 하고는 먹고 자고, 남의 마누라와 쓸데없는 수작을 하는 거지. 물론 캐서린 아씨에게 아씨의 아버님 돈이 어떻게 하여 자기 주머니로 들어오는가, 그리고 나는 아씨의 오빠가 몰락의 대로를 달음질쳐 가면 그는 미리 달려가서 통행세를 받고 문을 열어 주어 더 빨리 파멸에 이르도록 하고 있다는 것을 말해 줄 거야.' 하고 말했어요. 자, 보세요, 린튼 아가씨. 조지프는 고약한 늙은이입니다만 거짓말쟁이는 아닙니다. 히스클리프의 행동에 대한 그 영감의 이야기가 사실이라면 당신은 그러한 남편을 가지고 싶어 하지는 않겠지요?"

"엘렌도 다른 사람들과 한패가 되었군!"

아가씨는 그렇게 말했습니다.

"나는 그러한 중상모략은 듣지 않겠어. 이 세상에 행복은 없는 것이라고 나에게 납득시키고 싶어 하다니, 당신도 틀림없이 고약한 사람이야!"

혼자 내버려두면 이사벨라 아가씨가 그런 생각을 그만뒀을지, 또는 끈기 있게 그 생각을 하고 있었을지 알 수 없지만, 그녀에게는 생각할 겨를도 없었습니다. 그 다음 날 이웃 읍내에서 치안판사 회의가 있어서 우리 서방님은 그곳에 참석을 하게 되었습니다. 그래서 히스클리프는 그분이 없다는 것을 알고 보통 때보다도 좀 일찍 찾아왔지요. 캐서린 아씨와 이사벨라 아가씨는 서로 적의를 품고 있었지만 말없이 서재에 앉아 있었습니다. 이사벨라 아가씨는 어제 경솔한 행동으로 속에 감춰두었던 생각을 털어놓은 데 대해 스스로 놀라 자중하고 있었고, 캐서린 아씨는 아무리 생각해도 이사벨라 아가씨가 괘씸하다는 표정이었습니다. 이사벨라 아가씨의 버릇없음은 그냥 넘기더라도 자기를 우스갯거리로 삼은 것은 참을 수가 없었던 것입니다.

캐서린 아씨는 히스클리프가 창 밑으로 지나가는 것을 보고 미소를 지었습니다. 저는 그때 마침 난로 청소를 하고 있어서 아씨의 입술에 짓궂은 미소가 떠오르는 것을 보았습니다. 이사벨라 아가씨는 생각에 잠겨 있었거나 책에 열중해 있었기 때문에 문이 열릴 때까지도 거기 있었습니다. 도망칠 수 있었더라면 도망치고 싶었겠지만 너무 늦어 그럴 수도 없었습니다.

"들어와요. 마침 잘 됐어요!"

아씨는 난롯불 앞으로 의자를 끌어다 놓으면서 명랑하게 소리쳤습니다.

"지금 두 사람 사이의 얼음을 녹여줄 제삼자가 필요하던 참인데 마침 잘 왔어요. 당신이 바로 우리 두 사람을 풀어줄 사람이에요, 히스클리프. 드디어 나보다도 더 당신을 생각하는 분을 소개할 수 있게 되었지 뭐예요. 기뻐하세요. 아니, 넬리가 아니니까 그쪽을 보지 말아요. 가엾게도 내 시누이가, 당신의 모습과 아름다운 마음을 생각하기만 해도 그리움에 애가 탄대요. 이 집 주인의 매부가 되는 것도 당신이 마음먹기 나름이지요. 아니, 아니, 이사벨라, 달아나지 말아요."

아씨는 어쩔 줄 몰라 화를 내듯이 일어서는 이사벨라 아가씨를 웃으면서 붙들고는 말을 계속했습니다.

"우리는 당신 일로 마치 고양이들처럼 다투고 있었어요. 그리고 당신에 대한 정성과 사모의 마음을 이야기하는데 나는 완전히 두 손을 들고 말았지요. 게다가 만약 내가 자리를 비켜주기만 한다면 내 경쟁자가 되려는 그녀는 당신 가슴에 사랑의 화살을 쏘아 영원토록 당신을 자기 것으로 만들어 내 모습 같은 것은 영영 잊어버리게 만들 자신이 있다는 거예요."

"캐시."

이사벨라 아가씨는 체면을 차려서 자기를 꼭 붙잡고 있는 언니의 손을 뿌리치려고도 하지 않고 말했습니다.

"농담이라 하더라도 진실을 잊지 않고 나를 중상모략하지 않은 것에 감사하고 싶군요. 히스클리프 씨, 당신의 친구에게 나를 좀 놓아 달라고 말씀해 주시지 않겠어요? 언니는 당신과 내가 친한 사이가 아니라는 것을 잊어버리고 있어요. 그리고 언니는 그런 이야기를 해서 재미있는지 모르겠지만 난 지금 말할 수 없이 고통스러워요."

히스클리프는 아무 대답도 하지 않고 의자에 앉아 있었습니다. 상대가 자기에 대해 어떠한 감정을 가졌든 전혀 무관심한 듯이 보였으므로 그녀는 자기를 괴롭히고 있는 언니를 향해, 속삭이는 소리로 놓아 달라고 하소연하였습니다.

"절대로 안 돼요! 다시는 말구유의 개라고 부르게 하지는 않겠어요. 못 가요. 자, 그러면 히스클리프, 좋은 소식을 듣고도 왜 기쁜 얼굴을 하지 않지요? 이사벨라는 나에 대한 에드거의 사랑 같은 건 당신에 대한 자기의 사랑에 비하면 아무것도 아니라고 단언했어요. 확실히 그러한 말을 했지, 엘렌? 그리고 이 사람은 그저께 산책을 한 뒤로는 줄곧 단식을 하고 있다고요. 당신하고 같이 있으면 안 된다며 내가 자기를 쫓아 버렸다고 분해하면서 화가 났기 때문이에요."

"그건 거짓말 같군요."

히스클리프는 두 사람 쪽으로 의자를 돌리면서 말했습니다.

"아무튼 이사벨라 아가씨는 지금 내가 있는 데서 도망가고 싶은 모양인데."

히스클리프는 인도에서 가져온 지네처럼 징그럽지만 호기심에서 보고 싶어지는, 이상하고 계면쩍은 동물이라도 바라보듯이 이사벨라 아가씨를 뚫어지게 바라보았습니다.

가엾게도 이사벨라 아가씨는 그것을 참지 못했습니다. 속눈썹에 눈물이 맺히면서 그 작은 손가락에 힘을 주어 캐서린 아씨가 꼭 붙잡고 있는 손에서 빠져나가려고 했습니다. 그러나 팔을 잡고 있는 캐서린 아씨의 한 손가락을 풀면 다른 손가락이 감겨서 손을 떼어낼 수가 없었습니다. 손가락을 한꺼번에 풀 수 없다는 것을 알자 아씨는 손톱을 사용하기 시작했습니다. 그 날카로운 손톱에 긁힌 캐서린 아씨의 손에는 금세 초승달 같은 새빨간 손톱자국이 났습니다.

"이건 마치 암호랑이 같군!"

캐서린 아씨는 아가씨를 놓고 아픈 손을 흔들며 소리쳤습니다.

"가 버려요! 그리고 그 여우같은 낯짝을 내놓지 말아요! 좋아하는 사람 앞에서 손톱을 드러내다니, 어리석기도 하지. 그이가 어떻게 생각할지 짐작도 안 가요? 봐요, 히스클리프! 저 손톱이 사람을 잡을 무기예요. 눈을 할퀴지 않도록 조심하셔야겠어요."

"만약 나를 할퀴려 한다면 그 손톱을 뽑아 주겠어."

그는 이사벨라 아가씨가 문을 닫고 나갔을 때 우악스럽게 대답했습니다.

"그러나 당신은 무슨 생각으로 저 아가씨를 그런 식으로 꾫린 거요, 캐시? 아까 말한 게 정말은 아니겠지?"

"정말이에요. 이사벨라 아가씨는 몇 주일 동안이나 당신 때문에 애를 태우고 있어요. 그리고 어제는 당신 이야기로 온통 야단이었어요. 그래서 좀 진정시키려고 내가 똑바로 당신의 결점을 말했더니 기분이 나빴는지 고래고래 소리를 지르면서 악담을 퍼붓는 거예요. 그러나 더 이상 신경 쓰지 말아요. 건방진 꼬마를 꾫려 주려고 했을 뿐이에요. 히스클리프, 나는 아가씨를 너무나 좋아하기 때문에 당신에게 잡아먹히도록 내버려둘 수는 없어요."

"나는 그 아가씨를 별로 좋아하지 않으니까 그럴 필요 없소. 하기야 송장 파먹는 귀신처럼 뜯어먹으려고 든다면 별 문제지만. 내가 만약 그 메스꺼운 납 인형 같은 얼굴과 함께 산다면 분명히 이상한 소문이 날 거요. 가장 약한 소문이라 해도, 내가 매일이나 하루건너 그 흰 얼굴을 무지갯빛으로 멍들게 하고 푸른 눈에는 시커멓게 핏발이 맺게 한다는 소문 같은 것 말이야. 그녀의 두 눈은 보기 싫을 정도로 린튼의 눈과 닮았더군."

"보기 좋잖아요. 그건 비둘기의 눈, 천사의 눈이에요."

"그 아가씨는 자기 오빠의 상속인이지, 아마?"

그는 잠시 말을 끊었다가 물었습니다.

"그런 생각을 하면 속상해요."

캐서린 아씨는 대답했습니다.

"내가 대여섯 명의 아이를 낳아서 아가씨의 상속권을 모조리 없애 버릴지도 몰라요. 그러나 지금 그런 생각은 하지 말아요. 당신은 주위 사람들의 재산을 너무 탐내니까. 이웃의 재산은 곧 내 재산이라는 걸 잊지 말아요."

"비록 이 집 재산이 내 것이라도 당신의 것임엔 변함이 없지. 하지만 이사벨라 린튼이 어리석을지는 몰라도 미치지는 않았을 테니까, 어쨌든 당신이 충고한 대로 그 문제는 덮어 두기로 하지."

두 사람은 그 이야기를 중단했습니다. 그리고 캐서린 아씨는 아마 입으로만이 아니라 머리로도 잊어버린 모양이었습니다. 그러나 히스클리프는 틀림없이 그날 밤에도 몇 번이나 그 생각을 하는 것 같았습니다. 캐서린 아씨가 그 방에서 잠시 자리를 비울 때마다 그는 혼자서 미소를 띤다기보다는 입꼬리를 끌어올리며 생각에 잠기는 것을 보았으니까요.

저는 그의 행동을 감시하기로 결심했습니다. 제 마음은 언제나 캐시 아씨 쪽보다도 서방님 쪽으로 기울어져 있었습니다. 그것은 당연한 것이었어요. 왜냐하면 서방님은 친절하고 사람을 믿어주며 명예를 존중했습니다. 그리고 캐시 아씨는 정반대라고는 할 수 없어도 몸가짐이 너무 단정치 못했습니다. 저는 아씨를 그다지 신용할 수 없었고, 아씨의 기분에는 더욱더 공감할 수 없었습니다.

워더링 하이츠와 드러시 크로스 저택을 히스클리프의 손아귀에서 빼내어 그가 돌아오기 전의 상태로 되돌리는 일이 일어나기를 간절히 바랐습니다. 그의 방문은 제게 끊임없는 악몽과 같았고, 서방님에게도 아마 그랬을 것입니다. 그 사람이 워더링 하이츠에서 살고 있다는 것은 이루 말할 수 없는 압박감을 주었습니다. 저는 하느님이 그 집의 길 잃은 양과도 같은 언쇼 서방님을 버리시고 악의 구렁텅이에서 헤매게 한데다가, 한 마리의 악독한 짐승이 그 양을 잡아먹으려고 기다리고 있는 듯한 느낌이 들었습니다.

11

때로 혼자서 이러한 일들을 생각할 때면 갑자기 무서운 생각이 들곤 했습니다. 벌떡 일어서서 그 집 농장은 어떻게 되었는지 보러 가려고 모자를 쓴 적이 한두 번이 아니었어요. 언쇼 서방님에 대해서 세상 사람들이 어떻게 말하는가를 그분에게 경고 삼아 알리는 것도 제 의무라는 생각이 들었습니다. 그러다가도 그분의 나쁜 버릇이 이제는 고칠 수 없을 만큼 굳어져 제 말을 곧이듣지 않을 거라는 생각에 그 음산한 집에 다시 들어가기가 망설여졌습니다.

한 번은 기머튼으로 가는 길에 일부러 길을 돌아 그 옛집 대문을 지나갔습니다. 제가 지금 이야기하는 그 무렵이었을 거예요. 활짝 갠 오후, 싸늘한 날씨였습니다. 땅은 황량하고 길은 단단하게 메말라 있었습니다.

저는 왼편 벌판으로 길이 갈라지는 돌이 서 있는 곳까지 걸어갔습니다. 거친 사암(砂岩)으로 만들어진 돌기둥에는 북쪽에는 W.H(워더링 하이츠의 약자), 동쪽에는 G(기머튼의 약자), 그리고 서남쪽에는 T.C(드러시 크로스 저택의 약자)라는 글자가 새겨져 있었습니다. 그것은 저택과 하이츠와 마을로 가는 이정표(里程標) 구실을 하고 있었지요.

잿빛의 그 돌 꼭대기에 여름을 연상시키는 햇빛이 누렇게 비치고 있었습니다. 그런데 갑자기 까닭모를 어린 시절의 감회가 왈칵 치밀어 올랐습니다. 이십 년 전에 저와 언쇼 도련님은 그곳에서 즐겨 놀았었습니다.

저는 비바람에 깎인 그 돌을 오랫동안 물끄러미 보고 있었습니다. 돌기둥 바닥 가까이에는 달팽이 껍질과 조약돌이 가득 차 있었습니다. 우리는 그런 자그마한 물건들을 그보다도 빨리 썩어 없어지는 것과 함께 거기 놓아두는 것을 좋아했었습니다. 제 눈에는 어릴 적 친구인 언쇼 도련님이 메마른 잔디에 앉아 까만 네모진 머리를 앞으로 숙인 채 납작한 돌로 흙을 파내고 있는 모습이 눈에 선하게 보이는 듯했습니다.

"불쌍한 언쇼 도련님!"

저는 무심코 소리쳤습니다. 그리고 깜짝 놀랐습니다. 어릴 적의 언쇼 도련님이 고개를 들고 저를 쳐다보는 것이 또렷이 보이는 듯했기 때문입니다. 환영은 눈 깜짝할 사이에 사라져 버렸지만 저는 당장이라도 그 집에 가보지 않고는 못 견딜 것 같은 그리움을 느꼈습니다. 게다가 뭔가 불안한 예감에 그렇게 하지 않을 수 없었습니다. 불현듯 만약 그분이 죽었다면! 혹은 죽는다면! 이것이 죽음을 알리는 것이라면! 하는 생각이 들었던 것입니다.

그 집에 가까이 가면 갈수록 걱정은 심해졌고 그 집을 보자 온몸이 부들부들 떨렸습니다. 조금 전에 본 환영이 저보다 먼저 도착해 대문에서 내다보면서 서 있는 것 같았습니다. 그것이 곱슬머리에 갈색 눈을 가진 아이가 창살에 불그레한 볼을 갖다 대고 있는 것을 보았을 때 처음 떠오른 생각이었습니다. 그러나 잘 생각해 보니 그것은 열 달 전에 저와 헤어진 후 별로 변한 곳이 없는 헤어턴 도련님이었습니다.

"아이구, 도련님이군요!"

저는 조금 전의 바보 같은 두려움도 금세 잊어버리고 외쳤습니다.

"헤어턴, 넬리야, 너를 돌보던 넬리란 말이야."

헤어턴 도련님은 제 팔이 닿지 않는 곳으로 물러서서 큼직한 돌멩이를 집어들었습니다.

"아버지를 만나 뵈러 왔어, 헤어턴."

저는 그가 하는 짓으로 보아 비록 넬리를 기억하고 있다 하더라도 내가 그 넬리라는 걸 알아보지 못한 것이라 생각하고 말을 이었습니다. 도련님은 돌을 쳐들고서 던지려고 했습니다. 저는 달래려고 했지만 도련님의 손길을 막을 수는 없었습니다. 그 돌은 제 모자에 맞았고, 그 어린 도련님의 더듬거리는 입에서는 한바탕 욕지거리가 잇따라 튀어나왔습니다. 그 욕지거리의 뜻을 알았든 몰랐든 일그러뜨린 그 어린아이의 얼굴에서 몸이 오싹할 정도의 악의가 나타났습니다.

저는 화가 나기보다는 슬퍼졌습니다. 울고 싶은 심정으로 주머니에서 귤한 개를 꺼내어 도련님을 달래려고 주었습니다. 도련님은 망설이다가 단지 꾀는 것일 뿐 주지는 않으리라고 생각한 것처럼 제 손에서 냉큼 귤을 빼앗았습니다.

저는 귤 하나를 더 꺼내어 도련님의 손이 닿지 않게 쳐들어 보였습니다.

"누가 그런 훌륭한 말을 가르쳐 주었지, 아가? 부목사님이니?"

"부목사나 너나 똑같아! 그것이나 줘."

"누구에게 글을 배우는지 가르쳐 주면 이걸 주지. 누가 선생님이지?"

"악마 같은 아빠지."

"그러면 아빠한테서 무엇을 배우니?"

헤어턴 도련님은 귤을 잡으려고 덤볐지만 저는 더 높이 그것을 쳐들었습니다.

"아빠가 뭘 가르쳐 줘?"

"아무것도 가르쳐 주지 않아. 그저 옆에 오면 안 된다고만 해. 내가 아빠한테 욕을 하니까 아빠는 꼼짝 못 하는 거야."

"악마가 아빠한테 욕을 하라고 가르쳐 주니?"

"응, 아니, 아니야."

도련님은 꾸물대면서 말했습니다.

"히스클리프 아저씨야."

저는 히스클리프가 좋으냐고 물어보았습니다.

"응!"

도련님은 대답했습니다.

그를 좋아하는 이유를 알고 싶었지만 저는 단지 이러한 말을 주워들었을 뿐입니다.

"아빠가 내게 뭐라고 하면 그 아저씨가 아빠를 혼내 줘. 내가 욕을 한다고 아빠도 욕을 하거든. 아저씨는 내 멋대로 해도 된다고 말한단 말이야."

"그러면 부목사님이 읽고 쓰는 것을 가르쳐 주지 않으셔?"

저는 계속 물었습니다.

"그래, 가르쳐 주지 않아. 부목사님이 집에만 들어오면 이빨을 부러뜨려 목구멍으로 삼키게 해 준대. 히스클리프는 정말 그러겠대!"

저는 귤을 그의 손에 쥐어 주고 그의 아버지에게 넬리 딘이라는 여자가 말씀드릴 일이 있어 대문에서 기다리고 있다고 말하라고 시켰습니다.

도련님은 뜰을 걸어서 집으로 들어갔습니다. 그러나 언쇼 서방님은 나오지 않고 히스클리프가 문간 디딤돌 위에 나타났습니다. 그래서 나는 곧 돌아서서 그 이정표가 있는 데까지 쉬지 않고, 마치 마귀라도 불러낸 듯이 겁을 집어먹고 그 길을 달려 내려갔습니다.

이러한 일은 이사벨라 아가씨와는 별로 관계가 없습니다. 다만 그 일이 있는 다음부터 저는 더욱더 히스클리프를 경계하게 되었습니다. 비록 캐서린 아씨의 기쁨을 방해함으로써 집안 싸움을 일으키게 되더라도 그러한 나쁜 영향이 이 저택에 퍼지는 것을 막아야겠다고 생각한 것입니다.

그 다음 히스클리프가 왔을 때는 이사벨라 아가씨는 안뜰에서 비둘기에게 모이를 주고 있었습니다. 사흘 동안이나 올케에게는 말 한마디 하지 않았지만 그렇다고 짜증내거나 투덜대지도 않았기 때문에 우리는 매우 편했습니다.

히스클리프는 그때까지 이사벨라 아가씨에게 불필요한 인사말 같은 것은 단 한마디도 한 적이 없었습니다. 그러나 이번에는 이사벨라 아가씨를 보자마자 먼저 조심스럽게 집안을 슬쩍슬쩍 살펴보는 것이었습니다. 부엌 창가에 서 있던 저는 살짝 몸을 숨겼습니다.

그는 포도(鋪道)를 건너 아가씨에게로 가서 뭐라고 말을 걸었습니다. 아가씨는 거북해 하면서 피하고 싶어 하는 눈치였습니다. 그는 아가씨가 달아나지 못하게 아가씨의 팔을 잡았습니다. 아가씨는 외면을 했습니다. 무언지 대답하기 싫은 질문을 한 모양이었습니다. 다시 집 쪽을 슬쩍 훑어보고는 아무도 보지 않는다고 생각하자 그 악한은 능청맞게도 아가씨를 끌어안았습니다.

"유다 같은 녀석! 배반자 같은 녀석!"

저는 화가 나서 소리를 쳤습니다.

"이제 봤더니 위선자였어! 고의적인 사기꾼 같으니!"

"누가 그렇단 말이야, 넬리?"

바로 옆에서 캐서린 아씨의 목소리가 들렸습니다. 저는 밖에 있는 두 사람에게 온통 정신이 팔려 있었기 때문에 아씨가 들어온 것도 몰랐습니다.

"아씨의 엉터리 친구 말예요!"

저는 흥분해서 대답했습니다.

"저기 있는 좀도둑 같은 녀석 말예요. 아, 우리를 슬쩍 보았어요. 들어오는군요. 어쩌면 아씨에게는 싫다고 말하면서 한편으론 이사벨라 아가씨를 유혹하는 듯한 말을 꾸미는 재주가 있는지 몰라!"

캐서린 아씨도 이사벨라 아가씨가 히스클리프의 손을 뿌리치고 정원으로 뛰어가는 것을 보았습니다. 그때 히스클리프가 문을 열었습니다.

저는 분풀이로 몇 마디 하지 않을 수 없었습니다. 그러나 캐서린 아씨는 가만히 있으라고 화를 냈습니다. 만약 제가 그에게 건방진 소리를 한다면 저를 내쫓겠다고 으름장을 놓았습니다.

"누가 넬리의 말을 들으면 마치 넬리가 이 집 안주인인 줄 알겠어!"

아씨는 외쳤습니다.

"자기 분수를 알아야지! 히스클리프, 당신은 무슨 짓을 한 거죠? 이렇게 소동을 일으키다니. 이사벨라에게는 손대지 말라고 얘기했잖아요. 이 집에 오는 게 싫어졌다거나 린튼이 문에 빗장을 걸어 당신을 들어오지 못하도록 하고 싶지 않으면 내 말을 들어요."

"그렇게 해 보시지!"

그 흉악한 악한은 대답했습니다. 저는 그 녀석이 참을 수 없이 싫어졌습니다.

"가만히 참고 있으라고 해! 날이 갈수록 나는 그 녀석을 천당으로 보내고 싶어서 미칠 지경이니까!"

"쉿!"

캐서린 아씨는 안쪽 문을 닫으면서 말했습니다.

"나를 흥분시키지 말아요. 왜 내 부탁을 무시했죠? 아가씨가 일부러 당신한테 가까이 갔나요?"

"그것이 당신과 무슨 상관이라는 거요?"

그는 으르렁거리듯 말했습니다.

"그녀가 원한다면 나는 그녀에게 입을 맞출 권리가 있지만 당신에게는 반대할 권리가 없소. 나는 당신의 남편이 아니니까. 내게 질투할 필요는 없소!"

"당신을 질투하는 게 아니에요."

아씨는 대답했습니다.

"나는 당신을 위해서 질투를 하는 거예요. 얼굴을 펴요. 그렇게 찌푸리지 말고! 당신이 이사벨라를 좋아한다면 결혼시켜 주겠어요. 이사벨라를 좋아하나요? 똑바로 말해 봐요. 그것 봐요. 대답하지 못하잖아요? 당신이 그녀를 좋아하지 않는다는 걸 난 알고 있어요."

"그런데 린튼 서방님께서 누이동생이 저런 사람하고 결혼하는 것을 승낙하시겠어요?"

제가 물었습니다.

"내가 승낙하시게 하겠어."

아씨가 똑똑히 대답했습니다.

"승낙 받을 필요도 없어."

히스클리프는 말했습니다.

"그의 허락을 받지 않고서도 결혼할 수 있으니까. 그리고 캐서린, 이런 이야기가 나온 김에 몇 마디 하고 싶소. 당신이 나를 지독하게, 정말 지독하게 대했다는 걸 내가 똑똑히 기억하고 있다는 걸 알아야 할 거요. 알겠소? 만약 내가 잊었을 거라고 생각한다면 당신은 그야말로 바보요. 그리고 다정한 말 몇 마디로 날 위로할 수 있을 거라고 생각한다면 당신은 천치요. 또 내가 복수하지 않고 그냥 이대로 있으리라고 생각했다면 조만간 그렇지 않다는 것을 알려주겠소. 어쨌든 당신 시누이의 비밀을 내게 말해 줘서 감사하오. 나는 그 비밀을 최대한으로 이용할 작정이오. 당신은 방해 나 마시오."

"이런 사람인 줄 몰랐군요."

캐서린 아씨는 그의 말에 매우 놀랐습니다.

"내가 당신을 지독하게 대접했다고요? 그리고 복수를 하겠다고요? 어떻게 복수를 한단 말이죠? 배은망덕도 분수가 있지. 내가 언제 당신을 지독하게 대접했단 말예요?"

"당신에게 복수하려는 건 아니오."

히스클리프는 좀 누그러져서 대답했습니다.

"그건 내 계획이 아니오. 폭군이 노예를 학대해도 그들은 반항하지 않아. 대신 그들 밑에 있는 자들에게 몹시 심하게 굴뿐이야. 그런 것처럼 당신은 나를 죽도록 곯려도 좋아. 다만 그 대신 나도 마찬가지로 약한 자를 곯릴 수 있게 해 주고, 그리고 될 수 있는 대로 나를 모욕하지 말아 줘요. 내 궁전을 헐어 버린 대신 오막살이를 지어 주고는 나에게 집을 지어 줬다며 생색내지 말란 말이오. 당신이 정말로 내가 이사벨라와 결혼하기를 바라고 있다면 내 스스로 목을 졸라 버리겠소!"

"내가 질투를 하지 않는 것이 뭐가 나쁘다는 거죠?"

캐서린 아씨는 외쳤습니다.

"다시는 당신에게 결혼하라고 권하지 않겠어요. 그것은 어차피 지옥으로 갈 사람을 미리 악마에게 데리고 가는 것과 마찬가지니까. 당신은 악마처럼 불행을 만들면서 즐거워하고 있어요. 당신이 돌아온 걸 싫어하던 남편도 화가 가라앉았고, 나도 안정되어 조용한 생활을 시작하자 당신은 우리의 평화가 못마땅해서 싸움을 일으킬 결심을 한 거예요. 하고 싶으면 마음대로 남편과 싸움을 해요, 히스클리프. 그리고 그의 누이동생을 속여요. 그러면 그것이 바로 내게 복수하는 가장 효과적인 방법일 테니까."

이야기는 여기서 끊어졌습니다. 캐서린 아씨는 상기된 얼굴로 난롯가에 침울하게 앉아 있었습니다. 지금까지 아씨를 지탱하고 있던 정신도 점점 걷잡을 수 없어졌습니다. 아씨는 그것을 가라앉힐 수가 없었습니다. 히스클리프는 팔짱을 끼고 난로 옆에 서서 이것저것 못된 생각에 잠겨 있었습니다. 그들을 그대로 둔 채 저는 서방님을 찾으러 갔습니다. 서방님은 무엇 때문에 캐서린 아씨가 아래층에서 오래 머물고 있나 매우 궁금해 하고 계셨죠.

"엘렌, 아씨를 보았어?"

"네, 부엌에 계세요. 히스클리프 씨 때문에 화가 나셨어요. 그리고 정말 그가 찾아오는 것에 대해 진지하게 고민해 봐야 한다고 생각해요. 그런 사람에게 상냥하게 대하는 건 절대로 좋은 일이 아니에요. 벌써 일이 이렇게 되었으니까요."

그리고서 저는 안뜰에서 일어난 일과 그 뒤에 일어난 싸움에 대해서 되도록 자세히 말씀드렸습니다. 그렇게 한다고 해서 캐서린 아씨에게 불리할 것은 없다고 생각했으니까요. 물론 아씨가 나중에 히스클리프를 옹호하느라고 스스로를 불리하게 만들었다면 모르지만 말씀이에요.

하지만 린튼 서방님은 제 이야기를 끝까지 듣기가 힘이 드는 모양이었습니다. 게다가 그분의 첫마디로 봐서는 자기 부인에게도 허물이 없지 않다고 생각하는 눈치였습니다. 그분은 소리쳤습니다.

"이건 정말 참을 수가 없군! 그 녀석을 친구라고 말하며 내게도 교제를 강요하더니, 창피한 일이야! 엘렌, 당장 하인 두 사람을 불러 줘. 더 이상 캐서린을 그 비열한 녀석과 말다툼하도록 내버려두지 않겠어. 비위를 맞추는 것도 분수가 있지."

서방님은 내려가서 하인들을 복도에서 기다리라고 하고 저를 데리고 부엌으로 갔습니다. 부엌에서 있던 두 사람은 다시 말다툼을 하고 있었습니다. 캐서린 아씨는 기운을 내어 히스클리프를 꾸짖고 있었고 그는 창가로 가서 아씨의 격한 말투가 마음에 들지 않는다는 듯 고개를 숙이고 있었습니다. 히스클리프가 서방님을 먼저 보고 황급히 아씨에게 가만히 있으라는 눈짓을 했습니다. 그러자 아씨도 눈치를 채고 갑자기 입을 다물었습니다.

"도대체 어떻게 된 거요?"

린튼 서방님은 아씨에게 물었습니다.

"저런 사람에게 그러한 말을 듣고도 여기 그대로 있다니, 당신의 예절관념은 도대체 어떻게 된 거요? 저 사람 말투가 늘 그러니까 당신은 아무렇지도 않다는 건가? 당신이 저 사람의 야비함에 길들여졌으니까 아마 나도 익숙해질 수 있다고 생각하는 모양이지?"

"전부 엿듣고 있었어요, 여보?"

아씨는 남편이 화가 난 것도 아랑곳하지 않고 일부러 그분을 화나게 하려는 듯이 물었습니다. 서방님의 이야기에 눈을 추어올리고 있던 히스클리프는 아씨의 말을 듣고 서방님을 비웃었습니다. 일부러 린튼 서방님의 주의를 끌려는 듯이요. 그는 주의를 끄는 데는 성공했지만 린튼 서방님은 그의 계략대로 감정을 폭발시키지는 않았습니다.

"여태까지 내가 당신의 행동거지를 참아온 것은……."

그분은 조용히 말했습니다.

"당신의 야비하고 타락한 성격을 몰라서가 아니라 모든 일이 당신의 잘 못만은 아니라고 생각했기 때문이오. 그리고 캐서린이 당신과 교제를 계속 하고 싶어 했기 때문이기도 하고. 어리석게도 말이오. 당신은 가장 훌륭한 사람도 악에 물들게 만드는 도덕적인 해독을 끼치는 사람이오. 그 때문에, 그리고 더 나쁜 결과를 막기 위해서 앞으로는 이 집에 발을 들여놓지 못하 게 하겠소. 그리고 지금 즉시 떠나 주시오. 삼 분 이상 우물쭈물하면 별 수 없이 하인에게 끌려 나가는 창피를 당해야 할 거요."

히스클리프는 그렇게 말하는 상대편을 아주 싸늘하게 비웃는 눈초리로 바라보았습니다.

"캐시, 당신의 새끼 양이 황소처럼 위협을 하는군! 자칫하면 내 주먹에 머리통이 박살날지도 모르겠는걸. 정말 린튼, 당신은 때려눕힐 가치도 없 는 사람이라는 게 유감천만이야."

우리 서방님은 복도 쪽을 흘끗 보면서 저에게 하인들을 데려오라고 눈짓 했습니다. 자기 자신이 직접 상대를 하는 위험을 무릅쓸 생각은 없으셨던 것입니다. 저는 그 지시를 따랐습니다. 그러나 캐서린 아씨가 의심스러워 하면서 나오더니 제가 그들을 부르려고 하자 저를 안으로 끌어당기고는 문 을 꽝 닫고 잠가 버렸습니다.

"참 떳떳한 방법이군요!"

아씨는 깜짝 놀란 데다 화가 난 듯한 남편의 얼굴을 보며 말했습니다.

"당신에게 공격할 용기가 없으면 사과를 하든지 두들겨 맞든지 해요. 그 렇게 해야 실력 이상으로 허세를 부리는 버릇이 고쳐질 거예요. 안 돼요. 당신에게 주느니 열쇠를 삼켜 버리겠어요. 나는 어느 편에도 친절히 대했 건만 유쾌한 보답을 받는군요. 마음 약한 당신이 우는 소리를 해도 화 한 번 내지 않았고, 짓궂은 히스클리프도 그냥 내버려뒀더니 그 보답으로 터무니없이 지독한 배은망덕한 꼴을 당하는군요. 여보, 나는 당신과 당신의 재산을 지켜 주고 있었던 거예요. 그런데 감히 나를 나쁘게 생각하다니! 히스클리프가 당신을 병이 날만큼 때려 줬으면 좋겠어요!"

주인을 병나게 하는 데는 때릴 필요도 없었습니다. 그분은 캐서린 아씨의 손에서 열쇠를 빼앗으려고 했습니다. 그러나 아씨는 열쇠를 빼앗지 못하게 그것을 난로 한가운데에 던져 넣었습니다. 린튼 서방님은 몸을 부들부들 떨면서 얼굴이 파랗게 질렸습니다. 아무리 해도 그분은 화를 억누를 수가 없었고 고통과 굴욕이 한데 뒤섞여 기진맥진해졌습니다. 그분은 의자 등에 기대어서 얼굴을 두 손으로 감쌌습니다.

"아이 참! 옛날 같으면 이 정도로 용기를 내면 기사라도 됐을 텐데!"

아씨는 소리쳤습니다.

"우리가 졌어요, 우리가 졌어요. 히스클리프는 왕이 생쥐 떼에게 군대를 내보내지 않는 것과 마찬가지로 당신에게 손가락 하나도 들지 않을 거예요. 기운을 내세요. 다치지는 않을 테니까! 당신 같은 사람은 양 새끼가 아니라 젖먹이 토끼 새끼예요."

"이 젖비린내 나는 겁쟁이를 남편으로 둔 행복을 즐기길 비오. 캐시!"

히스클리프는 말했습니다.

"당신의 취미에 경의를 표하겠소. 나보다도 이렇게 침 흘리고 벌벌 떠는 사내를 선택한 그 취미 말이오! 이런 녀석은 주먹으로 치지 않고 발로 차 버리면 조금은 분이 풀리겠소. 그는 울고 있는 거요, 그렇지 않으면 무서워서 까무러치려 하고 있는 거요?"

그 녀석은 가까이 가서 린튼 서방님이 기대고 있는 의자를 떠밀었습니다.

그러나 가까이 가지 않는 것이 좋았을 겁니다.

우리 서방님은 벌떡 일어나더니 좀 더 약한 사람이면 나가떨어질 정도로 힘껏 히스클리프의 턱을 한 대 갈겼습니다. 히스클리프는 잠시 숨을 쉬지 못했습니다. 그가 잠시 움직이지 못하는 동안 린튼 서방님은 뒷문을 통해 뜰로 나가 현관으로 들어갔습니다.

캐서린 아씨가 히스클리프에게 외쳤습니다.

"봐요! 이제는 여기 다시 오지 못하게 됐군요. 자아, 이제는 가요. 그는 두 자루의 권총과 대여섯 명의 하인을 거느리고 돌아올 테니까. 그가 정말 우리의 말을 엿들었다면 절대로 당신을 용서할 리 없어요. 당신은 내게 친절하지 못했어요. 히스클리프! 가요. 빨리! 나는 당신보다도 차라리 남편이 곤경에 빠지는 걸 보고 싶었는데."

"내가 그 녀석에게 턱을 얻어맞고 이대로 가리라 생각하오?"

히스클리프는 고함을 질렀습니다.

"절대로 안 가! 이 집을 나가기 전에 그 녀석의 갈비뼈를 썩은 개암나무 껍질처럼 부숴 놓을 테니까. 만약 지금 때려눕히지 않는다면 언젠가는 그 녀석을 죽일 테니까. 그 녀석이 살아 있기를 바란다면 지금 그 녀석을 불러요."

"서방님은 이리로 오시지 않아요."

저는 거짓말을 꾸며댔습니다.

"마차꾼과 두 정원사가 왔어요. 그 사람들에게 길바닥으로 떠밀려 나갈 때를 기다리지는 않겠죠? 저마다 몽둥이를 들고 있어요. 서방님은 틀림없이 거실의 창에서 그들이 시킨 대로 하는지 보고 계실 거예요."

정원사들과 마차꾼이 거기 온 건 사실이었지만 서방님도 함께 왔습니다.

그들은 벌써 안뜰에 들어섰습니다. 히스클리프는 생각을 바꾸어 하인 세 명과의 싸움은 피하기로 결심했습니다. 그는 부지깽이로 안쪽 문의 자물쇠를 부수고 달아나 그들이 들어왔을 때는 이미 그 자리에서 사라진 후였습니다.

캐서린 아씨는 매우 흥분된 표정으로 저에게 위층까지 따라오라고 했습니다. 아씨는 이 소동을 일어나게 한 장본인이 저인 줄을 모르고 있었고, 저도 끝내 알리지 않았습니다.

"나는 거의 미칠 지경이야. 넬리!"

캐서린 아씨는 의자에 몸을 던지면서 소리쳤습니다.

"천 명이나 되는 대장장이들의 망치가 내 머리를 두들기고 있는 것 같아! 이사벨라에게 내 곁에 오지 말라고 말해 줘. 이 소동은 그 애 때문이니까. 이 상태에서 누가 나를 더 화나게 한다면 나는 아마 미쳐 버리고 말 거야. 그리고 넬리, 오늘 밤에 서방님을 보거든 내가 큰 병이 난 듯하다고 말해 줘. 정말 그랬으면 좋겠어. 그이는 나를 지독하게 놀라게 했고 괴롭혔으니까, 나도 그이를 놀라게 해 주고 싶어. 게다가 그이가 여기 오면 한바탕 악담이나 넋두리를 늘어놓을지도 모르지. 그러면 나도 아마 가만히 있지 않을 것이고, 마지막에는 어떻게 될지 아무도 몰라. 그러니까 아프다고만 해 줘. 착한 넬리, 아마도 나는 얼마 안 가서 이사벨라의 이야기는 다 잊어버릴 거야. 그러면 그 뒤로는 아무렇지도 않을 테고. 자기에 대한 악담을 몹시 듣고 싶어 하는 사람들이 있듯이 그이도 그랬기 때문에 모든 게 다 엉망이 되어 버렸어. 우리 이야기를 엿듣지만 않았더라면 그이에게는 별일이 없었을 텐데. 정말 내가 그분을 위해서 목이 쉬도록 히스클리프를 꾸짖은 다음에 그이가 와서 싫은 소리를 했을 때는 그들이 서로 무엇을 하든 될 대로 되라는 생각이었어. 게다가 어떻게 끝이 나든 우리들은 모두 뿔뿔이 헤어져 다시 얼굴을 맞댈 날이 오지 않을 거라고 생각하니 더욱 그럴 수밖에. 어쨌든 히스클리프를 내 친구로서 사귈 수 없다면, 그리고 그이가 그렇게도 옹졸하고 질투를 한다면 나는 애를 태우다 죽어 버려서 그들을 슬프게 만들어 주겠어. 내가 정말 막다른 골목에 다다르면 그렇게 하는 것이 모든 일을 단숨에 끝내는 길이 될 거야. 그러나 그 방법은 마지막까지 아껴두겠어. 남편에게 갑자기 그런 짓을 하기는 싫으니까. 지금까지는 나를 화나지 않게 하려고 매우 신중했었지. 잘못 건드리면 미칠지도 모르는 나의 격한 성미를 잊지 말도록 깨우쳐 줘요. 넬리는 그렇게 무심한 얼굴만 하지 말고 좀 더 내 걱정을 하는 듯이 보였으면 좋겠어!"

제가 멍한 얼굴로 이 말을 들었기 때문에 아씨는 틀림없이 좀 화가 나셨을 겁니다. 왜냐하면 아씨의 말은 모두 진지한 것이었기 때문입니다. 그러나 자기의 감정 발작을 이용하려고 미리 계획할 수 있는 사람이라면 그 감정이 생기기 전이라도 의지의 힘으로 자기 자신을 억제할 수 있으리라고 생각했습니다. 그리고 저는 아씨가 말하듯이 서방님을 놀라게 하거나 아씨의 비위를 맞추기 위해 더욱 그분을 성가시게 하고 싶지는 않았습니다.

그러므로 저는 서방님이 거실로 오고 있는 것을 보고도 아무 말도 하지 않았습니다. 그러나 나는 그분들이 다시 말다툼을 시작하지 않을까 무척 긴장해 있었습니다.

서방님이 먼저 말을 시작하셨습니다.

"당신은 그대로 있어요, 캐서린."

그분은 화난 목소리가 아니라 매우 슬프고 침울한 어조로 말했습니다.

"곧 나갈 테니까. 난 말다툼을 하거나 화해를 하러 온 것은 아니오. 다만 궁금한 게 있을 뿐이오. 오늘 저녁 일이 있었는데도 당신은 계속 그를 가까이 할 작정인가?"

"아, 제발!"

아씨는 발을 구르면서 말을 가로막았습니다.

"제발 이제 그 이야기는 하지 말아요! 당신의 차가운 피는 아무리 해도 뜨거워질 수가 없나 보군요. 당신의 혈관은 얼음물로 가득 차 있지만 내 혈관은 끓고 있어서 그렇게 찬 것을 보면 더욱더 끓게 돼요."

"나를 보내기 위해서라도 내 질문에 대답하오."

린튼 서방님은 계속 버티었습니다.

"대답해야 하오. 당신의 끓는 피도 겁나지 않소. 당신이 마음만 먹으면 누구 못지않게 냉정하다는 것을 알았소. 지금부터 히스클리프를 버리겠소? 나는 당신이 어느 쪽을 택하는지 반드시 알아 둘 필요가 있소."

"제발 나를 가만히 두세요. 가만히 두란 말예요! 내가 잘 서지도 못하는 것도 몰라요? 나가 줘요!"

아씨가 종을 너무 세게 흔든 탓에 쨍그랑 하고 종이 깨졌습니다. 저는 천천히 들어갔습니다. 아씨는 하도 분별없이 고약하게 화를 내어서 성인(聖人)이라도 참을 수 없을 정도였습니다. 아씨는 누운 채 의자 모서리에 머리를 부딪치고는 산산조각이 나리만큼 이를 갈았습니다.

린튼 서방님은 갑자기 후회스럽고 겁이 나는 듯한 얼굴로 바라보면서 서 있었습니다. 그분은 저에게 물을 좀 가져오라고 말했습니다. 캐서린 아씨는 숨이 막혀 말을 할 수도 없었습니다.

저는 물을 한 잔 가득 부어 가져갔습니다. 그리고 아씨가 마시려 하지 않았으므로 아씨의 얼굴에 뿌려 주었습니다. 그러자 아씨는 몸이 뻣뻣해지고 눈을 치켜뜨더니 두 눈이 단번에 퍼렇게 납빛을 띠면서 죽은 사람처럼 되었습니다.

린튼 서방님은 겁에 질린 얼굴이었습니다. 그분은 벌벌 떨면서 말했습니다.

"입술에 피가 묻었어."

"괜찮아요!"

저는 그렇게 대답하고는 서방님이 오시기 전부터 아씨는 미친 체하기로 마음먹고 있었다는 것을 말씀드렸습니다.

제가 너무나 큰 소리로 그 이야기를 했기 때문에 캐서린 아씨도 그것을 듣고 말았습니다. 그것은 아씨가 벌떡 일어난 것으로 알 수 있었습니다. 머리칼은 어깨 위로 나부끼고 두 눈은 번쩍였으며 목과 팔의 근육이 뒤틀렸습니다. 저는 적어도 뼈가 몇 개 부서질 각오를 했지만 아씨는 잠시 주위를 살피다가 방에서 뛰어나갔습니다. 서방님은 저에게 얼른 따라가라고 지시했습니다. 저는 아씨의 침실문까지 따라갔지만 아씨가 들어오지 못하게 문을 잠가 버렸기 때문에 들어갈 수가 없었습니다. 다음 날 아침, 식사를 하러 내려오시지 않아서 저는 무엇을 올려갈까, 하고 물으러 갔습니다.

"안 먹겠어."

아씨는 딱 잘라 대답했습니다.

점심때와 차 마시는 시간에도 마찬가지로 물어보았습니다. 그리고 다음 날도 물으러 갔습니다만 대답은 마찬가지였습니다.

린튼 서방님도 서재에서 시간을 보내면서 아씨가 무엇을 하고 있는지 묻지도 않으셨습니다. 이사벨라 아가씨와 서방님은 한 시간쯤 이야기를 했는데, 서방님은 누이에게서 히스클리프가 접근했을 때 두려웠다는 눈치를 찾아보려고 하셨습니다. 하지만 누이의 대답이 분명치 않았으므로 얻은 바도 없이 그대로 질문을 끝내셨습니다. 그러나 만약 누이가 그 쓸모없는 사나이에게 마음을 줄 정도로 정신이 불건전하다면 남매간의 관계는 완전히 끊어 버리겠다고 엄숙하게 경고하셨습니다.

12

이사벨라 아가씨는 늘 말없이 언제나 눈물을 흘리면서 정원을 하염없이 거닐고, 서방님은 펴 보지도 않으시던 책에 파묻히고 ─ 제 생각으로는 화해를 청해올 거라는 막연한 기대에 슬슬 지친 듯하셨습니다만 ─ 캐서린 아씨는, 아마 에드거 서방님은 식사 때마다 자기가 그 자리에 없어서 목이 멜 지경이지만 자존심 때문에 달려와서 자기 발치에 엎드리지 못하는 것이려니 생각하는 듯했습니다. 끈기 있게 아가씨가 단식을 계속하는 동안 저는 이 집에는 한 사람밖에 분별 있는 사람이 없다는 것을 알았습니다.

저는 그것이 바로 저 자신이라는 것을 확신하며 열심히 집안일을 돌보았습니다.

저는 아씨에게 쓸데없는 위로도 하지 않고 아씨를 타이르지도 않았으며 아씨의 목소리를 들을 수 없었기 때문에 아씨의 이름이라도 듣고 싶어 하는 서방님의 한숨도 아는 체하지 않았습니다.

'화해를 하고 싶다면 두 분끼리 하라지.' 하는 생각을 하고 있었으니까요. 그것은 지루할 만큼 더딘 과정이기는 했으나 반갑게도 마침내 화해를 할 기색이 조금씩 보이기 시작하는 듯했습니다. 그러나 그것 역시 조금 뒤에 사라지고 말았습니다.

사흘째 되던 날 캐서린 아씨는 방문을 열고 물그릇에도, 물병에도 물이 남아 있지 않으니 물을 갖다 달라고 하고는 죽을 것만 같으니 죽도 한 그릇 먹고 싶다고 말했습니다. 저는 그 말이 서방님에게 전해질 거라고 기대했으리라고 짐작했지만 저는 저 혼자만 알고 서방님께는 알리지 않은 채 차와 버터를 바르지 않은 토스트를 가져갔습니다. 아씨는 차와 토스트를 모조리 먹어치운 다음 베개 위로 풀썩 쓰러지더니 소리쳤습니다.

"아, 죽고 싶어! 내 일은 아무도 걱정하지 않으니까. 그것도 먹지 않았더라면 좋았을 걸."

그리고서 꽤 시간이 지난 다음에 저는 아씨가 중얼거리는 것을 들었습니다.

"아니, 죽지 않겠어. 그이는 좋아하겠지만. 그이는 조금도 나를 사랑하지 않으니까 내가 없어도 보고 싶어 하지 않을 거야."

"시키실 일은 없으세요, 아씨?"

아씨가 무서운 얼굴로 이상스럽게 과장된 시늉을 하고 있음에도 불구하고 저는 겉으로는 여전히 냉정한 체하면서 물었습니다.

"그 무정한 사람은 무엇을 하고 있지?"

아씨는 여윈 얼굴에서 칙칙하고 헝클어진 머리칼을 걷어내면서 다그쳐 물었습니다.

"그이는 잠자는 병에라도 걸렸나, 혹은 죽기라도 했나?"

"어느 쪽도 아니에요. 주인님 말씀이라면, 공부를 좀 지나치게 하시는 것 같기는 합니다만 건강은 좋은 편이세요. 달리 상대가 없으니까 줄곧 책에만 파묻혀 계세요."

아씨의 건강 상태를 좀 더 정확히 알았더라면 저는 그렇게 말하지는 않았을 것입니다.

"책에 파묻혀 있다고?"

아씨는 어이없다는 듯이 외쳤습니다.

"그리고 나는 죽어가고 있어. 무덤에 한 발을 걸치고 있어! 이럴 수가! 내가 얼마나 쇠약해졌는지 알고나 있어?"

캐서린 아씨는 건너편 벽에 걸린 거울에 비친 자기의 모습을 뚫어지게 바라보면서 말을 계속했습니다.

"저것이 캐서린 린튼이란 말인가? 그이는 내가 심술이 나서 아마 일부러 이러고 있는 줄 아는 모양이지? 조금도 거짓이 아니라는 것을 그이에게 알려 줄 수는 없어? 넬리, 나는 지금이라도 죽든지 — 그이에게 인정머리가 없다면 벌이 되지도 않겠지만 — 아니면 회복해서 이 고장을 떠나 버리든지 하겠다고. 거짓말을 해선 안 돼. 그이는 정말로 내 목숨에 대해서 아주 무관심한 눈치야?"

"아니에요, 아씨. 서방님은 아씨의 정신이 이상하시다는 것을 모르고 계세요. 그리고 물론 굶어서 돌아가시리라고 염려하지도 않으시고요."

"그렇다고 생각 돼? 내가 그럴 거라고 그이에게 말해 줄 수는 없어? 잘 얘기를 하란 말이야. 넬리 자신이 그렇게 생각한다는 투로 말이지. 틀림없이 내가 죽게 될 거라고 말해 줘."

"안 돼요, 아씨!"

저는 넌지시 말했습니다.

"아씨는 오늘 저녁에 맛있게 음식을 드셨다는 것을 잊어버리고 계세요. 내일이면 생생하게 일어나실 거예요.

"내가 죽으면 그이도 죽는다는 게 확실하기만 하다면."

아씨는 제 말을 막았습니다.

"나는 지금이라도 당장 죽을 수 있어! 그 지긋지긋한 사흘 밤 동안 나는 눈을 붙인 적이 없어. 게다가 또 얼마나 고생을 했는지! 나는 가위에 눌린 듯이 괴로웠어, 넬리! 그러나 넬리는 나를 좋아하지 않는 것 같군. 좀 이상해! 모든 사람이 서로 미워하고 멸시하지만 나는 사랑하지 않을 수 없다고 생각했는데 몇 시간 뒤에는 모조리 돌아서서 적이 되거든. 정말 그렇단 말이야. 이 집에 있는 사람들은. 그들의 싸늘한 얼굴에 둘러싸여 죽는다면 얼마나 쓸쓸하겠어! 이사벨라는 내가 죽은 모습을 보는 게 무섭고 겁이 나고 소름끼쳐서 이 방에는 들어오려고 하지 않을 거야. 그리고 에드거는 엄숙한 얼굴로 옆에 서서 내가 죽는 것을 보고, 그러고는 자기 집에 평화가 돌아온 것을 하느님에게 감사하며 기도를 드릴 거야. 그리고 나서는 또 책 읽는 데로 돌아가겠지! 조금이라도 인정이 있다면 내가 죽어가고 있는데 도대체 책이 눈에 들어오겠어?'

제가 그러한 생각을 하게 했지만 서방님이 관심을 끊고 책이나 읽고 있다는 게 아씨는 참을 수 없었던 모양입니다. 아씨는 열이 오른 탓으로 몸을 뒤척거리면서 미친 사람처럼 이빨로 베개를 물어뜯다가, 온몸이 불덩이가 되어 일어나서는 제게 문을 열어달라고 했습니다. 때는 한겨울이라 북동풍이 강하게 불어서 저는 문을 여는 데 반대했습니다.

그러나 아씨의 얼굴에 나타난 표정이나 기분의 변화에 저는 덜컥 겁이 났습니다. 아씨가 전에 아팠던 일과 아씨의 성미를 건드려서는 안 된다는 의사의 말이 생각났습니다. 일 분 전까지도 미쳐 날뛰던 아씨는 이번에는 한쪽 팔을 괴고 앉아서 제가 문을 열지 않은 것도 잊어버리고 자기가 이빨로 물어뜯은 베개에서 깃털을 꺼내 종류별로 홑이불 위에 늘어놓으며 어린 애처럼 좋아하고 있었습니다. 아씨는 벌써 다른 연상(聯想)에 잠겨 있었던 것입니다.

"이건 칠면조 털이야."

아씨는 혼자 중얼거렸습니다.

"그리고 이건 들오리 털이고, 이건 비둘기 털이야. 아하, 비둘기 털을 베개 속에 넣었군. 어쩐지 죽을 수 없더라니! 내가 잘 때에는 잊어버리지 말고 땅바닥에 내던져야겠군. 그리고 이건 붉은 뇌조의 털이고. 이것은 아무리 많이 있어도 알겠어, 도요새의 털이야. 귀여운 새지. 벌판 한복판에서 우리의 머리 위를 빙빙 돌았었지. 언덕 위에 구름이 드리우고 비가 올 것 같으면 둥지로 돌아가고 싶어 했지. 이 깃털은 벌판에서 주운 거야. 새를 쏘지는 않았어. 겨울에 둥지를 보니까 조그마한 해골들이 소복이 들어 있었어. 히스클리프가 그 위에 덫을 놓았기 때문에 어미 새들이 오지 못했던 거야. 그 뒤로는 도요새는 쏘지 말라고 그에게 약속을 받았고 그도 쏘지 않았었지. 그래, 여기도 또 있군! 히스클리프가 내 도요새를 쏘았던가, 넬리? 그중에 붉은 것이 있어? 보여 줘."

"그런 어린애 같은 짓은 그만두세요."

저는 아씨의 말을 가로막으면서 베개를 빼앗아 찢긴 구멍을 밑으로 돌려 요 위에 놓았습니다. 아씨가 그 안에 든 깃털을 한 줌씩 꺼내고 있었기 때문입니다.

"누워서 눈을 감으세요. 아씨는 엉뚱한 생각을 하고 계세요. 야단났군요. 깃털이 날리고 있잖아요!"

저는 여기저기 널린 깃털을 주우면서 돌아다녔습니다.

"넬리."

아씨는 꿈꾸는 듯이 말을 계속했습니다.

"나는 넬리가 할머니처럼 보여. 머리가 희고 어깨가 구부러진 할머니 말이야. 이 침대는 페니스톤 절벽 아래에 있는 요정의 동굴인데 넬리는 우리의 송아지를 해치려고 돌촉을 줍고 있어. 내가 가까이 있을 때는 양털을 줍고 있는 체하면서, 지금부터 오십 년 뒤에 넬리는 그렇게 될 거야. 지금은 그렇지 않다는 것을 알아. 잘못 생각한 거지. 그렇지 않다면 넬리는 정말로 그 쪼그라진 할머니고 난 페니스톤 절벽 아래에 있다고 생각할 거야. 그러나 지금은 밤이고 테이블에 촛불이 두 자루 서 있어서 검은 장롱이 새까만 구슬처럼 빛나는 것을 알 수 있는 걸."

"검은 장롱? 그런 것이 어디 있어요? 아씨는 잠꼬대를 하고 계세요!"

"언제나 그렇듯이 벽 있는 데 서 있잖아. 그런데 이상하게 보이는군. 그 안에 얼굴이 보여!"

"이 방에는 장롱이 없고, 있었던 적도 없어요."

저는 말하면서 다시 자리에 앉아 아씨가 잘 보이도록 커튼을 올렸습니다.

"저 얼굴이 보이지 않아?"

아씨는 열심히 거울을 보면서 물었습니다. 그리고 뭐라고 해도 자기의 얼굴이 비친 것이라는 걸 이해시킬 수가 없어서 저는 일어서서 숄로 거울을 덮어 버렸습니다.

"아직도 저 뒤에 있어!"

아씨는 걱정스러운 듯이 말을 계속했습니다.

"그리고 움직였어. 누굴까? 넬리가 가고 나서 그것이 나오지 않았으면 좋겠는데! 아! 넬리, 이 방에는 유령이 나오는군! 혼자 있는 건 무서워!"

저는 아씨의 손을 잡고 진정하라고 말했습니다. 아씨는 몸을 부들부들 떨고 뒤틀면서도 계속 거울 쪽을 보려고 기를 쓰고 있었습니다.

"이 방에는 아무도 없어요! 그것은 아씨 자신이었어요, 아씨. 아까는 알고 계셨어요."

아씨는 신음하듯이 말했습니다.

"나라고? 시계가 열두 시를 치고 있군. 그러고 보니 사실인 모양이지? 아, 무서워!"

아씨는 손가락으로 옷을 거머쥐고 그것으로 눈을 가렸습니다. 저는 주인을 부를 양으로 문 있는 데로 살그머니 나가려고 했습니다. 그러나 날카로운 비명 소리가 나는 바람에 되돌아섰습니다. 숄이 거울에서 떨어진 것입니다.

"왜, 왜 그러세요?"

저는 외쳤습니다.

"지금 보니 겁쟁이는 아씨로군요? 눈을 바로 뜨세요. 저것은 거울, 거울이에요, 아씨. 거울에 아씨가 비친 거예요. 그리고 아씨 옆에 저도 있고요."

당황한 아씨는 저를 꼭 붙들고 차츰 아씨의 얼굴에서 공포가 가셨습니다. 창백했던 얼굴이 이번에는 부끄러움으로 붉어졌습니다.

"나는 워더링 하이츠의 내 방에 누워 있는 줄 알았어. 허약해지고 머릿속이 이상해져서 무의식적으로 소리를 질렀어. 아무 말도 하지 말고 나와 함께 있어 줘. 나는 잠드는 것이 두렵고 꿈꾸는 것이 무서워."

"한참 푹 자고 나면 괜찮을 거예요, 아씨. 이만큼이나 고생을 하셨으니 다시는 단식할 생각은 하지 말았으면 좋겠어요."

"아, 우리 집 내 침대에 누워 있다면 얼마나 좋을까!"

아씨는 애처롭게 말을 계속하면서 두 손을 꼭 쥐었습니다.

"그리고 창밖에 선 전나무를 잡아 흔들던 그 바람 소리, 바람을 쐬게 해줘. 바로 저 벌판으로 불어오니까 그 바람을 한 번만 들이마시게 해 줘!"

아씨를 진정시키려고 저는 잠시 문을 열었다가 차가운 바람을 막으려 문을 도로 닫고 제자리로 돌아왔습니다.

아씨는 눈물로 얼굴이 흠뻑 젖은 채 조용히 누웠습니다. 몸이 지칠 대로 지쳐서 기운이라고는 전혀 없었습니다. 성미가 불 같은 캐서린 아씨도 지금은 칭얼대는 어린아이에 불과했습니다.

"내가 여기 틀어박힌 지 며칠이나 된 거야?"

아씨는 갑자기 다시 생기를 띠면서 물었습니다.

"월요일 저녁부터였어요. 그리고 지금은 목요일 밤, 아니, 금요일 아침이 맞겠죠."

"뭐! 같은 주의 금요일이란 말이야? 그것밖에 되지 않았어?"

"냉수밖에 마시지 않고 화만 내시면서 무던히 견디셨어요."

"아무튼 지칠 정도로 지루했던 것 같아."

아씨는 의심스러운 듯이 중얼거렸습니다.

"틀림없이 더 오래 된 것 같은데. 그들이 다툰 다음에 나는 거실에 있었던 것이 생각나. 그리고 그이가 지독한 소리를 하기에 나는 화가 나서 될 대로 되라고 이 방으로 달려왔지. 문을 닫아걸고 나니까 앞이 캄캄해졌어. 나는 방바닥에 쓰러진 거야. 내가 미친 듯이 펄펄 뛸 거라는 것을 그이에게 설명할 순 없었어. 내 혀는 마음대로 움직이지 않고, 머리도 바보가 되어 있었어. 그러니까 그이는 아마 나의 괴로움을 몰랐던 모양이지. 나는 그가 있는 데서, 그리고 그의 말소리가 들리는 데서 일단 피하려고만 생각했을 뿐이야.

내가 눈도 보이고 귀도 들릴 만큼 어느 정도 회복이 되기 전에 벌써 날이 밝아오고 있었어. 그리고 넬리, 내가 무슨 생각을 했고, 나중에는 내 정신이 이상해질 정도로 왜 같은 일을 되풀이해서 생각했는지를 말해 주겠어. 저 테이블 다리에 머리를 기대고 누워 희뿌연 작은 창을 바라보니 마치 옛집의 그 참나무 판자로 둘러싸인 침대에 누워 있는 기분이었어. 그리고 내 마음은 어떤 굉장한 슬픔에 싸였지만, 막 눈을 뜬 참이었기 때문에 무슨 슬픔인지 생각이 나질 않았어. 나는 곰곰이 생각하면서 그것이 무엇이었는지 알아내려고 애를 썼어. 그런데 아주 이상하게도 지난 칠 년 동안의 생활 전체가 텅 빈 것처럼 느껴지는 거야. 도대체 그 칠 년이 있었다는 것도 생각이 나질 않았어! 나는 어린아이였고 아버지는 돌아가신 지 얼마 안 되었는데, 나는 힌들리 오빠가 히스클리프와 같이 놀아서는 안 된다고 하는 말을 듣고 슬퍼하고 있었어. 나는 난생처음으로 혼자가 되었어. 밤새도록 울고 나서 쓸쓸히 잠이 들었다가 깨어서 판자를 밀어 젖히려고 손을 들었지. 그런데 손에 부딪친 것은 테이블이었어! 그래서 양탄자를 만져 보았지. 그랬더니 갑자기 기억이 되살아나서, 그때까지의 슬픔은 절망 속으로 휩쓸려 들어가 버렸지. 왜 그렇게 미칠 듯이 슬펐는지는 모르겠어. 틀림없이 일시적인 정신착란이었을 거야. 별다른 원인이라곤 없었으니까. 그리고 열두 살이라고 생각했는데, 나는 워더링 하이츠와 어렸을 때 친숙했던 모든 것, 그 당시의 나에게는 없어서는 안 되는 사람이었던 히스클리프로부터 억지로 떨어져 나와서 단박에 린튼 부인이며, 드러시 크로스 저택의 안주인이며, 그리고 낯선 사람의 아내가 되어 버린 거야. 나는 그날부터 그때까지의 자기 세계에서 쫓겨나고 버림받은 사람이 되었어. 그러고 보면 깊은 수렁을 기어 다닌 듯한 내 기분을 조금이라도 알 수 있을 거야! 넬리가 아무리 머리를 흔들어봤자, 넬리, 넬리도 내 머리를 이상하게 만든 공범이야! 넬리는 그이에게 말을 해야 했어! 내 몸이 불덩이 같아. 밖으로 나갔으면. 나는 다시 야만에 가까운, 억세고 자유스러운 계집애가 되어 어떠한 상처를 입더라도 미치거나 하지 않고 깔깔 웃을 수 있었으면! 왜 나는 이렇게 달라졌을까? 왜 조금만 뭐라고 하여도 내 피는 끓어오를까? 저 언덕에 무성한 히스 수풀 속에 한 번 뛰어들면 나는 틀림없이 정신이 날 거야. 다시 창을 활짝 열어 줘, 빨리! 왜 가만히 있어?"

"감기가 들어서 돌아가시는 일이 없도록 하기 위해서예요."

"나에게 살 기회를 주지 않겠단 말이지?"

아씨는 심술궂게 말했습니다.

"그러나 나는 아직도 기운을 다 잃지는 않았어. 내가 열겠어."

캐서린 아씨는 제가 말릴 사이도 없이 침대에서 미끄러져 내려와 매우 불안정한 걸음걸이로 방을 가로질러 가서 창을 활짝 열고는 칼날처럼 에는 듯한 차가운 공기도 아랑곳하지 않고 두 어깨를 밖으로 내밀었습니다.

저는 사정을 하다가 마지막에는 억지로라도 침대에 눕히려고 했습니다. 그러나 열에 들뜬 아씨의 힘을 도저히 이겨낼 수 없다는 것을 곧 알아차렸습니다. 그리고 아씨는 정말 제정신을 잃었다는 것을 그 뒤의 행동과 말에서 확실히 알았습니다.

달이 없는 밤이어서 지상의 모든 것은 안개 같은 어둠에 휩싸여 있었습니다. 멀리서나 가까이에서나 불빛이 새어나오는 집은 보이지 않았습니다. 그런데도 아씨는 불빛이 보인다고 우기는 것이었습니다.

"저것 봐! 촛불이 켜져 있고 그 앞에 나무가 흔들리고 있는 것이 내 방이야. 그리고 또 하나의 촛불이 조지프의 다락방에 켜져 있군. 조지프는 언제나 늦게까지 자지 않지? 그는 대문을 잠그려고 내가 들어올 때까지 기다리고 있는 거야. 그를 좀 더 기다리게 하지 뭐. 길은 험하고 그 길을 걸어가노라면 슬픈 생각이 들어. 게다가 그 길을 가자면 기머튼 교회를 지나지 않으면 안 되지. 우리는 툭하면 유령 같은 것은 무섭지 않다고, 거기로 가서 서로 묘지에 들어가 유령을 불러내 보겠느냐고 말했었지. 그러나 히스클리프, 당신이 간다면 나도 같이 가죠. 나 혼자 거기 누워 있는 건 정말 싫어요. 열두 자 깊이로 나를 묻고 교회를 그 위에 얹어 준대도 당신이 옆에 올 때까지는 나는 편안히 잠들지 못할 거야."

아씨는 잠시 말을 끊었다가 이상스러운 웃음을 띠면서 다시 말을 계속했습니다.

"그는 생각하고 있을 거야. 내가 와 줬으면 좋겠다고! 그렇다면 저 교회를 통하지 않고 가는 길을 찾아봐요. 무얼 꾸물대는 거예요. 투덜대지 말아요. 당신은 언제나 내 뒤를 따라왔었으니까!"

제정신을 잃은 아씨에게 무슨 소리를 해도 소용이 없다는 것을 알고 저는 아씨를 붙잡은 채 몸에 걸칠 것을 가져올 방법이 없을까 생각했습니다. 왜냐하면 열린 창가에 아씨를 혼자 둔다는 건 마음이 놓이지 않았기 때문입니다. 그때 놀랍게도 문 손잡이가 덜거덕거리더니 린튼 서방님이 들어왔습니다. 그는 막 서재에서 나와 복도를 지나다가 우리의 말소리를 듣고 호기심에서인지 걱정스러워서인지, 아무튼 한밤중에 무슨 일인지 알고 싶으셨던 것입니다.

"아, 서방님!"

저는 우리의 거동과 찬바람이 불어 닥치고 있는 방 안을 보고 놀라서 그분의 입에서 터져 나오려는 탄성(嘆聲)을 억누르듯이 외쳤습니다.

"아씨는 가엾게도 병이 나셨는데 저의 말은 들으려고 하시지 않으세요.

저로서는 어쩔 도리가 없으니 제발 오셔서 자리에 드시도록 타일러 주세요. 노여움은 잊어버리세요. 아씨는 고집만 피우시니, 어떻게 할 도리가 없어요."

"캐서린이 병이 났다고?"

그분은 우리에게로 재빨리 걸어오시면서 말씀하셨습니다.

"창을 닫아, 엘렌! 캐서린, 왜……."

서방님은 말을 잇지 못했습니다. 아씨의 초췌한 모습을 보고 말이 막혔던 것입니다. 그리고는 무섭고 놀라서 다만 아씨와 저를 번갈아 보실 뿐이었습니다.

"아씨는 이 방에서 애를 태우고 계셨어요. 그리고 거의 아무것도 잡수시지 않고 불평도 하시지 않았고요. 저희도 몰랐기 때문에 서방님께도 알리지 못했어요. 그러나 별일은 없어요."

저는 제 설명이 말이 안 된다고 생각했고, 서방님도 얼굴을 찌푸리셨습니다.

"아무것도 아니라니, 엘렌 딘?"

그분은 준엄하게 말씀하셨습니다.

"이렇게 되도록 내게 알리지 않은 이유를 좀 더 자세히 설명해 봐!"

그리고는 아씨를 품 안에 안고 괴로운 듯이 바라보셨습니다.

처음에 아씨는 그분에게 아는 척을 하지 않았습니다. 아씨의 흐린 눈에는 그분이 보이지 않았던 것입니다. 그러나 아씨는 완전히 정신을 잃은 것은 아니었습니다. 물끄러미 보고 있던 어둠으로부터 눈을 떼고 나서 아씨는 그분에게 주의를 집중시켜 자기를 부축하고 있는 것이 누구인가를 알아보았습니다.

"아하, 당신이군요. 당신이, 에드거 린튼!"

아씨는 노여운 얼굴로 말했습니다.

"당신은 바라지도 않을 때 나타나고 바랄 때는 나타나지 않는 그런 사람이군요! 이제 실컷 탄식할 때가 올 거예요. 내게는 그것이 죄다 보여요. 그러나 내가 저기 있는 무덤으로 가는 것을 막을 수는 없어요. 봄이 가기 전에 난 그리로 가게 되어 있어요. 저기예요, 교회 뜰 안에 묻혀 있는 린튼 가문의 조상들 사이가 아니라 빈터의 묘석(墓石) 아래 묻히겠어요. 당신은 그분들이 묻힌 데로 가든, 내가 묻힌 데로 오든 마음대로 하세요."

"캐서린, 대체 어떻게 된 거요! 당신에겐 이젠 나라는 사람이 아무것도 아니란 말이오? 당신은 그 녀석을 사랑하는 거요, 그 히스……."

"쉿! 지금은 말하지 말아요. 당신이 그 이름을 입 밖에 내면 나는 창문으로 뛰어내려 당장 끝장을 내버리겠어요. 지금 당신의 손 안에 있는 내 몸은 당신의 것일지 몰라도 당신이 내게 손을 대기 전에 내 영혼은 저 언덕 꼭대기에 가 있을 거예요. 당신은 소용없어요. 당신이 필요한 때는 지났어요. 당신이 책이라는 위안거리를 가진 것이 반갑군요. 내 마음 속에 자리 잡고 있던 당신은 온통 사라져 버렸으니까요."

"아씨는 정신이 오락가락하세요."

제가 말참견을 했습니다.

"아씨는 저녁 내내 헛소리만 하고 계시답니다. 그러나 이제 안정을 시켜 드리고 적당히 간호해 드리면 곧 나으실 거예요. 앞으로는 아씨의 기분을 거스르지 않도록 조심하셔야만 해요."

"이제 넬리의 충고는 듣지 않겠어."

린튼 서방님은 대답하셨습니다.

"넬리는 캐서린의 성격을 잘 알고 있으면서 나를 충동해서 이 사람을 괴롭혔어. 게다가 지난 사흘 동안 이 사람의 상태를 내게 조금도 알려 주지 않았어. 매정스럽게도! 몇 달을 앓아도 이렇게 쇠약해지진 않을 거야!"

남의 고약한 고집 때문에 책망을 받는 것이 너무 억울하다는 생각이 들어 저는 변명을 하기 시작했습니다.

"아씨의 고집이 워낙 세어서 자기 마음대로 하신다는 건 알고 있었어요. 그러나 서방님께서 아씨의 격한 성미를 부추기고 싶어 하신다는 건 몰랐네요. 아씨의 비위를 맞추기 위하여 히스클리프 씨의 나쁜 짓도 대범하게 봐넘겨야 한다는 것도 몰랐습니다. 저는 충실한 하녀로서의 의무를 다하느라고 서방님께 말씀을 드린 것뿐이었어요. 그런데 그것에 대한 대가가 고작 이것이로군요. 좋습니다. 이것으로 다음에는 조심해야겠다는 것을 알았습니다. 다음번에는 서방님께서 직접 정탐을 하시는 것이 좋을 겁니다."

"이 다음에 내게 쓸데없이 이야기를 꾸며대면 이 집에서 내보내겠어, 엘렌 딘."

"그렇다면 아예 아무 말씀도 듣지 않으시는 게 좋으시겠군요, 서방님."

저도 지지 않고 말했습니다.

"그러니까 히스클리프 씨가 이사벨라 아가씨를 꾀어내고, 서방님이 안 계실 때마다 아씨와 서방님 사이를 망쳐 놓으러 와도 좋다고 허락하신 셈이군요."

아씨는 정신이 오락가락하고 있기는 했지만 우리의 대화를 열심히 듣고 있었습니다.

"오! 넬리가 배반자였군!"

아씨는 격해져서 소리를 질렀습니다.

"숨어 있는 원수였어! 이 마녀 같으니. 정말 너는 우리를 해칠 돌촉을 찾고 있었군! 나를 놓아 줘요. 당장 저것의 잘못을 뉘우치게 해 주겠어! 큰 소리로 사과를 시키겠어!"

아씨는 두 눈에 미친 사람과 같은 노기를 띤 채 서방님의 품 안에서 벗어나려고 몸부림쳤습니다. 저는 이 일을 보고 있을 수가 없었습니다. 그리고 의사를 부르려고 그 방을 나왔습니다.

길을 나서려고 뜰을 지나다가 담장 밑의 말을 붙들어 매는 고리에 무언가 흰 물건이 불규칙적으로 움직이는 것이 눈에 띄었습니다. 분명히 바람에 흔들리는 것은 아니었습니다. 나중에라도 그것이 유령이었다고 생각하고 싶지 않아서 저는 바쁜 걸음이었지만 발을 멈추고 그것을 자세히 살펴보았습니다.

눈으로 보았다기보다는 손으로 만져보고 나서 그것이 이사벨라 아가씨의 '패니'라는 것을 알았습니다. 스패니얼 종(種)인 패니는 누군가가 손수건으로 매어놓아 거의 숨이 넘어갈 지경이었습니다. 저는 몹시 놀랍기도 하였고 어리둥절하기도 했습니다.

저는 급히 그 개를 풀어서 뜰에 놓아 주었습니다. 그놈이 이사벨라 아가씨가 자러 갈 때 뒤를 따라 위층으로 가는 것을 보았었는데 어떻게 하여 거기 나와 있었는지, 고리에 감은 매듭을 풀 때 저는 약간 떨어진 곳에서 달려가는 말발굽 소리를 몇 번 들은 것 같았습니다. 그러나 하도 여러 가지 일에 정신이 팔려 있었기 때문에, 새벽 두 시에 그러한 곳에서 이상한 소리가 나기는 했지만 그 이상 더 생각하지 않았습니다. 제가 거리를 올라갔을 때 케네드 선생은 마침 마을의 환자를 보러 가려고 집에서 나오는 참이었습니다. 제가 아씨의 병 이야기를 했더니 그분은 곧 저를 따라왔습니다.

그분은 단순하고 거친 분이었습니다. 케네드 선생은 예사롭지 않게 만약 캐서린 아씨가 전에 앓았을 때 이상으로 그의 지시를 잘 따르지 않으면 이번에는 살아날지 어떨는지 모르겠다는 말을 하는 것이었습니다.

"넬리 딘. 여기에는 특별한 이유가 있다고 생각하지 않을 수 없소. 이 댁에서 무슨 일이 있었던 것이 아니오? 이곳에는 이상한 소문이 퍼져 있소. 캐서린같이 튼튼하고 생기 있는 젊은 여자는 사소한 일로 병이 나지 않소. 그리고 그러한 사람은 병이 나서도 안 되는 거요. 그러한 사람들에게 열병이니 뭐니 하는 병을 치르게 하는 것은 힘든 일이오. 그래, 어떻게 시작된 일이오?"

"주인께서 말씀하신 대로예요. 선생님도 언쇼 집안 사람들의 격한 성격을 알고 계시지요? 린튼 부인은 그분들 가운데서도 으뜸이니까요. 아씨는 화가 나서 펄펄 뛰는 동안에 일종의 발작이 일어났어요. 적어도 아씨 자신은 그렇게 말씀하세요. 왜냐하면 아씨는 한창 화가 났을 적에 뛰쳐나가서 방에 틀어박혀 버렸으니까요. 그 뒤로는 아무것도 하지 않으셨어요. 그리고 지금은 헛소리를 하면서 꿈속을 헤매고 있지요. 아씨의 머릿속에는 온갖 이상한 환상이 가득 차 있어요. 그건 옆에 있는 사람만이 알 거예요."

"린튼 씨는 그 일을 안됐다고 생각하시오?"

케네드 선생은 의심스러운 듯이 말했습니다.

"안쓰러워하시느냐고요? 아마 무슨 일이 일어나면 그분 가슴도 찢어지실 거예요. 그러니까 필요 이상으로 그분을 놀라게 하지 마세요."

"그래? 주의를 하라고 말했었는데."

케네드 선생은 말했습니다.

"내 주의를 지키지 않아서 이런 일이 일어났으니 감수해야지. 그는 최근에 히스클리프 씨와 가까이 하지 않았나?"

"히스클리프 씨가 자주 찾아왔었어요. 그러나 어렸을 적에 아씨를 알고 있었기 때문이지 주인님이 그를 반겼기 때문은 아니에요. 그러나 지금은 그마저도 찾아오지 못하게 되었어요. 능청맞게도 린튼 아가씨를 유혹하려는 눈치를 보였기 때문이죠. 아마 다시는 집에 들여놓지 않을 거예요."

"그럼 아가씨도 그에게 냉담한 태도를 취했나?"

"아가씨는 저에게 털어놓고 얘기하지 않으니까요."

저는 그에 대한 화제를 껄끄러워하면서 대답했습니다.

"아니, 그 처녀는 여간내기가 아니야."

그분은 고개를 내저으면서 말했습니다.

"그 처녀는 혼자 비밀을 간직하고 있어! 그러나 정말 어수룩한 처녀거든. 믿을 만한 데서 들은 이야기인데, 간밤 — 아주 멋진 밤이었지! — 에 그 처녀와 히스클리프 씨가 당신네 집 근처 숲속을 두 시간 이상이나 거닌 모양이야. 그런데 그는 다시 집으로 들어가지 말고 자기 말을 타고 함께 도망을 치자고 졸랐다는군. 그 사람 이야기로는 이 다음번에는 그렇게 할 준비를 해 가지고 나오겠다고 굳은 약속을 하고 겨우 헤어졌다는 거야. 다음 번에 만나는 것이 언젠지는 듣지 못했다지만, 당신이 린튼 씨에게 잘 보살피라고 말해 둬!"

이 소식을 듣고 제 마음은 새로운 걱정으로 가득 찼습니다. 저는 케네드 선생보다도 앞서서 거의 달음박질하다시피 하여 돌아왔습니다. 그 작은 개는 아직도 뜰에서 짖고 있었습니다. 저는 잠시 걸음을 멈추고 그 개를 위해서 대문을 열어 주었지만 개는 현관 쪽으로 가지 않고 풀밭을 이리저리 냄새 맡으며 돌아다녔으므로 제가 그놈을 붙잡아 데리고 들어가지 않았더라면 밖으로 도망쳤을 것입니다.

이사벨라 아가씨의 방에 올라가 보니 제가 걱정했던 대로 방은 비어 있었습니다. 제가 조금만 더 빨랐더라도 이사벨라 아가씨는 아씨의 병을 알고 경솔한 짓은 하지 않았을지도 몰랐지요. 그러나 그때 어떻게 할 도리가 있었겠습니까? 당장 뒤쫓았다면 그들을 따라갈 수 있었을지도 모르지만 저는 따라갈 수가 없었습니다. 게다가 온 집안을 깨워서 소동을 벌일 수도 없었고, 감히 서방님에게 그 일을 알릴 수도 없었습니다. 서방님은 아씨의 병 때문에 고민에 빠져 있었기 때문에 새로운 걱정을 할 마음의 여유가 없었습니다. 입을 다문 채 흘러가는 대로 둘 수밖에 없었습니다. 곧이어 케네드 선생이 도착했기 때문에 저는 몹시 착잡한 표정으로 그분이 오셨다는 걸 알리러 갔습니다.

캐서린 아씨는 괴로운 듯한 모습으로 잠들어 있었는데 서방님께서 미쳐 버리는 것만은 구슬려 가라앉힌 모양이었습니다. 서방님은 머리맡에 서서 괴로움이 역력히 나타나 있는 아씨 얼굴의 변화를 하나하나 지켜보고 계셨습니다.

의사는 진찰을 하고 나서 만약 주위 사람들이 그녀가 안정을 취할 수 있게 도와준다면 틀림없이 나을 것이라고 서방님에게 말했습니다. 그리고 제게 죽지는 않겠지만 영영 정신이 이상해질지도 모른다고 말했습니다.

저는 그날 밤 눈을 붙이지 못했고, 린튼 서방님도 마찬가지였습니다.

우리는 아예 잠자리에 들지도 않았습니다. 하인들은 여느 때보다도 훨씬 일찍 일어나 발자국 소리를 죽이고 집안을 돌아다니며 각자 자기 일을 하다가 얼굴이 마주치면 서로 수군거렸습니다. 모두 일어나 있었지만 이사벨라 아가씨의 모습만 보이지 않았습니다. 그래서 다들 참 잘도 자고 있다고 말하기 시작했습니다. 서방님도 아가씨가 일어났는지 물으셨고, 아가씨가 나타나기를 기대하면서 이사벨라 아가씨가 올케에 대해 전혀 걱정하는 빛을 보이지 않는 것에 기분이 상한 듯했습니다.

저는 그분이 저에게 아가씨를 불러오라고 시키지는 않을까 싶어 잔뜩 긴장하고 있었습니다. 그러나 이사벨라 아가씨가 도망친 것을 제 입으로 먼저 말해야 하는 고통을 겨우 면할 수 있었습니다. 아침 일찍 기머튼에 심부름 갔던 철없는 하녀 하나가 헐떡거리면서 위층으로 올라와 방으로 뛰어들면서 외쳤습니다.

"아이고, 이 일을 어쩐담! 다음엔 또 무슨 일이 일어날까? 서방님, 서방님! 아가씨께서……."

"조용히 해!"

저는 그녀의 요란스러운 거동에 화가 나서 급히 외쳤습니다.

"조용히 말해, 메리. 무슨 일이지? 아가씨가 어쨌다는 거야?"

린튼 서방님이 말씀하셨습니다.

"아가씨가 도망을 갔어요. 글쎄, 도망을 갔다니까요! 저, 히스클리프 씨가 아가씨를 데리고 달아났어요!"

메리는 신음하듯이 말했습니다.

"그럴 리가 있나!"

서방님은 당황하여 벌떡 일어나면서 소리쳤습니다.

"그럴 리가 없어. 어떻게 그런 생각을 할 수 있지? 엘렌 딘, 가서 그 애를 찾아 봐. 믿어지질 않아. 그럴 리가 없어."

그리고 그분은 하녀를 문 있는 데로 데려가서는 왜 그런 말을 했는지 거듭 다잡아 물었습니다.

"이 집에 우유를 배달하는 젊은 사람을 길에서 만났어요."

그녀는 말을 더듬거렸습니다.

"그랬더니 여기에서 큰 소동이 벌어지지 않았느냐고 묻더군요. 저는 마님이 편찮으신 것을 말하는가 보다고 생각하고서 그렇다고 대답했지요. 그러자 그는 이렇게 말했어요. '누가 따라갔겠지?' 저는 눈이 휘둥그레졌어요. 간밤에 자정이 좀 지나서 기머튼에서 이 마일쯤 떨어진 대장간에 점잖은 남녀가 말에 편자를 박으려고 들렀대요. 그래서 대장간 집 딸이 누군가 하고 봤더니 단박에 알겠더라나요. 그 처녀가 본 남자는 확실히 히스클리프였다고 하더래요. 그를 잘못 알아볼 리는 없지요. 그리고 그 남자가 대금으로 자기 아버지에게 일 파운드 금화를 한 개 쥐어 주는 것도 보았대요. 여자는 외투로 얼굴을 가리고 있었다지만, 물을 달래서 마시는 동안 외투가 흘러내려 똑똑히 얼굴을 봤대요. 히스클리프는 말 두 마리의 고삐를 모두 잡고 말을 타고서 그 마을을 떠나 최대한 빨리 그 험한 길을 헤쳐 가더라는 거예요. 그 처녀는 자기 아버지에게는 아무 말도 하지 않고 오늘 아침 온 기머튼에 그 이야기를 퍼뜨렸어요."

저는 달려가서 그저 형식적으로 이사벨라 아가씨의 방을 들여다보았습니다. 그리고 돌아와서 그 하녀가 한 말이 사실이라고 말했습니다. 린튼 서방님은 다시 침대 옆에 앉아 있었습니다. 제가 돌아왔을 때도 그저 눈을 들어 멍하니 제 표정의 의미를 살펴보았을 뿐, 한마디 명령이나 말씀도 없이 다시 눈을 떨어뜨리셨습니다.

"아가씨를 쫓아가서 데려오려면 무슨 수를 써야 할까요? 저희가 어떻게 하면 되죠?"

"그 애는 제 발로 갔어."

서방님은 대답했습니다.

"가고 싶다면 갈 권리가 있지. 이젠 그 애의 일로 나를 괴롭히지 마라. 이제부터 그 애는 다만 명목상의 누이일 뿐이야. 그것도 내가 인연을 끊은 것이 아니라 그 애가 인연을 끊은 것이니까."

주인님은 그 문제에 대해서는 그 말밖에 하지 않았습니다. 그분은 그 이상 아무것도 묻지 않으셨고 또 이사벨라 아가씨에 대한 이야기도 결코 하시지 않았습니다. 다만 어디든 이사벨라 아가씨가 새 보금자리를 꾸민 것을 알게 되면 이 집에 있는 그녀의 물건을 다 그리로 보내라고 저에게 지시하셨습니다.

13

두 달 동안 도망친 두 사람은 나타나지 않았습니다. 그 두 달 사이에 캐서린 아씨는 악성 뇌막염에 시달렸지만 결국 이겨 내셨습니다. 외아들을 간호하는 어머니라도 그렇게 헌신적으로 간호하지 못할 만큼 에드거 서방님은 지성으로 아씨를 돌보았습니다. 밤낮을 가리지 않고 그분은 병자 옆에 지켜 앉아 캐서린 아씨가 짜증을 잘 내는 성격과 실성한 머리로 아무리 성가시게 굴어도 끈기 있게 참아 내셨습니다. 케네드 선생은 서방님이 아씨의 목숨을 건지기는 했지만 그 간호의 보답으로 앞으로도 끊임없이 걱정거리를 안고 살 것이다 ─ 사실 서방님의 건강과 기력이 한 사람의 폐인을 살리는 데 희생되었다고 봐야 했지요 ─ 고 말했습니다. 그래도 캐서린 아씨의 건강이 위험에서 벗어났다는 말을 들었을 때 서방님의 감사와 기쁨은 말할 수 없었습니다. 몇 시간이고 계속 아씨의 옆에 앉아서 아씨가 차츰 건강을 회복하는 것을 지켜보시고, 또 아씨의 정신이 조금씩 돌아와서 머지않아 옛날의 캐서린으로 돌아올 거라고 믿으며 너무나 밝은 표정으로 꿈에 부풀어 계셨습니다.

아씨가 처음으로 그 방을 나온 것은 다음해 삼월이 시작될 무렵이었습니다. 서방님은 그날 아침, 아씨의 베개 위에 한줌의 금빛 크로커스(야생화)를 갖다 놓았습니다. 잠에서 깬 아씨의 눈은 그 꽃을 보자마자 기쁨으로 반짝였습니다. 그런 아씨의 모습은 참으로 오랜만에 보는 것이었습니다. 아씨는 그 꽃을 끌어안았습니다.

"이 꽃이 워더링 하이츠에서 맨 먼저 피는 꽃이에요. 이 꽃을 보니까 차가운 눈을 녹이는 부드러운 바람, 따뜻한 햇볕, 그리고 거의 다 녹은 눈이 생각나는군요. 여보, 남풍이 불지 않아요? 그리고 눈은 이젠 거의 녹지 않았어요?"

"이곳 평지는 전부 다 녹아 버렸어. 그리고 온 벌판을 둘러보아도 흰 곳은 두 군데 정도밖에 눈에 띄지 않는구려. 하늘은 푸르고 종다리는 노래 부르며, 개울물과 시냇물도 모두 다 넘쳐흐르고 있소. 캐서린, 지난 봄 이맘때에 나는 당신을 이 집으로 몹시 데려오고 싶어 했었지. 그런데 지금 나는 당신이 저 언덕을 몇 마일 올라가길 바라고 있어. 바람이 저렇게도 향기롭게 불고 있으니 저런 바람을 쐬면 당신도 건강해질 것만 같아."

"나는 그곳에 가지 못할 거예요. 마지막 한 번이라면 몰라도. 그때에는 당신은 나를 버려두고 가실 테고, 나는 영원히 거기 남을 거예요. 다음해 봄에도 당신은 또 내가 이 방에 있었으면 하고 생각하며 오늘 일을 돌이켜 볼 테고, 그때는 행복했었다고 회상하게 될 거예요."

린튼 서방님은 더할 나위가 없을 정도로 부인을 위로하고 가장 정다운 말로 유쾌하게 해 주려고 하셨습니다. 그러나 물끄러미 그 꽃을 바라보는 아씨의 속눈썹에는 눈물이 맺혔습니다. 아씨는 흘러내리는 눈물을 그대로 내버려두었습니다.

우리는 아씨의 병이 나았다고 알고 있었습니다. 그러므로 이렇게 침울해하는 것도 오랫동안 한 곳에만 갇혀 있었기 때문이고 거처만 달라지면 나아지리라고 생각했습니다.

서방님은 저에게 여러 주일 비워 두었던 거실에 불을 지피고 볕이 잘 드는 창가에 안락의자를 내놓으라고 말씀하셨습니다. 그리고서 그분은 아씨를 데리고 내려왔습니다. 아씨는 아늑함과 따뜻함을 즐기면서 오래 앉아 있었습니다. 그리고 우리가 예상한 대로 바뀐 환경의 영향으로 생기를 되찾았습니다. 주위의 것들이야 늘 보던 것이었지만 아씨가 싫어하던 병실을 감싸고 있던 음산한 분위기는 사라졌으니까요. 저녁 무렵이 되자 아씨는 매우 지친 듯했습니다. 그러나 우리가 타일러도 자기 방으로 돌아가려고 하지 않았습니다. 그래서 저는 다른 방이 준비될 때까지 거실의 소파에 누울 수 있도록 해 드렸습니다.

층계를 오르내리는 피로를 덜게 하기 위해 우리는 거실과 같은 층에 있는, 지금 주인님께서 누워 계시는 이 방을 꾸며 놓았습니다. 아씨는 얼마 안 가서 서방님의 팔에 기대어 이 방과 거실 사이를 오갈 수 있을 정도로 기운을 차리셨습니다. 저는 그렇게도 정성스러운 간호를 받았으니까 이제는 나으시려나 보다 생각했습니다.

게다가 우리가 이렇게 간절히 바라는 데는 또 다른 이유가 있었습니다. 그것은 아씨가 살아야만 또 하나의 생명도 살아날 수 있었기 때문입니다.

조금만 있으면 린튼 서방님에게도 기쁨이 찾아올 것이고, 뒤를 이을 아기가 태어남으로써 그분의 땅도 남의 손에 넘어가지 않으리라는 희망을 품고 있었던 것입니다.

집을 나간 지 여섯 주일 후 쯤, 이사벨라 아가씨가 자기 오빠에게 짧은 편지를 보내 히스클리프와의 결혼을 알려 왔습니다. 편지는 냉담하고 메마른 것이었지만 마지막에 연필로 자기의 행동에 화가 났더라도 용서해 달라는 어색한 변명과 자기를 너무 나쁘게 생각하지 말고 이해해 달라는 간청이 적혀 있었습니다. 그리고 그때는 다른 방법이 없었으며 결혼한 지금은 그걸 취소할 수도 없다는 것이었습니다.

린튼 서방님은 그 편지에 답장을 보내지 않았던 것 같습니다.

그리고 두 주일이 지난 뒤에 저에게도 긴 편지가 왔는데, 그것은 신혼여행에서 갓 돌아온 신부가 쓴 것으로는 좀 이상한 것이었습니다. 그 편지를 읽어드리겠어요. 아직 가지고 있으니까요. 살아 있을 때 소중한 사람이었다면 그 사람의 유물 역시 소중한 것이지요.

엘렌에게

간밤에 워더링 하이츠에 와서 캐서린 언니가 많이 아팠고, 아직도 그렇다는 말을 처음으로 들었어. 언니에게 편지를 써서는 안 될 것 같고, 오빠 역시 내가 보낸 편지에 답장을 하기에는 너무 화가 나 있거나 혹은 너무 슬픔에 잠겨 있을 것 같아. 그렇지만 누구에게 편지를 써야만 하겠기에 결국 엘렌을 선택한 거야.

에드거 오빠에게 부디 이 말을 전해 줘. 나는 어떻게 해서라도 오빠의 얼굴을 다시 보고 싶어 한다고. 집을 떠난 지 하루 만에 이미 내 마음은 드러시 크로스 저택으로 돌아가 있었으며, 지금 이 순간도 에드거 오빠나 캐서린 언니에 대한 애정으로 가득 차 있다는 걸 말이야! 그러나 내 몸은 마음을 따라 돌아갈 수가 없어.(이 말에는 밑줄을 쳤습니다.)

그러니까 내가 돌아가리라고 기대하지는 마. 그리고 오빠나 언니가 어떻게 생각하셔도 괜찮아. 그러나 내가 돌아가지 않는 것은 의지가 약하거나 애정이 없어서라고 생각하지는 말아 줘.

지금부터는 엘렌에게만 하는 이야기야. 엘렌에게 물어보고 싶은 일이 두 가지 있어.

첫 번째는 엘렌은 이 집에 있을 때 어떻게 인간으로서의 감정을 잃지 않을 수 있었지? 나는 주위 사람들이 나와 같은 감정을 가지고 있다고는 생각할 수가 없어.

그리고 두 번째로 내가 묻고 싶은 것은 히스클리프 씨가 과연 인간인가 하는 것이야. 만약에 인간이라면 미친 것일까? 만약 인간이 아니라면 귀신일까? 내가 이렇게 묻는 이유는 말하지 않겠어. 그러나 엘렌이 알고 있다면 대체 내가 결혼한 상대의 정체가 무엇인지를 설명해 줬으면 좋겠어. 엘렌이 나를 만나러 올 때 말이야. 그리고 엘렌, 가능한 한 빨리 찾아와야만 해. 편지는 하지 말고 직접 와 줘. 그때 에드거 오빠로부터의 전갈도 함께 받아 와 줘.

이제 이 집은 나의 새로운 보금자리가 될 것 같아. 하지만 내가 처음 이 집에서 어떤 대우를 받았는지를 이야기해 줄게. 이렇게 주위에 물질적인 위안이 없다고 넋두리하는 것은 조금이라도 내 마음을 위로하기 위해서야. 물질적인 위안은 그것을 그리워할 때가 아니면 생각도 나지 않잖아? 만약 주위에 그런 위안이 없다는 것만이 내 불행의 전부이고 그 밖에는 모두 터무니없는 꿈이라면, 나는 정말 기뻐서 춤이라도 출 거야.

우리가 벌판 쪽을 돌아다보았을 때 해는 우리 집 뒤에서 저물고 있었어. 아마 여섯 시쯤 됐다고 생각해. 그러고 나서 히스클리프는 반 시간 쯤 머물면서 숲이며 정원이며 아마 집까지도 될 수 있는 대로 자세히 돌아본 모양이야. 그래서 우리가 말에서 내려 돌이 깔려 있는 이 집의 뜰에 내린 것은 이미 어두워진 다음이었어. 당신의 옛 동료인 조지프가 작은 촛불을 들고 나와 우리를 맞아 주어서 나는 기뻐했어. 그는 먼저 내 얼굴 있는 데까지 촛불을 들고 심술궂게 흘겨보고는 아랫입술을 삐죽이 내밀고 돌아서 버리더군. 그러고 나서 그 두 마리의 말을 끌고 마구간으로 데리고 가더니, 마치 우리가 옛 성(城)에서라도 살고 있는 듯이 바깥 대문의 자물쇠를 채우려고 다시 나오는 거야.

히스클리프는 뒤에 남아 그에게 이야기를 했고, 나는 부엌으로 들어갔어. 그 더럽고 지저분한 굴 속으로 말이야. 아마 당신이 본다면 절대 알아볼 수 없을 거야. 당신이 떠난 다음부터 그렇게 변했으니까.

난로 옆에는 악당 같은 아이가 서 있었는데, 팔다리가 튼튼하고 옷은 더러웠지만 눈매와 입언저리는 어딘지 캐서린 언니와 닮은 데가 있었어.

'이 애가 에드거 오빠의 처조카로군. 그러고 보면 나에게도 조카뻘이 잖아. 악수를 하고, 그렇지, 입을 맞춰야만 해. 처음부터 서로 잘 이해하는 것이 좋을 테니까.'

그렇게 생각한 나는 가까이 가서 아이의 그 통통한 손을 잡으려고 했어.

"안녕, 꼬마 도련님!"

내가 인사를 하자 그 아이는 무어라고 중얼거렸지만, 알아들을 수가 없었어.

"우리 친구가 될까, 헤어턴?"

나는 다시 말을 걸어 보았어.

그렇게 내가 참을성 있게 대하는데도 그 아이는 욕을 하며 나가지 않으면 드로틀러를 시켜 물게 하겠다고 위협하는 것이었어.

"야, 드로틀러!"

그 작은 녀석은 구석에 누워 있는 잡종 불도그를 아주 작은 소리로 불러냈어.

"자아, 나가지 못해?"

그러고는 위세를 부리면서 말하는 것이었어.

나는 목숨이 아까운 나머지, 바깥으로 나와 다른 사람들이 들어오기를 기다렸어. 히스클리프는 어디를 갔는지 보이지 않았고, 조지프는 내가 마구간까지 쫓아가서 같이 들어가 달라고 부탁을 했는데도 나를 노려보면서 콧등에 주름을 잡고 혼자 중얼거리기만 했어.

"입속에서 중얼거리기만 하고, 당신이 말하는 건 도무지 알아들을 수가 없어. 나와 함께 집으로 들어가 주었으면 한다고 말하는 거예요!"

나는 그가 귀머거리인가 싶어 크게 외쳤는데, 사실 그의 무례함에는 몹시 화가 났었어.

"안 돼요, 또 할 일이 있어요."

그는 대답하고서 일을 계속했어. 그러면서도 긴 턱을 움직이면서 내 옷과 얼굴(옷은 너무 화려했지만 얼굴은 그지없이 슬펐을 거야.)을 매우 경멸하는 표정으로 훑어보았어.

나는 다시 뜰을 돌아 또 하나의 출입구를 찾아내고 이번에는 친절한 하인이 나오기를 바라며 노크를 했어. 한참을 기다리고 있으니까 키가 크고 여윈 사내가 문을 열어 주었어. 그 사내는 목도리를 하지 않았고 전혀 단정하지 않은 차림새였어. 얼굴은 어깨까지 드리운 더부룩한 머리칼에 가려져 있었고. 그런데 눈만은, 캐서린 언니가 유령이 되어 나타났다고 생각할 정도로 어딘가 닮은 데가 있었어. 언니 눈처럼 아름답지는 않지만 말이야.

"무슨 볼일로 왔소?"

그는 엄한 기색으로 물었어.

"당신은 누구요?"

"제 이름은 전에는 이사벨라 린튼이었어요. 전에 저를 보신 적이 있으세요. 최근에 히스클리프 씨와 결혼을 해서 그가 저를 이리로 데려온 거예요. 아마 당신에게도 허락을 받았겠지요?"

"그러면 그가 돌아온 거요?"

그 은자(隱者)와 같은 사나이는 굶주린 늑대처럼 눈을 번들거렸어.

"네, 우린 지금 막 도착했어요. 하지만 그이는 저를 부엌 문간에 두고 어디로 가 버렸어요. 그래서 집안에 들어가려고 했는데, 댁의 아이가 개를 불러 나를 쫓아 버렸어요."

"그 마귀 같은 놈이 내가 시킨 대로 일을 잘하는군!"

지금부터 내가 신세를 지려는 이 집 주인은 으르렁거리듯 말하며 히스클리프를 찾으려는 모양인지 내 뒤의 어둠 속을 살피는 것이었어. 그러고는 혼잣말로 실컷 욕지거리를 하다가 그 '악마 같은 녀석'이 자기를 속이기라도 하면 어떻게 해 주겠다면서 위협을 했지.

나는 다시 그 집에 들어가려 한 것을 후회하면서 그가 투덜대고 있는 동안에 도망쳐 버리고 싶었어. 하지만 그렇게도 못하고 있는 참에, 그가 나에게 들어오라고 하고는 문을 닫고 다시 잠가 버렸어. 안에는 커다란 난로에 불이 타오르고 있었지만 큰 방을 비추고 있는 불빛은 그 난로뿐이었어. 방바닥은 온통 잿빛으로 변해 있었고, 번쩍번쩍해서 어릴 적에 늘 내 눈길을 사로잡던 백랍 접시도 녹이 슬고 먼지가 앉아 거무칙칙했어.

나는 그에게 하녀를 불러 침실로 안내를 받아도 되겠냐고 물어보았어. 그러나 언쇼 씨는 대답하지 않았어. 그는 내가 있다는 걸 까맣게 잊어버린 듯 호주머니에 손을 꽂은 채 이리저리 거닐고 있었지. 아무리 봐도 정신이 나간 것처럼 보였고, 거동 자체가 사람을 싫어하는 듯해서 나는 다시 그에게 말을 걸지 못했어.

엘렌, 당신은 짐작할 수 있을 거야. 이렇게 사람을 푸대접하는 집의 난롯가에 앉아 혼자 있을 때보다도 더 무서운 외로움을 느끼면서, 내가 이 세상에서 누구보다도 사랑하는 사람들이 사는 그 편안한 집이 사 마일 밖에 있다는 것을 생각했을 때, 나는 정말로 속절없는 느낌이 들었다는 것을. 더구나 그 사 마일이 대서양을 사이에 둔 것만큼이나 내게는 건널 수 없는 먼 거리가 되고 말았으니 말이야!

나는 스스로에게 물어보았어. 나는 어디서 위안을 찾아야 하는가를. 그러고 보니 — 하지만 에드거 오빠나 캐서린 언니에게 이야기하지 않도록 — 그 밖의 어떤 슬픔보다도 히스클리프와의 관계를 위해 나를 도와주는 사람이 없는 것이 가장 막막했어.

내가 기쁜 마음으로 워더링 하이츠에 신세를 지려고 한 것도 그렇게 함으로써 그이와 둘이서만 살지 않아도 된다는 생각에서였어. 그러나 그이는 이 집 사람들을 잘 알고 있어서 그들의 방해는 아예 염려도 하지 않았

던 거야.

나는 한참 동안 서글프게 앉아 생각에 잠겼어. 시계가 여덟 시를 치고 아홉 시를 알렸지만 언쇼 씨는 여전히 고개를 숙이고 묵묵히 방 안을 이리저리 거닐면서 간간이 신음 소릴 내거나 탄식을 할 뿐이었어. 나는 집 안에서 여자 소리가 나지 않는지 열심히 귀를 기울였어. 그러는 동안 나는 미칠 듯한 후회와 불길한 예감에 사로잡혀 있었기 때문에, 마침내 참지 못하고 울음을 터뜨리고 말았어.

나도 모르게 내가 얼마나 슬픈 기색을 보였는지 언쇼 씨는 규칙적으로 걷고 있다가 내 맞은편에 서서 새삼스럽게 놀란 듯이 나를 보았어. 그가 다시 내게 주의를 기울인 기회를 타서 나는 소리를 쳤어.

"저는 먼 길을 오느라고 피곤해서 자야겠어요. 하녀는 어디 있어요? 와 주지 않을 모양이니 어디 있는지 가르쳐나 주세요."

"하녀는 없소. 자기 일은 자기가 해야 하오."

"그러면 어디서 자야 하지요?"

나는 흐느꼈어. 피로와 비참함에 지쳐 체면을 차릴 수도 없었던 거야.

"조지프가 히스클리프의 방으로 안내할 거요. 저 문을 열어 봐요. 거기 있을 테니."

그가 시키는 대로 하려고 하니까 그는 갑자기 나를 붙잡고 괴상한 어조로 말했어.

"문을 잠그고 빗장을 걸도록 하시오. 잊지 말고."

"네? 왜 그러세요, 언쇼 씨?"

나는 히스클리프와 단둘이서 문을 닫아걸고 있을 생각은 없었던 거야.

"이걸 봐요!"

그는 조끼에서 모양이 이상한 권총을 꺼냈는데 총신에는 용수철을 장치한 쌍날 칼이 붙어 있었어.

"자포자기한 사내에게 이건 대단한 유혹이지. 나는 밤마다 이놈을 가지고 가서 그 녀석의 방문을 흔들어 보지. 문이 열리기만 하면 그 녀석은 마지막이오. 조금 전까지 그런 짓을 해서는 안 되는 이유를 여러 모로 생각하는 동안에도 나는 여전히 이놈을 가지고 그자의 방문 앞까지 갔단 말이오. 그 녀석을 죽임으로써 내 자신의 계획을 망쳐 버리고 싶어지는 것은 아무래도 악마가 나를 조종하는 모양이오. 당신은 그 녀석을 사랑할 수 있도록 끝까지 그 악마와 싸워 보구려. 그러나 때가 오면 하늘의 천사들이 모조리 나서도 그 녀석을 살리진 못할 거요."

나는 그 무기를 유심히 보았어. 그러자 내게 이상한 생각이 들었어. 그런 무기를 가질 수 있다면 얼마나 든든할까! 나는 그것을 그의 손에서 빼앗아 그 칼날을 만져 보았어. 그 사람은 내 얼굴에 잠깐 스치는 표정을 보고 놀라는 듯했어. 무섭다는 표정이 아니라 가지고 싶다는 눈치를 보였으니 말이야. 그는 심술궂게 그 권총을 도로 빼앗아 칼을 접고 자기 조끼 속에 집어넣었어.

"그 녀석에게 말해도 상관없소. 그 녀석에게 주의를 시키고 당신도 감시를 하시오. 우리 사이가 어떻다는 건 알고 있을 줄 아오. 그의 신변이 위험하다고 하더라도 당신은 놀라지 않겠지."

"히스클리프는 도대체 당신에게 무슨 짓을 한 거예요? 당신에게 무슨 못쓸 짓을 했기에 그는 이렇게 미움을 사는 거죠? 차라리 이 집에서 나가라고 하는 것이 낫지 않겠어요?"

"안 돼."

언쇼 씨는 고함을 질렀어.

"만약 이 집에서 나가겠다고만 해 봐, 내가 살려 두는지. 당신이 그렇게 하라고 부추긴다면 그건 당신이 살인을 범하는 거나 마찬가지야. 나는 회복할 가망도 없이 몽땅 잃어버리란 말인가? 헤어턴은 거지가 되어야 하는가? 천만의 말씀! 나는 도로 찾고야 말겠어. 그 녀석의 돈까지 빼앗아야겠어. 그리고 그 녀석의 피도. 영혼은 지옥으로 보내지! 그 녀석이 가면 지옥도 열 배는 더 어두워질 거야!"

엘렌, 당신은 내게 옛 주인의 버릇을 이야기한 적이 있지? 그분은 분명히 미친 것만 같아. 적어도 지난밤엔 그랬어. 옆에 있자니 몸이 떨릴 지경이었어. 하인인 조지프의 천한 퉁명스러움이 차라리 마음에 들 정도로.

그분이 다시 방 안을 거닐기 시작하자 나는 빗장을 열고 얼른 부엌으로 피했어.

조지프는 난로 위에 몸을 구부리고 거기 널려 있는 큼직한 냄비를 들여다보고 있었어. 그리고 바로 옆에 놓인 긴 의자 위에는 오트밀이 담긴 나무 그릇이 놓여 있었어. 우리의 저녁 식사를 준비하는 거라고 짐작하고 시장한 바람에 그것이라도 먹으려고 생각했지.

"죽은 내가 쑤겠어요!"

나는 날카롭게 외치면서 그릇을 그의 손이 닿지 않는 곳으로 옮기고서 모자와 승마복을 벗기 시작했어.

"언쇼 씨가 내 일은 반드시 내가 하라고 했어."

나는 말을 계속했어.

"그렇고말고, 여기서 점잔을 빼다간 굶어죽겠어."

"어이구!"

중얼거리며 그는 앉은 채로 줄무늬의 긴 양말을 신은 다리를 무릎에서 발목까지 두들겼어.

"겨우 두 주인 섬기기에 길이 들 만하니까 또 새로 명령하는 분이 생기는군. 마님 상전까지 모셔야 할 판이면 꽁무니를 뺄 때도 된 모양이지. 난 오래 살던 이 집을 떠나야 할 날이 오리라고 생각한 적이 없었는데, 그날도 멀지 않았나 보군."

이렇게 탄식하는 것도 들은 체하지 않고 나는 부지런히 저녁 준비를 하면서도 이런 것이 모두 한낱 재미였던 지난날을 생각하고는 한숨지었어. 그러나 곧 그러한 생각은 않기로 했어. 지난 일을 생각하는 것은 고통스러운 데다가, 옛일이 눈앞에 떠오르면 떠오를수록 막대기로 죽을 젓는 손이 빨라졌고 한 줌씩 굵은 가루를 물에 넣는 것도 빨라지는 것이었어.

조지프는 내 요리 솜씨가 볼수록 화가 나는 모양이었어.

"저것 봐! 헤어턴, 오늘 밤 죽은 못 먹을 거야. 죽이 아니라 내 주먹만 한 덩어리일 테니까. 저것 좀 보라고! 그릇이고 뭐고 할 것 없이 다 한데 집어넣지 그래? 저것 봐, 위 꺼풀만 걷어내면 다 됐는데, 게다가 쿵덕쿵덕 소리까지 내고. 그리고도 냄비 밑바닥이 빠지지 않으니 다행이지!"

죽을 사발에 담아 보니 정말 내가 봐도 형편없는 음식이었어. 그래도 네 사람 분은 되더군. 소젖을 짜는 데서 일 갤런 단지로 우유를 가져왔는데 헤어턴은 단지째 입을 대고 마시면서 질질 흘리는 거야.

나는 그러지 말라고 타이르고 그렇게 더럽게 마시면 내가 마실 수 없으니까 그릇에 따라 마시라고 했어. 그러자 그 빈정대기 좋아하는 영감은 내가 그렇게 까다롭게 군다고 굉장히 화를 냈어. 이 아이는 당신보다 조금도 못한 것이 없고 몸에 병이라고는 없다면서, 어떻게 그렇게 명령할 수 있느냐고 어이없다는 표정을 지었지. 그러는 동안에도 그 녀석은 계속 우유를 마셨고 단지 속에 침을 흘리면서 보란 듯이 나를 노려보았어.

"난 다른 방에서 식사를 하겠어요. 거실은 없어요?"

"거실이라고?"

조지프는 비웃듯이 그 말을 되풀이했어.

"거실이라곤 없소. 이 집에는 그런 건 없소. 우리와 함께 있는 것이 싫다면 주인어른 방이 있고, 주인어른이 싫다면 우리와 함께 있는 거요."

"그럼, 위층으로 가겠어요. 방으로 안내해 줘요!"

내가 말했어.

나는 내 그릇을 쟁반에 놓고 직접 가서 우유를 좀 더 가져왔어.

조지프는 몹시 투덜대면서 일어나서 계단을 올라갔어. 우리가 올라간 데는 다락이었는데, 그는 지나가는 방마다 문을 열고는 방 안을 들여다보았어.

"여기 방이 있군."

그는 드디어 돌쩌귀를 단 덜렁거리는 판자문을 열어젖히면서 말했어.

"죽 그릇을 핥기엔 충분한 방이지. 저기 구석에 보릿자루가 놓여 있지만 그만하면 더럽진 않으니까. 그래도 당신의 값비싼 비단 옷이 더러워질 것 같으면 그 위에 손수건이라도 펴시구려."

그 '방'이란 골방 같은 것으로 엿기름과 곡식 냄새가 코를 찌르고, 그러한 물건이 든 온갖 자루가 주변에 가득 쌓여 있었는데 그 한가운데에 넓고 엉성한 자리가 비어 있었어.

"아니, 이봐요!"

나는 노여움에 떨면서 그에게 소리쳤어.

"여긴 자는 곳이 아니잖아! 침실을 보여 달란 말이에요!"

"침실이라고?"

그는 조롱하는 투로 그 말을 되풀이했어.

"침실이라곤 저것뿐인데, 저건 내 침실이오."

그가 보여 준 것은 다음 다락방이었어. 벽 근처에 아무것도 없이 한쪽 끝에 남빛 이불이 놓인, 커튼도 없는 큼직하고 낮은 침대가 있는 것이 처음의 방과는 달랐지.

"영감의 침실을 봐서 뭘 해?"

나는 비꼬아 말했어.

"히스클리프 씨가 설마 다락방에서 거처하진 않겠지?"

"아하! 당신이 찾고 있는 것은 히스클리프 어른의 침실이었소?"

그는 마치 새로운 발견이라도 한 듯 외치는 것이었어.

"진작 그렇게 말할 일이지. 그랬으면 이런 수고를 하지 않고도 그 방만은 볼 수 없다고 말했을 텐데. 그분은 항상 그 방을 잠가 놓아서 그분 외에는 아무도 얼씬거리지 못하게 하거든."

"정말 훌륭한 집이군, 조지프 영감. 사람들도 친절하고 말이야. 내 운명이 이 집 사람들과 연결된 날부터 온 세상의 광증(狂症)이 한데 엉겨 내 머릿속으로 들어온 것 같아! 그러나 그런 건 지금 문제 삼을 일이 아니고, 달리 방법이 있을 테니까 제발 빨리 어디든지 들어가게 해 줘요."

조지프는 이 말에는 대답도 하지 않고 무뚝뚝하게 터덜터덜 나무 계단을 내려가 어느 방 앞에서 걸음을 멈추었어. 조지프가 그렇게 발걸음을 멈추었고, 그 방의 가구가 훌륭한 것으로 보아 나는 그 방이 제일 좋은 방이라고 생각했어. 거기에는 양탄자가, 그것도 좋은 것이 깔려 있었어. 하지만 먼지가 수북이 쌓여 무늬는 보이지 않았어. 벽난로에는 예쁘게 오린 종이 장식이 드리워져 있었지만 그것도 갈기갈기 찢어져 있었고, 꽤 비싼 천으로 만든 현대식의 치렁한 진홍빛 커튼이 드리워진 훌륭한 참나무 침대도 놓여 있었어. 그러나 이 커튼은 틀림없이 아주 험하게 사용된 듯 침대 밑을 가리는 천도 고리에서 떨어져 축 늘어져 있었고, 그 고리가 걸려 있는 쇠막대기도 한쪽이 활처럼 휘어져서 방바닥에 천이 질질 끌리고 있었어. 의자도 모두 망가지고 심하게 부서진 것도 여럿 있었어. 그리고 벽의 판자도 군데군데 깊이 패어 있어 형편없었지.

나는 그래도 그곳으로 들어가 그 방을 차지하려고 했는데, 그 바보 같은 안내자가 말하는 것이었어.

"여긴 주인어른의 방이오."

그때는 벌써 내 저녁 식사는 식어 버렸고 식욕도 없어졌으며, 또 그 이상 견딜 수가 없었어. 당장에 들어갈 수 있는 장소를 마련하고 쉴 수 있도록 해달라고 우겨댔지.

그러자 하느님을 찾은 영감이 말하기 시작했어.

"도대체 어디로 들어가겠단 거지? 주여, 축복을 내리소서! 용서하옵소서! 도대체 어디를 가겠다는 거요? 되지 못한 귀찮은 사람 같으니! 헤어턴의 작은 방을 빼고는 모조리 다 보았잖소. 이 집에는 그 외에는 잘 수 있는 방이라곤 없소."

나는 너무 화가 나서 들고 있던 쟁반과 거기 담긴 것들을 바닥에 내던지고는 계단 꼭대기에 앉아 손으로 얼굴을 가리고 울었어.

"어이구, 어이구! 잘했어, 잘했어! 그러나 주인어른이 깨진 사기그릇에 걸려 넘어지기라도 해 봐. 틀림없이 야단법석이 날 테니. 아무짝에도 쓸모없는 사람 같으니라고! 화가 났다고 하느님께서 주신 음식을 내동댕이 치다니. 지금부터 크리스마스 때까지 굶더라도 아무 말 못하게 됐소. 그러나 그런 성미도 오래 가진 못할걸? 히스클리프가 그런 짓을 참을 것 같아? 그렇게 화를 내고 있는 모습을 그분이 봤으면 좋겠어. 제발 그랬으면 좋겠는데."

이렇게 잔소리를 늘어놓으면서 그는 촛불을 들고 밑에 있는 자기 방으로 내려갔어. 나는 어둠 속에 혼자 남게 됐어.

이런 실없는 짓을 한 뒤 잠시 생각해 보니 나는 자존심과 분노를 억제하고 내가 엎질러 놓은 것은 내가 치워야겠다는 생각이 들었어. 그런데 마침 뜻밖에도 드로틀러라는 놈이 와 주어서 도움이 되었어. 그때 보니 드로틀러는 우리 집 스컬커란 놈의 새끼였어. 강아지 때 우리 집에 있다가 아버지가 힌들리에게 선물했었지. 그놈은 나를 아는 것 같았어. 인사를 하듯이 코를 내 손에 갖다 대고는 죽을 핥아먹기 시작했어. 그동안 나는 계단을 한 층 한 층 손으로 더듬어가며 깨어진 유리 조각을 주워 모으고 난간에 묻은 우유를 손수건으로 닦았어.

우리의 작업이 막 끝났을 때 언쇼 씨의 발자국 소리가 복도에서 났어. 드로틀러는 꼬리를 감추고 벽에 딱 몸을 붙였고 나도 제일 가까운 방문 쪽으로 몸을 숨겼어. 하지만 조급히 계단을 뛰어 내려가는 소리와 함께 애처로운 울음소리가 길게 난 것으로 보아 개는 미처 언쇼 씨를 피하지 못한 것 같았어. 나는 운이 좋았어. 언쇼 씨는 내 옆을 지나 자기 방에 들어가서 문을 닫았어.

잠시 후 조지프가 헤어턴을 재우려고 데리고 올라왔어. 내가 피해 들어간 곳은 헤어턴의 방이었지. 그 영감은 나를 보자 이렇게 말했어.

"자, 이제는 이 집에서 뽐내든지 어쩌든지 당신 맘대로 해도 좋을 거요. 모두 잠들었으니 맘대로 할 수 있단 말이오. 당신같이 돼먹지 못한 사람에게 언제나 따라다니는 건 악마 정도일 테니까!"

나는 그 말을 들은 것을 다행으로 생각하고 난롯가에 있는 의자에 몸을 내던지기가 무섭게 꾸벅거리며 잠이 들었어. 나는 곤하게 잠이 들었지만, 곧 깨어났어. 히스클리프가 깨웠거든. 그는 들어오자마자 내게 부드러운 말투로 거기서 무얼 하고 있느냐고 물었어. 나는 이렇게 늦게까지 내가 일어나 있었던 것은 우리 방의 열쇠가 그의 주머니에 들어 있었기 때문이었다고 말해 주었지. 그러나 그는 '우리 방'이라는 말에 몹시 화가 났던 모양이야. 그는 절대로 그 방은 우리 방이 아니며 앞으로도 절대 우리 방이 되지 않을 거라고 했어.

그는 또 다른 말도 했지만 그의 말을 옮겨 놓거나 그의 행동을 이야기하진 않겠어. 그는 교묘하고도 끈질기게 나의 미움을 사려 했어. 나는 때로 너무 어이가 없어서 무서운 것도 잊어버릴 지경이었어. 그이에 비하면 이젠 호랑이나 독사도 무섭지 않아.

그는 캐서린 언니가 병이 났다는 소식을 전하면서 에드거 오빠를 비난했어. 에드거 오빠를 손에 넣을 수 있을 때까지 나를 대신 괴롭히겠다는 거야.

나는 그가 지긋지긋해. 비참해. 내가 어리석었어. 이런 이야기는 집에 있는 어느 누구에게도 말하지 말아 줘. 당신이 오기를 날마다 기다리겠어. 나를 실망시키지 말아 줘.

이사벨라

14

저는 이 편지를 읽자마자 주인님에게 가서 이사벨라 아가씨는 워더링 하이츠에 도착했는데, 아씨의 병세를 슬퍼하고 서방님을 몹시 보고 싶어 하는 편지를 저한테 보내왔다고 말씀드렸습니다. 그분이 가능한 한 빨리 저를 시켜 아가씨를 용서한다는 말을 전하길 바랐던 것입니다.

"용서라니! 난 그 애를 용서할 게 하나도 없어, 엘렌. 그 애에게 가 보려거든 오후에 워더링 하이츠에 가서 나는 절대로 화를 내고 있는 게 아니며, 단지 그 애를 잃은 것을 서운하게 생각하고 있노라고 말해도 좋아. 그 애가 행복하리라고는 생각할 수 없으니까 더욱 그렇지. 그러나 내가 그 애를 보러 간다는 것은 말도 안 돼. 우리는 영원히 헤어진 거고, 결혼한 그 악마에게 이 고장을 떠나도록 말해 달라고나 해."

저는 애원하듯이 물었습니다.

"그럼, 아가씨에게 한마디도 안 쓰겠다는 말씀이신가요?"

"안 쓰겠어!"

그분은 단호했습니다.

"그럴 필요가 없어. 히스클리프가 우리 집에 편지를 하지 말았으면 하는 것과 마찬가지로 나도 히스클리프네 집에 편지를 하고 싶지 않아. 편지 왕래 같은 건 절대로 안 돼!"

린튼 서방님의 냉랭한 태도에 저는 몹시 맥이 빠졌습니다. 집을 떠나 워더링 하이츠로 가는 동안 저는 그분의 말씀을 아가씨에게 전할 때 좀 더 다정하게, 그리고 아가씨를 위해서 편지 몇 줄 적는 것조차 거부하던 그분의 태도를 어떻게 하면 좀 더 부드럽게 전할 수 있을까 고민했습니다.

아마 아가씨는 아침부터 제가 오지 않는지 내다보고 있었나 봅니다. 뜰로 들어갔을 때 아가씨가 집 밖을 내다보고 있기에 저는 고개를 끄덕였습니다. 그러자 아가씨는 남의 눈이 두려운지 창에서 물러서는 것이었습니다.

저는 노크도 하지 않고 들어갔습니다. 전에는 밝고 명랑하던 집이 몹시 쓸쓸하고 음산했습니다. 정말이지 제가 만약 아가씨의 처지였다면 적어도 난로를 쓸고 테이블은 행주로 닦았을 것입니다. 그러나 아가씨는 이미 자기 주변의 등한한 생활에 젖어 있었습니다. 그 예쁘던 얼굴은 창백하고 맥이 없었습니다. 머리칼도 풀어진 채로 몇 가닥은 축 늘어져 있었고 또 몇 가닥은 아무렇게나 머리에 휘감겨 있었습니다. 입고 있는 옷도 그 전날 저녁부터 입고 있었던 것 같았습니다.

언쇼 서방님은 보이지 않았습니다. 히스클리프 씨는 테이블에 앉아 지갑 속에 든 종이쪽지를 뒤적거리고 있었는데 제가 나타나자 일어서더니 안부를 묻고 의자를 내미는 것이었습니다.

거기서 멀끔해 보이는 것은 그 사람뿐이었습니다. 그리고 얼굴도 제가 보던 중에서 가장 좋아보였습니다. 환경이 신분을 뒤바꿔 놓아서, 그 사람을 모르는 사람이라면 그가 훌륭한 가문에서 태어나 신사로 자란 사람이라고 생각했을 것입니다. 그리고 그의 부인은 상당히 지저분한 여자라고 생각했겠지요.

아가씨는 저를 맞으러 황급히 달려와서 기다리던 편지를 받으려고 한 손을 내밀었습니다. 저는 고개를 저었습니다. 그러나 아가씨는 그 눈치를 알아차리지 못하고 제가 모자를 놓으러 간 선반 있는 데까지 따라와서 가져온 것을 어서 내놓으라고 작은 소리로 조르는 것이었습니다.

히스클리프는 이사벨라 아가씨의 거동을 보고는 다 알았다는 듯이 말했습니다.

"물론 있겠지만, 이사벨라에게 전할 것이 있거든 주시오, 넬리. 숨길 필요는 없소. 우리 사이에 비밀은 없으니까."

"그런데 가져온 것이 없어요."

저는 사실대로 말하는 것이 상책이라고 생각하고 대답했지요.

"우리 집 서방님께서는 지금으로서는 아가씨께서 그분의 편지나 방문을 기대해서는 안 된다고 말씀드리라고 하셨어요. 그분은 아가씨에게 안부를 전하고 행복을 빌며, 걱정을 시키셨지만 아가씨를 용서하신다고 말씀하셨어요. 그러나 이 뒤로는 그분의 집안과 이 집안이 교제를 해 보았자 아무 소용이 없을 테니까 하지 말아야 한다고 생각하고 계세요."

히스클리프 부인은 입술을 약간 떨면서 처음에 앉아 있던 창 있는 데로 돌아갔습니다. 그 남편은 제 옆에 있는 벽난로 바닥을 딛고 서서 캐서린 아씨에 대하여 묻기 시작했습니다.

저는 병에 대해서 말해도 괜찮을 만큼 이야기했습니다.

하지만 그가 하도 꼬치꼬치 캐물어서 그 병의 원인에 관계되는 사실을 대충 말하지 않으면 안 되게 되었습니다.

저는 모든 일의 시초가 아씨 때문이라며 아씨를 나무랐는데, 사실 아씨는 나무람을 받을 만도 했지요. 그리고 마지막으로 저는 히스클리프 씨도 린튼 서방님을 본받아서 좋든 싫든 앞으로 그 집안의 일에 간섭하는 것을 절대로 피하는 것이 좋을 거라고 말했습니다.

"우리 아씨께서는 이제 점차 회복되고 계세요. 절대로 예전같이 되지는 않겠지만 목숨은 건지셨지요. 정말 그분을 생각하시거든 다시는 만나지 말아 주세요. 아니, 이 고장을 아주 떠나시는 것이 좋겠어요. 미련이 없으시도록 말씀드리지만, 지금의 캐서린 린튼 아씨는 완전히 다른 사람이 되셨어요. 모습도 많이 변했지만 성격은 더욱더 달라진 걸요. 싫어도 그분과 같이 계실 수밖에 없는 우리 집 서방님은 이제부터는 옛날의 그분에 대한 추억과 인정과 의무감 때문에 겨우 애정을 지탱해 나가실 거예요!"

"그건 물론 그럴 수 있는 일이지."

히스클리프 씨는 억지로 냉정한 체하면서 말했습니다.

"당신 주인에게 인정과 의무감밖에 남은 것이 없다는 것은 아주 그럴 법한 일이오. 그러나 당신은 내가 캐서린을 그 사람의 의무와 인정에 맡겨 둘거라고 생각하는 거요? 그리고 당신은 캐서린에 대한 나의 감정과 그의 감정을 서로 비교할 수 있다고 생각하는 거요? 당신이 돌아가기 전에 나를 캐서린과 만나게 해 준다는 약속을 받아야만 하겠소. 당신이 승낙을 하든 반대를 하든 나는 만나야겠소. 그러니 대답해요."

"히스클리프 씨."

저는 대답했습니다.

"제가 중간에서 두 분을 만나게 할 수는 없습니다. 만나게 하지도 않겠지만요. 당신과 우리 집 서방님이 다시 만나게 된다면 아씨는 돌아가시고 말 거예요."

"당신이 도와준다면 그런 일은 피할 수 있을 거요."

그는 말했습니다.

"그리고 만일 그런 위험이 있다면, 에드거가 캐서린의 생명에 아주 약간이라도 고통을 주는 원인이 된다면 내가 극단적인 일을 한다고 해도 그게 이치에 어긋나진 않을 거요. 에드거가 없어질 경우 캐서린이 괴로워하지나 않을까 하는 염려 때문에 내가 망설이고 있는 거요. 바로 그게 우리 두 사람 감정의 가장 큰 차이점이지! 그가 만약 내 처지에 있고, 내가 그의 처지에 있었더라면 그에 대한 미움이 아무리 견디기 어려운 것일지라도 나는 그에게 손끝 하나 까딱하지 않았을 것이오. 당신이 믿어지지 않는다는 얼굴을 해도 좋소. 나는 캐서린이 원하는 한 그와 못 만나게 하지는 않을 거요. 하지만 캐서린이 상관하지 않는다면 나는 당장 그의 심장을 찢어발기고 피를 마시겠소. 내 말이 믿어지지 않는다면 당신은 나라는 사람을 잘 모르는 거요. 하지만 캐서린이 그를 생각하는 한 난 그의 머리칼 하나도 건드리지 않을 거요. 그보다는 차라리 내가 조금씩 말라 죽는 편이 낫소."

"말씀은 그렇게 하시지만."

저는 그의 말을 가로막았습니다.

"당신은 아씨께서 당신을 거의 잊어버린 지금 아씨에게 당신을 생각하게 하여 새삼스럽게 불화를 일으키고, 그 바람에 아씨가 회복할 수 있는 희망을 송두리째 없애도 상관이 없다는 거로군요."

"당신은 그녀가 나를 잊었다고 생각하오? 아, 넬리! 당신은 그렇지 않다는 것을 잘 알고 있어! 나는 캐서린이 린튼을 한 번 생각할 때 나를 천 번이나 생각하고 있다는 걸 알고 있어! 나와 마찬가지로 당신도 잘 알고 있지! 내 평생에 가장 비참했던 시기엔 나도 캐서린에게 잊혀졌다고 생각한 적이 있었어. 작년 여름 이곳으로 돌아왔을 때도 늘 그런 생각이 들었소. 그러나 이제는 캐서린 자신이 그렇다고 단언하지 않는 한 다시는 그런 무서운 생각을 하지 않을 것이오. 그렇게만 된다면 린튼이고 힌들리고 내가 지금까지 꾸어온 모든 꿈이 다 사라져 버릴 테니까. 나의 미래는 죽음과 지옥이라는 단 두 마디의 말이면 충분하오. 캐서린을 잃어버린 뒤의 나의 삶은 지옥일 것이오. 그러면서도 한때 나는 어리석게도 캐서린이 나의 애정보다 에드거 린튼의 애정을 더 소중히 여긴다고 생각한 적이 있었소. 비록 그가 그 빈약한 몸집으로 온힘을 다하여 그녀를 사랑한대도 그의 80년 동안의 사랑은 나의 하루 동안의 사랑에도 미치지 못할 거요. 그리고 캐서린은 나와 마찬가지로 속이 깊은 사람이오. 그러므로 그 애정을 에드거가 송두리째 차지한다는 것은 바닷물을 말죽통에 담을 수 있다는 거나 마찬가지요. 체, 그 녀석은 캐서린에게는 기르는 개나 말보다 나을 게 조금도 없소. 나처럼 사랑을 받을 자격이 없으니까. 사랑받을 자격이 없는데 캐서린이 어떻게 사랑을 하지?"

"캐서린 언니와 에드거 오빠는 어느 누구 못지않게 서로 사랑하고 있어요!"

이사벨라 아씨가 갑자기 큰 소리로 외쳤습니다.

"아무도 그런 식으로 이야기할 권리는 없어요. 그리고 우리 오빠를 얕본다면 나도 가만히 듣고 있진 않겠어요."

"당신 오빠는 당신을 퍽도 좋아하지. 놀랄 만큼 재빨리 당신을 세상으로 내쫓았으니까."

히스클리프는 비웃듯이 말했습니다.

"오빠는 내가 얼마나 고생하는지 전혀 모르고 있어요. 내가 말하지 않았으니까."

"조금도 얘기하지 않았다고? 편지를 했잖아?"

"결혼했단 말을 하기 위해 편지를 한 것뿐이에요. 그 편지는 보셨잖아요."

"그 뒤로는 하지 않았어?"

"안 했어요."

"아씨는 이리로 오셔서 얼굴이 더 나빠지셨어요. 사랑이 부족하기 때문이에요. 어느 분의 사랑인지 분명하지만 말하지 않는 게 좋겠죠."

"나는 이사벨라의 사랑이 모자란다고 생각하는데."

히스클리프 씨는 말했습니다.

"아주 게으른 여자가 돼 버렸단 말이야! 어느새 나를 기쁘게 하는 일도 지쳐 버린 모양이니 여자치고는 유난히 빠른 셈이지. 당신은 믿지 않겠지만 결혼한 다음 날 집에 가고 싶어서 울고 있었으니까. 그러나 너무 깔끔하지 않은 것이 이 집에 더 잘 어울릴지도 몰라. 그러나 밖으로 돌아다니면서 나를 부끄럽게 하지 못하도록 주의시킬 거야."

"글쎄요. 아씨께서는 누가 돌보고 시중을 들어드리던 분이라는 걸 좀 생각하셨으면 합니다. 모든 사람의 시중을 받으며 자란 귀한 외동딸이라는 것도요. 하녀를 두어 깨끗이 신변을 보살펴드리도록 하고 아가씨를 아껴주셔야 해요. 에드거 서방님을 어떻게 생각하시든 간에 아씨는 사람을 깊이 사랑하실 수 있는 분이라는 것을 의심해서는 안 돼요. 만약 그렇지 않다면 그렇게도 우아하고 편안한 집과 가족을 버리고 당신과 함께 이처럼 살풍경한 곳에서 살 수는 없으실 거예요."

"저 사람은 잘못 생각하고 자기의 집과 가족을 버린 거지. 나를 로맨스의 주인공으로 상상하고는 내가 기사(騎士)처럼 헌신적으로 무엇이든 바라는 대로 해 줄 거라고 기대한 거야. 나는 이사벨라를 이성(理性)을 가진 사람이라고 생각할 수가 없어. 그렇게도 끈덕지게 나라는 사람에 대하여 터무니없는 생각을 하고 그릇된 이상을 가지고 행동했으니 말이지. 그러나 드디어 나라는 사람을 알기 시작한 것 같아. 처음에 내 비위를 거스르던 그 싱거운 웃음이나 찡그리는 얼굴을 이제는 볼 수 없으니까 말이야. 그리고 이사벨라가 우쭐대는 것에 대해서나 그 자신은 어떻게 생각하는지 말해 주어도 그게 내 진심이라는 걸 알아차리지 못하던 무분별함도 보이지 않거든. 내가 사랑하지 않는다는 걸 알아차린 것은 영리한 이사벨라로서는 참으로 굉장한 노력이었지. 나도 한때는 무슨 짓을 해도 이 사람은 모를 거라고 생각했을 정도니까! 그리고 지금도 잘 모르고 있어. 놀랍게도 내가 실제로 나를 미워하게 만드는 데 성공했다는 걸 오늘 아침에야 알았다는 듯이 이야기하니 말이지! 그건 확실히 헤라클레스의 노력에 필적하는 거야. 만약 그것이 성공한다면 나는 감사할 만해. 당신이 말한 건 틀림없는 사실이겠지? 이사벨라, 나를 정말 미워하고 있는 건가? 내가 한나절만 당신을 혼자 내버려두면 다시 한숨을 쉬고 다정한 체할 텐가? 이렇게 진실을 폭로하는 것은 사람의 자존심을 손상시키니까. 그러나 저쪽에서 나에게 몸이 달았다는 것을 안다고 해도 나는 별 상관이 없소. 나는 그 점에 대해 이사벨라에게 거짓말을 한 적이 없으니까. 단 한 번이라도 마음에도 없는 다정한 척을 했다며 나를 비난할 수는 없을 거요. 그 집을 나와서 내가 맨 처음 보인 행동은 그녀의 조그만 개를 고리에 매단 거야. 그리고 이사벨라가 그 개를 풀어 주라고 말했을 때, 내가 한 첫마디 말은 한 사람만 빼놓고 그 집 안 사람은 모조리 목을 매다는 것이 소원이라는 것이었소. 그 예외라고 한 한 사람을 아마 이사벨라는 자기 자신인 줄 알았던 모양이야. 그러니 이 사람은 내가 아무리 잔인한 짓을 해도 상관 않는 것 같더군. 저렇게 가엾고 노예같이 비굴한 계집이 내 사랑을 받을 수 있을 거라고 생각한다니, 그지없이 어리석고 실로 어이없는 일이었다고 생각하지 않소? 넬리, 내 평생에 이 사람처럼 비열한 인간은 처음 보았다고 당신 주인에게 말해 주시오. 저런 사람은 린튼 댁의 수치야. 아무리 심한 짓을 해도 참고서 여전히 창피하게 매달려오기 때문에 나는 정말 더 이상 곯려줄 방법이 떠오르지 않아서 더 시험해 보지도 못하고 그만두는 때가 있을 정도였소. 그러나 린튼에게 오빠로서 그리고 치안판사로서는 걱정할 필요가 없다고 말해 주오. 나는 엄밀히 법률의 한계 내에서 행동할 뿐이니까. 지금까지는 이사벨라에게 이혼을 청구할 권리는 조금도 주지 않았소. 그리고 게다가 누가 우리를 떼어 놓아 봤자 이사벨라는 그다지 고마워하지도 않을 거요. 만약 나가고 싶다면 나갈 수도 있어. 곯려 주는 것도 재미있긴 하지만 옆에 있기 때문에 귀찮은 일이 오히려 더 많거든!"

"히스클리프 씨. 그건 미친 사람이나 하는 짓이에요. 그리고 부인께서는 필시 당신이 미쳤다고 생각하실 거예요. 그러니 지금까지 참아 오신 거지요. 그러나 당신이 나가도 좋다고 하셨으니 틀림없이 기뻐하며 나가실 거예요. 아가씨가 원해서 저분과 함께 살 만큼 홀리신 것은 아니겠지요?"

"조심해, 엘렌!"

이사벨라 아가씨는 분한 듯이 눈을 반짝이면서 대답했습니다. 그 눈빛으로 보아 그녀에게 미움을 받으려는 남편의 노력은 완벽하게 성공했다는 것은 의심할 여지가 없었습니다.

"저 사람의 말은 단 한마디도 믿어서는 안 돼. 저 사람은 거짓말쟁이 악마에 괴물이지, 사람이 아니야. 전에도 나가도 좋다는 말을 들은 적이 있었어. 그래서 나가려고 한 적도 있었지만 다시는 그러지 않겠어. 엘렌, 저 사람의 고약한 언행을 한마디도 오빠나 캐서린 언니에게 말하지 않겠다고 약속해 줘. 저 사람은 무슨 방법을 써서라도 결국 에드거 오빠를 화나게 하여 자포자기하도록 만들고 싶은 거야. 오빠를 맘대로 하기 위한 속셈으로 나와 결혼한 것이겠지만 내가 그렇게 하도록 만들진 않을 테니까! 그렇게 하느니 차라리 먼저 죽어 버리겠어! 나는 오직 저 사람이 악마 같은 집념을 버리고 나를 죽여 주길 바랄 뿐이야. 지금 내가 생각할 수 있는 단 하나의 기쁨은 내가 죽거나 저 사람이 죽는 걸 보는 거야."

"자, 그만 하면 됐어! 넬리, 만약 당신이 법정에 불려간다면 저 사람이 지금 한 말을 기억해 둬요. 그리고 저 얼굴을 잘 보아 둬요. 이젠 제법 나와 잘 어울리지? 아니, 이사벨라, 이제는 당신을 그냥 내버려둘 수 없어. 나는 당신을 법률상으로 보호해야 하는 위치에 있으니까. 아무리 그 의무가 마음에 들지 않는다고 하더라도 내 감독 아래 두어야만 하겠어. 위층으로 올라가. 나는 엘렌 딘에게 조용히 할 말이 있으니까. 그리로 가면 안 돼, 위층이라니까. 아니, 위층은 이쪽으로 올라가는 거야!"

히스클리프 씨는 이사벨라를 붙잡아 방에서 밀어내고는 혼잣말을 중얼거리면서 돌아왔습니다.

"내가 불쌍히 여길 줄 알아? 어림도 없지! 버러지들이 꿈틀거리면 꿈틀거릴수록 나는 창자가 튀어나올 만큼 더욱더 짓밟고 싶어진단 말이야. 마치 이가 돋아나느라고 아픈 것과 마찬가지지. 아프면 아플수록 더 힘을 주어 지그시 물고 싶거든!"

"불쌍히 여긴다는 말이 무슨 뜻인지 아시나요?"

저는 급히 모자를 집어 들며 말했습니다.

"당신은 평생 동안 조금이라도 불쌍하다는 감정을 느낀 적이 있나요?"

그는 제가 떠나려 하는 것을 알고 제 말을 가로챘습니다.

"그걸 놓아요! 당신은 아직 가면 안 돼. 자, 이리 와요. 넬리, 나는 캐서린을 만날 결심이지만, 그러기 위해선 당신을 설득하든지 억지로라도 나를 도와주도록 해야만 하겠어. 그것도 당장에 말이야. 해를 끼칠 생각은 없다는 것을 맹세하지. 무슨 소란을 피우거나 린튼 씨를 화나게 하거나 모욕하고 싶지는 않아. 다만 캐서린에게서 병세가 어떠하며 왜 병을 앓고 있는지 이야기를 듣고, 내가 도움이 될 수 있는 일이 있는지 묻고 싶은 거요. 오늘 밤 나는 그리로 다시 가려고 해. 나는 밤마다 그곳에 갈 거고, 안으로 들어갈 기회가 생길 때까지 매일 갈 거요. 만약 에드거 린튼을 만난다면 나는 당장 그 녀석을 때려눕히고 내가 머무르는 동안 시끄러운 소리를 못 내게 해 주겠어. 만약 하인들이 덤빈다면 이 권총으로 위협해서 쫓아 버릴 거야. 하지만 하인들이나 에드거와의 충돌은 될 수 있는 한 피하는 게 좋지 않겠어? 당신이 있으면 그럴 수 있어. 내가 가면 당신에게 신호를 할 테니까 당신은 캐서린이 혼자 있을 때 아무도 보지 못하게 나를 들여놓으면 돼. 내가 떠날 때까지 감시를 할 수도 있고, 양심의 가책을 받을 필요는 전혀 없어. 당신은 불행한 일을 막는 것뿐이야."

저는 제가 시중들고 있는 집에서 그러한 배신행위를 할 수 없다고 말했습니다. 게다가 자신의 만족을 위해서 캐서린 아씨의 안정을 파괴하는 것은 잔인하고 이기적인 일이라고 주장했습니다.

"지극히 평범한 일로도 아씨께서는 애처로울 만큼 놀라시는 걸요. 아주 신경이 예민하셔서 당신이 불쑥 찾아간다면 그 충격을 견디지 못하실 거예요. 제발 고집 부리지 마세요. 끝끝내 그렇게 하시겠다면 도리 없이 서방님께 당신의 계획을 알려 드리겠어요. 그렇게 하면 그분께서는 집안 사람들의 안전을 위해서 그런 부당한 침입을 막을 방법을 찾으실 테지요."

"그렇다면 나는 당신을 붙잡아 둘 방법을 찾겠어!"

히스클리프 씨는 소리쳤습니다.

"당신을 내일 아침까지 여기 붙잡아 두겠어. 캐서린이 나를 만날 수 없다고 주장하는 것은 어리석은 수작이야. 게다가 나도 갑작스럽게 만나서 캐서린을 놀라게 하고 싶지는 않아. 당신이 내가 가도 좋은지 미리 말해 두는 거야. 캐서린이 내 이름을 말하지 않고, 내 말을 해 주는 사람도 없다고 말했지. 그 집에서 내 이야기를 하는 것이 금지되어 있다면 캐서린인들 누구에게 내 이야기를 하겠어? 캐서린은 당신네들을 모두 남편의 스파이라고 생각하고 있는 거야. 아니, 캐서린은 당신네들 틈에서 지옥에 있는 기분을 맛보고 있을 거야. 말을 안 한다는 것만으로도 나는 그 사람의 기분을 알겠어. 당신은 그 사람이 종종 안절부절못하고 걱정스러워 보인다고 했는데, 그것이 안정의 증거라는 건가? 당신도 그 사람의 마음이 불안정하다는 이야기를 했지. 그런 지긋지긋한 고독 속에서 도대체 어떻게 마음의 안정을 얻는단 말이야. 그 어설픈 간호로 캐서린의 기력을 회복시킬 수 있다고 생각하는 것은 참나무를 화분에 심어 놓고 무성해지기를 바라는 거나 마찬가지야. 자, 당장 결정짓기로 하지. 당신이 여기 머물고 내가 린튼과 그의 하인들을 밀어젖히고 억지라도 캐서린을 만나러 갈 것인지, 그렇지 않으면 당신이 지금까지 그랬던 것처럼 내 편이 되어 나의 부탁을 들어 줄 것인지. 자, 결정을 하란 말이오. 만약 끝끝내 말도 안 되는 고집을 부릴 거라면 난 잠시라도 더 우물쭈물할 필요는 없으니까."

글쎄, 주인님, 저는 따지기도 하고 불평도 하면서 몇 번이나 안 된다고 말했어요. 그러다 결국 저는 그의 편지를 아씨에게 전하고, 만약 아씨가 허락하신다면 그에게 린튼 서방님이 다음에 집을 비우는 시간을 알려 주기로 약속했지요. 그때 그가 오면 들어올 수 있는 곳을 안내하기로요. 대신 저도 그 자리에 머물지 않고 다른 하인들도 저와 마찬가지로 방해가 안 되게 밖으로 내보낸다는 조건이었습니다.

　그것은 옳은 일이었을까요, 아니면 잘못된 일이었을까요? 할 수 없는 일이었다고 하더라도 저는 잘못했었던 것 같아요. 저는 히스클리프 씨의 말을 따름으로써 또 하나의 폭발을 막는다고 생각했지요. 그리고 어쩌면 그것이 좋은 계기가 되어서 캐서린 아씨의 정신병에 차도가 생길지도 모른다고 생각했었어요.

　그러고 보니 에드거 서방님이 저더러 말을 옮긴다고 몹시 나무라시던 일이 생각나더군요. 그래서 그때도 다시는 주인의 신뢰를 배반하는 일은 하지 않겠다고 여러 번 다짐함으로써 그렇게 할 수밖에 없는 데 대한 불안감을 없애 보려고 했습니다. 그럼에도 불구하고 집으로 돌아갈 때는 워더링 하이츠로 향할 때보다 더욱 발걸음이 무거웠습니다. 게다가 큰마음을 먹고 그 편지를 린튼 부인의 손에 쥐어 주기까지 저는 정말로 여러 번 망설였습니다.

　그런데 케네드 선생이 오셨더군요. 제가 내려가서 주인님이 훨씬 나아지셨다고 말씀드리지요. 제 이야기는 이 고장 말투로 '지겹고 따분한 이야기'지만, 따분한 오전의 심심풀이는 될 거예요.

　정말 '지겹고 따분한 이야기군!' 하고 나는 그 기특한 여인이 의사를 맞이하러 내려가고 난 뒤의 일을 생각하고 있었다.

　그리고 또 재미있게 들을 이야기로는 좀 부적당하다고도 생각했다. 그러나 거리낄 것은 없다. 나는 쓴 약초와 같은 딘 부인의 이야기에서 몸에 좋은 부분만 뽑아내면 된다.

　그리고 첫째 워더링 하이츠에서 본 캐서린 히스클리프의 빛나는 눈에 숨은 매력을 경계하기로 하자. 만약 그 젊은 과부에게 마음을 빼앗기고, 게다가 그녀가 모친의 복사판이기라도 하다면 그야말로 내 입장은 이상한 꼴이 될 테니까!

15

또 한 주일이 지났다. 그리고 나도 차츰 건강을 회복했고, 그만큼 봄도 가까워졌다. 가정부가 다른 중요한 일에서 틈이 날 때마다 몇 번이고 이야기를 계속해 주어서 나는 내 이웃의 내력을 모조리 들을 수 있었다. 나는 내 이야기를 조금 줄이는 한이 있더라도 되도록 가정부가 말한 대로 계속하려 한다. 그녀는 대체적으로 이야기 솜씨가 매우 훌륭하여 내가 더 맵시 있게 그 이야기를 고칠 수 있을 것 같지는 않다.

제가 하이츠에 다녀온 그날 저녁 — 그녀는 이렇게 말하는 것이었다 — 히스클리프 씨는 보이지 않았지만 그가 그 근처에 있다는 것은 분명히 알고 있었어요. 그래서 전 밖으로 나가는 것을 피했습니다. 아직도 그의 편지가 내 주머니에 들어 있었고 더 이상 협박이나 괴로움을 겪기 싫었기 때문이지요.

캐서린 아씨께서 그 편지를 받으시면 어떻게 되는지 알 수가 없었기 때문에 서방님께서 어디에 가시기까지는 그것을 전하지 않기로 작정했던 것입니다.

그 때문에 그 편지는 사흘이 지나도록 아씨에게 전해지지 않았습니다.

나흘째, 일요일이 되어 집안 사람들이 교회에 가고 난 뒤에 저는 편지를 아씨가 계시는 방으로 가지고 갔습니다.

남자 하인 한 명이 남아서 저와 함께 집을 지키고 있었습니다. 우리 집은 교회에서 예배를 보는 동안에는 대개 문을 잠그고 있었지만, 그날은 하도 날씨가 좋아서 문을 활짝 열어놓았습니다. 저는 약속을 지키기 위해서, 그리고 찾아올 사람이 누구인지 알고 있었기 때문에 그 하인에게 아씨께서 몹시 귤을 먹고 싶어 하시니 급히 마을로 내려가서 돈은 내일 준다고 하고 몇 개 가져오라고 말했습니다. 하인이 떠나자 저는 위층으로 올라갔습니다.

캐서린 아씨는 흰 옷을 입고 가벼운 숄을 어깨에 걸친 채 여느 때와 마찬가지로 열어놓은 창가에 앉아 있었습니다. 병이 나기 전에 하나로 묶고 있던 탐스럽고 긴 머리는 이제는 자연스럽게 관자놀이와 목덜미에 드리워지도록 빗어 내리기만 했습니다. 제가 히스클리프 씨에게 말했던 것처럼 아씨의 모습은 변해 있었지만, 이렇게 조용히 계실 적에는 그 변화 속에 이 세상 사람 같지 않을 정도로 아름다웠습니다. 빛나던 두 눈은 꿈을 꾸는 듯하였고 수심에 찬 듯이 부드러워 보였습니다.

이제는 주위의 것들을 눈여겨보지도 않는 것 같았고 언제나 저편을, 아주 먼 이 세상 너머를 응시하는 것 같았습니다. 그동안 약간 살이 올라 여윈 자취는 가셨지만 그 창백한 얼굴과 그 정신 상태에서 오는 특이한 표정을 통해 애처롭게도 그렇게 된 원인이 엿보여서 보는 사람의 마음을 끌었습니다.

게다가 제겐 언제나 그랬고 그분을 보는 사람이면 누구에게라도 그랬지만 눈에 띄는 회복의 증세는 사라지고 이제는 영 나을 가망이 없는 듯한 인상을 주었습니다.

책이 한 권 그분 앞 창턱에 펼쳐진 채 놓여 있었습니다. 그리고 부는 듯 마는 듯한 바람결에 책장이 이따금 팔락였습니다. 그 책은 린튼 서방님이 그 자리에 놓아두었던 것 같습니다.

아씨께서는 책을 읽는다든가 무슨 일이든 하여 기분을 돌리려고 하신 적이 없어 서방님께서는 무엇이든 아씨가 전에 즐거워하던 일에 주의를 기울이게 하려고 몇 시간씩 애쓰시곤 했던 것입니다. 아씨도 그분의 생각을 알고 계셔서 기분이 좀 좋을 적에는 그런대로 조용하게 계셨습니다. 하지만 이따금 지친 듯 새어나오는 한숨을 참다가 마지막에는 그지없이 슬픈 미소나 키스로 그 모든 것이 소용이 없다는 것을 보여 주는 것이었습니다. 또 기분이 언짢을 때는 뾰로통하게 외면한 채 두 손으로 얼굴을 가리거나 심지어는 화를 내며 남편을 떠밀어내시기도 했습니다. 그러면 서방님도 아씨를 혼자 있도록 놔두시는 것이었습니다. 어떠한 노력도 소용이 없다는 것을 그분은 잘 알고 있었기 때문입니다.

기머튼 교회의 종은 아직도 울리고 있었습니다. 넘실거리며 부드럽게 흐르는 골짜기의 시냇물 소리가 사람의 마음을 달래듯 귓전으로 들려왔습니다. 집 둘레의 나무가 잎이 무성해지기만 하면 시냇물 소리 같은 것은 들려오지 않기 때문에 그것은 철 이른 여름철 나뭇잎의 속삭임을 대신하는 듯한 아름다운 소리였습니다. 워더링 하이츠에서는 눈이 한창 녹거나 한동안 비가 온 뒤의 조용한 날에는 언제나 그 시냇물 소리가 들렸습니다.

캐서린 아씨는 그때 그 소리에 귀를 기울이면서 워더링 하이츠를 생각하고 있었을 것입니다. 아씨는 잠깐이긴 하지만 생각하거나 귀를 기울일 수 있었단 말입니다. 그러나 아가씨는 멍하니 먼 데를 보고 있어서 전혀 눈으로나 귀로 이 세상의 것을 보고 듣고 있는 것 같지는 않았습니다.

"편지가 왔어요, 아씨."

저는 무릎 위에 놓인 하얀 손에 그 편지를 살며시 쥐어 드리면서 말했습니다.

"답장을 하셔야 하니까 바로 읽으세요. 제가 겉봉을 뜯을까요?"

"그래."

저는 그것을 뜯었습니다. 그것은 매우 간단한 쪽지였습니다.

"자, 읽어보세요."

아씨가 손을 움츠리는 바람에 편지가 떨어졌습니다. 저는 다시 그것을 아씨의 무릎 위에 놓고 아래를 내려다볼 생각이 드실 때까지 서서 기다렸습니다. 그러나 좀처럼 그런 기색이 없어 마침내 다시 말했습니다.

"제가 읽어 드릴까요, 아씨? 이건 히스클리프 씨한테서 온 거예요."

그러자 아씨는 깜짝 놀라며 추억을 더듬는 듯 괴로운 표정을 보이더니 생각을 가다듬으려고 애쓰는 듯했습니다. 그러고는 편지를 집어 들어 자세히 읽었습니다. 아씨는 쪽지에 적힌 히스클리프 씨의 이름을 보고 한숨을 쉬었습니다. 그러면서도 그 편지의 뜻을 이해하지 못했습니다. 왜냐하면 제가 회답을 듣고 싶다고 말했을 때 아씨는 다만 그 이름을 가리키면서 서글프게 의아해하는 눈초리로 열심히 저를 응시하셨기 때문입니다.

"그분이 아씨를 만나고 싶어 하세요."

저는 아씨에게 설명을 해 드려야 할 것 같았습니다.

"그분은 지금쯤 뜰에서 제가 어떠한 회답을 가지고 올 것인지 초조하게 기다리고 계실 거예요."

저는 그렇게 말하면서 한쪽 구석의 양지바른 풀밭에 누워 있던 커다란 개가 막 짖으려다가 낯선 사람이 아니라 아는 사람이 가까이 다가온다는

표시로 꼬리를 흔드는 것을 눈여겨보고 있었습니다.

문이 열려 있었기 때문에 히스클리프 씨는 들어오고 싶은 유혹을 이기지 못하고 안으로 들어온 것입니다. 십중팔구 제가 약속을 피하려는 줄만 알고 자기 자신의 용기를 믿을 수밖에 없다고 결심했던 모양입니다.

긴장된 얼굴로 캐서린 아씨는 자기 방 입구 쪽을 보고 있었습니다. 히스클리프 씨는 어느 방인지를 바로 알아내지는 못했습니다. 그래서 아씨는 그를 안내하라는 시늉을 하셨지만 제가 미처 방문까지 가기도 전에 그는 방을 알아내고 성큼성큼 아씨 옆에 다가와 아씨를 껴안았습니다.

그는 오 분쯤 입을 열지도 않았고 팔장을 풀지도 않았습니다. 그리고 그동안 그가 지금까지 평생 한 것보다도 더 많은 키스를 퍼부었을 것입니다. 그러나 먼저 키스한 것은 아씨 쪽이었습니다. 그리고 저는 히스클리프 씨가 하도 마음이 아파 차마 아씨의 얼굴을 내려다보지 못하는 것을 똑똑히 보았습니다. 그는 아씨를 보는 순간 저와 마찬가지로 아씨는 끝내 회복될 가망이 없고 그렇게 죽을 수밖에 없다는 것을 알게 되었던 것입니다.

"아, 캐시! 아, 나의 생명이여! 내가 어떻게 참을 수가 있단 말이오?"

이것이 그의 첫 마디였습니다. 그리고 그 어조는 자기의 절망을 숨기려고도 하지 않는 것 같았습니다. 그는 아씨를 뚫어지게 바라보고 있었는데, 그 열렬한 눈길 때문에 눈에 눈물이 고일 것만 같았습니다. 그러나 그의 두 눈은 괴로움으로 이글거릴 뿐 눈물을 흘리지는 않았습니다.

"뭐라고요?"

캐서린 아씨는 몸을 뒤로 젖히고 갑자기 이마를 찌푸리면서 그를 마주 바라보았습니다. 아씨의 기분은 언제 갑자기 변할지 모르는 변덕스러운 바람개비 같았습니다.

"당신과 에드거는 내 가슴을 찢어 놓았어요! 그러면서도 당신들은 둘 다 불쌍한 것은 자기들인 것처럼 나한테 와서 그 일을 탄식하는 거예요. 나는 당신들을 불쌍하게 생각하지는 않겠어요. 그렇고말고. 당신들은 나를 죽여 놓고도 건강하게 잘살 거예요. 굳세기도 하지! 내가 죽은 뒤 몇 해나 더 살려고 하는 거예요?"

히스클리프 씨가 아씨를 껴안으려고 한쪽 무릎을 펴고 일어서려고 하자 아씨는 그의 머리를 붙잡고 일어나지 못하게 했습니다.

"우리가 둘 다 죽을 때까지 이렇게 붙잡고 있을 수만 있다면."

아씨는 안타까운 듯이 말을 계속했습니다.

"당신이 아무리 괴로워한다고 해도 상관하지 않을 거예요. 당신의 괴로움 따위는 아무것도 아니에요. 당신이라고 괴롭지 말라는 법이 어디 있어요? 나도 괴로워하고 있는데! 당신은 나를 잊어버릴 건가요? 당신은 내가 땅에 묻히면 행복하겠어요? 이십 년 뒤 당신은 이렇게 말할 건가요? '저것이 캐서린 언쇼의 무덤이야. 오래전에 나는 그녀를 잃고 슬퍼했지. 그러나 그것은 지난 일이야. 그 뒤 나는 여러 사람을 사랑했고 그녀보다도 내 아이들이 더 소중해. 죽을 때도 내가 그녀에게 간다는 게 기쁘기보다는 아이들을 두고 떠나는 것이 슬플 거야!' 그렇게 말할 건가요, 히스클리프?"

"나도 당신처럼 미치게 만들 작정이오?"

히스클리프 씨는 잡힌 머리를 뿌리치고 이를 갈면서 외쳤습니다.

두 사람의 모습은 옆에서 냉정하게 보는 사람에게는 이상하고도 무서운 것이었습니다. 캐서린 아씨가 육신과 함께 살아 있을 때의 성격을 버리지 않는 한, 비록 천국에 가더라도 잠시 귀양간 것으로밖에는 생각지 못할 것 같았습니다. 그때의 아씨 표정은 그 창백한 뺨과 핏기를 잃은 입술과 반짝이는 눈에 맹렬한 복수심을 담고 있었습니다. 한편 히스클리프 씨는 한 손으로 몸을 일으키면서 다른 한 손으로는 아씨의 팔을 잡고 있었는데, 그는 병자를 다루는 데 필요한 자상한 배려 같은 것이 없었기 때문에 그가 아씨의 팔을 놓았을 때 그 핏기 없는 피부에는 네 개의 손가락 자국이 또렷이 남아 있었습니다.

"죽어가면서도 내게 그런 식으로 말하다니, 악마에게라도 홀린 거요?"

히스클리프 씨는 사납게 말을 계속했습니다.

"당신이 지금 한 말이 내 기억에 타들어가서 당신이 세상을 떠난 뒤에도 영원토록 내 가슴을 파고들어갈 거라는 것을 생각해 봤소? 내가 당신을 죽였다는 것이 거짓말이라는 건 당신도 알고 있소. 그리고 캐서린, 내가 내 자신을 잊을 수 없는 것처럼 당신을 잊을 수 없다는 것도 잘 알고 있지 않소! 당신이 무덤에서 편안히 잠들어 있는 동안 나는 살아남아서 지옥 같은 고통 속에서 몸부림치리라는 것을 생각하면, 아무리 지독하게 자기만을 생각하는 당신이라도 만족할 게 아니오?"

"나는 편안히 잠들지 못할 거예요."

캐서린 아씨는 발작으로 인한 괴로움으로 자기 몸의 쇠약함을 깨닫고 신음하듯이 말하였습니다. 지나친 흥분으로 눈으로도 볼 수 있고 귀로도 들을 수 있을 만큼 세차게 심장이 뛰었습니다.

아씨는 그 발작이 끝날 때까지 더 이상 아무 말도 하지 못했습니다. 그리고서 조금 부드러워진 어조로 말을 계속했습니다.

"나보다 더 당신을 괴롭히고 싶지는 않아요, 히스클리프. 나는 오직 우리가 언제까지라도 헤어지지 않기를 바랄 뿐이에요. 그러니까 내가 한 말이 나중에 당신을 슬프게 한다면 나도 땅속에서 당신과 같이 슬퍼한다고 생각하세요. 그리고 나를 위해 주신다면 나를 생각해 주세요! 이리 와서 다시 내 곁에 앉아요. 당신은 지금까지 나를 해친 적이 없었어요. 당신이 화를 낸다면 나중에 나에게 들은 심한 말을 기억하는 것보다도 더 괴로울 거예요. 다시 이리 와 줘요, 제발!"

히스클리프 씨는 아씨가 앉은 뒤로 가서 허리를 굽혔지만 아씨에게 얼굴이 보일 만큼 굽히지는 않았습니다. 그의 얼굴은 치밀어 오르는 감정 때문이었는지 핏기라곤 찾아볼 수가 없었습니다. 아씨는 몸을 돌려 그를 보려고 했지만 그는 얼굴을 보이려고 하지 않고 갑자기 돌아서더니 벽난로 쪽으로 걸어가서 우리에게 등을 돌린 채 말없이 서 있었습니다.

캐서린 아씨는 의아한 눈초리로 그를 보고 있었습니다. 그의 거동 하나하나가 그녀의 가슴 속에 새로운 감정을 일깨우는 것이었습니다. 잠시 말없이 바라본 다음 아씨는 실망하여 화가 난다는 투로 저에게 다시 말하기 시작하였습니다.

"저렇다니까, 넬리! 저이는 잠시 동안이라도 나를 더 오래 살게 하려고 하지 않아! 하지만 괜찮아! 저 사람은 히스클리프가 아니니까. 그래도 난 히스클리프를 사랑할 거야. 저승에도 데리고 갈 거야. 내가 사랑하는 히스클리프는 언제나 내 마음 속에 있으니까."

그리고 잠깐 쉰 다음 아씨는 생각에 잠긴 듯이 말했습니다.

"내가 싫어하는 것은 이 부서진 감옥 같은 육신이야. 나는 이런 육신 속에 갇혀 있는 것에 지치고 지쳤어. 나는 하루빨리 저 영광스러운 세계로 도망가서 거기에 머물고 싶어. 눈물이 고인 눈으로 희뿌옇게 바라보며 가슴 아프게 동경하는 것이 아니라 정말 그 속에 함께 있고 싶은 거야. 넬리, 당신은 나보다도 더 훌륭하고 더 행복하다고 생각하지? 건강하고 기운차니까 내가 불쌍해 보일 거야. 그러나 머지않아 내가 당신들을 불쌍하다고 생각하게 될 거야. 저 사람이 내 옆에 오지 않으려고 하다니, 이상하지?"

아씨는 혼잣말을 계속했습니다.

"내 옆에 오고 싶어 할 줄 알았는데. 이봐요, 히스클리프! 당신은 지금 그렇게 시무룩해서는 안 돼요. 내 곁으로 와요, 히스클리프."

그렇게 말하며 아씨는 의자 팔걸이에 몸을 기대 일어섰습니다. 그렇게까지 간절한 하소연에 못 이겨 아씨를 돌아다본 그는 완전히 자포자기한 얼굴이었습니다.

그는 눈물에 젖은 부릅뜬 눈으로 아씨를 매섭게 쏘아보았고 가슴은 격렬하게 헐떡이고 있었습니다. 잠시 떨어져 있던 두 사람이 어떻게 서로 껴안게 되었는지 저도 알 수가 없습니다. 캐서린 아씨가 몸을 내던지니까 그는 얼른 받아 안았고, 그들이 얼마나 꼭 껴안았던지 아씨는 곧 실신할 것 같았습니다. 히스클리프 씨는 제일 가까운 의자에 몸을 내던지고 아씨가 기절하지 않았나 보려고 제가 급히 달려가자 저를 보고 이를 갈며 미친개처럼 입에 거품을 물고는 얼씬도 못하게 아씨를 끌어당기는 것이었습니다. 그의 행동은 사람처럼 보이지 않았습니다. 그에게 뭐라고 말을 해 보았자 알아들을 것 같지도 않았습니다. 그래서 저는 얼이 빠진 채 물러서서 잠자코 서 있을 수밖에 없었습니다.

곧 캐서린 아씨가 움직여서 저는 마음이 놓였습니다. 아씨는 손을 올려 그의 목덜미를 끌어안고, 그의 뺨에 자기 뺨을 비볐습니다. 그도 미친 듯이 아씨를 애무하면서 정신없이 이렇게 말하는 것이었습니다.

"이제야 당신이 얼마나 잔인했고 위선적이었는지 알겠어. 당신은 왜 나를 멀리했지? 왜 당신은 자기 마음을 배반했지, 캐시? 나에겐 당신을 위로

할 말이 한마디도 없어. 당신은 이런 꼴을 당하는 게 너무나 당연하니까. 당신은 자기 마음을 죽인 거야. 그래, 나에게 입 맞추고 울면서 나의 입맞춤과 눈물을 빼앗아 봐. 그러면 그럴수록 스스로를 더욱 망치고 말 테니까. 당신은 나를 사랑했어. 그러면서 무슨 권리로 나를 버리고 간 거지, 무슨 권리로? 대답해 봐! 린튼에 대한 어리석은 생각 때문이었나? 불행도, 타락도, 죽음도 그리고 신이나 악마가 벌이는 그 어떤 방해도 우리 사이를 떼어 놓을 수는 없었는데, 당신 스스로 나를 버린 거야. 내가 당신의 마음을 찢어 놓은 것이 아니라 당신이 자신을 찢어 놓은 거라고. 그리고 그렇게 함으로써 당신은 내 가슴도 찢어 놓았어. 내가 건강한 만큼 나는 불리한 거지. 내가 살고 싶어 하는 줄 알아? 당신이 죽은 뒤의 내 생활이 어떨 거라는 걸 모르겠어? 아, 당신 같으면 자기 연인을 무덤 속에 묻고도 살고 싶겠소?"

"나를 가만히 둬요, 가만히 좀."

캐서린 아씨는 흐느끼면서 말했습니다.

"내가 잘못을 저질렀다면 나는 그 때문에 죽는 거예요. 그것으로 충분하잖아요. 게다가 당신도 나를 버리고 갔잖아요. 하지만 나는 당신을 책망하지는 않겠어요. 당신을 용서할게요. 당신도 나를 용서해 줘요."

"용서하는 것도, 그 두 눈을 보는 것도 그리고 그 여윈 손을 만지는 것도 괴로운 일이오. 다시 내게 입을 맞춰요. 그러나 그 눈을 보이진 말아 주오! 당신이 내게 한 모든 일을 용서하겠소. 나는 나를 죽인 사람을 사랑하는 거요, 바로 당신을. 아아, 하지만 내가 어떻게 그자를 사랑할 수 있단 말이오?"

그들은 입을 다물었습니다. 서로 얼굴을 맞대고 서로의 눈물로 얼굴을 적시고 있었던 것입니다. 히스클리프 씨도 그렇게 벅찰 때는 눈물을 흘릴 줄 알더군요.

그러는 동안 나는 매우 걱정이 되었습니다. 왜냐하면 오후의 시간은 빨리 지나가 제가 심부름을 보낸 사람도 돌아왔고, 골짜기 위로 기울어진 서녘 햇빛 아래 기머튼 교회의 현관 밖으로 몰려나오는 사람들이 보였기 때문입니다.

"예배가 끝났어요. 반 시간만 있으면 서방님이 돌아오실 거예요."

히스클리프 씨는 신음하듯 저주하면서 캐서린 린튼 아씨를 더욱 힘주어 껴안았고, 아씨는 꼼짝도 하지 않았습니다.

잠시 후 하인들 한 무리가 뜰을 지나 부엌 쪽으로 가는 것이 보였습니다. 린튼 서방님도 조금 뒤에 따라왔습니다. 그분은 대문을 손수 열고는 여름처럼 부드러운 바람이 부는 아름다운 오후를 즐기는 듯이 천천히 걸어오는 것이었습니다.

"서방님이 돌아오셨어요. 제발 빨리 내려가 주세요. 앞 층계로 내려가면 아무도 만나지 않으실 거예요. 빨리 내려가세요. 그리고 서방님이 방으로 들어오실 때까지 숲에 숨어 계세요."

"캐시, 나는 가야 하오."

히스클리프 씨는 자기를 껴안고 있는 상대의 팔을 풀려고 하면서 말했습니다.

"그러나 내가 살아 있는 한, 당신이 눈을 감기 전에 다시 만나겠다고 약속하겠소. 난 당신의 창문에서 몇 발짝 떨어져 있지 않을 거요."

"가면 안 돼요!"

아씨는 힘이 자라는 데까지 그를 꼭 붙들었습니다.

"난 보내지 않을 거예요."

"한 시간 동안만."

그도 진심으로 말했습니다.

"일 분이라도 떨어지지 않겠어요."

"정말 가야 하오. 린튼이 곧 올라올 거요."

침입자는 우겼습니다. 그가 일어서서 아씨의 손을 풀려고 하면, 아씨는 헐떡이면서 매달리는 것이었습니다. 아씨의 얼굴에는 미친 듯한 기색이 나타나 있었습니다. 아씨는 소리를 질렀습니다.

"안 돼요! 가지 말아요. 이것이 마지막이에요. 에드거도 우리를 어쩌지는 못할 거예요. 히스클리프, 나는 죽어요! 나는 죽는단 말이에요!"

"빌어먹을 녀석 같으니, 저기 오는군."

히스클리프 씨는 의자에 털썩 주저앉았습니다.

"캐시, 가만히 있어, 가만히. 가지 않을게. 이대로 그 녀석이 내게 총을 쏜대도 나는 입으로 축복을 드리면서 숨을 끊겠어."

그리고 그들은 다시 꼭 껴안았습니다. 저는 서방님이 층계를 올라오시는 소리가 들리자 이마에서 식은땀이 흐르고 겁이 났습니다. 격해진 저는 큰소리로 말했습니다.

"당신은 아씨의 헛소리에 귀를 기울이려는 거예요? 아씨는 자신이 무슨 말을 하는지 모르세요. 제정신이 아닌 아씨를 설득할 수 없다고 해서 아씨를 망쳐 놓을 작정이에요? 일어나요! 당장 뿌리칠 수 있잖아요. 당신이 한 짓 가운데서도 이렇게 몹쓸 짓은 없어요. 우리들은, 서방님도 아씨도 하인도 이걸로 마지막이에요!"

저는 손을 쥐어짜면서 고함을 질렀습니다. 그 소리를 듣고 린튼 서방님이 급히 달려오셨지요. 이런 흥분 속에서도 캐서린 아씨의 팔이 축 늘어지고 머리가 앞으로 숙여지는 것을 보고 저는 정말로 살았다는 느낌이 들었습니다.

'아씨는 기절하셨거나 돌아가신 거야. 그렇다면 오히려 잘 된 거지. 주위 사람들 모두에게 짐이 되고 불행을 가져오는 사람으로 살아 있기보다는 돌아가시는 게 훨씬 낫지.'

에드거 서방님은 놀라움과 분노로 하얗게 질려 그 불청객에게 덤벼들었습니다. 어떻게 하려고 했는지는 알 수 없지만, 히스클리프 씨는 죽은 듯이 보이는 캐서린 아씨를 그에게 안겨 주었기 때문에 에드거 서방님은 아무런 행동도 취할 수 없게 되었습니다.

"그걸 보시오. 당신이 악마가 아니라면 부인을 먼저 살리고 나서 내게 할 말이 있으면 하시오."

그리고 히스클리프 씨는 응접실로 걸어가 앉았습니다.

린튼 서방님은 저를 불렀습니다. 그리고 무척 애를 먹으며 여러 가지로 손을 쓰고 나서 우리는 겨우 아씨의 의식을 회복시킬 수 있었습니다. 그러나 아씨의 정신은 도무지 갈피를 잡지 못했고, 한숨을 쉬고 신음할 뿐 아무도 알아보지 못했습니다. 에드거 서방님은 아씨에 대한 걱정 때문에 그 원수 같은 친구가 있다는 것도 잊어버렸습니다. 그러나 저는 잊지 않았습니다. 저는 기회를 봐서 재빨리 그에게로 다가가 캐서린 아씨는 좀 나아졌으며 오늘 밤 경과는 내일 아침에 알려 주겠다고 약속하고 빨리 집을 떠나 달라고 부탁했습니다.

"이 집에서 나가지 않겠다고는 하지 않겠어. 그러나 뜰에서 기다리지. 그러니 넬리, 내일 약속을 절대로 잊지 마시오. 나는 저기 낙엽송 밑에 있을 테니까. 명심하시오. 그러지 않으면 린튼이 있든 없든 난 다시 찾아올 거요."

그는 반쯤 열린 문을 통해 침실 안을 재빨리 힐끗 보고 제가 한 말이 진실임을 확인한 후에야 이 집에서 그 불길한 모습을 감추었습니다.

16

그날 밤 자정 무렵에 태어난 분이 바로 당신이 워더링 하이츠에서 보신 그 캐서린입니다. 갓 태어난 캐서린은 일곱 달밖에 안 된 아주 조그만 아기였습니다. 그리고 두 시간 뒤에 아씨는 히스클리프 씨가 없는 것을 안타까워하거나 린튼 서방님을 알아볼 정도의 의식도 회복하지 못한 채 그대로 세상을 떠나고 말았습니다. 아씨를 잃은 린튼 서방님의 낙심하시는 모습은 어떻게나 비통한지 이루 다 말할 수가 없었습니다. 그 슬픔이 얼마나 깊었는지는 그 뒤의 결과로도 알 수 있습니다.

제가 보기에 가장 큰 불행은 그분이 집안을 이을 아들 하나 없이 혼자가 되셨다는 것이었습니다. 그 약하고 가련한 아기를 볼 때마다 그 일이 더욱 슬프게 느껴졌습니다.

그리고 저는 돌아가신 린튼 영감님이 재산을 손녀에게 물려주지 않고 당신 따님에게 물려준 것까지도 마음속으로 원망을 했습니다.

가엾게도 그 아기는 환영받지 못하고 태어났습니다. 태어나서 처음 얼마 동안은 아기가 울다가 지쳐 죽는다고 하더라도 누구 하나 거들떠보지 않았을 것입니다. 나중에는 그런 무관심한 마음이 없어졌지만 처음에는—죽을 때도 그렇게 되리라고 생각하지만—친절하게 돌보아 주는 사람이 없었습니다.

다음 날 아침, 바깥은 밝고 화창했습니다. 방 안은 고요하고 덧창 틈으로 아침 햇살이 아늑히 비치고 있었습니다. 에드거 린튼 서방님은 베개를 베고 눈을 감고 누워 있었습니다. 그분의 젊고 수려한 외모는 옆에 누워 있는 아씨의 모습과 마찬가지로 거의 죽은 사람 같은 모습이었고 전혀 움직이지도 않았습니다. 그러나 서방님의 모습에는 고뇌에 지친 뒤의 고요가 서려 있었고, 아씨의 모습에는 다시없는 평화가 깃들어 있었습니다. 아씨의 이마는 매끈하고 눈은 감겨져 있었으며 입술에는 엷은 미소가 어려 있었습니다. 하늘의 천사도 아씨의 그 모습보다 더 아름답지는 못할 것입니다. 그리고 저도 아씨가 누워 있는 그 무한한 고요 속에 젖어드는 것 같았습니다. 성스러운 안식에 묻힌 그 편안한 모습을 우두커니 바라보고 있자니, 저도 모르게 신성한 기분에 젖어 아씨가 하시던 말씀을 되새기고 있었습니다. 우리가 상상할 수도 없을 만큼 멀고 높은 곳에 가셨지. 아직 땅 위에 머무르고 있든, 천국에 가 있든 아씨의 영혼은 하느님과 함께 계시는 거야!

　이건 저의 괴벽인지 모르지만 미친 듯이 괴로워하거나 절망에 빠져 슬퍼하는 사람과 함께 있지만 않으면 전 시체가 있는 방을 지키고 있는 동안 대개 행복을 느낀답니다. 이승의 슬픔도 저승의 괴로움도 깨뜨릴 수 없는 안식이 있거든요. 그리고 앞으로 찾아올 끝없고 어두운 그림자가 없는 세상에 대한 확신 같은 것을 느낍니다. 고인들이 찾아간 영원한 세계 말이지요. 거기서는 생명이 무한히 지속되고 모든 것이 사랑으로 싸여 있으며 기쁨이 넘쳐흐르니까요. 전 그때 린튼 서방님이 캐서린 아씨의 그러한 복된 해방을 몹시 슬퍼하는 것을 보고, 그분이 지닌 애정이 얼마나 이기적인지를 알았습니다. 아씨처럼 자유분방하고 참을성 없는 일생을 마친 뒤에도 결국 평화로운 천국에 들어갈 수 있는지 누구나 의심하게 될 거예요. 그런 의심을 할 수도 있겠지만 그때 영원히 잠들어 있는 아씨의 주검에는 영원한 안식을 찾은 모습이 뚜렷이 드러나 있었어요. 그것은 아씨의 영혼도 그와 같은 고요함을 얻을 수 있다고 보증하는 듯했습니다.

"그런 사람들도 저 세상에 가면 행복하리라고 생각하세요? 전 그게 몹시 궁금해요."

딘 부인의 이 물음에는 어딘지 이단적인 느낌이 들어 나는 대답하려고 하지 않았다. 딘 부인도 그냥 이야기를 계속했다.

"캐서린 린튼 아씨의 일생을 돌이켜보면 그분이 저 세상에서도 행복하지 못할 것 같아 두려웠어요. 그러나 모든 건 하느님께 맡겨 두기로 하지요."

서방님이 잠들어 있는 것 같아서 저는 해가 떠오르자 곧 맑고 신선한 바깥으로 나왔습니다. 하인들은 내가 장시간 자지 않았기 때문에 졸려서 바람을 쐬러 나왔을 거라고 생각했겠지만, 사실은 히스클리프 씨를 만나려고 했던 것이었습니다. 만약 그분이 밤새 낙엽송 사이에 있었다면, 기머튼으로 향한 심부름꾼의 말발굽 소리는 들었을지 몰라도 저택 안에서 일어난 소동은 전혀 듣지 못했을 것입니다. 혹 그분이 좀 더 가까이 와 있었다면 아마 이리저리 움직이는 불빛이나 바깥문을 열었다 닫았다 하는 것을 보고 집안 분위기가 심상치 않다는 것을 알아차릴 수는 있었을 겁니다.

저는 그가 거기에 있기를 바랐지만 한편 만나는 것이 두렵기도 했습니다. '무서운 소식을 전하지 않으면 안 된다. 어서 그 이야기를 해 버려야지.' 하고 생각은 하면서도 막상 어떻게 말을 꺼내야 할지 몰랐던 것입니다.

예상대로 히스클리프 씨는 거기에 있었습니다. 적어도 몇 야드쯤 숲속으로 깊이 들어간 곳이기는 했지만. 그는 모자를 벗은 채 고목이 된 물푸레나무에 기대어 있었는데 싹이 돋은 가지에 맺혔다가 떨어진 이슬로 머리가 흠뻑 젖어 있었습니다. 그는 그 자리에서 오랫동안 그대로 서 있었나 봅니다.

왜냐하면 메추리 한 쌍이 그에게서 삼 피트도 떨어지지 않은 곳을 왔다 갔다하며 바삐 둥지를 치면서도, 그곳에 서 있는 그를 나무토막처럼 여기고 있었으니 말입니다. 제가 가까이 가자 새들은 날아가 버리더군요. 그는 눈을 들고 이렇게 말했습니다.

"캐서린은 죽었지? 난 당신한테서 그 이야기를 들으려고 기다린 건 아니오. 손수건 따위는 치워. 내 앞에서 찔끔거리진 말란 말이야. 모두 죽을 것들이야! 캐서린은 너희의 눈물 따위는 바라지도 않으니까!"

저는 아씨 못지않게 그를 위해서도 울었습니다. 우리는 더러 자기 자신에 대해서나 또는 남에게 대해서 동정할 줄 모르는 사람을 불쌍하게 여길 때가 있습니다. 처음 그의 얼굴을 들여다보았을 때, 저는 그가 캐서린 아씨의 죽음을 알고 있다는 것을 짐작했습니다. 그리고 저는 어리석게도 '그는 슬픔을 가라앉히려 기도를 드리는가 보다.' 하고 생각했습니다. 왜냐하면 그가 입술을 달싹거리면서 땅을 굽어보고 있었기 때문입니다. 저는 흐느낌을 억누르고 볼을 훔치면서 대답했습니다.

"네, 돌아가셨어요. 천국으로 가셨을 거예요. 우리도 가르침에 따라 악을 버리고 선을 좇는다면 누구나 아씨와 함께 그리로 갈 수 있겠지요."

"그럼, 캐서린은 가르침에 따랐단 말인가?"

히스클리프 씨는 일부러 비웃는 듯이 물었습니다.

"성자처럼 죽었단 말인가? 자, 죽을 때의 모습을 그대로 이야기해 줘. 어떻게……."

그는 아씨의 이름을 말하려고 애를 썼지만, 결국 입 밖으로 내지 못했습니다. 입을 꼭 다물고는 말없이 마음속의 고뇌와 싸우면서도 저의 동정 따위는 필요 없다는 듯이 사나운 눈초리로 뚫어지게 저를 노려보았습니다.

"어떻게 죽었느냐 말이야!"

한참 후 그는 다시 물었습니다. 마침내 그는 완강한 성격에도 불구하고 별 수 없이 나무에 기대지 않을 수 없을 정도였습니다. 괴로움과의 싸움으로 손끝까지도 덜덜 떨고 있었던 것입니다.

'가여운 사람 같으니! 역시 다른 사람들과 같은 감정과 신경을 가지고 있었군. 그것을 왜 그렇게 숨기지 못해 안달을 했단 말인가? 아무리 버텨 봐도 하느님을 속이지는 못할 텐데! 하느님을 시험하려고 했지만 결국 하느님의 힘에 못 이겨 굴욕의 울음을 터뜨리고 마는군.'

"아씨는 어린 양처럼 조용히 숨을 거두셨어요!"

저는 큰 소리로 대답했습니다.

"마치 잠자던 어린이가 눈을 떴다가 다시 잠이 들듯이, 한숨을 들이쉬고는 기지개를 폈어요. 그리고 오 분쯤 있다가, 가슴이 한 번 힘없이 뛰더니 그만 멎어 버리더군요."

"그리고 한 번이라도 나에 대한 말을 하던가?"

그는 마치 그 물음에 대한 대답으로 차마 들을 수 없는 이야기가 나올까 두렵다는 듯이 머뭇거리면서 물었습니다.

"아씨는 정신이 돌아오지 않으셨어요. 당신이 나간 다음에는 아무도 알아보지 못했어요. 얼굴에 상냥한 미소를 띠고 누워 계셨습니다. 마지막 순간에는 즐거웠던 어린 시절의 일들이 다시 떠올랐던 모양입니다. 아씨의 일생은 조용한 꿈속에서 끝을 맺으신 거지요. 부디 저승에서도 그렇게 행복하게 눈을 뜨셨으면……."

"고통 속에서 눈을 뜨라지!"

그는 발을 구르며 갑자기 걷잡을 수 없는 분노로 신음하면서 무시무시하게 외쳤습니다.

"그래, 끝까지 거짓말이었군. 어디로 갔지, 천국? 거기가 아니야. 없어진 것도 아냐. 그러면 어디로 간 거지? 아! 당신은 내 괴로움 같은 건 알 바가 아니라고 했지. 그런데 난 한 가지만 기도하겠어. 내 혀가 굳어질 때까지 되풀이하겠어, 캐서린 언쇼! 당신은 내가 살아 있는 동안은 절대로 편히 쉬지 못할 거야. 당신은 내가 당신을 죽였다고 했지. 그러면 귀신이 되어 나를 찾아오란 말이야. 죽은 사람은 죽인 사람인 나에게 귀신이 되어 찾아오란 말이오. 죽은 사람은 죽인 사람에게 귀신이 되어 찾아온다면서? 난 유령이 지상을 돌아다닌다는 것을 알고 있어. 언제나 나와 함께 있어 줘. 어떤 형태로든지, 차라리 나를 미치게 해 줘! 제발 당신을 볼 수 없는 이 지옥 같은 세상에 나를 버리지만 말아 주오. 아! 나는 견딜 수가 없어! 내 생명인 당신 없이는 살 수 없단 말이야. 내 영혼인 당신 없이는 살 수 없단 말이야!"

그러면서 그는 불거진 나무 둥지에 마구 머리를 부딪쳤습니다. 그러고는 눈을 쳐들고서 칼이나 창에 맞아 죽어 가는 야수처럼 고함을 쳤습니다.

나무껍질에 몇 군데 피가 튄 자국이 보였고 그의 손과 이마에도 피가 묻어 있었습니다. 제가 본 그 광경은 아마 밤중에도 여러 번 되풀이된 광경이었을 겁니다. 그 광경은 제 동정심을 자아내는 것이 아니라 오히려 저를 놀라게 할 뿐이었습니다. 그래도 저는 그를 그대로 둔 채 돌아설 생각은 하지 않았습니다. 그러나 그는 제가 그 모습을 보고 있다는 것을 알아차리고는 정신이 들자마자 저에게 돌아가라고 버럭 고함을 쳤습니다. 저는 그 자리를 떠날 수밖에 없었습니다. 저로서는 그를 도저히 진정시키거나 위로할 수가 없었으니까요.

린튼 부인의 장례식은 돌아가신 다음 금요일에 치르기로 했습니다. 그리고 그때까지 관은 뚜껑을 덮지 않은 채 꽃이나 향기로운 나뭇잎을 뿌려 널찍한 응접실에 놓아두었습니다. 린튼 서방님은 밤이나 낮이나 그 방에서 지내면서 잠시도 쉬지 않고 아씨를 지키고 있었습니다. 그리고 저 밖에서는 히스클리프 씨가 아무도 모르게 밤마다 찾아와 린튼 서방님과 마찬가지로 밤을 새웠습니다.

저는 그와 따로 연락은 하지 않았지만 들어올 수만 있다면 들어올 생각이라는 것을 알고 있었습니다. 그러던 중 화요일 저녁때쯤이었습니다. 피로가 쌓인 서방님은 어쩔 수 없이 두 시간 정도 그 방을 비우게 되었습니다. 그때 제가 가서 창문을 하나 열었습니다. 그의 참을성에 마음이 움직여 변해 버린 저는 그의 우상에게 마지막 인사를 할 수 있는 기회를 주고 싶었던 것입니다. 그는 조심스럽고도 재빠르게 그 기회를 이용했습니다. 얼마나 조심스럽게 움직였는지 조금도 소리가 나지 않아 그가 온 줄도 모를 정도였습니다. 사실 시체의 얼굴을 가린 천이 헝클어지고 은실로 맨 엷은 빛깔의 머리카락이 방바닥에 떨어져 있는 것을 보지 않았더라면 저도 그가 왔다 간 것을 몰랐을 것입니다. 알고 보니까 그 머리카락은 캐서린 아씨의 목에 걸었던 로켓(작은 갑 모양으로 목걸이처럼 늘어뜨리는 여자의 장신구)에서 빼낸 것이었습니다. 히스클리프 씨는 로켓의 뚜껑을 열어 안에 든 것을 비우고는 자기의 검은 머리카락을 대신 넣어 두었던 것입니다. 저는 두 사람의 머리카락을 감아 함께 넣어 주었습니다.

언쇼 씨에게 누이동생의 장례식을 알렸지만, 그분은 아무런 말도 없이 끝내 오시지 않았습니다. 그리하여 문상객이라고는 서방님 이외에 소작인과 하인들밖에 없었습니다. 이사벨라 아가씨는 부르지도 않았습니다.

캐서린 아씨의 무덤은 교회의 뜰 안에 새겨 놓은 린튼 집안의 묘석 아래도 아니고, 그렇다고 바깥에 있는 아씨 친척들의 무덤이 있는 곳도 아니었습니다. 마을 사람들이 놀란 것은 아씨의 무덤이 교회 공동묘지의 한 구석에 있는 푸른 언덕배기에 만들어졌다는 것이었습니다. 그 근처는 담이 아주 낮아서 히스나무나 월귤나무가 벌판 쪽에서 기어 올라와 덮여 있었고, 토탄질의 흙에 거의 묻히다시피 되어 있습니다. 아씨의 서방님도 지금은 같은 자리에 묻혀 있습니다. 두 분의 무덤에는 각각 간단한 비석이 서 있고, 밑에는 묘가 있다는 표시로 수수한 잿빛 받침돌이 놓여 있을 뿐입니다.

17

캐서린 아씨의 장례식 날이었던 그 금요일은 한 달 동안이나 이어진 좋은 날씨의 마지막 날이었어요. 날이 저물자 하늘이 흐려지기 시작하더군요. 바람이 남쪽에서 북동쪽으로 바뀌더니 처음에는 비가 오다가 나중에는 진눈깨비가 되고 다시 눈으로 변했습니다.

그 다음 날 아침에는 그렇게 좋은 여름 날씨가 삼 주일 동안이나 계속되었다는 게 믿어지지 않을 정도였어요. 앵초와 크로커스는 한겨울처럼 눈더미 속에 묻히고 말았어요. 종다리 소리도 들리지 않았고 일찍 움을 틔운 나무의 새싹들은 까맣게 시들어 버렸습니다. 쓸쓸하고 춥고 우울한 그날 하루가 어느새 저물었습니다. 서방님은 방에서 나오시지 않았고, 저는 텅 빈 응접실을 아기 방으로 만들어 거기에 있었습니다. 울고 있는 인형 같은 아기를 무릎에 올려놓고, 가만히 앉아서 아기를 흔들어 주며 커튼도 없는 유리창에 소리 없이 눈송이가 쌓이는 것을 바라다보고 있었습니다. 그때 문이 벌컥 열리더니 웬 사람이 헐레벌떡거리며 들어와서는 깔깔 웃는 것이었습니다.

저는 놀라기도 했지만 버럭 화가 났습니다. 하녀 중 한 사람이겠거니 생각하고 저는 소리쳤어요.

"무슨 짓이야! 어쩌자고 이렇게 무례하게 구는 거야? 서방님께서 들으시면 뭐라고 하시겠어?"

하지만 대답하는 목소리는 귀에 익은 목소리였어요.

"미안해! 하지만 에드거 오빠는 주무시지 않아? 그리고 난 지금 웃음을 참을 수가 없어서 그래."

이렇게 말하고 나서 아가씨는 숨을 헐떡거리며 옆구리에 손을 짚고 난로 쪽으로 다가왔습니다.

"워더링 하이츠에서부터 계속 뛰어왔어!"

잠시 말을 멈추고 숨을 고른 아가씨는 다시 이야기를 계속했습니다.

"이따금 나는 듯이 뛰기도 했지. 내가 몇 번을 넘어졌는지 셀 수도 없어. 아이고, 온몸이 쑤시는군! 놀라지 말아요. 숨을 돌리는 대로 이야기해 줄 테니까. 그런데 미안하지만 지금 나가서 기머튼까지 날 데려다 줄 마차를 불러 줘. 그리고 하녀에게 내 옷을 몇 가지 꺼내오도록 말해 주고."

이렇게 갑자기 뛰어들어온 분은 바로 히스클리프 부인이었어요. 아가씨는 확실히 웃고 있을 형편은 아닌 것 같았어요. 머리는 어깨까지 축 늘어진 채 눈에 젖어 물방울이 뚝뚝 떨어졌고, 옷은 처녀 때 입던 차림 그대로였는데, 나이에는 어울렸지만 결혼한 부인에게 어울리는 복장은 아니었습니다. 소매가 짧은 드레스는 얇은 비단이라 젖어서 몸에 착 달라붙어 있었고, 발에는 얇은 슬리퍼를 신고 있었습니다. 게다가 한쪽 귀 밑에는 깊은 상처가 나 있었습니다. 추위에 얼어서 피가 많이 흐르지 않았을 뿐 핼쑥한 얼굴은 할퀴고 멍이 들었으며, 지친 몸은 제대로 가누지도 못할 지경이었습니다. 그러니 제가 아가씨를 자세히 살펴본 뒤에도 처음에 놀란 제 가슴이 별로 진정되지 않았다는 걸 상상하실 수 있을 겁니다.

"아이고, 아씨."

저는 소리쳤습니다.

"입은 것들을 모조리 다 벗어 버리고 마른 옷으로 갈아입으실 때까지는 전 여기서 한 발짝도 움직이지 않고 아무 말도 듣지 않겠어요. 그리고 오늘 밤엔 기머튼에 가실 방법이 없어요. 그러니까 마차를 부를 필요도 없어요."

"어떻게든 가야겠어. 걸어가든 마차를 타고 가든 말이야. 그런데 옷을 갈아입으라는 말에는 반대하지 않겠어. 그리고 아아, 이 목에 흐르는 피 좀 봐! 불을 쬐니까 따끔따끔 쑤시는군."

제가 아가씨의 말을 들어 주기 전에는 자기 몸에 손대지 못하게 하겠다고 우겼습니다. 마부에게 떠날 채비를 하라고 이르고 하녀가 필요한 옷가지를 꾸리기 시작한 다음에야 아가씨는 저에게 상처 난 곳을 치료하고 옷을 갈아입는 걸 거들도록 했습니다.

"자, 엘렌."

제가 일을 끝마치자 아씨는 난로 앞에 있는 안락의자에 앉아서 찻잔을 앞에 놓고 말하는 것이었습니다.

"내 앞에 앉아 봐. 그 불쌍한 캐서린 언니의 아기는 저리 뉘어 놓고, 난 보기 싫단 말이야! 내가 들어올 때 그런 바보 같은 짓을 했다고 캐서린 언니를 조금도 생각하지 않는 건 아니야. 나도 몹시 울었어. 정말 누구나 울만한 이유가 있겠지만 난 다른 누구보다도 더 많이 울었어. 엘렌도 기억하겠지만, 우린 싸운 채 화해도 하지 않고 헤어졌잖아. 그래서 난 지금도 내가 나쁘다고 생각하고 있어. 그렇긴 하지만 그놈에게 동정하고 싶은 마음은 조금도 나질 않았어. 그 짐승 같은 놈에게는! 참, 그 쇠꼬챙이 좀 이리 줘! 내가 지니고 있는 그놈의 물건은 이것이 마지막 물건이야."

아씨는 왼손 가운뎃손가락에서 금반지를 빼더니 마룻바닥에 내동댕이쳤습니다.

"이걸 없애 버릴 테야."

그리곤 어린애가 앙심을 품고 화풀이하듯 그 반지를 두드려댔습니다.

"그리고 이걸 녹여 버리겠어!"

아씨는 마구 두드리던 금반지를 집어서는 난롯불 속에 던져 버렸습니다.

"좋아. 그놈이 날 다시 끌고 가려면 또 하나 사게 하겠어. 나를 찾고 오빠를 못살게 굴기 위해서 안 오지는 않을 거야. 그놈의 악독한 머릿속에 그따위 생각을 하지 못하게 내가 여기 있지 말아야 한단 말이야. 게다가 에드거 오빠는 그에게 친절하게 대한 적이 없잖아? 난 오빠한테 도와달라고는 하지 않을 테야. 오빠를 이 이상 괴롭히지도 않을 거야. 다급해서 어쩔 수 없이 이리로 피해 왔어. 그렇지만 오빠가 주무신다는 걸 몰랐더라면 부엌에서 잠깐 쉬었다가 세수나 하고 몸이나 좀 녹인 다음, 필요한 것은 엘렌에게 가져오게 해서 다시 어디로든, 그 지긋지긋한 놈의 손이 닿지 않는 곳으로 떠났을 거야. 그 사람의 탈을 쓴 악마가 찾아올 수 없는 곳으로 말이야. 아

아, 그는 어떻게 화를 낼지! 만약 내가 붙잡혔다면 어떻게 되었을까? 힌들리가 그놈의 힘을 당할 수 없는 게 유감이야. 힌들리가 그자를 당할 수만 있다면, 그자가 거꾸러지는 걸 볼 때까지는 도망쳐 나오지 않았을 텐데!"

"원, 그렇게 급하게 이야기하시면 어떻게 해요, 아가씨. 제가 얼굴에 매드린 붕대가 풀려서 상처에서 또 피가 나잖아요. 차를 드시면서 좀 쉬세요. 그리고 그만 웃으세요. 이 댁은 아직 웃음소리가 나올 곳이 아니에요. 그리고 아씨도 웃으실 입장이 아니고요."

"그건 틀림없는 사실이야. 저 애 좀 봐! 내내 울고 있잖아. 한 시간 동안만 그 울음소리가 안 들리는 곳으로 데리고 나가 줘. 난 그 이상 여기 있지 않을 테니까."

저는 종을 울려서 하녀를 불러 아기를 맡겼습니다. 그리고서 물었지요. 무엇 때문에 이렇게 심상치 않은 모습으로 워더링 하이츠에 도망쳐 나오게 되었느냐고. 그리고 우리와 함께 있고 싶지 않다니, 도대체 어디로 갈 작정이냐고요.

"난 여기 있어야 하고, 또 여기 있고 싶어. 오빠를 위로하고 아기를 돌봐야 한다는 두 가지 일을 위해서도 그렇고, 또 이 집이 진짜 내 집이니까. 그렇지만 틀림없이 그가 나를 그대로 놓아두지 않을 거야. 내가 점점 살이 오르고 즐겁게 지낸다고 생각하면 우리의 편안한 생활을 가만히 둘 것 같아? 내 소리가 들리거나 내 모습이 조금만 보여도 아주 성가셔할 정도로 나를 싫어한다는 걸 알고 나니 이젠 안심이 돼. 내가 그의 앞에 나타나기만 하면 저도 모르게 안면 근육이 일그러지며 아주 못마땅한 표정을 짓는단 말이야. 그건 한편으로는 내가 그를 미워할 만한 충분한 이유가 있다는 것을 그가 알고 있기 때문이고, 또 한편으로는 원래부터 그가 나를 싫어했기 때문이지. 내가 어떻게 해서든지 감쪽같이 자취를 감춘다면 그는 온 영국 안을 뒤져 쫓아오지 않으리라고 확신해. 그러니까 나는 아주 종적을 감춰야겠어. 그의 손에 죽어도 좋다는 철없던 생각이 완전히 없어졌어. 오히려 이젠 그가 자살이라도 했으면 좋겠어. 그는 내 애정을 완벽하게 없애 버린 거야. 그러니 나는 마음 편해졌어. 그렇지만 내가 그를 얼마나 사랑했던가를 기억할 수 있어. 또 아직도 그를 사랑할 수 있을 것 같다는 생각을 해. 만일……, 아니, 아냐! 비록 그가 나를 지극히 사랑했다 하더라도 그 악마 같은 성격은 어떻게든 그 모습을 드러냈을 거야. 캐서린 언니는 그를 그만큼 잘 알면서도 그렇게 존중하다니, 지독히도 별난 취미였지. 정말 그는 사람이 아니야! 그런 인간은 이 세상에서, 그리고 내 기억에서 사라져 버렸으면 좋겠어!"

"쉿, 진정하세요. 그분도 사람인 걸요. 좀 더 너그럽게 생각하세요. 이 세상엔 그보다 더 나쁜 사람들도 있으니까요."

"그는 사람이 아냐. 누구도 나에게 너그러운 마음을 요구할 순 없어. 난 그에게 내 마음을 바쳤는데 그자는 그 마음을 비틀어 죽이고는 도로 내던졌어. 사람이란 마음이 있으니까 느끼는 거지. 엘렌, 그런데 그는 내 마음을 모조리 파괴해 버렸기 때문에 나에겐 그를 동정할 힘도 없어. 그리고 비록 지금부터 그가 죽는 날까지 신음하고 캐서린 언니를 위해 피눈물을 흘린대도 난 동정하지 않겠어! 절대로 동정하지 않겠어!"

그리고 이사벨라 아가씨는 울기 시작했습니다. 그러나 곧 속눈썹에 괸 눈물을 훔치더니 다시 이야기를 계속하였습니다.

"무엇 때문에 결국 내가 도망치지 않으면 안 되었느냐고 물었지? 그냥 심술이라고는 할 수 없을 만큼 그를 화나게 했기 때문이야. 붉게 달아오른 족집게로 신경을 집어내는 일은 주먹으로 머리를 두드리는 것보다 더 냉정해야 해. 그는 참을 수 없을 만큼 화가 치밀어 오르자 그가 뽐내는 악마 같은 조심성도 잊어버리고 살인이라도 할 듯이 폭력을 휘둘렀어. 난 그를 격노하게 만들었다는 데에 쾌감을 느꼈어. 그것이 자신을 지켜야겠다는 나의 본능을 깨워 준 거야. 그래서 난 뛰쳐나왔지. 만약 내가 그의 손아귀에 다시 들어간다면 어떠한 복수를 하든 내버려두겠어.

어제는 사실 언쇼 씨도 장례식에 참가할 생각이었어. 그러려고 술도 마시지 않았어. 평소처럼 너무 취하지 않으려고 말이야. 평소에는 아침 여섯 시쯤 미친 사람처럼 잠자리에 들었다가 열두 시쯤 술이 덜 깬 채 일어나는 생활을 하고 있었으니까. 그래서 일어났을 때는 자살이라도 할 듯이 우울해져서, 춤추러 가는 것은 말할 것도 없고 교회에도 나가지 못할 정도였어. 그러니 장례식에도 가지 못하고 난롯가에 주저앉아서는 진인지 브랜디를 큰 잔으로 들이키고 있었지.

히스클리프와는 — 난 그의 이름을 부르기만 해도 몸서리가 쳐질 지경이야 — 지난 일요일부터 오늘까지 집에서도 남같이 지냈어. 천사가 먹여 주었는지 아니면 땅속에 있는 친척에게 얻어 먹었는지 모르지만, 어쨌든 거의 한 주일 동안을 식구들과 함께 식사한 일이 없어. 그는 동이 틀 무렵에야 겨우 돌아와서는 위층 자기 방으로 올라가 문을 잠가 버리는 거야. 마치 귀찮게 그를 따라다니고 싶어 하는 사람이라도 있다는 듯이 거기서 그는 계속 기도를 드렸어. 그가 애원하는 신이란, 이제는 아무런 감각도 없이 흙이 되어 버린 캐서린 언니지. 그리고 어쩌다가 하느님께 기도를 드려도, 이상스럽게 하느님과 악마를 혼동하는 거야. 그런 귀중한 기도를 끝마친 다음에는 — 기도는 대개 목이 쉬어서 목소리가 나오지 않을 때까지 계속되곤 했지만 — 다시 밖으로 나갔어. 물론 이 집으로 곧장 내려가는 거지. 오빠는 왜 경찰을 불러 그를 가두지 않는지 모르겠어. 난 캐서린 언니가 죽어서 슬프기는 했지만, 그 덕택에 그 지긋지긋한 압박에서 풀려난 요 며칠이 즐거운 휴가라도 얻은 것처럼 기뻤어.

난 조지프의 긴 잔소리를 눈물도 흘리지 않고 들어 넘길 수 있을 만큼 기운이 회복됐고, 그전과는 달리 놀란 도둑처럼 걷지 않고도 집안을 돌아다닐 수 있게 됐어. 엘렌도 내가 조지프의 잔소리를 듣고 울 거라고는 생각하지 않을 거야. 하지만 조지프나 헤어턴과 한자리에 있는 것은 질색이야. 그 '작은 주인'이나 그의 충실한 지지자인 저 밉살스러운 늙은이보다는 차라리 언쇼 씨와 함께 앉아 그의 듣기 싫은 이야기를 듣는 게 나아!

히스클리프가 집에 있을 때는 별 수 없이 부엌으로 기어들어가서 부엌 사람들 틈에 끼거나 축축한 빈 방에서 굶은 게 한두 번이 아냐. 그가 없을 때는, 바로 이번 주가 그랬지만, 난 거실 난롯가 한구석에 테이블과 의자를 갖다 놓고 언쇼 씨가 무엇을 하든 아는 체하지 않고 있었어. 그리고 언쇼 씨도 내가 하는 일에 참견하지 않아. 아무도 집적거리지만 않으면……. 언쇼 씨는 요즈음 그전보다 훨씬 조용해졌어. 더욱 시무룩하고 침울해졌지만 화는 덜 내. 조지프의 말을 들으면 그가 달라졌다는 거야. 하느님의 영이 그의 마음에 내려서 그가 '불로 구원받듯(고린도전서 제3장 15절)' 구원을 받았다는 거지. 그분의 변한 듯한 모습이 더러 눈에 띄어서 나도 놀라긴 했지만, 내가 알 바는 아냐.

어젯밤, 나는 한구석에 앉아서 열두 시가 다 될 무렵까지 오래된 옛날 책을 읽고 있었어. 밖에는 눈보라가 휘몰아치고, 나의 의식은 끊임없이 교회 묘지와 그 새로운 무덤으로 쏠리는 바람에 위층으로 올라가면 몹시 쓸쓸할 것 같았어! 앞에 펴놓은 책에서 눈을 떼기만 하면 그 순간 서글픈 묘지의 광경이 눈에 선하게 떠올라서 눈을 뗄 수가 없었지.

언쇼 씨는 맞은편에 앉아 있었어. 손으로 이마를 받치고 있었는데 아마 똑같은 생각에 잠겨 있었을 거야. 그는 취하기 전에 술잔을 놓더니 두세 시간 동안 움직이지도 않고 입을 열지도 않더군. 이따금 창문을 덜컥거리며 울부짖는 듯한 바람 소리, 난로에서 희미하게 석탄이 튀는 소리, 그리고 내가 가끔 길어진 촛불의 심지를 자를 때 나는 가위 소리가 들릴 뿐 집안은 괴괴했어. 헤어턴과 조지프는 아마 정신없이 자고 있었을 거야. 나는 너무나 슬펐어. 책을 읽는 동안에도 한숨이 나왔어. 모든 기쁨이 이 세상에서 사라져 버리고 다시는 돌아오지 않을 것만 같았어.

그 구슬픈 정적은 부엌 쪽에서 들려온 빗장 소리로 깨져 버렸어. 히스클리프가 여느 때보다 일찍 돌아온 거야. 아마 갑자기 폭풍이 일었기 때문이었을 거야.

문은 잠겨 있었어. 다른 문으로 들어오려고 돌아가는 소리가 나더군. 나는 참을 수가 없어서 울분을 터뜨리며 일어서자 문 쪽을 노려보고 있던 힌들리가 그 소리를 듣고 나를 돌아보고 말했어.

"오 분쯤 들여놓지 않겠어. 반대하지 않겠지요?"

"그럼요! 나를 위해선 밤새도록 못 들어오게 해도 좋아요. 어서 자물쇠를 잠그고 빗장을 걸어요."

히스클리프가 앞으로 돌아오기 전에 언쇼는 자물쇠를 잠그고 빗장을 걸어 버렸지. 그리고서 내 테이블 위로 기대 눈에서는 타는 듯한 증오의 빛을 뿜으며 내 눈을 쳐다보는 거야. 내게서도 같은 감정을 찾는 모양이었어. 그는 살인이라도 할 것처럼 보였고 또 사실 그러고 싶은 것 같았어. 나는 동의한다는 기색까지는 보이지 않았어. 하지만 이야기만은 들어줄 거라고 생각한 모양이야.

"당신이나 나나 밖에 있는 녀석에게 갚아 줘야 할 큰 빚이 있소! 우리 두 사람 다 겁쟁이가 아니라면 힘을 합해 그 빚을 갚을 수도 있을 거요. 당신도 오빠처럼 마음이 약하오? 끝까지 참고 견뎌 볼 생각이오?"

"나도 이렇게 참는 게 지겨워요. 자신에게 그 죄가 되돌아오지만 않는다면 나도 얼마든지 보복하겠어요. 하지만 배반이나 폭력은 양쪽이 뾰족한 창과 같은 것이어서, 그것을 쓰는 사람이 그걸 받는 사람보다 더 크게 다치는 법이에요."

"배반과 폭력에는 배반과 폭력으로 갚는 것이 당연한 일이오! 히스클리프 부인, 나는 당신이 무엇을 하길 바라는 게 아니오. 그저 가만히 아무 소리 말고 앉아 있어 달라는 겁니다. 어서 말해 보시오, 그럴 수 있는지. 난 당신도 틀림없이 나와 마찬가지로 저 악마의 숨이 끊어지는 것을 보고 싶어 할 거라고 생각하오. 지긋지긋한 저 악마 같은 놈! 벌써 이 집 주인이나 된 듯 문을 두드리는군! 지금 한 시 삼 분 전이오. 아무 소리 않겠다고 약속하시오. 그럼 저 시계가 울리기 전에 당신은 자유의 몸이 될 테니!"

그는 내가 전에 보낸 편지에서 이야기한 그 칼이 달린 권총을 가슴에서 꺼내더니 촛불을 끄려고 했어. 그래서 나는 그걸 낚아채고는 그의 팔을 붙들었지.

"나는 잠자코 있을 수 없어요. 저이에게 손을 대면 안 돼요. 문이나 잠근 채 가만히 있어요!"

"난 이미 결정했소. 기어코 해치우고 말겠소!"

모든 것을 자포자기한 사람은 크게 외쳤어.

"당신이 뭐라고 하든 난 당신을 위해서 그리고 헤어턴을 위해서도 마땅

히 해야 할 일이오. 그러니 당신은 나를 감싸기 위해서 머리를 쓸 필요는
없소. 캐서린도 이미 가 버렸고, 내가 당장 내 목을 찔러 죽는대도 슬퍼하
거나 부끄러워할 사람도 없을 테니. 끝을 낼 때가 온 거요."

그를 말린다는 건 곰과 맞붙어 싸우는 것과 마찬가지였고, 타일러 보았
자 미친 사람을 상대하는 것과 다름없었어. 결국 할 수 있는 일이라고는 창
가로 뛰어가서 그가 노리고 있는 히스클리프에게 들어오면 위험하다고 일
러 주는 수밖에 없었어.

"오늘 밤은 어디 다른 데서 자는 것이 좋겠어요."

나는 좀 여봐라는 듯한 말투로 소리를 쳤지.

"당신이 정 들어오겠다면 언쇼 씨가 당신을 쏠 거예요."

"문을 여는 게 좋을 걸, 이……."

그는 입에 담기도 싫은 그 점잖은 말투로 내게 몇 마디 퍼붓더군.

"난 참견하지 않겠어요. 총에 맞고 싶으면 맘대로 들어와 봐요. 난 내가
할 일은 다 했으니까."

이렇게 말하고 나서 난 창문을 닫고 난롯가에 있는 내 자리로 돌아왔어.
그가 위험에 처했다고 걱정하는 모습을 보일 만큼 능청스럽지는 않았으니
까 말이야.

언쇼는 내게 마구 욕을 퍼부으면서, 아직도 그 악한을 사랑하고 있다면
서 내가 야비한 짓을 했다고 온갖 욕설을 퍼부었어. 그런데 나는 마음속으
로 조금도 양심의 가책을 느끼지 않았어. 히스클리프가 이 사람을 해치워
그의 불행을 끝낸다면 그를 위해서 얼마나 다행한 일이며, 또 그가 히스클
리프를 갈 곳으로 가게 한다면 나를 위해서 얼마나 고마운 일일까 하고 생
각했어. 이런저런 생각을 하면서 앉아 있는데 히스클리프가 내 뒤의 창문

을 주먹으로 쳐서 마룻바닥에 떨어뜨리곤 그의 징그러운 검은 얼굴을 창틈으로 들이밀었어. 하지만 창문이 너무 작아서 그의 어깨가 들어오진 못했지. 난 안심하고 미소를 띠었어. 그의 머리와 옷에는 흰 눈이 잔뜩 쌓여 있었고 추위와 노여움으로 식인종 같은 이빨이 어둠 속에 번뜩였어.

"이사벨라, 날 들여보내 줘. 그렇지 않으면 후회할 테니!"

그는 조지프의 말대로 으르렁댔어.

"난 살인은 할 수 없어요. 언쇼 씨가 칼이 달린 권총을 들고 서 있어요."

"그럼 부엌문으로 들어가게 해 줘!"

"언쇼 씨가 먼저 가 있을 걸요. 그리고 당신의 애정은 한바탕 내린 눈조차도 이기지 못하는 보잘것없는 것이었군요. 여름 달이 비치는 동안에는 그 옆을 지키다가 겨울바람이 불기 시작하자 당장 피해 달아나고 마는군요. 히스클리프, 내가 당신이라면 그녀의 무덤 위에 누워서 충성스러운 개처럼 죽을 거예요. 이제 세상은 살 만한 곳이 못 될 텐데요! 당신에게 캐서린 언니는 삶의 모든 즐거움이었을 텐데 어떻게 그녀 없이 당신이 살 수 있다는 거죠? 당신이 그럴 수 있을 거라고는 난 상상조차 못 했어요."

"그 녀석이 거기 있소?"

언쇼 씨는 소리치면서 문짝이 떨어져 나간 곳으로 달려왔어.

"팔을 뻗을 수만 있다면 쏘아 버릴 텐데!"

엘렌은 나를 정말 고약하다고 생각할 거야. 하지만 엘렌이 모든 사정을 다 아는 것은 아니니까 그렇게 판단하지는 말아 줘! 무엇을 준대도 그의 목숨을 빼앗는 일을 돕거나 시킬 수는 없지만, 그가 죽었으면 좋겠다는 마음은 사실이었어. 그래서 그가 언쇼에게 덤벼들어 그의 손아귀에서 총을 비틀어 빼앗았을 때 난 몹시 실망했어. 그리고 아까 내가 한 말에 대한 보복이 두려워서 용기를 잃고 부들부들 떨고만 있었지.

　총알이 튀고 총에 달린 칼이 접히는 바람에 언쇼 씨의 팔목에 칼이 꽂히고 말았어. 히스클리프가 있는 힘을 다해서 칼을 당기는 바람에 살이 쭉 찢어졌고, 칼에서 피가 뚝뚝 떨어지는 총을 그는 호주머니에 쑤셔 넣었어. 그리고서 그는 돌멩이를 집어 창과 창 사이의 칸막이를 두드려 부수고 안으로 뛰어 들어왔어. 상대편은 심한 통증과 동맥인지 정맥인지 모를 곳에서 솟아나오는 많은 출혈로 의식을 잃고 쓰러졌어.

　그 악당은 그를 발로 차고 밟고 머리를 잡아 돌바닥에 대고 몇 번이나 내리쳤어. 그러면서도 조지프를 부르지 못하도록 한 손으로는 나를 꼭 붙잡고 있었고, 언쇼 씨를 없애 버리고 싶은 마음을 참느라고 그는 초인적인 자제력을 발휘한 셈이었지. 하지만 그도 숨이 차오자 결국 단념하고 보기엔 죽은 거나 다름없는 언쇼 씨의 몸뚱이를 의자 위에 끌어다 놓더군. 그리고는 언쇼 씨의 저고리 소매를 찢어서 난폭하게 상처 난 곳을 처매면서도 아까 발로 찰 때와 같은 기세로 침을 뱉고 욕지거리를 퍼붓고 있었어.

　자유로워진 나는 곧바로 그 하인 영감을 찾으러 갔어. 내가 다급하게 지껄이는 이야기를 겨우 알아들은 영감은 계단을 한 번에 두 계단씩이나 뛰어내리며 헐레벌떡 아래로 달려왔어.

　"이걸 어떻게 하면 좋아? 이걸 어쩐단 말인가?"

　"너의 주인이 미쳤다는 것뿐이야."

　히스클리프는 고함을 쳤어.

　"저놈이 한 달만 더 살면 정신병원에 처넣어 주겠어! 넌 어째서 나를 들어오지 못하게 한 거지, 이 얼빠진 놈! 거기서 중얼거리면서 서 있지 마! 이봐, 난 저런 자를 간호하고 싶지 않으니까 얼른 저 피나 닦아 내. 그리고 그 촛불을 조심해. 그놈의 피는 반 이상은 브랜디니까!"

"그래서 당신은 주인을 죽이려고 했단 말이지?"

조지프는 손을 쳐들고 천장을 쳐다보면서 소리쳤어.

"이런 무서운 광경은 처음 보았어! 오, 하느님."

히스클리프는 피가 고인 한복판에 그를 떠밀어 무릎을 꿇게 하고는 수건을 던져 주었어. 그러나 영감은 피를 닦으려고 하지 않고 두 손을 모으고 기도를 드리기 시작했지. 그런데 그 말이 하도 이상해서 난 웃음을 터뜨리고 말았어. 난 이제 무엇을 보아도 놀라지 않는 그런 배짱을 가지게 되었거든. 교수대 아래 태연히 서는 죄수가 더러 있듯이 나도 그런 기분이었지.

"그렇지! 네가 있다는 걸 잊어버렸군."

그 폭군은 날 쳐다보더니 말하더군.

"너도 같이 해. 무릎을 꿇고. 너도 저놈과 짜고 내게 반항한 거지, 이 독사 같은 년! 어서 해, 너 따위에겐 꼭 알맞은 일이야!"

그는 이에서 딱딱 마주치는 소리가 나도록 나를 흔들더니 조지프 옆에 내동댕이쳤어. 영감은 끈질기게 기도를 끝마치고 나서 일어서더니, 곧장 우리 집에 다녀오겠다고 말하는 거야. 린튼 어른은 치안판사니까, 아무리 부인을 잃으셨더라도 이런 사건은 조사를 해야 한다는 거였어. 그가 계속 고집을 부리니까 히스클리프는 내가 직접 그 사건에 대해 설명하게 하는 것이 낫겠다고 생각한 것 같았어. 그의 질문에 대답하는 정도로만 내가 달갑지 않게 설명을 하는 동안, 조지프는 분노가 치밀어 씨근덕거리며 내 옆에 서 있었어. 히스클리프가 먼저 달려든 게 아니었다는 것을 영감이 알아듣도록 설명하는 건 무척 힘이 들었어. 더구나 꼬치꼬치 캐묻는 말에 하는 수 없이 겨우 대답하는 것이었으니까.

언쇼 씨가 아직 살아 있다는 걸 안 조지프가 얼른 술을 한 모금 먹이자 그는 곧 다시 몸을 움직이고 의식도 회복했어. 히스클리프는 언쇼 씨가 정신이 없는 동안 자기가 당한 일을 모른다는 것을 알자 그가 취해서 제정신이 아니었다고 말했어. 그러면서 그가 저지른 몹쓸 짓에 대해서 신경을 쓰지 않아도 좋으니 가서 잠이나 자라고 권했어. 히스클리프는 그럴싸한 충고를 하고 나가 버렸지. 그리고 언쇼 씨는 난롯가의 받침돌 위에 누워 버렸어. 나도 그렇게 쉽게 빠져나오게 된 걸 신기해하면서 내 방으로 갔고.

오늘 아침 열한 시 반쯤 위층에서 내려오자 언쇼 씨가 몹시 불편한 듯이 난롯가에 앉아 있었어. 그리고 그에게 붙어 다니던 마귀 같은 히스클리프도 똑같이 초췌하고 험상궂은 모습으로 난로에 몸을 기댔어.

식탁 위의 음식이 모두 식어 빠질 때까지 두 사람 다 먹으려는 기색조차 보이지 않기에 나는 혼자 아침을 먹기 시작했어. 식사하는 데 아무것도 마음에 걸릴 게 없어서 실컷 먹었지. 묵묵히 앉아 있는 두 사람에게 가끔 눈길을 보내면서 난 일종의 만족감과 우월감을 맛보았고, 또 아무 거리낌 없는 마음의 위안 같은 걸 느꼈어.

식사를 한 뒤 여느 때와는 달리 대담하게 난롯가에 가서 언쇼 씨의 자리를 돌아 그의 옆 모퉁이에 무릎을 꿇었어. 히스클리프는 내 쪽을 거들떠보지도 않았어. 그래서 난 그가 돌이라도 되는 것처럼 침착하게 얼굴을 똑바로 쳐들고 그의 얼굴을 요리조리 뜯어볼 수 있었어. 전에는 아주 남자답게 생겼구나 싶던 것이 몹시 독살스럽게 보였어. 그의 이마에는 침울한 그림자가 서려 있었고, 뱀 같은 두 눈도 잠을 못 자서 빛을 잃고 있었어. 눈썹이 젖어 있는 걸 보니 아마 울고 있었던 모양이야. 입술에서도 그 사나운 냉소가 사라졌고, 말할 수 없이 슬픈 표정이 드리워져 있었지. 그게 다른 사람이었더라면 그런 비통한 모습에 그만 얼굴을 돌리고 말았을 거야. 그런데 바로 그의 모습이라 생각하니 난 속이 후련해졌어. 쓰러진 적을 모욕하는 것 같아 야비하다는 생각은 들었지만 그를 한 번 공격할 수 있는 기회를 놓칠 수는 없었어. 악을 악으로 갚는 쾌감을 맛볼 수 있는 건 오직 그가 약해졌을 때뿐이니까."

"아이고, 저런, 아가씨!"

저는 놀라서 아가씨의 말을 가로막았습니다.

"다른 사람이 들으면 아가씨는 평생 성경을 펴 본 적도 없는 사람이라고 생각할 거예요. 하느님께서 원수에게 벌을 내리시면 그것으로 족하지요. 거기에 아가씨까지 그분을 괴롭힌다는 건 비겁하고 지나친 짓이에요."

"여느 때 같으면 나도 그렇게 생각했을 거야, 엘렌. 하지만 그를 혼내주는 데 나도 한몫하지 않는다면 히스클리프가 아무리 비참한 일을 당한대도 시원치 않을 거야. 만일 내가 그에게 고통을 줄 수 있고 또 그렇다는 걸 그가 알게 할 수 있다면 그가 받는 고통이 지금보다 줄어든다고 해도 상관없어. 난 그에게 갚을 것이 너무나 많단 말이야. 내가 그를 용서해 줄 수 있는 조건은 한 가지뿐이야. 그건 내가 만약 눈에는 눈, 이에는 이라는 식으로 원수를 갚는다면 내가 당한 모든 쓰라린 괴로움을 똑같이 쓰라린 괴로움으로 되돌려 주고, 그자를 나와 대등한 위치로 끌어올리는 거야. 그가 먼저 해를 입혔으니까 그가 먼저 용서를 빌게 하는 거지. 그런다면 엘렌, 나도 너그럽게 용서할 수 있을 거야. 하지만 나의 앙심은 절대로 풀릴 것 같지 않아. 그러니까 나는 용서할 수 없어. 언쇼 씨가 물을 먹고 싶다기에 한 잔 따라 주고 몸은 어떠냐고 물어보았지.

"난 더 아프고 싶은데 그렇지 않군. 그런데 팔을 빼고는 온몸이 마치 도깨비 떼들과 한바탕 싸우고 난 것처럼 쑤시는 걸!"

"네, 그럴 거예요. 캐서린 언니는 자기가 있으니까 당신이 다치지 않는 거라고 늘 뽐냈지요. 어떤 사람들은 자기가 화를 낼까 봐 당신에게 손을 대지 않는다는 거예요. 죽은 사람들이 정말로 무덤에서 나올 수 없기에 망정이지 나올 수만 있다면 어젯밤은 정말 언니에게는 끔찍한 광경이었을 거예요. 가슴과 어깨에 온통 멍이 들지 않으셨어요?"

"모르겠소. 그건 왜 묻는 거요? 내가 넘어졌을 때 그가 날 쳤다는 건가?"

"발로 밟고 찬 다음, 방바닥에 메쳤어요."

나는 작은 소리로 일러줬어.

"그리고 당신을 이빨로 물어뜯으려고 입에서 침을 흘리고 있었어요. 하긴 그는 반은 사람이 아니니까요. 그 이상이지요."

언쇼 씨도 나처럼 우리 공동의 원수인 그를 쳐다보았어. 그런데 그는 슬픔에 빠져서 주위에서 일어나는 일은 아무것도 눈치 채지 못한 모양이었어. 그가 오래 서 있을수록 그 흉악한 마음씨가 얼굴에 더욱 뚜렷하게 나타났지.

"나에게, 하느님께서 나의 마지막 고통 속에서나마 저자의 목을 졸라 죽일 수 있는 힘을 내게 내려 주신다면, 기꺼이 지옥에라도 가겠는데."

언쇼 씨는 초조하게 말하며 신음하면서 일어서려고 애를 쓰다가 자기에게는 싸울 수 있는 힘이 없다는 걸 알고 실망하여 도로 주저앉아.

"아뇨, 저자는 벌써 당신의 가족 중에서 한 사람을 죽였으니까요……."

나는 큰 소리로 말해 줬지.

"우리 집에서는 모두들 히스클리프만 아니었더라면 당신의 누이동생이 죽지 않았을 것이라고 말하고 있어요. 결국 저런 사람은 사랑을 받는 것보다는 차라리 미움을 받는 게 나아요. 우리가 얼마나 즐거웠던가, 저자가 나타나기 전에는 캐서린 언니가 얼마나 행복했던가를 생각하면 그날이 저주스러워져요."

아마 히스클리프는 그날이 저주스럽다는 걸 나보다도 더욱 절실히 느꼈을 거야. 그 말을 듣고 그가 정신이 든 것을 알 수 있었어. 두 눈에서 쏟아지는 눈물을 검은 재 위에 뚝뚝 떨어뜨리며 힘겨운 숨을 내쉬는 걸 보았으니까.

나는 그를 똑바로 쳐다보고는 경멸하듯이 웃어 주었어. 그러자 지옥의 흐린 창과도 같던 그의 두 눈이 나를 향해 번쩍였어. 그런데 그 속에서 내뿜는 마귀 같은 눈빛이 워낙 희미한데다 눈물에 젖어 있어서 나는 별로 두려워하지도 않고 모험 삼아 다시 한 번 소리 내어 비웃어 주었지. 그러자 그 비탄에 빠진 남자는 '일어나! 내 눈앞에서 썩 없어져 버려!' 라며 소리쳤지. 거의 알아들을 수 없는 목소리였지만 대충 그렇게 말한 것 같았어. 그래서 나는 대꾸해 줬지.

"미안해요. 그렇지만 나도 캐서린 언니를 사랑했어요. 그런데 그 언니의 오빠가 이렇게 다쳐서 시중들 사람을 필요로 하니까 언니 대신이라고 생각하고 내가 돌보아드리는 거예요. 언니가 죽고 나니까, 난 언쇼 씨에게서 언니를 보는 것 같아요. 만약 당신이 그분의 눈을 후벼내려고 하지 않고 눈언저리에 시커먼 멍이나 붉은 상처만 입히지 않았다면, 언쇼 씨의 눈은 언니의 눈과 아주 똑같은 걸요. 그리고 언니의……."

"이 등신 같은 년아, 밟아 죽이기 전에 어서 일어나!"

그가 소리치면서 다가오려고 했기 때문에 나는 얼른 뒤로 물러섰어.

그리고 언제든지 도망칠 태세를 갖추고 말을 계속했어.

"만약 캐서린 언니가 당신을 믿고 히스클리프 부인이라는 그 우스꽝스럽고 더럽고 창피한 칭호를 가지게 되었더라도 곧 나와 같은 꼴이 되고 말았을 걸요. 언니인들 당신의 지긋지긋한 행동을 조용히 참고 있진 않았을 거란 말이에요. 밉살스럽고 넌더리가 나서 가만히 있지는 못했을 거예요."

긴 의자와 언쇼 씨의 몸이 그와 나 사이를 가로막고 있어서 그는 나를 잡으려고 애쓰는 대신 식탁 위에 있는 식사용 나이프를 내 얼굴에 집어던졌어. 나이프가 내 귀 밑에 박혀 난 하던 말을 끝맺지 못했어. 하지만 그걸 뽑고서 문가로 달아나면서 나는 또 한마디 해 주었지. 그것이 그가 던진 칼보다도 좀 더 날카로웠던 모양이야. 내가 마지막으로 돌아보니까 그자가 미친 듯이 날 쫓아오려는 것을 언쇼 씨가 잡고 막는 바람에 두 사람은 서로 끌어안은 채 난로 위에 넘어지고 말았어.

부엌을 빠져 달아나면서 나는 조지프에게 빨리 주인한테 가 보라고 일러 주고 문간 앞에서 의자의 등받이에 강아지를 주르륵 매달아 놓고 놀고 있는 헤어턴을 넘어뜨리고는 연옥을 빠져나온 영혼처럼 기쁜 마음으로 그 가파른 길을 뛰어내려왔어. 그러고는 구불구불한 그 길을 벗어나 곧장 벌판을 지나 뒹굴 듯이 둑을 넘고 늪을 건너 우리 집의 불빛을 향해 쏜살같이 달려온 거야. 이제는 다시 그 워더링 하이츠의 지붕 아래서 하룻밤도 보내지 않겠어. 그러느니 영원히 지옥에서 살라는 선고를 받는 편이 훨씬 낫겠어."

이사벨라 아가씨는 말을 멈추고 차를 한 모금 마셨어요. 그리고 일어서서, 모자와 제가 가져온 큰 숄을 씌워 달래더니 한 시간만 더 있다 가라는 저의 간청을 들은 척도 않고 린튼 서방님과 캐서린 아씨의 초상에 입을 맞추고 제게도 같은 인사를 한 다음 마차 있는 곳으로 내려갔습니다. 패니란 놈이 옛 주인을 만나 기뻐서 미친 듯이 짖어대며 따라갔지요. 아씨는 이렇게 마차를 타고 떠난 다음 다시는 이 고장을 찾지 않았어요. 그러나 모든 일이 좀 안정이 되자 오빠 되시는 우리 주인어른과는 규칙적인 편지 왕래를 했습니다.

이사벨라 아가씨가 새로 옮겨간 곳은 남쪽 지방, 런던에 가까운 곳이었던 것 같아요. 거기서 아가씨는 도망간 지 몇 달 만에 아들을 낳았습니다. 린튼이라고 이름을 지었는데 처음부터 병이 잦고 까다로운 아이라고 하더군요.

하루는 히스클리프 씨가 마을에서 저를 보더니 아가씨가 어디에 있느냐고 묻더군요. 저는 알려 주지 않았습니다. 그는 아가씨가 어디 살든지 그건 중요하지 않지만, 다만 그녀의 오빠한테 오는 것만은 조심해야 할 거라고 하더군요. 그는 자신이 그녀를 데리고 사는 한이 있더라도 그녀의 오빠와 함께 살게 두지는 않겠다는 거였어요. 저는 일단 아무 말도 하지 않았지만, 그는 다른 하인들 가운데 누군가의 입을 통해서 이사벨라 아가씨가 살고 있는 곳과 아들을 낳았다는 사실을 알아냈습니다. 그렇다고 아가씨를 괴롭히거나 하지는 않았어요. 그렇게 가만히 내버려두는 것도 자기를 싫어하기 때문이라며 이사벨라 아가씨는 고맙게 생각했을지 모르지요.

나를 만나면 히스클리프는 곧잘 그 아이에 대해서 묻곤 했어요. 그리고 그 애의 이름을 듣고는 험상궂은 미소를 지으면서 말하더군요.

"내가 어린아이까지 미워하기를 바라는군."

"다들 당신이 그 애에 대해서 아무것도 모르기를 바라고 있어요."

"하지만 데려오고 싶어지면 그 애는 내가 데려올 거야. 모두들 그렇게 알고 있어."

다행히 그 애의 어머니는 그런 때가 오기 전에 세상을 떠났습니다. 캐서린 아씨가 돌아가신 지 십삼 년쯤 뒤인데, 그때 린튼은 열두 살 아니면 아마 그보다 좀 더 되었을 때였죠.

이사벨라 아가씨가 갑자기 찾아온 다음 날 저는 주인어른께 그 이야기를 할 틈이 없었습니다. 그분은 다른 사람과 이야기하고 싶어 하지 않았고, 의논 같은 걸 할 마음도 없는 듯했습니다. 하지만 어떻게 해서 그분께 그 일을 알렸더니 그분은 누이동생이 남편에게서 도망친 것을 좋아하는 눈치였습니다. 그분은 그 유순한 성품에 믿어지지 않을 만큼 지독하게 히스클리프 씨를 미워했거든요. 그분의 증오가 얼마나 깊고 날카로웠던지 히스클리프 씨를 만날 만한 장소나 소문이 들릴 만한 곳에는 아예 가질 않았으니까요. 캐서린 아씨를 잃은 슬픔과 그런 증오의 감정 때문에 그분은 아예 은둔자가 돼 버렸어요. 치안판사 일도 그만두고 교회에도 나가지 않았으며, 무슨 일이 있어도 마을에는 나타나지 않고 숲과 울타리 안에서 완전히 은거 생활을 했지요. 그 외에는 벌판을 홀로 어슬렁거린다거나 부인의 무덤을 찾아가는 정도였지만, 그나마도 대개 밤이거나 다른 사람들이 밖에 나돌아 다니지 않는 이른 아침이었습니다.

그러나 그분은 워낙 착하신 분이라 언제까지나 그렇게 불행하게만 지낼 수는 없었습니다. 그분은 캐서린 아씨의 영혼이 자기 앞에 나타나 주길 빌거나 하지는 않았어요. 시간이 흐름에 따라 점차 체념을 하게 되었고, 그분의 우울한 표정도 흔해 빠진 즐거운 표정보다는 아름다워 보였습니다. 그분은 뜨거우면서도 부드러운 애정과 천국에 대한 희망으로 부인을 회상했고, 부인은 틀림없이 천국에 갔다는 것을 의심하지 않았어요.

그리고 그분은 또 주변에서 위안과 애정을 찾게 되었습니다. 아까도 말했지만, 처음 며칠 동안 그분은 돌아가신 부인의 어린 후계자에게는 전혀 관심이 없는 것 같았습니다. 그런데 그 냉담함은 사월의 눈처럼 슬슬 녹아 버렸습니다. 그 조그만 아이가 더듬더듬 말을 하고 아장아장 발걸음을 내딛기 시작하자 아기는 독재자처럼 그분의 마음을 모두 지배해 버렸던 것이지요.

아기의 이름은 캐서린이었습니다. 그분은 돌아가신 부인을 캐시라는 애칭으로 부른 적이 없었습니다. 그렇듯이 그 아이의 이름도 원래대로 캐서린이라고 부르지 않았습니다. 부인 이름을 애칭으로 부르지 않은 것은 아마 히스클리프 씨가 그렇게 불렀기 때문이었을 거예요. 아이는 언제나 캐시라고 불렀습니다. 그렇게 부르는 것이 그분에게는 아이 어머니와 구분되고 그러면서도 관련을 지어주었기 때문이지요. 그리고 그분의 애정은 그 아기가 자신의 아이라는 것보다도 그 부인의 아이라는 데서 더 깊이 우러나오고 있었습니다.

저는 늘 그분과 힌들리 언쇼 서방님을 비교해 보았어요. 왜 그분들의 행동은 비슷한 환경인데도 그렇게 다를까 하고 말이에요. 그분들은 다 같이 좋은 남편이었고 똑같이 아이들을 사랑했습니다. 그런데 어떻게 그분들이 같은 길을 걷지 않았는지 모르겠어요. 더 똑똑해 보이는 언쇼 서방님이 오히려 더 나쁘고 더 약한 인간이라는 것을 스스로 드러낸 거라고 저는 생각했죠.

그분들의 경우를 난파한 배에 비긴다면 언쇼 서방님은 배가 암초에 부딪혔을 때 선장이 자기 자리를 버리고 승무원들도 배를 건지려고 애쓰지 않고 소동과 혼란 속에 빠져 그들의 불행한 배에 조금도 미련을 두지 않는 것과 같은 것이었지요. 그와 반대로 린튼 서방님의 경우는 고지식하고 충실한 정신에서 우러나는 진실한 용기를 보이고 하느님을 믿고 하느님도 그를 위로한 것이고요. 한 분은 희망을 가졌고, 또 한 분은 희망을 버렸어요. 그 분들은 스스로의 운명을 선택했으니 마땅히 그것을 견디지 않으면 안 되었 지요.

그러나 저의 설교 같은 걸 듣고 싶지는 않으시겠지요, 주인님? 주인님은 저보다도 잘 이런 일들을 판단할 수 있을 거예요. 적어도 그렇게 생각하실 테니까 결국 마찬가지지요.

언쇼 씨의 죽음은 대체로 예상한 그대로였습니다. 그분은 누이동생인 캐 서린 아씨의 뒤를 바로 따라갔습니다. 반 년도 못 되었으니까요. 이 댁에선 그분이 죽기 전의 상태에 대해 아주 간단한 말 한마디도 듣지 못했어요. 제 가 장례식 준비를 거들러 갔을 때 겨우 알게 되었으니까요. 처음에 케네드 선생이 그 소식을 알리려고 왔더군요.

"저, 넬리."

그분은 어느 날 아침 마당으로 말을 타고 들어와서 저에게 말을 꺼냈습 니다. 저는 너무 이른 시간이라 좋지 않는 소식이라는 걸 직감했습니다.

"지금부터 나와 넬리가 문상을 가야 할 차례가 왔어. 자, 누가 죽었는지 알겠어?"

"누가 죽었어요?"

저는 당황하며 물었죠.

"어디 알아맞혀 봐!"

그분은 말에서 내려 굴레를 문고리에다 걸어 매면서 말했어요.

"그리고 그 앞치마 자락을 잡고 울 준비나 해요. 꼭 그래야 할 테니까."

"히스클리프는 아니겠죠. 네?"

"뭐라고? 그가 죽어도 울 거야?"

"아니, 히스클리프야 건강한 젊은 친구지. 오늘따라 더 팔팔해 보이던데. 지금 막 만나고 오는 길인 걸. 마누라가 나간 뒤로 빠진 살이 다시 찌고 있어."

"그럼, 누구죠, 케네드 선생님?"

저는 조바심이 나서 다그쳐 물었습니다.

"힌들리 언쇼야! 당신의 옛 친구, 힌들리 말이야. 그리고 나에겐 나쁜 친구였지. 요즘은 한동안 지나치게 난폭해져서 접촉을 하지 않았지만 말이야. 그거 봐요! 내가 울 거라고 그랬지? 그러나 너무 낙담하지 말아요. 그는 마음껏 취해서 그답게 죽은 거니까. 가엾은 친구지. 나도 섭섭하오. 사람은 누구나 옛 친구를 잃는다는 건 몹시 섭섭한 일이니까. 그 친구에겐 우리가 생각지도 못할 괴벽이 있었어. 나도 몹쓸 짓을 여러 번 당한 일이 있지만 말이야. 그 사람, 아마 이제 겨우 스물일곱 살인 모양인데, 그렇다면 넬리와는 동갑이군 그래. 둘이 같은 해에 태어났다는 걸 누가 생각이나 했겠소!"

솔직히 말해서 저는 그때 받은 충격이 캐서린 아씨가 돌아가셨을 때보다도 훨씬 더 컸습니다. 옛 생각이 내 눈앞을 맴돌고 있었으니까요. 케네드 선생에게는 다른 하인을 따라 서방님께 가시라고 부탁드리고, 저는 현관에 주저앉아 혈육이라도 잃은 듯이 마구 울었습니다.

'편안히 돌아가셨을까?'

저는 그런 생각을 하지 않을 수가 없었습니다. 무슨 일을 해도 그 생각이 저를 괴롭혔습니다. 얼마나 그 생각이 성가시고 끈덕지게 괴롭히든지 저는 워더링 하이츠에 가서 언쇼 서방님의 장례식을 거들어도 좋다는 허락을 받아야겠다고 결심을 했지요. 린튼 서방님은 몹시 마땅치 않은 기색이었지만, 아무도 돌보아 줄 사람이 없는 그분의 처지를 잘 말씀드렸습니다. 그리고 그분은 저의 옛 친구인 동시에 한 젖을 먹고 자란 형제 같은 분이니, 서방님과 똑같이 제가 모셔야 할 의무가 있다고 말씀드렸지요. 게다가 이제 고아가 된 헤어턴은 서방님의 처조카인데 더 가까운 친척이 없으니 서방님께서 마땅히 아기의 보호자가 되셔야 한다고요. 서방님은 유산이 어떻게 되었는지 알아보셔야 하고 그 밖에 처남의 일을 돌보셔야 했지만 그러실 처지가 아니었기 때문에 그분의 변호사와 의논해 보라고 제게 이르시면서 마침내 제가 워더링 하이츠에 가는 것을 허락해 주셨습니다. 그분의 변호사는 언쇼 서방님의 변호사이기도 했습니다. 저는 마을로 변호사를 찾아가서 저와 함께 가 달라고 했습니다. 그는 고개를 설레설레 흔들더니, 히스클리프가 하는 대로 내버려두라고 했습니다. 사실을 들춰 봤자 헤어턴은 거지꼴이나 다름없을 거라고 귀띔해 주면서요.

"그 애의 아버지는 많은 빚을 지고 죽었어요. 재산이 몽땅 저당 잡혀 있으니 상속인에게 남은 것이라곤 채권자의 마음에 다소나마 동정심이 남아 있어서 그 애를 보아 너그럽게 처리해 주도록 마음을 돌리게 하는 것뿐입니다."

하이츠에 도착한 저는 모든 일이 제대로 잘 진행되는지 보려고 왔다고 말했습니다. 몹시 근심스러워 보이던 조지프는 내가 온 것을 반가워하는 표정이었습니다. 히스클리프 씨는 제가 필요하다고 생각지는 않았지만 기왕 온 것이니 제가 원한다면 남아서 장례식 준비나 맡아 보라고 했습니다.

"사실은, 저 바보 같은 놈의 시체는 장례식이고 뭐고 치를 것도 없이 네거리에 갖다 묻어 버려야 해! 어제 오후에 내가 십 분쯤 집을 비웠더니 그 사이에 저 녀석이 나를 들어오지 못하게 집의 문을 다 잠가 놓고 일부러 밤새도록 술을 마시다 죽은 거야. 오늘 아침 말이 코를 고는 듯한 소리가 나기에 문을 부수고 들어가 보니 긴 의자에 벌렁 나자빠져 있더군. 껍데기를 벗기거나 머리 가죽을 벗긴대도 깰 것 같지 않았어. 그래서 케네드 선생에게 사람을 보내 선생을 불러오기는 했는데, 그때는 이미 저놈은 시체가 된 다음이었다고. 죽어서 차갑고 뻣뻣하게 굳어져 버린 거지. 그러니 그 녀석 때문에 더 이상 법석을 떨어도 소용이 없었다는 걸 알겠지?"

늙은 하인도 그의 이야기를 인정하긴 했지만 이렇게 중얼거렸습니다.

"차라리 저 양반이 의사를 부르러 가 주었으면 좋겠다고 생각했어! 주인 어른은 내가 더 잘 보살펴 드릴 수 있었을 테니까. 그리고 내가 떠날 때까지는 돌아가시지 않았어. 절대로 돌아가실 기미는 없었단 말이야!"

저는 장례식을 훌륭하게 치러야 한다고 우겼지요. 히스클리프 씨는 그것도 제 마음대로 하라고 했습니다. 다만 모든 비용이 자기 호주머니에서 나온다는 것만은 잊지 말라고 당부하더군요. 그는 기쁘지도 슬프지도 않은 기색으로 내내 냉정하고 무관심한 태도였습니다. 굳이 말하자면 어려운 일을 무사히 치른 다음에 느끼는 그런 냉철한 만족감에 젖은 표정이라고나 할까요.

한번은 무엇인가 굉장히 기뻐하는 것 같은 그의 모습을 보았습니다. 그것은 사람들이 언쇼 서방님의 관을 집 밖으로 가져갈 때였습니다. 그도 탈을 뒤집어쓰고 문상객 틈에 끼어 있더군요. 헤어턴과 함께 장례 행렬을 따라가기 전에 그는 그 불행한 아이를 테이블 위에 올려놓고는 아주 즐겁다는 듯이 중얼거렸습니다.

"이봐 꼬마야, 이제 너는 내 거야. 나무를 휘게 할 정도의 강한 바람을 맞고도 이 나무가 다른 나무처럼 구부러지지 않고 자랄 수 있는지 어디 두고 보자."

아무것도 모르는 그 아이는 그 말을 듣고 즐거워하며 히스클리프의 구레나룻을 만지작거리고 볼을 쓰다듬었어요. 하지만 저는 그 말뜻을 알아채고 신랄하게 꼬집어 줬지요.

"이것 봐요! 그 도련님은 저와 함께 드러시 크로스 저택으로 돌아가야 해요. 그 도련님이 당신의 것이라니, 세상에 그런 법이 어디 있어요!"

"린튼이 그렇게 말하던가?"

"물론이죠. 우리 서방님께서 도련님을 데려오라고 하셨어요."

그러자 악당은 이렇게 말하는 것이었습니다.

"지금은 그 문제를 논의하지 않기로 하지. 그러나 나는 내 손으로 아이를 하나 길러 보고 싶단 말이지. 만약 그가 이 아이를 데려간다면, 난 그 대신 내 자식을 데려오겠다고 당신 주인에게 말해. 아무 조건 없이 헤어턴을 보내지도 않겠지만, 언젠가는 틀림없이 내 자식을 데려오고 말겠어. 잊지 말고 그렇게 말해 줘."

이런 말을 듣고 나니 더 이상 어쩔 도리가 없었습니다. 돌아와서 서방님께 그 이야기를 해 드렸더니, 더 이상은 그 일에 간섭하려 하지 않았습니다. 처음부터 별로 흥미가 없다는 듯이 듣고 있었으니까요. 린튼 서방님께서 그럴 생각이 있으셨다 하더라도 어느 정도의 효과를 거둘 수 있었을지는 알 수 없지요.

식객이었던 사람이 이제는 워더링 하이츠의 주인이 되었습니다. 그는 빈틈없이 워더링 하이츠의 소유권을 쥐고 있었어요. 언쇼 서방님이 도박에 미쳐서 소유지를 몽땅 저당 잡혔는데, 그 저당권자가 바로 자기라는 것을 변호사와 린튼 서방님께 증명한 것입니다. 그렇게 해서 헤어턴 도련님은 지금쯤은 이 근처에서 제일가는 어른이 되셨을 텐데, 꼼짝없이 아버지의 오랜 원수인 히스클리프에게 얹혀사는 신세가 되고 말았습니다. 자기 집에서 품삯도 못 받고 일하는 하인이 되어 버린 거예요. 옆에서 보살펴 주는 사람도 없고, 또 자신이 부당한 대접을 받고 있다는 것을 모르기 때문에 전혀 자신의 권리를 되찾을 수도 없어요.

18

"그런 암담한 시기가 지난 후 열두 해 동안은 저의 생애에서 가장 행복한 시절이었어요."

딘 부인은 이야기를 계속했다.

그동안에 제가 겪은 일 중 가장 어려운 것이라면 어린 아가씨의 잔병치레 정도였습니다. 그야 있는 집 아이나 없는 집 아이나 다 같이 치러야 할 병들이었으니까요.

그 밖에는 아무 일도 없이, 태어난 지 육 개월이 지나자 아가씨는 낙엽송이 자라듯이 무럭무럭 자라서 캐서린 아가씨의 무덤 위에 두 번째로 히스꽃이 피기 전에 혼자서 걸어 다니고 말도 할 수 있게 되었습니다. 이 귀여운 아기는 쓸쓸한 집안에 밝은 햇빛을 가져온 유일한 사람이었습니다. 언쇼 집안의 아름다운 검은 눈에 린튼 집안의 고운 살결과 오밀조밀한 생김새와 노란 곱슬머리를 물려받은 정말 예쁜 아기였어요. 거칠지 않고 활발한 성격으로 매우 다정다감하고 발랄한 마음씨를 가지고 있었습니다. 열렬한 애정을 가지고 있다는 점은 어머님을 연상케 했지만 그러면서도 어머님을 닮지는 않았습니다. 왜냐하면 아가씨는 비둘기처럼 순하고 부드러웠으며 상냥한 목소리에 무엇인가 생각에 잠기는 듯한 표정이었으니까요. 화를 내도 결코 난폭하지 않았으며, 애정 표현도 분별없이 격렬한 게 아니라 깊고 부드러웠으니까요.

그렇지만 그 타고난 성품을 깎아내리는 결점이 있었던 것도 사실입니다. 건방진 행동도 그중 하나였고, 또 성품이야 좋든 나쁘든 귀여움을 받고 자란 아이들에게 반드시 있는 고약한 버릇도 있었습니다. 어쩌다 하인이 아가씨를 성가시게 굴기라도 하면 언제든지 '아빠한테 이를 테야!' 하고 소리쳤지요. 그리고 서방님께서도 그저 눈을 흘기는 정도만이라도 누가 아가씨를 나무라는 기색이 보이면 굉장히 슬픈 일을 당한 것처럼 생각하셨습니다. 사실 서방님은 아가씨에게 한 번도 꾸중을 하신 일이 없으셨던 것 같아요. 서방님은 아가씨의 교육을 전적으로 맡아서 하셨고 또 그걸 낙으로 삼으셨습니다. 아가씨는 다행히 호기심도 많고 이해도 빨라서 곧잘 배웠습니다. 그래서 서방님도 가르치시는 데 보람을 느끼셨지요.

아가씨는 열세 살 때까지는 혼자서 숲 밖으로 나간 일이 한 번도 없었습니다. 린튼 서방님은 어쩌다 아가씨를 데리고 한두 마일쯤 밖에 나가시는 일은 있어도 절대로 다른 사람에게 데리고 가게 하지는 않으셨습니다. 기머튼이라는 마을도 아가씨의 귀에는 생소한 이름이었고, 자기 집 이외에 아가씨가 가까이 가 보거나 안에 들어가 본 곳은 오직 교회뿐이었습니다. 워더링 하이츠와 히스클리프 씨는 아가씨에게 없는 것과 마찬가지였습니다. 아가씨는 완전히 바깥세상과 차단된 생활을 했지만 그것으로 충분히 만족한 것 같았습니다. 가끔은 창 밖으로 그 고장 경치를 내다보면서 이렇게 말한 적이 있었습니다.

"엘렌, 난 얼마나 있으면 저기 저 산꼭대기까지 올라갈 수 있을까? 산 너머 저쪽에는 무엇이 있어? 바다가 있을까?"

"아니에요, 캐시 아가씨. 그 너머에도 또 저런 산이 있어요."

"그럼, 저 금빛 나는 바위들은 그 밑에서 보면 어떻게 생긴 거야?"

깎아지른 듯한 페니스톤 절벽이 다른 무엇보다도 아가씨의 마음을 끌었나 봅니다. 특히 저녁 해가 그 절벽과 가장 높은 봉우리에 비치고, 그 옆으로는 모두 그늘이 질 때는 더욱 설레어 했습니다.

그 절벽은 아주 큰 돌덩어리로 나무 하나 자랄 만큼의 흙도 없다고 저는 설명했지요.

"그럼, 여기는 벌써 저녁때가 되었는데 왜 저기는 저렇게 오래도록 환하지?"

"저곳은 여기보다 훨씬 더 높으니까 그렇죠. 저곳은 너무 높고 험해서 아가씨는 올라갈 수가 없어요. 여기에 겨울이 오기도 전에 저곳에는 서리가 내려요. 그리고 한여름에도 동북쪽에 있는 저 시커먼 골짜기 아래에 눈이 보일 때도 있는 걸요."

"어머나, 그럼 엘렌은 저기에 올라가 본 일이 있겠네!"

아가씨는 즐거운 듯이 소리를 쳤어요.

"그럼, 나도 어른이 되면 올라갈 수 있겠지? 아빠도 가 보셨을까, 엘렌?"

"아빠는 말이에요, 아가씨."

저는 급히 대답했습니다.

"저런 곳은 일부러 가 볼 필요가 없다고 말씀하실 거예요. 아빠와 함께 산책하는 저 벌판이 훨씬 더 좋죠. 그리고 이 드러시 크로스 숲이 이 세상에선 제일 좋은 곳이고요."

"하지만 난 이 숲은 가 봐서 알지만, 저긴 모른단 말이야. 그리고 말이야, 제일 높은 저 산꼭대기에 올라가서 사방을 둘러보면 참 좋을 거야. 언제든 내 조랑말을 타고 한 번 가 볼 테야."

아가씨는 그렇게 중얼거렸습니다. 게다가 하인들 가운데 누군가가 그곳에 선녀굴이 있다는 이야기를 한 후로 아가씨의 머릿속에는 온통 그 계획을 실행할 생각뿐이었습니다. 그래서 아가씨는 그 일을 가지고 린튼 서방님에게 졸라댔습니다. 서방님은 아가씨가 좀 더 큰 다음에 보내 주겠다고 약속했습니다. 그러나 그때부터 캐서린 아가씨는 달수로 나이를 따지는 것이었습니다. 그러고는 '이제 페니스톤 절벽에 갈 만큼 컸나요?' 하고 입버릇처럼 물었습니다.

그곳으로 가는 길은 구불구불 돌아서 워더링 하이츠 바로 옆으로 나 있었습니다. 서방님은 그곳을 지나가고 싶지가 않았던 것입니다. 그러니까 아가씨는 언제나 '아직 멀었어, 아가. 아직 못 가.' 하는 대답을 들을 수밖에 없었지요.

히스클리프 씨네 아씨가 남편을 떠난 뒤로 십이 년 남짓하게 살아 계셨다는 말씀은 아까도 했었지요? 아씨네 친정 식구는 모두가 몸이 약했습니다. 아씨나 오라버니인 린튼 서방님 두 분 모두 이 고장에서 흔히 볼 수 있는 그런 건강한 체질은 아니었습니다. 아씨가 마지막으로 앓은 병이 무슨 병이었는지는 잘 모르지만 두 분이 다 같은 병으로 돌아가시지 않았나 싶습니다. 그건 일종의 열병으로 처음에는 대단치 않지만 갑자기 재촉하는 듯이 목숨을 빼앗아 가는 불치병이었지요.

아씨는 넉 달 동안이나 병마에 시달리신 뒤에 결과를 예견한 듯한 내용의 편지를 오라버님께 보내왔습니다. 여러 가지 처리해야 할 일도 있고, 마지막 인사도 드리고 싶고, 또 린튼을 오라버님 손에 안전하게 맡겨 두고 싶으니 되도록이면 빨리 와 주십사고 간청했더군요. 아씨의 희망은 린튼을 아씨가 데리고 살아온 것처럼 오라버님께 맡겨 두었으면 하는 것이었습니다. 아이의 아버지인 히스클리프 씨는 아드님의 양육이나 교육에 대한 짐을 맡으려 하지 않을 것이라고 아씨는 생각했던 것이었지요.

서방님은 조금도 주저하지 않고 아씨의 청에 응하셨습니다. 보통 일로는 집을 떠나시는 걸 여간 꺼리지 않으셨지만 그 소식을 들으시고는 곧장 달려가셨습니다. 집을 비우시는 동안 캐서린 아가씨를 각별히 보살피라고 저에게 당부하시면서, 비록 저와 함께라고 하더라도 아가씨를 숲 바깥으로 나가게 해서는 안 된다고 누누이 당부하셨어요. 서방님에겐 아가씨가 혼자서 다닌다는 것은 생각조차 할 수 없는 일이었습니다.

서방님은 삼 주일 동안 누이동생에게 가 계셨습니다. 처음 하루 이틀은, 아가씨는 너무 쓸쓸해서 책도 읽지 않고 놀지도 않으며 서재 한구석에만 앉아 있었어요. 그렇게 조용하게 지내니 저는 별로 할 일이 없었지요. 그런데 그 뒤부터는 가끔 싫증이 나는지 짜증을 내기 시작하더군요. 그 무렵, 저는 너무 바쁜데다 나이도 먹어서 아래위로 오르내리면서 아가씨를 즐겁게 해 줄 수가 없었습니다. 그래서 아가씨를 혼자 놀게 할 수 있는 방법을 생각해 냈지요. 아가씨 혼자서 뜰 안을 여기저기 돌아다니게 하는 것이었어요. 걷게도 하고 말을 태우기도 했지요. 그리고 아가씨가 돌아온 다음에는 아가씨가 실제로 한 일이나 머릿속에 상상한 모험 따위를 참을성 있게 들어 주었습니다.

여름이 한창이었습니다. 아가씨는 혼자서 돌아다니는 것에 익숙해져서 아침을 먹고 나가면 차 마실 시간이 되어서야 돌아오는 일도 생겼습니다.

그런 날 밤에는 아가씨의 상상속의 이야기들을 들으며 지냈지요. 대문은 대개 잠겨 있었고, 또 열려 있더라도 아가씨 혼자서 함부로 밖으로 나가지는 않을 거라고 생각했기 때문에 저는 별다른 염려를 하지 않았습니다. 하지만 불행히도 아가씨를 믿은 것이 잘못이었습니다. 어느 날 아침 여덟 시쯤 되었을 때, 아가씨가 제게 다가오더니 오늘은 아가씨가 아라비아 상인이 되어 대상(隊商)을 거느리고 사막을 건너간다고 말씀하셨습니다. 그러니까 아가씨와 말 한 마리와 낙타 세 마리가 먹을 만큼의 식량을 충분히 줘야 한다는 것이었습니다. 낙타 세 마리란 큰 사냥개 한 마리와 포인터 두 마리를 말한 거지요.

저는 맛있는 것을 잔뜩 가져다 바구니에 넣어서 말안장 한쪽에 매달아 주었습니다. 아가씨는 칠월의 뜨거운 햇볕을 가리기 위한 챙이 넓은 모자와 망사 베일을 쓰고 요정처럼 즐겁게 말 위로 올라가더니 빨리 달리지 말고 일찍 돌아와야 한다는 저의 충고를 비웃듯이 즐겁게 웃으면서 빠른 속도로 말을 몰고 나갔습니다.

그 장난꾸러기는 차 마실 시간에도 영 모습을 보이지 않더군요. 아가씨의 동행 가운데 나이를 먹어 편안한 것을 좋아하는 사냥개가 먼저 돌아왔습니다. 그런데 캐시 아가씨와 조랑말과 두 마리의 포인터는 어디에도 보이지 않았습니다. 이곳저곳으로 사람을 내보내고, 나중에는 저도 같이 아가씨를 찾아 헤맸습니다. 저는 마당과 경계를 이룬 숲의 울타리를 손질하던 일꾼에게 아가씨를 보지 못했느냐고 물어보았지요.

"아침에는 보았어요. 나한테 개암나무 회초리를 베어 달래가지고는 그 조랑말로 저쪽 울타리의 제일 낮은 곳을 뛰어넘어서 어디론지 달려가 버리던데요."

이 이야기를 들은 제 심정이 어떠했는지는 짐작하실 수 있을 거예요. 아가씨는 틀림없이 페니스톤 절벽 쪽으로 갔으리란 생각이 들더군요.

"아가씨는 무사할까?"

저는 그렇게 외치고는 그 인부가 고치고 있던 울타리를 빠져나가 곧장 큰길로 나갔습니다. 저는 마치 경주라도 하는 사람처럼 몇 마일을 급하게 걸어갔습니다. 마침내 구부러지는 모퉁이에 이르자 워더링 하이츠가 보이더군요. 그러나 멀리서건 가까이서건 캐서린 아가씨는 보이지 않았습니다.

그 절벽은 히스클리프 씨네 집에서 일 마일 반쯤 떨어진 곳에 있었고, 이 저택에서는 사 마일이나 되기 때문에 저는 거기까지 도착하기 전에 날이 저물까봐 뛰기 시작했습니다. '아가씨가 그 절벽에 올라가려다가 미끄러져서 죽었거나 어디 뼈라도 부러졌으면 어떻게 하지?' 하는 생각이 들었습니다. 저의 불안함은 정말 이만저만이 아니었습니다. 그런데 그 농가 옆을 급히 지나가다가 포인터 중에서 제일 사나운 찰리란 놈이 머리가 붓고 귀에서는 피를 흘리면서 유리창 밑에 누워 있는 것을 보았습니다. 처음에는 다행이구나 싶어 반갑더군요. 저는 옆문을 열고 현관문으로 뛰어가서는 문을 열어 달라고 마구 문을 두드렸어요. 전에 기머튼에서 살던 사람인데, 저도 안면이 있는 여자가 나왔습니다. 이 여자는 언쇼 서방님이 돌아가신 뒤부터 그 집 하녀로 와 있었던 것입니다.

"어머나! 작은 아씨를 찾으러 오셨군요! 여기서 잘 놀고 있으니까 걱정하지 말아요. 주인어른이 오신 줄 알았는데 아니어서 다행이에요."

"그럼, 주인어른은 집에 안 계시군요!"

저는 급히 걸어 온데다 너무 놀라 숨이 차서 헐떡거리며 말했습니다.

"네, 안 계세요. 주인어른도 안 계시고 조지프도 나갔어요. 한 시간 남짓 있어야 돌아올 거예요. 들어가서 좀 쉬었다 가세요."

들어가 보니 저의 길 잃은 양 캐시 아가씨는 난롯가에서 아가씨의 어머님이 어렸을 때 쓰시던 조그만 의자에 앉아 몸을 흔들면서 놀고 있더군요. 모자는 벽에 걸어 놓고 조금도 낯설지 않은지, 전에 없이 쾌활하게 헤어턴과 재잘거리고 있는 거예요. 헤어턴은 벌써 듬직하고 건장한 열여덟 살의 젊은이가 되어 있었습니다. 대단한 호기심을 가지고 놀라운 듯이 아가씨를 바라보고 있었지요. 그러나 아가씨의 입에서 쏟아져 나오는 그 거침없는 여러 가지 이야기며 질문에 대해서는 거의 알아듣지 못하는 것 같았습니다.

"잘하는군요, 아가씨!"

저는 반가운 마음을 화낸 얼굴로 감추고 소리를 질렀습니다.

"아버님이 돌아오실 때까지 이제 말은 다 탄 줄 아세요. 다시는 문 밖에도 내보내지 않겠어요. 정말로 얌전치 못한 아가씨 같으니!"

"어머나, 엘렌!"

아가씨는 유쾌하게 외치면서 벌떡 일어서더니 제가 있는 쪽으로 뛰어왔어요.

"오늘 밤엔 훨씬 더 재미있는 이야기를 해 주려고 했는데. 용케 찾아왔네. 엘렌은 예전에도 여기에 와 본 일이 있어?"

"자, 모자나 쓰시고 어서 집으로 돌아가요. 캐시 아가씨, 난 아가씨 때문에 얼마나 속이 상했는지 몰라요. 아가씨는 정말 나쁜 짓을 하셨어요. 토라져서 울어도 소용없어요. 그렇다고 아가씨를 찾느라고 온 동네를 쏘다니며 애를 태운 것이 갚아지지는 않을 테니까요. 아버님께서 아가씨를 내보내지 말라고 얼마나 당부를 하셨는데 그렇게 살그머니 빠져나가다니. 이제 아가씨가 깜찍하고 작은 여우라는 걸 알았으니 아무도 다시는 아가씨를 믿지 않을 거예요."

"내가 어쨌다는 거야?"

아가씨는 흐느껴 울더니 곧 울음을 그치고 말씀하셨어요.

"아빠가 나한테는 아무 말도 하시지 않았는걸. 그러니까 아빠는 야단치시지 않을 거야. 엘렌처럼 그렇게 화내지 않으신단 말이야!"

"자, 이리 오세요. 제가 리본을 매줄게요. 이젠 우리 화내지 말아요. 아이, 창피해. 열세 살이나 되었는데 이렇게 어린애 같은 짓을 하다니!"

아가씨가 모자를 벗어 버리고 제 손에 닿지 못하게 굴뚝 쪽으로 달아났기 때문에 저는 그렇게 말했습니다.

"내버려두세요. 귀여운 아가씨를 너무 나무라지 마세요, 딘 부인. 우리가 붙잡은 걸요. 아가씨는 당신이 걱정하실까 봐 그냥 가려고 했어요. 그런데 헤어턴이 같이 가주겠다고 했고 저도 그랬으면 좋겠다고 생각했지요. 산길은 험하니까요."

헤어턴은 이런 말이 오가는 동안 거북해서 말도 하지 않고 호주머니에 손을 꽂은 채 서 있기만 하더군요. 제가 나타난 것이 마땅치 않은 눈치였습니다.

"얼마나 더 기다리란 말이에요?"

저는 그 여자의 참견에는 대꾸도 하지 않고 말을 계속했어요.

"십 분만 있으면 어두워져요. 말은 어디다 뒀어요, 아가씨? 피닉스는 어디 있고? 빨리 서두르지 않으면 떼어놓고 갈 테니 마음대로 하세요."

"말은 뜰 안에 있어. 그리고 피닉스도 저기 가둬 뒀고. 피닉스는 물렸어, 찰리도 물리고. 다 이야기하려 했는데 엘렌이 화를 내니까 말하지 않을 테야."

저는 모자를 집어 들어 다시 씌워 드리려고 가까이 갔어요. 그런데 그 집 사람들이 아가씨 편을 드는 걸 알고는 방 안을 이리저리 뛰어 도망가기 시작하는 거예요. 그러고는 내가 쫓아가자, 생쥐처럼 가구 위로 뛰어넘었다 밑으로 빠져 나갔다가 뒤로 숨었다 하는 바람에 쫓아다니는 제가 우습게 되어 버렸지요. 헤어턴과 하녀가 웃으니까 아가씨도 따라 웃으면서 점점 더 건방지게 구는 것이었습니다. 저는 어찌나 화가 나던지 소리를 질렀어요.

　"이봐요, 아가씨! 이게 누구네 집이란 걸 아가씨가 안다면 더 있고 싶지 않을 거예요."

　"이거 너희 아빠네 집이지, 그렇잖아?"

　아가씨는 헤어턴을 돌아다보면서 말하는 것이었습니다.

　"아니야."

　헤어턴은 아래를 보고 부끄러운 듯 얼굴을 붉히며 대답했습니다. 아가씨의 두 눈은 헤어턴의 눈과 꼭 닮았는데도 그는 아가씨의 똑바른 눈길을 마주보지 못했습니다.

　"그럼, 누구네 집이야. 너의 주인네 집이야?"

　아가씨가 그렇게 묻자 헤어턴은 또 다른 감정으로 더욱 얼굴이 붉어지더니 중얼중얼 욕지거리를 하면서 외면해 버렸습니다.

　"저 애네 주인은 누구야?"

　그 귀찮은 아가씨는 나를 보고 계속 물었습니다.

　"저 애는 우리 집, 우리 식구들이라고 말했어. 그래서 저 애가 이 집 주인의 아들인 줄 알았지. 그리고 저 애는 나를 아가씨라고 부르지 않았거든. 저 애가 하인이라면 그렇게 불렀을 텐데 말이야. 그렇지 않아?"

헤어턴은 이 아가씨의 철없는 말을 듣자 먹구름처럼 얼굴이 어두워졌습니다. 저는 조용히 아가씨를 달랬기 때문에 드디어 떠날 채비를 하는 데 성공했습니다.

"자, 가서 내 말을 데려와."

마치 자기 집에서 어린 마부에게 명령하듯이 아가씨는 그 미지의 친척에게 말하였습니다.

"그리고 너도 나와 함께 가는 거야. 난 마귀 사냥꾼이 나온다는 늪도 보고 싶고, 네가 말한 그 요정에게 한 이야기도 듣고 싶어. 그러니까 빨리 해! 뭘 하는 거야. 말을 데려오라니까!"

"내가 네까짓 것의 하인이 되기 전에 네가 뒈지는 꼴을 보고 말겠어!"

잔뜩 화가 난 그 젊은이는 덤벼들 듯이 말하더군요.

"뭘 보고 말겠다고?"

캐서린 아가씨가 놀라 물었습니다.

"네가 뒈지는 걸 말이야. 요 건방진 마귀 같은 계집애야!"

"그거 봐요, 캐시 아가씨! 좋은 친구를 알게 됐군요."

제가 얼른 두 사람 사이를 가로막았습니다.

"젊은 아가씨 앞에서 그런 말을 쓰다니, 제발 저 사람과 다시는 이야기하지 말아요. 자, 우리는 어서 미니를 찾아 가지고 가요."

"그렇지만 엘렌."

아가씨는 놀라 눈이 휘둥그레져서 외쳤습니다.

"어떻게 내게 그런 말을 할 수 있지? 저 애한테 내가 말하는 대로 시키면 안 돼? 넌 나쁜 놈이야. 네가 말한 것을 아빠한테 이를 테니 두고 봐!"

헤어턴은 그따위 위협은 아무렇지도 않다는 표정이었습니다. 때문에 아

가씨는 부아가 나서 눈물이 글썽했습니다. 아가씨는 하녀를 보고 소리쳤습니다.

"당신이 말을 데려와요! 그리고 내 개도 당장 풀어 놓으란 말이야!"

"조용히 해요, 아가씨."

그 말을 들은 하녀가 대답했습니다.

"얌전해서 나쁠 건 하나도 없으니까요. 그런데 말이에요, 저 헤어턴 도련님은 주인 양반의 아드님은 아니지만 아가씨의 사촌이에요. 그리고 나는 아가씨의 시중을 들려고 온 사람이 아니고요."

"저 애가 내 사촌이라니?"

"그래요, 정말이에요."

"엘렌! 저 사람들이 저런 말을 못하게 해 줘!"

아가씨는 매우 당황한 표정으로 말했습니다.

"아빠가 사촌을 데리러 런던에 가셨단 말이야. 내 사촌은 신사의 아들이야. 내⋯⋯."

아가씨는 말을 잊지 못하고 와아 울음을 터뜨렸습니다. 그런 시골뜨기와 친척이라는 게 생각만 해도 화가 났던 거지요.

"그만, 조용히 하세요. 누구나 사촌은 여러 명일 수 있고 그중에는 별의별 사촌이 다 있는 거예요, 캐시 아가씨. 그렇다고 나쁠 건 하나도 없어요. 그저 그 사촌들이 싫거나 나쁜 사람들이라면 만나지 않으면 그뿐이에요."

"저 애는 아냐. 내 사촌이 아니란 말이야!"

생각해 보니 다시 싫은 생각이 드는지 아가씨는 그 생각에서 빠져나오려는 듯이 제 팔에 몸을 던지면서 말을 이었습니다. 저는 아가씨나 그 하녀가 서로 공연한 이야기를 꺼냈다 싶어 몹시 속이 상했습니다. 아가씨가 그런 말을 했으니 린튼 서방님이 머지않아 런던에서 아기를 데리고 온다는 사실을 히스클리프 씨가 틀림없이 알게 될 것이고, 서방님이 돌아오시기만 하면 캐서린 아가씨는 대뜸 그 하녀가 이야기한 버릇없는 친척에 대해서 이야기해 달라고 조를 것 같았기 때문이었지요.

헤어턴은 하인 취급을 당한 불쾌감이 사그라지자 아가씨가 슬퍼하는 것이 마음에 걸리는 모양이었습니다. 그는 말을 문 쪽으로 끌어다놓고 아가씨를 달래기 위해 개집에서 다리가 구부러진 잘생긴 테리어 새끼를 안아다가 자기는 아무렇지도 않으니까 조용히 하라고 이르면서 아가씨 팔에 안겨주는 것이었습니다. 잠시 울음을 멈춘 아가씨는 화가 나고 두려운 눈초리로 힐끗 헤어턴을 살피더니 다시 울음을 터뜨렸습니다.

저는 아가씨가 그 불쌍한 사촌을 싫어하는 것을 보고 아무래도 웃음을 참을 수가 없었습니다. 헤어턴은 체격도 좋고 힘이 센 젊은이로 얼굴도 잘생기고 튼튼하며 건강했으나, 입고 있는 옷은 밭에서 매일같이 일을 할 때나 벌판에서 토끼 같은 사냥감을 찾아다닐 때 입을 만한 그런 옷이었습니다. 그래도 저는 그의 인상으로 보아 그가 아버지보다 훨씬 상냥한 성격을 지닌 것같이 느껴졌습니다. 확실히 좋은 소재가 제대로 가꾸어지지 않아 우거진 잡초 속에 묻혀 훨씬 높이 자란 다른 잡초에 가려진 꼴이었습니다. 하지만 다른 좋은 환경 아래에 놓이면 풍성한 수확을 얻을 수 있는 비옥한 토양과 같은 바탕이 분명히 보였습니다.

제가 보기에 히스클리프 씨는 그를 육체적으로 학대하지는 않았던 것 같습니다. 헤어턴의 겁 없는 성격 덕분에 히스클리프 씨는 그를 그런 식으로 억누를 생각은 하지 않았던 거지요. 헤어턴에게는 학대하는 맛이 날 만큼 수줍은 감수성이 전혀 없다고 판단을 내린 것입니다. 그는 헤어턴을 짐승 같은 사람으로 만들려는 악의를 품었던 모양이었습니다. 헤어턴은 글을 배우지 못했고, 주인을 성가시게 하지만 않는다면 어떤 나쁜 습관이라도 꾸중을 듣지 않았고, 좋은 곳에는 한 발짝도 가 본 일이 없고, 나쁜 일을 해서는 안 된다는 말도 단 한 번도 들어 보지 못했던 것입니다.

그리고 제가 들은 바에 의하면 헤어턴이 오랜 가문의 종손이라는 이유로 조지프 노인이 생각 없이 편애하느라고 어린애 다루듯이 비위를 맞추고 귀여워하기만 하는 바람에 그가 타락하는 데에 더 큰 역할을 했다는 것이었습니다. 그리고 조지프는 캐서린 아씨와 히스클리프 씨가 어렸을 때, 그의 말대로 하면 '몹쓸 짓'을 해서 서방님의 화를 돋워 어쩔 수 없이 술로 위안을 삼게 해 드리게 되었다며 늘 그분들을 비난했습니다. 그것이 이제는 헤어턴의 모든 잘못도 그의 재산을 빼앗은 히스클리프 씨의 책임이라고 떠넘기게 된 것입니다.

헤어턴이 욕을 해도 조지프는 버릇을 고쳐 주려고 하지 않았고, 아무리 옳지 못한 짓을 해도 그냥 내버려두었습니다. 헤어턴이 나빠지는 것을 보는 것이 조지프에게는 분명히 유쾌한 일인 것 같았습니다. 그는 헤어턴을 망쳤다느니, 그의 영혼은 지옥에 떨어졌느니 하면서도 그 책임은 히스클리프 씨가 져야만 한다고 생각했습니다. 헤어턴의 타락이 히스클리프 씨의 책임이라고 생각하면 조지프는 무척 마음이 놓이는 모양이었습니다.

조지프는 헤어턴에게 그의 가문과 혈통에 대한 자부심을 불어넣어 주었습니다. 그리고 그는 헤어턴과 워더링 하이츠의 현주인인 히스클리프 씨 사이에 증오심을 심어줄 수도 있었겠지요. 하지만 조지프의 현 주인에 대한 공포심은 미신에 가까울 정도였습니다. 그래서 그는 히스클리프 씨에 대해 중얼중얼 입 속에서만 비꼬며 감정을 표현하거나 자기 혼자서 위협을 하는 것이 전부였습니다.

저는 그 당시는 워더링 하이츠와 일상생활의 모습을 잘 알지는 못했습니다. 별로 가 보지 않았기 때문에 그저 소문을 듣고 이야기하는 것뿐입니다. 동네 사람들은 히스클리프 씨가 소작인들에게는 인색한데다가 잔인하고 가혹한 지주였다고 말했습니다. 그러나 집안은 여자가 와서 살림을 하기 때문에 옛날과 같이 아늑한 모습을 되찾았고, 언쇼 서방님이 있을 때에 흔히 볼 수 있던 소동은 다시 일어나지 않았다고 합니다. 그 집 주인이 너무 침울해서 좋은 사람이건 나쁜 사람이건 어떤 사람과도 친히 지내려고 하지 않았다고 하고요. 아직도 그렇긴 합니다만.

그런데 이야기가 다른 데로 흘렀군요. 캐시 아가씨는 화해하자는 표시로 준 테리어 새끼를 받지 않고 자기가 데리고 온 찰리와 피닉스를 내놓으라고 했습니다. 두 마리의 개는 머리를 늘어뜨리고 다리를 절뚝거리며 나타났습니다. 그리고 우리는 몹시 풀이 죽은 채 집으로 향했습니다.

아가씨는 그날 겪은 일에 대해서 입을 열려고 하지 않았습니다. 다만 제가 추측한 대로 아가씨의 여행 목적지는 페니스톤 절벽이었고, 그 농가의 대문 앞까지는 별일 없이 갔는데 그때 헤어턴이 우연히 나타났으며, 그가 데리고 나온 개들이 아가씨 일행에게 덤벼들었다는 것이었습니다. 개들은 주인들이 미처 떼어놓기도 전에 한바탕 몹시 싸웠더랍니다. 그래서 서로 인사를 하게 됐다는 거지요. 캐서린 아가씨는 헤어턴에게 자기의 이름과 가려고 하는 곳을 말하고 길을 안내해 달라고 부탁해서 결국 그와 동행하게 되었던 것입니다. 그는 아가씨를 안내하면서 선녀 동굴에 대한 이상한 이야기며 그 밖에 여기저기 괴상한 곳에 대한 이야기들을 들려주었던 모양입니다. 그렇지만 저는 아가씨의 기분을 상하게 했기 때문에 아가씨가 본 여러 가지 재미있는 것에 대한 이야기는 듣지 못했습니다.

그런데 아가씨의 이야기를 종합해 보면 아가씨가 헤어턴을 하인 취급을 해서 그를 기분 나쁘게 하고, 또 히스클리프네 가정부가 헤어턴을 아가씨의 사촌이라고 해서 아가씨의 기분을 상하게 하기 전까지는 아가씨는 안내자인 헤어턴이 마음에 들었던 모양입니다. 그런데 헤어턴이 퍼부은 욕지거리가 아가씨의 마음을 상하게 했던 것이지요. 아가씨는 누구한테서나 내 사랑, 귀염둥이, 여왕, 천사라고 불리기만 하다가 낯선 사람한테서 그런 말을 들었으니 심한 모욕을 당한 셈이었습니다. 아가씨는 왜 그래야 하는지 이해하지 못했지만 아버님에게 이르지 않겠다는 약속을 받아내느라고 저는 무척 애를 먹었습니다.

저는 아버님께서 워더링 하이츠에 사는 사람들을 얼마나 싫어하시며, 아가씨가 거기에 갔었다는 것을 아시면 얼마나 속상해 하시겠느냐는 것을 설명해 드렸습니다. 그리고 제가 무엇보다 두려운 것은, 만약 서방님께서 제가 그분의 분부를 어겼다는 걸 아시면 서방님은 굉장히 화를 내실 테고 저는 이곳을 떠나야만 될 것이라고 말했습니다. 캐시 아가씨에게 제가 없다는 것은 절대로 생각할 수 없는 일이었습니다. 그리하여 아가씨는 저와 굳게 약속을 했고, 또 저를 위해서 그 약속을 지켜 주었습니다. 누가 뭐라 해도 귀여운 아가씨였습니다.

19

검은 테두리를 두른 편지가 서방님이 돌아오실 날짜를 알려왔습니다. 이사벨라 아씨가 돌아가셨던 것입니다. 따님에게 상복을 입히라 하시고, 어린 조카를 데리고 갈 테니 방을 마련하고 그 밖의 여러 가지 준비를 해 놓으라고 당부하셨더군요.

캐서린 아가씨는 돌아오시는 아버지를 맞이할 생각에 기뻐서 어쩔 줄을 몰랐습니다. 그리고 '진짜' 사촌에게는 이루 헤아릴 수 없을 만큼 훌륭한 점이 많을 거라는 희망에 잔뜩 부풀어 있었습니다.

서방님이 오신다는 날 저녁때가 되었습니다. 새벽부터 아가씨는 이래라 저래라 자신의 자질구레한 일들을 명령하기에 바빴습니다. 그리고서 새로 지은 검정 드레스를 입고, 가엾게도 고모님이 돌아가셨는데도 별로 슬픈 빛을 보이지도 않은 채 정원을 나와 마중을 가야 한다고 저를 귀찮게 구는 것이었습니다.

"린튼은 나보다 꼭 여섯 달 늦게 태어났대."

아가씨는 나무 그늘 빛의 울퉁불퉁한 이끼 낀 잔디밭 위를 나와 함께 한가로이 걸어가면서 말했습니다.

"그 애와 함께 놀면 얼마나 재미있을까! 이사벨라 고모가 아빠한테 그 애의 고운 머리칼을 보냈거든. 내 머리보다도 더 연한 빛깔이었어. 더 아마(亞麻)빛에 가깝고 나와 마찬가지로 부드러울 거야. 난 그걸 조그만 유리 상자 속에 소중히 넣어 두었지. 그리고 그 머리칼의 주인을 만날 수 있다면 얼마나 좋을까 하고 여러 번 생각했었어. 아이, 좋아라! 그리고 우리 아빠가 오시는 거야! 빨리 와, 엘렌, 우리 뛰어가! 뛰어가자니까."

아가씨는 제가 느긋한 걸음걸이로 대문에 도착할 때까지 몇 번이나 뛰어 갔다가는 돌아오고 또다시 뛰어가곤 했습니다. 길가 언덕 풀밭에서 침착하게 기다려 보려고도 했습니다만 결국은 단 일 분도 가만히 있지를 못했습니다.

"왜 이렇게 늦는담! 앗! 저 길 위에 먼지가 나는 걸 봐. 오시는가 봐! 앗, 아니잖아. 언제 오는 거야? 우리 조금만 더 가 볼 수 없을까. 반 마일만, 엘렌, 딱 반 마일만. 간다고 대답 좀 해! 저 모퉁이 떡갈나무 숲 있는 데까지만 말이야."

저는 냉정히 거절했고 결국은 아가씨의 조바심도 끝이 났습니다. 역마차가 굴러오는 것이 보였던 것입니다. 캐시 아가씨는 창으로 내다보는 아버지의 얼굴이 보이자 소리를 지르면서 두 팔을 내밀었습니다. 아버지도 딸 못지않게 정신없이 오랜만의 만남을 반가워했습니다. 한참 동안이나 그들은 옆에 다른 사람이 있다는 생각을 할 겨를도 없었습니다.

두 분이 얼싸안고 있는 동안, 저는 린튼이 어떻게 하고 있나 싶어 안을 들여다보았습니다. 그는 마치 한겨울을 만난 것처럼 따뜻한 털로 안을 댄 외투를 걸치고 한쪽 구석에 잠들어 있었습니다. 얼굴이 희고 가냘픈 여자 같이 생긴 소년이었습니다. 서방님의 동생이라고 해도 믿을 만큼 아주 닮았더군요. 그러나 에드거 린튼 서방님에게서는 볼 수 없었던 병약하고 까다로운 기색이 엿보였습니다.

서방님이 안을 들여다보고 있는 저를 보시고 악수를 하시면서 여행을 해서 피곤할 테니 그대로 놓아두고 문을 닫으라고 말씀하셨습니다. 캐시 아가씨도 한 번 들여다보고 싶은 모양이었습니다. 그러나 아버님이 어서 오라고 부르셔서 아버님과 함께 정원을 올라갔습니다. 그동안 저는 하인들에게 서방님이 오신 것을 미리 알리기 위해서 빨리 앞서 갔습니다.

"얘야, 캐시."

린튼 서방님은 현관 앞 계단 밑에서 걸음을 멈추고 따님에게 말씀하셨습

니다.

"네 사촌동생은 말이야, 너처럼 건강하지도 않고 또 명랑하지도 못해. 엄마가 죽은 지 얼마 되지 않는다는 걸 너도 알고 있지? 그러니까 금방 함께 뛰어다니며 놀 수 있을 거라는 생각은 하지 마라. 그리고 너무 귀찮게 말을 걸지도 말고. 적어도 오늘 밤은 가만히 쉬게 해 줘야 해, 알았지?"

"네, 알았어요, 아빠. 하지만 한 번 보았으면 좋겠어요. 그 애는 아직 한 번도 바깥을 내다보지 않은 걸요."

마차가 멈추고 도련님은 잠에서 깨어 외삼촌에게 안겨 내렸습니다.

"네 사촌 캐시란다, 린튼."

서방님은 두 아이들의 손을 쥐어 주면서 말했습니다.

"캐시는 벌써 너를 좋아하고 있어. 그러니까 너도 오늘 밤에는 울어서 누이를 걱정시키면 안 돼. 자, 이제 기운을 좀 내야지. 여행도 끝났으니 네가 할 일은 편히 쉬고 마음껏 재미있게 노는 일뿐이란다."

"그럼, 난 잘래."

소년은 캐서린의 인사도 제대로 받지 않고는 손가락을 눈에 갖다 대고 솟아나오는 눈물을 닦아내었습니다.

"자, 이리 와요, 착한 도련님."

저는 조그만 목소리로 도련님을 달래면서 안으로 데리고 들어갔습니다.

"도련님이 울면 아가씨도 울어요. 저 봐요! 아가씨가 도련님 때문에 걱정하고 있잖아요."

아가씨가 도련님 때문에 걱정을 한 것인지 어쨌는지는 모르지만, 어쨌든 아가씨도 도련님과 똑같이 슬픈 얼굴을 하고는 아버님한테로 돌아갔습니다. 세 분이 함께 집안으로 들어가 차 마실 준비를 해 놓은 서재로 올라가셨습니다.

저는 린튼 도련님의 모자와 외투를 벗겨 주고 그를 테이블 옆에 있는 의자에 앉혔습니다. 그러나 도련님은 앉자마자 다시 흐느껴 울기 시작했습니다. 서방님이 왜 그러냐고 물으셨습니다.

"난 의자에 못 앉아."

"그럼, 소파에 앉으렴. 엘렌이 차를 갖다 줄 테니까."

도련님의 외삼촌은 자상하게 말씀하셨습니다. 저는 서방님이 이 까다롭고 병약한 조카를 데리고 오는 동안 틀림없이 무척 애를 먹었으리라고 짐작했습니다. 도련님은 천천히 몸을 미끄러뜨리듯이 의자에서 내려와 소파에 드러누웠습니다. 캐시 아가씨는 발 받침과 자기 찻잔을 그의 옆으로 가지고 갔습니다.

아가씨는 처음에는 잠자코 앉아 있었지만 예상대로 그리 오래 가지는 못했습니다. 아가씨는 본인의 희망대로 어린 사촌동생을 자기의 귀염둥이로 삼을 작정이었습니다. 그래서 그의 머리카락을 쓰다듬기도 하고, 볼에 입을 맞추며 갓난아기를 다루듯이 자기 찻잔에 차를 따라서 먹이려 들었습니다. 도련님은 갓난아기나 별로 다를 바가 없었기 때문에 그런 행동이 즐거운 듯했습니다. 도련님은 눈물을 닦고 살포시 미소를 지었습니다.

"그래, 저러면 됐어."

서방님은 잠시 그들을 지켜보고 나서 제게 말하셨습니다.

"잘됐어. 우리와 함께 지낼 수 있다면 말이야, 엘렌. 제 또래의 어린아이와 놀게 되면 곧 기운이 날 테니까. 그러는 동안에 곧 튼튼해질 거야."

'저희가 데리고 있을 수만 있다면 그렇게 되겠죠.' 하고 저는 생각했습니다. 저는 그렇게 될 희망이 거의 없다는 염려를 버릴 수가 없었습니다.

그러자 저는 저런 약골이 어떻게 워더링 하이츠 같은 곳에서 그의 아버지나 헤어턴 사이에 끼어 살 수 있을까 하는 생각이 들었습니다. 그 사람들이 어떻게 친구가 되고 선생이 되랴 싶었던 것입니다.

저의 의심은 제 예상보다도 더 빨리 결말이 났습니다. 차를 다 마신 저는 막 두 아이를 위층으로 데리고 가서 린튼 도련님이 잠드는 것을 보고 내려왔습니다. 도련님은 잠이 들 때까지 저를 옆에서 떠나지 못하게 했으니까요. 그리고는 내려와서 마루에 있는 테이블 옆에 서서 서방님의 침실에 놓을 촛불을 켜고 있었습니다. 그때 하녀가 부엌에서 나오더니 히스클리프 씨네 하인 조지프가 문간에 와서 서방님께 말씀드릴 게 있다고 한다고 알려 주었습니다.

"무슨 일로 왔는지 내가 먼저 알아볼게."

저는 떨리는 마음으로 말했습니다.

"남의 집을 찾아오기에는 너무 늦은 시간이 아니야? 그리고 서방님께선 먼 여행에서 막 돌아오신 참이니까 말이야. 서방님은 만나시지 않을 것 같아."

제가 이런 말을 하고 있는 사이 조지프가 부엌을 지나서 어느새 마루로 들어서고 있었습니다. 그는 주일에 입는 나들이옷을 입고 몹시 경건하고 엄숙한 체하는 얼굴로 한 손에는 모자를 들고 다른 손에는 지팡이를 든 채 매트 위에서 신발을 닦으려는 참이었습니다. 저는 냉정하게 말했습니다.

"잘 있었수, 조지프 영감? 오늘 밤엔 무슨 일로 오셨수?"

"린튼 서방님께 드릴 말씀이 있어서."

그 역시 나 같은 건 저리 비키라는 듯이 멸시하는 투로 손을 흔들며 대답했습니다.

"서방님은 지금 잠자리에 드실 참이에요. 특별히 말씀드려야 할 일이 아니면 오늘 밤엔 들으려고 하시지 않을 거예요. 무슨 볼일인지 나한테 이야기하는 것이 좋겠어요."

"주인어른 방은 어디요?"

영감은 그렇게 물으면서 쭉 늘어선 닫힌 문들을 훑어보았습니다. 저는 그가 제 말을 절대로 듣지 않을 기세라는 것을 알아차렸습니다. 그래서 저는 몹시 마땅치 않았지만 서재로 올라가서 손님이 왔다는 것을 알려드리고, 내일 다시 오도록 하는 게 좋겠다고 말씀드렸습니다. 하지만 서방님께서는 저에게 그렇게 하라고 이르실 겨를도 없었습니다. 조지프가 바로 제 뒤를 따라 올라왔기 때문입니다. 영감은 방 안으로 들어와서는 두 손을 지팡이 손잡이 위에 포갠 채 테이블 맨 끝에 버티고 서서 반대할 것을 예상하고 왔다는 듯이 높은 소리로 이야기를 꺼냈습니다.

"히스클리프 씨가 아드님을 데려오라고 절 보내셨습니다. 그래서 저는 도련님을 놓아두고는 돌아가지 못합니다."

서방님은 잠시 말이 없으셨습니다. 슬픈 듯한 표정만이 얼굴을 가득 덮었습니다. 서방님 본인도 그 아이를 불쌍히 여기셨겠지만, 죽은 이사벨라 아가씨의 소망과 근심, 자식에 대한 애절한 소원, 그리고 잘 돌봐 달라고 부탁한 일들을 생각하니 그 애를 히스클리프 씨에게 넘겨준다는 것이 몹시 가슴 아팠던 것입니다. 어떻게 하면 그것을 피할 수 없을까 하고 궁리하는 표정이었습니다. 하지만 별다른 묘안이 떠오르지 않는 듯했습니다. 린튼 도련님을 데리고 있겠다고 하면 저쪽에서는 더욱 강경하게 나올 터이니, 그를 내주는 것 외에는 다른 도리가 없었습니다. 그러나 지금 자고 있는 아이를 깨울 생각은 없었습니다.

"아드님은 내일 워더링 하이츠로 데리고 가겠다고 히스클리프 씨에게 전해 주게."

서방님은 조용히 대답하셨습니다.

"그 애는 지금 자고 있어. 먼 여행을 했기 때문에 너무 피곤해서 지금은 아무 데도 갈 수 없어. 애 어멈이 그 애를 내가 데리고 있어 달라고 부탁했다는 것과 지금 그 애의 건강이 매우 위험한 상태라는 것도 꼭 그에게 전해 줘."

"안 됩니다!"

조지프는 그의 지팡이로 방바닥을 탕 치고는 위세 당당한 태도로 말했습니다.

"안 되지요! 그까짓 건 아무것도 아닙니다. 주인어른은 아기 어머님이나 당신은 대수롭게 여기지 않아요. 자신의 아들을 찾는다 이겁니다. 그러니 나는 꼭 데리고 가야겠어요. 이만 하면 아시겠지요?"

"오늘 밤에는 못 데려가!"

서방님도 단호하게 대답하셨습니다.

"당장 돌아가! 그리고 주인에게 내가 말한 대로 전하기나 해. 엘렌, 이 영감을 데리고 나가, 가란 말이야."

그리고 서방님은 잔뜩 성이 난 영감의 팔을 잡아서 방 밖으로 쫓아내고는 문을 닫아 버렸습니다.

"좋소!"

조지프는 천천히 물러나면서 소리를 질렀습니다.

"내일은 주인어른이 직접 오실 테니, 그 양반도 내쫓을 수 있으면 내쫓아 보라지!"

20

히스클리프 씨가 오는 것만은 막고 싶었기 때문에 서방님은 저에게 다음 날 아침 일찍 도련님을 캐서린 아가씨의 조랑말에 태워 워더링 하이츠로 데려다 주라고 이르셨습니다.

"이제 우린 그 애의 운명에 대해서 좋건 나쁘건 어쩔 수가 없을 테니, 캐시에게는 그 애가 어디로 갔다는 얘기를 일체 하지 말아야 해. 어차피 그 애하고는 접촉할 수가 없을 테니까 말이야. 그리고 그 애가 가까운 곳에 있다는 것도 모르고 지내는 게 좋을 거야. 그렇지 않으면 캐시가 마음을 잡지 못하고 워더링 하이츠에 가고 싶어 할 테니까. 그저 그 애의 아버지가 갑자기 데리러 와서 어쩔 수 없이 급히 떠났다고만 말해 줘."

린튼 도련님은 새벽 다섯 시에 일어나는 것이 몹시 싫은데다 다시 여행할 준비를 해야 한다는 말을 듣자 깜짝 놀랐습니다. 그러나 도련님은 잠시 동안 아버님인 히스클리프 씨와 함께 지내게 되며, 아버님이 하도 보고 싶어 하시고, 또 여행의 피로가 풀릴 때까지 기다리실 수가 없다 하시므로 어쩔 수 없이 지금 가야 한다는 말로 달랬습니다.

"우리 아버지라고?"

도련님은 몹시 당황하면서 외쳤습니다.

"엄마는 한 번도 아버지가 있다는 말을 한 일이 없는데. 아버지는 어디 살아? 난 외삼촌과 살고 싶은데……."

"아버님은 이 댁에서 별로 멀지 않은 곳에 사세요. 저 언덕 너머예요, 그다지 멀지 않으니까 도련님이 건강해지시면 걸어올 수도 있을 거예요. 집에 가서 아버님을 만나면 좋으시겠네요. 어머님을 좋아했던 것처럼 아버님도 좋아하셔야 해요. 그러면 아버님도 도련님을 사랑해 주실 테니까."

"하지만 왜 나는 지금까지 아빠 이야기를 듣지 못했을까? 왜 다른 사람들처럼 엄마와 아빠는 함께 살지 않았어?"

"아버님은 북쪽에서 할 일이 있었기 때문이에요. 그리고 어머님은 건강 때문에 남쪽에서 사셔야 했고요."

"그런데 왜 엄마는 나한테 아빠 이야기를 안 하셨지? 엄마는 외삼촌 이야기는 가끔 하셨어. 그래서 나도 그전부터 외삼촌을 좋아하게 된 거야. 하지만 아빠 이야기는 조금도 하지 않으셨어. 그런데 어떻게 아빠를 좋아할 수 있지? 난 아빠를 모르는데."

"어린이들은 누구나 부모님을 좋아해요. 어머님은 아마 도련님에게 자주 아버님 이야길 하시면 도련님이 아버님과 함께 있고 싶어 할 거라고 생각하셨나 보죠. 자, 빨리요. 이렇게 날씨가 좋은 날에는 한 시간 더 자는 것보다 아침에 일찍 말을 타는 게 훨씬 좋답니다."

"그 애도 우리랑 함께 가는 거야? 어제 만난 그 여자애 말이야."

"오늘은 함께 안 가요."

"외삼촌은?"

"안 가세요. 제가 그곳까지 같이 가 드릴 거예요."

린튼 도련님은 침대 위에 도로 드러눕더니 멍하니 생각에 잠겼습니다.

"외삼촌이 안 가시면 나도 안 갈래."

도련님은 갑자기 큰 소리로 외쳤습니다.

"나를 어디로 데려가는지 알 수 없는 걸."

저는 자기 친아버지를 만나러 가는 것이 싫다니, 그건 버릇없는 짓이라고 타일러 보았습니다. 그래도 도련님은 옷을 갈아입지 않겠다며 막무가내

였기 때문에 저는 그를 달래어 자리에서 일어나도록 하는데 서방님의 도움을 받을 수밖에 없었습니다.

곧 돌아온다느니, 외삼촌과 캐시가 찾아갈 것이라느니 하는 몇 가지 허황된 다짐을 받고 나서야 그 불쌍한 도련님은 마침내 자리에서 일어나게 되었습니다. 그리고 워더링 하이츠로 가면서도 저는 간간이 그와 비슷한 믿을 수 없는 몇 가지 약속을 되풀이하여 말해 주었습니다.

히스 향기가 풍기는 맑은 공기에 밝은 햇빛, 그리고 뚜벅뚜벅 순하게 걸어가는 조랑말의 발걸음, 이런 것들 덕분에 잠시 뒤에는 도련님의 우울했던 기분도 풀어졌습니다. 도련님은 그의 새 집이나 거기에 사는 사람들에 관한 이야기를 지금까지보다도 훨씬 더 흥미를 가지고 활발하게 묻기 시작했습니다.

"워더링 하이츠도 드러시 크로스 저택처럼 좋은 곳이야?"

도련님은 골짜기 쪽으로 한 번 마지막 눈길을 돌리면서 물었습니다. 골짜기에서 피어오르는 엷은 안개는 푸른 하늘가에서 흰 양털구름이 되어 하늘로 퍼지고 있었습니다.

"그곳은 그렇게 나무가 울창하지는 않아요. 그리고 그렇게 크지도 않지만 사방에서 아름다운 경치를 볼 수 있어요. 그리고 그곳의 공기가 도련님의 건강에 더욱 좋을 거예요. 아주 신선하고 건조하니까요. 도련님은 어쩌면 처음에는 집이 낡고 어둡다고 생각하실지 모르겠지만, 아주 훌륭한 집이고 이 근방에서는 두 번째 가는 집이랍니다. 벌판을 거닐면 얼마나 즐겁다고요. 헤어턴 언쇼 도련님이 — 캐시 아가씨의 외사촌이니까 도련님하고도 사촌이 되죠 — 아주 좋은 곳들을 안내해 줄 거예요. 날씨가 좋을 때면 책을 가지고 나가서 푸른 골짜기를 서재로 삼아 공부할 수도 있을 거고요. 그리고 가끔 외삼촌이 오셔서 도련님들과 함께 산책도 하실 겁니다. 외삼촌께서는 저 언덕 위로 자주 산책을 나가시니까요."

"그런데 우리 아버지는 어떻게 생긴 분이야? 아버지도 외삼촌처럼 젊고 잘생겼어?"

"아버님도 젊으시지요. 그렇지만 머리와 눈이 검고 더 엄하게 보이세요. 키와 몸집도 더 크시고요. 본래 성격이 그런 분이기 때문에 도련님에겐 아마 처음에는 외삼촌처럼 인자하시고 친절해 보이지 않을지도 몰라요. 그렇지만 아버님께는 숨김없고 다정하게 대해야 해요. 그러면 자연히 외삼촌보다도 더 도련님을 사랑해 주실 거예요. 도련님은 그분의 아드님이시니까요."

"머리와 눈이 검은 빛깔이야?"

린튼 도련님은 잠시 생각에 잠겼습니다.

"짐작이 가질 않는데. 그럼, 난 아버지와 닮지 않았어?"

"별로 닮지는 않았어요."

저는 섭섭한 마음으로 도련님의 하얀 얼굴이며 가냘픈 몸매, 그리고 크고 생각에 잠긴 듯한 눈을 살피면서 속으로는 조금도 닮지 않았다고 생각했습니다. 그 눈은 병적인 과민성 때문에 잠깐 빛날 때가 아니면 어머니의 눈 그대로였습니다.

"아버지가 한 번도 엄마와 나를 보러 오지 않았다는 것은 참 이상해. 아버지는 나를 본 적이 있을까? 보셨다면 틀림없이 내가 갓난아기 때였을 거야. 난 아버지에 대해 아무것도 생각나지 않는 걸!"

"린튼 도련님, 삼 백 마일은 아주 먼 거리예요. 그리고 십 년이란 세월은 어른에게는 도련님이 생각하시는 것만큼 길게 느껴지지 않을 수도 있고요. 아버님께서는 아마 여름만 되면 가 보셔야지 생각하시다가 마땅한 기회가 없어 못 가셨나 보죠. 그리고 이젠 너무 늦었거든요. 그러니 그런 걸 아버님에게 귀찮게 묻지 마세요. 아버님을 성가시게 해 드릴 뿐이지 아무 소용이 없으니까요."

그 뒤로 우리들이 워더링 하이츠의 대문 앞에 가서 멈출 때까지 도련님은 골똘히 생각에 잠겨 있었습니다. 저는 도련님이 그 집에 대해 어떤 인상을 받는지를 지켜보고 있었습니다. 도련님은 조각이 있는 현관과 음침해 보이는 낮은 창문, 제멋대로 자란 까치밥나무숲과 구부러진 전나무들을 굳은 표정으로 살펴보더니 고개를 가로저었습니다. 새로 살게 된 집의 외견이 아주 못마땅한 것 같았습니다. 그러나 당장 불평을 터뜨리지 않을 만큼의 생각은 있었습니다. 안에 들어가 보면 그렇지 않을 수도 있을 테니까요.

도련님이 말에서 내리기 전에 제가 먼저 가서 문을 열었습니다. 여섯 시 반이었는데도 식구들은 아침 식사를 끝낸 모양인지 하녀가 식탁을 치우고 있었습니다. 조지프는 주인어른의 의자 옆에서 절름발이 말에 대해 이야기하는 중이었고, 헤어턴은 건초밭으로 나갈 준비를 하고 있었습니다. 히스클리프 씨는 나를 보자 소리쳤습니다.

"어서 오시오, 넬리! 난 내가 직접 내려가서 내 아들을 찾아와야 되나 보다 생각했는데, 넬리가 직접 데려온 거요? 어디 쓸 만한가 좀 보자꾸나!"

히스클리프 씨는 일어서서 문 쪽으로 성큼성큼 걸어왔습니다. 헤어턴과 조지프가 호기심에 멍청히 입을 벌리고 따라왔습니다. 불쌍한 린튼 도련님은 놀란 눈으로 세 사람의 얼굴을 번갈아 쳐다보았습니다.

"이런!"

조지프가 얼굴을 잔뜩 찌푸리면서 말했습니다.

"그 어른이 아이를 바꿔치기 했습니다요, 주인어른. 이 아이가 그 양반

의 따님 같은뎁쇼!"

히스클리프 씨는 자기 아들을 뚫어지게 바라보고는 학질이라도 걸린 듯 놀라서 덜덜 떨고 있는 린튼 도련님에게 멸시하는 웃음소리를 내었습니다.

"이거 참! 예쁜 아이로군! 참 예쁘고 귀여운 아이군!"

그는 큰 소리로 말했습니다.

"넬리, 저 애를 달팽이와 쉬어 빠진 우유를 먹여 키운 거 아냐? 에이, 빌어먹을! 생각했던 것보다도 못쓰겠군. 하기야 처음부터 기대를 하진 않았지만 말이야."

저는 벌벌 떨며 어쩔 줄 모르는 도련님에게 말에서 내려 안으로 들어가라고 일렀습니다. 도련님은 자기 아버지가 한 말의 뜻을 제대로 알아듣지도 못했고, 또 그것이 자기를 두고 한 말인지도 몰랐습니다. 사실 도련님은 아직 험상궂고 사람을 멸시하는 그 낯선 사람이 자기의 아버지라는 것조차도 정확히 몰랐으니까요. 그래서 더욱더 무서워하며 저에게 달라붙었습니다.

"이리 온."

히스클리프 씨가 자리에 앉으면서 도련님에게 말을 하자 도련님은 그만 제 어깨 위에 얼굴을 파묻고 울어 버렸습니다.

"쯧쯧!"

히스클리프 씨는 못마땅한 듯이 혀를 차더니 한 손을 뻗쳐 거칠게 도련님을 자기 무릎 사이로 끌어당겨서는 턱을 잡고 고개를 쳐들게 했습니다.

"바보같이 울긴 왜 울어! 아무도 너를 해치려는 게 아냐. 린튼, 네 이름이 린튼이랬지? 너는 그야말로 네 어머니의 자식이로구나! 어느 구석에 나를 닮은 데가 있단 말이냐, 이 울보야!"

히스클리프 씨는 도련님의 모자를 벗겨 숱이 많은 아마빛 곱슬머리를 뒤로 넘기고, 가는 팔과 조그만 손가락 등을 만져보았습니다. 그러는 동안에 도련님은 울음을 그치고 그 커다랗고 파란 눈으로 자기도 아버지를 훑어보는 것이었습니다.

"너, 나를 알아보겠니?"

히스클리프 씨는 아들의 몸이 어느 곳이나 하나같이 약하다는 것을 확인하고 나서 물었습니다.

"몰라요."

린튼 도련님은 멍하니 두려운 눈초리로 쳐다보면서 말했습니다.

"그럼, 내 이야기를 들은 적은 있겠지?"

"못 들었어요."

"못 들었어? 아비에 대한 자식의 정을 깨우쳐 준 일이 없다니, 네 어머니란 사람은 참 몹쓸 사람이로구나! 말해 두겠지만 너는 내 아들이다. 그리고 너에게 아버지가 있다는 걸 네가 모르게 내버려둔 네 어머니야말로 나쁜 년이다. 자, 그렇게 겁을 내며 얼굴을 붉히지 마라. 얼굴이 붉어지는 걸 보면 너도 피가 희지는 않은 모양이니 다행이군. 훌륭한 사람이 되어야 해. 그러면 나도 잘할 테니까. 넬리, 피곤하면 좀 앉아서 쉬지 그래? 그렇지 않으면 돌아가고. 당신은 보고 들은 대로 그 집의 그 바보 같은 친구에게 보고하겠지? 이 녀석은 당신이 옆에서 서성거리는 동안에는 안정을 못할 것 같군."

"그럼, 도련님에게 상냥하게 대해 주시기 바랍니다, 히스클리프 씨. 그렇지 않으면 오래 데리고 계시지 못할 테니까요. 그리고 도련님은 이 넓고 넓은 세상에서 당신에게 오직 하나뿐인 혈육이 아닙니까. 아시겠지요?"

"상냥하게 대해 주고말고! 염려 마!"

그는 껄껄 웃었습니다.

"다만 나 외에는 아무도 이 애에게 친절을 베풀어선 안 돼. 난 이 애의 애정을 독점할 작정이니까. 내가 얼마나 상냥한지 보여 주도록 하지. 조지프! 이 애에게 아침 식사를 갖다 줘. 헤어턴, 이 망할 녀석아, 넌 나가서 일이나 해!"

그들이 나가자 그는 제게 말을 이었습니다.

"참 넬리! 내 아들은 장차 그곳의 주인이 될 거야. 만약 이 애에게 어떤 일이 벌어져도 그 집이 내 것이 된다는 게 확실해지기 전까지는 이 애를 죽게 하고 싶지는 않아. 이 애는 내 자식이니까 그 집을 상속받으면 내 후손이 당당하게 그 집 주인 노릇을 하고, 내 아들이 그 집 애들에게 품삯을 주어 저희 조상의 땅을 갈게 하는 쾌감을 맛보고 싶단 말이야. 내가 이 녀석을 참고 받아들이는 것도 오직 그런 생각이 있기 때문이지. 난 이 녀석 자체도 싫지만 이 녀석이 옛 기억을 되살려 주기 때문에 더 싫어. 그러나 아까 말한 그런 계획이 있으니까 걱정 없겠지. 저 녀석을 나에게 두어도 괜찮아. 그리고 당신네 주인이 자기 딸을 보살피듯이 나도 이 애를 보살필 테니까. 이 녀석에게 주려고 잘 꾸민 방을 위층에 마련해 놓았어. 이 녀석이 배우고 싶은 것을 가르쳐 줄 가정교사도 이십 마일이나 떨어진 곳에서 한 주일에 세 번씩 오도록 해 두었고. 헤어턴에게도 이 애의 말에 순종하라고 일러 놓았어. 사실 나는 이 애를 주위 사람들과 다르게 멋진 신사가 될 수 있도록 모든 준비를 갖춰 놓았지. 그런데 그렇게 애쓴 보람을 맛볼 수 없게 생겼으니, 이 녀석이 자랑할 만한 자식이 되었으면 하는 것뿐이었는데. 저렇게 하얀 얼굴에 울기만 하는 녀석이라니, 몹시 실망했어!"

히스클리프 씨가 이런 이야기를 하고 있는 동안 조지프는 한 그릇의 우유죽을 들고 와서 도련님 앞에 놓았습니다. 도련님은 못마땅한 얼굴로 그

변변치 않은 죽을 휘휘 젓더니 이런 건 먹을 수 없다고 말했습니다.

저는 히스클리프 씨가 분명히 그의 하인들에게 도련님을 존경하도록 하라고 말했기 때문에 그 늙은 하인도 어쩔 수 없이 따르고 있긴 했지만, 그의 눈빛에서 주인처럼 도련님을 멸시하는 느낌을 느낄 수 있었습니다.

"먹을 수가 없다고?"

조지프는 도련님의 얼굴을 돌아보면서 남이 들을까 봐 목소리를 낮춰 작은 소리로 물었습니다.

"그래도 헤어턴 도련님은 어렸을 때 이것밖에는 먹은 게 없어. 헤어턴 도련님이 먹을 만한 것이면 린튼 도련님도 먹을 수 있을 것 같은데!"

"난 먹지 않아!"

린튼 도련님은 퉁명스럽게 말했습니다.

"가져가."

조지프는 화가 나서 죽 그릇을 냉큼 집어 들고 우리들 쪽으로 가져왔습니다.

"그래, 이 음식이 뭐가 잘못됐습니까?"

조지프는 쟁반을 히스클리프 씨의 코밑에 들이대면서 물었습니다.

"잘못되긴 뭐가 잘못됐단 말이야?"

"원 참! 그러게나 말입니다. 주인어른의 까다로운 아드님께서 이런 것은 못 잡수시겠다는 뎁쇼. 한데 그도 그럴 법하군요! 저분의 어머님이 꼭 그랬거든요. 그 아씬 우리같이 더러운 것들이 심은 밀로 만든 빵은 드시지 않았으니까요."

"저 애 어머니에 대해서는 내게 이야기하지 마!"

히스클리프 씨는 화를 내며 말했습니다.

"애가 먹을 수 있는 걸 갖다 주면 되잖아. 저 애는 보통 때 무얼 먹었지, 넬리?"

저는 데운 우유나 차가 좋을 것이라고 일러 주었어요. 그러자 히스클리프 씨는 가정부에게 그런 걸 좀 만들어 오라고 했습니다.

'옳지, 아버지의 욕심이 아들을 편안하게 할 수 있겠구나.'

저는 그렇게 생각했습니다. 히스클리프 씨는 몸이 약한 아들에 맞게 적절히 다뤄야 할 필요가 있다는 것을 알아차린 모양입니다. 저는 히스클리프 씨의 기분이 그렇더라는 것을 말씀드려 서방님을 안심시켜 드려야겠다고 생각했습니다. 더 머뭇거릴 여유도 없이 저는 도련님이 겁을 먹고 순하게 생긴 셰퍼드 한 마리가 다가오지 못하게 쫓고 있는 사이 살짝 빠져나왔습니다. 그런데 도련님은 그런 일을 모를 만큼 정신을 뺏기지는 않았습니다. 제가 문을 닫자 미칠 듯이 울면서 외치는 것이었습니다.

"나를 두고 가지 마! 나도 같이 갈 테야! 여기에 있기 싫어!"

그러자 빗장을 올렸다가 다시 내리는 소리가 났습니다. 그들은 도련님이 나가지 못하게 했던 것이지요. 저는 조랑말을 급히 몰았습니다. 이렇게 해서 짧은 시간의 저의 보호는 끝났습니다.

21

그날 우리는 캐시 아가씨 때문에 곤욕을 치렀습니다. 아가씨는 아침에 사촌과 함께 놀 생각으로 아주 기분이 좋게 일어나셨습니다. 그런데 그가 떠났다는 말을 듣고는 어찌나 울고 슬퍼하는지 에드거 서방님이 직접 나서

서 린튼은 곧 돌아온다며 아가씨를 달래지 않을 수 없었습니다. 그러나 '데려올 수만 있으면'이라는 단서를 붙여 두었습니다. 하지만 그런 희망은 조금도 없었습니다. 이 약속으로 간신히 아가씨를 진정시킬 수는 있었지만, 그러나 세월이 더욱 큰 힘이 되었습니다. 그래도 가끔씩 아가씨는 린튼은 언제 돌아오느냐고 물었지만 그를 다시 만나기 전에 그에 대한 기억이 차츰 희미해져서 만나도 알아볼 수 없을 정도가 되었습니다.

저는 기머튼에 볼일이 있어 가는 길에 워더링 하이츠의 가정부를 우연히 만날 때면 늘 그 어린 도련님이 어떻게 지내느냐고 물어보았습니다. 도련님도 캐서린 아가씨와 마찬가지로 거의 집안에서만 갇혀 살다시피 해서 통 만날 수가 없었던 것입니다. 도련님은 여전히 약하고 귀찮은 식구라는 것을 저는 그 가정부의 이야기로 알 수 있었습니다. 그녀의 말로는 히스클리프 씨는 도련님의 목소리가 들리기만 해도 싫어하고, 같은 방에 몇 분 동안 함께 앉아 있는 것조차도 견디지 못한다는 이야기였습니다.

두 사람은 서로 거의 말이 없이 지낸다고 했습니다. 도련님은 공부를 하거나 밤에는 응접실이라고 부르는 조그만 방에서 지내지 않으면 온종일 침대에서 잠을 잔다는 것이었습니다. 그리고 도련님은 늘 기침을 하는데 감기가 들거나 어디가 아프거나 아니면 무슨 병을 앓기 때문이라는 것입니다. 그리고 그녀는 저에게 이런 말도 해 주었습니다.

"그런데 또 그렇게 마음이 약한 아이는 처음 보았어요. 누가 그렇게 제몸을 챙길까요? 저녁에 어쩌다 조금만 늦게까지 창문을 닫지 않으면 잔소리가 나오는 거예요. '아이! 밤바람을 쐬면 추워 죽겠어!' 하고 말이에요. 그리고 한여름에도 불을 피우지 않으면 안 되지요. 조지프가 담뱃대로 담배를 피우면 독하다고 잔소리고요. 그리고 언제나 단 것이나 맛있는 것을 물고 있어야만 되고, 또 밤낮 '우유, 우유' 하고 우유만 찾는답니다. 우리가 겨울에 추워서 얼마나 고생하는지는 아랑곳하지 않는답니다.

그러고는 자기 털외투로 몸을 감싸고 난롯가의 의자에 앉아서 토스트나 물이나 그 밖의 것들을 벽난로 옆 선반 위에다 올려놓고 조금씩 먹는 거예요. 그리고 혹 헤어턴이라도 도련님을 불쌍하게 생각하고 놀러 올라치면 — 헤어턴은 좀 거칠기는 해도 심성은 나쁘지 않아요 — 반드시 하나는 욕지거리를 하고 또 하나는 울면서 헤어지곤 하지요. 만약에 그가 당신의 아드님만 아니라면, 서방님은 언쇼 도련님이 그를 납작해지도록 두들겨 주는 것을 틀림없이 기뻐하실 거예요. 그리고 틀림없이 아드님을 밖으로 쫓아내고 말았을 겁니다. 아드님이 자기 몸만 위한다는 걸 절반만이라도 서방님이 아신다면 말이에요. 그러나 당신이 스스로 그런 위험에 빠지려고 하시질 않는 거지요. 서방님은 응접실에 들어가시는 일이 없고 또 도련님이 집안 어디서나 서방님이 계신 곳에서 그런 짓을 하려 하면 당장 위층으로 올려 보내 버리신답니다."

이 이야기를 듣고 저는 히스클리프 도련님은 본래부터 그렇지 않다 하더라도 아무도 동정해 주지 않는 데서 자연히 이기적이고 환영받지 못하는 성격이 되어 버렸다는 것을 알 수 있었습니다. 그래도 역시 그의 운명에 대해서 슬픈 생각이 들었고, 우리들과 함께 있었더라면 하는 생각이 머리를 떠나지 않았습니다. 하지만 결국 그에 대한 저의 흥미는 서서히 사라져 버렸습니다.

에드거 서방님은 도련님에 대한 소식을 알아보라고 자주 말씀하셨습니다. 서방님은 도련님에 대해서 끔찍이 생각하셨고, 다소 모험을 무릅쓰고라도 만나보고 싶으신 모양이었습니다. 그리고 한 번은 그 댁 가정부에게 도련님이 마을에 내려오는 일이 있는지 물어보라고 하신 일이 있었습니다. 그 가정부의 말로는, 도련님은 꼭 두 번 마을에 나온 일이 있었는데, 아버님과 함께 말을 타고 왔었다는 것입니다. 그리고 두 번 마을에 다녀온 뒤에는 사나흘 동안은 아주 녹초가 된 모양이더라는 것이었습니다. 그 가정부는 제 기억이 맞다면 도련님이 온 후 이 년 뒤에 나갔고, 제가 모르는 다른 여자가 가정부로 들어와서 아직도 살고 있을 것입니다.

캐시 아가씨가 열여섯 살이 될 때까지 이 댁에서는 예전과 다름없이 즐거운 세월이 흘러갔습니다. 아가씨의 생일에 우리는 조금도 축하다운 축하를 한 일이 없습니다. 왜냐하면 그날은 돌아가신 아씨의 제삿날이었기 때문입니다. 서방님께서는 그날은 반드시 서재에서 홀로 지내시다가, 어두워지면 기머튼에 있는 교회 묘지까지 걸어가셔서 자정이 지날 때까지 계시다오시곤 했습니다. 그러므로 캐서린 아가씨는 혼자서 하고 싶은 일을 하고 놀도록 하였던 것입니다.

그 해 삼월 이십일은 아름다운 봄날이었습니다. 서방님이 서재에 들어가시자 아가씨는 나들이옷으로 갈아입고 내려와서는 저와 함께 벌판가로 산책을 나가도 좋겠느냐고 아버님께 여쭈었다고 했습니다. 서방님께서는 멀리 가지 말고 한 시간 안으로 돌아올 수만 있다면 그렇게 하라고 승낙하셨다는 것입니다.

"그러니까 빨리 해, 엘렌!"

아가씨는 저를 재촉했습니다.

"꼭 가 보고 싶은 곳이 있어. 뇌조들이 수두룩이 내려오는 곳 말이야. 아직 집을 지었는지 안 지었는지 보고 싶어서 그래."

"거긴 꽤 멀 텐데요. 뇌조는 벌판가에서 새끼를 치지 않거든요."

"아냐, 그렇게 멀지 않아. 아빠랑 바로 그 근처까지 갔다 온 적이 있는 걸."

저는 그런 일에 대해서는 그 이상 더 생각하지 않고 모자를 쓰고 기분 좋게 집을 나섰습니다. 아가씨는 어린 사냥개마냥 제 앞을 깡충거리며 뛰어갔다가 옆으로 돌아와서는 다시 뛰어가고 하셨습니다. 저는 처음에는 아주 즐겁게 여기저기서 지저귀는 종다리 소리에 귀를 기울이기도 하고 따뜻한 햇볕을 쬐기도 하면서 저의 귀염둥이이며 즐거움이기도 한 아가씨의 모습을 지켜보았습니다. 아가씨의 금빛 곱슬머리는 묶지 않아 뒤로 나부꼈으며 발그레한 볼은 막 피어난 들장미처럼 부드럽고 순결했으며, 두 눈은 구김 없는 즐거움으로 빛나고 있었습니다. 아가씨는 그 무렵에는 행복한 천사와 같은 아이였습니다. 그런데도 아가씨가 그것에 만족하지 못했다는 것은 가엾은 일이었습니다.

"그 뇌조가 어디 있단 말이에요, 아가씨? 이제는 눈에 띄어야 할 텐데. 벌써 저택의 숲 울타리가 까마득해요."

"아이, 조금만 더 가. 정말 조금만 더 가 봐, 엘렌. 저 언덕에 올라가서 저 둑을 지나 엘렌이 저쪽에 내려갈 때까지는 새가 날아갈 거야."

그러나 오르고 지나야 할 언덕과 둑이 너무 많아서 마침내 저는 지치기 시작했고 이제 그만 돌아가야 한다고 말했습니다. 아가씨는 저보다 훨씬 앞서 갔기 때문에 저는 소리를 질렀습니다. 아가씨는 제 소리가 들리지 않았는지 듣고도 모르는 체하는지 자꾸만 뛰어갔기 때문에 저도 쫓아갈 수밖에 없었습니다. 드디어 아가씨는 어느 골짜기로 뛰어내렸습니다. 제가 다시 아가씨의 모습을 보았을 때는 아가씨는 자기 집보다도 워더링 하이츠가 이 마일이나 더 가까운 곳에 가 있었습니다. 그리고 두 사람이 아가씨를 붙잡는 것이 보였는데 그중의 한 사람은 히스클리프 씨임에 틀림없다고 생각했습니다. 캐시 아가씨는 뇌조의 둥지를 훔치고 있었거나 아니면 적어도 그것을 찾고 있는 동안 붙잡혔던 것입니다. 워더링 하이츠는 히스클리프 씨의 소유니까 그는 밀렵자를 꾸짖을 생각이었겠지요.

"저는 하나도 훔치지 않았고, 보지도 못한 걸요."

아가씨는 제가 애를 쓰며 그들 옆에 갔을 때 그 증거로 두 손을 펴 보이면서 말했습니다.

"저는 새를 훔칠 생각은 없었어요. 아빠가 이 근처에 뇌조가 많다고 가르쳐 주셨거든요. 그래서 그 알을 보고 싶었던 거예요."

히스클리프 씨는 상대방이 누구라는 것을 알고 있으며 따라서 그냥 두지는 않겠다는 듯이 능글맞게 웃으면서 저를 힐끗 쳐다보고는 '아빠'가 누구냐고 묻는 것이었습니다.

"드러시 크로스 저택의 린튼 씨예요. 아저씨는 나를 모르시는 모양이죠? 아신다면 그렇게 말씀하실 리가 없는데요."

"그럼, 너의 아빠는 아주 훌륭하고 존경받는 분이라고 생각하는군?"

그는 비웃는 듯이 말했습니다.

"그런데 아저씨는 누구세요?"

캐서린 아가씨가 상대방을 신기한 눈초리로 쳐다보면서 물었습니다.

"저 사람은 전에 본 일이 있는데, 아저씨 아들인가요?"

아가씨는 옆에 서 있는 헤어턴을 가리켰습니다. 헤어턴은 나이를 두 살 더 먹는 동안에 몸이 더 커지고 건강해졌을 뿐 달라진 곳이 하나도 없었고, 여전히 어색해 보였습니다. 저는 얼른 그들 사이를 가로막았습니다.

"캐시 아가씨. 한 시간만 산책을 한다는 게 곧 세 시간이 다 돼 가요. 정말 이제 돌아가야 해요."

"아냐, 저 아이는 내 아들이 아니야."

히스클리프 씨는 저를 밀어 내면서 아가씨를 보고 대답했습니다.

"그러나 내 아들은 전에 만난 일이 있을 거야. 그리고 말이야, 저 아줌마는 얼른 가자고 하지만 둘 다 좀 쉬었다 가는 게 좋을 것 같군. 이 언덕 꼭대기를 돌아서 우리 집으로 가자. 좀 쉬면 더 빨리 집에 돌아갈 수 있을 테니까. 그리고 집에 가면 너를 반갑게 맞이할 사람이 있을 거야."

저는 아가씨에게 무슨 일이 있어도 그의 청을 받아들여서는 안 되며, 그건 절대로 말도 안 되는 이야기라는 것을 작은 소리로 일러 주었습니다.

"왜?"

아가씨가 큰 소리로 물었습니다.

"난 뛰어다녔더니 피곤해. 그리고 땅도 이슬에 젖어서 여기서는 앉을 수도 없고. 가 보자, 엘렌! 게다가 저분의 아들을 내가 본 적이 있다고 하잖아. 잘못 생각한 건지도 모르지만, 난 저분이 어디 사는지 짐작이 가. 내가 페니스톤 절벽에 갔다 오면서 들렀던 그 집이지? 그렇지 않아?"

"맞았어, 자, 넬리! 다른 말 말고 집에 들러. 모두 만나면 저 애도 좋아할 거야. 헤어턴, 넌 저 아가씨와 함께 먼저 가거라. 넬리는 나와 함께 갈 테니까."

"안 돼요! 아가씨는 그런 데는 못 가요!"

저는 그 사람이 붙잡은 팔을 뿌리치려고 애쓰면서 외쳤습니다. 그러나 아가씨는 잽싸게 언덕배기를 돌아서 어느새 집 문 앞에 깔아 놓은 돌까지가 있었습니다. 아가씨와 함께 가라고 한 헤어턴은 따라가려고 하지도 않고 길옆으로 비켜나더니 보이지 않았습니다.

"히스클리프 씨, 이건 정말 나쁜 짓이에요. 좋지 않다는 것을 아시잖아요? 그리고 댁에 가면 아가씨 린튼 도련님을 만날 테고, 집에 돌아가자마자 모든 걸 다 털어놓을 거란 말이에요. 그러면 야단은 제가 맞게 된다고요."

"난 저 애가 린튼을 만나길 바라니까. 린튼은 요 며칠 동안 기분이 좀 나아졌지. 그 애가 남을 만날 수 있을 만큼 기분이 좋을 때가 별로 없거든. 그리고 오늘 만난 일은 비밀로 해 두라고 캐시를 타이르면 될 거야. 그런데 뭐가 곤란하단 거지?"

"제가 옆에 있으면서 아가씨를 댁에 들어가게 내버려두었다는 걸 서방님이 아시게 되면 제가 꾸중을 들을 테니까요. 그리고 히스클리프 씨가 아가씨에게 가자고 자꾸만 권하는 데는 좋지 않은 계획이 숨어 있다는 걸 저는 잘 알고 있어요."

"내 계획은 지극히 정직해. 그 내막을 전부 이야기하지. 그건 저 두 사촌끼리 사랑하게 되어 결혼할 수 있으면 좋겠다는 거야. 나는 그 댁 주인에 대해서도 너그러운 마음으로 하는 짓이야. 그의 어린 딸은 받을 유산도 없으니 그 애가 내 생각대로 되기만 하면 당장 린튼과 함께 재산을 상속받을 수 있게 해 줄 거야."

"만약에 린튼 도련님이 죽는다면……. 사실 도련님의 생명은 정말 믿을 수가 없으니까 말인데요. 그렇게 되면 캐서린 아가씨가 상속인이 되겠지요?"

"아니, 그렇게는 안 되지. 유언에는 그런 보장을 한 조목이 없으니까. 그의 재산은 내게로 돌아오게 돼. 그러나 말썽이 나지 않도록 난 그들이 결혼하기를 바라고 있으며, 또 그것을 실현시킬 작정이야."

"그런데 저는 아가씨와 함께 다시는 댁의 문전에 가까이 가지 않을 작정이에요."

저는 대문 앞에 왔을 때 대꾸했습니다. 문간에는 캐시 아가씨가 우리들이 오기를 기다리고 있었습니다.

히스클리프 씨는 저에겐 잠자코 있으라고 하더니 우리보다 앞서 빨리 길을 올라가 현관문을 열었습니다. 캐시 아가씨는 그에 대해서 어떻게 생각해야 좋을지 확실히 마음을 결정하지 못하겠다는 듯이 몇 번이나 그를 쳐다보았습니다. 그러나 그는 아가씨의 눈과 마주치자 미소를 지었고, 아가씨에게 이야기할 때는 목소리도 한결 부드러웠기 때문에 저는 어리석게도 아가씨의 어머니에 대한 추억이 그로 하여금 아가씨를 해치려는 마음을 사그라지게 했나 보다고 생각했습니다.

린튼 도련님은 난로 앞에 서 있었습니다. 모자를 쓰고 있는 것이 들에 나가 거닐다 온 모양으로, 조지프에게 마른 신발을 가져오라고 말하는 중이었습니다. 열다섯 살이 되려면 아직도 몇 달이 지나야 했지만 나이에 비해서 키가 컸습니다. 도련님의 얼굴은 예쁘장했고, 눈이며 안색도 건강에 좋은 공기와 따뜻한 햇볕을 쬐어 돈은 일시적인 윤기이기는 했겠지만, 제가 생각하고 있었던 것보다는 훨씬 밝았습니다.

"자, 저게 누구지?"

히스클리프 씨는 캐시 아가씨를 보고 물었습니다.

"누군지 알겠지?"

"아저씨네 아들인가요?"

캐시 아가씨는 의심스러운 듯이 한 사람씩 번갈아보면서 말했습니다.

"그래, 맞았어. 그런데 저 애를 지금 처음 보는 거니? 생각해 보렴. 이런! 기억력이 나쁘구나. 얘, 린튼, 네가 보고 싶다고 그렇게 졸라대던 네 사촌을 모르겠니?"

"뭐, 린튼이라고?"

아가씨는 그 이름을 듣자, 뜻밖의 기쁨으로 얼굴을 활짝 펴며 외쳤습니다.

"쟤가 린튼이야? 나보다 키가 더 큰데? 네가 정말 린튼이야?"

소년은 앞으로 다가서더니 그렇다고 말했습니다. 아가씨는 그에게 열렬히 입을 맞추었으며, 두 사람은 세월이 각자의 용모에 가져다 준 변화를 놀라워하며 유심히 바라보았습니다. 캐서린 아가씨는 어느덧 숙녀가 되어 있었습니다. 모습은 토실토실하면서도 날씬했고 강철처럼 탄력이 있어 보였으며, 몸 전체가 건강하고 생기에 넘쳐 발랄해 보였습니다. 린튼 도련님의 용모와 동작은 아주 기운이 없어 보였고, 체구는 몹시 가냘팠습니다. 그러나 그의 태도에는 그러한 결점을 메워 주는 맵시가 있어서 싫은 인상을 주지는 않았습니다.

사촌과 여러 가지 정다운 인사를 주고받은 뒤에 아가씨는 히스클리프 씨에게로 다가갔습니다. 히스클리프 씨는 문 옆을 서성거리면서 집 안에 있는 것들과 밖에 있는 것들 양쪽에 마음을 쓰고 있었으나 밖을 내다보는 척하면서도 실은 집 안에만 주의를 기울이고 있었습니다.

"그럼, 당신은 저의 고모부시군요! 처음엔 고모부가 화를 내셨지만 전 고모부가 좋다고 생각했어요. 왜 고모부는 린튼을 데리고 우리 집에 오지 않으시죠? 이렇게 가까운 이웃에 살면서 한 번도 우리를 보러 오시지 않다니 이상한데요. 무엇 때문에 그러셨어요?"

"네가 태어나기 전, 한때는 너무 자주 찾아갔었지. 이런! 그만둬! 그렇게 입을 맞추고 싶으면 린튼에게나 맞추렴. 나한텐 소용이 없으니까."

"엘렌은 심술쟁이야!"

캐서린 아가씨는 소리를 치고는 이번에는 그 주체할 수 없는 표현을 저한테 퍼부으려고 덤벼들었습니다.

"엘렌은 나빠! 나를 이 집에 들어오지 못하게 하고 말이야. 하지만 앞으로는 아침마다 이렇게 산책을 하러 올 테야. 고모부, 와도 되죠? 그리고 때때로 아빠도 데리고요. 고모부는 우리를 만나는 게 기쁘지 않아요?"

"기쁘고말고!"

그는 그렇게 대답했지만 아침마다 오겠다는 두 사람에 대한 혐오감으로 찌푸려지는 표정을 애써 감추고 있었습니다.

"그러나 잠깐. 이제 생각나는데 말이야, 네게 이야기해 두는 게 좋겠군. 너의 아버지는 나를 좋아하지 않으시거든. 언젠가 한 번 기독교도답지 않게 심하게 싸운 일이 있지. 네가 여기 온다는 걸 아버지에게 이야기하면 너 혼자 오는 것도 반대하실 거다. 그러니 앞으로는 너의 사촌을 보고 싶지 않다면 몰라도 그렇지 않으면 그 이야기를 아버지에게 해선 안 돼. 네가 오고 싶으면 와도 좋지만, 그걸 이야기해서는 안 된단 말이다."

"두 분이 싸우셨어요?"

"너희 아버지는 내가 너무 가난해서 자기 동생과 결혼할 수 없다고 생각했지. 그런데 내가 기어이 결혼을 하고 마니까 원망을 하게 되었어. 자기의 자존심이 깎인 거야. 그래서 그 일을 절대 용서하지 않는 거란다."

"그건 잘못이지요! 언제든 아빠한테 그렇게 말씀드리겠어요. 하지만 린튼과 나는 두 분의 싸움과는 아무런 관계도 없잖아요. 그럼, 저는 오지 않을 테니까 린튼을 집으로 오게 해 주세요."

"나한테는 너무 멀어."

아가씨의 사촌은 나지막하게 중얼거렸습니다.

"사 마일이나 걸었다가는 나는 죽을 거야. 그러지 말고 캐서린이 이리 와. 아침마다 오지 말고 가끔 오면 되잖아. 일주일에 한두 번씩 말이야."

아버지는 아들에게 심한 멸시의 눈초리를 보냈습니다.

"넬리, 아무래도 나는 헛수고를 하나 봐."

히스클리프 씨는 저를 보고 중얼거렸습니다.

"저 바보 녀석 말마따나 캐서린은 저 녀석의 못난 점을 알아보고 상대도 하지 않을 거야. 그건 그렇고, 저게 헤어턴이라면 얼마나 좋을까! 저렇게 천하게 내동댕이쳐 두긴 하지만, 헤어턴이 내 자식이라면 얼마나 좋을까, 하고 하루에도 몇 번씩이나 저놈을 부러워하는지 알아? 헤어턴이란 놈이 언쇼의 자식이 아니고 다른 사람의 자식이었다면 나도 그 아이를 사랑했을 거야. 그러나 헤어턴이 캐시의 마음에 들리는 없겠지. 저 못난 녀석이 활발하게 나서는 구석이 보이지 않으면 변변찮은 헤어턴과 경쟁을 붙여 주겠어. 아무래도 린튼이란 녀석, 열여덟 살까지 살 것 같지도 않지만 말이야. 아아, 못난 놈. 저 녀석은 발을 말리는 데만 골몰해서 캐시 쪽은 보지도 않는군. 애, 린튼!"

"네, 아버지."

"너는 네 사촌에게 안내할 곳이 아무 데도 없니? 하다못해 산토끼나 족제비 집 같은 거라도 없느냐 말이야. 신발을 바꿔 신기 전에 마당으로라도 안내해 줘. 마구간에 가서 네 말이라도 보여 주란 말이야."

"여기 앉아 있는 게 좋지 않아?"

다시 움직이기 싫다는 듯한 어조로 린튼 도련님은 캐서린 아가씨를 보고 물었습니다.

"글쎄……."

아가씨는 문 쪽으로 아쉬운 눈길을 던지면서 분명 몹시 뛰어다니고 싶은 눈치로 대답했습니다. 그러나 린튼 도련님은 자리에 앉은 채 난롯가로 더 가까이 몸을 웅크렸습니다.

히스클리프 씨는 일어서서 부엌으로 들어가더니 다시 뒷마당으로 나가서 헤어턴을 불렀습니다. 헤어턴이 대답하는 소리가 들리고 곧 두 사람이 다시 들어왔습니다. 두 볼이 불그레하고 머리가 젖은 것으로 보아 헤어턴은 몸을 씻고 있었던 모양입니다.

"참, 고모부한테 물어볼 게 있어요."

아가씨는 가정부가 한 말이 생각나서 큰 소리로 말했습니다.

"저 사람은 내 사촌이 아니죠?"

"왜 아냐? 네 어머니의 조카인데. 그 애가 싫으니?"

캐서린 아가씨는 이상한 얼굴을 했습니다.

"훌륭한 젊은이 같지 않니?"

히스클리프 씨는 말을 계속했습니다.

버릇없는 소녀는 발돋움을 하고 히스클리프 씨의 귀에다 대고서 무엇인가 소곤거리는 것이었습니다.

히스클리프 씨는 껄껄 웃었습니다. 헤어턴의 얼굴이 어두워졌습니다. 자기를 멸시하는 건 아닌가 하여 그는 아주 민감한 반응을 보였습니다. 그리고 희미하게나마 열등감을 가지고 있다는 것을 저는 알 수 있었습니다. 그러나 그의 주인이자 보호자가 다음과 같이 큰 소리로 말함으로써 그의 찌푸렸던 얼굴은 다시 펴지게 되었습니다.

"네가 우리들 가운데 제일 사랑을 받겠구나, 헤어턴! 캐시가 말하는데 너는 말이다, 뭐랬더라? 어쨌든 매우 칭찬하는 말이야. 애! 너 캐시와 농장이나 한 바퀴 돌고 오너라. 그리고 신사답게 굴어야 해. 알았지? 나쁜 말은 절대로 쓰지 마라. 그리고 아가씨가 너를 볼 때는 얼굴을 돌리고 말이야. 말할 때는 또박또박 천천히 하고 호주머니에 손을 넣어서는 안 된다. 나가 봐, 그리고 될 수 있는 대로 친절하게 대해 줘."

그는 둘이 창문을 지나 걸어가는 것을 지켜보았습니다. 헤어턴 도련님은 그의 눈에 익숙한 풍경인데도 마치 그것을 처음 본 사람이거나 화가처럼 흥미를 가지고 살피는 것 같았습니다.

캐서린 아가씨는 그를 흘끔 훔쳐보았으나 별로 훌륭하게 생각하는 것 같지는 않은 표정이었습니다. 그러자 아가씨는 혼자서 무엇인가 재미있는 것을 찾는 데에 마음을 돌리고는 즐겁게 발걸음을 옮기면서 상대방이 말이 없는 틈에 노래를 흥얼거리는 것이었습니다.

"입을 막아 놓았으니 저 녀석은 내내 말 한마디 못 할 거야! 넬리, 내가 저만한 나이 때를 기억하지? 아니 좀 더 어렸을 때 말이야. 나도 저렇게 보잘것없고 조지프 말마따나 저렇게 미련하게 보인 일이 있었던가?"

"더했지요. 게다가 더욱 침울했었으니까요."

"난 저 녀석을 보면 즐겁단 말이야."

그는 계속하여 자기의 속마음을 이야기했습니다.

"저 녀석은 내 기대에 어긋나지 않았어. 만약 저 녀석이 바보로 태어났더라면 내가 이만큼 즐거울 수는 없을 거야. 그러나 저 녀석은 바보가 아니거든. 그리고 내 자신이 그런 걸 경험했기 때문에 저 녀석의 기분을 다 알 수 있단 말이야. 예를 들면 나는 지금 저 녀석이 무엇을 괴로워하고 있는지 모조리 알고 있거든. 그건 단지 그가 앞으로 겪을 괴로움의 시초에 지나지 않는 것이지만 말이야. 그리고 그는 자기가 빠져 있는 조잡과 무지 속에서 절대 벗어나지 못할 테니까. 나는 악당인 저 녀석의 아버지가 나를 붙잡고 놓지 않은 것 이상으로 저 녀석을 단단히 붙잡고서 내가 당한 것보다 더욱 천하게 다루고 있지. 왜냐하면 저 녀석은 짐승 같다는 것에 대해서 자부심을 가지고 있으니까. 난 저 녀석에게 동물과 같지 않은 것은 모조리 어리석고 약한 것이니 멸시하라고 가르쳐 주었어. 만약에 힌들리가 살아서 저 녀석을 볼 수 있다면 내가 거의 내 자식을 자랑하지 않듯이 그자도 제 자식을 자랑할 것 같지는 않아. 그러나 이런 차이는 있지. 말하자면 한쪽은 금덩어리인데도 길에 까는 돌로 쓰이고 다른 한쪽은 양철조각을 은처럼 보이려고 닦는 셈이야. 내 자식은 아무런 쓸 만한 점이 없는 놈이지만 그래도 그런 빈약한 놈이 갈 수 있는 데까지 가게 해서 되도록 소질을 살려 볼 작정이야.

언쇼의 아들놈은 여러 가지 훌륭한 소질을 타고났지만 모조리 잃어버리고 말았어. 쓸모가 없기는커녕 그보다도 더 나빠진 거야. 나야 조금도 섭섭할 게 없지. 그는 내가 아니면 모를 정도로 후회할 거야. 그리고 그 중에서도 그가 제일 후회할 것은 헤어턴이란 놈이 나를 몹시 좋아한다는 사실이지! 그 점에 있어서는 그가 나를 이길 수 없다는 걸 인정할 거야. 그 죽은 악한이 자기 자식에게 잘못한다며 나를 비난하려고 무덤에서 기어나온다 해도, 나는 그 자식놈이 자기 아버지에게 이 세상에서 둘도 없는 자기 친구에게 어쩌면 그렇게 욕할 수가 있느냐고 분개해서 자기 아버지를 다시 쫓아내는 모습을 즐겁게 보고 있을 거란 말이야!"

그런 광경을 떠올리는 듯 히스클리프 씨는 악마처럼 킥킥거렸습니다. 저는 그가 저의 대답을 원하는 건 아니라는 것을 알았기 때문에 가만히 있었습니다.

그러는 동안에 우리들의 이야기가 들리지 않을 만큼 떨어져서 앉아 있던 린튼 도련님이 불안한 기색을 보이기 시작했습니다. 아마 좀 피곤하다고 캐서린과 놀 수 있는 좋은 기회를 스스로 거절한 것을 후회하고 있었을 것입니다. 그의 아버지는 그가 불안한 눈초리로 창문 쪽을 두리번거리며 어물어물 모자를 집으려는 것을 보았습니다.

"일어나, 이 게으름뱅이야!"

그는 일부러 쾌활하게 소리를 질렀습니다.

"저 애들을 쫓아가 봐! 이제 막 모퉁이, 벌통 옆을 돌아가고 있어."

린튼 도련님은 기운을 내어 난로 옆을 떠났습니다. 창문은 열려 있었습니다. 도련님이 막 나가자 캐시 아가씨가 그 무뚝뚝한 헤어턴에게 문 위에 새겨져 있는 글자는 무엇이냐고 묻는 소리가 들렸습니다.

헤어턴은 물끄러미 쳐다보더니 정말 촌뜨기같이 머리를 긁적거렸습니다.

"뭐, 시시한 말이 씌어 있겠지. 난 읽을 줄은 모르지만."

"저걸 못 읽어? 난 읽을 수 있어. 저건 우리 말이야. 그런데 왜 저기다 새겨 놓았는지 모르겠어."

린튼 도련님은 킬킬 웃었습니다. 처음으로 즐거운 표정을 보인 것이지요.

"그 앤 글자도 읽을 줄 모른단 말이야. 저런 커다란 바보가 있다는 걸 몰랐지?"

"저래도 사람 구실을 할까?"

캐시 아가씨는 진지하게 물었습니다.

"그렇지 않으면 둔하거나 어딘가 좀 이상하겠지? 방금 두 가지나 물어보았는데 말이야. 두 번 다 아주 바보 같은 얼굴이거든. 내가 말하는 걸 알아듣지 못하나 봐. 사실은 나도 저 애가 말하는 걸 거의 모르겠어!"

린튼 도련님은 다시 킬킬 웃고는 조롱하는 듯이 헤어턴을 흘끗 쳐다보았습니다. 헤어턴은 그때 확실히 뭐가 뭔지 모르는 모양이었습니다.

"그저 게으르다는 것뿐이지. 그렇지, 언쇼? 내 사촌은 네가 바보 줄 알고 있어. 네가 늘 '쓸모없는 학문'이니 뭐니 하며 공부하는 걸 멸시하니까 이런 꼴이 되는 거야. 캐서린, 저 애의 지독한 요크셔 사투리 들어 봤지?"

"그래, 그 망할 놈의 공부는 해서 무슨 소용이 있다는 거야?"

헤어턴은 매일 함께 지내는 친구에게 대답하기가 좀 더 쉬웠던지 으르렁대듯이 말하는 것이었습니다. 그는 뭐라고 더 말할 참이었으나 두 젊은이가 요란스럽게 즐거운 웃음을 터뜨리는 바람에 말문이 막혀 버렸습니다. 경망스러운 우리 아가씨는 자기가 헤어턴의 이상한 말버릇을 웃음거리로 삼을 수 있다는 것을 알자 신이 났던 것입니다.

"그 망할 놈이란 말을 이야기할 때 덧붙여서 무슨 소용이 있다는 거니?"

린튼 도련님은 킥킥거렸습니다.

"아빠가 나쁜 말을 절대 쓰지 말라고 하셨는데 넌 입만 벌리면 나쁜 말이 나오잖아. 신사다운 행동을 하도록 해. 제발 그렇게 해 보란 말이야!"

"네 놈이 만약 계집애 같은 꼴만 아니었다면 당장 때려눕히고 말지, 가만두지 않았을 거야. 이 병신 같은 말라깽이야!"

성이 난 그 촌뜨기는 씩씩거리면서 물러갔습니다. 그의 얼굴은 분한 마음과 창피한 생각이 범벅이 되어 붉게 달아올랐습니다. 모욕을 당했다는 것을 알면서도 어떻게 분풀이해야 할지 몰랐기 때문이었습니다.

저는 물론 히스클리프 씨도 그들의 이야기를 들었고, 헤어턴이 물러가는 것을 보자 빙그레 웃었습니다. 그러나 곧 문간에 서서 지껄이고 있는 경박

한 두 아이도 마음에 들지 않는다는 듯 언짢은 눈으로 쳐다보았습니다. 린튼 도련님은 헤어턴의 실수와 결점을 이러니저러니 늘어놓고 그의 여러 가지 행동에 대한 재미있는 이야기를 설명하느라고 신이 났으며, 아가씨는 아가씨대로 도련님의 건방지고 심술궂은 말 속에는 비뚤어진 심보가 드러나 있다는 것은 생각지도 못하고 그저 즐겁다는 듯 듣고 있었습니다. 그러나 저는 린튼 도련님이 악하게 생각되는 이상으로 미운 생각이 들기 시작했고, 그의 아버지가 그를 하찮게 여기는 데 대해서도 어느 정도 수긍이 갔습니다.

저희들은 오후까지 거기에 있었습니다. 저는 캐시 아가씨를 억지로 데리고 나올 수가 없었습니다. 그러나 다행히 내내 서방님은 서재에서 나오시지 않았고, 우리들이 그렇게 오랫동안 나가 있었던 것도 모르고 계셨습니다.

돌아오면서 저는 지금 헤어지고 오는 사람들의 성격이 어떻다는 것을 아가씨에게 일러 주고 싶었습니다. 그러나 아가씨는 제가 그들에 대해서 무슨 편견이라도 가지고 있는 줄로 알았던 모양입니다.

"아아! 엘렌은 아빠 편을 드는군. 엘렌은 공평하지 못해. 그렇지 않다면 린튼이 아주 먼 곳에서 사는 것처럼 오랫동안 나를 속이지 않았을 거야. 정말은 난 굉장히 화가 나는데 오늘은 아주 기분이 좋으니까 화내지 않는 것뿐이야! 하지만 엘렌은 아저씨에 대해서 입을 열면 안 돼. 그분은 우리 고모부시란 말이야, 알지? 그리고 나는 아빠한테 왜 고모부와 싸웠느냐고 물어볼 테야."

아가씨가 그런 식으로 계속 이야기를 늘어놓는 바람에 저는 아가씨의 생각이 잘못되었다는 걸 깨우쳐 주려다가 그만두었습니다.

아가씨는 그날 밤에는 서방님을 뵙지 못했기 때문에 워더링 하이츠에 갔다 온 이야기는 하지 않았습니다. 다음 날 모든 것이 탄로가 나서 저는 분하기도 했지만 그렇다고 전적으로 잘못되었다고 생각한 것도 아니었습니다. 저는 아가씨를 지도하고 훈계하는 일은 저보다도 서방님께서 하시는 게 더욱 효과적이라고 여겼던 것입니다. 그러나 서방님은 너무 기가 약하셔서 왜 아가씨가 워더링 하이츠의 사람들과 접촉해서는 안 되는가에 대해 납득이 갈 만한 이유를 대지 못했습니다. 그러나 아가씨는 아가씨대로 지금까지는 자기 멋대로 하고 싶은 것을 모두 다 할 수 있었기 때문에 그러지 못하게 하는 데 대해서도 충분한 이유를 알고 싶어 했습니다.

"아빠!"

아가씨는 아침 인사가 끝난 뒤에 큰 소리로 말했습니다.

"어제 말이야. 벌판에 산책 갔을 때 누구를 만났는지 알아맞혀 보세요. 아이, 아빠, 지금 아빠 놀라셨죠? 그런데 아빠가 잘못한 일이죠? 난 알았어요. 제 얘길 들어보세요. 내가 어떻게 알게 됐는지 이야기를 할 테니까요. 그리고 엘렌도 아빠와 한편이 되어서 린튼이 돌아오기를 그렇게 바라고 있다가 오지 않아 실망하니까 나를 동정하는 척했죠?"

아가씨는 산책을 나갔을 때의 일과 그 뒤에 일어난 일들을 그대로 다 털어놓았습니다. 그리고 서방님은 몇 번이고 꾸짖는 듯한 눈으로 저를 보셨지만 아가씨의 말이 끝날 때까지 아무런 말씀도 하지 않으셨습니다. 그리고서 서방님은 아가씨를 가까이 오게 하시더니 왜 아빠가 린튼이 바로 이웃에 사는 걸 숨기고 있었는지 아느냐, 그리고 네가 아무런 지장 없이 린튼을 만나 재미있게 놀 수 있는데도 왜 굳이 그 즐거움을 막았다고 생각하느냐고 물으시는 것이었습니다.

"그건 아빠가 히스클리프 씨를 싫어하시니까 그렇지 뭐."

"그럼 캐시야, 넌 아빠가 아빠만 생각해서 네 감정을 희생시키고 있다고 생각하는 거니? 그렇지 않아. 그건 내가 히스클리프 씨를 싫어하기 때문이 아니라 그가 나를 싫어하기 때문이야. 그리고 그는 아주 악한 사람이란다. 자기가 미워하는 사람의 아주 작은 꼬투리라도 잡으면 해를 끼치고 망치는 걸 좋아하는 사람이야. 나는 네가 그 사람과 만나지 않고 네 사촌과 교제를 시작하더라도 결국 히스클리프 씨와 알게 될 것이고, 그러면 그는 나를 미워하니까 너도 미워할 거라고 생각한 거야. 그러므로 네가 린튼을 만나지 않도록 경계를 한 것은 너를 위해서 한 일이지, 다른 이유가 아니란다. 이건 언제든 네가 좀 더 나이를 먹으면 이야기할 생각이었는데 지금까지 이야기를 못해 줘서 미안하구나."

"하지만 히스클리프 씨는 아주 친절하던데 아빠."

아가씨는 전혀 납득이 안 간다는 듯이 말했다.

"그리고 고모부는 우리가 서로 만나는 것을 반대하시지 않았어. 단 아빠와 싸운 일이 있고 또 이사벨라 고모와 결혼한 것을 아빠가 용서하려고 하지 않으니까 아빠한테는 말하지 말고 내가 오고 싶으면 집에 와도 좋다는 거야. 그런데 아빠는 용서하지 않겠다는 거지. 나쁜 건 아빠야. 그분은 적어도 린튼과 내가 친구가 되기를 원하고 있어. 그런데 아빠는 그렇지 않거든."

서방님은 아가씨가 그 고모부의 나쁜 성미에 대한 당신의 말씀을 믿으려고 하지 않는 것을 아시고 고모부가 이사벨라 아씨에게 한 짓과 워더링 하이츠를 자기 소유로 만든 경위를 대강 들려주었습니다. 서방님은 그 문제에 대해 오래 이야기하는 것을 참을 수가 없어 했습니다. 왜냐하면 서방님께서는 거기에 대해서는 거의 입을 열지 않으셨지만 아씨가 돌아가신 뒤에도 내내 마음을 차지하고 있던 히스클리프에 대한 공포와 증오가 새삼스럽게 다시 되살아났기 때문이었습니다.

'그자만 아니었다면 아내는 아직 살아 있을 게 아닌가!' 하는 쓰라린 생각이 언제나 서방님의 마음을 떠나지 않았으며, 또 서방님의 눈에는 히스클리프 씨가 살인자로 비쳤던 것입니다.

급한 성미와 경망스러운 생각으로 말을 잘 듣지 않는다든가, 억지를 쓴다든가, 또 화를 내고도 그날 바로 잘못했다고 후회하는 등 자신의 조그만 잘못 이외에 나쁜 행동이라고는 알지 못하는 캐시 아가씨는 몇 년씩이나 복수심을 품고도 양심의 가책도 받지 않고 어김없이 그 계획을 실행하는 따위의 흉악한 마음을 가진 사람도 있는가 하고 깜짝 놀랐습니다. 아가씨는 지금까지 한 번도 보지 못하고 생각해 본 일도 없는 그런 사람이 있다는 것을 알게 되어 매우 깊은 인상과 충격을 받은 모양이었습니다. 서방님은 더 이상 그 이야기를 할 필요가 없다고 생각하셨습니다. 다만 그분은 이렇게 덧붙였습니다.

"캐시, 이제는 왜 아빠가 네가 히스클리프 집과 그 집 사람들을 만나지 않기를 바라는지 너도 알겠지? 자, 다시 전에 하던 공부를 하고 그 사람들에 대해선 생각하지 마라!"

캐서린 아가씨는 아버님께 입을 맞추고 나서 습관대로 조용하게 앉아서 두어 시간 공부를 했습니다. 그리고서 아버님을 따라 정원에 나가 여느 때와 같은 하루를 보냈습니다. 저녁에 아가씨가 자기 방에 들어간 뒤, 제가 옷을 갈아입히려고 들어가니까 아가씨는 침대 옆에 무릎을 꿇고 앉아서 울고 있었습니다.

"아니, 이런, 이게 무슨 바보짓이에요! 아가씨가 정말 슬픈 일이 있다면 이런 하찮은 일로 눈물을 흘린다는 걸 부끄럽게 생각하실 거예요. 캐시 아가씨, 아가씬 아직도 진짜 슬픔이 무엇인지 모르고 있어요. 잠시나마 아버님과 내가 죽어서 아가씨가 홀로 이 세상에 남았다고 생각해 봐요. 그땐 어떤 생각이 들까요? 지금의 이 경우와 그런 불행한 경우를 비교해 봐요. 그리고 친구를 더 가지려고 하지 말고 아버님이나 나 같은 사람이 옆에 있다는 걸 고맙게 생각하세요!"

"나 자신 때문에 우는 게 아냐, 엘렌. 린튼이 불쌍해서 그래. 그 앤 내일 또 나를 만날 거라고 생각하고 있는데 못 보게 되면 굉장히 실망할 거야. 그 애가 기다릴 텐데 나는 못 가니까 말이야."

"그런 소리 말아요! 그 도련님도 아가씨가 도련님을 생각하듯이 아가씨를 생각할 줄 아세요? 함께 노는 헤어턴이 있지 않아요? 겨우 두 번, 그나마 오후에만 만난 친척을 만나지 못하게 되었다고 우는 사람은 백에 한 사람도 없어요. 린튼 도련님은 어떨 거라고 짐작하세요? 아가씨 같은 사람은 이제 염두에도 없을 거예요."

"그렇지만 왜 못 간다는 이야기를 편지로라도 써 보내면 안 될까? 그리고 내가 빌려 주기로 약속한 책들만 보내 주고 말이야. 그 애의 책은 내 책만큼은 좋지 않아. 그래서 내 책들이 아주 재미있다고 이야기했더니 몹시 보고 싶어 했어. 빌려 줄 수 없을까, 엘렌?"

"안 돼요. 정말 안 되고말고요!"

저는 잘라 대답했습니다.

"그렇게 되면 린튼 도련님이 아가씨에게 편지를 쓰게 될 텐데. 그럼 끝이 없을 거예요. 안 돼요, 아가씨. 아주 접촉을 끊으셔야 합니다. 아버님께서도 그럴 줄로 알고 계시고 나도 그렇게 시키겠어요."

"하지만 짤막한 편지 한 장쯤이야……."

아가씨는 애원하는 얼굴로 다시 말을 시작했습니다.

"잠자코 있어요!"

저는 말을 가로막았습니다.

"그 편지에 대해선 이젠 그만 이야기해요. 잠이나 자요!"

아가씨는 아주 버릇없는 눈을 하고 저를 쳐다보았습니다. 어찌나 버릇없
는 눈초리를 했던지 저는 처음으로 잘 자라는 인사로 입을 맞추려고도 하
지 않고 이불을 덮어 주고는 몹시 언짢게 눈을 감았습니다. 그러나 도중에
안됐다 싶어 조용히 다시 들어갔습니다. 그랬더니 어쩌면! 아가씨는 책상
앞에 서서 흰 종잇조각을 앞에 놓고 손에는 연필을 쥐고 있다가 제가 다시
들어가자 죄라도 지은 듯이 그것들을 얼른 감추는 것이었습니다.

"그걸 갖다 줄 사람은 아무도 없어요. 편지를 쓴다 해도 말이에요. 그러
니 이제 촛불을 끄겠어요."

제가 촛불을 끄려는데 아가씨는 제 손등을 찰싹 때리면서 버럭 화를 냈
습니다.

"심술쟁이!"

그러고서 저는 다시 나왔는데 아가씨는 몹시 토라져서 빗장을 걸어 버렸
습니다.

그 편지는 마을에 다니는 우유 배달부를 통해 목적지에 전달되었던 모양
입니다. 저는 한참 뒤에야 그 사실을 알게 되었습니다. 몇 주일이 지나 아
가씨도 기분이 가라앉았습니다. 하지만 그때부터 아가씨는 혼자서 살그며
니 구석 차지를 하는 버릇이 생겼고, 책을 읽는 동안 제가 가까이 가려 하
면 아가씨는 깜짝 놀라며 책 위에 엎드려 책을 보이지 않게 하는 것이었습

니다. 그럴 때면 책갈피 사이로 다른 종이 끄트머리가 삐죽이 내밀어져 있
는 것이 눈에 띄었습니다.

아가씨는 또 아침 일찍 내려와서 무엇인가를 기다리는 듯이 부엌을 서성
대는 버릇이 생겼습니다. 그리고 서재에 있는 벽장에 달린 작은 서랍을 하
나 자기 것으로 쓰면서 그것을 몇 시간씩 뒤적거리는 일도 있었습니다. 그
서랍의 열쇠는 아가씨가 그곳에 없을 때는 잘 잠근 후 특별히 간수했기 때
문에 서랍을 열 방법은 없었습니다.

하루는 아가씨가 그 서랍을 뒤지는 걸 보았더니 얼마 전까지만 해도 그
안에 들어 있던 장난감이며 자질구레한 물건들이 없어지고 그 대신 차곡차
곡 접은 종이 조각들이 들어 있습니다.

저는 호기심과 의심이 일었습니다. 그래서 아가씨의 그 비밀을 몰래 살
펴보기로 마음먹었습니다. 그리하여 밤에 아가씨와 서방님이 위층으로 올
라간 후 곧 제가 가지고 있는 집안 열쇠들을 뒤적거려서는 그 서랍에 맞는
열쇠를 하나 찾아냈습니다. 저는 서랍을 열어 속에 들어 있는 것들을 몽땅
앞치마에 털어 가지고 천천히 조사해 보려고 제 방으로 가지고 왔습니다.

수상쩍다는 생각은 하고 있었지만 그것들이 모두 아가씨가 보낸 편지에
대한 린튼 히스클리프의 답장이었습니다. 그것도 매일같이 온 것임에 틀림
없다는 것을 알았을 때 저는 매우 놀랐습니다. 처음에 온 편지들은 수줍고
짤막한 것들이었습니다. 그런데 갈수록 편지는 긴 연애편지로 바뀌어 갔습
니다. 물론 쓴 사람의 나이도 나이인지라 조금 유치하기는 했지만, 그래도
더 경험이 많은 사람의 도움을 받은 것 같은 솜씨도 여기저기 눈에 띄었습
니다.

개중에는 열렬함과 평범함이 이상하게 뒤섞인 것들도 있었는데, 강렬한

감정으로 시작하여 마치 중학생이 있지도 않는 공상 속의 애인에게 보내는 것 같은 말투로 끝을 맺은 것이었습니다. 그것들에 대해서 캐시 아가씨가 만족했는지는 모르지만 어쨌든 제게는 아무 쓸모없는 종이쪽지로밖에 보이지 않았습니다. 충분하다고 할 만큼 몇 장을 훑어본 다음 저는 그것들을 손수건에 싸서 따로 내놓고 빈 서랍을 다시 잠가 버렸습니다.

여느 때와 마찬가지로 아가씨는 이튿날도 일찍 내려와서 부엌으로 들어왔습니다. 가만히 지켜보았더니 어떤 소년이 도착하자 아가씨는 문 쪽으로 가는 것이었습니다. 그리고 소젖 짜는 하녀가 그가 가지고 온 통에 우유를 따라 주는 동안 아가씨는 그의 저고리 호주머니에 무엇인가 쑤셔 넣더니 또 무엇인가를 끄집어냈습니다.

저는 마당으로 돌아가서 그 배달 소년을 기다렸습니다. 그는 신용을 지키려고 용감하게 내게 대드는 바람에 그만 우유를 엎질렀습니다. 그러나 저는 결국 그 편지를 빼앗는 데 성공했습니다. 그리고 냉큼 돌아가지 않으면 큰일 난다고 을러놓고는 담 밑에 서서 캐시 아가씨의 열렬한 편지를 읽었습니다. 그것은 사촌의 편지보다는 더욱 단순하고 더욱 뜻이 잘 나타나 있는 아주 귀엽고 우스꽝스럽기도 한 것이었습니다.

저는 고개를 흔들고 곰곰이 생각에 잠겨 집으로 돌아왔습니다. 그날은 비가 와서 아가씨는 뜰에 나가 놀 수도 없었기 때문에 아침 공부가 끝나자 그 서랍으로 가서 마음을 달래려는 모양이었습니다. 아버님은 책상에 앉아 책을 읽고 계셨습니다. 저는 일부러 조금밖에 터지지 않은 커튼의 술을 찾아 꿰매면서 아가씨의 거동을 줄곧 지켜보고 있었습니다.

둥우리 가득 짹짹거리는 새끼들을 놓아두고 나갔던 어미 새가 돌아와서 둥우리째 없어진 것을 보고 비통한 소리를 내고 파닥거리며 절망하는 모습도 아가씨가 '어머나!' 하고 외마디 비명을 지르며 즐거웠던 안색을 싹 지우고 절망하는 모습처럼 대단하지는 못할 것입니다. 서방님이 캐서린 아가씨를 쳐다보면서 물으셨습니다.

"웬일이니, 아가? 어디 다쳤니?"

아가씨는 아버지의 음성이나 표정으로 보아 소중히 감춰 둔 것을 찾아낸 것은 아버지가 아니라는 것을 알았습니다.

"아니야, 아빠."

아가씨는 숨이 가쁜 듯이 말했습니다.

"엘렌! 위층으로 좀 와, 나 기분이 좀 이상해!"

저는 아가씨의 말에 따라 함께 서재를 나왔습니다.

"이봐, 엘렌! 꺼냈지?"

아가씨는 우리들만의 위층 방으로 들어가 문을 닫자 무릎을 꿇으면서 말을 꺼내는 것이었습니다.

"제발 돌려 줘. 그럼, 다시는 그런 짓 안 할게! 아빠한테 말하지 말고. 아빠한테 아직 말하지 않았지, 엘렌? 말하지 않았다고 해 줘! 정말로 잘못했어. 다시는 그러지 않을게!"

아주 엄숙한 태도로 저는 아가씨에게 일어서라고 말한 다음 큰 소리로 말했습니다.

"그리고 보니 아가씨 꽤 깊이 들어가신 모양이군요. 부끄러운 줄 아셔야 해요! 진짜 할 일 없을 때 볼 만한 종이다발이더군요. 정말 인쇄를 해도 될 만하더군요. 제가 서방님께 그걸 보여 드린다면 어떻게 생각하실 것 같아요? 아직 보여 드리지는 않았지만 앞으로도 그 우스꽝스런 비밀을 지켜 줄 거라곤 생각도 하지 마세요. 정말 부끄러운 일이에요. 틀림없이 아가씨가 꾀어서 그런 어리석은 것을 쓰게 했을 거예요. 저쪽에서는 그런 걸 먼저 시작할 생각도 하지 않았다는 걸 분명히 알고 있어요."

"난 그 애를 사랑한다는 생각은 한 번도 한 일이 없었단 말이야. 그런데……."

"사랑이라고요!"

저는 그 말을 멸시하는 듯이 소리쳤습니다.

"사랑이라니! 그런 말이 어디 있어요. 그건 마치 내가 일 년에 한 번씩 집에 밀을 사러 오는 방앗간 남자에게 사랑한다고 말하는 거나 같은 꼴이에요. 정말 굉장한 사랑이군요. 아가씨가 지금까지 린튼 도련님을 만난 것은 두 번 다 합해서 네 시간도 채 못 돼요. 그런데 벌써 이런 유치한 편지 나부랭이나 쓰다니. 서재로 가지고 가겠어요. 그런 사랑에 대해서 아버님은 뭐라고 말씀하시나 들어 봅시다."

아가씨는 그 귀중한 편지를 빼앗으려고 펄쩍 뛰어올랐습니다. 그러나 저는 머리 위로 쳐들었습니다. 그러고 나자 아가씨는 저더러 그것을 태워 버려도 좋다고, 아니 보이지만 않게 된다면 어떻게 해도 좋다고 하면서 더욱 미친 듯이 애원하는 것이었습니다. 그리고 저는 그게 모두 소녀의 허영심이라고 생각되어 혼내 줘야 한다는 생각만큼이나 웃음이 터져 나올 것만 같았습니다. 결국 좀 딱한 생각이 들어 이렇게 물어보았습니다.

"만약 내가 그걸 태우기로 한다면 아가씨는 다시는 편지를 보내지도 받지도 않고 그리고 책도 — 책을 보낸 것도 다 알고 있으니까 말이에요. — 보내지 않고 또 머리카락이나 반지 장난감 같은 것도 받지 않겠다고 약속하겠어요?"

"우린 장난감 같은 건 보내지 않아!"

아가씨는 자존심이 상해 부끄럼도 잊어버리고 외쳤습니다.

"그럼, 아무것도 보내지 않았다는 거지요, 아가씨?"

"제발 그걸 불 속에 던져 버려. 어서 던져 버리래도!"

그러나 제가 부지깽이로 편지를 집어넣을 자리를 만들자 아가씨는 그 희생이 너무 가슴 아파 견딜 수 없는 모양이었습니다. 아가씨는 그중 한두 통만 남겨 달라고 애원하는 것이었습니다.

"엘렌, 제발 린튼을 위해서 한두 통만 남겨 줘!"

저는 손수건을 풀어 편지를 한쪽에 던지기 시작하였습니다. 불꽃이 빙빙 돌면서 굴뚝으로 솟아올랐습니다.

"난 하나라도 꺼낼 테야, 이 지독한 여편네야!"

아가씨는 날카로운 소리를 지르더니 손가락 데는 건 생각지도 않고 덥석 불 속에 손을 넣어 반쯤 타다 남은 조각을 몇 장 끄집어냈습니다.

"잘하시는군요. 그럼, 나는 아버님께 몇 장이라도 갖다 보여드리겠어요!"

저는 이렇게 말하고 나머지를 다시 싸가지고 또 문 쪽으로 향했습니다.

아가씨는 까맣게 된 조각들을 불 속에 집어 던지더니 나머지도 마저 태워 버리라는 시늉을 했습니다. 결국 모두 태워 버리고 말았습니다. 저는 타 버린 재를 휘젓고 그 위에 석탄을 한 삽 덮었습니다. 그러자 아가씨는 몹시 기분이 상해서 잠자코 자기 방으로 물러갔습니다. 저는 아래로 내려가서 아가씨의 언짢은 기분은 거의 가라앉았으나 잠시 누워 있게 하는 것이 좋겠다고 서방님께 말씀드렸습니다.

아가씨는 점심은 먹으려고 하지 않았으나 차 마시는 시간에는 창백한 얼굴로 눈언저리만 조금 불그레한 채 신통하게도 겉으로는 침착한 모습으로 다시 나타났습니다.

이튿날 아침 저는 린튼 도련님에게서 온 편지의 답장으로 종이쪽지에다 이렇게 적어 보냈습니다.

'캐서린 아가씨께서는 히스클리프 도련님이 보내시는 편지를 받지 않을 것이니 앞으로는 보내지 마시기를.'

그 뒤로부터 그 우유를 가져오는 소년도 빈 주머니로 오게 되었습니다.

22

여름도 끝나가고 가을로 들어섰습니다. 미카엘 제(祭)가 지났는데도 그 해는 추수가 늦어 우리 밭 중에서도 아직 다 거둬들이지 못한 곳이 몇 군데 있었습니다.

서방님과 아가씨는 가끔 추수하는 사람들이 있는 곳으로 산책을 나갔습니다.

마지막 밀다발을 들여오는 날은 두 분도 어두울 때까지 밭에 남아 계셨는데, 그날 저녁 따라 공기가 차고 습했습니다. 서방님은 독한 감기에 걸렸고 그것이 그만 난치인 폐병의 원인이 되어, 겨우내 거의 밖에도 못 나가시고 집 안에만 들어앉아 계셨습니다.

가엾은 캐시 아가씨, 그 조그만 연애 사건으로 기가 꺾여 그것을 단념한 뒤로는 아주 쓸쓸하고 맥이 없어 보였습니다. 그래서 서방님께서는 너무 책만 읽지 말고 좀 더 운동을 하라고 권하셨습니다. 그 무렵에는 서방님도 병 때문에 아가씨의 친구가 되어 주지 못했던 때라, 저는 될 수 있는 대로 서방님 대신 동무가 되어 주는 것이 의무가 아닌가 싶었습니다. 하지만 저도 낮에는 해야 할 일이 많아서 겨우 두세 시간밖에는 아가씨를 따라다닐 수 없었습니다. 그랬기 때문에 제가 아버님을 대신하는 것도 충분치 못했고, 게다가 캐시 아가씨는 아버님과 함께 다니는 것보다 저와 어울리는 걸 내켜하지 않는 것도 사실이었습니다.

시월이었던가 동짓달 초순 무렵이었던가, 어느 날 오후, 그날은 서늘하고 비가 뿌렸습니다. 잔디밭과 좁은 길에는 젖은 가랑잎이 바스락거렸고 싸늘하게 갠 푸른 하늘은 반쯤 구름에 가려져서 몇 가닥의 잿빛 구름이 갑자기 서쪽 하늘에 덮이는 것이 큰 비가 올 것 같았습니다. 저는 틀림없이 소나기가 올 것 같으니 산책을 그만두자고 아가씨에게 말했지만 아가씨는 듣지 않았습니다. 저는 어쩔 수 없이 외투를 입고 양산을 들고 숲 끝까지 아가씨를 따라나서게 되었습니다. 아가씨가 기분이 나쁠 때면 흔히 잠깐 나갔다 오는 형식적인 산책이었습니다. 서방님의 건강이 나빠지면 아가씨도 덩달아 우울해지곤 했습니다. 서방님이 스스로 그런 말씀을 입 밖에 내신 일은 한 번도 없었지만, 서방님의 표정이 우울해지는 것을 보고 아가씨와 제가 그렇게 짐작하는 것뿐이었습니다.

아가씨는 쓸쓸하게 걸었습니다. 싸늘한 바람이 불어 아가씨는 달리고 싶었을 법한데도 그때는 달리지도 않았고 뛰지도 않았습니다. 그리고 저는 가끔 아가씨가 손을 들어 뺨을 훔치는 것을 곁눈질로 보고 있었습니다.

저는 아가씨의 마음을 돌릴 만한 일이 없나 하고 둘러보았습니다. 길 한쪽은 높고 울퉁불퉁한 언덕이었는데 거기에는 개암나무며, 강풍으로 제대로 자라지 못한 참나무들이 뿌리를 반쯤 드러낸 채 언제 넘어질지 모르는 불안한 모양으로 서 있었습니다. 참나무는 둘레의 흙이 무너져 내려서 어

떤 것은 거의 땅에 닿을 만큼 넘어져 있는 것도 있었습니다. 여름이면 아가
씨는 그런 나무줄기 사이로 이십 피트나 되는 높다란 곳에 기어 올라가 가
지 위에 걸터앉기를 좋아했습니다. 그리고 저는 아가씨의 그 민첩한 몸짓
이며 경쾌하고 어린애다움을 기쁘게 생각하면서도 그렇게 높은 곳에 올라
가는 것을 볼 때마다 야단을 쳐 줄 필요가 있다고 생각했습니다. 그렇지만
아가씨도 내려갈 필요까진 없다는 걸 알고 있었습니다. 점심을 먹고 나면
차 마시는 시간까지 아가씨는 그 산들산들 흔들리는 요람에 기대어 저한테
서 어렸을 때 배운 뱃노래를 마냥 혼자서 부르거나, 같은 나무에 앉아 있는
새들이 새끼들에게 먹이를 먹이고 나는 연습을 시키는 것을 지켜보고 있거
나 아니면 눈을 감고 편안하게 누워 반은 생각에 잠기고 반은 꿈을 꾸는 듯
말할 수 없는 행복한 기분에 젖곤 했습니다.

"저기 보세요, 아가씨!"

저는 뒤틀린 나무의 뿌리 밑에 있는 움푹한 곳을 가리키며 큰 소리로 말
했습니다.

"여긴 아직 겨울이 오지 않았군요. 저기 저 조그만 꽃이 피어 있네요. 저
건 칠월에 저 잔디밭 길에 라일락 빛깔의 안개가 낀 듯 함빡 피었던 블루벨
꽃들이 다 시들고 그중에 마지막으로 핀 거예요. 올라가서 꺾어다 아버님
께 보여 드리세요."

아가씨는 후미진 곳에 외롭게 흔들거리고 있는 꽃을 한참 동안 쳐다보고
나서 대답했습니다.

"아냐, 난 꺾지 않을 테야. 그런데 쓸쓸해 보이지 않아, 엘렌?"

"그래요. 어쩐지 아가씨처럼 시들시들하고 맥이 없는 것 같군요. 아가씨
의 볼에는 핏기가 없어요. 우리 손을 잡고 한 번 뛰어 봐요. 아가씨가 기운

이 없으니까 저도 아가씨만큼 뛸 수 있을 것 같군요."

"싫어."

아가씨는 계속 거닐면서 이따금 걸음을 멈추고 한 줌의 이끼며, 하얗게 시든 풀포기, 아니면 갈색의 가랑잎더미 속에서 밝은 오렌지 빛을 하고 돋아난 버섯 같은 것들을 물끄러미 내려다보며 생각에 잠겼습니다. 그리고 가끔 얼굴을 돌리고는 얼굴에 손을 갖다 대는 것이었습니다.

"아가씨, 왜 울어요, 네?"

저는 다가가서 어깨를 감싸 주며 물었습니다.

"아버님이 감기 같은 것으로 편찮으시다고 울면 안 돼요. 그보다 더한 병이 아닌 걸 다행으로 여기세요."

그러자 아가씨는 그 이상 참지 못하고 울음을 터뜨리고 말았습니다. 숨이 막힐 듯이 흐느껴 우는 것이었습니다.

"하지만 더 나쁜 병이 되실지 누가 알아. 그리고 아빠와 엘렌이 내 곁을 떠나면 나 혼자 남는단 말이야. 아빠와 엘렌이 세상을 떠난다면 나는 어떻게 살아가고 이 세상은 얼마나 쓸쓸해지겠어."

"우리보다도 아가씨가 먼저 돌아가실지 누가 알아요? 불행한 일을 미리 생각하는 건 나빠요. 우리들 가운데 누구라도 세상을 떠나려면 아직도 멀었다는 걸 생각해야지요. 서방님은 아직 젊으세요. 저도 이렇게 튼튼하고 아직 마흔다섯 살도 안 됐지요. 우리 어머니는 여든까지 사셨는데 돌아가실 때까지 정정한 할머니셨어요. 그리고 서방님께서 예순까지만 사신다고 해도 그때는 아가씨의 나이가 배 이상이 되는 걸요. 앞으로 올 불행을 이십 년이나 앞당겨 슬퍼한다는 건 어리석은 짓이 아녜요?"

"하지만 이사벨라 고모는 아빠보다 더 젊었었는걸?"

아가씨는 좀 더 위안을 받고 싶다는 듯이 수줍은 희망을 보이면서 저를 쳐다보았습니다.

"이사벨라 아씨는 아가씨나 저같이 간호를 해 줄 사람도 없었어요. 그분은 아버님만큼 행복하지도 못하셨고, 더 사실 만한 즐거움도 없으셨거든요. 무엇보다도 아가씨가 하실 일은 아버님을 잘 섬기고 아가씨의 즐거운 모습을 아버님께 보여 드려 기운을 내시게 하는 일이에요. 그리고 무슨 일로든지 아버님께 걱정을 끼쳐 드리지 않아야 해요. 아시겠어요, 아가씨? 솔직하게 말씀드리지만 만약 아가씨가 아버님이 어서 돌아가시기를 바라고 있는 사람의 아들에게 어리석고 헛된 사랑을 느끼고 아가씨 멋대로 무모한 짓을 하며 거기에 미련을 가지시거나, 또 아버님께서 충분히 생각하시고 교제를 못하게 한 일에 대해서 아가씨가 고민한다는 것을 아시게 된다면, 그거야말로 아버님을 돌아가시게 하는 결과를 가져올지도 몰라요."

"난 정말 아빠의 병환 이외에는 아무런 걱정도 없어. 난 아빠 이외에는 아무것도 생각하지 않는단 말이야. 그리고 난 절대로, 절대로, 정말 절대로, 내 정신이 어떻게 되지 않는 한, 아빠를 성가시게 해 드리는 행동이나 말은 하지 않을 테야. 난 내 몸보다도 아빠를 더 사랑하고 있어, 엘렌. 난 밤마다 내가 아빠 뒤에 남게 해 주십사고 기도드린단 말이야. 왜냐하면 난 아빠가 슬퍼하시는 것보다는 차라리 내가 슬픈 일을 당하는 것이 낫다고 생각하기 때문이야. 이것으로도 내가 나보다 아빠를 더 사랑하고 있다는 걸 알 수 있지."

"좋은 말씀이에요. 하지만 행동으로 그렇다는 걸 보이셔야 해요. 그리고 아버님이 나으신 뒤에도 아버님을 염려하던 그때의 결심을 잊지 않도록 하세요."

이런 이야기를 주고받는 사이에 우리는 길 쪽으로 열려 있는 문에 가까이 왔습니다. 아가씨는 다시 명랑한 기분으로 담장 위로 기어 올라가 앉아서 큰길 쪽으로 우거진 찔레꽃나무 맨 윗가지에 빨갛게 달려 있는 열매를 따려고 손을 뻗었습니다. 낮은 데 열린 열매들은 벌써 없어졌으며 지금 아가씨가 있는 곳 말고는 새들이나 오를 수 있는 높은 데에 열매가 달려 있었습니다. 열매를 따려고 몸을 내밀다가 모자가 벗겨졌습니다. 그런데 문이 잠겨 있었기 때문에 내려가서 모자를 주워 오겠다고 말했습니다. 제가 떨어지지 않도록 조심하라고 이르자 아가씨는 재빠르게 담 밖으로 내려가 버렸습니다.

그러나 다시 올라오기란 그리 쉬운 일이 아니었습니다. 돌은 반반하고 보기 좋게 시멘트를 발라 쌓아올렸고, 찔레꽃나무 덤불과 엉겨 붙은 산딸기 덩굴은 다시 올라오는 데 도움이 되지 못했습니다. 바보같이 저도 아가씨가 웃으면서 큰 소리로 이렇게 말하는 소리가 들려올 때까지는 그런 생각을 못하고 있었습니다.

"엘렌, 엘렌이 열쇠를 가져와야 되겠어. 그렇지 않으면 내가 문지기네 집까지 뛰어갔다 와야 되니까 말이야. 이쪽에서는 담을 올라갈 수가 없어!"

"거기 그대로 계세요. 제 호주머니에 열쇠 뭉치가 있으니까 어쩌면 열 수 있을지도 몰라요. 열리지 않으면 제가 갔다 올 테니까요."

캐서린 아가씨는 제가 큰 열쇠를 차례로 하나씩 다 끼워보는 동안 문 앞에서 왔다갔다하며 춤을 추면서 혼자 놀고 있었습니다. 저는 마지막으로 하나를 끼워 보았으나 결국 맞는 것은 하나도 없었습니다. 그래서 저는 할 수 없이 아가씨에게 그대로 거기 계시라고 말하고는 막 집으로 뛰어가려고 했습니다. 그런데 그때 무엇이 다가오는 소리가 들렸습니다. 그것은 급히 달려오는 말발굽 소리였습니다. 캐시 아가씨도 춤을 멈추고 곧 말도 걸음을 멈추는 소리가 났습니다.

"거기 누구예요?"

제가 가만히 물었습니다.

"엘렌, 문이 빨리 열렸으면 좋겠어."

아가씨도 걱정스러운 듯, 저쪽에서 조그만 목소리로 말했습니다.

"허어, 린튼 아가씨로군!"

말을 타고 온 사람은 굵직한 목소리로 외쳤습니다.

"참 반갑군. 설명을 듣고 싶은 게 있으니 너무 서둘지 말아요."

"히스클리프 고모부, 전 고모부와 이야기하지 않겠어요. 아빠가 그러시는데, 고모부는 나쁜 사람이래요. 그리고 고모부는 아빠와 나를 미워한대요, 엘렌도 그러던데?"

"그런 건 지금 문제가 아냐."

히스클리프 씨는 말했습니다. 말을 타고 온 사람은 바로 히스클리프 씨였던 것입니다.

"난 내 아들을 미워할 생각은 없어. 그리고 내가 너에게 생각해 달라는 것도 그 애에 관한 이야기야. 그렇지! 너에게도 얼굴을 붉힐 만한 이유가 있지. 이삼 개월 전만 해도 넌 줄곧 린튼에게 편지를 보내지 않았니? 장난으로 연애를 했지, 그렇지? 너희들은 둘 다 벌로 매를 맞아도 싸. 넌 린튼보다 나이가 많으니까 더욱 그렇지. 그리고 나중에 알고 보니까 네가 더 매정했더구나. 난 네가 보낸 편지를 가지고 있으니까, 네가 만약 내게 버릇없이 굴면 그 편지를 모두 너의 아버지에게 보낼 테야. 난 네가 그 장난에 싫증이 나서 집어치운 걸로 알고 있는데 그렇지 않니? 어쨌든 네가 그러는 바람에 린튼이

란 놈은 '절망의 수렁' 속에 빠져 버리고 말았어. 그 녀석은 진심이었단 말이야. 사랑에 빠진 거지. 정말, 정말로 그 녀석은 너 때문에 죽어가고 있어. 너의 변심으로 그 녀석은 가슴이 터질 지경이야. 이건 비유해서 하는 말이 아니라 사실을 말하는 거야. 헤어턴이란 놈이 여섯 주일 동안을 내리 놀려 대고, 나도 더욱 엄한 수단을 써서 그 녀석의 바보 같은 생각을 깨우치려고 해 보았지만, 나날이 더 나빠지는 거야. 네가 그 녀석의 마음을 돌이켜 주지 않으면 여름이 오기 전에 그 녀석은 땅 속에 들어가고 말 게다!"

"어쩌면 가엾은 어린 아가씨에게 그렇게 허황된 거짓말을 할 수 있죠!"

저는 담 안에서 큰 소리를 질렀습니다.

"어서 돌아가세요! 어떻게 그런 시시한 거짓말을 일부러 꾸며 내느냐 말이에요? 캐시 아가씨, 제가 돌로 자물쇠를 두드려 부술 테니 그따위 시시한 말일랑 믿지도 마세요. 잘 알지도 못하는 사람을 사랑하다가 죽을 사람이 없다는 건 아가씨 혼자서 생각해 봐도 알 수 있을 거예요."

"난 엿듣는 사람이 있는 줄은 몰랐군."

그 악당은 거짓말을 하다 들켰다는 듯 중얼거렸습니다. 그리곤 큰 소리로 덧붙였습니다.

"훌륭하신 딘 부인, 난 당신이 좋지만, 당신의 그 겉 다르고 속 다른 행동은 좋지 않아. 당신이야말로 어떻게 그 '가엾은 어린 아가씨'를 내가 미워한다는 따위의 허황한 거짓말을 할 수 있지? 그리고 어떻게 그런 도깨비 같은 소리를 만들어 내서 캐시가 무서워서 우리 집 문간에도 못 오게 할 수 있을까? 캐서린 린튼 — 바로 이 이름만 들어도 마음이 따뜻해지는데, 귀여운 아가씨, 난 이번 주일은 내내 집에 없을 테니 내 말이 사실인지 아닌지 가 보려무나. 꼭 가 봐. 귀여운 아이니까 너희 아버지와 나의 입장을, 그리고 린튼과 너의 입장을 바꿔 놓고 생각해 봐. 그리고 너의 아버지가 직접 그에게 이렇게 간청하는데도 너를 위로하기 위해서 한 발짝도 움직이지 않았다면 그런 매정스런 여인을 너는 어떻게 생각하겠어? 넌 미련하게 이런 과오를 저지르지 마라. 내 결단코 맹세하지만, 그 녀석은 지금 다 죽게 됐는데, 그 녀석을 구할 수 있는 사람은 너밖에 없단 말이야!"

자물쇠가 겨우 부서져서 저는 밖으로 뛰어나갔습니다.

"정말 린튼이란 녀석은 죽어가고 있단 말이오."

히스클리프 씨는 나를 노려보면서 되풀이하여 말했습니다.

"슬픔과 실망이 그 녀석의 죽음을 재촉하고 있는 거요. 넬리, 정 캐시를 못 가게 하려거든 당신이 직접 가 봐요. 난 다음 주 이맘때까지는 돌아오지 않을 테니까. 그리고 당신네 주인도 설마 자기 딸이 사촌동생을 문병 간다는 데 반대하지는 않겠지!"

"들어오세요, 아가씨."

저는 아가씨의 팔을 붙들고 반쯤 강제로 들어오게 했습니다. 속으로는 거짓말을 하면서도 겉으로는 하도 엄격한 표정을 짓고 있기 때문에 아가씨는 그의 얼굴을 걱정스러운 눈으로 바라다보면서 꾸물거리고 있었습니다.

히스클리프 씨는 말을 가까이 대고 허리를 낮춰 이렇게 덧붙였습니다.

"캐서린, 솔직하게 말해서 난 린튼을 어떻게 해 볼 도리가 없어. 헤어턴과 조지프는 나보다 더하지. 사실 그 녀석은 매정한 사람들과 살고 있는 셈이야. 그 녀석은 애정은 말할 것도 없고 누군가가 친절을 베풀어 주기를 간절히 원하고 있단다. 그러니 너의 친절한 말 한마디는 더없이 좋은 약이 될 거야. 딘 부인의 잔인한 경고 따위는 듣지 말고 너그러운 마음으로 어떻게 하든지 그 녀석을 좀 만나 보도록 해. 밤낮으로 그 애는 너만 생각하고 있단

다. 그러니 네가 편지도 보내지 않고 찾아오지도 않은 뒤로는, 네가 그 녀석이 싫어서 그러는 게 아니라고 아무리 이야기를 해도 듣질 않는단 말이야."

저는 문을 닫고 부서진 자물쇠만으로는 걸리지 않아서 돌멩이를 굴려 문에다 기대놓고, 펼쳐진 우산 아래로 아가씨를 끌어당겼습니다. 바람에 소리 내어 흔들리는 나뭇가지 사이로 후드득후드득 빗방울이 떨어지기 시작했기 때문에 더는 지체할 수가 없었던 것입니다.

집으로 가는 도중에는 급히 걸어야 했기 때문에 히스클리프 씨를 만난 이야기는 할 틈이 없었습니다. 그러나 저는 캐서린 아가씨의 마음이 두 겹으로 흐려지게 되었음을 직감적으로 알아챘습니다. 아가씨의 모습은 어찌나 슬퍼보였던지 마치 딴사람의 얼굴 같았습니다. 아가씨는 틀림없이 지금 들은 모든 이야기가 전부 사실이라고 믿는 눈치였습니다.

서방님은 우리가 돌아오기 전에 당신 방으로 돌아가 쉬고 계셨습니다. 캐시 아가씨는 살그머니 아버님 방으로 들어가서 좀 어떠시냐고 여쭈어 보려고 했으나 서방님은 벌써 잠들어 계셨습니다. 아가씨는 돌아오더니 저더러 서재에 함께 있어 달라는 것이었습니다. 우리는 함께 차를 마셨습니다. 그리고서 아가씨는 양탄자 위에 누워서 피곤하니까 이야기는 하지 말자고 했습니다.

저는 책을 한 권 들고 읽는 척하고 있었습니다. 아가씨는 제가 책에 빠져 있다고 생각하고는 또 소리 없이 울기 시작했습니다. 그즈음 우는 것이 아가씨의 유일한 소일거리가 된 것 같았습니다. 저는 잠시 그대로 울게 내버려두었습니다. 그리고서 마치 아가씨가 자기에게 동조하리라는 확신이라도 한 듯이 히스클리프 씨가 그의 아들에 대해서 늘어놓은 이야기들을 모두 비웃고 조롱하면서 저는 아가씨를 달랬습니다. 슬프게도 저에게는 히스클리프 씨의 이야기가 가져온 효과를 약화시킬 만한 기술이 없었습니다. 결국 히스클리프 씨의 뜻대로 되고 말았습니다.

"엘렌의 말이 옳을지도 몰라. 하지만 난 사실을 확인할 수 있을 때까지 절대로 마음을 놓을 수가 없을 거야. 그리고 편지를 보내지 않은 것은 내 탓이 아니라고 린튼에게 말해 주어야겠어. 그리고 내 마음이 변하지 않으리라는 것도 믿게 해 줘야 되겠어."

아가씨가 그렇게 쉽게 그의 말을 믿어 버린 데 대해서 화를 내거나 반대를 해 보았자 무슨 소용이 있겠습니까? 우리는 그날 밤 다투고 헤어졌습니다. 그러나 다음 날 저는 우리 고집쟁이 아가씨의 애통해 하는 모습을 차마 옆에서 보고 있을 수가 없었습니다. 창백하고 풀이 죽은 얼굴과 근심에 싸인 눈을 도저히 바라볼 수가 없어서 결국 제가 아가씨에게 양보하기로 했습니다. 그리고 린튼 도련님을 만나면 히스클리프 씨의 이야기가 사실과는 다르다는 것을 확인할 수 있을 거라는 막연한 희망도 품고 있었습니다.

23

밤에 비가 오더니 아침에는 안개가 자욱이 끼었습니다. 반은 서리가, 반은 이슬비가 내리고, 비 때문에 갑자기 생긴 여울엔 높은 지대로부터 물이 세차게 흘러내려서 길이 막혔습니다. 저는 발이 흠씬 젖었습니다. 짜증도 나고 기분도 좋지 않았습니다. 분명 그런 불쾌한 일들은 사람을 화나게 만들기에 딱 알맞은 것이었습니다.

우리는 히스클리프 씨가 정말로 집에 없는지 확인하기 위하여 부엌을 통해 집 안으로 들어갔습니다. 저는 그분이 하는 말들을 별로 믿지 않았기 때문입니다.

이글거리는 난로 옆에 혼자 앉아 있는 조지프는 무척 기분이 좋아 보였습니다. 옆에 있는 테이블 위에 육 홉들이 맥주 한 병과 큼직하게 구운 귀리 케이크 조각을 잔뜩 쌓아 놓고는 그 까만 짧은 파이프를 입에 물고 있었습니다.

캐서린 아가씨는 난롯가로 뛰어가서 불을 쬐었습니다. 저는 주인이 계시냐고 물었습니다. 묻는 말에도 한참 동안이나 대답이 없기에 저는 영감이 그동안 귀가 먹었나 싶어 나시 큰 소리로 물었습니다.

"아! 안 계신데!"

그는 으르렁거린다기보다도 코로 소리를 지르는 것처럼 말하는 것이었습니다.

"아, 안 계셔! 그러니 그대로 돌아가는 게 좋겠군."

"조지프!"

제가 묻는 말과 거의 동시에 안에서 역정을 내며 부르는 소리가 들려왔습니다.

"몇 번이나 불러야 알아듣겠어? 이제 불이 다 꺼져 간단 말이야. 조지프! 빨리 좀 와 봐."

담배 연기를 푹푹 뿜어대면서 꼼짝도 하지 않고 난로 속을 뚫어지게 들여다보고 있는 조지프는 그 정도의 애원은 들리지도 않는다는 듯한 태도였습니다. 가정부와 헤어턴도 보이지 않았습니다. 아마 가정부는 심부름을 갔을 거고 헤어턴은 일을 하고 있었겠지요. 우리는 린튼 도련님의 목소리를 알아들었기 때문에 안으로 들어갔습니다.

"제발 너 같은 건 다락방에서 뒈져 버려! 굶어 죽어야 해."

린튼 도련님은 우리가 가까이 가자 말을 듣지 않는 자기네 하인인 줄로 잘못 알고 이렇게 말하는 것이었습니다. 도련님이 잘못 알았다는 것을 깨닫고 말을 멈추자 사촌누이는 그에게로 뛰어갔습니다.

"누나였군!"

도련님은 기대앉았던 커다란 팔걸이에서 머리를 들면서 말했습니다.

"아, 입은 맞추지 마. 숨이 차서 그래. 웬일이야! 아빠도 누나가 찾아올 거라고 말했어."

캐시 아가씨의 포옹으로부터 숨을 좀 돌리고 난 다음 도련님은 말을 계속했습니다. 한편 아가씨는 너무 지나치게 포옹을 했나 싶어 매우 미안하다는 표정으로 옆에 서 있었습니다.

"미안하지만, 문 좀 닫아 줘. 문을 열어놓은 채로 들어왔잖아. 그런데 저, 저 망할 것들이 난로에 석탄을 넣어 주지 않는단 말이야. 추워 죽겠는데!"

저는 난로 속의 재를 뒤적거려 놓고 석탄을 한 가득 담아 왔습니다. 환자는 먼지가 난다고 투덜댔지만 저는 그가 지겨운 기침을 하는데다 열이 나고 몸이 좋지 않은 안색이어서 그의 투정을 나무라지 않았습니다.

"어때, 린튼?"

도련님의 찌푸렸던 이마의 주름살이 펴지자 아가씨는 중얼거렸습니다.

"내가 와서 좋으니? 내가 무슨 도움이 되겠어?"

"왜 진작 오지 않았어? 편지를 보내는 대신 직접 왔으면 좋았잖아. 그 긴 편지를 쓰느라고 힘들었단 말이야. 직접 이야길 했으면 좋았을 텐데. 이젠 이야기할 기운도 없고 아무것도 하고 싶지 않아. 질라는 또 어딜 간 거야! (저를 보며) 부엌에 있는지 좀 가 봐."

저는 먼저 해 준 일에 대해서도 고맙다는 말 한마디 없었기 때문에 그의 명령으로 이리 가고 저리 가는 게 싫어서 이렇게 대답하고 말았습니다.

"부엌에는 조지프 이외에는 아무도 없어요."

"물 좀 먹고 싶은데."

도련님은 골이 나서 큰 소리로 말하고 고개를 돌려 버렸습니다.

"질라는 아빠가 나가신 뒤에 내내 기머튼을 싸다니거든. 정말 너무해! 그래서 난 어쩔 수 없이 이리 내려온 거야. 이 층에서는 불러도 모두가 대답을 안 하기로 작정을 했는지 영 들어 주질 않거든."

"아버님은 잘해 주시나요, 도련님?"

저는 아가씨가 다정스럽게 무엇인가 말하려다가 그만두는 것을 보고 이렇게 물었습니다.

"잘해 주느냐고? 적어도 다른 사람들에게 내게 좀 더 잘해 주라고 시키기는 하지."

도련님은 내뱉듯이 말했습니다.

"망할 것들이야! 그런데 말이야. 누나, 저 짐승 같은 헤어턴이란 놈이 날 비웃는단 말이야. 난 그 자식이 보기 싫어 죽겠어. 정말로 모두가 다 밉지만 말이야. 다 나쁜 것들이거든."

캐시 아가씨는 물을 찾기 시작했습니다. 조리대 위에 있는 주전자에서 큰 컵에 물을 가득 부어가지고 왔습니다. 도련님은 아가씨에게 테이블 위에 있는 포도주를 한 숟가락만 따라서 물에 타 달라고 말했습니다. 한 모금 마시고 나더니 한결 마음이 가라앉는 모양이었습니다. 그리고 아가씨에게 매우 고맙다고 인사말을 했습니다.

"그래, 내가 와서 좋으니?"

아가씨는 아까 물어본 말을 되풀이하여 물어보고는 도련님의 얼굴에 엷은 미소가 어리는 것을 보고 기뻐했습니다.

"그럼, 좋고말고. 이렇게 다정한 목소리는 처음 듣는 것 같아! 하지만 난 누나가 와 주지 않아서 화가 났어. 그런데 아버지는 '누나가 오지 않는 건 나 때문'이라고 하는 거야. 그리고 나더러 불쌍하고 느려빠지고 못난 놈이라는 거야. 누나도 나를 멸시한다고 하시면서 만약 아빠가 내 입장이라면 지금쯤 누나네 아빠보다도 더 멋지게 그 집의 주인노릇을 하고 있을 거라는 거야. 하지만 누나는 날 멸시하지 않지?"

"캐서린이나 캐시라고 불러 줬으면 좋겠어! 그리고 내가 너를 멸시한다고? 천만에! 난 아빠와 엘렌 다음으로 누구보다도 너를 사랑하는 걸. 하지만 너희 아빠는 싫어. 너희 아빠가 돌아오시면 난 못 올 거야. 여러 날 안 오시니?"

"여러 날은 아냐. 하지만 사냥철이 시작돼서 아빠는 자주 들에 나가시니까, 누나는 아빠가 집에 안 계시는 동안 한두 시간은 나와 함께 지내도 돼. 그렇게 해! 그런다고 말해 줘! 누나와 함께 있으면 화도 내지 않을 거야. 누나는 나를 성가시게 하지 않고 또 언제나 나를 도와주려 할 테니까 말이야, 그렇잖아?"

"그럼."

캐서린 아가씨는 그의 길고 부드러운 머리를 쓰다듬으며 말하는 것이었습니다.

"난 아빠가 승낙만 해 주시면 절반은 너와 함께 지낼 거야, 귀여운 린튼! 네가 내 여동생이라면 나는 좋겠어!"

"그럼 누나는 누나네 아버지만큼 날 좋아할 거야?"

그는 더욱 기운이 나서 물었습니다.

"하지만 아빠가 그러시는데, 누나가 내 아내가 된다면 누나는 누나네 아빠보다도, 그리고 세상 누구보다도 나를 사랑한다는 거야. 그러니까 누나가 그렇게 됐으면 좋겠어."

"안 돼! 난 누구도 아빠보다 더 사랑할 수는 없어."

아가씨는 심각한 얼굴을 하며 대답했습니다.

"그리고 때로는 자기 아내를 미워하는 사람들도 있어. 하지만 남매간에는 그렇지 않단다. 네가 만약 내 동생이라면 너는 우리와 함께 살게 될 거고, 아빠는 나와 마찬가지로 너도 귀여워하실 거야."

린튼 도련님은 사람들은 누구나 자기 아내를 미워하지 않는다고 말했습니다. 그러나 캐시 아가씨는 미워한다고 우기고 자기가 아는 사실로 바로 도련님네 아버지가 아내인 아가씨의 고모를 미워했다는 실례를 이야기하는 것이었습니다.

저는 아가씨의 철없는 이야기를 막으려고 애를 썼습니다. 그러나 아가씨는 자기가 알고 있는 것을 모두 털어놓고 말았습니다. 린튼 도련님은 몹시 흥분해서 아가씨의 이야기는 거짓말이라고 우겼습니다.

"아빠가 이야기해 주었어. 그리고 아빠는 거짓말을 하시지 않는단 말이야!"

아가씨는 화가 나서 대답했습니다.

"우리 아빠는 누나네 아버지를 멸시해! 아빠는 그분을 겁쟁이 바보라고 했어!"

"너희 아버지는 아주 나쁜 사람이야. 그리고 너도 너희 아버지가 말한 것을 그대로 되풀이하는 것은 잘못된 일이야. 이사벨라 고모를 그렇게 도망치게 하다니, 네 아버진 틀림없이 나쁜 사람이란 말이야!"

"어머니는 도망간 게 아냐. 내 말은 확실해."

"도망갔어!"

"나도 누나에게 할 말이 있어! 누나네 어머니가 누나네 아버지를 미워했대. 자, 어때?"

"어머나!"

캐서린 아가씨는 소리치고는, 너무 화가 나서 말을 계속하지 못했습니다.

"그리고 누나네 어머니는 우리 아버지를 사랑했다는 거야!"

"이 거짓말쟁이야! 이제 너 같은 건 싫어."

아가씨는 헐떡거리며 말하고는 흥분해서 얼굴이 빨개졌습니다.

"그건 정말이야! 정말이란 말이야!"

린튼 도련님은 노래를 부르듯이 말하고는 의자에 푹 들어앉으며 뒤에 서 있는 상대방의 흥분하는 모습을 보려고 머리를 뒤로 젖히면서 기대는 것이었습니다.

"쉿, 도련님! 그것도 아버님이 지어 내신 이야기일 거예요."

"그렇지 않아, 당신은 입을 닥쳐! 정말이야, 정말이래두 캐서린, 정말이야. 우리 아버지를 사랑했대!"

캐시 아가씨가 어쩔 줄 몰라 하며 의자를 세게 밀어붙이는 바람에 도련님은 한쪽 팔을 짚고 의자에서 떨어졌습니다. 그러면서 갑자기 숨 막힐 듯한 기침을 시작했기 때문에, 도련님의 의기양양한 기세도 모두 사라져 버렸습니다.

기침을 너무 오래 계속 해서 저도 놀랐습니다. 아가씨를 보니까 자기가 저지른 일에 놀라서 마구 울고 있는 것이었습니다.

저는 기침이 저절로 멎을 때까지 도련님을 붙들고 있었습니다. 기침이 그치자 그는 나를 떠밀어내고 말없이 고개를 아래로 숙였습니다. 캐서린 아가씨도 울음을 그치고 맞은편에 앉아서 심각한 표정으로 난롯불을 들여다보았습니다.

"이제 좀 어때요, 도련님?"

저는 십 분쯤 기다린 다음 물어보았습니다.

"캐시도 나처럼 이렇게 당해 봤으면 좋겠어. 잔인한 심술쟁이야! 헤어턴도 나를 건드린 일이 없는데, 여태까지 한 번도 나를 때린 일은 없단 말이야. 그리고 오늘은 기분이 좋았는데, 그런데……."

그의 목소리는 훌쩍거리느라고 잘 들리지도 않았습니다.

"나는 널 때리진 않았어!"

캐시 아가씨는 다시 울음이 터지려는 것을 참으려고 입술을 깨물며 중얼거렸습니다.

도련님은 몹시 앓는 사람처럼 한숨을 쉬며 신음했습니다. 그리고 분명자기 사촌을 괴롭히기 위해 십오 분 동안이나 그렇게 하는 것 같았습니다. 왜냐하면 아가씨가 참다못해 흐느낄 때마다 도련님은 더욱 괴롭고 슬픈 소리를 냈기 때문입니다.

"아프게 해서 미안해, 린튼!"

아가씨는 결국 견디다 못해 말했습니다.

"하지만 나 같으면 그렇게 조금 밀었다고 아프지는 않을 거야. 그래서너도 그럴 거라고 생각했어. 심하지는 않지? 안 그래, 린튼? 너를 아프게만들어 놓고 돌아간다는 생각을 할 수는 없어! 대답해 줘, 말해 봐."

"난 말을 못 하겠어."

그는 중얼거렸습니다.

"이렇게 아프게 해 놓았으니 난 밤새도록 기침에 시달려서 잠도 못잘 거야! 캐시도 한 번 당해 보면 어떤지 알 수 있을 텐데. 나는 괴로워서 못 견디는데도 캐시는 편안히 잘 자겠지? 내 옆에는 아무도 없는데 말이야! 너 같으면 이런 무서운 밤을 어떻게 지내겠어?"

그는 스스로를 불쌍하게 생각하며 더 큰 소리로 서럽게 울기 시작했습니다.

"도련님이 늘 그렇게 지긋지긋한 밤을 보낸다면 도련님을 괴롭히는 건 아가씨가 아니지 않아요? 아가씨가 오지 않았더라도 도련님은 마찬가지일 거예요. 어쨌든 아가씨가 다시 도련님을 괴롭히게 하지는 않겠어요. 그리고 우리가 돌아가면 아마 도련님도 좀 가라앉겠지요."

"나 돌아가야 해?"

아가씨는 슬픈 표정으로 그에게로 몸을 구부리며 물었습니다.

"내가 갔으면 좋겠니, 린튼?"

"한 번 한 일을 어떻게 할 수 없지 않아?"

도련님은 아가씨에게서 몸을 움츠리며 대답했습니다.

"나를 괴롭히고 열이 나게 해서 더 나빠지게 만들 수는 있겠지만."

"난 가야 되겠지?"

아가씨는 다시 물었습니다.

"제발 나 좀 가만 내버려둬. 네가 이야기하는 걸 참고 견딜 수가 없단 말이야!"

아가씨는 제가 가자고 권해도 듣지 않고 한동안 지루할 정도로 머뭇거리더니 도련님이 쳐다보지도 않고 말도 하지 않자 결국 문 쪽으로 발을 옮기고 저도 뒤를 따랐습니다.

그러나 우리는 곧바로 비명 소리를 듣고 다시 방으로 들어갔습니다. 도련님은 의자에서 난롯가로 미끄러져 내려와 버릇없이 버둥대는 어린애같이 심술을 부리며 될 수 있는 대로 슬프고 괴롭게 보일 작정으로 몸부림치며 누워 있었습니다.

저는 그의 행동으로 그의 성질을 완전히 파악했습니다. 그래서 그에게 비위를 맞춰 주는 것은 어리석은 짓이라는 것을 알았지요. 그런데 아가씨는 그렇지 못해서 놀라 뛰어가서는 무릎을 꿇고 함께 울면서 달래기도 하고 애원도 했습니다. 그러는 사이에 도련님은 결코 아가씨를 괴롭힌 게 미안하게 생각해서가 아니라 숨이 차서 어쩔 수 없이 조용해졌습니다.

"도련님을 긴 의자에 올려놓읍시다. 그러면 맘대로 뒹굴겠지요. 우린 이렇게 도련님을 지켜보고 있을 수만은 없어요, 아가씨. 아가씨가 도련님에게 도움을 줄 수 있는 사람이 아니라는 것과 도련님의 건강 상태가 아가씨를 보고 싶어서 저렇게 된 게 아니라는 것을 충분히 아셨겠죠? 자, 의자에 올려놓았어요! 어서 갑시다. 도련님은 자기의 바보 같은 짓을 아무도 돌봐 주지 않았다는 걸 알면 별 수 없이 조용히 누워 있을 거예요!"

아가씨는 쿠션을 머리 밑에 베어 주고 물도 갖다 주었습니다. 도련님은 물을 마시지 않겠다면서 받쳐 준 쿠션이 마치 딱딱한 돌멩이나 나무토막이기라도 한 듯이 거북스럽게 고개를 움직였습니다.

아가씨는 좀 더 편안하게 해 주려고 했습니다.

"이건 안 돼. 낮단 말이야!"

아가씨는 쿠션을 또 하나 갖다 그 위에 받쳐 주었습니다.

"이건 너무 높아!"

그 성가신 친구는 투덜댔습니다.

"그럼, 어떻게 하면 돼?"

아가씨는 어쩔 줄 몰라 하며 물었습니다.

도련님은 아가씨가 의자 옆에 반쯤 무릎을 꿇자 몸을 일으켜 아가씨를 감싸 안으며 어깨에 머리를 기대는 것이었습니다.

"아니, 그러면 안 돼요! 쿠션으로 충분하실 텐데요, 도련님! 아가씨는 도련님 때문에 벌써 너무 많은 시간을 보내셨어요. 우린 이제 오 분 이상은 지체할 수가 없어요."

"아냐, 아냐, 괜찮아!"

아가씨가 저를 막으며 대답했습니다.

"린튼의 병이 더 나빠졌다는 생각을 하면 오늘 밤엔 내가 그보다 더 괴로워하고 다시는 여기에 오지 못할 거라는 걸 린튼도 아는 모양이야. 바른대로 말해 봐, 린튼. 만약 나 때문에 네가 더 나빠졌다면 나는 다시 오지 말아야 하니까 말이야."

"캐시가 와서 고쳐 줘야 돼. 나를 아프게 해 놓았으니까 와야 한단 말이야, 안 그래?"

"하지만 넌 혼자서 울고 화내고 해서 더 아프게 된 거지 나한테만 책임이 있는 건 아냐. 어쨌든 말이야, 우리 사이좋게 지내자. 그리고 넌 내가 오기를 원하고, 가끔 나를 만나고 싶어했잖아, 안 그래?"

"그렇다고 말했잖아!"

도련님은 성급하게 대답했습니다.

"저 의자에 앉아서 나를 무릎에 기대게 해 줘. 엄마는 오후에는 늘 그렇게 해 줬거든. 가만히 앉아서 말하지 말고 노래를 할 줄 알면 노래를 해 주든가 아니면 재미있고 긴 이야기를 들려 줘. 나한테 가르쳐 준다고 약속한 것 말이야. 그렇지 않으면 이야기라도 좋아. 하지만 난 노래 이야기가 더 좋으니까 그걸 들려 줘."

캐서린 아가씨는 알고 있는 것 중에서 제일 긴 노래 이야기를 들려주었습니다. 그러는 동안 두 사람은 대단히 즐거웠습니다. 도련님은 또 하나 들려 달라고 했습니다. 그리고 제가 화를 내며 반대하는 것도 아랑곳없이 그것이 끝나자 또 다른 것을 들려 달라는 것이었습니다. 그들은 시계가 열두 시를 칠 때까지 그러고 있었습니다. 마당에서 점심을 먹으러 돌아오는 헤어턴의 목소리가 들렸습니다.

"그럼, 내일 해, 캐서린. 내일도 올 수 있지?"

린튼 도련님은 아가씨가 마지못해 일어나자 아가씨의 옷자락을 붙잡으며 물었습니다.

"안 돼요!"

제가 얼른 대답했습니다.

"그리고 모레도 안 돼요."

그런데 아가씨가 허리를 구부리고 도련님의 귀에다 무엇인가 소곤거리자 그의 이마가 활짝 펴지는 것이었습니다. 아가씨는 분명 다르게 대답을 한 모양이었습니다.

"내일은 못 오세요, 아시겠지요, 아가씨!"

그 집을 나오자 제가 말을 꺼냈습니다.

"그러실 생각은 아니겠죠?"

아가씨는 빙긋이 웃었습니다.

"제가 단속을 잘해야겠군요! 그 자물쇠를 고쳐 놓으면 아가씨는 다른 데로는 빠져나갈 길이 없으니까요."

"담을 넘어가면 뭐. 우리 집은 감옥이 아냐, 엘렌. 그리고 엘렌은 나를 지키는 간수도 아니고. 그뿐 아니라 나도 열일곱 살이 다 됐어. 나도 어른이란 말이야. 그리고 틀림없이 린튼은 내가 가서 돌봐 주기만 하면 곧 나을 거야. 난 그 애보다 나이도 많고, 철도 더 든 누나란 말이야. 그렇지 않아? 그리고 그 앤 내가 조금만 달래면 곧 내가 하자는 대로 할 거야. 그 앤 얌전할 때는 귀여운 아이지. 만약 친동생이라면 정말 귀여워해 줄 텐데. 자주만나서 친해지면 싸우지도 않을 거야, 그렇지? 엘렌은 그 애를 좋아하지 않아?"

"그가 좋으냐고요?"

저는 큰 소리로 말했습니다.

"그렇게 고약한 성미에다 병까지 있는 어린 몸으로 용케 열몇 살까지 견뎌냈어요. 다행히 히스클리프 씨 말마따나 스무 살을 넘기지는 못하겠더군요. 정말 봄이나 넘길지 의심스러워요. 그리고 그 도련님이 언제 세상을 떠난대도 그 댁에선 아무도 슬퍼하지 않을 거예요. 그리고 아가씨는 도련님을 남편으로 맞이하지 않아도 되게 생겼으니 저는 정말 다행이라고 생각합니다, 아가씨!"

아가씨는 이 말을 듣자, 사뭇 무서운 얼굴을 했습니다. 도련님의 죽음에 대해서 그렇게 함부로 말한 것이 기분을 상하게 했던 것입니다.

"그 앤 나보다도 더 어린 걸."

아가씨는 한참 동안 생각에 잠겨 있다가 대답했습니다.

"그러니까 그 애가 제일 오래 살아야 해. 그 앤 꼭 오래 살 거야. 나만큼은 꼭 살아야지. 그 앤 처음 이곳에 왔을 때와 마찬가지로 건강해. 틀림없어! 우리 아빠처럼 그저 감기 때문에 그러는 거야. 엘렌은 아빠는 곧 나으실 거라고 하면서, 왜 그 애는 낫지 못한다는 거지?"

"자, 자. 아무튼 우리가 걱정할 필요는 없으니까요. 잘 들어 보세요, 아가씨. 그리고 저는 제가 한 말은 꼭 지키는 사람이라는 걸 알아 두세요. 만약 아가씨가 저와 함께 가시든 혼자 가시든 다시 워더링 하이츠에 가시려고 하기만 하면, 저는 아버님께 말씀드리겠어요. 그리고 아버님께서 승낙하시지 않으면 그 사촌과 그전처럼 친하게 지내서는 안 돼요."

"그전처럼 다시 친해졌는걸!"

아가씨는 심술궂은 표정으로 중얼거렸습니다.

"그러나 더 이상은 안 됩니다."

"생각해 보겠어."

아가씨는 대답하고 다시 뒤를 따르느라고 애쓰는 저를 떼어 놓고 말을 몰았습니다.

우리는 둘 다 점심시간 전에 집에 도착했습니다. 서방님은 우리들이 공원을 거닐다 온 줄로 아시는 모양이었습니다. 그래서 어디 갔다 왔느냐고 묻지도 않았습니다. 집에 들어가자마자 저는 흠씬 젖은 신발과 양말을 급히 갈아 신었습니다. 그러나 워더링 하이츠에서 그렇게 오랫동안 그대로 앉아 있었던 게 잘못이었습니다. 다음 날 아침, 전 자리에서 일어날 수가 없었습니다. 그로부터 삼 주일 동안을 꼼짝도 못했지요. 그전에는 전혀 없었던 변이었고 또 다행히 그 뒤로는 아직껏 한 번도 그런 일이 없었습니다.

우리 작은 아가씨는 마치 천사처럼 저에게 와서 시중을 들어 주고 외로움을 달래 주었습니다. 방 안에 갇혀 있으니 몹시 기분이 우울했기 때문이었습니다. 저처럼 늘 몸을 움직이던 사람이 하는 일 없이 누워 있으려니 무척 지루하기만 했습니다. 그러나 저는 불평할 건더기라고는 조금도 없었습니다. 캐서린 아가씨는 서방님의 방에 다녀오시는 즉시 저의 침실에 들르는 것이었습니다. 아가씨의 하루를 서방님과 제가 반씩 나누어 가진 셈이 되었고, 잠시도 노는 시간이라고는 없었습니다. 식사며 공부며 그리고 노는 일 등 모두 아가씨처럼 다정다감한 분은 없었습니다. 그렇게 아버님을 섬기면서도 저에게도 그처럼 정성스럽게 해 주는 것으로 보아 아가씨는 마음씨가 따뜻한 사람임에 틀림없었습니다.

아가씨의 나날은 서방님과 저를 위해 반씩 나누어졌다고 말씀드렸지만, 서방님은 일찍 자기 방으로 들어가셨고 저도 대개 여섯 시만 지나면 아무것도 할 일이 없었으니까 그때부터는 아가씨의 자유로운 시간이었습니다. 불행하게도 저는 아가씨가 차 마시는 시간 이후에 혼자서 무엇을 하시는지 미처 생각해 본 일이 없었습니다. 그리고 가끔 제 방을 들여다보며 잘 자라고 인사를 할 때, 아가씨의 두 볼에 생기가 돌고 가느다란 손가락마저 불그레해진 것을 보기는 했지만, 설마 그것이 말을 몰고 추운 들판을 달려온 탓이라고는 상상도 못했습니다. 그저 서재의 뜨거운 난롯가에 있었기 때문이려니 생각했던 것입니다.

24

삼 주일이 지날 무렵이 되어서야 저는 겨우 제 방을 나와서 집안을 돌아다닐 수가 있게 되었습니다. 제가 처음으로 저녁에 일어나 앉아 있게 된 때의 일이었습니다. 다만 저는 시력이 약해져서 아가씨에게 아무거나 좀 읽어 달라고 부탁했습니다. 서방님은 벌써 잠자리에 드신 뒤라 저희들은 서재에 앉아 있었습니다. 아가씨는 그러마고 승낙은 했지만 별로 마음이 내키지 않는 것 같았습니다. 제 구미에 맞는 책은 아가씨의 마음에 들지 않으리라 싶어 저는 무엇이든 아가씨가 읽고 싶은 것을 맘대로 골라 읽어 달라고 했습니다.

아가씨는 자기가 좋아하는 것을 하나 골라서 한 시간 가량 계속 읽어 내려갔습니다. 그 뒤로는 자주 이렇게 묻는 것이었습니다.

"엘렌, 피곤하지 않아? 이제 그만 눕는 게 좋지 않을까? 이렇게 오래 앉아 있으면 몸이 좋지 않을 텐데, 엘렌."

"아니, 괜찮아요, 아가씨. 아직 피곤하지 않다니까요."

저는 그럴 때마다 이렇게 대답했고요.

그런 말로는 제가 움직이려 하지 않는다는 것을 알아차린 아가씨는 책을 읽는 일이 싫어졌다는 티를 내기 위해 다른 방법을 썼습니다. 하품을 하기도 하고 기지개를 켜기도 했지요. 그러고는 이렇게 말하는 것이었습니다.

"엘렌, 난 피곤해."

"그러면 그만 읽으시고 이야기나 하세요."

그것이 더 좋지 않은 일이었습니다. 아가씨는 성가신 듯 한숨을 쉬면서 여덟 시가 될 때까지 시계만 보더니 자기 방으로 들어가 버렸습니다. 뾰로통한 얼굴로 계속 눈을 비벼대는 것으로 보아 몹시 잠이 와서 못 견디겠던 모양입니다. 아가씨는 이튿날 밤에는 더욱 참기 어려운 모양이었습니다. 그러다가 사흘째가 되자 머리가 아프다고 투정을 하면서 제 곁을 떠나고 말았습니다.

저는 아가씨의 행동이 아무래도 이상했습니다. 한참 동안 혼자 앉아 있다가, 올라가서 머리 아픈 게 좀 나은지 물어보고 또 어두운 이 층에 있지 말고 아래로 내려와서 소파에라도 누워 있으라는 말을 하려고 올라가 보았습니다. 하지만 아가씨의 방에 올라가 보니 캐서린 아가씨는 보이지 않았고, 아래층 어디에서도 보이지 않았습니다. 하녀들도 아가씨를 보지 못했다는 것이었습니다. 서방님의 방 쪽에 귀를 기울여 보았지만 아무 소리도 없었습니다. 저는 아가씨의 방으로 다시 들어가서 촛불을 끄고 창가에 앉았습니다.

밝은 달빛이 비치는 땅 위에는 하얀 눈이 깔려 있었습니다. 어쩌면 아가씨는 마당에서 바람을 쐬고 있을지도 모를 일이라고 저는 생각했습니다. 그때 자세히 보니 숲 울타리 안쪽을 따라 살금살금 걸어가는 사람의 그림자가 하나 보였습니다. 그러나 그것은 아가씨가 아니었습니다. 밝은 곳으로 나온 사람은 마부 중 한 명이었습니다. 그는 마당 뒤로 나 있는 마차 길을 살펴보며 한참 동안 서 있더니, 마치 무엇이라도 찾아낸 듯 날쌘 걸음으로 걸어갔다가 이번에는 아가씨의 작은 말을 끌고 다시 나타났습니다. 그리고 말에서 내린 아가씨가 그 옆을 걸어 나왔습니다. 마부는 말을 끌고 살그머니 잔디밭을 지나 마구간으로 가 버렸습니다. 캐시 아가씨는 응접실 창문으로 들어가더니 제가 기다리고 앉아 있는 아가씨의 방으로 소리 없이 가만가만 올라오는 것이었습니다.

아가씨는 조용히 문을 닫고는 눈이 묻은 신발을 벗고 모자도 벗었습니다. 그리고 제가 숨어 있는 것도 모르고 외투를 벗어 놓으려고 했지요. 그때 제가 갑자기 일어서서 얼굴을 내밀었습니다. 아가씨는 깜짝 놀라 한동안 꼼짝도 않고 있다가 무어라고 알아들을 수도 없는 소리를 지르더니 그대로 우두커니 서 있었습니다.

"캐서린 아가씨."

저는 그 무렵 누워 있던 저에게 친절히 대해 준 아가씨가 너무 고마워서 화도 내지 못하고 이렇게 말을 꺼냈습니다.

"이렇게 늦었는데 말을 타고 어딜 갔다 오세요? 그리고 어쩌면 그렇게 말을 꾸며대어 저를 속이려 드십니까? 어딜 가셨었나요? 말해 보세요!"

"저…… 숲가에 갔었어."

아가씨는 우물쭈물 말을 더듬었습니다.

"거짓말을 하는 건 아냐."

"그리고 아무 데도 안 가셨어요?"

저는 다그쳐 물었습니다.

"정말이야."

"아이, 아가씨."

저는 서글프게 외쳤습니다.

"좋지 않은 짓이라는 걸 알면서 그러세요. 그렇지 않다면 저한테 거짓말을 하실 이유가 없을 텐데요. 그게 저는 슬퍼요. 아가씨가 그렇게 일부러 거짓말을 꾸며 대신다면 저는 차라리 석 달을 더 앓는 게 낫겠어요."

아가씨는 앞으로 뛰쳐나와 울음을 터뜨리면서 팔을 벌려 제 목을 얼싸안았습니다.

"하지만 엘렌, 난 엘렌이 화내는 게 정말 무서워. 화내지 않겠다고 약속해 줘. 그러면 사실대로 모두 이야기할 테야. 나도 숨기는 건 싫단 말이야."

우리는 창가에 앉았습니다. 저는 아가씨의 비밀이 어떤 것이든 절대 야단치지 않겠다고 다짐하며, 물론 짐작은 하고 있다고 말했습니다. 아가씨는 이렇게 말했습니다.

"난 워더링 하이츠에 갔다 오는 길이야, 엘렌. 그리고 엘렌이 병이 난 뒤부터는 하루도 빠지지 않고 갔다 왔어. 엘렌이 병이 나기 전에 세 번, 그리고 그 뒤로는 두 번만 빼놓고 말이야. 나 마이클에게 책과 그림을 주고 매일 밤 미니를 끌고 나오게 해서 갔다 온 뒤에는 다시 마구간에 데려다 두도록 부탁했어. 마이클을 야단치지 마, 부탁이야. 여섯 시 반에 워더링 하이츠에 가서 대개 여덟 시 반까지 있다가 말을 몰고 돌아왔어. 내가 거기 간 것은 재미있어서가 아냐. 어떤 때는 밤새도록 몹시 슬프기도 했어. 더러는, 아마 한 주일이면 한 번쯤일까? 가끔 즐거운 때도 있긴 하지만 말이야. 처음에는 내가 약속대로 린튼에게 가기 위해 엘렌을 설득시킨다는 게 무척 어려운 일이라고 생각되었어. 우리가 그 애를 만나고 온 다음 날 다시 가기로 약속을 했으니까 말이야. 그런데 그 이튿날 엘렌이 이 층에 누워 있게 되는 바람에 그런 걱정은 안 해도 됐지. 그날 오후 마이클이 숲으로 들어오는 문의 자물쇠를 잠글 때 열쇠를 달라고 했어. 그리고 마이클에게는 내 사촌동생이 아파서 우리 집에 못 오는데 내가 찾아오기를 몹시 기다린다고 말했지. 그리고 또 아빠는 내가 거기에 가는 것을 매우 싫어할지도 모른다는 이야기도 했고. 그리고서 난 마이클과 조랑말에 대한 교섭을 한 거야. 그런데 마이클은 책을 좋아하거든. 그리고 결혼하기 위해서 곧 떠날 생각이라는 거야. 그래서 내가 내 책을 주겠다고 하니까 그러면 더욱 좋다고 하지 않겠어.

내가 두 번째 찾아갔을 때 린튼은 기분이 좋아 보였어. 그리고 그 집의 가정부인 질라가 우리를 위해서 방을 깨끗이 치워 주고 불을 마구 때 주면서, 조지프는 기도회에 갔으니 — 나중에 들은 이야기지만 헤어턴 언쇼는 개를 데리고 우리 집 숲으로 꿩을 잡으러 나갔으니까 — 마음대로 놀아도 좋다는 거야. 질라가 데운 포도주랑 생강과자를 갖다 주었는데 좋은 사람 같았어. 린튼은 안락의자에 앉고 나는 난로 앞에 있는 조그만 흔들의자에 앉아서 아주 재미있게 웃으며 이야기하고 지냈어. 할 이야기가 너무너무 많지 뭐야. 우리는 여름에 어디를 가고 무엇을 할 것인가까지 계획을 짜 놓았어. 엘렌이 바보 같은 짓이라고 할 테니까 그 이야긴 안 할래.

그런데 우린 한 번 싸울 뻔도 했지 뭐야. 그 애가 그러는데 칠월의 더운 날을 유쾌하게 지내는 방법은 말이지, 아침부터 저녁까지 벌판의 히스나무 위에 누워서 말이야. 꽃 사이를 꿈꾸는 듯 윙윙거리며 날아다니는 벌 소리를 들으며, 머리 위에 높이 솟아 지저귀는 종달새 소리를 듣고, 그리고 구름 한 점 없는 푸른 하늘을 보면서 내리쬐는 맑은 햇살을 쬐는 거라는 거야. 그게 린튼의 가장 완전한 행복이라는 거야. 그런데 내가 생각하는 이상적인 행복은 살랑거리는 푸른 나무에 앉아 흔들거리면서, 불어오는 서풍을 받으며 맑고 흰 구름이 하늘을 떠내려가는 것을 보면서 종달새뿐만 아니라 지빠귀, 굴뚝새, 홍방울새, 그리고 뻐꾸기 같은 새들이 사방에서 울어대는 소리가 들리고, 거기에 시원해 보이는 으스름 골짜기를 드문드문 이루며 멀리 뻗어 있는 벌판을 보고, 또 산들바람에 물결치듯 나부끼는 긴 풀이 무성한, 굽이치는 커다란 언덕이 있고, 숲이며, 소리 내어 흐르는 물 그리고 온 세상이 기쁨에 겨워 날뛰는 모습을 보는 것이야말로 최고의 행복이라고 말했지. 린튼은 모든 것이 평화의 황홀경에 취해 있기를 원했고, 나는 모든 것이 눈부신 환희 속에서 빛나고 춤추는 것이 더 좋다고 말했지.

내가 그의 천국은 반만 살아 있고 반은 죽은 거라고 했더니 그 앤 내 천국은 술에 취한 상태라는 거야. 그래서 내가 나 같으면 그가 그리는 천국에서는 잠이 올 거라고 말하니까 그 앤 또 내가 그리는 천국 같은 데서는 숨을 쉬지 못할 거라고 골을 내더군. 결국 우린 날씨만 좋아지면 곧 두 가지 다 해 보기로 하고 입을 맞춘 다음 풀어졌지 뭐야. 한 시간쯤 가만히 앉아 있다가 바닥이 매끄럽고 양탄자도 깔지 않은 그 커다란 방을 보니까, 테이블만 치우면 놀기에 참 좋은 방일 거라는 생각이 들었어. 그래서 난 린튼에게 질라를 부르라고 해서 우리를 도와 달랬지. 그리고 함께 장님놀이를 하자고 했어. 질라가 장님이 되어 우리를 잡게 하고 말이야. 엘렌도 전에는 늘 그렇게 하고 놀았잖아. 그런데 린튼이 장님놀이는 재미없어서 하지 않겠다면서 나랑 공놀이를 하자는 거야. 팽이, 고리, 제기채, 제기 같은 헌 장난감 더미가 가득 든 벽장 속에서 공이 두 개 나왔어. 하나는 C, 또 하나는 H자를 써 놓았길래 C는 캐서린의 첫 자이고, H는 히스클리프의 첫 자니까, C자는 내가 갖고 H자는 린튼에게 가지라고 했더니 H자 속에서 겨가 밀려나오는 걸 보고는 실망하더군.

내가 계속 이기니까 그 앤 다시 토라져서 기침을 하며 자기 의자로 가 버렸어. 그런데 그날 밤은 쉽게 풀어져서 내가 노래를 두세 곡 불렀더니 기뻐했어. 엘렌이 가르쳐 준 노래 말이야. 그리고서 내가 돌아와야 할 때가 되니까 내일 밤 다시 오라고 사정하기에 그러마고 약속했지.

난 미니를 타고 바람처럼 가볍게 집으로 달려온 거야. 그리고 그날 밤은 아침까지 워더링 하이츠와 착하고 귀여운 사촌동생의 꿈을 꾸었어. 그런데 아침이 되자 어쩐지 쓸쓸한 생각이 들더군. 엘렌은 아프지, 또 아빠가 내가 워더링 하이츠에 가는 걸 아시고 승낙을 해 주시면 얼마나 좋을까, 하는 생각이 들었기 때문이야. 하지만 차 마시는 시간이 지나서 달빛이 아름답게 비치고 말을 타고 달리니까 다시 기분이 좋아졌어. 난 '오늘 밤도 재미있게 놀아야지.' 라고 생각하며 갔어. 그리고 귀여운 린튼이 좋아할 것을 생각하니까 더욱 기뻤어.

내가 그 집 마당으로 말을 몰고 가서 집 뒤로 돌아가려고 하는데 마침 헤어턴 녀석이 나를 보더니 고삐를 붙잡고 앞문으로 들어가라는 거야. 미니의 목덜미를 토닥거리며 '좋은 말인데?'라고 하면서 내가 저에게 말을 걸어 주었으면 하는 눈치인 거야. 난 그저 '말을 그냥 놓아 둬. 그러지 않으면 말한테 채일 테니까.'하고 말해 줬어.

그 애는 그 상스런 말투로 이렇게 대답을 하지 뭐야. '이런 말한테 채여 보아도 별일 없을 거야.'하고는 웃으면서 미니의 다리를 훑어보았어.

난 정말로 미니에게 한 번 차게 할까 싶었는데 헤어턴이 문을 열기 위해 뛰어가 버렸지. 그리고 빗장을 벗기면서 위에 새겨놓은 글자를 올려다보더니 어색하기도 조금 하고 뽐내는 것 같기도 한 미련스런 표정을 하고 말하는 거야.

"캐서린 아가씨! 나도 이제는 저걸 읽을 수 있다고."

"어머, 그래? 어디 어서 읽어 봐. 너도 이젠 영리해졌구나."

그 앤 이름자의 글자 하나하나를 더듬거려대는 거야. '헤어턴 언쇼.'하고 말이야.

"그럼 저 숫자는 뭐지?"

그가 딱 막히는 것을 보고 나는 힘을 내게 하느라고 이렇게 큰 소리로 말했어.

"아직 그건 모르는데."

그는 대답했어.

"저런 바보."

나는 말하고 나서 그가 못 읽는 것을 실컷 웃어 주었어.

그 바보는 나를 따라 웃어야 하는 건지 어쩔지를 모르겠다는 듯이 입술 언저리에는 이를 드러내어 웃음을 지으면서 눈가에 잔뜩 찌푸린 인상을 하고 나를 노려보지 뭐야. 그 앤 내 웃음이 유쾌하고 다정한 웃음인지, 아니면 무시하는 웃음인지를 분간하지 못했던 거야.

난 갑자기 다시 얌전한 표정을 짓고 나는 너를 만나러 온 게 아니라 린튼을 만나러 온 거니까 길을 비켜 달라고 말을 해서 그 애의 의심을 풀어 주었지.

그 앤 얼굴을 붉히더니 — 달빛으로 얼굴이 붉어지는 게 보였어 — 빗장에서 손을 떼고서 창피하다는 표정을 지으며 슬금슬금 물러가 버리는 거야. 그 앤 제 이름을 댈 수 있게 됐으니까 아마 저도 린튼만큼 알게 됐다 싶은 모양이야. 그런데 내가 그렇게 생각하지 않으니까 몹시 당황한 거야."

"저 아가씨, 잠깐만요!"

저는 말을 가로막았습니다.

"저는 아가씨를 나무라진 않지만 말이에요, 아가씨가 그 댁에 가서 한 행동은 좋지 않아요. 히스클리프 도련님과 마찬가지로 헤어턴도 아가씨의 사촌이라는 걸 생각하셨다면 아가씨의 그런 행동이 얼마나 온당치 못한 짓이라는 걸 아셨을 거예요. 적어도 헤어턴 도련님이 린튼 도련님만큼 알고 싶어 한다는 건 칭찬해 줄 만한 일이에요. 아마 그 도련님은 그저 아가씨에게 뽐내기 위해서 배운 게 아닐 거예요. 전에도 그 도련님이 글을 모른다고 아가씨가 창피를 준 일이 있지요. 틀림없어요. 그래서 그 도련님은 모르는 걸 배워가지고 아가씨를 기쁘게 해 드리고 싶었던 거죠. 그 도련님의 지식이 숫자를 알 만큼 완전하지 못하다고 해서 그를 비웃는다는 건 아주 버릇없는 짓이에요. 아가씨가 만약 그 도련님과 같은 환경에서 자랐다면 어땠을 것 같아요? 그 도련님도 어렸을 적에는 아가씨와 마찬가지로 영리하고 똑똑했어요. 그런데 그 야비한 히스클리프 씨가 몹시 학대했기 때문에 그렇게 된 거라고요. 그런데 이제 와서 그 도련님이 멸시를 당하다니, 저는 기분이 나빠요."

"설마, 엘렌, 그 때문에 울진 않겠지?"

아가씨는 제가 정색을 하고 이야기하자 놀라서 말했습니다.

"하지만 좀 더 들어 봐. 그러면 그 애가 나를 기쁘게 할 양으로 글을 배웠는지, 그리고 그런 짐승 같은 놈에게 점잖게 해 줄 가치가 있는지 없는지를 알 수 있을 테니까 말이야. 내가 들어가니까 린튼은 긴 의자에 누워 있다가 나를 맞이하기 위해서 반쯤 몸을 일으키는 거야.

"나 오늘 밤엔 몸이 좋지 않아, 캐서린. 그러니까 이야기는 누나만 하고 난 가만히 듣고 있어야겠어. 이리 와서 내 옆에 앉아. 난 누나가 약속을 꼭 지킬 줄 알고 있었어. 그리고 오늘도 가기 전에 다시 약속을 할래."

난 린튼이 아프다니까 귀찮게 하지 말아야겠다고 생각했어. 그래서 조용조용히 이야기만 하고 뭘 묻거나 하지도 않고 말이야. 어쨌든 그 애를 성가시게 하는 일은 하지 않았어. 난 린튼에게 보여 주려고 제일 재미있는 책을 몇 권 가지고 갔었거든. 그중의 한 권을 조금 읽어 달라기에 막 읽으려고 하는데 헤어턴이 조금 전의 일에 앙심을 품고는 문을 활짝 열어젖히며 들어오지 뭐야. 그러더니 곧장 우리한테 다가와서는 린튼의 팔을 붙잡아 의자에서 떠다밀잖아.

"네 방으로 가 버려!"

헤어턴은 잔뜩 흥분해서 거의 알아들을 수도 없는 소리를 지르는데 얼굴이 부은 것 같고 아주 험악해 보였어.

"이 계집애도 너를 만나러 왔으면 데리고 가. 네까짓 게 나를 이 방에서 내쫓진 못해. 둘 다 나가란 말이야!"

그는 우리에게 욕을 퍼붓고는 린튼에겐 대답할 틈도 주지 않고 부엌으로 내던지다시피 했어. 그리고 내가 린튼의 뒤를 따라가려는데 나를 때려눕히고 싶어 못 견디겠다는 듯이 두 주먹을 불끈 쥐는 거야. 난 무서운 생각이 들어 그만 책을 한 권 떨어뜨렸어. 그러니까 뒤에서 냅다 그 책을 차 버리더니 우릴 내쫓고 나서는 문을 닫아 버리는 거야.

난롯가에서 목이 잠긴 심술궂은 웃음소리가 나기에 돌아다보니까 그 징그러운 조지프가 앙상한 손을 비비며 몸을 흔들고 서 있었어.

"난 틀림없이 헤어턴 도련님이 두 분을 혼내줄 줄 알았지! 헤어턴 도련님이야말로 훌륭한 도련님이지! 훌륭한 정신을 지닌 분이라 이 말씀이야! 헤어턴 도련님도 그걸 알고 있다고. 그렇고말고. 나야 말할 것도 없지만 그분도 누가 이 댁 주인이 되어야 하는지 다 알고 있다 이 말씀이지. 헤헤헤! 헤어턴 도련님이 보기 좋게 너희를 몰아낼 거다 이거야. 헤헤헤!"

"우린 어디로 가야 해?"

나는 그 망할 놈의 늙은이 놀림은 못 들은 척하고 말했어.

린튼은 얼굴이 파래가지고 벌벌 떨고 있지 뭐야. 그 모습은 정말 보기 싫었어. 엘렌! 아이, 정말 끔찍하게 보였지. 그의 야윈 얼굴과 커다란 눈에는 광기를 띠었지만 무력한 분노에 그치고 말았어. 손잡이를 쥐고 흔들어 보았지만 문은 안에서 잠겨 있었어.

"문 열지 않으면 죽여 버릴 테야! 들여보내 주지 않으면 죽여 버릴 테야!"

그것은 말이라기보다는 아우성이었어.

"망할 자식! 망할 자식! 내 널 죽일 테야. 죽여 버린단 말이야!"

조지프가 또 끼룩끼룩 목쉰 소리로 웃어댔어.

"옳거니, 영락없는 아버지로구먼. 하기야 우린 누구나 조금씩은 부모를 닮긴 하지만, 헤어턴 도련님, 염려하지 말아요. 무서워할 것 없다고요. 린튼은 덤비지 못할 테니까!"

난 린튼의 두 손을 잡아 끌고 가려고 했지만 어찌나 무섭게 아우성을 치는지 두려워서 그러지 못했어. 마침내 린튼은 무섭게 기침이 터져 나오는 바람에 고함도 못 지르고 입에서 피를 토하면서 방바닥에 쓰러졌어. 난 겁이 나서 뒷마당으로 뛰어나가 큰 소리로 힘껏 질라를 불렀어. 질라는 곳간 뒤 외양간에서 소젖을 짜고 있다가 급히 뛰어나오면서 무슨 일이 났느냐고 묻는 거야.

난 숨이 차서 설명을 못 하고 무작정 질라를 끌고 안으로 들어가서 린튼이 어떻게 됐나 하고 둘러봤지. 헤어턴은 제가 저질러 놓은 일이 궁금해서 보러 왔다가 가엾은 린튼을 이 층으로 떠메고 가는 중이었어. 질라와 나는 뒤를 따라 올라갔어. 그런데 계단을 다 올라가자 헤어턴이 나를 가로막고 방에는 들어가지 못한다면서 집으로 돌아가야 한다는 거야.

난 그가 린튼을 죽였다고 소리를 지르고는 아무래도 들어가야 되겠다고 우겼어. 조지프가 문을 잠그더니 나더러 '그따위 엉터리 짓'을 하면 못쓴다고 떠들면서 나도 린튼처럼 날 때부터 미쳤느냐고 말하더군. 난 질라가 나올 때까지 계속 문 밖에 서서 울었어. 린튼은 곧 나을 텐데 그렇게 울고 시끄럽게 하면 린튼이 싫어한다면서, 질라는 나를 거의 안다시피 해서는 아래층으로 데리고 내려왔어.

엘렌, 난 내 머리를 쥐어뜯고 싶었다니까! 얼마나 흐느끼며 울었던지 눈이 거의 보이지 않을 지경이었어. 그런데 엘렌이 그렇게 동정하는 그 악당

놈이 내 앞에 서서는 가끔 건방지게 나더러 '조용히 해!' 하면서 자기가 잘못한 게 아니라는 거야. 그러다가 나중에는 내가 아빠한테 일러서 감옥에 가두었다가 교수형으로 죽게 하겠다고 겁을 주었더니 겁이 나서 엉엉 울기 시작하며 그렇게 비겁하게 소란을 피운 것을 감추기라도 하려는 듯이 냅다 뛰어나가 버렸지.

그런데 그 녀석이 완전히 물러난 건 아니었어. 결국 내가 그들의 권유에 못 이겨 집으로 돌아오는데 울 안을 벗어나 얼마쯤 나오니까 그 녀석이 갑자기 옆의 그늘에서 나오더니 미니를 가로막고 나를 붙잡는 거야.

"캐서린 아가씨, 정말 슬퍼. 하지만 그건 너무 지나치잖아."

난 그 녀석이 나를 죽이려고 하는 게 아닌가 싶어 말채로 후려갈겼어. 그러자 그는 그 심한 욕지거리를 퍼부으면서 손을 놓았어. 그 틈에 정신없이 집으로 달려온 거야.

그날 밤 난 엘렌에게 안부도 묻지 않았어. 그리고 다음 날은 워더링 하이츠에 가지도 않았고. 몹시 가고는 싶었지만 이상하게 흥분이 됐어. 어떤 때는 린튼이 죽었다는 말을 들을까 무섭기도 하고, 또 어떤 때는 헤어턴을 만날 생각에 소름이 끼치기도 했어.

사흘째 되던 날에 난 용기를 냈어. 그 이상 걱정만 하고 있을 수가 없었거든. 다섯 시쯤 다시 한 번 살그머니 빠져나가서 아무 눈에도 띄지 않고 그 집으로 살짝 들어가서 린튼이 있는 방으로 가려고 생각했어. 그런데 개들이 짖는 바람에 그 집에서 내가 온 걸 알게 됐지. 질라가 나를 맞아 주면서 도련님은 점차 좋아져 간다고 일러 주었어. 작고 깔끔한 융단이 깔린 방 안에서 린튼이 조그만 소파에 누워 내가 갖다 준 책을 읽고 있는 걸 보고 난 얼마나 기뻤는지 몰라. 그런데 그 앤 한 시간 동안이나 나한테 말도 하지 않고 쳐다보지도 않는 거야, 엘렌. 그 앤 그렇게 나쁜 성질이 있는 애야. 그런데 어처구니없게도 겨우 입을 열어 한다는 말이 소란을 피운 건 나며 헤어턴은 아무 잘못이 없다는 맹랑한 소릴 하잖아!

얼마나 화가 치미는지 대답도 나오질 않아서 그대로 일어서서 나와 버렸어. 뒤에서 들릴 듯 말 듯하게 '캐서린!' 하고 부르더군. 그 앤 내가 대답 대신 그렇게 나오리라곤 생각지도 않았을 거야. 하지만 난 다시 들어갈 수가 없었어. 그래서 다음 날은 두 번째로 내가 집에 있던 날이었고 다시는 그 애를 찾아가지 않으려고 결심하기까지 했었어. 그런데 그 애에 대한 소식 하나 듣지 못하고 지내려니까 어찌나 괴로운지, 내 결심은 제대로 굳어지기도 전에 날아가 버렸어. 전에는 그곳에 가는 것이 잘못인 것 같았는데 이젠 가지 않는 것이 잘못인 것처럼 생각돼. 그런데 마이클이 와서 말을 탈 채비를 해야 하느냐고 묻기에 그만 '그래.' 하고 대답하고 말았어. 미니의 등에 앉아서 언덕을 넘어가면서도 무슨 의무라도 수행하는 것 같은 생각이 들었어.

안마당으로 가려면 어쩔 수 없이 집 앞 창문 앞을 지나야 했기 때문에 내가 왔다는 걸 숨기려고 해 봤자 아무 소용이 없었어.

"도련님은 거실에 계시는데요."

질라가 응접실로 들어가는 나를 보더니 말하는 거야. 거실에 들어갔더니 헤어턴도 함께 있었는데 바로 나가 버렸어. 린튼은 커다란 안락의자에 앉아서 반쯤 잠들어 있었어. 나는 난롯가로 걸어가서 신중한 말투로 이렇게 말을 꺼냈지. 그건 어느 정도 진심이었어.

"린튼, 너는 나를 싫어하고 내가 일부러 너에게 상처를 주려고 여기 오는 거라고 생각하지? 지금까지 올 때마다 그런 눈치니까. 오늘이 우리가 만나

는 마지막 날이야. 오늘은 작별 인사나 하려고 온 거야. 그리고 너희 아버지에게도 네가 나를 만나고 싶어 하지 않는다는 것을 말씀드려. 또 이제부터는 이 문제에 대해서 더 이상 거짓말을 꾸며대면 안 된다고 말이야."

"앉아서 모자나 벗어, 캐서린. 누난 나보다도 훨씬 행복하니까 나보다 더 착한 사람이 되어야 해. 아빠는 내 결점만 늘 이야기하시고 또 내게 늘 야단만 치시니까 자연히 난 자신을 잃어버려. 난 아빠가 자주 말씀하듯이 정말로 한 푼어치의 가치도 없는 사람이 아닌가 하는 의심이 든단 말이야. 그러니까 점점 성격이 비뚤어지고 고약해져서 누구도 보기 싫은 거야. 나라는 사람은 아무 가치도 없는 사람이고 성질도 나쁜데다 언제나 우울해. 그러니까 그러고 싶으면 그렇게 해도 좋아. 캐시는 귀찮은 일을 한 가지 더는 셈이지. 다만 이것만은 알아 줘. 나도 누나같이 상냥하고 친절하고, 또 착해질 수만 있다면 그렇게 하려고 한다는 것을 말이야. 그리고 누나가 행복하고 건강해지기를 바라는 것 이상으로 나도 행복하고 건강해지기를 바라고 있어. 그리고 만약 내가 누나의 사랑을 받을 만한 자격이 있다면, 누나의 상냥한 마음씨 때문에 나는 누나가 나를 사랑하는 이상으로 누나를 깊이 사랑하게 되었다는 걸 믿어 줘. 나는 지금까지 나의 고약한 성질을 누나한테 보이지 않을 수 없었고, 지금도 그럴 수밖에 없지만 난 그걸 후회하고 반성하고 있어. 그리고 앞으로도 내가 죽을 때까지, 후회하고 반성할 거야."

린튼의 이야기는 진심인 것 같았어. 그래서 그만 용서해 줘야겠다고 생각했지. 그리고 다음에 또 그가 싸움을 건다 하더라도 난 다시 용서해 주기로 마음먹었어. 우리는 화해는 했지만 우리 둘 다 내가 거기 있는 동안 내내 울었어. 비록 슬퍼서 운 건 아니지만, 그래도 난 린튼이 그런 비뚤어진 성질을 가지고 있다는 것이 슬펐어. 그 앤 그와 가까운 사람들을 마음 편하게 해 주지 못할 것이고, 또 스스로도 마음이 편치 못할 거야. 그 애 아버지가 그 다음 날 돌아오셨기 때문에 난 그 뒤로는 언제나 그 애의 조그만 방으로 찾아갔어.

우리가 처음 만난 날처럼 즐겁고 희망에 찼던 건 한 세 번쯤 될까? 그 나머지는 모두 그곳에 찾아간다는 것이 지루하고 귀찮았어. 어떤 때는 그 애의 고집과 심술 때문이었고, 또 어떤 때는 그 애의 병 때문에 그렇기도 했어. 하지만 난 그 애가 고집을 부리거나 심술을 부릴 때도 그가 아플 때와 마찬가지로 화내지 않고 참을 수 있게 되었지.

히스클리프 고모부는 일부러 나를 피했어. 통 얼굴을 볼 수가 없었거든. 참, 지난 일요일엔 여느 때보다 좀 일찍 갔더니 전날 밤에 한 짓에 대해서 가엾은 린튼에게 잔인하게 욕하는 소리가 들렸어. 그분이 엿듣지 않았다면 그걸 어떻게 알았는지 모르겠어. 확실히 린튼은 그날 밤 너무하긴 했었지만 그래도 나 이외의 다른 사람과는 관계가 없는 일이잖아. 그래서 내가 들어가서 고모부의 말을 가로막고 그렇게 말했지. 고모부는 내가 그렇게 생각한다니 다행이라고 말하면서 웃음을 터뜨리며 나가 버렸어. 그때부터 난 린튼에게 언짢은 일은 조그만 소리로 말해야 한다고 주의를 줬어.

자, 엘렌! 이게 다야. 내가 워더링 하이츠에 가지 못하면 두 사람만 불쌍해질 뿐이야. 하지만 엘렌이 아빠한테 말하지 않으면 내가 거기 가는 것은 아무한테도 해가 되지 않을 거야. 말하지 않겠지? 만약 이 일을 이른다면 그건 너무 무정한 짓이야.”

“그 일에 대해선 내일까지 결정하겠어요, 아가씨. 그건 좀 생각해 보아야 하니까요. 그러니 아가씨는 어서 쉬세요. 저는 가서 다시 생각해 볼게요.”

저는 아가씨의 방에서 곧장 서방님 방으로 가서 린튼 도련님과 아가씨가 나눈 이야기와 헤어턴에 관한 것만 빼놓고는 들은 이야기를 모두 서방님께 말씀드렸습니다. 린튼 서방님은 저에게 말씀하신 것 이상으로 놀라고 실망하셨습니다. 다음 날 아침 아가씨는 내가 자기를 배반했다는 것을 알게 되었고, 또 아가씨의 비밀 방문도 불가능해졌다는 사실을 알게 되었습니다.

아가씨는 워더링 하이츠의 방문을 금지 당하자 울며 몸부림쳤지만 모두 헛일이었습니다. 그리고 린튼을 가엾게 생각해야 한다고 아버님께 애원해 보았지만 아무런 성과도 얻지 못했습니다. 아가씨가 위안을 받을 만한 일은 서방님께서 린튼 도련님에게 편지를 보내 그가 오고 싶을 때 우리 집으로 오는 것은 좋으나 아가씨가 워더링 하이츠에 가는 것은 안 된다고 전하셨습니다. 서방님께서 당신 조카의 성질과 상태를 아셨다면 아마 그 조그만 위안조차도 주어서는 안 된다고 생각하셨을 것입니다.

25

"모두 지난겨울에 일어난 일들이에요. 이제 겨우 일 년 남짓 된 일입니다. 그때만 해도 일 년 뒤에 이런 이야기를 그 집안 식구와 아무런 관계도 없는 분에게 들려주게 되리라고는 생각지도 않았어요. 하기야 주인님이라고 언제까지나 관계가 없는 분일지 누가 알겠어요? 주인님은 아직도 젊으시니까 항상 독신으로 사는 데 만족하실 수는 없겠지요? 그리고 저는 어쩐지 캐시 아가씨를 만나는 분은 아가씨를 사랑하지 않고는 배기지 못할 것만 같아요. 주인님은 웃으시지만 왠지 제가 캐서린 아가씨에 대한 이야길

할 때면 생기가 돌고 흥미를 느끼시는 것같이 보이시는군요? 그리고 주인 님 방의 벽난로 위에 그 아가씨의 초상화를 걸어 놓으시라는 건 왜죠? 그 리고 왜……."

"잠깐만 기다려요. 물론 내가 그 여자를 사랑하게 될 수도 있겠지만, 그렇다고 그 여자가 나를 사랑할까요? 너무 불가능해 보이는 일이라 난 내 조용한 생활을 버리고 그런 유혹에 뛰어들 수도 없고, 또 여긴 내 고장이 아니잖아요. 나는 바쁜 세상에서 사는 사람이니까 바로 또 그곳으로 돌아 가야만 합니다. 이야기를 계속해 주세요. 그래 캐서린은 아버지 명령에 순 종했나요?"

"순종했지요."

가정부는 이야기를 계속했다.

아가씨에게는 아버님에 대한 애정이 그 무엇보다도 강했습니다. 그리고 그 어른은 화를 내며 말씀하시는 법이 없었습니다. 그분은 마치 자신의 보 배를 위험과 원수들 속에 놓아두고 가려는 사람이 딸의 앞날을 위해서 남 겨 둘 수 있는 유일한 도움은 자신의 말뿐이라고 생각하는 듯, 한없이 자애 로운 말씀을 하시는 것이었습니다.

며칠이 지난 뒤 그 어른은 제게 이렇게 말씀하셨습니다.

"난 조카놈이 편지를 보내거나 그렇지 않으면 찾아와 주었으면 싶은데 말이야, 엘렌. 엘렌이 그 애에 대해서 생각하고 있는 것을 솔직히 이야기해 봐. 그 녀석은 좀 나아졌는지, 아니면 어른이 되면 좀 나아질 것 같은가?"

"그 도련님은 너무나 허약해지셨어요, 서방님."

저는 솔직히 대답했습니다.

"제대로 성인이 될 때까지 살 수 있을 것 같지 않아요. 하지만 도련님이 그분의 아버님을 닮지 않았다는 것만은 말씀드릴 수 있어요. 만약 캐서린 아가씨가 불행하게 그 도련님과 결혼을 하게 되더라도, 아가씨가 지나칠 정도로 바보스럽게 멋대로 굴게 두지만 않는다면 다루지 못할 분은 아닐 것 같습니다. 서방님, 그 도련님을 좀 더 두고 보시면서 아가씨와 맞는지를 알아보실 시간은 얼마든지 있잖아요. 도련님이 성인이 되려면 아직 사오 년은 더 있어야 하니까요."

린튼 서방님은 한숨을 짓고는 창가로 걸어가서 기머튼 교회 쪽을 내려다 보셨습니다. 안개 낀 오후였습니다만 이월의 햇빛이 희미하게 빛나 교회 묘지에 서 있는 두 그루의 전나무와 드문드문 세워진 비석들을 겨우 분간할 수 있었습니다.

"난 종종 빌었어."

서방님은 거의 혼잣말처럼 말씀하셨습니다.

"앞으로 다가올 일이 빨리 나를 찾아오기를 말이야. 그러던 것이 이젠 겁이 나고 무서워졌어. 새신랑이 되어 그 산골짜기를 내려올 때의 즐거웠던 기억이 머지않아, 몇 달 뒤 어쩌면 몇 주일 뒤에라도 그곳으로 끌어올려져 그 호젓한 골짜기에 눕혀지는 것보다는 못하리라고 기대했었어! 엘렌, 난 캐시가 있어 아주 행복하게 지내왔어. 그 많은 긴 겨울밤과 여름밤을 지내오는 동안 캐시는 내 곁을 지켜준 살아 있는 희망이었지. 하지만 저 낡은 교회 아래의 비석들 사이에서 나 혼자 깊은 생각에 잠기는 것도 아주 즐거웠어. 그 긴 유월 저녁을 캐서린의 푸른 무덤 위에 누워서 내가 그 아래 눕게 될 날을 희망하는 것이 말이야. 캐시를 어떻게 하면 좋을까, 어떻게 그 애를 떼어 놓고 가야 잘 가는 거지? 내가 없는 캐시를 위로해 줄 수만 있다면 린튼이 히스클리프의 자식이라는 건 전혀 문제가 되지 않아. 또 그가 캐시를 내게서 빼앗아 간대도 괜찮아. 히스클리프가 그의 목적을 이루어 나의 마지막 행복마저 빼앗아 가는 데 성공한다 해도 난 겁날 게 없어! 그러나 린튼이란 녀석이 보잘것없는 인간이라면, 그저 제 아비의 하찮은 도구에 지나지 않는다면 말이야. 난 그 녀석에게 캐시를 내맡길 수는 없어! 그리고 캐시의 즐거움을 억눌러 버린다는 게 괴로운 일이긴 하지만 내가 살아 있는 동안에는 캐시가 슬퍼하는 것을 억지로라도 참을 수밖에 없고, 내가 죽게 되면 외롭게 혼자 놓아 둘 수밖에 없겠지. 귀여운 것! 난 차라리 나보다 먼저 그 애를 하느님께 맡겨 땅 속에 묻게 해 주었으면 좋겠어."

"아가씨를 지금 그대로 하느님께 맡기세요, 서방님. 그리고 혹시라도 서방님이 먼저 세상을 떠나신다면, 그럴 리가 없도록 기도드립니다만 제가 아가씨의 벗이 되어 끝까지 돌봐드리겠어요. 캐서린 아가씨는 착한 아가씨예요. 그리고 누구나 자기가 할 일을 충실히 하면 결국 보답을 받게 마련이지요."

봄이 한창이었습니다. 서방님은 따님을 데리고 정원 안을 산책하실 정도의 차도는 있었으나 아직도 원래의 건강을 되찾지는 못하였습니다. 경험이 없는 아가씨에게는 그 정도만으로도 건강이 모두 회복된 것 같았습니다. 게다가 서방님의 볼이 가끔 불그레해지고 눈빛도 밝았기 때문에 아가씨는 틀림없이 서방님이 회복되신 걸로 알았습니다. 아가씨의 열일곱 번째 생일날에는 서방님은 묘지에 가시지 않으셨습니다. 비가 오는 날이었습니다. 저는 이렇게 물어보았지요.

"오늘 밤에는 안 나가시겠지요, 서방님?"

서방님은 대답하셨습니다.

"응, 금년에는 좀 미뤄야겠는데."

서방님은 린튼에게 몹시 만나고 싶다는 내용의 편지를 다시 써 보내셨습니다.

몸이 약한 도련님이시지만 사람 앞에 나설 수만 있다면 틀림없이 도련님의 아버지가 도련님을 보냈을 겁니다. 그런데 어디에도 다닐 만한 몸이 아니었기 때문에 아버지가 시키는 대로 외삼촌댁 방문을 아버지가 반대하신다는 것을 넌지시 알리는 답장을 보내왔습니다. 그러나 외삼촌이 자기를 잊지 않고 계시니 무척 기쁘고, 자기가 산책을 나올 때 종종 만나 뵙기를 바라며 사촌끼리 그렇게 헤어진 채 오래도록 서로 만나지 못하고 지내지 않기를 애원하고 있다는 내용이었습니다. 이 대목은 단순한 것으로 보아 아마 도련님의 생각이었을 것입니다. 히스클리프 씨는 자기 아들이 캐서린 아가씨를 만나고 싶다는 사연 정도는 충분히 혼자서도 훌륭하게 써낼 수 있다는 것을 알고 있었던 것입니다. '그리고 저는 캐서린이 이곳에 와 주기를 바라지는 않습니다. 하지만 아버지가 저를 그곳에 가지 못하게 하시고 또 외삼촌이 캐서린을 우리 집에 못 오게 하신다고 해서 제가 캐서린을 만날 수 없을까요? 부디 종종 캐서린을 데리고 하이츠 쪽으로 나와 주시기 바랍니다. 그리하여 외삼촌이 보시는 앞에서 저희들이 몇 마디 말이라도 나눌 수 있게 해 주십시오. 저희들은 이렇게 헤어져 있어야만 될 짓은 아무것도 하지 않았습니다. 그리고 외삼촌은 저 때문에 화를 내고 계시는 것도 아니지요? 저를 싫어하실 이유가 없다는 것을 외삼촌도 인정하시지요? 그리운 외삼촌! 내일 반가운 편지를 보내 주세요. 그리고 드러시크로스 저택만 아니면 어디든지 외삼촌께서 원하시는 곳에서 만나뵙게 해 주세요. 외삼촌께서 저를 만나보시면 제가 아버지의 성격과는 다르다는 것을 반드시 알게 되실 거라고 믿습니다. 아버지는 제가 아버지의 아들이라기보다 외삼촌의 조카라고 주장하고 계십니다. 그리고 저는 캐서린과 어울릴 자격이 없을 만큼 많은 결점이 있지만 캐서린은 그런 것을 이해해 주었습니다. 그러니 캐서린을 생각해서라도 외삼촌께서는 저의 결점을 용서해 주시기 바랍니다. 염려하신 저의 건강은 좀 나아졌습니다. 그러나 모든 희망은 끊긴 채 고독에 파묻혀 이전에도 좋아한 일이 없고, 앞으로도 절대 좋아할 수 없는 사람들 틈에서 제가 어떻게 기운을 차리고 건강해질 수 있겠습니까?

서방님은 도련님을 측은히 여기셨지만 그렇다고 그의 요구를 들어 주실 수는 없었습니다. 캐서린 아가씨를 데리고 가실 수 없었기 때문이었습니다. 서방님은 여름이 되면 둘이 만날 수 있을지 모르겠다고 말씀하셨습니다. 그 사이에도 종종 편지를 보내라고 하시며 편지로 할 수 있는 충고와 위로는 해 주겠다고 약속하셨습니다. 그 집에서의 도련님의 입장을 잘 알고 계셨기 때문이지요.

린튼 도련님은 그 말씀에 따랐습니다. 만약 그대로 내버려두었더라면 도련님은 편지에까지 불평과 비탄을 늘어놓아 어쩌면 만사를 망치게 했을지도 모릅니다. 그러나 도련님의 아버지가 철저하게 감시를 했고, 서방님이 보내는 편지도 단 한 줄도 빼놓지 말고 보이라고 명령했던 것입니다. 그리하여 린튼은 언제나 제일 먼저 그의 머리에 떠오르는 자기 자신만의 특별한 괴로움이나 슬픔은 쓰지 못하고, 그저 친구이며 애인인 캐서린과 떨어져 살아야 하는 가혹한 처지에 대한 이야기를 누누이 되풀이할 뿐이었습니다. 그리고 서방님께서 자기를 만나 주셔야 한다고 점잖게 부탁하고, 만약 그렇지 않으면 서방님이 헛된 약속으로 일부러 자기를 속인 것으로 알겠다고 했습니다.

이쪽에서는 또 캐시 아가씨가 강력한 그의 편이었습니다. 그리하여 결국 그들이 서방님을 설득하여 한 주일에 한 번씩 저의 감독 아래 우리 집에서 제일 가까운 벌판에서 함께 말을 타거나 산책을 해도 좋다는 허락을 받았습니다. 유월이 되어도 서방님의 건강은 차도가 없어서 아가씨를 데리고 나가실 수가 없었기 때문이었습니다. 서방님은 해마다 수입의 일부를 아가씨 몫으로 떼어 놓긴 하셨지만 대대로 내려오는 그 집도 아가씨가 소유하게 되기를 당연히 바라셨고, 혹 출가를 한다 하더라도 되도록 짧은 시일 안에 다시 돌아와서 그곳에서 살기를 바랐던 것입니다. 그리고 그렇게 할 수 있는 유일한 방법은 아가씨를 서방님의 상속인과 결혼시키는 길 밖에 없다고 생각하셨습니다.

그러나 서방님은 바로 그 상속인도 서방님 못지않게 급속히 건강이 나빠지고 있다는 것은 전혀 모르고 계셨던 것입니다. 그리고 저는 당시에 그걸 아는 사람은 아무도 없었다고 믿습니다. 의사가 워더링 하이츠에 가는 일도 없었고, 히스클리프 도련님을 보고 와서 저희들에게 그의 건강 상태를 알려 주는 사람도 전혀 없었습니다.

저로 말하면, 당초에 제가 생각했던 것이 잘못이었다는 생각이 들기 시작했습니다. 도련님이 벌판에서 말을 타느니 산책을 하느니 이야기했고, 또 매우 열심히 자기의 목적을 이루려고 노력하는 것 같아서 실제로 건강이 회복된 모양이라고 생각했던 것입니다.

린튼 도련님이 그렇게 열의를 내지 않을 수 없게 만든 것은 히스클리프 씨의 음모였다는 것을 나중에 알게 되었지만, 설마 죽어가는 자식을 그처럼 잔인하게 대하는 아버지가 있을 줄은 상상도 못했습니다. 히스클리프 씨는 그의 욕심 많고 냉혹한 계획이 린튼의 죽음으로 말미암아 허사가 될 것 같은 위협을 느끼자 더욱더 다급하게 서둘렀던 것입니다.

26

린튼 서방님이 그들의 애원을 울며 겨자 먹기로 승낙하신 후, 캐서린 아가씨와 제가 처음으로 도련님을 만나러 말을 타고 갔을 때는 어느덧 여름도 한고비 지날 무렵이었습니다. 숨이 막힐 듯 무더운 날이었습니다. 햇빛은 없었으나 하늘은 온통 얼룩 구름이 끼고 아지랑이가 어려 비가 올 것 같지는 않았습니다. 우리가 만나기로 약속한 장소는 십자길 옆 이정표가 서 있는 곳이었습니다. 그런데 우리가 그곳에 도착하자 어린 목동이 심부름을 온 듯 이렇게 말하는 것이었습니다.

"린튼 도련님은 바로 고개 너머에 계신데요. 미안하지만 조금만 더 오시래요."

"그렇다면 린튼 도련님은 외삼촌이 첫 번째로 주의하신 내용을 잊어버리신 게로군. 그 어른께서는 우리 집 땅을 벗어나지 말라고 하셨어. 하지만 여기서 한 발자국만 더 나가면 바로 남의 땅이라고."

"그럼 린튼이 있는 곳까지 갔다가 되돌아오자. 거기서 말을 돌려서 우리 집 쪽으로 거닐면 되잖아, 엘렌?"

그러나 우리가 린튼이 있는 곳에 가 보니까, 그곳은 그 댁 정문에서 사분의 일 마일도 채 떨어지지 않은 곳이었습니다. 게다가 도련님은 말을 타고 오지도 않았기 때문에 우리는 어쩔 수 없이 말에서 내렸고, 말들은 풀을 뜯게 놓아둘 수밖에 없었습니다.

도련님은 풀밭에 누워서 우리가 오기를 기다리고 있었는데 바로 몇 야드 앞에 갈 때까지도 일어나지 않았습니다. 우리가 다가가자 겨우 일어나서 아주 힘없이 걸었는데, 얼굴빛이 어찌나 창백한지 저는 대뜸 큰 소리로 말했습니다.

"이게 웬일이에요, 도련님! 오늘 아침엔 산책을 하시면 안 돼요. 안색이 아주 좋지 않아요!"

캐서린 아가씨는 슬프고 놀라운 표정으로 도련님을 바라보았습니다. 입 밖에 나오려던 기쁨의 탄성이 놀란 음성으로 바뀌었고, 그리고 오래 미루다가 겨우 만나게 된 기쁨의 말은 어째서 예전보다도 건강이 더 나빠졌는지에 대한 걱정의 말로 바뀌고 말았습니다.

"아냐, 괜찮아. 많이 나아진 걸!"

도련님은 떨면서 마치 아가씨의 손에 의지하지 않으면 안 될 듯이 아가씨의 손을 꼭 쥐고는 숨 가쁘게 말했습니다. 그리고 그 크고 푸른 눈은 수줍은 듯이 아가씨를 더듬어 보았습니다. 전에는 기운 없어 보이던 두 눈 언저리는 움푹 파여 수척하고 사나워 보였습니다.

"넌 더 나빠졌어."

아가씨는 곧이듣지 않았습니다.

"지난번에 만났을 때보다 더 나빠졌어. 더 마르고 그리고……."

"나는 지금 피곤해."

도련님은 갑자기 말을 막았습니다.

"더워서 걷지도 못하겠어. 여기서 쉬자. 그리고 아침나절엔 가끔 몸이 좋지 않아. 아빠는 내가 크느라고 그렇다고 하셨어."

아가씨가 영 납득이 가지 않는다는 표정으로 풀밭에 앉자 도련님도 그 옆에 누웠습니다.

"여기는 마치 네가 말한 천국 같구나."

아가씨는 애써 즐거운 표정을 지으면서 말했습니다.

"우리가 전에 각자가 제일 즐겁다고 생각하는 장소에서 가장 즐거운 방법으로 하루씩 지내기로 한 것 기억하지? 여기가 네가 말한 그 천국 같아. 구름이 좀 끼긴 했지만 말이야. 그런데 구름이 저렇게 부드럽고 예쁘니까 해가 비치는 것보다 더 좋은데. 다음 주일엔 말이야. 너만 갈 수 있다면, 우리 집 숲으로 말을 타고 가서 내가 말한 천국을 보도록 하자."

린튼 도련님은 아가씨의 이야기를 기억하지 못하는 것 같았습니다. 그리고 분명 어떤 이야기건 그것을 계속하는 것이 무척 힘이 드는 모양이었습니다. 아가씨가 꺼낸 이야기에 도련님은 전혀 흥미가 없고, 또 아가씨를 즐겁게 해 줄 힘도 없다는 것이 너무나도 분명했기 때문에 아가씨는 실망한 기색을 감출 수가 없었습니다. 확실하지는 않지만 어떤 변화가 도련님에게 일어났던 것입니다. 귀여워해 주면 어리광부리며 변덕을 부리던 성미는 어떤 일에도 마음 내켜 하지 않는 무관심한 감정으로 변했고, 응석을 부리려고 일부러 짜증을 내며 성가시게 굴던 어린애 같은 투정도 별로 보이지 않았습니다. 대신 오래된 환자처럼 자기만 아는 까다로운 성격이 더욱 강해져서 위로해 주는 것도 마다하고 남이 기분 좋은 쾌활한 태도를 보이면 그걸 곧 자신에 대한 모욕이라고 생각하는 버릇이 생겼던 것입니다.

도련님은 저희들과 함께 지내는 것을 고맙게 생각하기는커녕 도리어 무슨 벌이라도 받는 것처럼 여긴다는 걸 알 수 있었습니다. 그래서 아가씨는 조금도 망설이지 않고 저에게 돌아가자고 말씀하셨습니다. 그 말을 듣자 린튼 도련님도 그 무기력한 상태에서 깨어나 몹시 당황하는 태도를 보이는 것이었습니다. 도련님은 겁이 난 눈초리로 워더링 하이츠 쪽을 힐끗 바라보더니 반 시간만 더 있어 달라고 사정을 하셨습니다.

"그런데 말이야. 내 생각엔 네가 여기 앉아 있는 것보다 집에 가 있는 게 더 편안할 것 같아. 내 이야기나 노래 같은 것으로는 너를 즐겁게 해 줄 수는 없을 것 같으니까. 지난 여섯 달 동안에 넌 나보다 더 영리해졌어. 넌 이제 내가 즐기는 오락에 흥미가 없어진 거야. 내가 너를 즐겁게 해 줄 수만 있다면 난 얼마든지 머무르겠어."

"여기서 조금만 쉬었다 가. 그리고 캐서린, 내가 몸이 좋지 않다고 생각하진 마. 날씨가 흐린데다 더워서 힘이 빠져서 그러는 거니까 말이야. 나는 누나가 오기 전에 혼자서 많이 걸어 다녔어. 외삼촌한테도 내가 건강하다고 말씀드려, 알겠지?"

"네가 그렇게 말하더라고 아버지께 말씀드릴게, 린튼. 하지만 네 말대로 아주 건강하다고는 말씀드릴 수 없을 거야."

아가씨는 도련님이 사실이 아닌 것을 굳이 우기는 것을 이상하게 여기면서 말했습니다.

"그리고 다음 목요일에 또 와."

도련님은 의심스럽게 쳐다보는 아가씨의 눈길을 피하면서 말씀하셨습니다.

"그리고 외삼촌한테 누나가 오도록 승낙을 해 주셔서 고맙다고 말씀드려. 정말로 고맙다고 말이야, 캐서린. 그리고, 그리고 말이야. 혹 우리 아버지를 만나게 되면 아버지가 나에 대해서 뭐라고 물으시든지 내가 아주 말이 없고 멍청하게 있었다고 생각하시지 않도록 말씀드려야 해. 지금처럼 그렇게 슬프고 실망한 얼굴 하지 말고. 아버지가 화내실 테니까 말이야."

"난 네 아버지가 화내셔도 아무렇지 않아."

아가씨는 자기한테 화를 낼 경우를 상상하면서 큰 소리로 말했습니다.

"하지만 난 그렇지 않단 말이야."

도련님은 떨면서 말했습니다.

"나 때문에 아버지를 화나게 하면 안 돼, 캐서린. 아버지는 대단히 엄한 분이시니까."

"아버님이 도련님에게 엄하신가요, 히스클리프 도련님? 귀여워하는 것도 싫증이 나서, 소극적으로 미워하던 것이 이제 적극적으로 미워하시게 되었나요?"

린튼 도련님은 저를 쳐다보았으나 아무 대답도 하지 않았습니다. 그리고 아가씨는 십 분쯤 더 그의 옆에 앉아 있었는데 그동안 도련님은 머리를 푹 숙이고는 지쳐서 그러는지 아니면 괴로워서 그러는지 답답한 신음 소리만 낼 뿐 아무 말도 하지 않았습니다. 아가씨는 심심풀이로 월귤나무 열매를 주워 제게 나누어 주었습니다. 아가씨는 린튼에게 그 이상 다가가 보았자 귀찮고 괴로워할 뿐이라는 것을 알았기 때문에 그에게는 하나도 주지 않았습니다.

"이제 반 시간은 됐지, 엘렌?"

아가씨는 마침내 제 귀에 대고 소곤거렸습니다.

"난 우리가 왜 여기 있어야 하는지 모르겠어. 저 앤 잠이 들고 아빠는 우리가 돌아오기를 기다리고 계실 텐데."

"하지만 잠든 사람을 놓아두고 가서는 안 돼요. 도련님이 깰 때까지 기다려요. 조금만 참으면 될 거예요. 집에서 나올 때는 무척 열심이더니, 가 없은 린튼을 보자 함께 있고 싶은 생각이 벌써 사라진 거로군요?"

"저 앤 왜 나를 만나고 싶어 했을까? 지금 저렇게 이상한 기분에 젖어 있는 것보다는 그전에 몹시 까다롭게 굴었을 때가 나았어. 이렇게 만나는 건 마치 억지로 시켜서 하는 일 같아. 아버지한테 야단맞을까 봐 무서워서 말이야. 하지만 난 히스클리프 아저씨를 즐겁게 해 드리기 위해 여기 오고 싶지는 않아. 아저씨가 린튼에게 이런 벌을 내리는 데 어떠한 이유가 있든지 말이야. 그리고 린튼의 건강이 좋아진 것은 반가운 일이지만 그 애가 그전보다 훨씬 명랑하지 못하고, 또 나에 대한 애정도 그전보다 훨씬 못한 것이 섭섭해."

"아가씨는 도련님의 건강이 좋아졌다고 생각하세요?"

"응."

아가씨는 그렇게 대답하는 것이었습니다.

"린튼은 지금까지 늘 아프다고만 야단이었어. 아빠한테 말하라는 것처럼 아주 좋아진 건 아니지만, 그전보다는 좋아진 것 같아."

"그건 제 생각하고는 다른데요, 아가씨. 저는 훨씬 나빠졌다고 생각해요."

그러자 도련님이 난데없는 공포에 사로잡힌 듯이 갑자기 잠에서 깨더니 누가 자기 이름을 부르지 않았느냐고 묻는 것이었습니다.

"아니."

아가씨가 대답했습니다.

"꿈속에서 불렀다면 몰라도 널 부른 사람은 없어. 어쩌면 아침부터 이런 데서 잠을 잘 수 있니?"

"아버지가 부르는 것 같았는데."

도련님은 우리들 머리 위로 잔뜩 인상을 쓴 채 솟아 있는 것 같은 언덕을 흘끗 쳐다보며 숨이 가쁜 듯이 말했습니다.

"정말 아무도 부르지 않았어?"

"정말이라니까. 엘렌과 내가 너의 건강에 대해서 이야기한 것뿐이야. 린튼, 너 정말 지난겨울 우리가 헤어졌을 때보다도 건강해졌니? 그게 정말이더라도 분명 건강해지지 않은 것이 하나 있어. 나에 대한 너의 마음 말이야. 말해 봐, 그렇지?"

"그렇지 않아. 그렇지 않단 말이야!"

린튼 도련님은 눈물을 마구 쏟으면서 대답했습니다. 그리고 또 그를 부르는 듯한 소리를 들었는지 눈을 두리번거리면서 그 목소리의 주인공을 찾았습니다.

캐시 아가씨는 자리에서 일어섰습니다.

"오늘은 이만 돌아가야 돼. 그리고 난 오늘 우리의 만남에 실망했다는 것만은 숨길 수 없어. 이건 너 이외에는 아무한테도 이야기하지 않겠지만 그건 히스클리프 고모부가 무서워서 그러는 건 아냐."

"쉿, 제발 조용히 해 줘! 아버지가 오셔."

그리고 도련님이 아가씨의 팔에 매달려 가지 못하게 붙들었습니다. 그러나 아가씨는 히스클리프 씨가 온다는 말을 듣자 급히 도련님을 뿌리치고는 미니에게 휘파람을 불었습니다. 미니는 강아지처럼 곧장 달려왔습니다.

"다음 목요일에 올게."

아가씨는 그렇게 외치면서 안장에 올랐습니다.

"안녕. 빨리 해, 엘렌!"

이렇게 해서 우리는 그를 놓아두고 돌아왔습니다. 도련님은 아버지가 오실 거라는 생각에만 마음이 쏠려 우리가 떠나는 것도 거의 모르는 모양이었습니다.

집에 거의 도착해갈 때쯤에는 캐서린 아가씨의 불쾌감도 어느 정도 사라져 동정과 후회가 뒤섞인 묘한 감정으로 변했습니다. 거기에는 린튼 도련님의 건강과 실제로 처해 있는 환경에 대한 막연하고 불안한 마음이 다분히 섞여 있었습니다. 어차피 다음에 가서 만나면 자세히 알게 될 테니까 너무 많이 이야기하지 말라고 아가씨에게 충고했습니다. 사실은 저도 그렇게 생각하고 있었습니다.

서방님이 다녀온 데 대한 이야기를 하라고 말씀하셨습니다. 조카가 고맙다고 말하더라는 것은 그대로 말씀드리고 그 나머지는 아가씨가 적당히 말씀드렸습니다. 저도 무엇을 숨기고 무엇을 말씀드려야 할지 몰랐기 때문에 서방님의 묻는 말씀에만 간단히 대답해 드렸습니다.

27

이레가 흘렀습니다. 그날부터 갑작스럽게 악화된 린튼 서방님의 병세는 누가 봐도 알 수 있을 만큼 위중했습니다. 예전 같으면 몇 달에 걸쳐 일어났을 파괴가 지금은 몇 시간만의 잠식과 맞먹었습니다.

우리는 아직은 아버님의 병환을 아가씨에게 알리지 않으려고 했으나 워낙 영리한 아가씨인지라 속지 않았습니다. 차츰 확신으로 변해가는 다가올 무서운 일에 대해서 짐작하고 남몰래 골똘히 생각하고 있었던 모양입니다.

아가씨는 목요일이 돌아와도 산책 가자는 말을 꺼낼 용기를 내지 못했습니다. 그래서 제가 대신 아가씨가 외출할 수 있도록 승낙을 얻었습니다. 왜냐하면 그동안은 서방님이 매일 짧은 시간 동안 머무르시는 ─ 그나마 겨우 일어나 앉아 계실 수 있는 잠깐 동안이지만 ─ 서재와 서방님의 침실이 아가씨 세계의 전부였으니까요. 아가씨는 잠시도 자리를 비우지 않고 아버님의 머리맡에서 시중을 들거나 옆에 앉아 있었습니다. 간병과 슬픔으로 아가씨의 얼굴이 핼쑥해진 것을 보신 서방님은 밖에 나가서 사촌을 만나는 것이 기분전환이 되리라고 생각하시고 쾌히 아가씨를 내보내셨던 것입니다. 그리고 서방님은 이젠 당신이 돌아가신 뒤에도 아가씨가 외톨이로 남지는 않으리라는 희망으로 위안을 받으셨던 겁니다.

서방님이 우연히 말씀하신 몇 가지 말씀으로 제가 추측한 것입니다만, 서방님은 자기 조카의 외모가 자기를 닮았으니 마음씨도 자기를 닮았을 거라고 꼭 믿고 계셨습니다. 하기야 린튼 도련님의 편지에는 그의 성격적인 결함이 거의, 또는 하나도 드러나지 않았기 때문이기도 하겠지요. 그리고 저도 잘못 알고 계시는 점을 고쳐 드리려 하지 않았습니다. 마음이 약해서 그런 것이겠지만 이런 정도야 용서받을 수 있겠지요. 어차피 달리 생각하실 힘도 기회도 없는 분에게 부질없는 말을 해서 마지막 순간까지 마음을 어지럽게 해 드릴 필요가 있겠는가 하고 저는 생각했던 것입니다.

우리는 산책을 오후로 미루었습니다. 화창한 팔월 오후였습니다. 언덕에서 불어오는 바람결마다 얼마나 생기가 넘치는지 그것을 마시는 사람은 누구나, 설령 죽어 가는 사람이라도 다시 살아날 것만 같았습니다. 캐서린 아가씨의 얼굴도 주위의 경치 같았습니다. 그늘과 햇빛이 연이어 재빨리 얼굴 위를 스치고 지나갔습니다. 그러나 그늘은 오래 머물고 햇빛은 순식간에 지나갔습니다. 이 아가씨의 가엾은 마음은 그렇게 햇빛이 잠깐 스쳐 지나가는 동안 근심을 잊는 것에도 스스로 양심의 가책을 느꼈습니다. 린튼 도련님은 전에 만났던 그 자리에서 우리를 기다리고 있었습니다. 아가씨가 말에서 내리더니, 잠깐만 있다 올 테니까 저는 말에서 내리지 말고 그냥 아가씨의 말을 붙들고 있으라는 것이었습니다. 그러나 저는 반대했습니다. 제가 보호를 맡은 아가씨에게서 단 일 분이라도 눈을 뗄 수가 없기 때문이었습니다. 그래서 우리는 함께 히스나무가 우거진 언덕길을 올라갔습니다.

린튼 도련님이 웬일인지 이번에는 아주 활발하게 우리를 맞아 주었습니다. 그러나 그것은 기분이 좋아서도, 즐거워서도 아니었습니다. 그보다는 두려워서 그러는 것 같았습니다.

"늦었군!"

도련님은 짧지만 힘들여 말했습니다.

"외삼촌께서 아프시지 않아? 난 못 오는 줄 알았어."

"왜 넌 솔직하지 못하니?"

캐서린 아가씨는 인사 대신 이렇게 소리를 질렀습니다.

"왜 넌 내가 싫다고 똑바로 말하지 못하는 거지? 이봐, 린튼, 다른 아무런 이유도 없이 우리 둘을 괴롭힐 게 뻔한 데도 일부러 두 번씩이나 이런 데로 불러내는 건 이상하단 말이야."

린튼 도련님은 몹시 떨면서 반은 애원하듯, 반은 부끄러운 듯이 아가씨를 힐끔 쳐다보았습니다. 그러나 아가씨는 그런 수수께끼 같은 태도를 견딜 만한 참을성은 없었습니다.

"우리 아버지가 몹시 편찮으시단 말이야. 그런데 왜 나를 아버지 머리맡에서 불러내는 거지? 어서 설명해 봐! 놀이나 장난 같은 건 내겐 아무 소용도 없어. 이젠 너의 그 사랑하는 척하는 놀이에 맞춰 줄 수 없단 말이야……."

"내가 사랑하는 척한다고?"

도련님은 중얼거렸습니다.

"그게 뭔데? 제발, 캐서린, 그렇게 무서운 얼굴 하지 마! 맘대로 실컷 멸시해도 좋아. 난 아주 쓸모없는 겁쟁이니까 욕을 먹어도 싸. 하지만 난 화를 낼 만한 상대도 못 돼. 미워하려면 우리 아버지를 미워하고 난 멸시하는 정도로 놓아둬."

"무슨 바보 같은 소리야!"

캐서린 아가씨는 화가 나서 소리쳤습니다.

"바보, 천치 같으니! 어머나! 마치 내가 정말로 때리기라도 할 것처럼 떨고 있는 것 좀 봐! 너를 멸시해 달라고 미리 알려 줄 필요도 없어, 린튼. 누구라도 널 보면 실컷 멸시하게 될 테니까 말이야. 난 돌아갈 테야. 너를 난롯가에서 끌어내어 심각한 척을 하다니, 이게 무슨 바보짓이야. 무엇 때문에 우리가 심각한 척하는 거야? 내 옷자락을 놓아 줘. 그렇게 울면서 놀란 표정을 짓는다고 내가 너를 동정한다면 그따위 동정은 네가 걷어차 버려야 해! 엘렌, 린튼에게 이런 짓이 얼마나 부끄러운 것인가를 좀 가르쳐 줘. 일어나, 린튼! 그리고 그런 천하고 비열한 짓은 하지 마!"

린튼 도련님은 온통 눈물에 젖고 비통한 표정으로 힘없는 몸을 땅 위에 내던졌습니다. 마치 말할 수 없는 공포에 몸이 경련이라도 일으키는 것 같았습니다.

"아아!"

도련님은 흐느끼며 말했습니다.

"난 더 이상 못 견디겠어! 캐서린, 캐서린, 난 배신자야. 그런데 말할 수는 없어! 하지만 캐서린이 나를 떼어 놓고 가면 난 죽는단 말이야! 캐서린 누나, 내 목숨은 누나의 손에 달렸어. 누난 나를 사랑한다고 그랬지? 그렇다면 누나에게는 괴로울 게 없을 거야. 그러니까 날 두고 가 버리진 않겠지? 친절하고 다정하고 착한 캐서린! 그리고 말이야, 아마 누나도 승낙해 주겠지? 그렇게 되면 아버진 나를 누나 옆에서 죽을 수 있게 내버려둘 거야!"

아가씨는 그가 못 견디게 괴로워하는 모습을 보자 그를 일으켜 주려고 몸을 굽혔습니다. 고분고분하게 응석을 받아 주던 예전의 감정이 되살아나 아가씨의 노여움이 사그라진 것이었지요. 대신 가여운 마음과 깊은 걱정만이 남았습니다.

"무엇을 승낙하라는 거지?"

아가씨가 물었습니다.

"여기 있겠다는 걸 승낙하란 말이니? 그 이상한 이야기가 무슨 뜻인지 말해 봐. 그러면 여기 있을 테니까. 네가 하는 짓이 말과 다르니까 나도 어리둥절하잖아. 친절하고 솔직하게 마음속에 있는 걸 이 자리에서 다 이야기해 봐. 넌 나를 해치려는 건 아니지? 린튼, 그렇지 않니? 네가 막아낼 수만 있다면, 넌 어떤 원수도 나를 해치지 못하게 할 게 아냐? 난 네가 혼자서는 겁쟁이지만 둘도 없는 친구를 배반할 만큼 비겁한 사람은 아니라고 믿고 싶어."

"하지만 아버지가 위협한단 말이야."

도련님은 그의 여윈 손가락을 움켜쥐고 헐떡이며 말했습니다.

"그리고 난 아버지가 무서워. 아버지가 무섭단 말이야! 그러니까 절대로 말할 수 없어!"

"그럼, 좋아!"

아가씨는 딱하다는 듯이 멸시하는 태도로 말하는 것이었습니다.

"그래, 넌 비밀을 지키도록 해. 난 겁쟁이가 아니니까 너나 조심해. 난 두려울 게 없단 말이야."

아가씨의 활달한 태도가 도련님의 눈물을 자아내게 했습니다. 하지만 도련님은 자신을 부축해 주는 아가씨의 손에 입을 맞추며 마구 큰 소리로 울면서도 속마음을 털어놓을 용기는 내지 못했습니다.

저는 그 비밀이 무엇일까 하고 곰곰이 생각해 보았습니다. 그리고 도련님이나 그 밖의 다른 어떤 사람을 돕기 위해서 캐서린 아가씨를 괴롭히는 일은 결코 일어나서는 안 된다고 결심했습니다. 히스나무 사이에서 바스락거리는 소리가 나기에 쳐다보았더니 히스클리프 씨가 언덕 위에서 우리들 쪽으로 내려오고 있었습니다. 그분은 린튼 도련님이 흐느껴 우는 소리가 충분히 들릴 만큼 가까이 있는데도 그 두 사람은 거들떠보지도 않고, 그 누구에게도 한 적이 없는 제법 정다운 어조로 제게 말을 걸었습니다. 하지만 저는 그의 진심을 의심하지 않을 수가 없었습니다.

"이렇게 우리 집 가까이에서 만나니 반갑군, 넬리! 그 댁은 다 무고하신가? 이야기 좀 들어봅시다. 소문에는 말이야……."

그러고는 낮은 어조로 덧붙이는 것이었습니다.

"에드거 린튼이 다 죽게 됐다는 말이 있던데, 아마도 병세를 과장해서 하는 말이겠지?"

"그렇지 않습니다. 우리 서방님은 돌아가시게 됐어요."

저는 담담히 대답했습니다.

"그건 틀림없는 이야기예요. 우리들에게는 슬픈 일이겠지만, 그분을 위해선 다행한 일이죠."

"얼마나 갈 것 같소?"

"그건 모르지요."

"왜 그러냐면 말이야……."

그는 눈앞에서 뻣뻣하게 굳어 있는 두 젊은이를 바라보면서 말했습니다. 린튼 도련님은 감히 몸을 움직이거나 머리를 들지도 못하는 눈치였고, 그 바람에 캐서린 아가씨도 움직이지 못했습니다.

"사실은 말이야. 저기 저 녀석이 아무래도 일을 저지를 모양이야. 그래서 저 녀석의 외숙이 저 녀석보다 먼저 갔으면 고맙겠는데 말이지. 아니! 저 녀석은 내내 저 꼴을 하고 있었나? 훌쩍거리지 말라고 단단히 일러 놓았는데. 저 녀석은 제 사촌을 만나서 기운을 내던가?"

"기운을 내다니요? 그렇지 않아요. 근심이 이만저만이 아니에요. 도련님을 보면 연인과 함께 언덕을 산책하는 것보다 자리에 누워서 의사의 치료를 받아야 되겠다는 생각이 드는 걸요."

"하루나 이틀 후에는 그렇게 해야지."

히스클리프 씨는 중얼거렸습니다.

"그러나 우선은…… 일어나, 린튼! 린튼! 일어나란 말이야!"

그는 린튼 도련님에게 소리를 질렀습니다.

"그렇게 땅바닥에 주저앉아 있지 말란 말이야. 당장 일어나지 못해!"

린튼 도련님은 아버지에 대한 두려움에 발작을 일으키듯 다시 땅바닥에 쓰러져 주저앉았습니다. 도련님은 몇 차례 일어나려고 애를 썼지만 그 빈약한 힘마저 모두 빠져 버린 듯 끙끙거리다가는 다시 쓰러지는 것이었습니다. 히스클리프 씨는 다가서더니 도련님을 잡아 일으켜서 둔덕이 진 풀더미 위에 기대게 했습니다.

"자."

히스클리프 씨는 화를 억누르는 듯한 사나운 감정으로 말을 이었습니다.

"화가 치밀어 오르는군. 너의 그 못난 근성을 버리지 않으면 알지? 망할 자식! 냉큼 일어나!"

"일어날게요, 아버지."

도련님은 헐떡거리며 말했습니다.

"잠깐만 가만히 있게 해 주세요. 그렇지 않으면 기절할 것 같아요. 아버지가 하라는 대로 하겠어요. 정말이에요! 캐서린한테 물어보시면 제가 활발했다는 것을 말씀드릴 거예요. 아! 옆을 떠나지 마, 캐서린, 손 좀 잡게 해 줘."

"내 손을 잡아. 네 발로 일어서란 말이야! 자, 캐서린이 팔을 잡으라고 하는군. 됐어. 캐서린을 쳐다봐. 캐서린, 너는 저 녀석한테 이렇게 무섭게 구는 날 악마라고 생각하겠지? 부탁이니 저 녀석을 데리고 집까지 걸어가 주지 않으련? 저 녀석은 내가 건드리면 무서워서 벌벌 떠니 말이야."

"이봐, 린튼!"

캐서린 아가씨가 속삭이듯 말했습니다.

"난 워더링 하이츠에는 갈 수 없어. 아빠가 가지 못하게 했단 말이야. 고모부는 널 해치지 않으실 텐데 왜 그렇게 무서워하니?"

"나는 그 집에 다시는 못 들어가."

도련님은 대답했습니다.

"너와 함께 가지 않으면 난 정말 못 들어간단 말이야!"

"닥쳐!"

도련님의 아버지가 소리를 질렀습니다.

"우린 캐서린의 마음씨를 존중해 줘야지. 넬리, 저 녀석 좀 데리고 들어가 주시오. 그러면 내가 지체 없이 넬리 말대로 의사를 데려올 테니."

"그러시는 게 좋을 거예요. 하지만 저는 우리 아가씨와 함께 있지 않으면 안 돼요. 댁의 아드님을 돌보는 것은 제가 할 일이 아닙니다."

"어지간히 딱딱하군!"

히스클리프 씨가 말했습니다.

"나도 그건 알아요. 하지만 넬리가 동정을 하지 않는다면 어쩔 수 없이 저 녀석을 꼬집어서 악을 쓰게 하는 수밖에 없겠지. 이리 와 우리 집 용사. 너는 나와 함께 집에 돌아가고 싶으냐?"

그분은 다시 한 번 도련님에게 다가서더니, 그 만지면 부서질 것같이 허약한 도련님을 붙잡으려고 했습니다. 그러자 도련님은 움찔하면서 아가씨에게 매달려서는 거절할 틈도 주지 않고 미친 듯이 달라붙어서 함께 가자고 애걸하는 것이었습니다. 제가 보기에도 도련님의 모습은 매우 딱했습니다. 그러니 아가씨인들 어떻게 거절할 수 있었겠습니까? 린튼 도련님이 무엇 때문에 그렇게 무서워하는지를 우리는 알 도리가 없었습니다만, 거기 그렇게 꼭 매달린 채 공포에 질려 있는데, 거기에 무슨 짓이라도 한다면 그대로 미쳐 버릴 것만 같았습니다.

우리는 워더링 하이츠에 도착했습니다. 캐서린 아가씨는 안에 들어가고 저는 문 앞에서 아가씨가 병자를 의자에 앉힌 후 나오기를 기다리고 있었습니다. 그러자 히스클리프 씨가 저를 집안으로 떠밀면서 큰 소리로 말하는 것이었습니다.

"우리 집에 전염병이 생기진 않았어, 넬리. 그리고 오늘은 잘 대접할 생각이야. 어서 앉아요, 문을 닫아야겠으니."

그는 문을 닫더니 자물쇠까지 채워 버렸습니다. 저는 섬뜩했습니다.

"차라도 한 잔 들고 가요. 이 집엔 지금 나 혼자야. 헤어턴은 소를 몰고 목장으로 나가고 질라와 조지프는 놀러 나갔어. 그리고 난 혼자 지내는 데 익숙해졌지만 그래도 재미있는 친구가 있었으면 좋겠단 말이야. 그럴 수만 있다면 말이지. 캐서린, 너도 저 녀석 옆에 앉아라. 네게 줄 게 있어. 받을 만한 가치가 없는 선물이지만, 그 외엔 줄 게 없으니까. 그건 바로 린튼이란다. 그렇게 노려보다니! 이상하게도 난 나를 두려워하는 사람이 있으면 그에 대해서는 더 포악한 감정이 일어나! 내가 만약 여기처럼 법이 엄하다거나 취미가 고상하지 않은 곳에 태어났더라면 저 둘을 하룻밤 심심풀이로 천천히 산 채로 해부해 버릴 텐데."

그는 숨을 한 번 들이쉬더니 테이블을 두드리며 혼자서 욕지거리를 퍼부었습니다.

"에이 망할! 밉살스런 것들 같으니."

"난 고모부가 무섭지 않아요!"

캐서린 아가씨가 큰 소리로 말했습니다. 아가씨는 히스클리프 씨가 혼자서 중얼거린 욕지거리는 듣지 못했던 것입니다. 아가씨는 히스클리프 씨에게 바싹 다가갔습니다. 검은 두 눈은 흥분과 결의로 번뜩였습니다.

"그 열쇠를 이리 주세요. 그건 내가 가지고 있겠어요. 난 굶어 죽는 한이 있어도 여기선 먹지도, 마시지도 않겠어요."

히스클리프 씨는 테이블 위에 있던 열쇠를 집었습니다. 그는 대담한 태도에 좀 놀란 듯이 아가씨를 쳐다보았습니다. 어쩌면 아가씨의 음성과 눈초리를 보고 아가씨의 어머님을 생각했는지도 모를 일입니다. 아가씨는 열쇠를 낚아챌 듯이 덤벼들어 느슨해진 그의 손가락에서 열쇠를 거의 빼앗을

뻔했습니다. 그러나 아가씨의 행동으로 정신이 든 그는 열쇠를 날쌔게 도로 빼앗았습니다.

"자, 캐서린 린튼. 거기 가만히 서 있어. 그렇지 않으면 때려눕힐 테니까. 그렇게 되면 저 딘 아주머니가 미친 듯이 날뛰겠지만."

"우린 가야 해요!"

아가씨는 그 쇳덩이 같은 손을 펴려고 안간힘을 썼습니다. 그러나 아가씨의 손톱으로는 까딱도 하지 않자 이번에는 이빨로 힘껏 물었습니다.

히스클리프 씨는 흘끗 저를 쳐다보았는데, 그 눈길이 무서워서 저는 한동안 말리지도 못하고 있었습니다. 캐서린 아가씨는 손가락에만 너무 열중한 나머지 그의 얼굴은 쳐다볼 겨를이 없었습니다. 그는 손가락을 펴더니 열쇠를 내놓았습니다. 그러나 아가씨가 그걸 손에 쥐기도 전에 그는 풀린 손으로 아가씨를 붙들어 자기 무릎 위에 잡아당기더니 다른 손으로 아가씨의 양쪽 뺨을 무섭게 내리갈기는 것이었습니다. 아가씨가 만약 서 있기라도 했더라면 그의 위협대로 벌써 나가떨어지고 말았을 겁니다.

그 악마 같은 폭행에 저는 미친 듯이 덤벼들었습니다.

"이 악당 놈아! 이 악마 같은 놈아!"

히스클리프 씨에게 가슴을 떠밀린 저는 숨이 막힐 뻔하였습니다. 저는 뚱뚱한 편이어서 숨이 잘 찹니다. 그런데다 화까지 겹쳐 저는 눈앞이 아찔해서 비틀거리며 뒤로 물러섰습니다. 지금이라도 당장 숨이 막히거나 혈관이 터질 것만 같았습니다. 소동은 곧 끝났습니다. 캐서린 아가씨는 그의 손에서 벗어나 두 손을 관자놀이에 대고는 마치 아무것도 모르겠다는 듯한 표정을 지었습니다. 아가씨는 가엾게도 갈대처럼 몸을 떨면서 탁자에 기대는 게 고작이었습니다.

"난 아이들을 다스리는 법을 잘 알고 있단 말이야. 알았지?"

그 악한은 마룻바닥에 떨어져 있던 열쇠를 다시 주우려고 몸을 굽히면서 능글맞게 말했습니다.

"이젠 내 말대로 린튼 옆으로 가서 맘대로 울어 봐! 내일이면 난 네 아버지가 될 테니까. 며칠 있으면 네 아버지는 나쁠일 거야! 그렇게 되면 실컷 때려 주고 말겠어. 넌 잘 견뎌 내겠지, 약골이 아니니까 말이야. 다시 내 눈에 그따위 악마 같은 성질을 비치기만 하면 매일같이 따끔한 맛을 보여 줄 테니까!"

캐시 아가씨는 린튼에게 가지 않고 제게로 와서 무릎을 꿇고 빨갛게 달아오른 볼을 제 무릎에 대고는 소리 내어 울었습니다. 아가씨의 사촌은 긴 의자의 한쪽 구석에 쥐새끼처럼 웅크리고 앉아서는 자기가 아닌 다른 사람이 맞은 것을 무척이나 다행스럽게 여기고 있는 것 같았습니다.

히스클리프 씨는 우리가 모두 멍하니 앉아 있는 것을 보자 일어나더니 금세 차를 준비했습니다. 잔을 접시에 놓고 차를 따라서 저에게 한 잔을 내밀었습니다.

"자, 한 잔 마시고 상한 속을 씻어내지. 그리고 댁의 저 버릇없는 장난꾸러기와 우리 집 놈에게도 먹여 줘. 내가 만들었지만 독을 타진 않았으니까. 난 나가서 당신들의 말을 찾아볼 테니."

그가 나가자 우리는 어디로든 나가야겠다는 생각이 들었습니다. 먼저 부엌문을 밀어 보았지만 문은 밖으로 잠겨 있었습니다. 유리 창문도 너무 좁아서 캐시 아가씨의 작은 몸조차 빠져나갈 수가 없었습니다.

저는 우리가 완전히 갇혀 있다는 것을 알고 고함을 쳤습니다.

"린튼 도련님! 도련님의 그 잔인한 아버지가 무엇 때문에 저러는지를 도련님은 알고 있을 테니 말해 보세요! 그렇지 않으면 도련님네 아버지가 아가씨에게 한 것처럼 나도 도련님의 따귀를 때려 주겠어요."

"그래, 린튼. 이야기해 줘. 내가 온 건 너 때문이니까 말하지 않는다면 은혜를 모르는 나쁜 사람이야."

"먼저 차 좀 줘, 난 목이 마르니까. 그러면 이야기해 줄게. 딘 아줌마는 좀 비켜요. 그렇게 가로막고 있는 건 싫으니까. 에이, 캐서린, 내 컵 속에 너의 눈물이 떨어지잖아! 난 이건 마시지 않을래. 다른 걸 줘."

캐서린 아가씨는 차를 다시 따라 주고 얼굴을 닦았습니다. 도련님은 이제 자신은 무서운 일을 겪지 않아도 된다는 걸 알고 침착함을 되찾고 있었기 때문에 저는 그 어린 녀석의 태도가 비위에 거슬렸습니다.

그가 벌판에서 보였던 그 괴로워하던 모습은 워더링 하이츠에 들어선 후 흔적도 없이 사라졌습니다. 그것은 그가 우리를 끌어들이지 못하면 가만두지 않겠다는 무서운 위협을 받았는데, 그 일이 이루어졌으니 이제 당장은 무서울 것이 없다는 태도로 보였습니다.

"아버지는 우리를 결혼시키려는 거야."

그는 차를 몇 모금 마시고 나서 이야기를 했습니다.

"그런데 누나네 아버지가 지금 우리들을 결혼시키지 않으려고 한다는 것을 알고 있거든. 그리고 아버지는 더 기다리다가는 내가 죽어 버리지 않을까 걱정하고 있어. 그러니까 누나는 오늘 밤 여기에서 머물게 될 거야. 그리고 아버지가 원하는 대로 하면 다음 날 바로 집에 돌아가게 될 거야. 나도 함께 말이지."

"아가씨가 도련님을 데리고 간다고요? 이 불쌍한 바보 못난이 같으니!"

저는 소리를 질렀습니다.

"도련님이 결혼을 해요? 미쳤어요? 그렇지 않으면 우리를 모두 바보로 알고 있는 건가요? 저렇게 건강하고 마음씨 고운 우리 예쁜 아가씨가 다 죽어가는 꼬마 원숭이 같은 도련님에게 시집을 갈 줄 알아요? 캐서린 린튼 아가씨가 아니더라도 도련님 같은 사람을 남편으로 삼겠다는 사람이 있을 줄 알아요? 그 비겁한 짓으로 우리를 속여서 기어코 여기까지 끌어들이다니, 도련님 같은 사람은 실컷 때려 줘야 해요. 그리고 제발 그런 바보 같은 얼굴은 하지 말아요. 그 비열한 배신과 천치 같은 자부심에 속은 것을 생각하면 실컷 쥐어흔들어 주고 싶어요."

실제로 제가 그를 조금 쥐고 흔들었더니 그는 기침을 하기 시작했고, 여느 때처럼 끙끙거리는 소리를 내며 울기 시작했습니다. 그러자 캐서린 아가씨가 그를 꾸짖었습니다.

"밤새 여기 있으라고? 그건 안 돼!"

아가씨가 천천히 주위를 살피면서 말했습니다.

"엘렌, 난 저 문에 불을 질러서라도 여기서 나가고 말겠어."

그리고 아가씨는 당장 그 위협적인 말을 실행에 옮기려고 하는 것 같았습니다. 린튼 도련님은 그런 일이 있으면 또 자신이 어떻게 되지 않을까 하고 깜짝 놀라 일어섰습니다. 그러고는 그 가냘픈 두 팔로 아가씨를 얼싸안고는 흐느껴 우는 것이었습니다.

"나와 결혼해서 나를 좀 살려 줘. 나를 그 집으로 데리고 가지 않을 테야? 아! 캐서린! 가면 안 돼, 제발 나를 떼어 놓고 가면 안 돼. 아버지 말 대로 해야만 돼. 그렇게 해야만 된단 말이야!"

"난 우리 아버지 말을 따라야 돼. 그리고 이런 잔인한 짓 때문에 염려하시지 않도록 해 드려야 된단 말이야. 밤새 이렇게 있어야 한다니! 아버지가 어떻게 생각하시겠어? 아버지는 벌써부터 걱정하고 계실 텐데. 난 때려 부수든지 불을 질러서라도 이 집을 나갈 테니까 조용히 해! 네게 위험은 없으니까. 하지만 나를 방해하면……. 린튼, 난 너보다 아버지를 더 사랑한단 말이야!"

히스클리프 씨의 노여움에 대한 지독한 공포심이 도련님에게 비겁한 변명을 다시 늘어놓게 했습니다. 캐서린 아가씨는 미칠 것 같아 했습니다. 그러면서도 아가씨는 가야 한다고 고집을 부렸고, 이번에는 아가씨가 그렇게 자기 생각만 하지 말라고 타이르면서 간청을 했습니다. 둘이 그러고 있는 동안 우리들의 감시자인 히스클리프 씨가 다시 들어왔습니다.

"그대들의 말은 달아나 버렸더군. 그런데 린튼! 넌 또 찔끔거리는 거냐? 캐서린이 너에게 어떻게 하든? 자, 그만하고 잠이나 자거라. 한두 달만 있으면 네가 지금 캐서린에게 당한 것을 호되게 되돌려 줄 수 있을 테니까. 넌 지금 순결한 사랑을 갈망하고 있지, 그렇지 않니? 이 세상에서 바라는 건 오직 그것뿐이잖아? 그러니까 내가 캐서린과 결혼을 시켜 주겠어. 자, 가서 자! 질라는 오늘 밤에 안 들어오니까 네가 혼자 잠옷으로 갈아입어야 해. 쉿! 훌쩍거리지 말고, 네가 네 방에 들어간 다음에는 난 다시 너한테 가지 않을 테니까 무서워할 필요는 없어. 오늘은 참 잘했다. 뒷일은 내가 처리하지."

그는 아들이 나갈 수 있도록 문을 열고 서 있었습니다. 아들은 마치 심술궂게 문 사이에 끼이게 하려는 게 아닌지 주인을 의심하는 강아지처럼 슬금슬금 밖으로 나갔습니다.

자물쇠가 다시 잠겼습니다. 히스클리프 씨는 아가씨와 제가 묵묵히 서 있는 난로 옆으로 다가왔습니다. 캐서린 아가씨는 얼굴을 들고는 대뜸 두 손으로 볼을 가렸습니다. 그를 보니 다시 통증이 일어나는 모양이었습니다. 다른 사람이라면 아무도 그런 어린애 같은 행동을 나무라지 못할 테지만 그는 아가씨에게 얼굴을 잔뜩 찌푸려 보이면서 중얼거렸습니다.

"참, 넌 나 같은 건 무섭지 않다고 그랬지? 그 용기는 다 어디로 갔지? 내가 몹시 무서운 것처럼 보이는데."

"지금은 무서워요."

아가씨는 대답했습니다.

"내가 여기서 묵으면 아버지가 몹시 걱정하실 거예요. 아버지에게 걱정을 끼쳐 드릴 수는 없어요. 아버지는, 아버지는 말이에요……. 고모부, 저를 보내 주세요. 린튼과 결혼하겠다고 약속할게요. 아버지도 제가 그런다면 좋아하실 거예요. 그리고 나는 린튼을 사랑하고 있으니까요. 그런데 왜 고모부는 내가 자진해서 하겠다는 걸 억지로 시키려고 그러세요?"

"억지로 시켜서 되는 일인지 어디 한번 해 보세요!"

저는 화가 나서 외쳤습니다.

"이 나라에는 법이란 게 있어요. 고맙게도 법이 있단 말이에요. 우리가 아무리 궁벽한 곳에 살고 있다곤 하지만, 설령 도련님이 내 자식이라 하더라도 나는 고소하겠어요. 그리고 목사님도 부르지 않고 억지로 결혼시킨다는 건 중죄에 걸린다는 걸 알아야 해요!"

"닥쳐!"

그 악한이 소리를 질렀습니다.

"빌어먹을! 왜 떠드는 거야? 네가 지껄이는 소리는 듣고 싶지 않아. 캐서린, 너의 아버지가 걱정할 것을 생각하니 아주 기분이 좋은 걸. 흐뭇해서 잠도 오지 않을 것 같아. 그런 사실을 알려 주다니, 너는 무슨 일이 있어도 앞으로 스물네 시간은 우리 집에 갇혀 있어야겠다. 린튼과 결혼하겠다는 너의 약속은 꼭 지킬 수 있도록 내가 도와주지. 약속이 이루어질 때까지 네가 이곳을 떠나게 하지는 않을 테니까."

"좋아요. 그럼 엘렌을 보내서 내가 무사히 있다는 걸 아버지한테 알리도록 해 줘요."

캐서린 아가씨는 마구 울면서 말했습니다.

"그렇지 않으면 지금 결혼시켜 주세요. 아버지가 불쌍해요! 엘렌, 아버지는 우리가 길을 잃은 줄 아실 테지. 어떻게 하면 좋아?"

"그렇지 않아! 시중드는 것이 싫증이 나서 네가 놀러갔다고 생각할 거야."

히스클리프 씨는 말했습니다.

"너는 네 아버지의 명령을 어기고 네 맘대로 이 집에 들어왔잖니. 그게 아니라고 말하진 못하겠지? 그리고 너 만한 나이에는 밖에 나가 놀고 싶어 하는 게 아주 당연한 일이지. 그것도 너희 아버지 같은 병자를 간호하는 건 아주 싫증나는 일이니까 말이야. 캐서린, 네 아버지의 행복한 시절은 네가 태어났을 때 이미 끝이 난 거야. 내가 장담하지만 네 아버지는 아마 네가 태어난 것을 저주했을 거다, 적어도 나는 저주했으니까. 그러니 그가 세상을 떠나면서 마지막으로 너를 저주한다면 그도 그럴 법한 일이지. 나도 네 아버지 편이 되어 너를 저주하겠다. 난 너를 사랑하는 게 아냐! 내가 어떻게 너를 사랑할 수가 있단 말이냐? 실컷 울어 봐라. 이제부터는 우는 일이 너의 주된 소일거리가 될 테니까. 린튼 녀석이 네 아버지의 자리를 메워 주지 않는 한 말이다. 그런데 선견지명이 있는 네 아버지는 린튼이 그럴 수 있으리라고 생각하는 모양이야. 네 아버지가 린튼에게 보낸 충고와 위안의 편지는 아주 재미있게 읽었지. 그리고 맨 나중 편지에는 린튼에게 너를 잘 보살펴 줄 것과 결혼하게 되면 친절히 대해 주라고 부탁했더구나. 잘 보살피고 친절히 대해 줘라, 그야말로 아버지다운 말이지! 하지만 린튼은 모든 관심과 애정을 자기 몸에 쏟아 부어야 될 애거든. 그 녀석은 작은 폭군 노릇을 제법 해낸단 말이야. 이빨과 발톱만 뽑아 버린 고양이라면 얼마든지 못살게 굴 놈이지. 넌 틀림없이 이번에 돌아가면 린튼이 여러 가지로 친절히 대해 주더라는 반가운 이야기를 그 녀석의 외삼촌에게 전할 수 있을 거야."

"그 점만은 제대로 말하는군요!"

제가 중간에 끼어들어 말했습니다.

"당신 아드님의 성격을 잘 설명해 줘요. 당신을 닮은 점을 잘 보여 주란 말이에요. 그러면 캐시 아가씨는 그런 독사 같은 괴물과 결혼하기 전에 다시 한 번 생각하실 테니까요!"

"이제는 그 녀석의 상냥한 성격을 이야기해도 상관은 없겠군. 캐서린은 그 녀석과 결혼하든가 아니면 여기 갇혀 있어야만 하고, 당신도 주인어른이 죽을 때까지는 캐서린과 함께 여기 있어야 할 테니까 말이야. 난 두 사람을 감쪽같이 여기에 가둬 놓을 수 있어. 내 말이 의심스럽거든 캐서린에게 약속을 취소하라고 해 봐요. 그러면 내 말이 사실인지 아닌지를 판단할 수 있는 기회를 줄 테니까!"

"난 내 약속을 취소하진 않겠어요."

아가씨가 말했습니다.

"드러시크로스 저택으로 갈 수만 있다면 지금 바로 린튼과 결혼하겠어요. 당신은 잔인하긴 하지만 악마는 아니잖아요? 그리고 단순한 악의만으로 저의 모든 행복을 여지없이 파괴해 버리지는 않겠지요? 만약 아버지가 내가 일부러 아버지를 버렸다고 생각하고 내가 돌아가기 전에 숨을 거두신다면 앞으로 내가 어떻게 살 수 있겠어요. 저는 여기 고모부 앞에 무릎을 꿇고 앉아 고모부 얼굴에서 눈을 떼지도 않겠어요. 안 돼요, 그렇게 얼굴을 돌리지 마세요! 저를 보시란 말이에요! 고모부 비위를 거스를 행동은 보여 드리지 않을 테니까요. 고모부가 나를 때렸다고 노여워하지도 않고요. 고모부는 평생 동안 아무도 사랑해 본 일이 없으신가요? 한 번도 없으세요? 아아! 한 번만이라도 저를 쳐다봐 주세요. 저는 슬퍼서 견딜 수가 없어요. 고모부는 내 얼굴을 보시면 가엾고 불쌍하게 생각하지 않을 수 없을 거예요.”

“그 도마뱀 같은 손가락으로 만지지 마. 저리 비켜! 그렇지 않으면 차 버릴 테다!”

히스클리프 씨는 무지막지하게 아가씨를 떠밀어내면서 고함을 쳤습니다.

“차라리 뱀에게 몸을 감기는 게 낫겠다. 도대체 어떻게 내게 아양을 떨 생각을 할 수 있지? 난 네가 징그럽단 말이다.”

그는 어깨를 움찔했습니다. 정말로 징그러워 소름이 끼친다는 듯이 몸을 떠는 것이었습니다. 그리고 의자를 뒤로 밀었습니다. 그러는 동안 저는 일어서서 냅다 욕설을 퍼붓기 시작했습니다. 그러다가 그가 한마디만 더 하면 저를 다른 방에다 가둬 버리겠다고 위협하는 바람에 도중에 입을 다물고 말았습니다.

점점 어두워졌습니다. 정원 문 쪽에서 사람들의 소리가 들렸습니다. 히스클리프 씨가 곧바로 뛰어나갔습니다. 그는 눈치가 빨랐지만 우리는 그렇지 못했습니다. 이삼 분 동안 이야기를 하고 나서 그는 혼자 돌아왔습니다.

“난 아가씨의 사촌 오빠 헤어턴인 줄 알았어요.”

저는 캐시 아가씨에게 말했습니다.

"그 도련님이라도 왔으면 좋으련만! 그 도련님이 우리 편을 들어 줄지 혹시 알아요?"

"당신들 집에서 그대들을 찾으러 하인 셋을 보냈더군."

히스클리프 씨가 제 말을 듣고 말했습니다.

"창문을 열고 소리를 쳤으면 좋았을 걸 그랬지? 하지만 틀림없이 저 계집애는 당신이 그렇게 하지 않은 걸 기뻐하고 있을 거야. 이렇게 억지로라도 여기 있게 된 것을 무척 좋아하고 있을 테니까."

우리는 좋은 기회를 놓쳤다는 생각이 들자 걷잡을 수 없이 울음이 터졌습니다. 그는 아홉 시까지 우리를 그냥 울도록 내버려두더니 부엌을 통해 위층에 있는 질라의 방으로 가라고 말하는 것이었습니다. 그래서 저는 아가씨에게 그렇게 하자고 소곤거렸습니다. 어쩌면 거기에서 유리창을 통해서나 다락방으로 들어가서 천장에 난 들창문을 지나 밖으로 나갈 방법을 찾을 수 있을 거라고 생각했던 것입니다. 하지만 유리창은 아래층과 마찬가지로 좁았고 다락방으로 가는 발판도 이용할 수가 없었습니다. 우리는 아래층에서와 마찬가지로 갇혀 있게 되었습니다.

우리는 둘 다 눕지 않고 있었습니다. 캐서린 아가씨는 들창 옆에 자리를 잡고 앉아서는 초조하게 아침이 오기를 기다리고 있었습니다. 저는 아가씨를 달래면서 좀 쉬도록 하라고 몇 번이고 말했지만 깊은 한숨만이 되돌아올 뿐이었습니다. 저는 의자에 혼자 앉아 흔들거리며 제가 여러 가지로 할 일을 다 하지 못한 데 대해서 스스로를 몹시 책망했습니다. 그러자 그 때문에 주인이나 아가씨의 모든 불행이 닥쳐온 것이라는 생각이 들었습니다. 실제로는 그렇지 않다는 것을 저도 알고 있습니다. 그러나 비참했던 그날 밤에는 그런 상상을 했고 히스클리프 씨의 죄도 저보다는 덜하다는 생각이 들었습니다.

아침 일곱 시가 되자 그가 와서는 린튼 아가씨가 일어났느냐고 물었습니다.

아가씨는 냉큼 문으로 뛰어가서는 대답했습니다.

"일어났어요."

"그럼, 이리 와."

그는 문을 열더니 아가씨를 끌어냈습니다. 저도 일어나서 뒤를 따라갔지만 그는 다시 문을 잠가 버렸습니다. 저는 나도 나가게 해 달라고 소리쳤습니다.

"참고 있어. 잠시 후에 아침을 올려 보낼 테니."

저는 벽 판자를 마구 두드리고 빗장을 사납게 흔들었습니다. 그리고 캐서린 아가씨도 왜 나를 가두어 두느냐고 물었습니다. 그는 한 시간쯤 더 기다리지 않으면 안 된다고 말하며 아가씨를 데리고 가 버렸습니다.

저는 두세 시간쯤 참고 기다렸습니다. 마침내 발소리가 들리긴 했지만 히스클리프 씨의 발소리는 아니었습니다.

"먹을 것을 좀 가져왔어요."

문이 열리자 그 앞에는 헤어턴이 온종일 먹을 수 있을 만큼의 음식을 가지고 서 있었습니다.

"잠깐만 있다 가요."

"안 돼요!"

저는 그를 붙들어 놓으려고 온갖 애원을 다 했으나 그는 아랑곳없이 물러가 버렸습니다. 그리고 저는 하루 낮과 밤을 그리고 그 다음 날도, 또 그 다음 날까지도 그곳에 갇혀 있었습니다. 닷새 밤과 나흘 낮 동안, 매일 아침 한 번씩 헤어턴 도련님을 만나는 일 이외에는 아무도 보지 못했습니다. 그리고 헤어턴 도련님은 모범적인 간수였습니다. 그에게서 정의감이나 동정심을 불러일으키려고 갖은 짓을 다해 보았으나 그는 뾰로통하니 입을 다물고 아무 말도 듣지 않았습니다.

28

닷새째 되던 날 아침, 아니 아침이라기보다도 오후에, 좀 다른 발소리가 다가왔는데, 그전보다는 가볍고 잦은 발걸음이었습니다. 이번에는 그 발소리의 주인이 방으로 들어왔습니다. 주홍빛 숄을 두르고, 검정 실크 보닛을 쓰고, 팔에는 버들가지로 엮은 광주리를 걸치고 있었습니다.

"어머나, 딘 부인!"

질라는 큰 소리로 말하는 것이었습니다.

"그런데 말예요! 기머튼에서는 당신 소문이 났어요. 당신을 발견해서 집에 데려다 묵게 하고 있다는 이야기를 주인어른한테서 듣기 전에는 난 당신이 아가씨와 함께 블랙호스 늪에 빠져 버린 줄로만 알았지 뭐예요! 원, 틀림없이 늪 속의 섬에라도 올라가 있었겠군요. 안 그런가요? 얼마 동안이나 수렁에 빠져 있었어요? 우리 집 주인어른께서 건져 주신 건가요? 그런데 그리 야위진 않으셨군요. 고생은 안 한 거지요?"

"당신네 주인은 정말 악마야!"

저는 큰 소리로 대답했습니다.

"모두가 그 사람 책임이라고! 그런 터무니없는 이야길 지어낼 필요도 없어요. 결국 모든 게 드러나고 말 테니까요!"

"그게 무슨 말이에요? 그건 그분이 지어낸 이야기가 아니라 마을에 퍼진 소문인데요. 당신이 늪에 빠졌다고 말이에요. 그래서 난 집에 들어오자 언쇼 도련님에게 말한 걸요. '이봐요 헤어턴 도련님, 내가 나간 뒤에 이상한 일이 있어났더군요. 그 귀여운 아가씨와 그 활발한 넬리 딘이 정말 가엾지 뭐예요.' 하고 말이에요. 도련님이 나를 멀뚱멀뚱 쳐다보기에 난 도련님이 아무것도 듣지 못한 줄 알고는 그 소문 이야기를 했어요. 주인어른은 듣고 나더니 그저 혼자서 빙그레 웃고는 이렇게 말하더군요. '그 사람들이 늪에 빠졌다 해도 지금은 나와 같이 있어, 질라. 넬리 딘은 지금 질라 방에 묵고 있는 걸. 올라가서 슬쩍 빠져나가라고 말해. 열쇠는 여기 있어. 늪의 물이 머릿속으로 들어가서 거의 미친 듯이 집으로 달려갈 참이었는데 내가 정신이 돌아올 때까지 못 가게 잡아둔 거야. 갈 수만 있으면 당장 집으로 가라고 일러 줘. 그리고 아가씨는 그 댁 어른의 장례식에 참석할 수 있도록 늦지 않게 뒤따라가게 하겠다고 전하도록 해.' 하더군요."

"에드거 서방님은 아직 돌아가시지 않았나? 아 질라, 질라."

"아니, 돌아가시지 않았어요. 앉아 계세요, 딘 부인. 아직도 몸이 많이 불편하시죠? 그분은 돌아가시지 않았어요. 케네드 선생이 그러는데 하루는 더 넘길 것 같다는군요. 내가 길에서 만나 물어봤거든요."

앉기는커녕 저는 모자며 숄 등 나들이 물건을 집어 들고 곧바로 아래로 뛰어 내려갔습니다. 거실로 들어가서는 캐시 아가씨의 소식을 아는 사람이 없을까 하고 사방을 둘러보았습니다. 방 안에는 햇빛이 가득히 비쳤고 문은 활짝 열려 있었으나 가까이에는 아무도 없는 것 같았습니다.

그대로 나가 버릴까, 다시 돌아가서 아가씨를 찾아볼까 하고 망설이던 중에 난로 쪽에서 가벼운 기침 소리가 들려왔습니다. 린튼 도련님이 긴 의자를 혼자 차지하고 누워서 길쭉한 사탕과자를 빨며 무표정한 눈으로 저의 거동을 살피고 있더군요.

"캐시 아가씨는 어디 있나요?"

저는 혼자 있는 그를 붙들고 물어보면 깜짝 놀라 사실을 알려 줄 거라고 생각하고 무섭게 그분을 다잡았습니다. 하지만 그는 어린애처럼 계속 사탕만 빨고 있었습니다.

"아가씨는 돌아갔나요?"

"아니. 이 층에 있는 걸. 캐시는 못 가. 우리가 놓아 주지 않을 테니까 말이야."

"놓아 주지 않는다고? 이 바보 같으니! 당장 아가씨가 있는 방으로 나를 안내해요. 그렇지 않으면 호되게 올려붙여 줄 테니까."

"거기 가려고만 해 봐. 아버지가 넬리를 울려 줄 걸. 아버지가 그러시는데 캐서린한테 친절하게 대하지 말라는 거야. 캐서린은 내 아내니까 나를 놓아두고 떠나고 싶어 하는 건 창피한 일이지! 아버지는 캐서린이 나를 미워하고 내가 죽기를 바란다고 했어. 내 돈을 가지려고 말이지. 하지만 누가 돈을 줄줄 알고? 그리고 집에도 못 가게 할 거야! 절대 안 보낸단 말이야! 실컷 울다가 병이나 나겠지!"

그는 잠이나 자려는 듯이 눈을 감으며 다시 사탕을 빨기 시작했습니다.

"린튼 도련님, 지난겨울 도련님이 아가씨를 사랑한다고 말하고, 또 아가씨는 도련님에게 여러 가지 책을 갖다 주고 노래도 불러 주고, 도련님을 만나기 위해 여러 차례 바람과 눈 속을 헤치며 찾아온 아가씨의 친절을 도련님은 잊으셨나요? 아가씨는 하룻저녁이라도 못 오시게 되면 도련님이 실망하실 거라며 울기도 했어요. 도련님도 그때는 아가씨가 얼마나 도련님에게 잘했는지 느꼈을 거예요. 그런데 이제 와서는 아버님이 두 분을 다 싫어한다는 걸 알면서도 아버님의 거짓말을 믿고 있다니, 그리고 이제는 도련님도 한패가 되어 아가씨를 미워하는군요. 그게 훌륭한 보답인가요, 그래요?"

린튼 도련님은 입을 실룩거리면서 입에 물었던 사탕과자를 뽑았습니다.

"아가씨는 도련님이 미워서 워더링 하이츠에 왔을까요? 혼자서 잘 생각해 보세요. 그리고 아가씨는 도련님이 돈을 가지게 되는지 어떤지도 전혀 모르고 있어요. 그런데도 도련님은 편찮으시다고 하면서 아가씨를 낯선 집이 층에 저렇게 혼자 놓아두실 건가요? 누군가가 돌봐 주지 않고 그냥 내버려둔다는 것이 어떤 것이라는 걸 잘 아는 도련님이 말이에요. 도련님은 자기 자신의 괴로움을 슬퍼했고, 아가씨는 도련님의 그 괴로움을 동정하셨어요. 그런데도 도련님은 아가씨의 괴로움을 동정하지 않는단 말이군요. 난 이렇게 눈물을 흘리고 있어요. 히스클리프 도련님, 보세요, 나이 든 늙은 하녀에 지나지 않는 내가 말이에요. 그런데 도련님은 아가씨를 그렇게 사랑하시고 또 아가씨를 숭배한다고 하셔놓고도 눈물 한 방울 흘리지도 않은 채 아주 태평하게 누워 계시는군요. 정말 도련님은 무정하고 자기 몸만 생각하는 나쁜 사람이에요!"

"난 캐시와 함께 있을 수 없는 걸."

그는 얼굴을 찌푸리며 대답했습니다.

"나 혼자서는 함께 있을 수가 없단 말이야. 어찌나 우는지 견딜 수가 없는 걸. 그래서 내가 아버지를 불렀어. 아버지가 조용히 하지 않으면 목을 조르겠다고 위협했지만 캐시는 아버지가 방에서 나가자마자 다시 울기 시작하잖아. 내가 잠을 잘 수 없어 화가 나서 소릴 질러도 밤새 신음하며 슬퍼했어."

그 불쌍한 작자가 자기 사촌의 정신적 고통을 동정할 힘이 없음을 알자, 저는 아버지가 나가셨냐고 물어보았습니다.

"아버지는 안뜰에 계셔. 케네드 선생과 이야기하고 계신데, 그 선생의 말로는 외삼촌은 이젠 정말 돌아가실 거래. 난 너무 기뻐. 외삼촌이 돌아가시고 나면 내가 그 집의 주인이 될 테니까 말이야. 그리고 캐서린은 언제나 그게 제 집이라고 말했거든. 그건 자기 집이 아니지! 그건 내 집이란 말이야. 아빠가 그러시는데 캐서린의 것은 모두 내 것이라는 거야. 그 재미있는 책들도 모두 내 것이지. 캐서린은 내가 만약 우리 방 열쇠를 가지고 가서 자기를 내보내 주기만 하면 그 재미있는 책들이며 예쁜 새, 그리고 조랑말 미니도 다 내게 준다는 거야. 하지만 난 그것들을 모두가 다 내 것이니까 넌 나한테 줄 게 아무것도 없다고 말해 줬지. 그랬더니 캐서린은 울면서 목걸이에서 조그만 그림을 꺼내더니 그걸 나더러 가지라는 거야. 금으로 만든 케이스 안에 들어 있는 두 개의 그림인데 한쪽에는 자기 어머니의 사진이 있고, 다른 쪽엔 외삼촌 사진인데 두 분이 다 젊었을 때 찍은 거였어. 그게 바로 어제의 일이야. 난 그것도 내 거라고 말하고 캐서린에게 뺏으려고 했지. 그런데 그 망할 것이 안 주려고 나를 떠밀어서 아프게 했지 뭐야. 난 소릴 질렀고 캐서린은 그 소리를 듣고 깜짝 놀랐지. 아버지가 올라오시는 소리가 들리자 캐서린은 한쪽을 떼더니 케이스를 둘로 나누어 어머니의 초상이 들어 있는 쪽을 내게 주고 다른 쪽은 감추려고 했어. 아버지가 왜 그러느냐고 물으셔서 내가 설명을 했지. 아버지는 내가 가지고 있던 것을 빼앗고 캐서린에게 제 것을 내게 주라고 말했는데 안 된다지 뭐야. 그래서 아버지가 캐서린을 넘어뜨리고 그 케이스를 줄에서 뜯어내어 발로 밟아 부수어 버렸어."

"아가씨가 맞는 걸 보니까 좋으셨나요?"

저는 그에게 좀 더 말을 시키기로 했습니다.

"난 못 본 체했어. 난 아버지가 개나 말을 때리면 못 본 체하거든. 어찌나 심하게 때리는지 말이야. 그래도 처음에는 기분이 좋았어. 나를 떠밀었으니까 벌을 받아도 싸다는 생각을 했지. 그런데 아버지가 나가신 뒤에 캐서린이 창가로 나를 오라고 하더니 볼 안쪽이 이빨과 맞닿아서 째지고 입 안에 피가 가득 차 있는 걸 보여 주잖아. 그리고서 캐서린은 찢어진 사진 조각을 주워 가지고 가서 벽 쪽을 보고 앉더니 그때부터 아무 말도 하지 않는 거야. 나는 아파서 말을 못 하는가 보다고 생각했지. 그렇게 생각하고 싶지 않았지만, 내리 울고만 있으니 어쩔 수가 없는데다 어찌나 파리하고 사납게 보이는지 난 캐서린이 무서웠어!"

"도련님은 그 방 열쇠를 가져오려면 가져올 수 있지요?"

"그럼, 내가 이 층에 가면 되지. 하지만 난 지금 이 층까지 걸어갈 수가 없어."

"아가씨는 어느 방에 계시죠?"

"안 돼! 어디 있는지 가르쳐 줄 수 없어! 그건 비밀이야! 헤어턴도, 질라도 그 누구도 몰라. 자! 넬리 때문에 피로해졌어. 저리 가, 저리 비키란 말이야!"

그러고 나서 그는 팔에다 얼굴을 얹고는 다시 눈을 감아 버렸습니다. 저는 히스클리프 씨를 만나지 않고 우리 집으로 가서 아가씨를 구출해 낼 사람을 데리고 오는 것이 상책이라고 생각했습니다.

집에 도착하자 나를 본 동료 하인들의 놀라움과 기쁨은 굉장했습니다. 그리고 아가씨가 무사하다는 말을 듣자 두세 사람은 냉큼 올라가서 에드거 서방님의 방문에 대고 그 소식을 큰 소리로 알리려고 했지요. 하지만 그 일에 대해서는 제가 직접 알려드리기로 했습니다.

정말 며칠 사이인데도 서방님의 변하신 모습은 놀라울 정도였습니다. 서방님은 비애와 체념의 모습으로 그대로 죽음을 기다리는 것 같았습니다. 그분은 아주 젊어 보였습니다. 실제 나이는 서른아홉인데 모르는 사람은 적어도 열 살은 더 젊게 보았을 것입니다. 아가씨의 이름을 중얼거리는 걸 보니 아가씨 생각을 하셨나 봅니다. 저는 서방님의 손을 잡고 말씀을 드렸습니다.

"아가씨는 곧 돌아오실 거예요, 서방님!"

저는 조그만 소리로 말씀드렸습니다.

"아가씨는 살아 계세요. 그리고 건강하시고요. 아마 오늘 밤쯤은 돌아오실 거예요."

저는 이 소식을 듣고 바로 일어나는 서방님의 반응에 몹시 놀랐습니다. 서방님은 반쯤 몸을 일으키고 방 안을 열심히 둘러보시더니 도로 누우시며 정신을 잃고 말았습니다.

서방님이 다시 깨어나자마자 저는 우리가 강제로 끌려가서 하이츠에 감금되어 있었다는 것을 이야기해 드렸습니다. 전적으로 그런 건 아니었지만 저는 히스클리프 씨에게 강제로 끌려갔다고 했습니다. 린튼 도련님에 대한 좋지 않은 이야기는 되도록 하지 않았습니다. 히스클리프 씨의 야만스런 행동에 대해서도 이야기하지 않았습니다. 저는 되도록이면 그분의 괴로운 잔에 더 이상의 괴로움을 부어 드릴 수 없었습니다.

서방님은 원수인 히스클리프 씨의 목적이 서방님의 부동산은 물론 동산까지도 자기 아들의 것이라기보다 자기 것으로 만들려는 것이라는 걸 미리 알고 계셨습니다. 그런데도 서방님은 히스클리프 씨가 왜 서방님이 죽을 때까지 기다리지 않는지 궁금해 했습니다. 서방님은 서방님의 조카도 자신과 같이 세상을 떠날 날이 얼마 남지 않았다는 것을 모르고 계셨으니까요.

어쨌든 서방님은 유서를 다시 쓰는 게 좋겠다고 생각하셨습니다. 캐서린 아가씨의 재산을 아가씨 마음대로 처분하도록 맡겨 두지 않고 그것을 관리인이 관리하게 해서 아가씨가 일생 동안 쓸 수 있도록 하고, 단 아가씨에게 아이들이 생기면 아가씨가 죽은 뒤에는 그 아이들에게 넘겨주도록 하셨습니다. 그렇게 해 놓으면 린튼 도련님이 죽더라도 재산은 히스클리프 씨에게 넘어가지 못하게 되니까요.

서방님의 분부를 받고 저는 한 사람은 변호사를 불러오라고 보내 놓고, 다른 네 사람을 불러 적당한 무기를 들려서 아가씨를 그 감시자로부터 구해 오도록 했습니다. 두 패가 다 밤늦게까지 돌아오지 않았습니다만 혼자 간 사람이 먼저 돌아왔습니다.

그는 변호사인 그린 씨가 집에 없어서 돌아올 때까지 두 시간을 기다려야만 했다며, 그린 씨는 마을에 꼭 보아야 할 간단한 용무가 있으니 드러시크로스 저택에는 다음 날 아침 일찍 오겠다는 것이었습니다.

다른 네 사람도 그들만 돌아왔습니다. 그들은 캐서린 아가씨가 너무 편찮으셔서 방에서 나올 수가 없다며 히스클리프 씨가 아무래도 아가씨를 만나게 해 주지 않더라는 것이었습니다.

저는 어쩌면 그따위 이야기에 넘어가느냐, 그따위 이야기는 서방님께 말씀드릴 수 없다며 그 바보 같은 친구들을 단단히 나무랐습니다. 그리고 다음 날 새벽에는 그 패들을 모조리 데리고 워더링 하이츠에 가서 갇혀 있는 아가씨를 순순히 내놓지 않으면 어떻게 해서라도 뛰어 들어가기로 결정했습니다. 만약 그 악마 같은 놈이 아가씨를 내놓으려고 하지 않으면 그 집 문간에서 그 자를 때려죽이는 한이 있더라도 서방님이 따님을 보실 수 있게 해 드리겠다고 저는 다짐하고 또 다짐했습니다.

다행히도 저는 워더링 하이츠에 가서 그런 고역을 치를 필요가 없어졌습니다. 새벽 세 시쯤 저는 물병을 가지러 아래층으로 내려갔었습니다. 그때 현관문을 요란하게 두드리는 소리가 나서 펄쩍 뛸 만큼 놀랐습니다.

"아! 그린 씨인가 보군."

저는 마음을 진정시키면서 말했습니다. 저는 다른 사람을 시켜서 문을 열게 해야겠다고 생각하며 그냥 지나가려는데 다시 문을 두드리는 소리가 났습니다. 큰 소리는 아니었지만 아주 끈덕지게 두드렸습니다. 저는 물병을 난간 위에 내려놓고 뛰어가서 손수 문을 열어 주었습니다. 바깥은 쟁반 같은 가을달이 비추어 대낮처럼 훤했습니다. 그는 변호사가 아니었습니다. 우리 귀여운 작은 아가씨가 흐느끼면서 저의 목에 매달렸습니다.

"엘렌! 엘렌! 아버지는 살아 계셔?"

"그럼요! 그럼요, 우리 아가씨. 안 돌아가셨고 말구요! 하느님 덕택으로 아가씨도 무사히 돌아오셨군요!"

아가씨는 숨이 차서 헐떡거리면서도 위층 서방님 방으로 뛰어가고 싶은 눈치였습니다. 그러나 저는 억지로 의자에 앉히고 물을 마시게 한 다음 파리해진 얼굴을 씻기고 제 앞치마 자락으로 비벼서 희미하게나마 화색이 돌게 했습니다. 그리고서 저는 제가 먼저 올라가서 아가씨가 오셨다는 걸 말씀드려야 된다고 말하고, 아버지께는 히스클리프 도련님과 행복하게 지낼 거라고 말씀드리라며 아가씨를 타일렀습니다. 아가씨는 놀란 눈으로 쳐다보았으나 왜 제가 아가씨에게 거짓말을 하라고 하는지를 알아듣고 불평은 하지 않겠다고 다짐했습니다.

저는 두 분이 만나는 자리에는 차마 있을 수가 없었습니다. 십오 분 가량이나 침실 문 밖에 서 있었으면서도 아무래도 침대 가까이에는 가지 못했습니다. 그런데 너무 조용하기만 했습니다. 아가씨의 슬픔도 아버님의 기쁨도 똑같이 조용한 것이었습니다. 아가씨는 침착하게 아버님을 부축하고 있었고, 서방님은 기뻐서 넋을 잃은 채 부릅뜬 듯한 눈으로 아가씨의 모습을 지켜보셨습니다.

서방님은 그런 대로 행복하게 운명하셨습니다. 그분은 그렇게 눈을 감으셨으니까요. 따님의 뺨에 입을 맞추면서 이렇게 속삭이듯 중얼거리셨습니다.

"난 네 어머니에게로 간다. 아가, 너도 우리한테 오겠지."

그러고는 움직이지도 입을 열지도 못하셨지만, 조용히 맥이 멎고 혼이 나가실 때까지도 그 기쁨에 넋을 잃은 듯한 빛나는 눈초리를 따님의 얼굴에서 떼시지 않았습니다. 서방님이 숨을 거두신 정확한 시간은 아무도 알 수 없을 정도로, 그렇게 조금도 괴로워하시지 않고 조용히 돌아가셨습니다.

캐서린 아가씨는 눈물이 다 말라 버렸는지 아니면 슬픔이 너무나도 무거워서 눈물도 나오지 않았는지 어쨌든 눈물도 흘리지 않고 해가 뜰 때까지 그 자리에 앉아 있었습니다. 아가씨는 점심때까지 시신이 누워 있는 침대를 바라보며 생각에 잠겨 움직이지 않으려고 하기에 저는 저쪽으로 가서 좀 쉬어야 한다고 타일렀습니다.

제가 아가씨를 자리에서 뜨게 한 것이 다행이었습니다. 왜냐하면 점심때가 되어 변호사가 나타났기 때문입니다. 그는 워더링 하이츠에 가서 어떻게 하라는 지시를 받고 온 모양이었습니다. 그는 히스클리프 씨에게 매수되었던 것입니다. 그래서 어제 서방님이 부르실 때도 곧바로 오지 않았던 것입니다. 다행히 따님이 돌아오신 뒤에는 그런 세속적인 일에 대한 생각이 서방님의 마음을 괴롭히거나 불안하게 해 드리지 않았습니다.

그린 씨는 집안의 모든 물건과 모든 사람의 처리를 도맡았습니다. 그는 저 이외에 다른 하인들을 모두 해고한다고 통고했습니다. 그는 위임받은 권한을 내세워 에드거 린튼은 자기 아내 옆에 매장해서는 안 되고 교회당 안에 있는 가족 묘지에 매장해야 된다는 말까지 하려 했습니다. 그러나 저는 유언에 기록되어 있는 것은 조금도 어겨서는 안 된다고 큰 소리로 항의했습니다.

장례는 서둘러 끝냈습니다. 이제 린튼 히스클리프 부인이 된 캐서린 아가씨는 아버님의 장례가 끝날 때까지는 집에 머물러 있어도 좋다는 허락을 받았습니다. 아가씨의 말을 들으니 아가씨가 하도 괴로워하니까 마침내 린튼 도련님이 거기에 자극을 받아 아가씨를 풀어 주는 위험을 무릅썼던 모양이었습니다. 아가씨는 제가 보낸 사람들이 현관에서 옥신각신하는 소리를 들었고 히스클리프 씨가 어떤 대답을 했을지도 짐작했다고 합니다. 그러자 아가씨는 무슨 짓을 하더라도 그 집을 빠져나가야겠다는 생각이 들었겠지요. 제가 떠나온 뒤에 곧 조그만 방으로 올라가 있던 린튼 도련님은 무서워서 아버지가 다시 올라오기 전에 열쇠를 꺼내왔더랍니다. 도련님은 문을 닫지 않고 자물쇠를 열었다가는 다시 잠그는 시늉만 했답니다. 그리고 나서 자야 할 시간이 되자 도련님은 헤어턴과 함께 자게 해 달라고 해서 그러도록 승낙을 받았다는 것입니다.

캐서린 아가씨는 날이 새기 전에 가만히 빠져나왔습니다. 아가씨는 개들이 짖지 않도록 하기 위해 출입문을 통하지 않고 빈 방을 돌아다니면서 창문을 살펴보았습니다. 그리고 다행히도 아가씨의 어머님이 쓰시던 방에 우연히 들어가서 그 방의 들창문으로 빠져나와 옆에 있는 전나무를 타고 땅으로 내려왔답니다. 이렇게 아가씨가 도망치는데 협력한 공범자라는 이유로 도련님은 그가 겁을 내면서 꾀를 짜낸 보람도 없이 아버지에게 호되게 혼이 났다고 합니다.

29

장례를 치른 날 저녁 아가씨와 저는 서재에 앉아 있었습니다. 한편으로는 서방님의 죽음을 생각하며 슬픔에 잠기기도 하고, 아가씨는 슬픔이라기보다도 절망에 빠져 있었습니다만, 한편으로는 어둠이 가려진 장래의 일에 관해서 이런저런 상상을 해 보는 것이었습니다.

우리는 결국 캐서린 아가씨가 선택할 수 있는 가장 좋은 길은 적어도 린튼 도련님이 살아 있는 동안에는 이 집에서 그대로 살 수 있도록 허락을 받는 것이라는 데 의견을 일치했습니다. 최선의 방법은 도련님이 이 집으로 와서 우리와 함께 지내면서 제가 가정부로 남아야 한다는 것이었지요. 하지만 저희의 희망대로 되기는 어려울 것 같았습니다. 하지만 그래도 저는 꼭 그렇게 되기를 바랐습니다. 내가 살던 집이며 내가 하던 일, 그리고 무엇보다도 사랑스런 아가씨와 헤어지지 않아도 될 거라는 기대로 저는 기운이 나기 시작했습니다. 그런데 마침 그때 하인 한 사람이 — 해고된 하인들

중 한 사람이었지만 아직 나가지 않고 있었습니다 — 급히 뛰어 들어오더니, '그 망할 놈의 히스클리프'가 마당으로 들어오고 있는데 그의 눈앞에서 문을 닫아 버려도 되겠느냐고 말하는 것이었습니다.

혹 우리가 무모하게 그렇게 하려고 했더라도 시간이 없었습니다. 그는 문을 두드린다거나 이름을 대는 것 같은 형식은 차리지도 않았습니다. 그는 이 집의 주인이 된 것이고, 그래서 당연한 주인으로서의 권리를 발휘하여 말 한마디 없이 곧장 안으로 들어왔습니다.

그가 왔다고 알리는 하인의 목소리를 따라 그는 서재 쪽으로 들어오더니 하인에게 나가라는 몸짓을 하고 문을 닫아 버렸습니다. 그곳은 그가 십팔 년 전에 처음으로 손님으로 안내를 받아 들어왔던 바로 그 방이었습니다. 바로 그때의 그 달이 창문으로 비쳤고, 그때와 똑같은 가을 풍경이 펼쳐져 있었습니다. 촛불을 켜진 않았지만 방 안은 벽에 걸린 초상화들, 즉 돌아가신 캐서린 아씨의 멋진 얼굴과 바깥어른의 우아한 모습까지도 환하게 보였습니다.

히스클리프 씨는 난로 옆으로 다가왔습니다. 세월은 별로 그의 용모를 바꾸지는 않았습니다. 그때 그 사람이었던 것입니다. 검은 얼굴이 다소 누르스름해졌고, 좀 더 안정되어 보였으며, 이십 파운드쯤 체중이 불어 보였을 뿐 다른 변화라고는 없었습니다. 그를 본 캐시 아가씨는 도망치고 싶은 충동에 벌떡 일어났습니다.

"가만 있어!"

그는 아가씨의 팔을 붙들면서 말했습니다.

"이젠 도망쳐도 소용없어! 어디로 가려는 거야? 난 너를 데리러 온 거야. 그리고 이제부터는 충실한 며느리 노릇을 하고 린튼이 나를 거역하게 만들어서도 안 돼. 네가 도망쳐 나오도록 그 녀석이 한 짓을 알게 되었을 때 난 그 녀석을 어떻게 혼내 줄까 망설였단 말이다. 그 녀석의 얼굴을 보면 마땅히 받을 만한 벌을 받았다는 걸 알 수 있을 거야! 하룻저녁 동안, 바로 그저께 저녁이지. 난 그 녀석을 아래층으로 데리고 내려와서 의자에 앉혀 놓은 다음 그 뒤로는 조금도 건드리지 않았지. 헤어턴을 내보내고 우리 둘이서만 말이야. 두 시간 후에 조지프를 불러 그 녀석을 다시 위층으로 올려보냈어. 그런데 그때부터 그 녀석은 내가 나타나기만 하면 귀신이라도 본 것처럼 무서워해. 그리고 내가 옆에 없어도 종종 내가 눈에 보이는 모양이야. 헤어턴의 말을 들으면 밤중에도 내내 자지 않고 비명을 지르면서 내게서 저를 보호해 달라며 너를 부른다는 거야. 그러니 너의 그 훌륭한 짝을 위해 넌 좋든 싫든 가야만 돼. 그는 이제 네 책임이니까. 이제까지 내가 지녔던 그에 대한 모든 관심을 너에게 넘겨주겠어."

"왜 캐서린 아가씨를 그대로 여기에 놓아두고 린튼 도련님을 아가씨에게 보내지 않습니까?"

저는 항의를 했습니다.

"두 사람을 다 싫어하니까 헤어져도 섭섭할 건 없을 텐데요. 두 사람이야 당신에게는 그저 매일같이 두통거리가 될 뿐이잖아요."

"난 이 집에 세들 사람을 구하는 중이야. 그리고 사실은 내 애들을 옆에 두고 싶어. 그뿐 아니라 저 애도 내가 먹여 주는 대신 나를 위해 일을 해야지. 난 린튼이 죽은 뒤에도 저 애를 호사스럽고 편하게 먹여 살리지는 않을 작정이니까. 자, 이제 어서 갈 준비를 해! 내가 끌고 가게 하지 말고."

"가겠어요. 린튼은 이 세상에서 내가 사랑하지 않으면 안 될 사람이니까요. 그리고 고모부는 린튼이 나에게 미움 받고 나는 린튼에게 미움 받게 하려고 갖은 짓을 다 하셨지만, 우리가 서로 미워하게 만들지는 못할 거예요!

내 앞에서 그를 해치거나 나를 위협해 보세요.”

"당당한 투사로군! 하지만 난 그 녀석을 해칠 만큼 너한테 잘하고 싶진 않아. 너는 실컷 괴로움을 맛보게 될 거다. 난 그가 너에게 미움 받게 만들 필요가 없어. 그건 그 녀석의 훌륭한 정신이 스스로 그렇게 만들 테니까. 그 녀석은 네가 도망친 일과 그 뒤에 일어난 일 때문에 죽을 지경이지. 너의 그 귀한 헌신적인 사랑에 대해서 그 녀석이 고맙게 생각할 거라고 기대하지는 마라. 그 녀석이 '만약 내가 아빠만큼 힘이 세다면 뭘 어떻게 할 텐데.' 하고 유쾌한 이야기를 질라에게 하는 것을 내가 들었어. 그 앤 그런 생각을 하는 녀석이니까. 몸이 약한 만큼 힘 대신 꾀만 늘었어."

"나도 그의 성격이 고약하다는 건 알고 있어요. 고모부의 아들이잖아요. 하지만 다행히 저는 성격이 좋으니까 그의 나쁜 점을 용서할 수 있어요. 그리고 그가 나를 사랑하고 있다는 걸 아니까 나도 그를 사랑해요. 고모부는 아무도 고모부를 사랑해 주는 사람이 없잖아요. 그리고 아무리 고모부에겐 우리를 비참하게 만든다 하더라도 그 잔인한 성격이 우리들보다 더욱 큰 비참함에서 우러나오는 것이라고 생각하면 우리는 그걸로 만족할 수 있을 거예요. 고모부는 비참해요. 그렇기 때문에 악마같이 외롭고 시기심이 많은 거죠. 아무도 고모부를 사랑하지 않아요. 고모부가 죽어도 아무도 울어주지 않을 거예요. 난 고모부처럼 되진 않을 거예요."

캐서린 아가씨는 서글픈 승리감을 맛보며 말씀하셨습니다. 앞으로 자기도 그중의 한 사람이 될 가족의 정신에 동조하기로 마음을 먹고 원수의 슬픔을 통해 자기의 기쁨을 찾으려는 듯이 보였습니다.

"너야말로 당장 네 몸이 불쌍하게 여겨질 거다. 더 이상 머물 생각 하지 말고 어서 가져갈 물건이나 챙겨! 비켜, 이 요망스런 것!"

아가씨는 빈정대듯이 물러갔습니다.

저는 아가씨가 없으면 여기는 그만둘 테니까 질라 대신 워더링 하이츠에 있게 해 달라고 간청해 보았지만 그는 들어 주지 않았습니다. 그는 조용히 하라고 말하고 나서 그제야 처음으로 방 안을 흘끗 둘러보더니 벽에 걸린 초상화들에 눈을 고정시켰습니다.

"저건 내가 집으로 가져가야겠군. 그게 꼭 필요해서 그러는 건 아니지만……."

그는 캐서린 아씨의 초상화를 살펴본 후 말했습니다. 그러고는 갑자기 난로 쪽으로 향하더니 무엇이라고 할까, 적당한 말이 없으니 미소라고밖에는 달리 표현할 수 없겠군요. 미소를 지으면서 말을 계속하는 것이었습니다.

"내가 어제 무엇을 했는지 알려 주지! 린튼의 무덤을 파고 있는 교회 머슴을 시켜 그 여자의 관 뚜껑에 덮인 흙을 치우게 하고 관을 열어 보았어. 언젠가 나도 거기에 묻혔으면 하고 생각한 일이 있었거든. 그 여자의 얼굴은 여전히 그대로더군. 그 교회 머슴이 나더러 비키라고 야단이더군. 얼굴에 바람을 쐬면 시체가 썩는다기에 난 관을 두드려서 조금 느슨하게 해 놓고는 흙으로 덮어 버렸지. 느슨하게 해 놓은 쪽은 그 망할 린튼이란 놈이 묻힌 쪽은 아냐! 그따위 놈은 납으로 만든 관 속에 넣어 땜질을 했어야 하는 건데. 그리고 교회 머슴에게 돈을 좀 쥐어 주면서 내가 거기에 묻힐 때는 내 관도 그 여자의 관처럼 한쪽을 좀 느슨하게 해 달라고 했어. 그렇게 해 놓으면 린튼이란 놈이 우리한테 올 무렵이면 어느 게 어느 것인지 모를 테니까 말이야!"

"당신은 참 악독하기도 하군요, 히스클리프! 죽은 이를 괴롭히다니, 부끄럽지도 않던가요?"

"난 아무도 괴롭히지 않았어, 넬리. 그저 내 마음이 다소 안정되긴 했지
만 말이야. 이제 훨씬 마음이 편하게 될 거야. 그리고 내가 죽더라도 땅속
에 조용히 누워 있게 될 테니까. 그 여자를 괴롭혔다고? 천만에! 그 여자야
말로 십팔 년 동안을 밤낮 없이 나를 괴롭혀 왔지. 늘 끊임없이, 그리고 잔
인하게, 바로 어젯밤까지도 말이야. 그리고 어젯밤에야 겨우 마음이 가라
앉은 거야. 난 어젯밤, 심장이 멎어 차디찬 내 볼을 그 여자의 볼에 맞대고
그녀 옆에서 마지막 잠을 자는 꿈을 꾸었지."

"그럼, 만약에 그분이 썩어 흙이 되어 버렸거나 그보다 더한 상태에 있
었더라면 그땐 무슨 꿈을 꾸었을까요?"

"그 여자와 함께 썩어서 더욱더 행복해지는 꿈을 꾸지! 내가 그따위 변
화를 무서워할 줄 알아? 난 관 뚜껑을 열 때 이미 그런 변화를 기대하고 있
었어. 그러나 지금은 내가 죽을 때까지 그 변화가 시작되지 않는 게 더욱
좋겠다고 생각해. 더욱이 그 생기 없는 용모에서 강렬한 인상을 받지만 않
았던들 그 묘한 감정은 여간해선 가시지 않았을 거야. 그건 이상하게 시작
됐지. 알다시피 난 그 여자가 죽은 뒤 미치광이처럼 밤낮으로 그 여자가 내
게 돌아오기를 빌었어. 영혼이라도 돌아오라고 말이야. 난 유령을 믿어. 이
세상에는 유령이라는 게 꼭 있다는 것을 확신한단 말이야.

그 여자가 거기 묻히던 날은 눈이 내렸지. 저녁때 나는 묘지에 갔었어.
겨울처럼 찬바람이 휘몰아치고 사방은 호젓했어. 그 여자의 바보 같은 남
편이 그렇게 늦은 시간에 그 골짜기를 기어 올라올 리도 없고, 그리고 다른
사람도 없으니 나 혼자 그곳에 머물 수 있었지. 나는 혼자였고, 우리 사이
를 가로막고 있는 것은 얼마 안 되는 푸실푸실한 흙뿐이라는 생각이 들어

난 혼잣말을 했어.

'다시 한 번 저 여자를 이 팔로 안아 보자! 만약 몸이 차갑다면 그건 이 북풍 때문에 내 몸이 차가워졌기 때문이라고 생각하고, 움직이지 않는다면 그건 잠들어 있기 때문이라고 생각하자.'

나는 연장 창고에서 삽을 꺼내다가 힘껏 파기 시작했어. 삽 끝이 관 모서리에 닿는 소리가 나자 엎드려서 손으로 흙을 팠어. 관 뚜껑의 못 박은 자리가 벌어지고 내가 목적하던 바가 거의 이루어지려던 바로 그때, 무덤 가장자리에서 내 머리 위로 몸을 구부리며 누군가가 한숨을 쉬는 소리가 들리는 것 같았어. '이 뚜껑을 열 수만 있다면……. 나를 함께 묻고 흙을 덮어 주면 좋으련만!' 그리고 나는 더욱더 미친 듯이 뚜껑을 잡아 뜯으려고 했지. 그러자 바로 내 귓전에서 다시 한숨 소리가 들리더군. 진눈깨비를 몰고 오는 바람을 물리치는 따뜻한 숨결이 느껴졌어. 피가 통하는 살아 있는 인간이 옆에 없다는 건 알고 있었어. 그러나 어둠 속에서 누군가가 가까이 오면 분간은 할 수 없어도 느낄 수는 있듯이 난 분명히 캐시가 땅속이 아니라 땅 위에 있다는 걸 알 수 있었어.

갑자기 안도감이 온몸으로 퍼지더군. 난 마음이 놓여 힘든 일을 그만두고 돌아다보았지. 무어라 표현할 수 없이 마음이 놓이더군. 그녀가 내 옆에 있었단 말이야. 그녀는 내가 묘를 다시 메우는 동안 그대로 거기 있다가 나를 집까지 데려다 주었어. 웃을 테면 웃어도 좋아. 그러나 난 틀림없이 거기에 그녀가 있었다고 믿으니까. 그녀가 분명히 내 옆에 있었기 때문에 난 이야기를 건네지 않을 수 없었어.

워더링 하이츠에 돌아와서 곧장 문으로 달려갔는데 문이 잠겼더군. 그 망할 언쇼란 놈과 내 아내가 나를 들어오지 못하게 한 거야. 나는 언쇼 놈을 숨이 막힐 만큼 발길로 차주고는 원래 그녀가 쓰던 내 방으로 급히 뛰어 올라갔어. 나는 초조하게 사방을 둘러보았어. 그녀가 내 옆에 있는 걸 알았어. 거의 볼 수 있을 것 같으면서도 보이지 않았어! 애달픈 그리움과 한 번이라도 보고 싶다는 열렬한 애원으로 나는 피땀을 흘릴 정도였지만, 나는 결국 단 한 번도 그녀를 보지 못했어.

그녀는 생전에도 종종 그랬듯이 내게 악마 같은 짓을 한 거야! 그리고 그 뒤로는 좀 더하기도 하고 좀 덜하기도 했지만 나는 참을 수 없는 괴로움에 시달려 왔어. 지긋지긋한 노릇이지. 나의 신경을 그처럼 팽팽하게 긴장시켜 놓다니 말이야. 만약 내 신경이 힘줄같이 질기지 않았더라면 벌써 옛날에 린튼처럼 풀어져 맥이 빠졌을 거야.

내가 헤어턴과 함께 거실에 앉아 있을 때는 밖에 나가면 그녀를 볼 수 있을 것 같고, 벌판을 쏘다니다 보면 그녀가 집 안으로 들어오는 것을 볼 수 있을 것 같았어. 그래서 집을 나갔다가도 급히 돌아오는 거지. 그녀가 틀림없이 워더링 하이츠 어느 곳에 있을 것만 같아서 말이야. 그리고 그녀가 있던 방에서 잠을 자는 날에는 난 쫓겨나고 말아. 난 도저히 거기에 누워 있을 수가 없어. 눈을 감자마자, 그녀가 창 밖에 나타나거나 판자벽 뒤로 살그머니 몸을 숨겨. 그렇지 않으면 방으로 들어오기도 하고, 심지어는 어렸을 때처럼 그 베개 위에 귀여운 머리를 눕히기도 해. 그러면 난 그녀를 보려고 감았던 눈을 뜨지 않을 수 없지. 나는 하룻밤에 골백번씩이나 눈을 떴다 감았다 해. 언제나 실망하게 마련이지만 그녀는 그렇게 나를 못살게 굴었어! 내가 가끔 끙끙 소리를 내며 앓으면 그 늙은 조지프 녀석은 틀림없이 내 양심이 마음속에서 마귀를 부르는 거라고 생각했을 거야.

이제 그녀를 보고 나니 마음이 가라앉았어, 약간이긴 하지만. 그건 사람을 죽이는 방법치고는 맹랑한 방법이었어. 십팔 년 동안 희망이라는 허깨비로 아주 조금씩 사람을 조여 왔으니까."

히스클리프 씨는 말을 멈추고 이마의 땀을 훔쳤습니다. 땀에 젖은 머리카락이 이마에 들러붙어 있었고 두 눈은 난로 속의 붉은 불씨를 응시하고 있었습니다. 눈썹은 찌푸리지 않았지만 관자놀이 근처까지 치켜 올라가 그의 험상궂은 인상이 좀 가셨습니다. 하지만 고뇌에 찬 모습은 어느 한 가지 일에 정신이 쏠린 괴로운 표정을 띠고 있었습니다. 그는 굳이 저에게 이야기하고 있는 것이 아니었으므로 저도 잠자코 있었습니다. 저는 그의 이야기를 듣고 싶지 않았습니다. 잠시 후에 그는 다시 그림을 보고 생각에 잠기더니 그걸 떼어서는 더 잘 보이는 곳에 놓고 들여다보려는 듯 소파 위에 기대 놓았습니다. 그러는 동안에 캐시 아가씨가 들어오더니 준비가 다 되었는데 언제 자기 말에 안장을 매게 할 거냐고 물었습니다.

"저건 내일 보내도록 해."

히스클리프 씨는 제게 말하고 나서 아가씨를 돌아다보았습니다.

"넌 말이 없어도 돼. 오늘 저녁은 이렇게 날씨도 좋고 워더링 하이츠에 가면 말 같은 건 필요 없으니까. 그리고 어디를 가든지 네 발로 걸어 다니면 될 테니까 말이야. 어서 가."

"잘 있어, 엘렌!"

우리 작은 아씨는 소곤대듯이 말했습니다. 제게 입을 맞추는 데 아가씨의 입술은 얼음같이 차가웠습니다.

"놀러 와, 엘렌, 잊지 말고 와야 해."

"그따위 짓은 하지 않는 게 좋아, 딘 부인!"

아가씨의 시아버지는 제게 엄포를 놓았습니다.

"하고 싶은 이야기가 있으면 내가 갈 테니까, 딘 부인은 우리 집에 얼씬거리지도 마!"

그는 아가씨더러 앞서 가라고 눈짓을 했습니다. 아가씨는 가슴이 미어지는 것 같은 눈길로 뒤를 돌아다보며 걸어갔습니다.

저는 그들이 마당을 지나가는 것을 창문에서 지켜보았습니다. 히스클리프 씨는 분명 아가씨가 거부하는 것 같았지만 캐서린 아가씨의 팔을 끼고 갔습니다. 그리고 성큼성큼 빠른 걸음으로 나무들이 가려진 작은 길로 아가씨를 끌고 갔습니다.

30

아가씨가 떠난 뒤에 저는 딱 한 번 워더링 하이츠를 찾아간 일이 있었습니다. 하지만 그곳에서 아가씨를 만나지는 못했습니다. 아가씨의 안부가 궁금해서 찾아갔었는데 조지프 늙은이가 문을 손으로 잡고는 들여보내주지 않았습니다. 린튼 아씨는 '바쁘시고' 주인은 안 계시다는 것이었습니다. 질라가 그들이 지내는 모습을 다소나마 이야기해 주었습니다만, 그렇지 않았더라면 저는 누가 살아 있는지도 모를 뻔했습니다.

그녀의 이야기를 통해 질라는 캐서린 아가씨를 건방지다고 여기고 있으며, 그래서 아가씨를 좋아하지 않는다는 것을 짐작할 수 있었습니다. 아가씨가 그 댁에 처음 갔을 때 질라에게 뭘 좀 해 달라고 부탁했는데, 히스클리프 씨가 자기 일이나 하라고 질라에게 말하고 며느리에게도 자기 일은 자신이 하라고 일렀다는 것입니다. 질라는 본래 속이 좁은 이기적인 여자라 얼씨구나 하고 주인 말대로 한 것이지요. 캐서린 아가씨는 그렇게 자기를 소홀히 하는 것에 어린애 같은 역정을 내고 멸시하는 태도로 대했고, 그렇게 되자 마치 질라가 자기에게 무슨 큰 잘못이나 저지른 사람이기라도 한 것처럼 철저하게 원수의 한 사람으로 여기고 말았던 것입니다.

여섯 주 전, 주인님이 오시기 며칠 전의 일이었지요. 하루는 벌판에서 질라를 만나 한참 동안 이야기를 했는데, 다음은 질라가 저에게 들려 준 이야기입니다.

린튼 아씨가 처음 와서 한다는 짓이 말이에요. 글쎄 집에 도착하자마자 나와 조지프에게 잘 있었느냐는 인사말 한마디 없이 위층으로 뛰어가 버리더군요. 서방님의 방에 틀어박혀서는 아침까지 꼼짝 않는 거예요. 그러더니 큰 서방님과 헤어턴 도련님이 아침을 드시는 중에 함부로 들어와서는 온몸을 덜덜 떨면서 서방님이 몹시 아프니까 의사를 불러올 수 없느냐는 것이었습니다. 거기에 큰 서방님이 대답하셨지요.

"그건 다 알고 있어! 그렇지만 그 녀석의 목숨은 한 푼의 값어치도 없어. 난 그 녀석을 위해 동전 한 푼 쓰지 않겠어."

"하지만 전 어떻게 하면 좋을지 모르겠는 걸요. 아무도 거들어 주지 않으면 그 사람은 죽고 말 거예요!"

"나가 있어! 그리고 그 녀석에 대한 이야기는 단 한마디도 내 귀에 들어오게 하지 마! 그 녀석이 어떻게 되든지 이 집에는 그 녀석을 걱정해 줄 사람은 하나도 없으니까. 정 걱정이 되면 간호를 해 주든지, 그렇지 않으면 가두어 놓으란 말이야."

그 뒤부터 아씨는 나를 졸라대기 시작하는 거예요. 그래서 나는 그 지겨운 서방님에게는 신물이 났고 우리는 각자 할 일이 있으니까 린튼 서방님을 시중드는 것은 아씨가 할 일이니 그 일은 아씨에게 맡겨 두라고 큰 서방님이 분부하시더라고 말해 줬지요.

난 그분들이 어떻게 하고 지냈는지는 모르겠어요. 아마 도련님은 몹시 안달을 부리고 밤낮없이 으르렁거렸을 겁니다. 그리고 아씨는 그 핼쑥해진 얼굴과 힘이 빠진 눈빛을 보아 거의 잠을 자지 못했을 거라는 생각이 들더군요. 가끔 도무지 어떻게 했으면 좋을지 모르겠다는 표정을 하고 부엌에 들어와서는 도움을 청하고 싶은 듯한 눈치를 보였지만 저는 큰 서방님의 명령을 거역하고 싶지는 않았거든요. 어떻게 큰 서방님의 명령을 거역하겠어요, 딘 부인? 그래도 케네드 선생을 부르러 보내지 않은 것이 잘못이라는 생각은 했지만 그런 걸 권하거나 잔소리를 한다는 것은 내가 할 일이 아니지 않겠어요. 그러니 나야 참견하지 않을 수밖에요.

모두 잠자리에 든 뒤에 한두 번쯤 내가 어쩌다 방문을 열면 아씨가 계단 꼭대기에 앉아서 울고 있는 것을 볼 수 있었어요. 그럴 때면 나는 참견하고 싶은 마음이 들까 봐 얼른 문을 닫아 버렸지요. 확실히 불쌍한 생각은 들었지만, 그렇다고 내가 쫓겨날 수는 없거든요. 그렇지 않아요? 결국 어느 날 밤에는 아씨가 용기를 내서 내 방에 들어오더니 이런 말을 하는 바람에 깜짝 놀랐어요.

"큰 서방님한테 가서 아드님이 죽어가고 있다고 말해 줘요. 이번에는 틀림없이 죽는단 말이야. 일어나, 어서. 어서 가서 그렇게 말하란 말이야!"

이렇게 말하고는 다시 나가 버리더군요. 나는 십오 분 정도 오들오들 떨면서 귀를 기울이고 누워 있었지 뭡니까. 아무 소리도 나지 않고 집안은 조용하기만 했어요.

"아씨가 잘못 안 거겠지. 서방님은 이겨 내실 거야. 잠자는 사람들을 깨울 것까지 없지 않아?"

나는 그렇게 혼잣말을 하고는 다시 졸기 시작했어요. 그런데 종소리가 요란하게 나는 바람에 두 번째로 잠을 깼답니다. 우리집에는 종이 꼭 하나 있는데 그건 린튼 서방님이 쓰도록 달아 놓은 것이거든요. 큰 서방님이 저를 부르시더니 무슨 일인지 가 보라고 하시면서 다시는 종을 울리지 못하게 하라고 하시더군요.

그래서 나는 캐서린 아씨의 말을 전해 드렸지요. 큰 서방님은 혼자 욕지거리를 하시더니 조금 있다가 촛불을 들고 나오셔서 아들 방으로 가시더군요. 나도 따라갔고요. 아씨는 두 손을 무릎 위에 포갠 채 침대 옆에 앉아 있었어요. 시아버님이 가까이 가서 도련님의 얼굴에 촛불을 비추며 들여다보고 만져 본 다음 아씨를 돌아다보시더군요.

"자, 캐서린! 기분이 어떠니?"

아씨는 아무 말씀도 하지 않으셨어요.

"기분이 어떠냔 말이야, 캐서린?"

큰 서방님은 다시 물으셨어요.

"저 사람은 안전한 곳으로 가 버렸고 저는 자유로운 몸이 됐군요. 저야 기분이 좋아야 하겠지요. 하지만……."

아씨는 괴로움을 감추지 못하고 말을 이었습니다.

"아버님은 저 혼자 죽음과 맞서도록 무작정 내버려두셨으니 저야 죽음만을 느끼고 죽음만을 볼 뿐이지요! 저도 죽을 것 같은 기분이라고요."

사실 아씨도 정말 그렇게 보이더군요. 내가 포도주를 조금 갖다 줬어요. 종소리와 발소리에 잠이 깬 헤어턴과 조지프도 문 밖에서 우리들이 이야기하는 것을 듣고 있다가 그제야 방 안으로 들어오더군요. 조지프는 서방님의 시체를 옮기고 싶었던 거지요. 헤어턴 도련님은 린튼 서방님에 대한 생각보다도 아씨를 쳐다보는 데에 더 신경을 쓰긴 했지만, 아무래도 좀 걱정스러운 모양이더군요. 그러나 큰 서방님이 가서 다시 잠이나 자라고 말씀하셨어요. 그분은 우리의 도움이 필요하지 않았던 거예요. 서방님은 뒤에 조지프더러 시체를 자기 방으로 옮겨 놓게 하고 나한테도 내 방으로 돌아가라고 이르셨어요. 그래서 아씨 혼자서만 그 방에 남았어요.

다음 날 아침 큰 서방님은 나에게 아씨한테 가서 아침 식사를 하러 내려오라고 말하라더군요. 아씨는 옷을 벗고 잠을 자려는 모양이었고 몸이 아프다고 말하더군요. 아픈 것도 무리는 아니라고 나는 생각했지요. 큰 서방님에게 그대로 말씀드렸더니 이렇게 대답하셨어요.

"그럼, 장례식이 끝날 때까지 그대로 놓아둬. 그리고 가끔 올라가서 필요한 게 있다면 갖다 주도록 하고 좀 나아진 것 같으면 곧 내게 알려."

질라의 말에 의하면 캐시 아씨는 두 주일이나 위층에서만 지냈답니다. 질라는 하루에 두 번씩 아씨를 찾아갔는데 좀 더 다정하게 해 주려고 했지만 질라가 친절하게 대할 때마다 아가씨는 거만한 태도로 곧바로 반발을 했다는 것입니다.

한편 히스클리프 씨는 린튼 서방님의 유언장을 아씨에게 보여 주려고 위층에 올라갔었답니다. 서방님은 자기의 전 재산과 아씨의 소유였던 동산 전부를 자기 아버지에게 물려주었다는 것입니다. 그 불쌍한 서방님은 자기 외삼촌이 돌아가시고 아씨가 한 주일쯤 집을 비운 사이에 아버지에게 위협을 당했거나 아니면 꾐에 빠졌던 것이지요. 토지만은 서방님이 미성년자였기 때문에 손을 댈 수 없었지만 히스클리프 씨는 자기 아내와 자신의 권리를 주장하여 토지도 자기의 것으로 만들어 버렸습니다. 물론 합법적으로요. 돈도 없고 아는 사람도 없는 캐서린 아씨는 그런 부당한 소유권의 주장에 아무런 대항도 못했습니다.

한 사람도 없었어요. 그렇게 유언장을 보이러 서방님이 한 번 찾아갔을 때 말고는, 나 외에는 한 사람도 아씨 방에 가까이 간 사람이 없었어요. 그리고 누구 하나 아씨에 대해서 물어보는 일도 없었고요. 아씨가 처음으로 거실에 내려온 것은 어느 주일 오후였습니다. 내가 점심을 들고 가니까 추워서 더는 견딜 수 없다고 고함을 치더군요. 그래서 전 큰 서방님은 드러시크로스 저택에 가시려는 참이고 헤어턴 도련님이나 나는 아씨가 내려오시는 걸 방해하지 않는다고 말했지요. 그래서 아씨는 큰 서방님이 말을 타고 나가는 소리가 들리자 곧 아래로 내려왔습니다. 검은 옷을 입고 노란 곱슬머리를 마치 퀘이커 교도처럼 단정하게 귀 뒤로 빗어 넘겼더군요. 그 곱슬머리만은 빗으로 빗어서 잘 풀리게 할 수가 없었던 모양이에요. 조지프와 나는 주일이면 교회에 가거든요.

아시겠지만 그 교회 말인데, 지금은 목사님이 안 계시죠. 그런데 그게 감리교회인지 침례교회인지 저는 모르지만 기머튼에서는 채플이라고들 부르고 있답니다.

질라의 이야기는 계속되었답니다.

조지프는 교회에 갔지만 나는 집에 남아 있는 게 좋겠다고 생각했어요. 젊은 사람들이란 언제나 나이 먹은 사람이 옆에서 돌보는 게 좋으니까요. 그리고 헤어턴 도련님은 그렇게 부끄러움을 타면서도 행실은 얌전한 편이 아니니까요. 그래서 나는 아가씨가 분명 아래로 내려와서 우리와 함께 있을 텐데, 아씨는 늘 안식일을 잘 지키는 분이니까 아씨가 방에 있는 동안에는 도련님도 총 같은 걸 만지거나 혼자서 자질구레한 집안일을 하지 말라고 일러 놓았지요.

도련님은 이 말을 듣자 얼굴을 붉히더니 자기의 손이며 옷을 훑어보더군요. 그러고는 고래 기름이며 화약 같은 걸 냉큼 보이지 않는 곳에 치워 버리는 거예요. 아씨의 상대가 되어 주고 싶었던 모양이에요. 그가 하는 짓을 통해 깔끔하게 보이고 싶어 한다는 걸 짐작했지요. 큰 서방님이 옆에 계실 때면 어디에서고 소리 내어 웃는 일이 없었지만, 나는 웃으면서 원한다면 치장하는 걸 도와주겠다고 말했지요. 그의 당황하는 꼴을 놀려 주었더니 도련님은 상을 찌푸리며 욕을 하기 시작하잖아요.

'그런데 말예요, 딘 부인.' 하고 질라는 자기의 태도를 제가 못마땅하게 여기고 있다는 걸 알았는지 이렇게 말하는 것이었습니다. '딘 부인은 아마 그 아가씨가 헤어턴 도련님에게는 과하다고 생각하시겠지요. 그 생각은 옳아요. 하지만 내 생각으로는 아씨도 자존심을 좀 낮출 필요가 있을 것 같아요. 그리고 이제는 아무리 지식이 있고 호사를 좋아한들 무슨 소용이 있어요? 아씨도 이제 딘 부인이나 나와 마찬가지로 가난하니 말이에요. 우리보다 더 가난할지도 모르지요. 틀림없이 딘 부인은 모아 놓은 돈이 있을 테니까요. 그리고 나도 그 방면에는 조금씩이나마 마음을 쓰고 있으니까요."

헤어턴 도련님은 질라에게 치장을 도와달라고 했고 질라가 칭찬해 주니까 기분이 좋아졌더랍니다. 그래서 그 가정부의 말에 의하면 캐서린 아씨가 들어오자 도련님은 전에 모욕당한 일은 거의 잊어버리고 상냥하게 대하려고 애를 썼답니다.

"아씨가 걸어오는데, 고드름같이 쌀쌀하고 공주처럼 도도하지 뭡니까. 저는 일어나서 내가 앉아 있던 안락의자를 권했지요. 그런데 나의 공손한 대접 같은 건 거들떠보지도 않는 거예요."

언쇼 도련님도 따라 일어나 긴 의자가 있는 데로 와서 난로 옆에 가까이 앉으라고 권하며 '배가 고프지?' 하더군요. '난 한 달 이상이나 배고파 죽을 뻔했는걸 뭐.' 하고 아씨는 마음껏 비웃는 어조로 배고파 죽을 뻔했다는 말에 힘을 주어 대답하더군요.

그러고는 손수 의자를 들어다가 우리 두 사람에게서 좀 떨어진 곳에 놓지 않겠어요. 몸이 녹을 때까지 앉아 있다가 아씨는 방을 보기 시작하더니 조리대 안에 책이 가득 쌓여 있는 것을 발견하고는 냉큼 일어서서 책을 꺼내려고 했어요. 하지만 너무 높아서 닿질 않았지요. 도련님은 아씨가 애쓰는 모습을 한참 지켜보고 있다가 마침내 용기를 내서 도와줬어요. 아씨는 드레스 자락을 펴고 도련님은 손에 잡힌 책을 꺼내 그 위에 한 아름 담아 주더군요.

그것은 도련님에게 있어서는 커다란 진보였지요. 하지만 아씨는 고맙다는 말도 안 했어요. 그런데도 도련님은 아씨가 자기의 도움을 받아들였다는 것만도 만족하게 여기고, 아씨가 책을 뒤적거리는 뒤에 서서는 책 속에 들어 있는 몇몇 옛날 그림 중에서 마음에 드는 것을 몸을 굽혀 손으로 가리키기도 했어요. 아씨가 도련님의 손가락이 닿은 책장을 교만스럽게 잡아채는 데도 도련님은 기가 꺾이지 않고 뒤로 조금 물러서서 만족스럽게 책 대신 아씨를 쳐다보고 있었어요.

아씨는 계속해서 책을 읽고 있든가 읽을 만한 것을 찾곤 했습니다. 도련님은 차츰 아씨의 숱이 많은 명주실 같은 곱슬머리를 쳐다보는 데 정신이 팔리더군요. 도련님은 아씨의 얼굴을 보지 못하고 아씨도 도련님을 보지는 못했지요. 그리고 도련님은 아마 자기가 한 짓을 잘 몰랐겠지만, 촛불에 이끌린 어린애처럼 보고만 있는 게 아니라 만지고 싶었던 모양입니다. 도련님은 손을 내밀어 마치 새라도 만지듯이 부드럽게 한쪽 머리채를 더듬더군요. 그러자 목덜미에 칼을 대기라도 한 듯 아씨는 화들짝 놀란 태도로 확 뒤를 돌아다보았어요.

"당장 저리 비켜! 왜 함부로 내 몸에 손을 대는 거야? 왜 그러고 서 있지?" 아씨는 불쾌한 어조로 소리를 질렀어요.

"보기 싫단 말이야. 가까이 오기만 해 봐, 다시 위층으로 올라가 버릴 테니까."

헤어턴 도련님은 바보 같은 얼굴을 하고 뒤로 물러섰지요. 도련님은 아주 조용히 긴 의자에 앉았고, 아씨는 반 시간쯤 더 계속해서 책을 뒤적거리고 있었어요. 드디어 헤어턴 도련님이 내게로 건너오시더니 조그만 소리로 이렇게 말하는 것이었어요.

"우리도 들을 수 있게 읽어 달라고 이야기해 봐, 질라. 아무것도 하지 않고 있으니 답답해 죽겠어. 그래서 책이나 읽어 주면 좋겠는데. 캐서린이 읽는 걸 들으면 재미있을 거야! 내가 그런다고 하지 말고 질라가 듣고 싶다고 말해 봐."

"헤어턴 도련님이 저희들도 들을 수 있게 책을 읽어 달랍니다, 아씨."

저는 이어서 말했어요.

"도련님은 매우 감사하게 생각할 겁니다. 아주 고맙게 여길 거구요."

아씨는 눈살을 찌푸리고 위를 보며 대답하는 거예요.

"헤어턴, 그리고 당신들 모두 잘 알아 둬요. 난 당신들이 위선적으로 꾸며대는 친절은 그게 어떤 거라도 거절하겠어! 나는 당신들을 멸시해. 그리고 당신들 누구하고도 이야기할 게 없어! 내가 당신들한테서 친절한 말 한마디만이라도, 아니, 당신들 가운데 누구라도 좋으니 얼굴만이라도 좀 보앗으면 죽어도 한이 없겠다고 생각할 때는 누구 한 사람 나타나지도 않았어. 하지만 나는 당신들에게 불평하고 싶은 생각은 없어. 나는 당신들을 즐겁게 해 주기 위해서 여기 온 것도, 그리고 당신들과 한패가 되어 어울리려고 온 것도 아니고 그저 추워서 어쩔 수 없이 온 것뿐이니까.”

“내가 어쨌다는 거야? 내가 뭘 잘못했다는 거지?”

헤어틴 도련님이 항의하자 아씨가 말했습니다.

“아! 당신은 예외야. 나는 당신 같은 사람이 와 주지 않아 섭섭한 일은 한 번도 없었으니까.”

“하지만 난 자진해서 히스클리프 씨에게 당신 대신 내가 밤을 세우게 해 달라고 부탁한 게 한두 번이 아니란 말이야.”

“닥쳐요! 난 당신의 그 불쾌한 목소리를 듣느니 차라리 밖이나 다른 데로 나가 버리겠어!”

헤어틴 도련님은 ‘네까짓 것 뒈져도 알게 뭐야!’ 하고 중얼거렸어요. 그리고 일요일이면 하는 일을 더 이상 참을 수 없다는 듯, 걸어 둔 총을 내리더군요. 그리고 도련님은 제멋대로 마구 지껄여댔지요. 아씨는 곧 자기 방으로 올라가는 게 좋겠다고 생각했던 모양이에요. 하지만 서리가 내려 추웠기 때문에 자존심을 꺾고 우리들 사이에 끼지 않을 수 없었지요. 그리고 난 그 이상 더 멸시를 당하지 않기 위해 그 뒤로는 아씨와 똑같이 딱딱하게 굴었어요. 우리들 중 누구도 아씨를 사랑해 주거나 좋아하는 사람이 없었어요. 아씨는 그럴 만한 자격도 없었으니까요. 왜냐하면 우리들이 아씨에게 무어라고 한마디만 하면 누구도 가릴 것 없이 덤벼드니까 말예요. 큰 서방님한테까지도 때릴 테면 때려 보라는 식으로 대드는 판이에요. 그리고 혼이 나면 날수록 더욱 독살스러워지더군요.”

저는 질라로부터 이런 이야기를 듣고 처음에는 이 자리를 떠나서 오두막이라도 하나 마련해 가지고 아씨를 모셔다가 함께 살려고 결심했습니다. 그러나 히스클리프 씨가 헤어턴 도련님에게 따로 나가 살도록 해 주지 않는 것과 마찬가지로 그렇게 하게 두지 않을 것이 뻔한 노릇이었어요. 그래서 아씨가 다시 결혼이라도 하게 된다면 몰라도 지금은 어쩔 도리가 없습니다. 그리고 재혼하는 문제야말로 제가 어떻게 할 수 없는 일이구요.

딘 부인의 이야기는 이렇게 끝났다. 의사의 예언과는 반대로 내 건강은 꽤나 빨리 회복되었다. 정월이 겨우 두 주 정도 지났을 때, 난 하루나 이틀 뒤에 말을 타고 워더링 하이츠에 가서 집주인에게 다음 여섯 달 동안은 런던에 나가 지내겠으니 원한다면 시월 이후에는 내 대신 세들 사람을 물색해도 좋다는 이야기를 할 예정이었다. 나는 그만큼 여기서 다시 겨울을 나고 싶은 생각이 없었다.

31

어제는 맑고 바람도 없는 쌀쌀한 날씨였다. 나는 예정대로 워더링 하이츠에 갔다. 우리 집 가정부가 그 젊은 부인에게 조그만 쪽지를 하나 전해 달라고 부탁했다. 딘 부인은 그런 부탁을 하는 것을 별로 이상하게 여기지 않았기 때문에 나도 거절하지 않았다.

현관문은 열려 있었지만 몹시 경계하는 빛이었고 출입문은 지난번 내가 찾아왔을 때처럼 잠겨 있었다. 문을 두드렸더니 언쇼가 정원 화단 사이에서 나와 문을 열어 줘서 나는 안으로 들어갔다. 이 친구는 농사꾼치고는 보기 드물게 말쑥한 편이었다. 그러고 보니 그는 아무래도 자신의 장점을 되도록 돋보이게 하지 않으려고 노력하는 눈치인 듯했다.

나는 히스클리프 씨가 집에 계시느냐고 물었다. 없다는 대답이었다. 그러나 점심때에는 돌아오리라는 것이었다. 열한 시가 가까웠기 때문에 내가 안에 들어가서 기다리겠다고 말했더니 그는 냉큼 손에 들고 있던 연장을 내동댕이치고는 주인의 대리로서가 아니라 감시인 노릇을 할 양으로 나를 안내했다.

우리는 함께 들어갔다. 캐서린은 거기서 점심에 먹을 야채 요리 같은 것을 만들며 일을 거들고 있었다. 내가 처음 보았을 때보다도 더 침울하고 기운이 없어 보였다. 눈을 들어 나를 쳐다보지도 않았고 전과 마찬가지로 보통이면 당연히 있을 예의 같은 것은 아랑곳없이 하던 일을 계속했다. 내가 고개를 숙이며 잘 있었느냐고 인사를 해도 조금도 아는 체를 하지 않았다.

'저 아가씬 그리 상냥한 사람이 아닌 것 같은데⋯⋯. 딘 부인이 나더러 믿으라고 누누이 이야기한 것만큼 미인임에는 틀림없으나 천사는 아니군.'

언쇼가 캐서린에게 하던 것들을 부엌으로 가져가라고 무뚝뚝하게 말했다.

"직접 가지고 가시지?"

캐서린은 일을 끝내자마자 그것들을 밀어내면서 말했다. 그리고 창가에 있는 의자에 앉아서 쓰고 남은 무 조각으로 새며 짐승의 모양을 새기기 시작했다.

나는 정원을 내다보려는 척하면서 그녀에게 가까이 갔다. 그리고 헤어턴이 눈치 채지 않게 딘 부인이 준 쪽지를 재치 있게 그 여자 무릎 위에 떨어뜨렸다고 생각했는데 그만 그 여자가 큰 소리로 물었다.

"이게 뭐예요?"

그녀는 그걸 집어 던져 버렸다.

"당신의 옛 친구가 보낸 편지요. 우리 집 가정부 말이오."

나는 그녀를 생각해서 한 행동을 폭로해 버린 것에 부아도 나고, 또 그게 내가 주는 편지라고 생각했다가는 곤란할 것 같아서 그렇게 대답했다. 그녀는 그 말을 듣자 반가워하며 그것을 주우려 했지만 헤어턴이 그녀보다 먼저 그것을 집어 버렸다. 그는 그것을 주워서는 히스클리프 씨에게 먼저 보여야 된다면서 조끼 속에 집어넣는 게 아닌가.

일이 그렇게 되자 캐서린은 말없이 우리에게 얼굴을 돌리더니 주머니에서 손수건을 꺼내 눈으로 가져갔다. 그러나 그 사촌은 동정심을 누르느라고 한참 동안 속으로 애를 쓰더니 그 편지를 꺼내서 아주 볼품사납게 그 여자 앞 방바닥 위에 내동댕이치는 것이었다.

캐서린은 그것을 쥐고 열심히 읽었다. 그리고서 나한테 자기의 옛집에서 함께 살고 있는 사람들에 대해서 횡설수설 몇 마디 물어보았다. 그리고 먼 산을 바라다보면서 혼잣말로 중얼거리는 것이었다.

"미니를 타고 저길 가 봤으면! 저길 올라가 보고 싶어. 아! 난 피곤해. 답답해 죽겠어, 헤어턴!"

그리고 한숨 반 하품 반으로 그 예쁜 머리를 창문턱에 기대고는 우리가 자기를 보건 말건 관심도 없고 알 바도 아니라는 듯이 넋을 잃고 슬픈 모습을 짓는 것이었다.

"부인."

한동안 말없이 앉아 있다 내가 불렀다.

"부인은 내가 부인의 친지라는 것을 잊으셨나요? 각별한 사이인 줄로 알고 있는데 부인께서 말도 걸어 주지 않으니 나는 이상한 생각이 드는군요. 우리 집 가정부는 지칠 줄도 모르고 부인에 대한 이야기며 칭찬을 하던데요. 내가 만약 부인이 편지만 받고 아무 말도 없더라는 것 이외에 부인에 대해서, 또는 부인으로부터 아무런 소리도 듣지 않고 돌아가게 되면 우리 집 가정부는 이만저만 실망하지 않을 겁니다."

내 이야기를 듣자 그 여자는 정색을 하며 묻는 것이었다.

"엘렌은 당신을 좋아하나요?"

"그럼요, 아주 좋아하지요."

나는 주저 없이 대답했다.

"꼭 이렇게 전해 주세요. 편지를 보냈으니 답을 하고 싶지만 편지를 쓸 것이 아무것도 없고, 책이라도 찢었으면 좋겠는데 그럴 책조차도 없다고요."

"책도 없다니요?"

나는 큰 소리로 물었다.

"책도 없다니, 이런 데서 어떻게 지내십니까? 이렇게 말하면 실례가 될지도 모르겠습니다만, 나는 커다란 서재가 있는데도 집에서는 가끔 아주 심심한데요. 나한테서 책을 빼앗아 간다면 나는 미치고 말 거요."

"나도 책이 있을 때는 늘 읽었어요. 그런데 히스클리프 씨는 책을 안 읽거든요. 그래서 내 책을 없앨 생각을 한 거지요. 나는 몇 주일 동안 책을 한 권도 구경하지 못했어요. 언젠가 꼭 한 번, 조지프의 종교에 관한 책들을 뒤적거리다가 굉장히 혼난 일이 있지요. 그런데 헤어턴, 난 그 방에 숨겨 둔 것을 본 일이 있어. 라틴 어와 그리스 어 책이 몇 권, 그리고 이야기책과 시집이 몇 권 있었는데 모두 옛날에 읽은 것들이었어. 그 시집은 여기 가져왔어. 그런데 헤어턴은 마치 까치란 놈이 재미로 은수저를 물어다 놓듯이 그저 훔치는 재미로 그것들을 모아다 놓았겠지? 그 책들은 헤어턴에게 소용이 없는 것들이니까 말이야. 그렇지 않으면 자기가 못 읽으니까 다른 사람은 아무도 읽지 못하게 하려는 속셈으로 감춰 놓았을 거야. 아마 헤어턴의 그 질투심이 히스클리프 씨에게 내 소중한 책들을 빼앗아 가도록 꼬드겼겠지? 하지만 난 그것들을 거의 내 머릿속에 인쇄해 놓은 거나 마찬가지니까 그것마저 빼앗아 가진 못할 거야."

언쇼는 자기가 남몰래 책을 모아둔 것을 사촌이 폭로하자 홍당무가 되어가지고 비난에 분개하여 더듬거리며 부정하려 했다.

"헤어턴 군은 지식을 넓히고 싶은 거겠죠."

나는 그를 두둔했다.

"이 사람은 부인의 학식을 질투하는 게 아니라 부인에게 지지 않으려고 애쓰는 겁니다. 이 사람은 몇 해 안에 훌륭한 학자가 될 겁니다."

"그리고 그동안에 내가 바보가 되기를 바라겠죠. 그래요, 헤어턴이 혼자서 더듬더듬 읽느라고 애쓰는 것을 들은 일이 있는데 재미있는 실수를 하더군요. 어저께 읽은 것처럼 체비 체이스(영국 중부지방의 옛 민요)를 다시 읽어 보지 그래, 아주 재미있던데? 난 듣고 있었지. 그리고 어려운 낱말들을 찾아보려고 사전을 뒤적거리다가 그 설명을 읽을 수가 없으니까 욕하는 소리를 들었는걸?"

그 젊은이는 무식하다고 비웃음을 당하던 것이 이제는 무식을 면하려 하는데도 비웃음을 당하다니 너무 지독한 일이라고 생각했음이 분명했다. 나도 동감이었다. 그리고 그가 배우지 못하고 자라면서 무식의 어둠을 밝히려고 처음으로 애를 쓰던 때의 몇 가지 이야기를 딘 부인에게서 들은 일이 생각나서 나는 이렇게 말했다.

"하지만 부인, 우리는 누구나 시작이 있었습니다. 그리고 누구나 그 시작의 문턱에서는 넘어지기도 하고 비틀거리기도 하지요. 그럴 때 선생님이 그런 우리를 깨우쳐 주지 않고 비웃었더라면 우리는 아직도 넘어지고 비틀거려야 할 겁니다."

"어머! 나는 헤어턴이 공부하는 걸 막으려는 건 아니에요. 하지만 내 것을 차지할 권리는 없잖아요. 그리고 그렇게 터무니없는 잘못과 틀린 발음으로 그것을 웃음거리로 만들 권리도 없단 말이에요! 그 책들은 말이에요, 산문이든 시집이든 모두가 여러 가지 사연이 있어서 나에게는 소중한 것들이기 때문에 저런 사람의 입으로 품위가 떨어지거나 더럽혀지는 것이 싫단 말이에요! 게다가 무엇보다도 저 사람은 계획적으로 앙심을 품은 듯이 내가 가장 많이 읽던 애독서만을 골라 놓았지 뭐예요!"

헤어턴의 가슴이 잠시 조용히 들먹거렸다. 그는 심한 굴욕감에 괴로워했고 그걸 억제하기란 쉬운 일이 아니었다.

나는 일어섰다. 그리고 그의 창피스런 마음을 덜어줘야겠다는 신사다운 생각으로 입구 쪽으로 자리를 옮기고 선 채로 바깥 풍경을 내다보고 있었다.

그도 나를 따라 방을 나갔다. 그러자 곧 손에 책을 대여섯 권 들고 다시 들어오더니 그것들을 캐서린 무릎 위에 내던지며 큰 소리로 말하는 것이었다.

"가져가! 난 다시는 그따위 것을 보고 싶지도, 생각하고 싶지도 않아!"

"이젠 갖지 않을래. 그것들을 헤어턴이 갖고 있었다는 생각이 날 거야. 난 싫단 말이야."

그 여자는 분명 자주 읽은 것 같은 책을 한 권 펴더니, 처음 배우는 사람처럼 더듬더듬 한 대목을 읽고 나서 소리를 내어 웃으며 그것을 내던졌다.

"그리고 들어 봐요."

그녀는 옛 민요 하나를 아까와 같은 투로 악을 올리며 계속 읽었다. 그러나 헤어턴도 자존심이 있는지라 그 이상 괴로움을 참을 수는 없는 듯했다. 나는 그 여자의 건방진 입놀림을 막기 위해서 손으로 한 대 치는 소리를 들었는데 그것이 전적으로 부당한 일이라고는 생각지 않았다. 그 딱한 여인은 자기 사촌의, 거칠기는 하지만 예민한 감정을 끝까지 상하게 하려고 했다. 헤어턴이 그 감정을 그대로 상대편에게 돌려 줄 수 있는 유일한 방법은 완력에 호소하는 것밖에 없었던 것이다.

그는 조금 뒤에 책을 모아가지고 난로 속으로 던져 버렸다. 나는 그의 얼굴에서 화풀이로 그런 희생을 치르게 된 것을 얼마나 괴로워하는지 읽을 수 있었다. 책이 타서 없어지는 동안 그는 그 책에서 얻은 즐거움과 그가 그 책에서 얻길 바랐던 승리감, 끊임없이 늘어나는 즐거움 같은 것을 회상하는 듯이 보였다.

그리고 그가 그렇게 남몰래 공부를 하고 싶어 한 원인도 아울러 알 수 있을 것 같았다. 그는 캐서린이 그의 앞길에 나타날 때까지는 하루하루의 노동과 거친 동물적인 즐거움에 만족했던 것이다. 그 여자가 자기를 비웃는 것이 부끄럽고, 그 여자의 인정을 받고 싶다는 희망이 처음으로 그에게 공부를 해야겠다는 자극제가 된 것이었다. 그런데 인정을 받기는커녕 자신의 노력은 정반대의 결과를 가져왔던 것이다.

"그래, 헤어턴처럼 짐승 같은 사람은 책에서 배울 수 있는 게 기껏 그 정도니까!"

캐서린은 소리를 지르고는 얻어맞은 입술을 빨며 화가 치민 눈으로 타고 있는 책들을 지켜보았다.

"그만 닥치는 게 좋을 걸!"

헤어턴은 사납게 대꾸했다. 그러고는 흥분해서 더 말을 못하고 급히 입구 쪽으로 왔기 때문에 거기 서 있던 나는 그가 지나가도록 길을 비켜 주었다. 그러나 그가 문 앞 디딤돌을 지나가기도 전에 둔덕길을 걸어 올라오던 히스클리프 씨와 마주치자 히스클리프 씨는 헤어턴의 어깨를 잡으며 묻는 것이었다.

"왜 그러는 거지?"

"아무것도 아니에요. 아무것도 아니에요!"

그는 슬픔과 노여움을 혼자서 삭이려는 듯이 빠져나갔다. 히스클리프 씨는 그의 뒤를 물끄러미 쳐다보다가 한숨을 쉬었다.

"내 일에 내가 훼방을 놓다니 야릇한 노릇이군!"

그는 뒤에 내가 있는 것을 모른 채 중얼거렸다.

"그런데 저 녀석의 얼굴에서 제 아비의 모습을 찾아보려고 하면 더욱 그 여자의 모습만 두드러져! 무슨 녀석이 그렇게도 닮아갈까? 저 녀석의 얼굴을 쳐다볼 수가 있어야지."

히스클리프는 눈을 아래로 떨어뜨리고 우울하게 들어오는 것이었다. 그의 얼굴에는 전에 볼 수 없던 불안과 근심이 어려 있었다. 그리고 몸도 훨씬 여위어 보였다. 그의 며느리는 창밖으로 그가 오는 것을 보자 냉큼 부엌으로 달아나 버렸기 때문에 나 혼자 남게 되었다.

"다시 이렇게 나오실 수 있게 되어 다행이군요, 로크우드 씨."

그는 내 인사를 받으며 말했다.

"한편 내 개인적인 형편으로 보아 다행한 일입니다만, 당신이 아니라면 이런 쓸쓸한 곳에서 쉽게 사람을 구할 수 있을 것 같지 않습니다. 난 당신이 무엇 때문에 이런 데로 오게 됐을까 하고 가끔은 이상하게 생각하지요."

"그저 쓸데없는 변덕 때문이겠죠, 뭐. 이번에는 쓸데없는 변덕 때문에 떠나게 될 모양입니다. 나는 다음 주에 런던으로 떠날 예정입니다. 그래서 드러시 크로스 저택은 계약 기간인 십이 개월이 지나면 더 빌리지 않겠다는 것을 지금 말씀드리는 겁니다. 이제는 더 이상 거기서 살지 않을 것입니다."

"아, 그러시군요! 세상과 떨어져 사는 게 싫증이 난 모양이지요? 그러나 당신이 이제 거기 살지 않을 것이니 집세를 깎아 달래러 왔다면 그건 헛수고일 거요. 나는 누구에게나 당연히 받을 돈을 받는데 있어서 사정을 봐 주는 사람이 아니니까요."

"집세를 깎아 달라고 온 것은 아닙니다."

나는 아주 기분이 나빠져서 큰 소리로 말했다.

"원하신다면 당장 지불해 드리겠습니다."

이렇게 말하며 나는 주머니에서 지갑을 꺼냈다.

"아니, 아니. 혹 돌아오지 못하게 되면 집세가 될 만한 것이라도 남겨 두겠지요. 나야 그리 급하지 않으니까. 앉으십시오, 점심이나 함께 합시다. 다시 찾아오지 않을 손님이란 대개 대접을 받게 마련이죠. 캐서린! 점심 준비를 해. 지금 어디 있는 거냐?"

캐서린이 나이프와 포크 그릇을 들고 다시 들어왔다.

"넌 조지프와 함께 먹어라. 그리고 손님이 가실 때까지 부엌에 있어."

캐서린은 깍듯이 그가 지시한 대로 움직였다. 아마 명령을 어기고 싶은 유혹조차 느끼지 않는 모양이었다. 시골뜨기와 사람을 싫어하는 자들 틈에서 살았기 때문에 좀 나은 계층의 사람들을 만나도 구분해내지 못하는 모양이었다.

음울하고 무뚝뚝한 히스클리프 씨와 벙어리가 된 헤어턴 사이에서 나는 별로 즐겁지 못한 식사를 하고 일찌감치 작별을 고했다. 떠날 때 뒷문으로 나가서 마지막으로 캐서린을 잠깐 본 다음 조지프 영감을 성가시게 해 주려고 했는데, 헤어턴이 내 말을 끌고 오라는 분부를 받고 주인이 몸소 현관까지 나를 바래다주는 바람에 소원을 이룰 수가 없었다.

'저런 집에서 살려면 얼마나 따분할까!' 하고 나는 길을 내려오면서 생각했다. '그 착한 가정부의 소망대로 혹시 히스클리프 부인과 내가 사랑에 빠져 런던의 시끄러운 분위기 속에 살게 되었더라면, 그 여자에겐 동화에 나오는 세계보다도 더욱 로맨틱한 꿈이 실현되었을지도 모르지!'

32

1802년 9월, 나는 북쪽 지방에 사는 한 친구로부터 자기네 벌판 사냥터에서 한턱내겠다는 초대를 받았다. 그 친구의 집으로 가는 도중에 뜻밖에도 기머튼까지 십오 마일도 떨어지지 않은 고장을 지나게 되었다. 길가 어느 주막집에서 마부가 내 말에 물을 먹이느라고 물통을 들고 있는데, 갓 베어 새파란 귀리를 실은 짐마차가 옆을 지나가자 마부가 말을 건넸다.

"기머튼에서 왔군! 그곳은 다른 데보다 추수가 두 주일은 늦으니까."

"기머튼이라고요?"

나는 마부의 말을 되풀이했다. 그 지방에서 살던 생각은 이미 꿈처럼 희미해졌다.

"아, 나도 알아요! 여기서 얼마나 가면 되죠?"

"아마 저 고개를 넘어가면 십사 마일 정도 되겠지요. 하지만 길이 험해요."

나는 갑자기 드러시 크로스 저택을 찾아가고 싶은 충동을 느꼈다. 아직 정오가 채 되지 않았고, 여관에서 지내는 것보다는 세든 집이기는 하나 내 집 지붕 밑에서 지내는 게 낫지 않겠느냐는 생각이 들었던 것이다. 뿐만 아니라 집주인을 만나 일을 보려면 하루 정도는 걸릴 테고 그럴 바엔 이번 기회에 찾아가 보는 것이 다시 이 근처까지 오는 수고를 더는 셈이 아닌가. 잠시 쉬고 나서 나는 하인에게 그 마을로 가는 길을 알아보게 했다. 그리고 말들에게 몹시 고생을 시켰지만 우리는 세 시간가량 걸려서 그럭저럭 그곳에 도착했다.

나는 하인을 마을에 두고 혼자서 골짜기를 따라 내려갔다. 회색 교회 건물은 더욱 짙은 회색이 되었고 쓸쓸한 교회 묘지는 더욱 쓸쓸해졌다. 염소한 마리가 무덤 위의 잔풀을 뜯고 있었다. 기분이 좋은 따뜻한 날씨였다. 나들이를 하기에는 좀 더운 날씨긴 했으나 아래위로 보이는 아름다운 경치를 즐기는 데 방해가 되지는 않았다. 만약 조금 더 팔월이 가까울 때 그 경치를 보았더라면, 나는 틀림없이 그 호젓한 고장에서 한 달가량 머물고 싶은 마음이 들었을 것이다. 산으로 둘러싸인 계곡, 깎아지른 절벽, 그리고 소박한 느낌의 굴곡진 히스의 숲. 겨울에는 이보다 더 쓸쓸할 수 없지만 여름이 되면 더할 나위 없는 멋진 곳이 아닌가.

나는 해가 지기 전에 집에 도착해서 문을 두드렸다. 그러나 한 줄기 가느다란 푸른 연기가 부엌 굴뚝으로부터 동그라미를 그리며 솟아오르는 것으로 보아서 식구들은 모두 뒤채로 물러가 있는지 소리를 듣지 못한 모양이었다.

나는 말을 탄 채 안뜰로 들어갔다. 현관 아래선 아홉 살이나 열 살쯤 돼 보이는 계집애가 앉아 뜨개질을 하고 있었고, 웬 할머니 한 분이 현관 층계에 기대앉아서 생각에 잠긴 듯이 담뱃대를 빨고 있었다.

"딘 부인, 안에 계신가요?"

"딘 부인이요? 없는데요. 딘 부인은 여기 살지 않습니다요. 하이츠로 올라가 있다우."

"그럼, 할머니가 이 집 가정부이신가요?"

"네, 내가 이 집을 지키고 있어요."

"그렇군, 내가 이 집에 세를 든 로크우드요. 내가 묵을 수 있는 방이 있나요? 오늘 밤은 여기서 쉬어야 하겠는데."

"주인님이시군요!"

노파는 놀라서 소리를 쳤다.

"원, 서방님이 오실 줄 누가 알았겠수? 오신다고 기별이나 하실 일이지! 깨끗이 치워 놓은 방이 없는데, 깔끔한 방이 어디 있어야 말이죠. 아, 어떡하면 좋을까!"

노파는 담뱃대를 내던지고 야단스럽게 안으로 들어갔다. 계집애도 뒤를 따랐고 나도 안으로 들어갔다. 노파의 말이 사실이라는 것은 곧 알 수 있었고, 나의 예기치 않은 출현으로 노파는 정신이 나갈 지경이었다. 나는 너무 서두를 거 없다고 말했다. 바람이나 쐬고 올 테니 그동안에 저녁을 먹을 수 있도록 거실 한쪽을 치워 놓고, 잠을 잘 수 있게 침대만 손질해 놓으면 된다고 말했다. 쓸거나 털 것도 없이 방에 불을 피우고 마른 시트만 준비해 놓으면 된다고 일렀다.

노파는 정성을 다하겠다는 듯했다. 그러나 난로 청소용 솔을 부지깽이로 잘못 알고 재받이를 쑤시기도 하고 자기가 늘 쓰던 다른 물건들도 착각하는 것이었다. 그러나 내가 돌아올 때까지 쉴 자리야 마련해 놓겠지 하고 나는 노파의 성의를 믿고 물러나왔다.

내가 예정한 여행의 목적지는 워더링 하이츠였다. 나는 안뜰을 나올 때 갑자기 생각이 나서 다시 들어갔다.

"워더링 하이츠에는 모두 별일들 없나요?"

나는 노파에게 물었다.

"네, 그런가 봅니다요!"

노파는 빨갛게 불이 붙은 밑불 그릇을 급하게 들고 가면서 대답했다. 왜 딘 부인이 이곳을 나갔느냐고 물어볼까 하다가, 허둥대는 노파를 붙들고 이야기할 수가 없어서 그냥 그대로 나와 버렸다. 나는 붉게 물든 석양빛을 등지고 막 솟아오르는 부드러운 달빛을 받으며 한가롭게 거닐었다. 내가 숲을 벗어나서 히스클리프 씨네 집 쪽으로 뻗은 돌이 깔린 길을 올라가고 있을 무렵에는 석양빛은 희미해지고 달빛이 밝아오고 있었다.

워더링 하이츠가 보이는 데까지 이르기도 전에 서쪽 하늘은 아련한 호박 빛깔로 물들어 있었다. 그러나 나는 대낮 같은 달빛으로 길 위에 깔린 자갈 하나하나, 풀잎 하나하나를 낱낱이 볼 수 있었다. 문을 넘거나 두드릴 필요도 없었다. 손이 닿자 곧 열렸으니까.

'놀라운 변화군!'

그렇게 생각하던 나는 코의 도움으로 다른 한 가지 변화도 알게 되었다. 흔해 빠진 과일 나무들 사이에서 비단향 꽃나무며 계란꽃 향기가 바람에 풍기고 있었던 것이다. 출입문도, 유리창 덧문도 모두 열려 있었다. 그런데도 탄광지대가 거의 그렇듯이 활활 타오르는 빨간 불빛이 벽난로 굴뚝을

흰하게 비추고 있었다. 그 불꽃을 들여다보는 재미로 뜨거워도 참을 수 있었던 것이다. 그러나 워더링 하이츠의 거실은 어찌나 큰지 이 집 식구들은 열이 그다지 미치지 않는 곳으로 얼마든지 피해 앉을 수 있었다. 식구들은 창문에서 별로 떨어지지 않은 곳에 자리를 잡고 앉아 있었다. 나는 안으로 들어가기도 전에 그들을 보고 그들이 하는 이야기도 들을 수가 있었다. 그들의 이야기 소리에 귀를 기울이는 동안 나는 호기심과 질투가 뒤섞인 감정이 일어나 잠시 그곳에서 머뭇거리고 있었다.

"콘트레리란 말이야!"

은방울이 울리는 것 같은 소리였다.

"벌써 세 번째야, 이 바보! 다시는 가르쳐 주지 않을 테야. 외워 봐, 못 외우면 머리를 잡아 흔들어 줄 테니까!"

"그럼, 컨트러리(반—대)야."

다른 음성이 굵기는 하나 부드러운 어조로 대답했다.

"이제 잘 외웠으니까 입을 맞춰 줘."

"안 돼, 하나도 틀리지 않고 정확하게 다 읽어 줘."

남자가 다시 읽기 시작했다. 말쑥하게 차려 입은 젊은이가 책을 앞에 놓고 테이블에 앉아 있었다. 잘생긴 그의 얼굴은 기쁨에 넘쳤고, 그의 눈초리는 참을성 없이 책에서 그의 어깨를 짚고 있는 조그만 하얀 손으로 옮아가곤 했다. 하지만 그런 모습을 손의 주인한테 들킬 때마다 그 하얀 손은 그의 볼을 보기 좋게 살짝 때려서 주의를 주는 것이었다.

손의 주인은 그의 뒤에 서 있었다. 그 여자가 그가 공부하는 것을 살펴보기 위해서 몸을 구부릴 때면 윤기 나는 그녀의 머리카락이 이따금 그의 머리카락과 얽히는 것이었다. 그리고 그녀의 얼굴을 그가 보지 못해서 다행이지, 보았더라면 그는 도저히 그렇게 착실히 앉아 있지 못했을 것이다. 나는 그녀의 매혹적인 미모를 쳐다보기만 할 게 아니라 무슨 짓이라도 했으면 얻게 되었을지도 모를 기회를 내던진 것이 억울해서 입술을 깨물었다.

잘못이 아주 없지는 않았지만 공부는 끝났다. 그러나 학생은 상을 달라고 졸라 적어도 다섯 번은 입을 맞췄는데, 그러면서 자신도 마음껏 입을 맞췄다. 그리고서 그들은 문 쪽으로 나왔는데, 그들이 주고받는 이야기로는 이제부터 밖에 나가 벌판을 거닐 모양이었다. 그때 내가 그들의 옆에서 나의 어색한 모습을 보였더라면 헤어턴은 말로는 못할망정 마음속으로는 지옥에서도 제일 밑바닥에 떨어질 치사한 인간이라고 나를 욕할 것 같았다. 야비하고 나쁜 짓을 저지른 듯한 기분이 들어 나는 피할 곳을 찾아 부엌으로 살금살금 돌아 들어갔다.

그쪽도 문이 열려 있었는데, 넬리 딘이 문간에 앉아서 바느질을 하며 노래를 부르고 있었다. 그 노랫소리는 안에서 들려오는 멸시와 고집스러운 딱딱한 목소리 때문에 가끔 멈추곤 했다. 그 목소리는 그야말로 음악적인 어조와는 거리가 먼 것이었다.

"그 소리를 들으니 차라리 아침부터 밤까지 저 사람들의 욕지거리를 듣는 게 낫겠어!"

부엌에서 들려온 목소리는 넬리의 목소리가 잘 들리지도 않을 텐데 이렇게 대꾸했다.

"내가 성경책을 읽을 수 없게 마귀를 찬송하고 세상에서 몹쓸 나쁜 짓은 모조리 찬송하는 노래를 떠들어대니 망측스러워서 견딜 수가 있나! 임자는 돼먹지 않았단 말이야. 그 여자도 마찬가지라고. 그리고 말이야, 저 가엾은 도련님은 당신들 틈에 끼어 못쓰게 되고 있어. 도련님은 참 딱하게 됐어!"

그는 으르렁대며 덧붙였다.

"도련님은 마귀에 홀렸지, 틀림없어! 오, 하느님, 저들을 심판하옵소서. 우리를 다스리는 인간들 가운데는 법률도 정의도 없습니다!"

"하나도 없고말고요! 그런 게 있었다면 우리는 활활 타오르는 불더미 속에 올라앉게 되었을 걸요?"

노래를 부르던 넬리가 말했다.

"늙은이는 제발 교인답게 성경이나 읽어요, 참견은 하지 말고. 이 노래는 요정 애니가 시집가는 날이라는 건데, 좋은 곡이에요. 춤에도 어울리고."

딘 부인이 다시 노래를 시작하려 할 때 내가 앞으로 다가서자 바로 알아보고는 벌떡 일어나 소리를 지르는 것이었다.

"어머나, 이게 웬일이에요, 주인님! 어떻게 이렇게 갑자기 오시게 되었어요? 드러시 크로스 저택은 온통 잠가 버렸는데요. 기별이라도 하시지 않고!"

"내가 머무를 동안만 그럭저럭 있을 수 있게 해 놓으라고 일러 놓았어요. 내일이면 다시 떠날 테니까. 그런데 딘 부인은 어떻게 이곳으로 옮겨 오셨죠? 그 이야기나 해 봐요."

"질라가 나갔어요. 주인님이 런던으로 떠나시고 나서 얼마 되지 않았을 때요. 그 뒤 히스클리프 씨가 와 있어 달라고 해서요. 주인님이 돌아오실 때까지만 있어 달라는 거예요. 어머나, 어서 들어오세요. 지금 기머튼에서 걸어오시는 길인가요?"

"그 집에서 오는 길이오. 거기 묵을 수 있게 준비를 하는 동안 이 집 주인과의 일을 끝내 버리려고 온 거요. 언제 다시 올 수 있는 기회가 생길지 몰라서 말이야."

"무슨 일이신데요?"

넬리는 나를 방 안으로 안내하면서 물었다.

"그 양반은 지금 나가고 안 계신데요. 금방 돌아오시지는 않을 거예요."

"집세에 대한 일인데."

"그러세요? 그럼 아씨와 해결하셔야죠. 그렇지 않으면 저하고 하시든가. 아씨는 아직 그런 일은 처리하실 줄 모르시니까 제가 대신하고 있어요. 아무도 할 사람이 없으니까요."

나는 깜짝 놀란 표정을 했다.

"참! 주인님은 아직 히스클리프 씨가 돌아가신 걸 모르시겠군요."

"히스클리프 씨가 세상을 떠났다고요?"

나는 놀라서 큰 소리로 말했다.

"얼마나 되었소?"

"석 달 됐어요. 일단 앉기나 하세요. 모자는 벗으시고요. 다 말씀드릴 테니까요. 아니, 아직 저녁 안 드셨지요?"

"아무것도 먹고 싶지 않아요. 집에 저녁을 준비하라고 일러 놓았으니까 부인도 앉아요. 그가 죽을 거라고는 꿈에도 생각지 못했군! 도대체 어떻게 된 일인지 들어봅시다. 그 사람들, 곧 돌아오지 않는다고 그랬지? 그 젊은 사람들 말이오."

"네, 아주 늦게까지 돌아다니기 때문에 저녁마다 야단을 쳐야 돼요. 그런데 제 말을 들으셔야 말이죠. 그건 그렇고 묵은 맥주가 있는데 한 잔 드세요, 몸에 좋을 거예요. 피곤해 보이시는군요."

내가 거절할 겨를도 없이 딘 부인은 급히 맥주를 가지러 일어섰는데 조지프의 말소리가 들려왔다.

"한창때의 사내를 불러들이다니! 추잡스런 소문이 나지 않을까? 게다가 주인네 지하실에서 맥주까지 꺼내 먹다니! 오래 살아서 그런 꼴을 보다니 창피스런 일이지."

딘 부인은 대꾸도 하지 않고 나가더니 일 파인트들이 은잔에 맥주를 가득 부어 가지고 돌아왔다. 나는 그에 못지않게 술맛에 대해서 칭찬을 했다. 그런 뒤에 딘 부인은 히스클리프 씨의 후일담을 들려주었다. 그는 과연 딘 부인의 표현대로 '괴이한' 죽음을 맞이했다.

"주인님이 댁에서 떠난 지 보름도 안 돼서 워더링 하이츠로 오라는 기별을 받았어요. 전 캐서린 아씨를 위해서 기꺼이 따라나섰지요."

아씨를 처음 만났을 때는 너무나 놀랍고 서러웠어요. 우리가 떨어져 있는 동안 엄청나게 변하셨더군요. 히스클리프 씨는 저를 이곳으로 오라고 한 이유를 새삼스럽게 설명하지도 않았어요. 그저 제가 필요하다면서, 캐서린 아씨를 보는 게 지겨워졌다는 말만 하더군요. 그 조그만 응접실을 저의 거실로 쓰고 캐서린 아씨를 함께 데리고 있으라는 거예요. 자기는 하루에 한두 번 볼일이 생길 때 보기만 하면 된다는 것이었어요.

캐서린 아씨는 그 일이 몹시 기쁜 모양이었습니다. 그래서 저는 아씨가 그 집에 있을 때 즐기던 많은 책이며 다른 물건들을 조금씩 남몰래 날라다 놓고 그만하면 어느 정도 심심치 않게 지내겠다 싶어 은근히 좋아했어요.

그런데 그 꿈은 오래 가지 못했습니다. 처음에는 좋아하던 캐서린 아씨가 얼마 안 가서 차츰 안달을 하고 초조해하지 뭡니까? 아씨는 정원 밖으로는 나갈 수 없었는데, 봄이 되면서 그런 좁은 곳에만 갇혀 있는 것이 몹시 답답해졌던 거지요. 그리고 또 한 가지는 저는 집안일을 해야 해서 자주 아씨 곁을 떠나게 되었는데, 그러면 혼자 있기 적적하다고 불평이었어요. 그러고는 혼자서 조용히 앉아 있지 못하고 부엌에 나와서는 조지프와 다투는 거예요.

그들이 싸우는 거야 별일이 아니었지만, 주인 양반이 거실에 혼자 있고 싶어 할 때면 헤어턴 도련님도 어쩔 수 없이 부엌으로 쫓겨나왔는데 그게 문제였어요. 처음에 아씨는 도련님이 가까이 오면 그 자리를 떠난다든가, 조용히 제가 하는 일을 거들고 도련님을 쳐다보거나 말을 건네지도 않았어요. 그런데 언제부턴가 도련님이 침울한 채 아무 말이 없는데도 아씨가 태도를 바꾸어 도련님을 그냥 놓아두질 않게 된 거예요. 말을 걸기도 하고 둔하다느니 게으르다느니 비난을 하며, 어떻게 그런 생활을 견뎌내는지, 어떻게 하룻저녁 내내 난롯불만 바라다보며 졸기만 하는지 이상하다고 하면서요.

"저 사람은 개 같아, 그렇지 않아 엘렌? 그렇지 않으면 마차를 끄는 말이라고나 할까? 언제나 일하고 먹고 잠이나 자니까 말이야. 저 사람의 마음은 얼마나 허전하고 쓸쓸할까? 꿈을 꿔 본 일이 있어, 헤어턴? 꿈을 꾼다면 무슨 꿈을 꾸지? 하지만 나에게 말을 하진 못할 거야!"

그리고서 아씨는 도련님을 쳐다보았으나 그는 다시 입을 열려고도 하지 않고 쳐다보려고도 하지 않았습니다.

"저 사람은 지금 꿈을 꾸고 있을 거야. 우리 집 암캐 주노(주피터의 아내로 질투심 많은 여신)가 어깨를 꿈틀거리는 것처럼 저 사람도 어깨를 꿈틀거렸어. 한 번 물어봐, 엘렌."

"그렇게 점잖지 못하게 굴면 헤어턴 도련님이 아버님께 일러 아씨를 위층으로 보내게 할 거예요!"

제가 말했습니다. 도련님은 자기 어깨를 움찔거렸을 뿐만 아니라 주먹을 한번 써 보고 싶다는 듯이 불끈 쥐어 보이기도 했습니다.

"내가 부엌에 있으면 왜 헤어턴이 아무 말도 하지 않는지 난 알아."

또 언젠가는 아씨가 큰 소리로 말하는 것이었습니다.

"내가 비웃을까 봐 두려워하는 거야. 엘렌, 어떻게 생각해? 저 사람, 언젠가 혼자 읽기 공부를 시작한 일이 있거든. 그런데 내가 비웃었더니 책을 모두 태워 버리고 그만뒀지 뭐야. 정말 바보가 아니고 뭐야?"

"그건 아씨가 잘못한 게 아닐까요? 어디 대답해 보세요."

"그럴지도 몰라. 하지만 나는 저 사람이 그렇게 바보짓을 할 줄은 미처 몰랐어. 헤어턴, 내가 책을 준다면 이젠 받겠어? 한번 시험해 보아야지!"

아씨는 자기가 읽고 있던 책을 그의 손 위에 놓았습니다. 도련님은 그걸 내동댕이치고는 그 바보짓을 집어치우지 않으면 모가지를 꺾어 버리겠다고 중얼거리는 것이었습니다.

"좋아요, 난 이걸 여기 놓아 둘 거야. 책장 서랍 속에 말이야. 그리고 난 이제 자야겠어."

그리고서 아씨는 도련님이 책을 건드리는지 잘 보라고 제게 귓속말로 이르고는 나가 버렸습니다. 그러나 도련님은 그 근처에도 오려고 하지 않았습니다. 그래서 다음 날 아침 아씨에게 그렇다고 알려 주었더니 몹시 실망하는 눈치였습니다. 저는 아씨가 도련님이 침울하고 게으르게 지내는 것을 딱하게 생각하고 있다는 것을 알았습니다. 도련님이 공부하려는 마음을 꺾은 데 대해서 양심의 가책을 받았던 것이지요. 그것도 아주 효과적으로 중지시키고 말았으니까요.

그 피해를 어떻게 해서라도 보상하려고 여러 가지로 궁리하는 것이었습니다. 제가 다림질을 한다든가 응접실에서 할 수 없는 일을 다른 방에서 하고 있을라치면, 아씨는 재미있는 책을 가지고 와서 제게 큰 소리로 읽어 주는 것이었습니다. 헤어턴 도련님이 그 자리에 있을 때면 아씨는 재미있는 부분이 나오는 곳에서 읽는 것을 멈추고 책을 그대로 그 근처에 놓아 둔 채 나가는 것이었습니다. 그런 일이 여러 차례 되풀이되었어요. 그런데 도련님은 어떻게나 고집쟁이인지 그런 아씨의 유혹에 빠지지 않았습니다. 날씨가 궂은 날에는 조지프와 함께 담배나 피우면서 난롯가에 한자리 차지하고 자동인형처럼 앉아 있었습니다. 늙은이는 다행히도 그의 말마따나 아씨의 그 망측스런 허튼소리는 귀가 먹어 들리지 않았고, 젊은이는 애써 듣지 않는 척했습니다. 날씨가 좋은 저녁이면 젊은이는 사냥을 하러 나가고 캐서린 아씨는 하품을 하거나 한숨을 쉬면서 제게 말을 시키는 것이었습니다. 그래서 제가 무슨 이야기를 꺼내려 하면 아씨는 안뜰이나 정원으로 뛰어나가 버렸습니다. 그러다가 마지막에는 울음을 터뜨리고, 자기는 사는 것이 지겨워졌으며 자기의 삶은 쓸모없는 것이라고 말했습니다.

히스클리프 씨는 점점 사람들과 어울리지 않게 되어 헤어턴 도련님을 자기 방에 얼씬거리지도 못하게 했습니다. 도련님은 삼월 초에 사고가 나서 며칠 동안을 부엌에만 들어앉아 있게 되었습니다. 혼자서 산에 사냥을 나갔다가 총이 폭발하여서 팔에 파편이 박혔는데, 집에 오는 동안에 피를 많이 흘렸던 것입니다. 그 결과 도련님은 회복이 될 때까지 어쩔 수 없이 난롯가에 가만히 앉아 있을 수밖에 없었습니다. 캐서린 아씨는 도련님이 주방에 있는 것이 싫지 않은 모양이었습니다. 어쨌든 그 뒤로 아씨는 전보다도 더 위층의 자기 방에 있기를 싫어하게 되었습니다. 그리하여 아씨는 저에게 억지로라도 아래층에서 일거리를 찾아내게 해서는 저를 따라나섰습니다.

부활절 다음 월요일 조지프는 소를 몇 마리 끌고 기머튼 장에 갔습니다. 저는 오후 동안 부엌에서 빨래한 것들을 손질하느라고 바빴습니다. 헤어턴 도련님은 언제나처럼 시무룩해서 난로 한구석에 앉아 있었고 작은 아씨는 심심풀이로 유리창에 그림 같은 것을 그리다가, 싫증이 나면 이따금 갑자기 숨이 찬 듯 노래를 부르기도 하다가, 무엇인지 조그만 소리로 중얼대기도 하고, 한결같이 담배만 피우면서 난롯가만 쳐다보고 있는 자기 사촌을 약이 오른 듯이 안타깝게 쳐다보는 것이었습니다.

제가 창가에서 빛을 가리고 서 있으니까 어두워서 일을 못하겠다고 했더니 아씨는 난로 앞으로 자리를 옮겼습니다. 저는 아씨가 하는 일에는 별로 관심을 두지 않는데 곧 이렇게 말하는 소리가 들려왔습니다.

"헤어턴, 만약 나한테 그렇게 화를 내고 난폭하게 굴지만 않았더라면 나는 무척 고마웠을 거야. 헤어턴이 사촌오빠가 되어 주면 얼마나 좋을까 하고 생각해."

헤어턴 도련님은 아무런 대꾸도 하지 않았습니다.

"헤어턴, 헤어턴, 헤어턴! 안 들려?"

"저리 비켜."

도련님은 붙임성 없이 퉁명스럽게 중얼거렸습니다.

"그 담뱃대를 빼앗아 버려야지."

아씨는 조심스럽게 손을 내밀어 도련님의 입에서 담뱃대를 뽑아 버렸습니다. 그리고는 도련님이 미처 그것을 빼앗으려고 하기도 전에 부러뜨려 불속에 집어 던져 버렸습니다. 도련님은 욕을 하면서 담뱃대를 집었습니다.

"그만 좀 피워. 먼저 내 이야기를 좀 들어야 해. 그런데 이렇게 얼굴에 연기가 엉키면 말을 못 하잖아."

"너 뒈지고 싶어? 제발 날 가만 내버려두란 말이야!"

"안 돼."

아씨는 억지를 썼습니다.

"가만두지 않을래. 어떻게 하면 나한테 말을 걸게 할지 모르겠지만 말이야. 그리고 헤어턴은 도무지 나를 이해하지 않을 작정인가 봐. 내가 헤어턴에게 바보라고 한 것은 다른 뜻이 있어서 그런 게 아냐. 헤어턴을 멸시해서 그런 게 아니란 말이야. 자, 나를 좀 봐 헤어턴, 헤어턴은 내 사촌오빠란 말이야. 그러니까 헤어턴도 내가 사촌이란 걸 인정해 줘."

"난 너 같은 것 하고는 아무 관계도 없어. 더럽게 뻐기고, 되지 않게 사람을 놀리고 말이야. 내 다시 너 같은 것에게 곁눈질이라도 한다면 난 아주 지옥으로 가 버리겠어! 썩 비켜. 당장 비키란 말이야!"

캐서린 아씨는 얼굴을 찌푸리고 입술을 깨물며 창가에 있는 자리로 돌아왔습니다. 그리고 이상한 가락을 흥얼거리며 울음이 터져 나오려는 것을 감추려고 애를 쓰는 것이었습니다.

"사촌동생인데, 사이좋게 지내셔야죠, 헤어턴 도련님!"

제가 참견했습니다.

"아씨가 자기 잘못을 뉘우치고 있잖아요. 아씨와 친구가 되면 도련님에게 많은 도움이 될 거예요. 도련님은 아주 딴사람이 될 겁니다."

"친구가 되라고? 저 애는 나를 엄청나게 미워하고, 또 나 같은 건 제 신발을 닦지도 못할 놈이라고 생각하고 웃는데……. 관둬. 임금님이 된대도 저 애의 환심을 사기 위해서 더 이상 모욕을 당하고 싶지는 않아."

"내가 헤어턴을 미워한 게 아니라, 헤어턴이 나를 미워하는 거지!"

아씨는 더 이상 괴로움을 감추지 못하고 울음을 터뜨렸습니다.

"당신은 히스클리프 씨 못지않게 나를 미워하잖아."

"넌 지독한 거짓말쟁이야. 아니면 왜 내가 네 편을 들어서 골백번이나 히스클리프를 찾아가 그와 다투었겠어? 네가 나를 비웃고 업신여기는 데도 말이야. 그리고…… 자, 어서 귀찮게 굴어 봐. 저쪽 방으로 가서 네가 못살게 굴어 부엌에서 쫓겨났다고 이를 테니까!"

"헤어틴이 내 편을 들어준 줄은 몰랐어."

아씨는 눈물을 닦으면서 대답했습니다.

"그리고 나는 스스로의 불행에 빠져서 누구한테나 심하게 굴었어. 하지만 이제는 헤어틴을 고맙게 생각하고 나를 용서해 주기를 바랄 뿐이야. 더 이상 내가 어떻게 하겠어?"

아씨는 난롯가로 다시 와서 솔직하게 손을 내밀었습니다. 도련님은 먹구름처럼 어두워진 얼굴을 찌푸리며 두 주먹을 불끈 쥐고 방바닥을 뚫어지게 바라보았습니다. 캐서린 아씨는 도련님이 그렇게 완강한 태도를 취하는 것은 괴팍스러운 고집 때문이지 자기가 싫어서 그런 것이 아니라는 것을 본능적으로 알아차린 듯했습니다. 왜냐하면 잠깐 우물쭈물하고 서 있다가 허리를 구부려서 도련님의 볼에 부드럽게 입을 맞췄기 때문입니다. 그 어린 장난꾸러기 아씨는 제가 자기를 보지 않는 줄 알고 돌아서서 아주 점잖게 창가에 있는 자기 자리로 돌아가 앉았습니다. 저는 나무라는 듯이 고개를 저었습니다. 그랬더니 아씨는 얼굴을 붉히며 조그만 소리로 말하는 것이었습니다.

"그렇지만, 어쩔 수 없잖아? 악수는 고사하고 쳐다보려고 하지 않는 걸. 어떻게든 나는 그를 좋아하고 또 사이좋게 지내고 싶다는 것을 보여 줘야만 했단 말이야."

아씨가 입을 맞춘 데 대해 헤어턴 도련님이 납득을 했는지 어떤지는 알수 없었습니다. 도련님은 얼굴을 보이지 않으려고 몹시 마음을 썼습니다. 그리고 얼굴을 들었을 때도 도련님은 눈을 어디다 둬야 할 지 몰라 아주 난처한 표정이었습니다.

캐서린 아씨는 예쁜 책 한 권을 흰 종이로 싸서는 그것을 리본으로 묶어서는 '헤어턴 언쇼 씨에게' 라고 써서, 저더러 대신 그 선물을 받을 사람에게 전해 달라고 부탁하는 것이었습니다.

"그리고 이걸 받거든 말이야. 내가 가서 그걸 잘 읽을 수 있게 가르쳐 준다고 말해 줘. 그리고 받지 않는다면 난 위층으로 갈 거고, 다시는 그를 귀찮게 하지 않겠다고 말이야."

저는 그것을 들고 가서 보낸 분이 근심스럽게 지켜보는 가운데 그 말을 그대로 전했습니다. 헤어턴 도련님이 손을 펴려고 하지 않아서 저는 책을 무릎 위에 놓아 주었습니다. 도련님은 그걸 밀어 내지는 않았습니다. 저는 하던 일을 계속 하러 돌아왔습니다. 캐서린 아씨는 머리와 두 팔을 탁자 위에 기대고 있었고요. 결국 바스락거리며 그 책을 풀어 보는 소리가 희미하게 들렸습니다. 그러자 아씨는 살그머니 일어나 사촌 옆으로 가더니 조용히 앉았습니다. 도련님은 부끄러워하며 얼굴을 붉혔고 그의 거칠고 무뚝뚝한 굳은 표정은 말끔히 사라졌습니다. 도련님은 처음에는 아씨의 묻고 싶어 하는 표정이나 속삭이는 듯한 애원에 한마디도 입을 열 용기를 내지 못했습니다.

"나를 용서한다고 말해 줘. 어서 헤어턴. 그 간단한 말 한마디로 헤어턴은 나를 아주 즐겁게 만들 수가 있을 거야."

도련님은 잘 들리지도 않을 정도의 소리로 무엇인가 중얼거렸습니다.

"그리고 헤어턴은 내 친구가 되어 주는 거지?"

캐서린 아씨는 잇따라 물었습니다.

"아니야! 너는 죽을 때까지 매일같이 나 때문에 창피할 거야. 그리고 나를 알면 알수록 더 많이 창피할 거야. 난 그게 참을 수 없어."

"그래서 친구가 되어줄 수 없다는 거야?"

아씨는 꿈같이 달콤한 미소를 지으면서 말하고는 도련님에게 바싹 다가섰습니다. 그 다음의 이야기는 저에게 제대로 들리지 않았습니다. 그러나 다시 돌아다보자 두 사람이 아주 즐거운 듯한 얼굴로 도련님이 받은 책 내용을 내려다보고 있었습니다. 아마도 양쪽의 협상이 잘 성립되어 조금 전까지만 해도 원수 같던 두 사람이 이제부터는 굳은 동지가 되었다는 것을 알 수 있었지요.

그들이 보고 있던 책에는 멋진 그림이 가득 들어 있었습니다. 그들은 그렇게 다정한 자세로 조지프가 돌아올 때까지 그 그림을 보고 있었습니다. 그 불쌍한 늙은이는 캐서린 아씨가 헤어턴 언쇼 도련님과 같은 의자에 앉아서 한 손을 도련님의 어깨 위에 올려놓고 있는 광경을 보고 몹시 놀랐습니다. 자기가 아끼는 도련님이 아씨와 가까이 앉아 있는 모습을 보고는 어리둥절해 하며 너무도 심한 충격을 받아 그날 밤에 그는 그 문제에 대해 이야기도 꺼내지 못했습니다. 그는 충격을 받은 자신의 감정을 커다란 성경책을 엄숙하게 탁자 위에 펴놓고 그날의 장사 결과인 때 묻은 지폐를 지갑에서 꺼내 책 위에 올려놓으면서 커다란 한숨을 내쉬는 것으로 표현할 뿐이었습니다. 드디어 그는 헤어턴 도련님을 자기 자리로 불렀습니다.

"이걸 주인어른께 갖다 드리고 그 방에 있어요. 나도 그리로 올라갈 테니. 이 방은 깨끗하지도 않고 우리가 있을 곳도 아니에요. 우선 나가서 다른 방을 찾아야겠군요."

"캐서린 아씨. 우리도 나가야겠어요. 난 다리미질을 다 했는데, 아씨도 다 하셨죠?"

"여덟 시도 안 됐는걸!"

아씨는 마지못해 일어서면서 대답했습니다.

"헤어턴, 나 이 책을 난로 선반 위에 놓아두고 갈래. 그리고 내일 다른 책도 좀 더 가져올게."

"난 아씨가 놓고 가는 책은 무엇이든 안방으로 가져갈 거야. 그리고 그 책들을 다시 보기란 어려울 걸. 그러니 잘 알아서 해."

조지프 영감의 말에 캐서린 아씨는 자기의 책을 없애기만 하면 조지프의 책도 가만두지 않겠다고 위협을 했습니다. 그리고 헤어턴 도련님 옆을 지날 때는 미소를 짓고 노래를 부르며 위층으로 올라가는 것이었습니다. 제가 보기에 아씨는 아마 맨 처음에 린턴 도련님을 찾아왔을 무렵 말고는 이 집에 온 뒤 이때처럼 마음이 가볍고 즐거운 때는 없었던 것 같습니다.

이렇게 시작된 두 분의 애정은 급속히 깊어 갔습니다. 도련님의 소원대로 순식간에 교양이 늘어나는 것도 아니었고, 게다가 아씨가 학자도 아니고, 본을 받을 만한 인내심이 있는 사람도 아니라서 일시적으로 몇 번 중단되기는 했지만요. 그러나 두 분의 마음은 다 같이 같은 목표를 향했습니다. 한 사람은 상대편을 사랑하고 인정해 주려고 마음을 먹고 있었고, 상대방역시 사랑하고 인정을 받으려고 마음을 먹고 있었습니다. 노력의 결과로 그들은 그 목표에 이르게 되었습니다.

"주인님이 히스클리프 아씨의 마음을 붙드는 일은 상당히 쉬운 일이었던 거죠. 그러나 지금은 주인님이 그러시지 않은 게 다행이라고 생각한답니다. 제가 지금 가장 바라고 있는 것은 그 두 분의 결혼입니다. 그분의 결혼식 날, 저는 이 세상에 아무것도 부러울 게 없는 사람이 될 거예요. 이 영국 땅에서 저보다 더 행복한 여자는 없을 테니까요!"

33

그런 일이 일어난 다음 날 아침, 헤어턴 도련님은 아직도 몸이 다 낫지 않아 그가 늘 하던 일을 할 수 없어서 집 안에 남아 있었습니다. 그렇기 때문에 저는 전처럼 아씨를 제 옆에 둘 수는 없을 거라는 것을 곧 알았습니다. 아씨는 저보다 먼저 아래로 내려가서 정원으로 나가더니 그 사촌이 거기서 무엇인가 힘들지 않은 일을 하고 있는 것을 보고 있었습니다. 제가 아침 식사를 하기 위해 그들을 부르러 가서 보니까, 아씨는 사촌에게 까치밥나무와 산딸기가 무성하게 덤불진 곳을 쳐내고 널따랗게 땅을 일구게 하여 그곳에 화단을 꾸밀 계획을 열심히 머리를 맞대고 짜고 있었습니다.

저는 겨우 반 시간 만에 나무들을 쳐내고 그만큼이나 땅을 일구어 놓은 것을 보곤 깜짝 놀랐습니다. 검정 까치밥나무들은 조지프가 굉장히 소중히 여기는 것이었는데 하필 바로 그 가운데를 골라 화단으로 만들겠다니 말입니다.

"저런! 조지프가 그걸 보면 주인어른께 고해바쳐서 당장 나와 보시라고 야단일 텐데! 누구 맘대로 정원을 그렇게 손댔느냐고 하시면 어떻게 하려고 그러세요? 그 일 때문에 한바탕 벼락이 떨어질 게 뻔해요. 헤어턴 도련님도 그렇지, 글쎄 아씨가 말씀하신다고 생각 없이 저렇게 파헤쳐 버리면 어떻게 해요."

"제게 조지프의 것이었다는 걸 깜박 잊었군."

헤어턴 도련님은 그제야 좀 난처한 듯이 대답했습니다.

"하지만 내가 그랬다고 말하지 뭐."

저희들은 언제나 히스클리프 씨와 함께 식사를 했습니다. 저는 차를 끓이고 고기를 써는 주부 노릇을 했기 때문에 식사 때는 제가 꼭 있어야만 했지요. 캐서린 아씨는 대개 제 옆자리에 앉아 식사를 했는데 그날은 살그머니 헤어턴 도련님 쪽으로 가까이 가는 것이었습니다. 아씨는 적의를 나타낼 때와 마찬가지로 친밀한 감정을 보이는 데 있어서도 거침없이 행동한다는 것을 알 수 있었습니다.

"아씨, 사촌오빠와 너무 많이 이야기하거나 그쪽만을 바라다보는 일은 삼가셔야 해요."

저는 함께 방에 들어가면서 귓속말로 일렀습니다.

"그렇지 않으면 틀림없이 히스클리프 씨가 역정을 내고 두 분에게 야단을 칠 테니까요."

"알았어."

아씨는 대답했습니다. 그 말을 한 지가 몇 분 지나지도 않았는데 아씨는 도련님에게 살금살금 다가가더니 그의 죽 그릇이 담긴 접시에 앵초 같은 것을 꽂아 놓는 것이었습니다. 도련님은 그 자리에서는 감히 아씨께 말도 걸지 못하고 제대로 쳐다보지도 못했습니다. 그런데도 아씨가 자꾸만 집적거리니까 결국 도련님도 두어 차례 하마터면 웃음을 터뜨릴 뻔했습니다. 제가 눈살을 찌푸렸더니 아씨는 주인어른 쪽을 힐끗 쳐다보았습니다. 그분은 함께 있는 우리들보다도 다른 일에 열중하고 있는 표정이었습니다. 아씨는 심각한 얼굴로 그분의 표정을 살피다가 다시 얼굴을 돌리더니 장난을 치는 것이었습니다. 드디어 헤어턴 도련님이 참았던 웃음을 터뜨리고 말았습니다.

히스클리프 씨가 깜짝 놀라더니 얼른 우리들의 얼굴을 훑어보았습니다. 캐서린 아씨는 그분이 지긋지긋하게 싫어하는 도전적인 눈빛으로 마주 노려보았습니다.

"내 손이 닿지 않는 곳에 있어서 천만다행인 줄 알아. 도대체 넌 무슨 악마가 붙었기에 그런 눈으로 나를 쏘아보는 거지? 아래를 내려다보지 못해? 제발 내 앞에서 다시는 네가 있다는 표시를 내지 말란 말이야. 그따위로 웃는 버릇을 고쳐 준 걸로 알았는데!"

"내가 웃었어요."

헤어턴 도련님이 중얼거렸습니다.

"뭐라고?"

주인어른이 다그쳐 물었지만 헤어턴 도련님은 상 위에 있는 접시를 쳐다보고 있을 뿐이었습니다. 히스클리프 씨는 잠깐 그를 쳐다보더니 말없이 다시 식사를 계속하며 다시 생각에 잠겼습니다.

식사가 거의 끝나고 두 젊은이도 서로 조금 떨어져 앉아 있었습니다. 그래서 저는 아침 식사 중에는 이제 다시 소동이 벌어지지 않을 거라고 생각했지요. 그런데 마침 그때 조지프가 입구에 나타났습니다. 사나운 눈매로 입술을 떨고 있는 것으로 보아, 아마도 그의 소중한 나무들을 잘라 낸 끔찍한 일이 발각된 모양이었습니다.

그는 캐서린 아씨와 사촌이 그 근처에 있는 것을 본 듯했습니다. 왜냐하면 소가 되새김질을 할 때처럼 아래 위 턱을 움직이고, 알아들을 수 없는 말을 중얼거리며 이렇게 말했기 때문입니다.

"난 받을 돈이나 타 가지고 나가야겠습니다. 난 육십 년이나 모신 이 댁에서 뼈를 묻을 작정이었습니다. 그래서 내 책 나부랭이도 다락방에다 끌어다 놓고 자질구레한 소지품도 다 치워 버리고, 부엌은 저들에게 내줄 작정이었습니다. 이 댁이 조용하게끔 말입니다. 내 정든 난롯가를 떠난다는 게 여간 힘든 일이 아니지만 난 그렇게 하려고 했습니다. 그런데 이번에는 저 아씨가 내 정원까지 빼앗아 갔습니다. 서방님, 더 이상은 못 참겠습니다요. 서방님은 이런 일에 익숙하신지 모르겠지만 전 이런 일은 당해 본 일이 없습니다. 늙은이는 새로운 자리에 쉽게 익숙해지지 않는 법이지요. 난 차라리 길가에 나가서 망치라도 두드려 입에 풀칠을 하겠습니다."

"이봐, 이봐, 천치 같은 영감!"

히스클리프 씨가 말을 막았습니다.

"간단히 말해! 도대체 뭐가 못마땅하단 말이야? 난 영감과 넬리의 다툼엔 참견하지 않겠어! 넬리가 영감을 석탄광에 처박는대도 내가 알 바 아니란 말이야."

"넬리 이야기가 아닙니다요. 넬리 때문에 나가지는 않습니다요. 심술궂고 고약한 여자이긴 합니다만, 다행스럽게도 그 여자는 다른 사람의 혼을 빼앗지는 못하는 사람이니까요. 게다가 그 여자는 사내 녀석들이 눈짓을 하며 쳐다볼 만큼 잘난 사람도 아니란 말씀입니다. 그런데 저 지독한 버림을 받은 여왕께서 그 대담한 눈초리와 뻔뻔스런 행동으로 우리 도련님을 홀리고 말았지 뭡니까! 아니! 원! 전 가슴이 무너질 것 같습니다. 도련님은 내가 돌봐주고 애써 준 것도 몽땅 잊어버리고 정원에 있는 그 훌륭한 까치밥나무들을 전부 뽑아 버리고 말았습니다."

여기까지 말한 조지프는 몹시 속이 상한데다 헤어턴의 배은망덕한 행동과 자신의 위태로운 처지에 맥이 풀려 마구 울어대는 것이었습니다.

"이 멍청한 영감이 술에 취했나?"

히스클리프 씨가 물었습니다.

"헤어턴, 저 영감이 너 때문에 저 야단이냐?"

"제가 까치밥나무 두세 그루를 뽑았어요. 하지만 다시 심어 놓을 거예요."

"무엇 때문에 나무를 뽑은 거냐?"

이때 캐서린 아씨가 재빠르게 나섰습니다.

"우리들이 거기다 꽃을 좀 심으려고 그랬어요. 내가 헤어턴에게 나무를 뽑으라고 시켰으니까 잘못한 건 바로 나예요."

"도대체 누가 너한테 정원에 있는 나무토막 하나라도 건드려도 좋다고 했지?"

히스클리프 씨는 아씨의 말에 무척 화를 내며 다그쳤습니다.

"그리고 누가 너더러 저 계집애 말을 들으라고 일렀어?"

히스클리프 씨는 헤어턴 도련님에게도 화를 냈지만 헤어턴 도련님은 아무 말도 하지 못했습니다. 그래서 사촌 누이가 대신 대답을 했습니다.

"내 땅을 모두 빼앗고도 조그만 땅에 화단을 만드는 것까지 아까워하겠다는 건가요?"

"뭐, 네 땅이라고? 건방진 것 같으니! 네 땅이 어디 있다는 거냐!"

"그리고 내 돈도 빼앗아 갔잖아요."

아씨는 화가 치밀어 노려보는 히스클리프 씨를 마주 노려보면서 계속 말했습니다. 그러고는 먹다 남은 빵 조각을 입에 넣고 꼭꼭 씹었습니다.

"닥쳐! 어서 먹고 나가 버려."

"그리고 헤어턴의 땅과 돈도 다 빼앗았잖아요."

이 무모한 아씨는 멈추지 않고 계속했습니다.

"이제 헤어턴과 나는 한편이 됐어요. 그러니까 당신에 대한 것을 모조리 헤어턴에게 이야기해 줄 거예요."

히스클리프 씨는 잠시 당황한 모양이었습니다. 얼굴이 새파래지더니 죽이고 싶을 만큼 밉다는 표정으로 한참 동안 아씨를 뚫어지게 노려보았습니다.

"때리기만 해 보세요. 헤어턴이 당신을 가만두지 않을 거예요! 그러니 가만히 앉아 있어요."

"만일 헤어턴이 너를 밖으로 끌어 내지 않는다면 내가 저 놈을 때려죽일 테다."

히스클리프 씨는 고함을 쳤습니다.

"이 망할 요물 같으니! 네까짓 게 감히 저놈을 꾀어 나에게 반기를 들게 해? 저 계집을 끌어 내! 안 들리나? 부엌으로 내쫓으란 말이야! 엘렌 딘, 만약 저 계집이 다시 내 눈앞에 나타나게 했다가는 내가 저년을 죽여 버리겠어!"

헤어턴 도련님은 기어들어가는 소리로 애써 아씨더러 나가라고 말했습니다.

"저년을 끌어 내! 계속 지껄이고 서 있을 텐가?"

히스클리프 씨는 자기가 직접 아씨를 끌어내려고 아씨에게 다가섰습니다.

"이제부턴 헤어턴은 당신 말을 듣지 않아요, 악당 같으니! 그리고 곧 나와 똑같이 당신을 미워할 거예요!"

"그만둬! 그만두란 말이야. 네가 아저씨한테 그렇게 말하는 걸 듣고 싶지 않아. 그만해 둬."

"하지만 날 때리게 내버려두진 않겠지?"

"그만 하고 이리 와!"

도련님은 아가씨를 끌어내리려고 애쓰며 소곤거렸습니다. 하지만 그때는 이미 히스클리프 씨가 아씨를 붙잡은 다음이었습니다.

"넌 저리 비켜! 망할 요물 같은 것! 이번엔 참을 수 없게 속을 뒤집어 놓는구나. 죽을 때까지 후회하게 해 줄 테니 어디 두고 봐라."

그는 아씨의 머리채를 잡았습니다. 헤어턴 도련님은 아씨를 때리지 말라고 애원하면서 머리채를 쥔 손을 떼게 하려고 했습니다. 히스클리프 씨의 검은 두 눈이 번뜩였고, 마치 캐서린 아씨를 갈기갈기 찢어 버리기라도 할 것 같은 태세였습니다. 저도 위험을 느끼고 아씨를 막 구하려고 다가가려 할 때, 그때 갑자기 움켜쥐었던 손가락을 풀더니 대신 팔을 붙들고서 아씨의 얼굴을 뚫어지게 쳐다보는 것이었습니다. 그리고서 그는 손으로 두 눈을 가리고, 마음을 진정시키려는 듯이 잠시 서 있다가 다시 캐서린 아씨를 돌아다보며 억지로 가라앉은 듯한 목소리로 말하는 것이었습니다.

"너는 내 화를 돋우지 말아야 돼. 그렇지 않으면 언젠가는 정말로 내가 너를 죽이게 될 테니까! 딘 부인과 함께 나가 있어. 그리고 그 건방진 소리는 딘에게나 들려줘! 헤어턴 언쇼 녀석이 네 말을 듣는 모습이 내 눈에 띄기만 하면 그 녀석이 알아서 제 밥벌이를 하도록 내쫓아 버릴 테니까! 네 사랑이 그 녀석을 부랑자로 만들고 거지로 만들어 버릴 테니 알아서 해. 빨리 저 애를 데리고 나가. 모두 나가란 말이야! 어서 나가!"

저는 아씨를 데리고 방을 나왔습니다. 아씨는 도망쳐 나오게 된 것이 기쁜지 말대꾸도 하지 않았습니다. 헤어턴 도련님도 따라 나오고 히스클리프 씨는 점심때까지 혼자 그 방에 앉아 있었습니다. 저는 캐서린 아씨에게 점심은 위층에서 먹으라고 했습니다. 그러나 히스클리프 씨는 아씨의 자리가 비어 있는 것을 보자 당장 아씨를 불러오라고 했습니다. 히스클리프 씨는 아무에게도 말을 하지 않고 식사도 하는 둥 마는 둥 하더니 조금 뒤에 저녁때까지 돌아오지 않겠다고 말하면서 집을 나가 버렸습니다.

친구가 된 두 분은 히스클리프 씨가 없는 동안 거실을 차지하고 있었습니다. 거기서 저는 헤어턴 도련님이 자기 아버지에 대한 히스클리프 씨의 행동을 아씨가 다시 들춰내려 하자 아씨를 몹시 꾸짖는 소리를 들었습니다. 헤어턴 도련님은 히스클리프 씨에 대한 욕을 한마디도 듣지 않을 것이며, 설령 그가 악마라 하더라도 자기는 상관없이 그의 편이 될 것이라고 말했습니다. 그리고 아씨가 히스클리프 씨에 대해서 욕하는 소리를 듣느니보다는 차라리 그전처럼 자신이 욕지거리를 듣는 게 낫다고 말하는 것이었습니다.

캐서린 아씨는 이 말을 듣자 약이 오르는 모양이었습니다. 그러나 도련님은 만약에 자기가 아씨 아버님의 욕을 한다면 어떻겠느냐는 말을 함으로써 아씨의 입을 막아 버렸습니다. 아씨는 헤어턴 도련님이 히스클리프 씨의 명예를 자기 일처럼 여기고 있다는 것, 그리고 두 사람이 이성의 힘으로는 어떻게 할 수 없는 강렬한 유대 관계로 맺어져 있는 관계라는 것, 즉 전통으로 다져진 쇠사슬 같은 관계라는 것, 그래서 그 관계를 끊으려는 짓은 매우 잔인한 일이라는 것 등을 깨닫게 되었던 것입니다.

그 뒤 아씨는 히스클리프 씨에게 불평이나 반감에 찬 표정을 삼가는 정도의 호의를 보였습니다. 그리고 그때까지 히스클리프 씨와 헤어턴 도련님의 사이를 벌려 놓으려 했던 것이 뉘우쳐진다고 저에게 고백하는 것이었습니다. 정말로 그 뒤로는 헤어틴 도련님이 듣는 데에서 히스클리프 씨에 대한 이야기는 단 한마디도 한 일이 없었습니다.

이와 같은 가벼운 말다툼이 끝나자 두 분은 다시 사이좋게 지내면서 학생과 선생이 되어 몇 가지 일에 몰두했습니다. 저는 일이 끝나고 방에 들어가 그들과 함께 앉아서 그들의 모습을 지켜보는 것으로 위안을 삼았습니다. 어찌나 즐거운지 시간 가는 줄을 몰랐습니다. 아시다시피 그들은 어느 의미에서는 제 친자식 같았으니까요. 한 분은 제가 오랜 동안 자랑으로 여겨 오던 사람이었고, 이제 또 한 분도 틀림없이 그와 똑같은 흐뭇한 자랑거리가 되어 주리라고 저는 생각합니다. 도련님의 정직하고 따뜻하고 총명한 성품은 이제까지 그가 자라 온 무지와 퇴보의 어두운 구름을 급속히 헤쳐 버렸던 것입니다. 게다가 캐서린 아씨가 진심으로 해 주는 칭찬이 도련님을 더욱 공부에 매진하게 했던 것입니다. 마음이 밝아지니 얼굴도 밝아졌고, 그 위에 기운이 솟고 품위가 돋보이게 되었습니다. 그분이 언젠가 소풍 간 아씨를 찾아 워더링 하이츠에 들렀던 날 제가 보았던 바로 그 사람이라고는 도저히 생각되지 않았습니다. 흐뭇한 표정으로 그들을 바라보고 그들은 그들대로 공부를 하고 있는 동안 어느새 어둠이 깔리기 시작하고 어둠과 함께 히스클리프 씨가 돌아왔습니다. 히스클리프 씨가 갑자기 나타났기 때문에 저희는 고개를 들어 그분을 쳐다볼 겨를도 없이 우리 세 사람의 모습을 있는 그대로 다 보이고 말았습니다.

그런데요, 제 생각으로는 그렇게 즐겁고 그보다도 더 순수한 광경은 없었던 것 같습니다. 그런 것들을 야단친다는 것은 말할 수 없는 수치일 테고요. 붉게 타는 난로 불빛이 그들의 사랑스러운 머리 위에 비치고, 얼굴에는 어린애 같은 호기심으로 생기가 돌았습니다. 그도 그럴 것이 도련님은 스

물세 살이고 아씨는 열여덟 살이기는 했지만 각자가 다 새롭게 느끼고 배울 것들이 너무나 많았기 때문에, 무엇에도 별 흥미가 없어 보이는 어른스런 느낌은 경험해 보지 못했던 것이지요.

그들은 똑같이 눈을 들고 히스클리프 씨의 얼굴과 마주치게 되었습니다. 아마 아직 눈여겨보신 일이 없으시겠지만 그 두 사람의 눈은 참 많이 닮았답니다. 돌아가신 아씨의 어머님, 캐서린 언쇼 아씨의 눈 그대로니까요. 지금의 캐서린 아씨는 눈도 그렇고 앞이마가 좀 넓은 것과 콧마루가 다소 휘어진 모양이나 사실인지 어떨지는 모르겠지만 좀 거만하게 보인다는 점 외에는 어머님을 닮은 데가 없습니다. 오히려 헤어턴 도련님이 조카이긴 하지만 닮은 데가 훨씬 더 많았습니다. 볼 때마다 그게 이상하게 여겨졌는데, 그때는 더욱 강하게 그런 생각이 들더군요. 그때는 열심히 공부를 하던 중이라 긴장하고 있었기 때문인가 봅니다.

저는 그렇게 아씨를 닮은 모습이 히스클리프 씨의 마음을 너그럽게 한 것이 아닌가 생각합니다. 그 양반은 흥분한 기색을 뚜렷이 보이면서 난롯가로 걸어왔습니다. 그러나 그 젊은이를 쳐다보는 동안에 그런 기색은 곧 가셨습니다. 아니면 그 흥분의 내용이 변한 것인지도 모르겠어요. 역시 흥분한 기색은 남아 있었으니까요.

그 양반은 도련님의 손에서 책을 빼앗아 들더니 펼쳐진 곳을 그대로 흘끗 보고 나서 아무 말 없이 돌려주었습니다. 그저 캐서린 아씨에게 나가라는 시늉만 하더군요. 도련님도 곧 아씨 뒤를 따라 나갔고, 저도 따라 나가려고 하는데 그대로 앉아 있으라고 하더군요.

"불쌍하게 끝이 나는군."

그는 방금 눈앞에 벌어진 광경을 보고 잠시 생각에 잠기더니 이렇게 말하는 것이었습니다.

"내가 그렇게 맹렬하게 노력한 결과가 이렇게 터무니없이 끝난단 말이야? 나는 두 집을 부숴 버리기 위해서 지렛대며 곡괭이를 장만해 놓고 헤라클레스와 같이 괴력을 낼 수 있도록 노력했어. 그런데 만반의 준비가 갖춰지고 내 힘으로 무엇이든 할 수 있게 되자 이제는 어느 집에서도 기와 한 장 들어내고 싶은 생각이 없어져 버렸어! 나의 옛 원수들은 나를 넘어뜨리지 않았어. 이제야말로 그들의 후손에게 내가 복수를 할 때야. 내 힘으로 할 수 있지. 그리고 아무도 막지 못해. 하지만 그래서 무슨 소용이 있지? 난 사람을 때리고 싶지가 않아. 손을 휘두르는 것도 귀찮아졌단 말이야! 이렇게 말하니 내가 마치 아량의 미덕을 보이기 위해서 지금까지 노력해 온 것처럼 들리는데, 그런 것과는 거리가 먼 이야기야. 난 그들의 파멸을 즐길 만한 힘도 없어졌고 쓸데없이 남을 파멸시킬 생각도 없어졌어.

이봐요, 넬리, 묘한 변화가 다가오고 있어. 나는 지금 그 변화의 그늘 아래 서 있는 셈이지. 나는 이제 생활에는 통 흥미가 없어져서 먹고 마시는 것조차 거의 잊어버릴 지경이야. 지금 방을 나간 저들이 내게 확실한 물체의 형상으로 보이는 유일한 대상이지. 한데 저들의 모습이 몸서리가 날 만큼 날 괴롭힌단 말이야. 캐서린에 대해서는 말하지 않겠어. 생각하고 싶지도 않아. 제발 내 눈앞에 보이지 않았으면 좋겠어. 저 애를 보기만 하면 미칠 것만 같으니까. 하지만 헤어턴이란 놈은 좀 달라. 그래도 만약 내가 미친 사람처럼 보이지 않고, 그렇게 할 수만 있다면 난 다시는 저 녀석을 보지 않고 지내겠어! 넬리는 아마 내가 미치는 게 아닌가 하고 생각할 거야."

그는 애써 미소를 지으려고 하면서 이렇게 덧붙였습니다.

"만약 내가 그 녀석이 일깨워 주거나 제 몸에 지니고 있는 지난날의 그

수많은, 그와 관련된 기억이며 생각을 일일이 다 이야기하려고 한다면 말이야. 그러나 내가 말하는 것을 넬리는 다른 데에 이야기하진 않겠지. 내 마음은 끊임없이 그 자체 안에 틀어박혀 있어서 결국 누구한테든 그걸 털어놓고 싶어진 거야.

오 분 전까지만 해도 헤어턴이란 놈은 인간이 아니라 내 젊은 시절의 화신 같았어. 난 여러 가지 의미에서 그에게 올바른 정신으로는 말을 걸 수가 없을 것만 같았어.

첫째로 그 녀석은 놀라울 만큼 죽은 캐서린을 닮아서 그 녀석을 보면 무서울 정도로 그녀가 떠올라. 넬리는 바로 그 점이 내 마음을 가장 강력하게 붙들고 있으리라고 생각할지도 모르지만 사실은 그와 반대야. 왜냐하면 내게 있어서는 캐서린과 관련되지 않은 것이 아무것도 없으니까 말이야. 무엇 하나 그녀의 생각이 떠오르지 않는 것이 있어야 말이지! 이 바닥을 내려다보면 깔려 있는 돌마다 그녀의 모습이 떠올라. 흘러가는 구름송이마다, 그리고 모든 나무에, 밤이면 온 하늘에, 낮에는 눈에 띄는 온갖 것 속에. 나는 온통 캐서린의 모습에 둘러싸여 있어. 흔해빠진 남자와 여자의 얼굴들, 심지어 내 자신의 모습마저 그 여자의 얼굴을 닮은 듯해 나를 비웃거든. 온 세상이 캐서린이 전에 살아 있었다는 것과 내가 캐서린을 잃었다는 무서운 기억의 진열장이란 말이야!

헤어턴의 모습은 내 불멸의 사랑, 내가 당연히 지녀야 했던 미칠 만큼 지독한 나의 노력, 나의 타락, 나의 자존심, 나의 행복 그리고 나의 고뇌의 망령이었어. 그러나 이러한 이야기를 넬리에게 하다니 미친 짓이지. 다만 왜 나는 언제나 혼자 있는 것이 싫으면서도 그와 함께 있는 것에 감사하지 않고, 도리어 끊임없는 괴로움이 더욱 심해지는가 하는 것만은 알 수 있을 거야. 그리고 내가 그 녀석과 그 사촌이 어떻게 어울리건 무관심하게 된 것도 한편은 그런 생각에 원인이 있는 거지. 나는 더 이상 그 애들 때문에 신경을 쓸 수가 없어."

"하지만 다가오고 있는 변화란 대체 무엇을 말하는 거지요, 히스클리프 씨?"

저는 그분의 태도에 놀라 말했습니다. 그러나 제 생각으로는 그분은 정신을 잃을 염려도 없고 죽을 것 같지도 않았으며, 아주 힘 있고 건강해 보였습니다. 그리고 그분의 근본적으로 어렸을 때부터 어두운 생각에 잠기기를 좋아했고 기묘한 공상을 좋아하셨답니다. 돌아가신 그분 애인의 일에 대해서는 너무나 외곬으로 파고들었는지도 모르지만 그 밖의 다른 점에서는 그분도 저와 마찬가지로 별다른 이상한 점이 없었습니다.

"변화가 생길 때까지는 나도 알 수 없을 거야. 지금은 다만 어렴풋이 변화가 오리라는 것을 의식하고 있을 뿐이야."

"어디 편찮으시지는 않아요?"

"아니야, 넬리, 그렇진 않아."

"그럼, 죽음이 두렵지는 않으세요?"

"죽음이 두렵다고? 천만에! 난 죽음에 대한 두려움도 없고 그런 예감도, 죽었으면 좋겠다는 희망 같은 것도 없어. 왜 죽는단 말이야? 이렇게 튼튼한 몸에 절제 있는 생활을 하고 위험하지 않은 직업에 종사하고 있으니 당연히 내 머리에서 검은 머리가 없어질 때까지 살아 있어야지. 그리고 어쩌면 그렇게 살게 될 거야. 게다가 이런 상태로 계속할 수는 없으니까 말이야! 난 내 자신이 숨을 쉬는 걸 잊지 않게 해야겠어. 심장의 고동마저도 애써 잊지 않도록 해야 되겠단 말이야. 그것은 마치 강한 용수철을 뒤로 젖혀

놓은 것과 같아. 한 가지 생각에 자극받지 않으면 아무리 사소한 행동이라도 억지로 하고 있는 것 같고, 하나의 보편적인 관념과 관계가 없는 것은 산 것이든 죽은 것이든 억지로 주의하지 않으면 알 수가 없단 말이야. 나는 오직 한 가지 소원밖에 없어. 나의 온몸과 능력이 그것을 성취하기를 열망하고 있지. 내 몸과 내 능력이 얼마나 오랫동안 그리고 얼마나 꿋꿋하게 그 소원이 이뤄지길 바랐는지, 나는 얼마 지나지 않아 그것이 꼭 성취되리라고 믿어. 그것에 나의 생애를 바쳐 왔기 때문이지. 그 소원이 내 생애를 막아 버린 거야.

내가 고백한다고 해서 구원을 받는 건 아니야. 그러나 그 고백이 나의 설명할 수 없는 면에 대한 이해를 도울 거야. 아, 젠장! 오랜 싸움이었지. 이제 끝장이 났으면 좋겠어!"

그분은 끔찍한 말을 혼자 중얼거리면서 방 안을 왔다갔다하기 시작했습니다. 조지프가 늘 그렇게 말한 것처럼, 저도 그분의 양심이 그의 마음을 생지옥으로 변하게 한 것이라고 믿고 싶어졌습니다. 그때까지 저는 어떻게 끝장이 날 것인지 몹시 궁금했던 것입니다.

그분은 이제까지 그런 그의 마음을 실토하기는커녕 얼굴에 나타낸 적도 없었지만, 그것이 그분의 평소 마음이었던 것은 틀림없었습니다. 자신도 그것을 분명히 말했으니까요. 그러나 평소 그분의 태도로는 아무도 그렇다는 사실을 짐작하지 못했을 것입니다. 주인님도 그분을 보았을 때 그렇게 생각하지 않았을 테지요. 그리고 제가 지금 말씀드리고 있는 그 무렵에도 그분은 주인님이 만난 때와 똑같았으니까요. 그저 더욱 고독을 즐기고 사람들 앞에서 말하는 횟수가 적어졌을 뿐입니다.

34

그날 저녁부터 며칠 동안 히스클리프 씨는 식사 때 우리들과 만나는 것을 피했습니다. 그런데도 헤어턴 도련님과 캐시 아씨를 굳이 들어오지 못하게 하지는 않았습니다. 그는 완전히 자기 감정을 드러내는 것보다는 도리어 자기 자신이 식사하러 오지 않는 쪽을 택하는 것이었습니다. 그리고 하루 한 끼만 먹으면 된다는 생각인 듯했습니다.

어느 날 밤, 식구들이 모두 잠든 뒤에 그가 아래로 내려가더니 현관문으로 나가는 소리가 났습니다. 아침에 일어나 보니 그는 그때까지 아직 들어오지 않았더군요. 마침 사월이라 날씨가 고르고 따뜻해서 잔디는 봄비와 햇볕을 흠뻑 받아 한결 푸르렀고, 남쪽 담 가까이에 있는 두 그루의 키 작은 사과나무는 꽃이 만발했었지요.

아침 식사를 마치자 캐서린 아씨는 제게 집 모퉁이에 있는 전나무 아래로 의자를 가지고 와서 거기 앉아 일을 하라고 졸랐습니다. 그리고 상처가 다 나은 헤어턴 도련님을 시켜서 그곳에 아씨의 조그만 꽃밭을 만들게 했습니다. 조지프가 투덜대는 바람에 그 모퉁이로 꽃밭 자리를 옮긴 것이지요.

저는 아름답고 부드러운 푸른빛이 도는 하늘을 머리에 이고 사방에서 풍기는 봄 향기에 기분 좋게 취해 있었습니다. 아씨는 꽃밭 가에 심을 앵초꽃을 캐러 대문께로 뛰어 내려갔다가 반 정도밖에 캐지 못하고 돌아와서는 히스클리프 씨가 돌아온다고 알려 주었습니다.

"그런데 나한테 말하는 거야."

아씨는 난처한 표정으로 이야기했습니다.

"뭐라고 해?"

헤어턴 도련님이 물었습니다.

"어서 저리 가라는 거야. 그런데 여느 때와는 얼굴이 아주 딴판이라 내가 잠깐 동안 쳐다볼 정도였지 뭐야."

"어떻게 다르다는 거지?"

도련님이 물었습니다.

"저 말이야, 명랑하고 쾌활해 보여. 아니, 그런 정도가 아냐. 아주 몹시 흥분해서 어쩔 줄 모를 만큼 기쁜 표정이었어!"

"그렇다면 밤 산책이 즐거웠던 모양이군요."

저는 별로 관심이 없는 척하면서 말했습니다. 사실은 저도 아씨 못지않게 놀랐고, 아씨의 말이 정말인지 꼭 확인해 보고 싶었지요. 왜냐하면 그가 기쁜 표정을 짓는다는 것은 그리 흔히 볼 수 있는 일이 아니었기 때문이었습니다. 그래서 저는 안으로 들어갈 구실을 생각해 냈습니다.

히스클리프 씨는 열린 문 옆에서 창백한 얼굴로 몸을 떨고 있었습니다. 하지만 정말로 그의 눈에는 이상하게 기쁨에 찬 빛이 서려 있었고, 그 때문에 얼굴 모습이 완연히 달라 보였습니다.

"아침을 좀 드셔야죠? 밤새 거니셔서 시장하실 텐데요!"

저는 그가 어디를 갔다 왔는지 궁금했지만 당장 그 말을 듣고 싶지는 않았습니다.

"아니, 시장하지 않아."

마치 제가 자기의 기분이 좋은 원인을 캐내려고 한다는 걸 알아채기라도 한 듯이 좀 무시하는 투로 말하면서 고개를 돌리며 대답했습니다. 저는 좀 난처했습니다. 충고를 하고 싶었지만 시기가 맞는지 어떤지를 몰랐던 것입니다.

"밤중에 밖을 돌아다니는 건 건강에 좋지 않아요. 주무시지도 않고 말이에요. 어쨌든 요즘같이 습기가 많은 철에 그러시는 건 좋은 생각이 아니세요. 잘못하면 감기가 드시거나 열병이 나십니다. 지금도 좀 이상하게 보이시는 걸요."

"아무것도 아냐. 견딜 수 있어. 그리고 넬리가 나를 내버려두기만 하면 난 얼마든지 기쁘게 참을 수 있으니까. 어서 안으로 들어가요. 그리고 나를 성가시게 하지 마."

저는 그대로 들어갔습니다. 그리고 옆을 지나면서 그가 고양이처럼 숨을 가쁘게 쉬고 있다는 것을 알았습니다. '옳지!' 저는 혼자 생각했습니다. '또 병이 나겠군. 무엇을 하고 있는지 도무지 알 수 없어.'

그날 낮에 그는 우리들과 함께 오찬을 하려고 자리에 앉았는데, 마치 전에 먹지 않은 것을 채우기라고 하듯 음식이 가득히 담긴 접시를 제 손에서 받아드는 것이었습니다.

"나는 감기에 걸리지도 않았고 열병에도 걸리지 않았어, 넬리."

그는 아침에 제가 한 말을 넌지시 빗대며 말했습니다.

"넬리가 가져온 식사를 마음껏 먹을 작정이야."

하지만 그분은 나이프와 포크를 들고 막 먹기 시작하려던 순간 갑자기 먹고 싶은 생각이 없어지는 모양이었습니다. 나이프와 포크를 식탁 위에 놓고 정신없이 창가를 쳐다보더니 일어나서 밖으로 나가 버렸습니다. 우리가 식사를 마치는 동안 내내 그가 정원을 이리저리 왔다갔다하는 것을 보았습니다.

헤어턴 도련님이 왜 식사를 하지 않는지 가서 물어보겠다고 말했습니다. 도련님은 그가 무엇인가 우리들 때문에 속이 상한 거라고 생각한 모양이었습니다.

"들어온대?"

캐서린 아씨는 사촌이 돌아오자 큰 소리로 물었습니다.

"아니, 그런데 화가 난 건 아니야. 정말로 이상하게 유쾌해 보이던데. 그저 내가 두어 차례 말을 건넨 것을 성가시게 생각했을 뿐이었어. 그리고 너한테 가 있으라고 말하면서 나더러 어쩌면 그렇게 남들과 함께 있고 싶어 하는지 모르겠다는 거야."

저는 그분의 식사가 식지 않도록 접시를 난로 뚜껑 위에 갖다 놓았습니다. 한두 시간 후 방을 치운 뒤에 그는 다시 들어왔는데 흥분은 조금도 가라앉지 않았습니다. 여전히 어색하고 — 사실 어색한 표정이었어요 — 기쁜 표정이 그분의 검은 눈썹 아래에 어려 있었습니다. 얼굴에는 핏기가 없고, 가끔 이가 드러나 보이게 가볍게 웃었습니다. 몸을 떨고 있었는데, 사람이 춥거나 몸이 쇠약해졌을 때 떨 듯 그렇게 떠는 것이 아니라 팽팽하게 당겨진 줄이 떨리듯, 떤다기보다는 짜릿짜릿하게 저려 오는 모양이었습니다. 저는 왜 그러는지 물어봐야겠다고 생각했습니다. 그렇지 않으면 누가 물어보겠어요?

"무슨 좋은 소식이라도 들으셨나요, 히스클리프 씨? 여느 때와 달리 기운이 나 보이시네요."

"나 같은 사람한테 좋은 소식이 올 데가 있나? 난 굶어서 기운이 나게 됐어. 그러니 아마 먹지 말아야 할 모양이야."

"식사가 여기 있는데 왜 드시지 않죠?"

"지금은 먹고 싶지 않아."

그는 재빨리 중얼거리듯 말했습니다.

"저녁이나 먹지 뭐, 그런데 넬리, 마지막으로 부탁하겠는데 헤어턴과 캐서린에게 내 곁에 오지 말라고 좀 일러 줘요. 아무한테도 신경을 쓰지 않게 해 줬으면 좋겠어. 나 혼자 여기 있게 해 주면 좋겠단 말이야."

"다 나가라고 하시다니, 무슨 새로운 이유라도 있으신가요? 히스클리프 씨, 왜 그렇게 이상한 모습을 하고 계시는지 말씀 좀 해 보세요. 어젯밤에 어딜 가셨었나요? 제가 괜한 호기심으로 물어보는 것이 아니라……."

"그거야말로 아주 괜한 호기심으로 묻는 말인 걸."

그는 소리 내어 웃으면서 제 말을 막았습니다.

"좋아, 말해 주지. 어젯밤에 말이야, 난 지옥의 문턱까지 갔었어. 오늘은 천국이 보이는 곳에 있지만 말이야. 난 지금 눈앞에 천국을 보고 있는 거야. 불과 삼 피트도 안 떨어져 있어! 자, 그만 가는 게 좋을 거야. 꼬치꼬치 캐묻지만 않는다면 아무것도, 무서운 꼴을 보지도 듣지도 않을 테니까."

저는 난로 청소를 하고 상을 치운 다음 전보다 더욱 착잡한 마음으로 방을 나왔습니다. 그분은 그날 오후 동안은 거실을 떠나지 않았고 아무도 그의 고독을 방해하지 않았습니다. 하지만 결국 저는 그분이 부르지는 않았지만 여덟 시쯤에 촛불과 저녁 식사를 가지고 가야겠다는 생각이 들었습니다.

그는 덧문이 열려 있는 창가 선반에 기대 서 있었는데 밖을 내다보지는 않고 침침한 방 안쪽으로 얼굴을 돌리고 있었습니다. 난로는 재가 쌓여 연기만 피어오르고, 방 안은 구름이 낀 저녁 무렵의 습하고 후텁지근한 공기로 가득 차 있었습니다. 그리고 어찌나 조용한지 저 아래 기머튼 쪽으로 졸졸 흘러내리는 시냇물 소리뿐 아니라 잔물결 소리며 자갈 위와 물속에 묻히지 않은 커다란 돌 사이를 콸콸 흐르는 물소리까지도 분간할 수 있었습니다. 저는 불이 다 꺼진 탄받이를 보고 불만을 터뜨리고는 창문을 차례차례 닫아 나갔습니다.

"이 문도 닫아야 되겠지요?"

저는 그분이 기대고 서 있는 창문 옆으로 가서 꼼짝도 하려 들지 않는 히스클리프 씨의 정신이 들게 하려고 이렇게 물었습니다. 제가 이렇게 말할 때 갑자기 불빛이 그분의 얼굴을 반짝 비췄습니다. 정말이지, 그 순간에 비친 그분의 얼굴을 보고 저는 얼마나 놀랐는지 이루 다 말할 수가 없습니다. 그 깊이 파인 검은 눈, 그 미소와 오싹 소름이 끼칠 만큼 창백해진 얼굴, 그건 히스클리프 씨가 아니라 귀신의 모습이었습니다. 저는 너무 무서워서 촛불을 벽 쪽으로 쓰러뜨리고 말았습니다. 그래서 방 안은 도로 어두워져 버렸습니다.

"그래, 닫아요."

그는 귀에 익은 목소리로 대답했습니다.

"저런, 거 정말 바보 같은 짓을 하는군! 왜 촛불을 쓰러뜨리고 야단이야? 어서 다른 촛불을 가져와."

저는 바보스럽게 놀라 뛰어나와서는 조지프에게 말했습니다.

"주인어른이 조지프더러 촛불을 가져오고 난로에 불을 피우래요."

이렇게 말한 이유는 저는 아무래도 다시 들어갈 용기가 나질 않았기 때문입니다. 조지프는 덜그럭거리며 불붙은 탄을 부삽으로 퍼 가지고 왔습니다. 그러나 그는 그것들을 도로 가지고 나왔습니다. 한 손에는 저녁 식사를 놓아 둔 쟁반마저 들고 나와서는 히스클리프 씨는 잠자리에 들려는 참이고 다음 날 아침까지 아무것도 먹지 않겠다는 것이었습니다.

우리는 그분이 곧장 계단을 올라가는 소리를 들었습니다. 그분은 여느 때 쓰던 침실로 가는 것이 아니라 널판으로 가를 댄 침대가 있는 방으로 들어갔습니다. 그 방의 창문은 먼저도 말씀드린 것처럼 누구라도 나갈 수 있을 만큼 넓었습니다. 그래서 저는 우리들이 눈치 채지 않게 밤중에 외출을 할 작정이구나 하고 생각했습니다.

시체를 파먹는 귀신일까, 흡혈귀일까? 저는 그런 생각을 했습니다. 사람의 탈을 쓴 그런 끔찍한 귀신이 있다는 걸 책에서 읽은 적이 있었거든요. 그러자 저는 그분이 어렸을 적에 돌봐준 일이며 청년이 될 무렵의 일, 그리고 거의 그의 일생 동안 일어난 일들을 돌이켜보았습니다. 그리고 그런 끔찍한 일을 생각한다는 게 얼마나 어처구니없는 짓인가를 반성했습니다.

하지만 사람 좋은 언쇼 영감님이 데려다 길러 결국 재앙의 씨가 된 저 검은 어린이는 도대체 어디서 온 것일까? 저는 꾸벅꾸벅 졸면서 이런 미신 같은 생각을 떠올렸습니다. 그리고 꿈을 꾸듯이 그에게 어울릴 법한 혈통을 싫증이 날 만큼 이리저리 상상해 보기 시작했습니다. 그리고 다시 말짱한 정신이 들어 그분의 생애를 처음부터 훑어보았습니다. 결국 그의 죽음과 장례 같은 것까지도 마음속으로 그려 보았는데, 그 일에 대해서 제가 기억할 수 있는 것은 그의 비석에 비문을 뭐라고 새겨야 할지 몹시 골치 아프다며 묘지기와 의논을 한 것, 그리고 그는 성이 없고 나이도 알 수 없기 때문에 우리는 어쩔 수 없이 단 한마디 '히스클리프'라고 쓸 수밖에 없다는 것 등이었습니다. 이 일은 후에 실제로 다가왔고, 우리는 그대로 했습니다. 혹 묘지에 가 보시면 그의 비석에는 그렇게 이름과 죽은 날짜만이 새겨진 것을 보실 수 있을 것입니다. 날이 샐 무렵이 되어 저는 제정신이 들었습니다. 사방이 보일 만큼 날이 훤해지자 저는 자리에서 일어나 그의 방 창 밑에 발자국이 있는지 알아보려고 마당으로 나갔습니다. 그러나 아무 자국도 없었습니다.

'집에 있었구나. 오늘은 별일 없겠군!'

저는 그렇게 생각하고는 여느 때와 다름없이 식구들의 아침 식사를 준비했습니다. 그리고 헤어턴 도련님과 캐서린 아씨에게 히스클리프 씨는 늦게 내려올 테니 내려오기 전에 먼저 먹으라고 일렀습니다. 그들은 바깥에 나가 나무 아래서 먹겠다고 하여 저는 두 사람에게 알맞은 조그만 탁자를 갖다 주었습니다.

제가 다시 들어왔을 때는 히스클리프 씨가 내려와 있었습니다. 그 방 안에서 조지프와 무슨 농장 일에 대한 이야기를 하고 있는 중이었는데, 의논하고 있던 일에 관해서는 분명하고 세세하게 지시를 했으나 말투가 몹시 급했고 연신 고개를 옆으로 돌리며 여전히 흥분한 표정이었습니다. 하지만 그의 표정이 전보다 더욱 심했습니다.

조지프가 방을 나가자 그는 늘 앉는 그 자리에 와 앉았고 저는 커피 잔을 앞에 갖다 놓았습니다. 그분은 그것을 끌어당기더니 두 팔을 탁자 위에 올려놓고 맞은편 벽을 쳐다보았습니다. 제가 보기에는 번쩍거리면서도 불안스런 눈초리로 벽 어느 한 부분을 아래위로 훑어보고 있었는데, 어찌나 열심히 쳐다보는지 몇 초 정도는 숨을 쉬지도 않을 정도였습니다.

"이제 그만!"

저는 빵을 그의 손이 닿을 정도로 가까이 밀어 놓으면서 큰 소리로 이야기했습니다.

"식기 전에 좀 드세요. 차려 놓은 지 한 시간이 다 되어 간다고요."

그는 제 말을 들은 척도 하지 않으면서 싱글싱글 웃는 것이었습니다. 저는 그가 그렇게 웃는 것이 차라리 이를 가는 것을 보는 것만도 못했습니다.

"이거 보세요, 히스클리프 씨!"

저는 참지 못하고 소리를 질렀습니다.

"제발 그렇게 헛것을 보듯이 노려보지 마세요."

"제발 그렇게 큰소리로 떠들지 마. 그리고 방 안을 둘러보고, 우리 두 사람뿐인지 살펴봐요."

"물론이지요. 물론 두 사람 뿐이에요."

그러면서도 저는 혹시 누가 있지나 않나 하는 태도로 그분의 말을 따라 본의 아니게 방을 둘러보았습니다. 그분은 차려놓은 아침상을 한 손으로 밀어 앞을 비워 놓고는 더 잘 볼 수 있게 몸을 앞으로 기댔습니다. 그제야 저는 그분이 벽을 쳐다보고 있는 게 아니라는 것을 알아차렸습니다. 왜냐하면 조금 떨어져 주의해서 그분을 보니 분명 그는 이 야드쯤 거리를 두고 있는 무엇인가를 응시하고 있는 듯했으니까요. 그리고 응시하는 것이 무엇이었는지, 그것은 틀림없이 아주 굉장한 즐거움과 고통을 함께 주는 것 같았습니다. 고통이 어린 황홀한 표정을 띤 그의 얼굴이 그런 생각이 들게 했습니다. 넋을 잃고 바라보는 그 대상은 고정되어 있지 않았나 봅니다. 그분은 지칠 줄도 모르고 주의 깊게 그것을 쫓고 있었으며, 심지어 제게 이야기할 때에도 결코 눈을 떼지 않았습니다.

저는 그렇게 오랫동안 식사를 하지 않으면 어떻게 하느냐고 주의를 주었지만 허사였습니다. 제 간청에 못 이겨서 빵 조각을 집으려고 손을 내밀다가도 손가락은 빵에 닿기도 전에 무엇을 하려고 했는지 잊어버린 듯 탁자 위에 그대로 놓여 있을 뿐이었습니다.

저는 참을성을 시험하는 것처럼 꾹 참고 앉아서 넋을 잃고 생각에 잠겨 있는 그분의 마음을 돌려 보려고 애썼습니다. 결국 그분은 짜증을 내며 일어서더니 왜 식사를 할 때마다 자기 혼자만의 시간을 가질 수 있게 내버려 두지 않느냐고 하셨습니다. 다음부터는 시중을 들 필요가 없으니 음식이나 차려놓고 나가라는 것이었습니다. 이렇게 말하고 나서 그는 거실을 나가 느릿느릿 어슬렁거리며 뜰을 내려가더니 대문을 지나 어디론지 사라져 버렸습니다.

시간이 기어가듯 불안하게 지나가고 다시 저녁이 되었습니다. 저는 늦게까지 잠자리에 들지 않고 있었는데, 막상 잠자리에 들어도 잠이 오지 않았습니다. 히스클리프 씨는 자정이 지난 후에 돌아와서는 침실로 올라가지 않고 아래층 방에 틀어박혀 있었습니다. 저는 귀를 기울이며 이리저리 몸을 뒤척이다가 결국 옷을 걸치고 아래층으로 내려갔습니다. 온갖 불안한 생각에 머리가 아파서 그대로 누워 있을 수가 없었던 것입니다.

초조하게 방바닥을 왔다갔다하는 히스클리프 씨의 발자국 소리가 들렸습니다. 그리고 이따금 신음에 가까운 깊은 한숨이 적막을 깨고 들려왔습니다. 그는 또 드문드문 알아들을 수 없는 말을 한마디씩 중얼거렸습니다. 제가 알아들을 수 있는 말이라고는 오직 캐서린이라는 이름뿐이었는데, 그 말에는 그립기도 하고 괴로움이 뒤섞인 다소 거친 말투였습니다. 그리고 마치 앞에 있는 사람에게 말하는 듯했습니다. 낮은 소리로 진지하게 가슴 속 깊이 우러나오는 말이었습니다.

저는 곧장 그 방으로 들어갈 용기가 나질 않았습니다. 그러나 그를 환상에서 깨어나게 해주고 싶었습니다. 그래서 부엌에 있는 난롯불을 흔들어대고는 타고 남은 식은 찌꺼기를 달그락달그락 긁기 시작했습니다. 그 방법은 제가 예상했던 것보다도 쉽게 그를 환상에서 끌어낼 수 있었습니다. 그는 대뜸 문을 열더니 이렇게 말하는 것이었습니다.

"넬리, 이리 와. 날이 샜나? 불을 가지고 이리 좀 들어와."

"네 시로군요. 위층으로 가지고 가실 촛불이 있어야 할 텐데 이 불에다 붙이시지요."

"아냐, 위층으로 가고 싶지 않아. 들어와, 여기에도 불을 좀 피워 줘야겠어. 그리고 이 방에서 할 일이 있으면 해도 돼."

"불을 옮기기 전에 먼저 탄에 불을 붙여야겠어요."

저는 의자와 풀무를 갖다 놓으면서 대답했습니다. 그 사이에 그는 거의 정신 나간 상태로 이리저리 움직였습니다. 정상적인 숨은 쉴 겨를도 없이 무거운 한숨을 내쉬고 있었습니다.

"날이 새면 그린을 불러와야겠어. 내가 법률적인 문제에 대해서 제대로 생각을 할 수 있고 또 조용히 몸을 움직일 수 있는 동안에 그에게 그런 문제를 좀 물어봐야겠단 말이야. 나는 아직 유언을 써놓지 않았고 또 내 재산을 어떻게 처리해야 할지 결정하지 못했거든! 재산 같은 건 이 세상에서 모조리 없애 버릴 수 있으면 좋겠는데 말이야."

"전 그런 이야기는 하고 싶지 않아요, 히스클리프 씨."

전 그분의 말을 가로막았습니다.

"유언 같은 건 좀 더 있다 하세요. 아직 그 많은 잘못을 뉘우칠 여유는 있으니까요. 전 히스클리프 씨의 정신에 이상이 생길 거라고는 상상조차 못했어요. 그런데 요즘은 정말 이상하시군요. 그건 모두가 스스로의 잘못 때문에 그렇게 된 것이지만 말이에요. 이 사흘 동안의 히스클리프 씨처럼 지낸다면 타이탄 같은 거인도 당해내지 못할 거예요. 뭘 좀 드시고 휴식을 취하세요. 거울에 자신의 모습을 좀 비춰 보세요. 지금 히스클리프 씨에게 휴식이 얼마나 필요한지 알 수 있을 거예요. 볼은 푹 꺼지고 두 눈은 핏발이

섰다고요. 마치 굶주려 죽어가거나, 잠을 못 자서 눈이 멀어가는 사람처럼 말이에요."

"내가 못 먹고 못 자는 건 내 잘못이 아냐. 분명히 이야기해 두지만 그건 일부러 그러는 건 아니란 말이야. 할 수만 있으면 언제라도 먹고 잠도 자겠어. 그런데 지금 넬리가 하는 말은 마치 물에 빠져 허우적거리는 사람이 한 팔만 뻗으면 기슭에 닿을 판인데 그대로 쉬라는 거나 같은 이야기야! 난 먼저 기슭에 닿은 다음에 쉬어야겠단 말이야. 그리고 그린 씨를 부르는 것은 그만두기로 하겠어. 그리고 내 잘못에 대해서 뉘우치라고 하지만 난 잘못한 것이 없으니 아무것도 뉘우칠 게 없어. 난 너무 행복하면서도 만족할 만큼 행복하진 못해. 내 영혼의 행복은 내 육체를 죽이고 있지만 아직도 내 영혼은 만족할 줄 모르거든."

"행복하시다고요? 괴상한 행복도 다 있군요! 만약 히스클리프 씨가 화를 내지 않고 제 이야기를 들어 주신다면 더욱 행복해질 수 있는 충고를 해 드리겠어요!"

"그게 무슨 이야기인데? 해 봐."

"히스클리프 씨 스스로도 알고 계실 거예요. 히스클리프 씨는 열세 살 때부터 자기만을 위해 살아오셨고, 신자답지 않은 생활을 해 오셨어요. 그리고 아마 그동안 성경이란 것엔 아예 손도 대지 않으셨겠죠. 히스클리프 씨는 틀림없이 이 성경에 무엇이 씌어 있는지도 다 잊어버렸을 겁니다. 그리고 이제는 그걸 뒤적거릴 여유도 없으시지요. 어느 분이고 간에, 어느 교파의 목사든 그건 관계없으니까. 한 분 불러서 성경의 말씀을 들으시고 이제까지 히스클리프 씨가 얼마나 성경의 말씀과 동떨어진 잘못된 생활을 해 왔으며, 만약 이제라도 돌아가시기 전에 마음을 고치지 않는다면 절대로 천당에 갈 자격이 없으시다는 말씀을 듣는 것도 해롭지 않을 거예요.”

“넬리, 화를 내다니, 고마운 일이지. 내 희망대로 묻힐 수 있는 길을 넬리가 이야기해 주니 말이야. 내 시체는 저녁에 교회 묘지로 옮겨 줘. 가능하다면 넬리와 헤어턴이 따라오면 좋겠어. 그리고 그 묘지기가 두 개의 관에 대해서 내가 일러둔 대로 하도록 꼭 당부해 줘요. 절대 잊지 말아요! 목사는 올 필요 없어. 그리고 설교 같은 것도 필요 없고. 난 내가 바라는 천국에 거의 다 도착했으니까, 그리고 남들이 원하는 천국은 내가 바라는 게 아니고 가고 싶지도 않아!”

“그렇게 끝끝내 고집을 부리고 아무것도 드시지 않다가 그 때문에 돌아가시게 되고, 결국은 교회 묘지에 묻히는 것까지 거절당하면 어떻게 하지요?”

저는 그의 믿음이 없는 냉담에 화가 나서 말했습니다.

“그렇게 되면 어떻게 하시겠어요?”

“거절하지 않을 거야. 만약에 거절한다면 넬리가 몰래 묻어 줄 수 있게 주선을 해 줘. 만약 그렇게 해 주지 않는다면 난 영혼이 되어 나타나서 사람은 죽어도 아주 없어지는 게 아니라는 것을 실제로 보여 주겠어!”

다른 식구들이 움직이는 소리가 나자 곧 그는 자기 방으로 물러갔고 저는 좀 자유스럽게 숨을 쉴 수가 있었습니다. 그러나 오후에 조지프와 헤어턴이 나가 일을 하고 있는 동안에 그는 다시 부엌으로 들어와서는 험상궂은 얼굴로 저더러 거실로 들어와 앉으라고 말하는 것이었습니다. 누구라도 자기 옆에 와 있어 주었으면 좋겠다는 것이었습니다. 저는 그의 이상스런 말과 태도가 무서워서 저 혼자서는 말벗이 될 용기도 없거니와 그럴 생각도 없다고 솔직하게 말하고 거절했습니다. 그러자 그분은 그 음흉한 미소를 지으면서 말했습니다.

"넬리는 나를 악마라고 생각하는 거지? 너무 무서워서, 점잖은 집에서는 살 수 없다는 거지?"

그리고서 부엌에 있다가 그분이 가까이 오자 제 뒤로 몸을 숨기는 캐서린 아씨를 보고 반쯤 비웃는 어조로 말했습니다.

"어때, 네가 오지 않을래? 괴롭히지 않을 테니까. 너에겐 내가 악마보다도 더 심하게 굴었지. 좋아, 내 말벗이 되는 것을 꺼리지 않을 사람이 한 사람 있지! 원 참. 그 여잔 냉혹한 사람이야. 에이, 망할 것! 어찌나 지독한지 보통 사람은, 아니 나 같은 사람조차도 도저히 참을 수가 없단 말이야."

그분은 누구에게도 더 이상 자기와 함께 있어 달라고 하지 않았습니다. 날이 어두워지자 자기 방으로 들어간 후 밤새도록, 그리고 아침이 다 될 때까지 혼자서 신음하고 중얼거리는 소리가 들려왔습니다. 헤어턴 도련님은 굉장히 들어가 보고 싶어 했으나, 저는 먼저 케네드 선생을 불러와서 살펴보게 해야 한다고 일렀습니다. 케네드 선생이 온 후 제가 들어가게 해 달라고 말했지만 문은 잠겨 있었습니다. 그리고 히스클리프 씨는 안에서 우리에게 욕을 해댔습니다. 그는 많이 좋아졌으니 혼자 있게 내버려둬 달라고 했고, 결국 의사는 돌아갔습니다.

이튿날 저녁에는 비가 심하게 내렸습니다. 정말, 날이 샐 무렵까지 퍼부었으니까요. 아침 산책을 할 때 보니까 그분의 방 창문이 열려 덜그렁거리면서 비가 마구 방 안으로 들이치지 뭐겠어요.

'누워 있을 리는 없겠지. 이렇게 비가 쏟아지는데 흠씬 젖을 테니까 말이야. 틀림없이 일어나 있거나 밖에 나갔을 거야. 그러니 소란을 떨 것 없이 용기를 내서 들어가 봐야겠어!' 저는 그렇게 생각하고 다른 열쇠로 문을 따고 방으로 들어가 보았습니다. 방 안은 텅 비어 있었기 때문에 저는 침대가 있는 판자 미닫이를 열어 보려고 뛰어나갔습니다. 미닫이를 열고 안을 들여다보던 저는 소스라치게 놀랐습니다. 그분의 눈초리가 어찌나 매섭게 저를 쏘아보는지, 그리고 미소를 짓는 것도 같았습니다.

저는 그분이 죽었다는 생각은 하지 않았습니다. 하지만 그분은 얼굴이나 목이 비에 씻기고 침대 홑이불에서 물방울이 뚝뚝 떨어지는데도 꼼짝을 하지 않았습니다. 창문은 열렸다 닫혔다 달그락거리면서 창틀 위에 놓인 그분의 한쪽 손을 짓누르고 있었고요. 껍질이 벗겨졌지만 피가 흐르지는 않았습니다. 손가락으로 그 부분을 만져 본 저는 더 이상 의심할 수가 없었습니다. 그분은 이미 죽어 뻣뻣하게 굳어 있었던 것입니다.

저는 창문을 닫아걸고는 앞이마로 늘어진 검은 긴 머리를 빗겨 주고 두 눈을 감기려고 해 보았습니다. 되도록이면 다른 사람들이 보기 전에 환희에 찬 듯한 그 끔찍스러운 산 사람의 눈초리를 감춰 버리려고 말이죠. 하지만 눈은 감기지 않았습니다. 열려 있는 입술이며 뾰족하고 하얗게 드러난 이가 제 행동을 비웃는 듯이 보였습니다. 저는 다시 왈칵 겁이 나서 조지프를 외쳐 불렀습니다. 조지프는 발을 질질 끌면서 올라와서는 한바탕 소란을 떨었으나 죽은 이에게는 전혀 손을 대지 않으려고 했습니다.

"악마가 그의 영혼을 빼앗아 갔군. 기왕이면 송장마저 가져갈 일이지. 나야 상관없으니 말이야! 에잇, 어쩌다 저렇게 흉악한 꼴을 하고 있담. 죽어서까지 능글맞게 웃고 있다니!"

그 죄받을 늙은이는 징글맞게 이를 드러내고 침대 주위를 한바탕 껑충껑충 뛰는가 싶더니 갑자기 무릎을 꿇고 두 손을 들어 진짜 주인과 오랜 가문이 그들의 권리를 되찾게 되었다고 기도를 드리는 것이었습니다.

저는 너무나 무서운 일에 놀라 넋을 잃고 있었습니다. 그러고는 참을 수

없이 가슴을 옥죄는 슬픔을 안고 옛날의 기억을 더듬었습니다. 그러나 누구보다도 학대가 심했던 헤어턴 도련님만이 가엾게도 혼자서 진심으로 슬퍼하고 있었습니다. 도련님은 밤새도록 시체 옆에 앉아서 복받치는 울음을 참지 못했습니다. 망인의 손을 만지기도 하고 그 어느 누구라도 제대로 보고 싶어 하지 않을 무서운 얼굴에 입을 맞추기도 하였습니다. 그리고 비록 두드려서 늘린 강철처럼 단단하고 거칠기는 했으나, 너그러운 마음에서 자연스레 우러나는 깊은 슬픔으로 그분의 죽음을 슬퍼했습니다.

케네드 선생은 그분이 무슨 병으로 죽었는지 진단을 내리지 못해 애를 먹고 있었습니다. 저는 귀찮은 일이라도 생길까 싶어 그가 나흘 동안이나 아무것도 먹지 않았다는 사실을 숨기고 말았습니다. 그리고 저는 그분이 아무것도 먹지 않은 것은 요상한 병 때문이라고 제 나름대로 생각했으니까요. 우리는 이웃들의 수군거림을 무릅쓰고 그의 소원대로 묘지에 묻어 주었습니다. 언쇼 도련님과 저, 그리고 묘지기와 시체를 나르는 인부 여섯 사람이 장례에 참석한 사람의 전부였습니다.

여섯 사람의 인부가 시체를 묘소 안에 내려놓고 떠난 후 우리는 시체를 다 묻을 때까지 그곳에 남아 있었습니다. 헤어턴 도련님은 눈물을 흘리면서 푸른 잔디를 떠다가 손수 무덤 위에 입혔습니다. 지금은 그의 무덤도 다른 분들의 무덤과 같이 고르고 푸르지요. 그리고 저는 그 속에 들어 있는 히스클리프 씨도 누워 있는 다른 분들과 더불어 고이 잠들기를 바라고 있습니다.

그런데 이 고장 사람들에게 물어보면 아시겠지만, 그의 유령이 나타난다는 것입니다. 교회당 근처나 벌판 위에서 그를 보았다고 말하는 사람도 있고, 또 심지어는 이 집 안에서도 보았다는 사람도 있답니다. 주인님은 쓸데없는 이야기라고 하시겠지요? 저도 그렇게 말하고 있습니다. 그런데 부엌 난로 옆에 있는 저 노인은 그분이 죽은 뒤로는 비 오는 날 밤마다 그가 거처하던 방 창문으로 두 사람의 유령이 밖을 내다보고 있다고 우기고 있습니다. 그리고 괴상하게도 한 달 전에는 저에게도 이런 일이 일어났답니다. 천둥이 치는 어느 날 저녁에 제가 그 저택으로 가는 길이었습니다. 워더링 하이츠를 막 돌아서려는 참에 어미 양 한 마리와 새끼 양 두 마리를 앞세우고 몹시 울면서 가는 소년을 만났습니다.

"아가, 왜 우니?"

저는 새끼 양들이 말을 잘 안 들어서 힘들어 그러는 모양이라고 생각했습니다.

"저기 산모퉁이에 히스클리프 씨와 웬 여자가 서 있어요."

그 애는 엉엉 울면서 말했습니다.

"무서워서 그 사람들 옆을 지나갈 수가 없어요."

저에겐 아무것도 보이지 않았습니다. 그러나 양들도 그 소년도 좀처럼 그곳을 지나가려고 하지 않았습니다. 그래서 저는 그 소년에게 아래쪽으로 돌아가는 길을 알려주었습니다. 아마도 그의 부모나 친구들에게 유령이 나온다는 쓸데없는 말을 여러 차례 듣고는 혼자서 벌판을 지나려니까 무서워져서 유령이 나오는 것같이 생각되었던 모양이었습니다. 그러나 저 역시 요즈음은 어두워지면 나가기가 싫어졌습니다. 그리고 음산한 집에 혼자 남아 있는 것도 싫어졌고요. 그래서 하루빨리 헤어턴 도련님과 캐서린 아씨가 드러시 크로스 저택으로 옮겨 갔으면 좋겠어요.

"그 사람들은 그 저택으로 옮겨 갈 작정인가요?"

"네, 결혼하면 곧이요. 그리고 결혼식은 정월 초하룻날 올릴 예정이에요."

"그럼, 여기는 누가 살 겁니까?"

"그야 조지프가 집을 돌보겠지만, 젊은이가 한 사람 있어야겠지요. 부엌에서만 지내고 그 나머지는 다 잠가 둘 겁니다."

"그곳에 살고 싶어 하는 귀신들이 쓰도록 말이오?"

"아니에요, 주인님. 그분들은 고이 잠들어 있는데 돌아가신 분들의 이야기를 경솔하게 입에 담는다는 건 옳지 않은 일이라고 생각해요."

그때 마침 대문이 닫히는 소리가 났다. 바람을 쐬러 나간 사람들이 돌아오는 것이었다.

"저 사람들은 두려운 게 없나 보군."

나는 창 너머로 그들이 걸어오는 것을 쳐다보면서 중얼거렸다.

"저 사람들 둘이면 악마나 그 군사와도 대항할 수 있겠는데!"

그들이 문 앞 디딤돌 위에 발을 디디고 마지막으로 달을 보기 위해서, 좀 더 정확하게 말하면 달빛에 비치는 서로의 얼굴을 보기 위해서 멈췄을 때 나는 다시 어쩔 수 없이 그들을 피해야겠다는 생각이 들었다. 그리고 딘 부인의 손에 억지로 몇 푼 정표로 쥐어 주고, 이런 나의 실례를 나무라는 딘 부인의 말을 들은 척도 하지 않고 그들이 거실 문을 열 때 부엌을 지나 빠져나와 버렸다. 그래서 내가 조지프 영감의 발 밑에 던져 준 일 파운드짜리 금화의 쨍그랑 하는 소리를 듣고 그가 나를 좋게 보아줬기에 망정이지, 그러지 않았다가는 영락없이 딘 부인이 자기의 정부라도 끌어들인 것이라고 생각했을 것이다. 집으로 돌아올 때는 교회 쪽으로 돌아왔기 때문에 한참 걸렸다. 겨우 일곱 달 사이인데도 교회는 눈에 띄게 황폐해져 있었다. 창문은 대부분 유리가 없어져서 검게 비어 있었고 기왓장도 여기저기 벗겨져

다가오는 가을 폭풍을 만나면 떨어져 나가 버릴 것 같았다. 주변을 돌아보았더니 벌판 가까운 언덕배기 위에 서 있는 세 개의 비석이 곧 눈에 띄었다. 가운데 것은 회색이었고 반쯤 히스나무에 묻혀 있었다. 에드거 린튼의 비석만이 밑에 깔린 잔디와 이끼 때문에 그곳에 어울려 보였다. 히스클리프 것은 아직도 새것이었다.

나는 포근한 하늘 아래 그 비석들 둘레를 어슬렁거렸다. 히스나무와 초롱꽃 사이를 날아다니는 나방들을 지켜보고, 부드러운 바람이 풀밭을 스쳐 지나는 소리를 들으며 생각했다. 이렇게 고요한 땅속에서 잠든 사람들이 편히 쉬지 못할 거라고 누가 감히 상상이나 할 수 있을까. ❧

에밀리 브론테의 생애와 작품세계

지상의 애증(愛憎)을 초월한 폭풍의 여신

소설이라는 장르가 급격하게 지배적인 문학 형식으로 자리를 잡게 되던 19세기의 영국에서는 점점 더 많은 종류의 다양한 감수성을 지닌 작가들이 소설이라는 매체를 통해서 그들의 감수성을 표출하기에 이르렀다. 외롭고 재능 있는 개인도 빅토리아 시대의 사상이 주류를 이루며 활동하고 있는 작가와 마찬가지로 소설을 쓸 수 있게 된 것이었다. 19세기 영국에서 쓰인 대부분의 소설이 사회 속의 인간문제들을 다루었고, 특정한 사회에서 특정한 사회적·경제적 특징들을 지니고 나타나는, 있는 그대로의 도덕적 상황들을 다루었다. 그러나 간혹 개인적인 감정들을 소설로 표출하고, 다른 시대였으면 서정시로 표현했을 개인 감정의 영역들을 소설에서 탐구하는 작가도 있었다. 브론테 자매는 바로 이러한 새로운 소설세계를 창출해 낸 19세기 영국 문학계의 몇 안 되는 천재적 작가들이다.

에밀리 브론테(Emily Jane Bronte, 1818~1848)와 샬럿 브론테(Charlotte Bronte, 1816~1855)는 각각 《폭풍의 언덕 *Wuthering Heights*》(1847)과 《제인 에어 *Jane Eyre*》(1847)라는 걸작을 남김으로써 영문학사에서 매우 독특하고도 중요한 위치를 차지하고 있다.

특히 에밀리의 《폭풍의 언덕》은 그 강렬함과 어두운 시적 빛깔로 인해 영국 소설에서 샬럿의 작품들보다도 더 독창적이고 고유한 작품으로 평가받고 있다.

《폭풍의 언덕》은 에밀리 브론테의 유일한 소설로써 환상적이고 신비한 분위기와 치밀한 리얼리즘적 묘사가 결합된 최고의 걸작 중의 하나로 손꼽히는 작품이다. 이 작품은 여러 가지 면에서 19세기 동시대 작가들을 능가하는 탁월한 면을 지니고 있다. 특히 구성면에서 조지프 콘래드(Joseph Conrad, 1857~1924)보다 50년이나 앞서는 과단성(果斷性)이 보일 뿐 아니라, 내용면에서도 사회적 현실이나 기존의 도덕을 초월한 인간과 세계의 본질에 대한 새로운 시각을 제시한 명작이다.

그러나 《폭풍의 언덕》의 작품세계는 그 당시의 인습과 도덕에서 크게 벗어났을 뿐만 아니라 사회 통념상 이질적 요소가 많았기 때문에 발표 당시에는 사회적으로 격렬한 비난을 받았다. 《폭풍의 언덕》은 그 이전에 쓰인 어떤 소설과도 다른 색다른 정서의 강한 힘을 지닌 작품이다. 어둡고 괴기스러운 분위기와 잔인하고 거친 인물 묘사와 내용은 디킨즈(Dickens, C. 1812~1870)나 새커리(Thackeray, W. 1811~1863), 트롤럽(Trollope, A. 1815~1882) 등에 의해 주도되던 당시 빅토리아 시대의 문학적 사조(思潮)에 젖어 있던 영국인들에게는 매우 독특하고 당혹스럽게 받아들여졌던 것이다. 따라서 에밀리 브론테는 당연히 받았어야 할 평가를 받지 못했다. 그녀는 빅토리아 소설가들의 선두 대열에 서서히 전진해 들어갔을 때도 번득이는 뛰어난 상상력을 발휘했지만, 인간생활의 가장 중요한 관심사와 거리가 멀고 미숙하며 일관성 있는 영감을 표현하는 능력이 부족하다는 이유로 생존 시에는 전혀 인정을 받지 못했다.

에밀리 브론테의 소설은 본질적으로 그녀와 동시대를 살았던 다른 누구의 작품과도 다르다. 그럼에도 그녀의 작품에는 이국적 요소는 없다. 《폭풍의 언덕》에 나타난 상상은 전형적인 영국의 것으로 격렬하고 자의식적이며 영적(靈的)이다. 그리고 상상력의 표현방식도 전적으로 영국적 영향의 산물이다. 그러나 에밀리 브론테가 영국 전형(典型)이라고는 하지만 19세기 빅토리아 시대의 전형은 아니었다. 에밀리는 영국적 특성을 갖고 있으면서도 빅토리아 영국의 전통적 사상과는 위배되는 작품을 썼으며, 나아가서는 당시의 소설 양식에서 완전히 탈피하여 독특한 문학세계를 창조하였던 것이다. 그녀에게는 당시의 소설가들에게 적용되는 어떠한 일반론도 해당되지 않는다. 에밀리는 판이한 주제를 판이한 구성과 판이한 시점으로 다루었다.

에밀리 브론테는 당시의 소설가들이 다루었던 것과는 다른 세계에 대해 글을 썼다. 그녀는 요크셔에 있는 아버지의 목사관에서 그녀의 짧고 강렬하고 격리된 인생의 거의 전부를 보냈다. 교통이 발달하지 못했던 산업 혁명 이전의 요크셔는 당시의 주요 추세로 볼 때 틀 잡힌 여러 영향력으로부터 격리되어 있었다. 이른바 요크셔의 생활은 아직 엘리자베스 여왕 시대의 생활 그대로였던 것이다. 그곳에서의 생활은 소설의 배경인 고원지대며 폭풍우가 휩쓸고 간 황야며 인적 드문 계곡처럼 거칠고 단조로웠다. 다시 말해서 그곳에선 제한된 흥미와 방종한 격정, 소박하고 세속적인 활동 그리고 신비한 악마가 나타날 것이라는 환상이 남아 있는 원시생활이었다. 수세대에 걸친 반목(反目)이 있으며, 온 마을이 한 가지 문제로 광적인 열광의 도가니에 빠지기도 하는 것이었다.

에밀리는 언니 샬럿과 마찬가지로, 외부세계에 대한 호기심으로 고향을 떠난 적이 없었다. 그녀는 자신이 유년 시대의 땅에 살고 있는 비참한 생활의 무리와 자신의 비참한 친척들로부터 인물 묘사의 도움을 받았다. 이러한 까닭에 디킨즈나 새커리의 묘사에 익숙했던 영국의 독자들은 그녀의 묘사를 굉장히 기이한 것으로 받아들였던 것이다. 19세기의 영국 중류계급이 보인 소란하고 시적이며 전진적인 세계는 브론테의 시야에는 들어오지 않았다. 그리고 그녀가 이 세계를 의식하고 있지 않았기 때문에 빅토리아 시대의 다른 작가들과는 달리 그녀는 그 시대 사람들의 호감을 사기 위한 소설을 쓰지 않았던 것이다. 따라서 에밀리는 빅토리아 시대의 인습과 편견 그리고 도덕에 대해서는 전혀 언급하지 않았다.

이처럼 에밀리 브론테는 그 당시 독자들의 취향이나 입맛에 맞는 작품인 《제인 에어》가 출판 당시 대단한 호평을 얻어 대성공을 거두게 되었던 사실과는 무척 대조적이다.

이처럼 언니인 샬럿과는 달리 내향적이고 고립된 강렬한 삶을 살았던 에밀리 브론테는 그 외로운 상상력의 힘을 발휘해 그녀의 유일한 소설이며 걸작품인 《폭풍의 언덕》을 탄생시켰으나 시대를 초월하는 작품성으로 인해 당대에는 인정을 받지 못하고 혹평을 받았던 것이다. 그러나 오늘날에는 그 '벗어남'의 미학 덕분에 에밀리 브론테의 《폭풍의 언덕》은 가장 높은 시적 차원에서 창조된 비극적 산문시라는 극찬을 받고 있으며, 인간 세계의 애증(愛憎)을 정신적·우주적 조화의 세계로 끌어올린 불멸의 고전으로 평가받고 있다.

내향성과 고립된 강렬한 삶

에밀리 브론테의 짧은, 그러나 불꽃 같은 생애는 오로지 문학을 향한 열정과 동경으로 채워져 있다. 선천적으로 타고난 연약한 몸을, 그것도 폐결핵이라는 치명적인 병을 가진 육신을 이끌고 30년간이나 생을 유지할 수 있었던 것은 문학이라는 큰 지주(支柱)가 있었기 때문이다. 더욱이 그녀의 대부분의 시가 발표할 목적으로 쓰인 것이 아니고, 그나마 발표한 작품마

저도 아무런 반응을 얻지 못했음에도 불구하고 열렬히 창작활동을 계속한 그녀에게 문학은 비단 정신적인 지주였을 뿐 아니라, 육체적인 생명의 양식이기도 했다. 또한 에밀리에게 문학은 현실과 기존 전통에서, 그리고 고통스런 삶에서 자신을 구원해 주는 천상(天上)의 손길이었고, 변하지 않는 신앙이기도 했다.

이처럼 에밀리가 문학을 인생의 강렬한 지주요, 열렬한 신앙으로 받아들이게 된 필연적인 운명에는 신체적 이유 외에도 그녀를 둘러싼 가정과 자연 등의 외적인 환경도 지대한 영향을 끼쳤다.

에밀리 브론테는 1818년 영국의 요크셔에서 태어났다. 에밀리의 아버지 패트릭 브론테(Patrick Bronte)는 아일랜드의 빈농 집안에 맏이로 태어나 초등교육을 마친 후 직공으로 일하면서 생계를 돕다가 독지가를 만나 케임브리지 대학에서 수학하고 영국 국교파의 목사가 되었다. 반면 어머니 마리아 브란웰(Maria Branwell)은 콘월 출신으로 부모를 잃고 친척집에 기거하면서 종교적 분위기 속에서 자라온 여성이었다. 이들은 요크셔의 하이츠헤드에서 1812년 결혼하여 장녀 마리아(1813)와 차녀 엘리자베스(1814년)를, 돈튼으로 옮긴 후 3녀 샬럿(1816년), 장남 패드릭 브란웰(1817년), 4녀 에밀리(1818년)와 5녀 앤(1820년)을 낳았다.

이중에서 에밀리의 언니 마리아와 엘리자베스는 어린 나이에 죽었으며, 유일한 남자 형제인 브란웰은 젊은 나이에 아편과 술로 타락하여 1849년 죽고 말았다. 그리고 나머지 세 자매는 요크셔의 황량하고 외로운 생활을 공유하며 성장하게 되는데, 이들 브론테 자매는 문학을 지망하기도 한 아버지와 문학적 소양이 풍부한 어머니의 영향으로 어려서부터 문학에의 꿈을 가지게 되었다. 막내인 앤도 이러한 문학적 토양 위에서 비록 언니인 샬럿과 에밀리의 작품에는 미치지 못하지만 《아그네스 그레이 *Agnes Grey*》라는 나무랄 데 없는 소설을 남겼다.

에밀리를 비롯한 브론테 자매는 국교파의 목사인 아버지와 신앙심이 두터웠던 어머니의 영향으로 어린 시절을 종교적 분위기 속에서 보내게 되었다. 더욱이 어머니의 뜻하지 않은 죽음으로 후일 동거하게 된, 감리교 신자인 이모 엘리자베스 브란웰의 완고하고 엄격한 종교적 교육은 은연중에 어린 브론테 자매의 인격 형성과 성장 과정에 많은 영향을 미치게 되었다. 이런 가정환경 속에서 에밀리는 부모로부터 부드럽고 자비롭고 수동적이고 유순한 정적(靜的)인 성격을 물려받게 되는데, 이러한 성격은 후일 정착하게 되는 하워드(Haworth)의 자연에서 얻게 되는 격정적이고 활동적이며 자유분방한 기질과 맞물려 작가 에밀리 브론테의 사상적 본질을 형성하게 된다. 《폭풍의 언덕》 특징이 바로 이러한 힘차고 자유분방한 격정과 자제하는 부드러움, 즉 격렬함과 온화함이라는 두 개의 상반된 성격인 것이다.

아버지 패트릭 브론테가 요크셔의 하워드에서 목사직을 맡게 됨에 따라 브론테 일가는 1820년 4월에 황량한 마을 하워드로 이사를 가게 되었다. 그리고 이때부터 가정이 안정되어 어린 브론테 형제에겐 그곳이 영원한 마음의 안식처인 동시에 잊지 못할 고향이 되어 주었다. 특히 다른 형제와는 달리 고향에 애착을 가졌던 에밀리에겐 이 쓸쓸한 하워드 마을의 목사관이 평생의 주거가 되었다.

하워드는 영국 북부 요크셔의 웨스트 라이딩 한모퉁이에 위치하고 있다. 이 지방은 페나인 산맥의 굴곡이 히스(Heath, 황야에 무성한 관목)로 뒤덮인 산악지대이다. 첩첩이 둘러싼 황량한 산과 벌판 때문에 가장 가까운 마을이래야 4마일의 시골길을 걸어가야 할 만큼 교통이 차단된 외딴 곳이었다.

이곳에서의 생활은 목사관을 둘러싼 자연환경만이 황량한 것이 아니라 가정생활 자체가 냉랭한 것이었다.

비록 하워드의 황야가 브론테 자매의 문학적 토양이 되고, 특히 에밀리에게는 강렬한 문학적 영감을 제공한 정든 고향이었지만, 처음 이곳에서 생활할 때에는 어둡고 불행한 죽음의 그림자가 드리워져 있었다. 황야의 음울함은 어머니의 죽음으로 들이닥치기 시작했다.

브론테 일가가 하워드로 옮겨온 이듬해인 1821년, 어머니가 암이라는 불치의 병으로 죽음을 맞게 된 것이다. 이때 샬럿의 나이 다섯 살에 불과했고 에밀리는 세 살, 앤은 겨우 한 살이었다. 또한 1825년에는 큰언니 마리아와 둘째 언니 엘리자베스가 병사했다. 1824년에 에밀리가 여섯 살이 되던 해에 마리아, 엘리자베스, 샬럿, 에밀리는 가까운 주 웨스트머런드의 코원브리지라는 사숙(私塾)에 입학했는데, 이 기숙학교의 나쁜 생활 조건으로 인해 두 언니 마리아와 엘리자베스가 영양실조와 폐병으로 죽은 것이다. 갑자기 어머니와 언니를 잃어버린 에밀리는 슬픔과 외로움 속에 내버려졌지만, 아버지는 그런 어린 딸을 다정하게 위로해 주지 못했다. 아버지 패트릭 브론테는 자녀들에게 엄격한 생활을 강요했으며 가정생활에 별로 관심을 쏟지 않았다. 또 어머니 대신 가사와 아이들을 돌보아 주려고 온 이모 엘리자베스 브란웰 역시 완고하고 편협한 감리교 신자였으므로 정에 굶주린 어린아이들의 외로움을 달래 줄 수는 없었다. 그리하여 브론테 자매들은 부모의 따뜻한 사랑을 받지 못한 채 그들 나름대로의 취향에 따라 유년시절을 보냈다.

이러한 환경 속에서 에밀리도 스스로 위안거리를 찾을 수밖에 없었는데 특히 그녀는 히스로 뒤덮인 황야를 산책하면서 사색에 잠기기를 즐겼다고 한다. 그녀의 관심이 자연으로 쏠렸던 것이다. 에밀리는 보랏빛 히스가 만발한 들판과 우뚝 솟은 검은 바위, 푸른 하늘에 한없이 뻗은 능선에 강렬한 생명력을 느꼈으며, 또한 인간의 유한성(有限性)과 더 큰 무언가의 영원성을 인식하기 시작했다. 그리고 이때부터 자신 속에 내재한 정열의 신비 또는 자아의 존재를 해명하고자 애쓴 것 같다. 또한 인간의 침해를 받지 않은 황야의 야성미와 힘차고 거침없이 들판에 불어닥치는 폭풍은 에밀리에게 자유를 향한 동경과 도덕적인 영감을 일깨워 주었다. 에밀리는 황야에 서면 모든 인습적인 속박에서 벗어났다는 희열을 느끼곤 했는데, 이것은 인간사회의 도덕과 인습, 종교적 권위를 초월하려는 그녀의 예술관의 기본 뿌리가 되었다. 에밀리는 후일 브뤼셀에서 약 10개월 동안 유학한 것을 제외하고는 고향 요크셔를 떠나지 않고 죽는 날까지 히스가 만발한 황야와 동고동락할 정도로 고향의 자연을 사랑하였다. 에밀리는 자기가 목숨처럼 사랑한 하워드의 황량하고 음울한 황야에서 뜨거운 생명력을 끌어내고 우주를 꿰뚫어보는 직감을 얻었던 것이다. 또한 인간존재의 불충분성을 자연의 안전성과 대조하며 인간의 고립성과 현실적 삶의 고통을 해명하고자 하였다. 그리고 궁극적으로는 인간의 생사(生死)나 물질세계를 초월한 영원한 정신적인 것 또는 신과 천국과 같은 세계를 지향하고자 했던 것이다. 인간 존재로 대표되는 생명과 자연의 법칙과 삶과 죽음의 문제는 에밀리 브론테의 문학적·인생적 관심사였는데, 이러한 사상은 어린시절 경험한 고향의 자연으로부터 유래한 것이다.

외로운 상상력의 세계

에밀리에게 고독을 달래는 또 하나의 위안은 상상의 날개를 펴는 일이었다. 가장 즐거워야 할 생의 문턱에서 어머니와 언니의 가슴 아픈 죽음을 경험했던 에밀리는 상상을 통해서 그녀를 둘러싼 고립과 죽음의 그림자로부터 벗어나고자 했던 것이다. 곁에 있어야 할 가족의 죽음으로 막연하나마 어떤 절대적인 존재를 의식하게 된 에밀리는 고립으로 특징되는 인간의 현실에서 이것을 초월하려는 노력으로 상상의 세계를 전개시켰던 것이다. 에밀리에게 그 상상의 몰입은 인형의 나라에서부터 시작된다.

에밀리가 8세 때에 아버지가 오빠 브란웰을 위해 열두 개의 장난감 병정을 사오는데, 이 인형들이 상상의 세계 출발점이 되었다. 에밀리를 비롯한 4남매는 아프리카 해변에 글라스타운 왕국이라는 가공의 나라를 세우고 여러 가지의 낭만적인 모험담을 산문과 시로 엮어 가공의 나라 신문과 잡지라는 형식으로 발표했다. 목사며 문학에 관심이 많던 아버지가 설교집을 발표하기도 하고, 논설을 기고하기도 했으므로 문선(文選)이나 표지 교정쇄의 정정이 브론테 자매에게는 낯익은 작업이었던 것이다. 그 후로도 에밀리는 이런 상상의 문학을 계속했다. 특히 언니 샬럿이 학교에 들어간 후부터 에밀리는 동생 앤과 함께 북태평양상에 '곤달'이라는 상상의 섬을 만들고 이곳을 무대로 곤달 왕국의 이야기를 엮어냈다. 이때의 시가 1838년 《곤달의 시 *Gondal Poems*》로 발표되었는데, 《폭풍의 언덕》의 원형이라 할 만한 성격을 지닌 중요한 작품이다.

에밀리는 다른 자매와 함께 여러 번 학교에 들어간 경험이 있으나 하워드의 황야를 떠나 있으면 언제나 건강을 해치는 까닭에 그녀는 주로 집에 머물러 있었다. 에밀리가 17세 되던 해인 1835년에 언니인 샬럿이 로헤드 학교의 조교가 되자, 에밀리는 그 학교에 입학했다. 그러나 에밀리는 석 달만에 향수병에 걸려 귀향하고 그 대신 앤이 입학했다. 그리고 다음 해인

1836년에는 핼리팩스에 있는 작은 여학교에서 잠시 교편생활을 했으며, 1842년에는 자매가 자기들 손으로 직접 학교를 경영해 보겠다는 생각을 갖고 그 준비의 일환으로써 브뤼셀에 유학하였으나 그 해 가을 이모의 죽음으로 귀국한 후 다시 샬럿과 같이 브뤼셀로 가지 않고 하워드에 남아 가사를 돌보았다.

에밀리는 브뤼셀에서의 학교생활에 재미를 얻지 못하였고 항시 고독한 가운데서 친구와 어울리기를 싫어했다.

고향에 남은 에밀리는 책을 벗 삼고 시작(詩作)을 계속하며 자신의 세계를 넓혀 나갔다. 이 시절의 에밀리는 스코트(Scott, W. 1771~1832), 바이런(Byron, L. 1788~1824), 셰익스피어(Shkespeare, W. 1564~1616) 등의 낭만적인 작품들을 탐독하면서 더욱 상상의 세계에 심취했다.

그러던 중 언니 샬럿이 브뤼셀에서 학교를 마치고 고향으로 돌아와 1845년 함께 학교경영에 관한 계획을 세웠으나 결국 학생 모집에 실패하고 말았다. 그 후 샬럿, 에밀리, 앤 세 자매는 작가로서의 길에 정진하게 되었다. 1846년 그들 세 자매는 21편의 시를 묶어서 벨(Bell)이란 남자의 필명으로 《커러와 엘리스와 액튼의 시집 *Poems by Currer, Ellis and Acton Bell*》이라는 시집을 자비 출판했다. 그러나 50파운드의 비용이 들은 이 시집은 별다른 반응을 얻지 못했다. 이 시집이 출판된 다음 에밀리는 시에 대한 재능을 인정받았는데, 이 시들에서도 《폭풍의 언덕》에서 볼 수 있는 격렬한 사랑의 감정을 읽을 수 있다. 시에 재능이 있었던 에밀리였지만 시집 출판에 실패하자, 다른 형제들과 함께 소설 창작에 심혈을 기울이기 시작했다. 그 결과 샬럿의 첫 소설 《교수 *The Professor*》, 앤의 최초의 소설 《아그네스 그레이》와 에밀리의 최초이자 유일한 소설 《폭풍의 언덕》이 완성되었다.

그러나 출판사에서 요구했던 조건인 세 권의 분량을 채우지 못해 일 년 반 동안 끈기 있게 여러 출판사와 교섭한 끝에 런던에 있는 작은 출판사에서 비용의 일부를 부담한다는 조건으로 출판계약이 이루어졌다.

《폭풍의 언덕》은 어렵게 출판이 되기는 했으나 세인의 주목을 전혀 끌지 못했다. 오늘날 세계문학의 걸작이라 일컬어지는 에밀리의 소설이 정당한 평가를 받게 된 것은 오랜 시간이 흐른 후인 20세기에 들어와서이다. 더구나 에밀리는 내향적이어서 나타내기를 꺼려했으므로 그녀가 《폭풍의 언덕》의 작자라는 것을 믿지 않는 사람이 많았다. 게다가 샬럿의 두 번째 소설 《제인 에어》가 출판되어 대성공을 거두자, 같은 작가가 쓴 작품이라는 소문이 나기도 했다.

내향의 삶 속에서 발화한 정열의 불꽃

에밀리는 개성이 강한 여자로서 자존심이 강하고 매사를 자기 고집대로 하려고 했을 뿐만 아니라, 자신의 감정이나 의견을 외부에 표현하지 않는 내성적이고 비사교적인 성격을 갖고 있었다. 그녀는 자신의 예술 활동으로 인해 내면의 모습이 세상 사람들에게 밝혀지는 것을 꺼림칙하게 생각하였다.

샬럿이 우연히 에밀리의 작품을 읽고 그 박력과 독창성에 감탄한 나머지 발표할 것을 권했을 때 그녀는 몹시 화를 내기도 했다. 이처럼 비사교적이고 폐쇄적인 기질을 타고난 에밀리 브론테는 주변의 어떤 사람들과도 일체의 교제를 피하고 침묵 속에서 완전히 외부세계와 격리된 채로 초연히 고독을 즐기며 인생을 살아갔다. 자신의 심적 움직임에 깊숙이 파묻혀 인생을 생각하고 미래를 꿈꾸면서 고독한 인생을 보냈던 것이다. 그리고 이처럼 외부세계와 거의 단절된 상태에서 자신만의 고독을 즐기면서 무한한 상상의 세계에 몰입할 수 있었기 때문에 바로 《폭풍의 언덕》이라는 독창적인 작품이 완성된 것이다.

《폭풍의 언덕》의 작품세계는 사회적 전통이나 도덕에 영향을 받아 그것과 타협하는 변질된 사상의 표현이 아니라, 소박하고 순수한 자기 자신의 내면세계를 문학적으로 표현한 것이라고 할 수 있겠다. 에밀리는 고독 속에서 자유롭게 이상을 추구하고 상상의 날개를 펼 수 있었다. 그러한 이상과 상상의 세계를 참된 벗으로 생각하고 만족해하는 소중한 고독이었던 것이다. 요크셔의 황야에서 불어오는 거센 폭풍, 일찍이 어머니를 잃은 데서 오는 애정 결핍, 노처녀로서 피할 수 없는 신경질적 압박감, 이 모든 것들이 에밀리의 성격을 후천적으로 변화시킨 요인이었다. 결국 그런 여러 가지 요인들이 격렬하고 독특한 개성을 지닌 작품 《폭풍의 언덕》을 창조하게 된 원인이었다. 특히 에밀리가 《폭풍의 언덕》을 집필할 당시는 그녀의 건강이 무척 악화되어 있었는데, 이 같은 불행한 생활에서 오는 여러 가지 생에 대한 반발심이 작용하여 작품에 반영되었으며, 이것이 곧 《폭풍의 언덕》의 생명이요, 핵심이 되었다.

소설을 출판하고 죽기까지의 일 년간은 에밀리에게 불행한 시기였다. 오빠 패트릭 브란웰이 가정교사로 있던 집의 안주인과 사랑에 빠졌다가 일자리를 잃고 쫓겨나자 정신이상자가 되어 버렸다. 그리고는 술과 아편에 빠져 마구 빚을 지는 바람에 에밀리를 비롯한 세 자매는 생계에 안간힘을 써야 했다. 또한 아버지 브론테 목사마저 백내장에 걸려 수술을 받아야 하는 상태였다.

《제인 에어》의 대성공으로 모처럼 브론테 가에 서광이 비치는 듯했으나 그 빛도 얼마 가지 못했다. 결국 오빠 브란웰의 건강이 악화되어 1848년 9월에 죽고 만 것이다. 그리고 오빠의 죽음에서 받은 심적인 타격과 장례 때의 무리로 인해 지병인 폐결핵이 악화되어 에밀리도 그 해 12월 19일 30세의 아까운 나이로 세상을 떠나고 말았다. 폭풍의 황야에 만발한 히스처럼 자신의 천재적 재능과 정열을 미처 발휘하기도 전에 그토록 동경하던 자연의 세계로 사라지고 말았다.

폭풍의 언덕

《폭풍의 언덕》은 황야의 언덕 위에 자리를 잡고 있는 '워더링 하이츠'와 아늑한 평원에 위치한 '드러시 크로스'에 각각 거주하고 있는 대조적인 성격의 두 집안 언쇼 가와 린튼 가의 몰락과 재건(再建)에 대한 이야기이다. 여기에 기인(奇人) 히스클리프와 캐서린의 강렬한 사랑 이야기가 펼쳐진다. 이야기의 대부분은 '워더링 하이츠'의 늙은 가정부 엘렌 딘이 영국 남부에서 온 신사 로크우드에게 이야기하는 형식으로 되어 있다.

'워더링 하이츠' 저택의 주인인 언쇼는 히스클리프라는 부랑아를 데려와 키운다. 이 이질적 존재의 출현으로 말미암아 평온을 유지하던 언쇼 가와 린튼 가는 극심한 몰락의 길을 걷게 된다. 평온의 조화를 깨는 폭풍은 인간의 증오와 사랑으로부터 시작한다.

언쇼의 친아들 힌들리는 아버지가 히스클리프를 유난히 사랑하는 데 반감이 생겨 번번이 그에게 심한 모욕을 준다. 소년 히스클리프는 힌들리의 병적인 학대 속에서 사납고 거친 젊은이로 성장한다. 한편 힌들리의 여동생인 캐서린은 히스클리프에게 묘한 연정을 느끼고 서로 사랑하게 되지만, 결국 무지하고 야비하다는 이유로 그에게서 벗어나 얌전한 린튼 가의 아들

에드거에게로 마음을 돌린다. 캐서린의 배반에 격분한 히스클리프는 집을 나가고 캐서린은 에드거와 결혼한다.

3년 후 히스클리프는 부유하고 의젓한 신사가 되어 '워더링 하이츠'로 돌아온다. 그러나 그의 마음은 증오와 복수심으로 불타고 있었다. 두 집안을 모두 파멸시키려고 계획한 히스클리프는 먼저 힌들리를 술과 도박에 빠져 죽게 하고 그의 재산을 빼앗는다. 그리고 힌들리의 아들 헤어턴에게 일찍이 자기가 받았던 학대를 가한다. 또한 에드거의 여동생 이사벨라와 결혼해 그녀를 교묘히 학대한다. 학대에 견디다 못해 런던으로 달아난 이사벨라는 숨어서 히스클리프의 아들 린튼을 낳아 키우다 죽는다.

한편 캐서린은 옛 애인 히스클리프와 남편 에드거와의 사이에서 심한 갈등을 느끼고 정신착란을 일으켜 딸 캐시를 낳고는 죽고 만다. 히스클리프는 마지막 복수 계획으로 병약한 자기 아들 린튼을 에드거와 캐서린의 딸 캐시와 강제로 결혼시킴으로써 린튼 가의 재산마저 자기 손에 넣으려 한다. 그러나 그의 계획이 완성될 단계에서 그의 복수는 끝이 나고 만다.

아들 린튼이 죽고 캐시와 헤어턴이 사랑하는 사이가 되었을 뿐 아니라 히스클리프 자신도 원수의 아들 헤어턴에게 애정을 느끼게 되었기 때문이다. 히스클리프는 무덤에서 자기를 부르는 영원한 애인 캐서린의 환영에 번민하다 세상을 떠나게 된다. 그리고 히스클리프의 사라짐과 동시에 '워더링 하이츠'에는 마치 폭풍 다음에 평온이 도래하듯이 다시 조화롭고 질서정연한 평온이 찾아오게 된다.

이 소설에는 역경 속에서도 꾸준히 싹트는 진실된 사랑, 세속적 조건 때문에 싹트는 심적 갈등과 증오, 연인을 빼앗긴 한 인간의 분노와 그의 노도(怒濤)와 같은 복수의 일생, 이 모든 것들이 에밀리 브론테의 독특하고 번쩍이는 작가적 재능에 의하여 격렬하게 묘사되어 있다. 이 소설은 세속적 조건을 무시하고 영혼에 바탕을 둔 순수한 사랑이 얼마나 강렬한지를, 또 물질적 조건에 기초한 세속적 사랑이 얼마나 어리석은 결과를 초래하는지를 보여 주고 있다.

에밀리는 운명이 불완전한 인간을 악의 구렁텅이에 빠지게 하고 그 불완전한 인간이 어쩔 수 없이 악을 강요당했다고 해서 그것을 책망하거나 나무라지 않는다. 오히려 거짓 없는 사실로써 그러한 인간의 행위를 이해하고 동정하여 인간과 세계의 진실을 숨김없이 그대로 그려내었던 것이다.

이 소설에 등장하는 인물들의 격정성, 특히 히스클리프의 잔인성, 그의 비인간적 행위를 에밀리는 잘 알고 있었으며 또 그것이 그의 죄악이라는 것도 알고 있었지만 그들을 나무라거나 저주하지 않았다. 무한히 저주하고 증오할 수 있는 능력을 갖고 있는 사람이야말로 무한히 사람을 사랑할 수 있고 또 그 사랑은 영원할 수 있다는 것을 보여주었다. 이것이 이 작품의 고귀한 요소 중의 하나인 우주에 펼치는 에밀리의 무한한 포용력이며 인간에 대한 동정이다. 황량한 히스 언덕에서 벌어지는 인간 애증의 감동적 이야기의 바탕에는 행위는 미우나 인간 자체는 미워하지 않는다는 작가의 고매한 사상이 깔려 있는 것이다.

인간은 탄생과 더불어 의식세계에 떠올라 영혼이 육신의 감옥 속에 유폐(幽閉)된 채 고통을 겪으며 살아가는 운명체이다. 그러므로 현실의 삶에서는 어쩌면 행복이란 없는 것이며 기쁨이란 없는 것인지도 모른다. 캐서린과 히스클리프의 사랑은 인간의 비극적 운명을 대변해 주는 상징이라 할 수 있겠다. 그러면서도 그들의 사랑이 지상에서 끝나는 것이 아니라, 천상에서도 영원을 약속한다는 점에서 비극적인 가운데 희망적이고 긍정적인 힘을 느끼게 한다. 에밀리 브론테는 인간의 영원한 관심사라고 할 수 있는 인간과 신, 지상과 천국, 생과 사, 애(愛)와 증(憎), 육신과 영혼, 문명과 자연 등의 문제를 탐구하면서, 현실세계를 초월한 인간과 세계의 본질에 관한 시각을 제시하고 있다. 《폭풍의 언덕》의 세계는 매우 구체적인 현실의 세계이지만 동시에 그것을 초월한 정신적 세계이다. 또한 《폭풍의 언덕》의 세계에는 자연계와 초자연계가 한데 융합된 영혼의 세계가 묘사되어 있으며, 거기에선 죽음까지도 마지막이 아닌 영혼의 해방이며 사자(死者)의 명령은 생자(生者)의 넋과 정신적 교감을 갖는다.

《폭풍의 언덕》은 인간의 격정을 정열적으로 그린 비극적 소설로써 가장 독창적인 걸작이며, 여성의 섬세함과 남성적인 대담성으로 시공을 초월하여 영혼에 호소하는 간절한 인간의 절규를 강렬하게 묘사한 작품으로 영문학의 영원한 고전으로 빛날 것이다.

에밀리 브론테 연보

1818년 7월30일　영국 요크셔 돈튼에서 문학적 재능이 풍부한 아버지 패트릭 브론테와 어머니 마리아 브란웰 사이에서 1남 5녀 중 다섯째로 태어났다. 셋째 언니 샬럿, 여동생 앤과 함께 세 자매가 작가로 이름을 남겼다.

1820년(2세)　아버지가 하워스의 교구목사가 되었다. 이곳의 황량하고 음울한 자연은 《폭풍의 언덕》에 강하게 반영되었다.

1821년(3세)　어머니가 암으로 사망. 아버지는 이후 재혼하지 않고 독신으로 살았다.

1822년(4세)　이모 엘리자베스 브란웰이 집안일을 보아 주기 위해 동거한다. 그녀는 죽을 때까지 함께 살았다.

1824년(6세)　에밀리, 샬럿을 비롯한 4자매가 가까운 주 웨스트머런드의 코원브리지라는 기숙학교에 입학했다. 환경이 나쁜 이 사숙(私塾)은 샬럿의 《제인 에어》에 등장하는 로드 학원의 모델이 되었다고 전해진다.

1825년(7세)　기숙학교의 나쁜 생활 조건으로 두 언니가 폐병으로 죽자, 에밀리와 샬럿은 사숙을 그만둔다.

1826년(8세)　6월 가까운 도시 리즈로 나간 아버지가 오빠 브란웰을 위해 12개의 목제 장난감 병정을 사오자 이때부터 상상의 세계가 열려 4남매가 공동으로 낭만적인 이야기를 엮었다. 유치하긴 하지만 이 시기의 작품은 에밀리 브론테의 작품 연구의 중요한 자료가 된다.

1827년(9세) 공상의 놀이 〈우리들의 친구〉를 〈이솝 이야기〉를 토대로 해서 완성하였다. 〈섬 사람들〉 완성, 이는 〈곤달〉 이야기의 시초가 된다.

1828년(10세) 샬럿 아래의 4남매는 리즈 시 근교에 사는 외할아버지 존 브란웰 목사 댁에 일주일 정도 머문다.

1831년(13세) 언니 샬럿은 로헤드 학교에 입학해 메어리 헤일러, 엘렌 내시 등과 깊은 우정을 맺는다. 에밀리는 새로운 공상의 나라 〈곤달〉을 무대로 이야기를 엮어나간다. 〈곤달의 시〉는 《폭풍의 언덕》의 원형이라 할 만한 성격을 지닌 중요한 작품이다.

1834년(16세) 동생 앤과 같이 신변수기를 씀.

1835년(17세) 샬럿이 로헤드 학교의 조교가 되고, 에밀리가 그 학교에 입학, 그러나 에밀리는 석 달 만에 향수병에 걸려 귀향하고 그 대신 동생 앤이 입학한다.

1836년(18세) 에밀리는 로힐 학원에서 6개월간 조교로 일한다. 샬럿은 계관 시인 로버트 사우디에게 시를 보내어 비평을 원했으나 대답은 단지 그녀를 실망시켰을 뿐이었다.

1837년(19세) 에밀리는 어쩌다 한 편씩 시를 쓰기 시작해 40여 편의 시를 쓴다. 이후 3년 동안 무려 90여 편의 시작을 계속한다. 샬럿은 다시 계관 시인 사우디에게, 오빠 브란웰은 워즈워스에게 시를 보내 비평을 기다린다.

1838년(20세) 샬럿이 로헤드 학교의 조교를 사직하고 하워드로 돌아온다.

1839년(21세)	이른 봄, 샬럿은 친구 엘렌 내시의 오빠인 목사 헨리로부터 구혼을 받지만 거절한다.(《제인 에어》의 세인트 존은 어느 정도 그를 모델로 한 것이다.) 샬럿과 앤은 가정교사로 들어갔으나 샬럿은 주인의 시디크 집안이 마음에 안 들어 곧 되돌아옴. 에밀리는 계속 집에 머무름. 샬럿은 젊은 목사보(牧師補) 프라이스의 구혼을 받았으나 역시 거절한다. 프라이스는 반 년도 채 지나지 않아 사망하고 샬럿은 늦여름에 친구 엘렌을 따라 북해 연안을 여행한다.
1840년(22세)	샬럿이 소설을 쓰기 시작하고 브란웰은 술과 아편으로 세월을 보낸다. 아버지의 부목사로 윌리엄 웨이먼이 하워드로 도임(到任), 자매들의 인기를 독점한다. 에밀리도 이 사람에게 연모의 정을 느낀다.
1841년(23세)	샬럿이 잠시 화이트 집안에 가정교사로 들어가고 자매는 자기들의 집에서 학원을 열 계획을 세운다.
1842년(24세)	학원을 세울 계획 하에 학력을 기르기 위해 샬럿과 에밀리는 2월에 벨기에의 브뤼셀로 출발하여 에제 기숙학교에 입학한 후 주로 불어와 독어를 배운다. 여기서도 두 자매는 고독했다. 샬럿은 여기서 교수 에제에게 이끌리는데, 그가 《제인 에어》에서 로체스터의 모델이 되었다. 10월, 살림을 돌보아 주고 있던 이모 브란웰이 죽자 고국으로 돌아와 가사를 돌보게 되었다. 유학 당시 불어로 쓴 5편의 수필이 남아 있다.

1843년(25세)	2월, 에제 교수의 초청으로 샬럿은 다시 에제 기숙학교로 가서 교수와 학생을 겸한 생활을 하게 되지만 여전히 고독하고 불행해한다. 이윽고 에제에게 연정을 품게 되지만 짝사랑으로 끝나 버리고 에밀리는 여전히 집에서 머문다.
1844년(26세)	1월, 귀국한 샬럿과 함께 집에서 사숙을 열려고 했으나 학생이 오지 않아 실패한다. 이 해에 쓴 시 14편이 남아 있다.
1845년(27세)	5월, 뒷날 샬럿과 결혼하게 되는 아더 벨 니콜스가 아버지의 목사보로 취임한다. 샬럿은 가을 무렵 에밀리가 시를 쓰고 있는 것을 발견, 자신과 에밀리, 앤의 시를 합쳐 시집을 출판할 계획을 세운다. 이 해에 쓴 시 10편이 남아 있다.
1846년(28세)	5월, 샬럿은 커러 벨, 에밀리는 엘리스 벨, 앤은 액튼 벨이라는 남자 이름의 필명으로 공동 시집 《커러와 엘리스와 액튼의 시집》을 자비 출판하였으나 좋은 반응을 얻지는 못한다. 다시 그들은 《교수》(샬럿), 《폭풍의 언덕》(에밀리), 《아그네스 그레이》(앤)의 소설을 커러 벨이란 같은 필명으로 이곳저곳의 출판사에 보냈으나 모두 거절당한다. 샬럿은 아버지의 눈 수술을 위해 맨체스터로 따라가 그곳에서 《제인 에어》를 쓰기 시작한다.
1847년(29세)	10월, 샬럿의 《제인 에어》가 스미스엘더 사에서 출판되어 폭발적인 인기를 얻자, 12월에 에밀리의 《폭풍의 언

덕》과 앤의 《아그네스 그레이》도 런던의 뉴비사에 출판된다. 《폭풍의 언덕》은 지나친 박진감으로 일반 독자들의 반감을 유발시키기도 한다. 이 해에 소설 속편에 착수하였다고는 하나 확실치 않다.

1848년(30세) 샬럿과 앤이 런던으로 가서 출판사를 방문, 사장 스미스의 환영을 받고 이때야 비로소 세 사람이 여성임이 밝혀진다. 앤의 《와일드펠 관의 사람》이 출판된다. 9월, 오빠 브란웰은 거의 미치광이 상태로 사망한다. 에밀리는 오빠의 장례식에서 얻은 감기가 폐결핵으로 악화되어 12월 19일 오후 2시에 사망했다.

Emily J. Bronte

▲ 세 자매의 초상
▶ 3녀 샬럿 브론테
▼ 하워스의 집

▲ 에밀리 브론테